Les croassements
de la nuit

Des mêmes auteurs,
aux Éditions J'ai lu

La chambre des curiosités, *J'ai lu* 7619

Douglas Preston
Lincoln Child

Les croassements de la nuit

Traduit de l'américain par Sebastian Danchin

Titre original :
STILL LIFE WITH CROWS
Publié par Warner Books Inc., New York, 2003

© Splendide Mendax Inc. and Lincoln Child, 2003

Pour la traduction française :
© L'Archipel, 2005

1

Medicine Creek, Kansas. Une fin de journée du mois d'août

Un océan de maïs s'étale à perte de vue sous un ciel d'un bleu impitoyable, les épis ondulant en vagues successives au gré du vent. Quinze jours déjà que la canicule s'est installée, l'air surchauffé écrase les champs d'une chape de plomb.

Dans cet océan jaune vif, deux saignées sombres tracent une croix parfaite : à l'intersection de la route du nord et de celle qui file vers le couchant, une petite bourgade. Une suite de bâtiments ternes et tristes qui laissent place à des maisons individuelles au fur et à mesure que l'on s'éloigne du centre. Encore quelques fermes et c'est le néant. Une petite rivière bordée d'arbres squelettiques traverse le paysage en zigzaguant, évitant le bourg avant de disparaître en direction du sud-est. Avec ses courbes irrégulières, elle apporte une touche de fantaisie à ce cadre austère. Un peu plus au nord, trois monticules entourés d'arbres montent la garde.

Vers le sud, au milieu des épis, une usine trapue dresse ses flancs de tôle rongés par des décennies de tempêtes de poussière. Une odeur confuse de sang et de Javel flotte au gré du vent autour du bâtiment. À l'autre extrémité du paysage s'élèvent trois énormes silos dont les silhouettes évoquent les cheminées d'un paquebot en train de couler.

Il fait très exactement trente-sept degrés. Des éclairs de chaleur traversent l'horizon vers le nord. Le maïs a passé la barre des deux mètres, les tiges ploient sous le poids des épis mûrs. Dans moins de quinze jours débute la récolte.

C'est l'heure où la nuit commence à tomber, où le ciel orangé vire brusquement au rouge vif. Quelques lampadaires se sont allumés dans les rues désertes.

Une voiture de police noire et blanche remonte lentement la rue principale en direction des immenses étendues jaunes qui enserrent la petite ville, ses phares trouant l'obscurité naissante. À une demi-douzaine de kilomètres de là, une nuée de vautours tournoient au-dessus du maïs ; ils prennent de la hauteur en se laissant aspirer par les courants d'air chaud, fondent sur le sol et remontent aussitôt dans une ronde infernale, interminable.

Le shérif Dent Hazen avait beau s'escrimer sur les commandes de la ventilation, les aérateurs de sa vieille voiture de patrouille s'évertuaient à cracher de l'air tiède. Il testa la soufflerie une dernière fois du dos de la main, sans résultat : la climatisation avait définitivement rendu l'âme. Hazen jura entre ses dents et ouvrit sa fenêtre afin de se débarrasser de son mégot de cigarette. Une bouffée d'air brûlant pénétra dans l'habitacle, transportant avec elle le lourd parfum de terre et de maïs caractéristique du Kansas en plein été. À l'horizon, les vautours poursuivaient imperturbablement leur ronde dans le soleil couchant. *Saloperie de bestioles*, pensa Hazen, lançant machinalement un coup d'œil du côté de la Winchester posée sur le siège passager. Avec un peu de chance, il réussirait à en envoyer deux ou trois au tapis.

Il ralentit et observa les rapaces. Pourquoi diable se contentaient-ils de tournoyer comme ça sans jamais se poser ? Quittant la route, il bifurqua sur l'un des nombreux chemins de terre qui quadrillaient les champs de maïs autour de Medicine Creek. Il avançait prudemment en direction des vautours sans les quitter des yeux et finit par s'arrêter. Pas moyen d'aller plus loin en voiture, il allait devoir poursuivre à pied.

Il éteignit le moteur et alluma les gyrophares, davantage par habitude que par nécessité, descendit lourdement de voiture et contempla d'un air perplexe la muraille de maïs qui se dressait devant lui. Les rangées se présentaient perpendiculairement à lui et il allait avoir toutes les peines du monde à traverser la jungle des tiges. S'il avait pu, il aurait fait demi-tour et repris le chemin de Medicine Creek, mais il était trop tard pour reculer, le coup de téléphone de cette vieille folle de Wilma Lowry était déjà consigné dans le registre des appels. Décidément, il fallait avoir du temps à perdre pour signaler à la police un animal crevé. D'un autre côté, on était vendredi soir et quelques heures supplémentaires lui garantissaient un week-end peinard à pêcher en éclusant des bières à Hamilton Lake.

Hazen alluma une cigarette pour se donner du courage, toussa longuement et se gratta la tête en regardant la forêt de maïs qui l'entourait. À tous les coups, c'était une vache qui s'était perdue dans les champs et qui avait fini par mourir d'indigestion. Depuis quand laissait-on au shérif le soin de récupérer les vaches crevées ? La réponse était simple : depuis que l'inspecteur des affaires agricoles avait pris sa retraite. L'administration n'avait pas jugé bon de lui trouver un remplaçant et les choses n'iraient pas en s'améliorant avec le temps. Les fermes disparaissaient les unes après les autres, et les agriculteurs qui restaient élevaient des vaches et des chevaux par habitude, ou par nostalgie. *Décidément, tout fout le camp*, se dit Hazen.

Le shérif se décida à aller voir de quoi il retournait en poussant un long soupir. Il remonta son pantalon d'un geste décidé, sortit sa torche de son étui, mit son fusil en bandoulière et se glissa entre les épis.

Malgré l'heure tardive, la chaleur refusait de tomber. Les tiges gigantesques avaient des allures de barreaux métalliques dans le faisceau de sa lampe, comme s'il se retrouvait brusquement enfermé dans une prison géante. Jusqu'à l'odeur de rouille caractéristique du maïs sur pied qui lui brûlait les poumons. Le shérif écrasait des mottes de terre sèche en marchant, provoquant des nuages de poussière. Il avait beaucoup plu au printemps et l'été avait été plutôt clément, jusqu'à ce que s'installe la canicule quelques semaines plus tôt. Hazen n'avait pas le souvenir d'avoir vu le maïs pousser aussi haut ; quant à la terre, encore noire et collante un mois auparavant, elle s'était transformée en poussière à une vitesse stupéfiante. Une fois, quand il était petit, il s'était perdu dans un champ de maïs en voulant échapper à son frère et il avait tourné en rond pendant plus de deux heures. Ce soir, prisonnier des plants qui exhalaient une odeur moite et oppressante, il retrouvait le sentiment d'angoisse qui l'avait assailli ce jour-là.

Hazen tira une longue bouffée de sa cigarette et poursuivit sa route, écartant les épis d'un geste rageur. Tout ce coin-là appartenait à la Buswell Agricon, un groupe agricole d'Atlanta, et Hazen n'avait pas l'intention de se fatiguer à regarder où il mettait les pieds. Tant pis s'il cassait quelques plants sur son passage. De toute façon, on verrait débarquer les moissonneuses d'Agricon d'ici à quinze jours et elles raseraient tout sur leur passage. Le maïs serait stocké temporairement dans les silos que l'on apercevait à l'horizon avant d'être expédié par trains entiers dans le Nebraska ou le Missouri. Là, il servirait à nourrir des myriades de ruminants dont la viande engraisserait les bourgeois de New York ou de Tokyo. À moins qu'il ne s'agisse de maïs utilitaire, auquel cas il serait transformé en GPL et finirait dans les réservoirs d'une poignée de « bobos » écolos. *Dans quel monde on vit, je vous jure !*

Hazen avançait péniblement entre les rangées de maïs et son nez commençait déjà à couler. Il jeta machinalement sa cigarette avant de se dire qu'il aurait peut-être mieux fait de l'écraser. Et puis tant pis ! Quand bien même quelques centaines d'hectares partiraient en fumée, Buswell Agricon ne s'en apercevrait jamais. S'ils n'étaient pas contents, ils n'avaient qu'à s'occuper eux-mêmes de récupérer les vaches crevées. Si ça se trouve, les huiles d'Atlanta n'avaient jamais foutu les pieds de leur vie dans un champ de maïs.

Comme tout le monde à Medicine Creek, Hazen était fils d'agriculteur, mais la tradition s'était perdue avec sa génération. Ici, tout le monde ou presque avait fini par vendre ses terres à Buswell Agricon. La population de Medicine Creek était en diminution constante depuis un demi-siècle, et les immenses étendues de maïs industriel étaient parsemées de fermes en ruine lugubres avec leurs fenêtres trouées. Contrairement à la plupart de ceux avec qui il était allé à l'école, Hazen avait choisi de rester, moins pour Medicine Creek que par goût de l'uniforme qu'il portait. À défaut d'aimer son village, il en connaissait tous les habitants, tous les recoins, tous les secrets. Il ne voyait d'ailleurs pas ce qu'il aurait pu faire d'autre, où il aurait pu aller. Medicine Creek faisait autant partie de lui qu'il faisait partie de Medicine Creek.

Hazen s'arrêta brusquement et fit courir le rayon de sa torche sur la forêt de tiges qui l'entourait. À l'odeur de poussière et de rouille se mêlait une autre, nettement plus désagréable. Il leva les yeux et constata que les vautours tournoyaient presque au-dessus de sa tête. Encore une cinquantaine de mètres et il saurait de quoi il retournait. L'air était comme figé dans le silence du soir. Il prit son fusil à la main et se remit en marche.

L'odeur était de plus en plus forte. Hazen aperçut bientôt une trouée entre les rangées, une sorte de clairière tracée au milieu du maïs. Bizarre. À l'horizon, les dernières lueurs du jour avaient laissé place à la nuit.

Le shérif releva le canon de son fusil, ôta la sécurité et s'avança dans la clairière. Il lui fallut quelques instants pour graver dans sa mémoire le spectacle qui l'attendait. Soudain, il comprit.

De saisissement, il laissa échapper son arme qui se déchargea avec un bruit assourdissant. Une volée de chevrotine siffla aux oreilles du shérif, qui ne s'en aperçut même pas.

2

Deux heures plus tard, le shérif Hazen se trouvait toujours au même endroit, mais le champ était méconnaissable depuis que les équipes de la police judiciaire du Kansas avaient pris possession des lieux. La clairière baignait dans la lumière crue des lampes à vapeur de sodium et un groupe électrogène ronronnait un peu plus loin. Les policiers avaient été contraints de s'ouvrir un chemin au bulldozer afin d'accéder au lieu du drame. Une aire avait même été transformée en parking pour accueillir la douzaine de voitures de patrouille, d'ambulances et autres camionnettes des techniciens. Deux photographes arpentaient la scène, leurs flashs trouant la nuit à intervalles réguliers, tandis qu'un enquêteur solitaire, armé d'une pince à épiler à embouts caoutchoutés, tentait de recueillir des indices.

En dépit de la nausée que cette vision d'horreur faisait monter en lui, Hazen avait le plus grand mal à détacher ses yeux de la victime. C'était la première fois de sa carrière qu'un meurtre était commis à Medicine Creek. Le dernier crime de sang remontait à l'époque de la Prohibition, lorsque Rocker Manning avait été abattu près de la rivière au début des années trente alors qu'il achetait une cargaison de whisky de contrebande. Hazen connaissait bien l'affaire, l'enquête ayant été confiée à son grand-père qui avait fini par mettre la main sur le coupable. Mais le crime actuel n'avait rien à voir avec un règlement de compte entre trafiquants, il s'agissait visiblement de l'œuvre d'un dément.

Détournant à grand-peine son regard du corps mutilé, Hazen aperçut le chemin improvisé par les types de la police judiciaire et se fit la réflexion qu'ils avaient dû faire disparaître jusqu'au moindre indice. Il se demanda si tout ça était bien régulier et si ces types-là savaient vraiment ce qu'ils faisaient. Ils allaient et venaient comme des zombies, visiblement dépassés par les événements.

Le shérif n'avait pas beaucoup d'estime pour ses collègues : une bande de crétins dissimulant leur incompétence derrière leur belle assurance. Mais à tout prendre, il était bien content de ne pas se retrouver seul avec une affaire pareille sur les bras. Il alluma sa énième Camel avec le mégot de la précédente, tentant de se rassurer en se disant qu'il était là en simple spectateur. C'était peut-être lui qui avait découvert le corps, mais le champ se trouvait à l'écart de Medicine Creek, et donc en dehors de sa juridiction. Il bénissait Dieu et tous ses saints de lui avoir épargné ça. Que la police du Kansas se démerde toute seule, il s'en lavait les mains.

— Shérif Hazen ?

C'était un capitaine de la police du Kansas, un grand type droit comme un « i » dans ses bottes bien cirées, qui lui tendait la main en grimaçant un sourire. Hazen lui serra la main à regret, complexé comme toujours lorsqu'il s'adressait à quelqu'un de plus grand que lui. C'était surtout la troisième fois de la soirée que le capitaine lui serrait la main et Hazen se demandait s'il avait du gruyère à la place du cerveau ou bien si c'était un signe de son embarras. Par charité chrétienne, il opta pour la seconde solution.

12

— On nous envoie un médecin légiste de Garden City, précisa le capitaine. Il sera là dans dix minutes.

Hazen regrettait sérieusement de ne pas avoir envoyé Tad, son adjoint, voir ce qui se passait dans ce foutu champ. Il aurait volontiers fait une croix sur son week-end de pêche si ça avait été le prix à payer pour ne pas voir un tel spectacle. Il aurait même renoncé à boire s'il avait fallu. D'un autre côté, le shérif n'était pas sûr que Tad aurait supporté un tel carnage. Il était encore un peu jeune pour ce genre de vision d'horreur.

— Je ne sais pas ce que vous en pensez, shérif, mais je crois que nous avons affaire à un artiste, poursuivit le capitaine en secouant la tête. Un véritable artiste. Je ne serais pas étonné que cette histoire fasse la une du *Kansas City Star*, vous ne croyez pas ?

Hazen ne répondit pas. Il n'avait pas pensé à ça. L'idée de se retrouver en photo dans le journal lui déplaisait souverainement. Un type qui transportait un appareil de radioscopie le bouscula en passant. Hazen se retourna et constata qu'il y avait de plus en plus de monde dans la clairière.

Il tira une longue bouffée de sa cigarette pour se donner du courage et se tourna à nouveau vers le cadavre. Sans vraiment savoir pourquoi, il voulait voir la scène une dernière fois avant que les types du labo n'emportent tout dans des sacs plastique. Il observa longuement la clairière, mémorisant chaque détail.

Le crime avait été littéralement mis en scène. Le meurtrier avait commencé par tracer une vaste clairière dans le maïs, mettant soigneusement de côté les tiges arrachées afin de dégager un théâtre d'une dizaine de mètres de diamètre. Oubliant un instant le côté tragique de la situation, Hazen ne put s'empêcher d'admirer la régularité avec laquelle avait opéré le monstre. Tout autour de la clairière, ce dernier avait planté dans le sol une haie de bâtons pointus d'un mètre de hauteur dont les pointes acérées se dressaient vers le ciel d'un air inquiétant. Au centre, un cercle de corbeaux morts avaient été empalés sur ce que Hazen avait pris pour de simples baguettes de bois dans un premier temps. En réalité, il s'agissait de flèches indiennes terminées par des pointes de pierre taillée. En tout, une bonne vingtaine de corbeaux, peut-être plus, les yeux vitreux grands ouverts, leurs becs jaunes tournés vers l'intérieur du cercle.

Au centre de la clairière se trouvait le corps mutilé de ce qui avait dû être une femme. Hazen n'en aurait pas juré car les lèvres, le nez et les oreilles du cadavre avaient été découpés.

La victime reposait sur le dos et sa bouche béante faisait penser à l'ouverture d'une caverne monstrueuse. Elle avait les cheveux blond décoloré, mais une partie du scalp avait été arrachée ; quant aux vêtements de la malheureuse, ils avaient été découpés en fines lanières. La disposition du cadavre avait été soigneusement étudiée. La tête formait un angle improbable avec les épaules, comme si le cou avait été brisé d'un coup sec. Il ne portait pourtant pas la moindre marque de strangulation.

Il ne faisait guère de doute que le crime avait été commis ailleurs. Des traces dans la terre indiquaient que le corps sans vie avait été traîné là par l'assassin. En suivant des yeux ces traces, Hazen remarqua une tige de maïs cassée à la lisière de la clairière. Les types de la police judiciaire n'avaient rien vu et il s'apprêtait à signaler sa découverte au capitaine lorsqu'il se retint. Pourquoi faire du zèle ? Il n'avait rien à voir là-dedans, cette affaire ne le regardait nullement et il n'avait pas la moindre intention de prendre des coups à la place de ses collègues le jour où surviendrait le moindre problème. Il suffisait de faire remarquer au capitaine que ses hommes avaient négligé un indice important pour qu'un avocat un peu malin lui fasse passer un mauvais quart d'heure le jour du procès. Parce qu'il y aurait un procès, aucun doute là-dessus. Hazen ne voyait pas comment le cinglé qui avait fait ça pourrait y échapper.

Contente-toi de fermer ta gueule et de les laisser se débrouiller. Tu n'as rien à y gagner, sinon des emmerdements.

Il tira une dernière fois sur sa Camel avant d'en écraser le mégot sur le sol. Une nouvelle bagnole se frayait lentement un chemin sur la route de terre improvisée, ses phares dansant au rythme des nids-de-poule. L'auto s'arrêta à côté des autres et un type en blanc avec une sacoche noire en descendit. McHyde, le médecin légiste.

Hazen le vit avancer prudemment au milieu des mottes de terre desséchée afin de ne pas salir ses chaussures de ville. Il salua brièvement le capitaine et s'approcha du corps qu'il examina longuement sur toutes les coutures avant de s'agenouiller et d'envelopper les mains et les pieds dans des sachets en plastique. Puis il sortit de sa sacoche un petit appareil et Hazen reconnut une sonde anale que le légiste plongea dans le corps afin d'en déterminer la température.

Tu parles d'un métier ! pensa Hazen. Il leva les yeux et constata que les vautours avaient disparu. Eux au moins avaient eu le bon goût de ne pas s'attarder.

Le légiste et les ambulanciers étaient prêts à enlever le corps. Un flic récupérait une à une les flèches sur lesquelles étaient empalés les corbeaux, les numérotant consciencieusement avant de les placer dans des containers réfrigérés. Le shérif fut pris d'une soudaine envie de se soulager. Il avait bu trop de café, mais ça n'expliquait pas tout. Il avait des brûlures d'estomac, toute cette histoire allait réveiller son ulcère, c'est sûr. Il avait beau se sentir de plus en plus mal, il n'avait pas l'intention de gerber son dîner devant quiconque.

Il regarda autour de lui afin de s'assurer que personne ne l'observait et se glissa entre les rangées de maïs. Il s'éloigna en respirant lentement ; il s'agissait de ne pas pisser trop près afin de ne pas brouiller les pistes, mais pas besoin d'aller très loin non plus. Les types de la criminelle n'avaient pas l'air de s'intéresser outre mesure aux alentours de la clairière.

Il s'arrêta dans la première zone d'ombre venue, protégé par les tiges qui le dépassaient d'une bonne tête. Les voix des enquêteurs lui parvenaient comme dans un murmure, le ronronnement du groupe électrogène s'était quasiment éteint et la vie semblait reprendre ses droits. Un courant d'air tiède lui caressa le visage, faisant danser les épis autour de lui. Hazen respira lentement, puis il ouvrit sa braguette et urina bruyamment sur la terre sèche avec un grognement de soulagement. Il chassa les dernières gouttes en faisant trembler la quincaillerie accrochée à sa ceinture et acheva de reboutonner sa braguette.

En se retournant, il vit quelque chose briller dans la lueur diffuse des projecteurs. Il décrocha sa torche et l'alluma, balayant le sol autour de lui jusqu'à ce qu'il aperçoive une tache de couleur à hauteur de la rangée voisine. Il s'approcha et constata qu'il s'agissait d'un morceau de tissu resté prisonnier d'une tige. Probablement un lambeau arraché aux vêtements de la victime. Hazen regarda tout autour de lui à l'aide de sa lampe sans découvrir de nouvel indice.

Il s'arrêta brusquement. Il avait failli oublier que cette fichue enquête ne le concernait pas. Il ne savait pas encore s'il allait en parler à ses collègues, ou bien s'il les laisserait se débrouiller tout seuls. D'ailleurs, ce lambeau de tissu n'avait peut-être pas le moindre intérêt.

16

Au moment où il rejoignait la clairière, le capitaine se précipita vers lui.

— Ah, shérif ! Je vous cherchais ! s'exclama-t-il.

Il tenait à la main un récepteur GPS.

— Je viens de faire un relevé et figurez-vous qu'à trois mètres près le corps se trouve sur le territoire de Medicine Creek. En clair, ça signifie que c'est à vous que revient l'enquête. Félicitations, shérif. Naturellement, mes hommes et moi sommes à votre disposition si vous avez besoin d'aide.

Le capitaine avait l'air ravi.

Le shérif feignit de ne pas voir la main que lui tendait son collègue. Il sortit son paquet de Camel de la poche de sa chemise et prit une cigarette. Il l'alluma et aspira une bouffée.

— À trois mètres près, vous dites ? Putain de merde, c'est bien ma veine, grommela-t-il dans un nuage de fumée.

Le capitaine laissa retomber sa main et Hazen poursuivit :

— La victime a été tuée ailleurs avant d'être apportée jusqu'ici. Le meurtrier a traversé le maïs par là et il a traîné le corps jusqu'au centre de la clairière. En suivant sa trace à travers champs, là où vous apercevez cette tige cassée, vous trouverez un morceau de tissu correspondant aux vêtements de la victime. Il est accroché trop haut pour que la victime l'ait perdu elle-même en marchant, ce qui semblerait indiquer que l'assassin la portait sur ses épaules. Vous verrez aussi des traces de pas et une flaque dans la terre, ne vous inquiétez pas, c'est moi qui me suis éloigné pour aller pisser. Maintenant, si ça ne vous dérange pas, capitaine, je souhaiterais qu'on écarte tous ces gens. On n'est pas au supermarché, que je sache. Je ne veux voir que le médecin légiste, le photographe et le type chargé de recueillir les pièces à conviction. Dites aux autres de reculer.

— Shérif, nous avons un certain nombre de règles à respecter et...

— À partir de maintenant, ce ne sont plus vos règles, ce sont les miennes.

Le capitaine avala bruyamment sa salive.

— Pour commencer, j'ai besoin d'urgence de deux ou trois chiens policiers pour suivre les traces du meurtrier. Je veux également que vous fassiez venir de Dodge les types du labo.

— Bien, shérif.

— Ah ! Une dernière chose.

— Oui ?

— Dites à vos gars d'arrêter toutes les bagnoles de journalistes. Surtout ceux de la télé, je n'ai pas envie qu'ils viennent nous casser les pieds tant qu'on n'a pas fini ici.

— Mais... quelle raison voulez-vous qu'on leur donne ? s'étonna le capitaine.

— Vous n'avez qu'à les arrêter pour excès de vitesse. Vos hommes en connaissent un rayon là-dessus.

Le capitaine serra les dents.

— Mais enfin, shérif, on ne peut tout de même pas les arrêter s'ils ne commettent pas d'infraction.

La question fit sourire Hazen.

— Faites-moi confiance. Quand ils sauront ce qui s'est passé ici, ils ne seront plus à un excès de vitesse près.

3

Le shérif-adjoint Tad Franklin, penché sur son bureau, remplissait studieusement des tonnes de formulaires compliqués, feignant de ne pas voir les journalistes agglutinés de l'autre côté de la vitre. Les bureaux de la police municipale de Medicine Creek étaient situés dans l'ancien bazar du village et Tad n'avait jamais eu à s'en plaindre jusqu'à ce jour. Tout en travaillant, il pouvait saluer les passants, discuter avec ses copains à travers la vitre, surveiller les allées et venues des uns et des autres. Mais, aujourd'hui, c'était une autre affaire.

Le soleil venait à peine de se lever et la journée s'annonçait à nouveau étouffante. Les premiers rayons du soleil jetaient une lumière dorée sur les visages maussades des journalistes, fatigués par une longue nuit d'attente. Ils entraient et sortaient du restaurant que l'on apercevait de l'autre côté de la rue, et ce n'étaient pas les talents culinaires discutables de Maisie qui risquaient de les dérider.

Tad Franklin essayait vainement de se concentrer, mais il avait le plus grand mal à poursuivre sa tâche alors que de l'autre côté fusaient les questions, voire les insultes. Il n'en pouvait plus. Avec tout ce boucan, si jamais ils réveillaient le shérif, parti s'allonger dans l'unique cellule de la prison municipale, ça risquait de faire des étincelles. Tad se leva d'un air qu'il voulait mauvais et entrouvrit la fenêtre.

— Pour la dernière fois, éloignez-vous ! fit-il d'une voix de rogomme.

Son intervention fut accueillie par une tempête de questions et de remarques désobligeantes. Tad avait aperçu les noms des télévisions sur les camionnettes et il savait que la plupart des journalistes venaient de loin : de Topeka, de Kansas City, mais aussi d'Amarillo, de Tulsa et même de Denver. S'ils n'étaient pas contents, ils n'avaient qu'à rentrer chez eux.

Tad entendit une porte claquer dans son dos. Il se retourna et aperçut son chef. Le shérif, hirsute, bâilla en se frottant le menton avec un bruit de papier de verre. Il se passa la main dans les cheveux et remit son chapeau.

Tad referma la fenêtre.

— Désolé, shérif, mais ils ne veulent pas s'en aller...

Le shérif bâilla à nouveau et balaya de la main la remarque de son adjoint, tournant le dos à la rue. Un journaliste en colère en profita pour l'invectiver et l'on distingua les mots « bouseux » et « cul-terreux ». Hazen s'approcha de la cafetière et se versa une tasse. Il y trempa les lèvres, fit la grimace, recracha son café après s'être raclé la gorge et reversa le tout dans la cafetière.

— Vous voulez que j'en refasse ? demanda Tad.

— Non merci, mon petit, répondit le shérif en donnant à son adjoint une bourrade affectueuse.

Se tournant vers la vitre, il observa longuement la meute des journalistes.

— Si tu veux mon avis, mon petit Tad, ces types-là vendraient leur mère pour avoir quelque chose à annoncer au journal de six heures. Je crois qu'il est temps d'organiser une petite conférence de presse.

— Une conférence de presse ? fit Tad qui n'avait jamais assisté à une conférence de presse de sa vie.

20

Comment est-ce qu'il faut faire ? s'enquit-il naïvement.

Le shérif éclata d'un gros rire, dévoilant des dents jaunies par le tabac.

— Rien de plus facile. On sort et on répond à leurs questions.

Il se dirigea vers la porte du bureau, la déverrouilla et sortit la tête.

— Comment allez-vous, ce matin ?

Un brouhaha de questions et d'exclamations lui répondit aussitôt.

Le shérif leva les bras pour les faire taire. Il portait la même chemise à manches courtes que la veille, et les auréoles de sueur qu'il avait sous les bras descendaient presque jusqu'à sa ceinture. Hazen n'était pas grand, mais il était râblé et savait se faire respecter. Tad l'avait vu à plusieurs reprises délier la langue de suspects deux fois plus grands que lui. D'expérience, il savait que les plus petits sont souvent les plus teigneux.

Comme par miracle, le brouhaha se tut et le shérif baissa les bras.

— Mon adjoint Tad Franklin et moi-même avons une déclaration à vous faire. Ensuite, nous répondrons à vos questions. Je vous demanderai simplement de faire preuve d'un minimum de discipline. D'accord ?

La foule piaffait d'impatience. Les cameramen avaient allumé leurs projecteurs et Hazen se trouva brusquement confronté à une forêt de micros. Les magnétophones tournaient déjà lorsque les premiers flashes crépitèrent.

— Tad, mon garçon, je crois que nos amis ont besoin d'un peu de café.

Franklin regarda son chef avec des yeux ronds et celui-ci lui adressa un clin d'œil.

Tad s'empara de la cafetière, souleva le couvercle, jeta un œil à l'intérieur et la remua d'un mouvement rapide. Il prit une pile de gobelets en polystyrène, sortit sur le trottoir et entama la distribution. Quelques journalistes trempaient déjà leurs lèvres dans le café tandis que d'autres, plus prudents, reniflaient discrètement leur gobelet.

— Allez-y, messieurs ! s'écria Hazen d'un air jovial. Je ne voudrais pas qu'on puisse dire que les habitants de Medicine Creek ne sont pas accueillants !

Dans la rue, la température montait de minute en minute. La plupart des journalistes se forcèrent à goûter le breuvage, de peur de vexer le shérif. Les autres n'avaient nulle part où poser discrètement leur gobelet. Pas la moindre poubelle en vue. Comme par un fait exprès, une pancarte apposée sur la porte du bureau du shérif annonçait clairement la couleur : PRIÈRE DE NE PAS LAISSER TRAÎNER DE DÉTRITUS – 100 $ D'AMENDE.

Hazen rajusta son chapeau et rejoignit ses hôtes sur le trottoir. Il lança un regard circulaire en roulant des épaules, le temps pour les cameramen de commencer à tourner, puis il s'adressa à la foule rassemblée devant lui. Il expliqua en quelques mots comment il avait découvert la victime, décrivant la clairière, le corps et les corbeaux empalés, ajoutant çà et là quelques remarques frappées au coin du bon sens de manière à ne pas sombrer inutilement dans le macabre. Tad n'en revenait pas. Il n'avait jamais vu son chef aussi aimable.

Le shérif avait à peine terminé son discours que des dizaines de questions fusèrent.

— Mesdames et messieurs, s'il vous plaît ! Pas tous en même temps. Je vous demanderai de lever la main, répondit le shérif avec un geste apaisant. Vous, monsieur, poursuivit-il en désignant du doigt un journaliste obèse.

— Avez-vous déjà une piste ou des suspects ?

— Pour l'heure, nous disposons de plusieurs éléments, mais je ne peux pas vous en dire davantage.

Tad ouvrit des yeux ronds. Plusieurs éléments ?!! Lesquels ? Il savait mieux que personne qu'ils ne disposaient pas du moindre indice.

— Vous, fit le shérif en désignant un deuxième journaliste.

— La victime était-elle originaire de Medicine Creek ?

— Non. Nous cherchons actuellement à l'identifier, mais nous savons déjà qu'elle n'était pas d'ici. Je connais suffisamment bien les habitants de ce village pour l'affirmer.

— Sait-on comment cette femme a été tuée ?

— Nous comptons sur le rapport du médecin légiste pour l'apprendre. Le corps a été envoyé à Garden City et vous serez les premiers avertis lorsque nous aurons les résultats de l'autopsie.

Le Greyhound du matin en provenance d'Amarillo les interrompit en s'arrêtant devant chez Maisie's dans un long crissement de freins. Tad fronça les sourcils, car le bus s'arrêtait rarement à Medicine Creek. Sans doute de nouveaux journalistes.

— Madame, là-bas. Votre question.

Une rousse à l'air culotté approcha son micro.

— Pouvez-vous nous préciser la nature des forces de police en présence ?

— Nous sommes extrêmement reconnaissants à la police du Kansas de son aide, mais le corps ayant été trouvé sur le territoire de Medicine Creek, l'enquête relève de notre juridiction.

— Le FBI est-il sur l'affaire ?

— Le FBI n'a pas l'habitude de s'occuper de simples meurtres et je ne vois pas ce qui pourrait les intéresser dans le cas présent. Nous disposons actuellement de tous les moyens nécessaires, à commencer par les équipes techniques et scientifiques de la police criminelle de Dodge City qui ont passé la nuit ici. Vous pouvez me faire confiance, ainsi qu'à mon adjoint Tad Franklin, pour faire toute la lumière sur cette affaire. Nous ferons tout ce qu'il faut pour arriver à démasquer le coupable dans les meilleurs délais.

Hazen souligna ses paroles d'un clin d'œil complice doublé d'un grand sourire.

Au même instant, le Greyhound démarra dans un nuage de poussière et de gaz d'échappement, noyant une nouvelle fois les questions de la presse. Le bus s'éloigna lentement en remontant la rue principale, laissant derrière lui une silhouette solitaire, une valise en cuir posée sur le trottoir à ses côtés. Le passager était un homme longiligne, entièrement vêtu de noir. Dans le soleil ardent du matin, il projetait une ombre interminable sur la chaussée.

Tad regarda furtivement son chef et constata que le shérif avait également remarqué l'étrange voyageur qui les observait d'un œil inquisiteur.

Hazen sortit de sa torpeur.

— D'autres questions, fit-il d'une voix rude. Smitty ? ajouta-t-il en désignant du doigt Smit Ludwig, propriétaire et unique rédacteur du journal local, le *Cry County Courier*.

— Comment expliquez-vous cette... euh... cette mise en scène macabre ? Auriez-vous déjà une théorie permettant de justifier la disposition du corps et des autres accessoires ?

— Accessoires ? Quels accessoires ?

— Je veux parler des divers éléments retrouvés sur le lieu du crime.

— Non, nous n'avons aucune explication jusqu'à présent.

— Pensez-vous qu'il puisse s'agir d'un rituel satanique ?

24

Tad tourna machinalement la tête et constata que le curieux voyageur en noir avait ramassé sa valise. À ce détail près, il n'avait pas bougé d'un pouce.

— À l'heure actuelle, nous n'écartons aucune hypothèse, fit Hazen, mais il ne fait aucun doute que nous avons affaire à un individu visiblement dérangé.

Tad vit le voyageur descendre du trottoir opposé et s'avancer dans leur direction. Qu'est-ce que c'était encore que ce type-là ? Il n'avait guère l'allure d'un journaliste, ni même d'un policier ou d'un voyageur de commerce. En fait, Tad trouvait qu'il avait une sale tête. Une tête d'assassin. Et si c'était *leur* assassin ?

Il remarqua que le shérif ne quittait pas l'inconnu des yeux et que certains journalistes l'observaient également d'un air intrigué.

Tout en parlant, Hazen prit son paquet de cigarettes dans la poche de sa chemise.

— Qu'il s'agisse d'un fou ou d'un membre d'une secte, j'insiste tout particulièrement sur le fait que le meurtrier est un étranger. Je compte sur toi pour souligner ce point auprès de tes lecteurs, Smitty. Ce gars-là n'est pas de chez nous et je ne serais pas surpris qu'il ne soit même pas du Kansas.

Le shérif se tut brusquement en voyant l'inconnu en noir se joindre à la foule qui lui faisait face. La température dépassait déjà les trente degrés et l'étrange voyageur portait un costume de laine noir, avec une chemise blanche empesée et une cravate en soie. La chaleur n'avait pourtant pas l'air de l'affecter, et son regard métallique ne quittait pas les yeux du shérif.

Le calme s'était fait autour de lui comme par miracle et l'inconnu prit la parole d'une voix à la fois douce et autoritaire.

— Voilà une affirmation dénuée de tout fondement.

Un silence gêné s'installa.

Hazen ouvrit lentement son paquet de Camel et prit une cigarette qu'il glissa entre ses lèvres sans répondre.

Tad était comme hypnotisé par ce personnage irréel à la peau diaphane, aux yeux d'un bleu si pâle qu'ils semblaient transparents. On aurait dit un zombie, un vampire, ou bien encore un croque-mort. Une odeur de mort flottait autour de lui, en tout cas, et Tad en avait la chair de poule.

Hazen prit le temps d'allumer sa cigarette avant de poursuivre :

— Je ne sais pas qui vous êtes, monsieur, mais je ne crois pas vous avoir adressé la parole.

L'homme s'avança. Les journalistes s'écartèrent pour le laisser passer et il s'arrêta à quelques mètres du shérif.

— L'assassin a agi par une nuit sans lune, fit-il de sa voix douce, avec un léger accent du Vieux Sud. Il semble aller et venir à sa guise, sans laisser de traces. Comment pouvez-vous savoir qu'il n'est pas de Medicine Creek, shérif Hazen ?

Hazen tira sur sa cigarette et recracha la fumée en direction de son interlocuteur.

— Vous en savez, des choses ! railla-t-il. Peut-on savoir qui vous êtes ?

— Je pense qu'il serait préférable de poursuivre cet entretien dans votre bureau, shérif, fit l'homme en faisant signe à Hazen et son adjoint de le précéder.

— Vous vous prenez pour qui, à me donner des ordres ? gronda le shérif.

L'inconnu le regarda calmement et lui répondit de sa voix onctueuse, sans se départir de son calme :

— À question pertinente, réponse pertinente. Puis-je toutefois vous suggérer de poursuivre cette aimable conversation dans un cadre plus intime ? Je crois que cela vaudra mieux pour tout le monde. En particulier pour vous.

Avant même que le shérif, éberlué, puisse réagir, l'homme se tourna vers la meute des journalistes.

— J'ai le regret de vous informer que cette conférence de presse est à présent terminée.

À la stupéfaction de Tad, la foule se dispersa comme par enchantement.

4

Le shérif s'affala lourdement derrière son bureau en formica tandis que Tad s'asseyait sur sa chaise habituelle, impatient de savoir qui était le mystérieux inconnu. L'homme en noir posa sa valise près de la porte et le shérif lui indiqua la mauvaise chaise réservée aux visiteurs. Jamais aucun suspect n'y avait résisté plus de cinq minutes. L'inconnu s'installa d'un mouvement élégant et passa une jambe au-dessus de l'autre avec désinvolture sans quitter le shérif des yeux.

— Tad, tu devrais servir une tasse de café à monsieur, fit Hazen en souriant.

Il restait dans la cafetière quelques gouttes de l'infâme breuvage que Tad s'empressa de verser dans un gobelet.

L'homme le prit poliment, y jeta un simple coup d'œil et le posa sur la table avec un sourire.

— Je vous remercie infiniment de votre courtoisie, mais je ne bois que du thé. Du thé vert.

Tad trouvait le personnage de plus en plus étrange. Il commençait même à se demander si ce n'était pas un pédé, avec ses manières précieuses.

Hazen s'éclaircit la voix, fronça les sourcils et se carra dans son fauteuil.

— Je ne sais pas qui vous êtes, mais j'attends vos explications, et je vous conseille aimablement de ne pas faire le mariole.

L'inconnu prit nonchalamment un porte-cartes en cuir dans la poche intérieure de sa veste, l'ouvrit et le déposa sur le bureau du shérif. Ce dernier s'avança pour regarder et se recula aussitôt sur son siège en soupirant.

— Le FBI ! Et merde, il ne manquait plus que ça, grogna-t-il avant d'ajouter à l'intention de Tad :

— On joue dans la cour des grands, maintenant.

— Oui, chef.

Tad n'avait jamais rencontré personne du FBI jusque-là, mais l'inconnu ne correspondait pas du tout à l'idée qu'il se faisait des agents de Quantico.

— Que puis-je faire pour vous, monsieur...

— Inspecteur Pendergast.

— C'est ça, Pendergast. J'ai toujours eu du mal à retenir le nom des gens qui ne sont pas d'ici, fit Hazen en allumant une cigarette. Vous êtes venu pour l'assassin aux corbeaux ? demanda-t-il en soufflant un nuage bleuté.

— On ne peut rien vous cacher.

— Et vous êtes ici en mission officielle ?

— Non.

— Donc, il n'y a personne d'autre du FBI.

— Pour l'instant.

— Vous dépendez de quel bureau ?

— D'un strict point de vue administratif, je relève du bureau de La Nouvelle-Orléans, mais il m'arrive de travailler... comment dirais-je ? De manière autonome.

Pendergast affichait un large sourire.

Hazen accueillit sa réponse avec un grognement.

— Vous comptez rester longtemps ?

— Le temps nécessaire.

Le temps nécessaire à quoi ? se demanda Tad.

Pendergast tourna son regard limpide vers Tad et ajouta en souriant :

— Le temps nécessaire à l'épuisement de mes vacances, si vous êtes curieux de le savoir.

Tad en était comme deux ronds de flan. Ce type-là devait être télépathe.

— Vacances ? ! ! Quelles vacances ? s'étonna Hazen. Tout ça ne m'a pas l'air très régulier, Pendergast. Il va falloir me présenter une autorisation quelconque du FBI local. Vous vous croyez au Club Med ou quoi ?

Un silence pesant s'installa, que Pendergast finit par rompre.

— Vous préférez sans doute que je vienne ici en mission *officielle*, shérif ?

Comme Hazen ne répondait pas, son interlocuteur poursuivit :

— Je n'ai pas la moindre intention de m'immiscer dans votre enquête. J'ai l'habitude de travailler seul. Je vous consulterai éventuellement en cas de besoin et vous tiendrai informé de mes découvertes le moment venu. Ah, un ultime détail ! Je n'ai pas la moindre intention de revendiquer la capture de l'assassin le jour venu. Je ne recherche en aucun cas la publicité, je serai même ravi de vous laisser l'entier mérite de son arrestation. En revanche, j'attends de vous des rapports de bonne intelligence, ainsi que le veut l'usage entre services dans notre profession.

Le shérif Hazen fronça les sourcils en se grattant furieusement la tête.

— Je me fous éperdument du mérite de la capture, comme vous dites. Tout ce qui m'importe, c'est d'arrêter ce salaud.

Pendergast approuva de la tête.

Hazen tira deux bouffées successives de sa cigarette en recrachant la fumée. Il avait besoin de réfléchir.

— Bon, d'accord, Pendergast. Vous êtes libre de passer vos vacances ici. Mais ne faites pas de vagues et évitez de vous répandre dans la presse.

— Cela va de soi.

— Où comptez-vous habiter ?

— J'espérais bénéficier de vos lumières en la matière.

Le shérif éclata d'un gros rire gras.

— Mes lumières, hein ? Il n'y a qu'un endroit à Medicine Creek, la pension Kraus. Les Kavernes Kraus. Vous êtes passé devant avec le bus, une grosse baraque à la sortie du village, à deux kilomètres d'ici. La vieille Winifred Kraus loue des chambres d'hôte à l'étage. Vu le passage qu'il y a ici, elle ne doit pas être débordée. Elle voudra vous faire visiter ses grottes. Je ne serais pas surpris que vous soyez son premier client de l'année.

— Je vous remercie infiniment, répondit Pendergast en se levant et en reprenant sa valise.

Hazen ne le quittait pas des yeux.

— Vous avez une voiture ?

— Non.

Le shérif eut un petit sourire.

— Je vais vous emmener.

— Ne vous donnez pas cette peine, shérif, j'adore la marche.

— Sûr ? Il doit faire pas loin de quarante degrés à cette heure-ci et vous êtes habillé un peu chaudement pour la saison, fit-il en ricanant.

— Quarante degrés ? Vraiment ?

L'inspecteur se dirigea vers la porte, mais le shérif avait encore une question.

— Comment avez-vous fait pour savoir aussi vite ? Pour le meurtre, je veux dire.

Pendergast s'arrêta devant la porte.

— Quelqu'un au FBI surveille pour moi les dépêches et les e-mails en provenance des divers services de police. Lorsqu'un crime inhabituel se présente, j'en suis immédiatement prévenu. Mais, comme je vous l'ai dit, je suis ici pour me reposer, au terme d'une enquête assez ardue à New York[1]. Disons que je suis intrigué par les circonstances pour le moins intéressantes de la présente affaire.

Pendergast avait prononcé « intéressantes » d'une telle façon que Tad en eut la chair de poule.

— Qu'entendez-vous exactement par « crime inhabituel » ? interrogea le shérif sans chercher à dissimuler son amusement.

— Les crimes en série, principalement.

— Tiens, tiens, les crimes en série. C'est curieux, mais je n'ai cru voir qu'une seule victime, jusqu'à présent, ironisa Hazen.

Pendergast se retourna lentement et son regard perçant se posa sur le shérif.

— Jusqu'à présent, en effet, murmura-t-il.

1. Voir *La Chambre des curiosités*, Éditions J'ai lu, n° 7619

5

Winifred Kraus s'interrompit dans son point de croix en découvrant un étrange spectacle par la fenêtre. Avec une légère appréhension, elle aperçut la longue silhouette noire approcher de chez elle, une valise à la main. Il se trouvait encore loin, mais Winifred Kraus avait de bons yeux et l'inconnu avait une allure quasi spectrale sur la route inondée de soleil. Quand elle était petite, son père lui racontait que le jour où la mort viendrait la prendre, elle arriverait sans crier gare, sous la forme d'un homme en noir. Un homme aux pieds fourchus, traînant derrière lui une odeur de soufre et de feu. Il frapperait à sa porte et l'entraînerait dans les flammes de l'enfer au milieu des cris et des grincements de dents.

L'inconnu avançait à grandes enjambées, précédé de son ombre. Winifred Kraus tenta de se rassurer en se disant qu'elle n'était pas superstitieuse et que, de toute façon, le diable ne se promenait pas avec une valise. Pourquoi cet étranger s'habillait-il en noir par un temps pareil ? Même le pasteur Wilbur renonçait à ses costumes sombres au plus fort de la canicule. Et non seulement l'inconnu était vêtu de noir, mais il portait un costume trois pièces et une cravate. Peut-être un représentant de commerce ? Dans ce cas, où se trouvait sa voiture ? Plus personne n'empruntait la Cry County Road à pied depuis belle lurette. Plus depuis les années d'avant-guerre, en tout cas, lorsque les migrants chassés par la crise traversaient Medicine Creek au début du printemps, en route pour la Californie.

L'étranger s'arrêta à l'endroit précis où le chemin conduisant à sa maison débouchait sur la route. Il observa la demeure et son regard perçant s'arrêta sur la fenêtre du salon. Winifred posa machinalement sa broderie à côté d'elle. Voilà qu'il s'engageait sur le chemin. Il venait chez elle ! Que diable pouvait-il bien lui vouloir, avec ses cheveux d'un blond presque blanc, sa peau laiteuse et son costume de croque-mort...

L'homme actionna le heurtoir et les coups résonnèrent dans la grande maison. Winifred sursauta et se couvrit la bouche avec la main. Devait-elle lui ouvrir, ou bien attendre qu'il s'en aille ? Et s'il ne s'en allait pas ?

Elle préféra attendre.

Le heurtoir résonna à nouveau, de façon plus insistante.

Winifred fronça les sourcils. Elle s'en voulait de sa réaction, elle n'avait aucune raison d'avoir peur. Elle respira longuement afin de se donner du courage, se leva, traversa le salon en direction de l'entrée, tourna le verrou et entrouvrit la porte.

— Mademoiselle Kraus ?

— Oui ?

L'inconnu lui fit une courbette.

— Par le plus grand des hasards, seriez-vous mademoiselle Winifred Kraus ? J'ai cru comprendre que vous louiez des chambres d'hôte. À en croire la rumeur, vous êtes également l'un des meilleurs cordons bleus du comté...

Winifred Kraus entrouvrit la porte un peu plus, ravie de constater qu'elle avait affaire à un homme raffiné et non à la Mort.

— Enchanté de faire votre connaissance, mademoiselle Kraus. Je m'appelle Pendergast.

Il lui tendait la main et Winifred finit par la saisir, surprise de constater qu'elle était fraîche et sèche.

— J'avoue que j'ai eu peur en vous voyant arriver à pied, comme ça. On n'est plus habitué à voir les gens marcher.

— Je suis arrivé ce matin par le bus.

Se rappelant brusquement ses devoirs de maîtresse de maison, Winifred s'effaça et laissa entrer son visiteur.

— Entrez, je vous en prie. Puis-je vous servir quelque chose à boire ? Un verre de thé glacé ? Vous devez avoir terriblement chaud avec ce costume. J'espère au moins que vous n'avez pas eu un deuil récemment dans votre...

— Je prendrais volontiers un thé glacé, je vous remercie.

Winifred, rouge de plaisir, se précipita dans sa cuisine. Elle remplit un verre de glace, y versa du thé avec un brin de menthe fraîche, posa le verre sur un plateau en argent et rejoignit son hôte.

— Voici, monsieur Pendergast.

— Vous êtes trop aimable.

— Mais venez vous asseoir, je vous en prie.

Ils s'installèrent dans le salon où le visiteur de Winifred, toujours d'une politesse exquise, croisa ses longues jambes et sirota lentement son thé glacé. L'observant à la dérobée, la vieille femme s'aperçut qu'il était plus jeune qu'il y paraissait. Ses cheveux, qu'elle avait tout d'abord cru blancs, étaient en réalité d'un blond cendré. Un bel homme, d'une extrême élégance. À condition d'aimer les yeux clairs et les peaux blanches, bien sûr.

— Je dispose de trois chambres à l'étage, expliqua-t-elle. Elles ont une salle de bains commune, mais comme je n'ai actuellement aucun autre locataire...

— Je prendrai tout l'étage, si vous n'y voyez pas d'inconvénient. Pourrions-nous nous mettre d'accord sur un loyer hebdomadaire de cinq cents dollars ?

— Cinq cents dollars ? ! !

— Je vous réglerai mes repas en sus, naturellement. Un simple petit déjeuner, et un dîner léger à l'occasion.

— Vous comprenez, je n'ai pas l'habitude de demander tant et ça me gêne vraiment de...

Pendergast sourit.

— N'ayez donc pas d'affres, mademoiselle Kraus. J'ai bien peur d'être un locataire quelque peu encombrant.

— Dans ce cas...

Il but une gorgée de thé, reposa son verre sur son petit napperon et se pencha vers la vieille demoiselle.

— Loin de moi l'intention de vous effrayer, mademoiselle Kraus, mais il me semble préférable de vous dire qui je suis et pourquoi je me trouve ici. Vous avez fait référence à un deuil, tout à l'heure. Vous n'êtes pas sans savoir que la mort vient de frapper cruellement Medicine Creek. En tant qu'inspecteur du FBI, je me trouve ici afin d'enquêter sur le meurtre qui vient d'être commis dans votre petite communauté.

Joignant le geste à la parole, il exhiba son badge.

— Un meurtre ? ! !

— Vous n'êtes donc pas au courant ? La victime a été retrouvée hier en fin de journée à l'extérieur du hameau. Vous apprendrez tous les détails dans le journal demain matin.

— Mon Dieu ! fit Winifred Kraus, hébétée. Vous voulez dire qu'un meurtre a été commis ici, à Medicine Creek ?

— J'en ai bien peur. Mais si cela vous gêne de me louer l'étage, je le comprendrai fort bien.

— Oh non, monsieur Pendergast. Pas du tout. Je

peux même vous avouer que ça me rassure de vous savoir ici. Un meurtre... Quelle horreur !

Elle fut parcourue d'un frisson.

— Qui a bien pu commettre une chose pareille ?

— Vous ne m'en voudrez pas, mademoiselle, mais je ne suis pas en mesure de vous en apprendre davantage. Le secret professionnel, vous comprenez ? En attendant, je vous demanderai la permission de me rendre dans ma chambre. Ne vous dérangez pas, je trouverai le chemin tout seul.

— Je vous en prie.

Winifred Kraus retint son souffle en voyant Pendergast s'éloigner en direction de l'escalier. Quel homme charmant et courtois... Son sourire s'effaça en pensant au crime. Elle se leva et se dirigea vers le téléphone. Jenny Parker pourrait sans doute lui en dire un peu plus. Elle décrocha le combiné et composa le numéro en secouant la tête.

Après une rapide inspection des lieux, Pendergast choisit la plus petite des trois chambres, celle qui donnait sur l'arrière, et posa sa valise sur le lit. Une toilette en faïence était posée sur la coiffeuse, devant un miroir inclinable. Il ouvrit le premier tiroir et il s'en échappa une légère odeur de vieux chêne et d'eau de rose. Des journaux datant du début du siècle précédent avaient été collés au fond. Dans un coin, il aperçut un pot de chambre, son couvercle posé à l'envers, à l'ancienne mode. Le papier peint victorien à grosses fleurs était passé et les moulures étaient peintes d'un vieux vert. Quant aux rideaux, ils étaient en dentelle brodée main.

Pendergast caressa la courtepointe posée sur le lit et constata que les motifs de roses et de pivoines avaient été brodés au point de croix. Le travail, délicat et minutieux, avait dû prendre plus d'un an à la brodeuse, probablement Mlle Kraus.

Les yeux perdus dans les fleurs brodées, Pendergast ne bougeait plus, pris par l'atmosphère surannée de la chambre. Soudain, il se dirigea vers la fenêtre en faisant craquer le plancher et regarda au-dehors.

Un peu plus loin sur la droite, en retrait de la vieille maison, il distingua le toit en tôle de la boutique de souvenirs derrière laquelle une allée de ciment s'enfonçait dans l'ombre d'une crevasse. À côté de la boutique de souvenirs, une pancarte à moitié effacée annonçait :

KAVERNES KRAUS
Les grottes les plus profondes de Cry County, Kansas

Faites un vœu dans le Bassin de l'Éternité
Venez découvrir les Orgues de Kristal
Et le Puits sans Fond
Visites guidées chaque jour
à 10 heures et 14 heures
Prix de Groupe – Caristes bienvenus

Il souleva la fenêtre à guillotine qui s'ouvrit aisément. Une bouffée de touffeur envahit la pièce, apportant avec elle une odeur de poussière et de maïs séché. Les rideaux de dentelle se gonflèrent sous l'effet du vent. Les champs jaunes s'étendaient à perte de vue et l'on distinguait au loin la ligne brisée des arbres plantés le long de la rivière. Un vol de corbeaux s'éleva dans le ciel avant de replonger un peu plus loin à la recherche d'épis mûrs. Dans le silence oppressant, quelques nuages menaçants arrivaient par l'ouest.

Au rez-de-chaussée, Winifred Kraus raccrocha le téléphone. Ça ne répondait pas chez Jenny Parker, elle avait dû se rendre en ville afin d'en savoir plus sur le drame qui secouait Medicine Creek. Elle essaierait de la rappeler plus tard, après le déjeuner.

Elle se demanda si elle ne devrait pas apporter un autre verre de thé glacé à ce charmant M. Pendergast. Un vrai gentilhomme sudiste. Elle l'imaginait buvant son thé sous la colonnade d'une vaste plantation. Quand on pense qu'il était venu à pied ! Elle rejoignit la cuisine et prépara un verre de thé pour son hôte ; au moment de poser le pied sur la première marche de l'escalier, elle se ravisa en se disant qu'elle ferait mieux de le laisser vider tranquillement sa valise. Elle n'était pas du genre à se mêler des affaires des autres, mais cette histoire de meurtre l'avait toute tourneboulée.

Elle s'apprêtait à rebrousser chemin lorsqu'elle entendit une voix. Elle se figea. Pendergast venait de dire quelque chose. Était-ce bien à elle qu'il s'adressait ?

Winifred tendit l'oreille. La maison était à nouveau silencieuse. Soudain, la voix de Pendergast se fit à nouveau entendre, et elle l'entendit clairement dire de sa voix suave :

— Parfait. Absolument parfait.

6

La route s'étalait entre deux murs de maïs, parfaitement droite, telle que l'avaient tracée les géomètres au XIXe siècle. L'inspecteur Pendergast avançait d'un bon pas sous un soleil ardent, ses Oxford noirs fabriqués sur mesure par le bottier John Lobb de Saint James Street à Londres laissant une légère empreinte dans l'asphalte mou.

À quelques centaines de mètres de là, on apercevait la trouée à travers laquelle les véhicules de police et les ambulances étaient passés à travers champs, dessinant un sillage de terre derrière eux. Il emprunta à son tour le chemin tracé par les bulldozers jusqu'au lieu de la macabre découverte, ses pieds s'enfonçant dans la terre meuble. Arrivé au parking improvisé, il découvrit une voiture de police dont le moteur tournait au ralenti. Un filet de condensation s'échappait du climatiseur et une flaque s'étalait sous le moteur. Le périmètre avait été sécurisé à l'aide de rubans plastique jaunes enroulés autour de piquets plantés dans la terre. Un agent en uniforme attendait au volant de la voiture, un livre à la main.

Pendergast s'approcha et toqua à la fenêtre. L'agent sursauta, recouvrant aussitôt son calme. Il écarta prestement son livre d'un geste qu'il voulait innocent, descendit de voiture dans un brouillard d'air climatisé et se planta face à Pendergast en plissant les yeux, aveuglé par la lueur du soleil, les poings sur les hanches.

— Qui vous êtes, vous ? aboya-t-il.

Ses bras étaient recouverts d'un fin duvet roux et ses bottes crissaient à chacun de ses mouvements.

Pendergast lui mit son badge sous le nez.

— Ah, vous êtes du FBI ? 'scusez-moi, inspecteur, je savais pas.

Il regarda tout autour de lui.

— Où est votre voiture ?

— J'aurais souhaité examiner le lieu du crime, répondit Pendergast.

— Allez-y, mais je vous préviens tout de suite, il ne reste plus rien. Tout a été enlevé.

— Aucune importance. Ne vous occupez pas de moi.

— Bien, inspecteur.

Soulagé, l'agent remonta dans sa voiture et referma la portière derrière lui.

Sans plus s'occuper de lui, Pendergast se baissa et passa avec précaution sous le ruban jaune. Arrivé au bord de la clairière, il s'arrêta et observa la disposition des lieux. Comme le lui avait annoncé le jeune flic, il ne restait rien, sinon des pieds de maïs arrachés et des centaines de traces de pas. Seul témoin du drame qui s'était déroulé là, une tache sombre de dimensions modestes au centre de la clairière.

Pendergast demeura longtemps immobile sous la morsure du soleil. Seuls ses yeux fouillaient l'espace, à la recherche du moindre détail à mémoriser. Au bout de quelques minutes, il sortit de la poche de sa veste un gros plan du corps pris la veille par le photographe de la police judiciaire, ainsi que d'autres clichés moins rapprochés sur lesquels on distinguait clairement les corbeaux empalés. Pendergast se concentra afin de reconstituer la scène dans sa tête.

Il resta là, sans bouger, pendant plus d'un quart d'heure avant de remettre les photos dans sa poche. Il avança d'un pas et se pencha afin d'examiner un pied de maïs. La tige n'avait pas été coupée, elle avait été arrachée. Il répéta son manège à plusieurs reprises avec les tiges voisines et constata qu'elles avaient toutes subi le même sort. Arrivé à l'une des extrémités de la clairière, il s'approcha d'un plant intact, s'agenouilla et voulut le déraciner sans parvenir à l'arracher en dépit de tous ses efforts.

Il parcourut à nouveau la clairière sans s'inquiéter de savoir où il mettait les pieds, les enquêteurs qui l'avaient précédé ayant détruit jusqu'au moindre indice. Il avançait lentement, s'agenouillant çà et là, s'intéressant de près aux débris de maïs mêlés à la terre. Il avait extrait de sa poche une pince à épiler et ramassait de temps à autres une poussière ou une brindille qu'il reposait presque aussitôt. Il poursuivit sa quête pendant plus d'une demi-heure, courbé en deux sous le soleil, sans rien garder.

Parvenu à l'autre extrémité de la clairière, il s'enfonça enfin entre les rangées de maïs. Les enquêteurs avaient trouvé quelques lambeaux de tissu accrochés aux épis et l'on apercevait encore les étiquettes marquant leur emplacement.

Pendergast avançait le long du sillon, mais les hommes et les chiens avaient effacé toute trace de l'assassin. Le rapport d'enquête indiquait qu'il avait été fait appel à deux groupes de chiens policiers, mais les animaux avaient tous refusé de suivre la piste.

Pendergast s'arrêta en plein champ et prit dans sa poche un cylindre de papier brillant qu'il déroula. Il s'agissait d'une photographie aérienne du champ prise avant le crime. Les rangées de maïs n'étaient pas rectilignes comme on aurait pu le penser, elles épousaient en réalité la courbe du terrain et décrivaient une ellipse. Il commença par repérer sur la photo la rangée dans laquelle il se trouvait et se fraya péniblement un chemin à travers les tiges jusqu'à ce qu'il trouve celle qu'il cherchait. S'assurant qu'il était sur le bon chemin à l'aide de la photo aérienne, il suivit le sillon du doigt et constata qu'il aboutissait à un coude de la rivière.

Cette rangée était la seule qui débouchait directement sur la rive de la Medicine River.

Il reprit sa route, tournant le dos à la clairière. En l'absence du moindre souffle de vent, une chaleur oppressante régnait entre les rangées de maïs. Descendant en pente douce vers la rivière, Pendergast apercevait des champs à perte de vue, les peupliers décharnés bordant la rivière contribuant à la tristesse sourde de ce paysage morne. L'inspecteur s'immobilisait épisodiquement afin d'examiner une motte de terre ou un pied de maïs, prenant le temps de ramasser une poussière à l'aide de sa pince à épiler avant de poursuivre son chemin.

Enfin, le sillon déboucha sur une bande de terre sablonneuse longeant la rivière et Pendergast s'arrêta pour observer le lieu.

Il remarqua immédiatement des traces de pieds nus profondément enfoncés dans le sable. Il s'agenouilla et mesura l'une des empreintes. Le meurtrier avait de très grands pieds, au moins du 45, et il portait le corps lorsqu'il était sorti du lit de la rivière.

Pendergast se releva. Il suivit les traces jusqu'à l'eau et constata qu'elles ne ressortaient pas sur l'autre rive. Il longea le cours de la rivière en aval, puis en amont, sans découvrir l'endroit où le meurtrier avait émergé de l'onde. Il avait donc avancé dans le lit de la rivière sur une longue distance.

Pendergast rebroussa chemin et repartit en direction de la clairière. Medicine Creek était comme une île perdue au milieu d'un océan de maïs et il était quasiment impossible d'entrer ou de sortir du village sans être vu. Ici, tout le monde connaissait tout le monde et la moindre allée et venue suspecte aurait été remarquée. Le seul moyen de ne pas se faire voir aurait été d'arriver à pied à travers champs, en parcourant les trente kilomètres séparant Medicine Creek de la bourgade voisine.

Son intuition ne l'avait donc pas trompé : il ne faisait guère de doute à ses yeux que l'assassin n'était pas venu d'ailleurs.

7

Harry Hoch, l'un des meilleurs vendeurs d'équipements agricoles de Cry County, prenait rarement des auto-stoppeurs. Il décida pourtant de faire une exception ce jour-là en apercevant sur le bord de la route un homme au regard triste, vêtu en grand deuil. Hoch avait perdu sa mère l'année précédente, il savait ce que l'on ressentait en pareil cas.

Il arrêta sa Ford Taurus sur le bas-côté et donna un petit coup de klaxon, puis il baissa sa vitre.

— Vous allez où, mon vieux ? demanda-t-il.

— Je me rends à l'hôpital de Garden City, mais je ne voudrais pas vous déranger.

Harry eut un serrement de cœur. Pauvre type. La morgue du comté se trouvait dans le sous-sol de l'hôpital, la mort était donc récente.

— Aucun problème, montez.

Hoch jeta un regard furtif à son passager lorsqu'il se glissa sur le siège côté passager. Avec son teint blafard, il risquait de prendre un méchant coup de soleil s'il ne faisait pas attention. Vu son accent, il n'était sûrement pas du coin.

— Je m'appelle Hoch. Harry Hoch, fit-il en tendant la main.

La main de son passager était étonnamment fraîche.

— Enchanté de faire votre connaissance, monsieur Hoch. Je m'appelle Pendergast.

Hoch s'attendait à ce que l'autre lui dise son prénom, mais comme rien ne venait, il lui lâcha la main et poussa le bouton du climatiseur à fond. Un souffle glacial sortit aussitôt des aérateurs. Dehors, il faisait une chaleur infernale. Hoch appuya sur l'accélérateur et reprit sa route, comme si de rien n'était.

— Vous n'avez pas trop chaud, Pendergast ? s'enquit Hoch après quelques instants de silence.

— À dire vrai, monsieur Hoch, je me sens parfaitement dans mon élément par cette chaleur.

— Un peu de chaleur, je dis pas, mais plus de quarante, et avec un tel degré d'humidité, c'est une autre histoire, vous trouvez pas ? répondit Hoch avec un petit rire. Par un temps pareil, je parie qu'on pourrait faire cuire un œuf sur le capot de la voiture.

— Je n'en doute pas.

Le silence s'installa à nouveau. Hoch se disait qu'il avait chargé un drôle de paroissien, mais comme Pendergast n'avait pas l'air de vouloir bavarder, il se contentait de regarder droit devant lui. La Ford avalait la route à cent cinquante à l'heure, secouant dans son sillage les plants de maïs écrasés par la canicule. Il n'y avait jamais le moindre flic sur ces petites routes et Harry en profitait généralement pour rouler vite. Il avait une raison supplémentaire de se sentir des ailes : un client lui avait passé commande le jour même d'une moissonneuse-batteuse, un Combiné Case 2388 à cent vingt mille dollars, avec tous les accessoires. C'était le troisième qu'il vendait depuis le début de l'année, ce qui lui vaudrait un week-end à San Diego, alcool et filles à volonté. Il en salivait d'avance.

Au même moment, la route s'élargit et ils virent défiler quelques fermes en ruine, une rangée de bâtiments abandonnés et un silo à grain dont la partie supérieure s'était effondrée sur une voie de chemin de fer rouillée, envahie par les mauvaises herbes.

— Où sommes-nous ? demanda Pendergast.

— Bienvenue à Crater, Kansas. Il y a trente ans, c'était une petite ville comme les autres, mais les gens sont partis, comme partout ailleurs dans le coin. C'est toujours le même cirque. D'abord, c'est l'école qui ferme ses portes, ensuite l'épicerie, et enfin le magasin de fournitures agricoles, sans oublier le saloon. La ville perd son code postal et puis c'est la fin. C'est la même histoire dans tout le comté. Hier c'était Crater, demain ce sera DePew, après-demain un autre patelin dans le genre de Medicine Creek.

— La sociologie de ces bourgades abandonnées doit être pour le moins complexe, commenta Pendergast.

La remarque était passée largement au-dessus du bonnet de Hoch qui préféra ne pas répondre.

Moins d'une heure plus tard, les élévateurs à grain de Garden City apparurent à l'horizon.

— Je vais vous déposer à l'hôpital, monsieur Pendergast, proposa Hoch. Toutes mes condoléances. En tout cas, j'espère que ce n'était pas un accident.

— La vie n'est qu'un gigantesque accident, monsieur Hoch, répliqua Pendergast au moment où la Ford s'arrêtait devant le bâtiment de brique orange.

Hoch déposa son étrange passager et redémarra sans demander son reste. Il lui fallut rouler une bonne demi-heure à tombeau ouvert, toutes fenêtres baissées, pour dissiper le malaise qui l'envahissait.

Le shérif Hazen, engoncé dans une blouse de chirurgien beaucoup trop grande pour lui, un calot en papier sur la tête, observait d'un air faussement détaché le cadavre déposé sur la table d'opération. L'étiquette attachée à l'orteil du pied droit se balançait doucement, mais le shérif connaissait déjà l'identité de la victime. Il s'agissait de Sheila Swegg, une célibataire sans enfant de trente-deux ans, divorcée deux fois, vivant dans une caravane au 40A Whispering Meadows à Bromide, dans l'Oklahoma.

Bref, une pure racaille sudiste, tout ça pour finir sur une table d'autopsie, ouverte en deux comme une carcasse de porc à l'abattoir, ses organes alignés à côté d'elle. Le médecin légiste lui avait décalotté la boîte crânienne et le cerveau de la jeune femme reposait dans une cuvette stérile. Le cadavre avait séjourné en plein soleil pendant au moins vingt-quatre heures avant d'être apporté là et il régnait dans la pièce une odeur de putréfaction quasiment insoutenable. Le légiste, un jeune médecin à la crinière touffue du nom de McHyde, s'escrimait sur le corps avec enthousiasme, taillant, écartant et découpant d'une main experte tout en enregistrant ses commentaires dans un jargon incompréhensible à l'aide d'un micro placé au-dessus de la table. *Toi, mon bonhomme*, se disait Hazen, *je ne te donne pas cinq ans pour perdre de ta superbe et sombrer dans la routine, comme tout le monde.*

Après s'être occupé du torse, McHyde s'attaquait à la gorge qu'il découpait avec de petits gestes précis. Certains coups de scalpel crissaient avec un bruit atroce et Hazen n'était pas loin de se trouver mal. Il voulut prendre une cigarette dans sa poche avant de se souvenir qu'il était strictement interdit de fumer. À la place, il prit dans un flacon un peu de baume mentholé qu'il étala sous ses narines, s'efforçant de penser à autre chose. Jayne Mansfield dans *La Blonde et Moi*, les concours de polka à l'Elks Lodge de Deeper, les parties de pêche arrosées à la bière à Hamilton Lake... Tout sauf Sheila Swegg.

— Tiens, tiens, fit le jeune médecin. Vous avez vu ça ?

Brusquement rappelé à la dure réalité, Hazen s'approcha.

— Qu'est-ce qu'il y a ?

— C'est bien ce que je pensais. L'os hyoïde est cassé. Et même bien cassé. Voilà qui confirme la raison des légères ecchymoses observées sur le cou de la victime.

— Vous voulez dire qu'elle a été étranglée ?

— Eh bien non, justement. Quelqu'un lui a proprement brisé le cou. Elle n'est pas morte d'étouffement, mais la moelle épinière sectionnée.

Tout en parlant, McHyde poursuivait ses explorations.

— Il a fallu au meurtrier une force considérable. Regardez ici. Le cartilage cricoïde s'est désolidarisé du cartilage thyroïde et des lames vertébrales. Je n'ai jamais vu ça. La trachée a été littéralement écrasée. Quant aux vertèbres cervicales, elles ont été brisées à quatre endroits différents. Non, cinq !

— Pas la peine d'insister, docteur, je vous crois sur parole, fit Hazen en détournant les yeux.

Le médecin leva la tête, une lueur amusée dans le regard.

— C'est votre première autopsie ?

— Bien sûr que non, mentit Hazen sur un ton bougon.

— On ne s'habitue jamais, je sais. Surtout quand ils sont dans un état avancé. L'été est la pire des saisons, pour ça.

Le médecin avait repris son examen lorsque le shérif sentit une présence dans son dos. Il se retourna et sursauta en découvrant Pendergast. On aurait dit qu'il avait surgi de nulle part.

McHyde leva la tête à son tour, surpris.

— Excusez-moi, monsieur, mais nous...

— C'est bon, c'est bon, l'interrompit Hazen. Ce monsieur travaille pour moi. Je vous présente l'inspecteur Pendergast, du FBI.

— Dans ce cas, inspecteur, reprit le médecin d'une voix tendue, je vous demanderai de bien vouloir décliner votre identité pour les besoins de l'enregistrement, de passer une blouse et d'enfiler un masque. Vous trouverez tout ce qu'il vous faut à côté.

— Bien évidemment, acquiesça Pendergast.

Hazen se demandait comment ce diable d'inspecteur avait bien pu s'y prendre pour arriver jusque-là sans voiture. D'un autre côté, il n'était pas mécontent de l'avoir à ses côtés. La présence de Pendergast dans une enquête comme celle-là ne pouvait que lui être bénéfique, à condition qu'il ne fasse pas de vagues.

Pendergast revenait déjà avec une blouse. Le médecin s'intéressait à présent au visage qu'il avait pelé comme une peau de banane, maintenant la peau à l'aide d'écarteurs. Le spectacle n'était déjà pas très ragoûtant lorsqu'il manquait le nez, les lèvres et les oreilles, mais Hazen était plus impressionné encore par les entrelacs de muscles rouges, de ligaments blancs et de tissus graisseux d'un jaune malsain. Mon Dieu, quelle horreur !

— Vous permettez ? demanda Pendergast en s'approchant.

Le médecin recula d'un pas et l'inspecteur se pencha sur le visage écorché à le toucher, s'intéressant tout particulièrement aux chairs déchirées à hauteur du nez et de la bouche.

— Les prélèvements semblent avoir été effectués à l'aide d'un instrument fort sommaire, remarqua-t-il en se reculant.

Le médecin fronça les sourcils.

— Un instrument sommaire ?

— Permettez-moi de vous conseiller un examen microscopique superficiel des tissus concernés. Il serait peut-être intéressant de prendre une série de clichés de ces observations. Vous remarquerez également que la victime a été en partie scalpée.

— Bien, fit McHyde d'un ton agacé.

Hazen ne put s'empêcher de sourire en constatant que l'inspecteur en remontrait au jeune toubib. D'autant que si Pendergast avait raison... Il ne voulait même pas imaginer quel type d'« instrument sommaire » le meurtrier avait utilisé. Il avait l'estomac au bord des lèvres et s'obligea en catastrophe à repenser à Jayne Mansfield.

— Pas la moindre trace des lèvres, des oreilles ou du nez ? demanda Pendergast.

— La police ne les a pas retrouvés, répliqua le médecin.

La remarque piqua Hazen au vif. Depuis le début de l'autopsie, le légiste avait multiplié les allusions plus ou moins transparentes à l'imprécision du rapport de Hazen, et donc à son travail. C'était oublier un peu vite que la police du Kansas avait déjà brouillé les pistes lorsque l'enquête lui avait été confiée.

Le docteur reprit son travail sous l'œil attentif de Pendergast qui tournait autour de la table d'opération, les mains derrière le dos, considérant l'un après l'autre les organes de la jeune femme avec un regard de connaisseur. On aurait dit un critique d'art examinant une sculpture. Il finit par s'arrêter devant l'étiquette accrochée au gros orteil.

— Je constate que vous avez pu identifier la victime.

— Ouais, fit Hazen en toussant. Une pouilleuse venue d'Oklahoma. On a retrouvé sa voiture, une petite bagnole coréenne cachée dans un champ à l'autre bout de Medicine Creek.

— Auriez-vous une explication sur la présence de la jeune femme dans la région ?

— On a retrouvé des pelles et des pioches dans le coffre de sa voiture. Elle cherchait probablement des vestiges indiens. C'est pas la première à venir fouiller du côté des tumulus.

— Vous dites qu'il s'agit d'une pratique courante ?

— Il y a pas mal de gens qui vivent de ça. Ils écument les sites historiques à la recherche de bricoles qu'ils revendent dans les vide-greniers et les marchés aux puces. Les champs de bataille, les vieilles sépultures, tout ce qui touche à l'histoire des guerres indiennes de Dodge City jusqu'en Californie. Des gens sans scrupule.

— Cette jeune femme possédait-elle un casier judiciaire ?

— Rien de bien méchant. Escroquerie à la carte de crédit, ventes de fausses antiquités sur eBay et autres arnaques à trois francs six sous.

— Je constate que votre enquête a beaucoup progressé, shérif.

Hazen hocha la tête d'un air bougon.

— Eh bien, je crois que j'arrive au bout, les interrompit le médecin. Si vous avez des questions ou des suggestions, c'est le moment.

— J'ai une requête, en effet, fit Pendergast. Où se trouvent les oiseaux empalés ?

— Dans la chambre froide. Vous voulez les voir ?

— Si cela ne vous dérange pas.

Le médecin s'éclipsa et revint quelques instants plus tard en poussant devant lui une table roulante sur laquelle étaient alignés les corbeaux morts. Chaque oiseau avait été étiqueté. Les flèches reposaient un peu plus loin.

Pendergast s'avança. Au moment de saisir l'un des volatiles, il se figea.

— Puis-je ? demanda-t-il.

— Je vous en prie.

Il saisit une flèche entre le pouce et l'index de sa main gantée, l'examinant longuement.

— Ce sont des copies. Vous trouverez les mêmes dans toutes les stations-service et les boutiques de souvenirs entre ici et Denver, fit McHyde.

Pendergast poursuivit son examen avant de répondre :

— Je suis au regret de vous contredire, docteur, mais il ne s'agit pas de copies. Nous avons affaire ici à une véritable flèche cheyenne en bois de jonc, munie d'une plume d'aigle et d'une pointe de chert des carrières d'Alibates de type Plains Cimarron II. Sans pouvoir me montrer plus précis, je dirais que sa fabrication remonte à la période courant de 1850 à 1870.

Hazen regardait Pendergast avec des yeux ronds.

— Vous voulez dire qu'elles sont toutes vraies ?

— Sans le moindre doute. Il s'agit d'une collection complète, en parfait état, dont la valeur marchande chez Sotheby's dépasse indubitablement les dix mille dollars.

Pendergast profita du silence qui accompagnait sa réponse pour s'emparer d'un corbeau qu'il palpa précautionneusement.

— On dirait que le malheureux animal a été écrasé.

— Vraiment ? fit le jeune médecin, dissimulant mal son agacement.

— Indéniablement. Chaque os semble avoir été broyé, fit Pendergast en levant les yeux sur son interlocuteur. Je suppose que vous aviez l'intention d'autopsier ces volatiles, docteur ?

Le médecin eut un petit ricanement.

— Un ou deux, peut-être, mais sûrement pas tous.

— Je ne saurais trop vous recommander de les autopsier tous, au contraire.

McHyde recula d'un pas.

— Je ne vois pas très bien à quoi cela pourrait servir, inspecteur, sinon à gaspiller l'argent des contribuables et à me faire perdre mon temps par la même occasion. Comme je viens de vous le dire, j'en examinerai un ou deux.

Pendergast reposa le corbeau mort sur la table, en saisit un autre qu'il palpa, puis un troisième, avant d'en choisir un quatrième. Avant que le médecin ait pu réagir, il s'était emparé d'un scalpel dont il se servit pour pratiquer une longue incision sur le ventre de l'oiseau

— Un instant ! s'exclama le médecin. Vous n'avez pas le droit de...

Sans s'inquiéter le moins du monde, Pendergast exhuma l'estomac de l'animal. Au moment de l'ouvrir à l'aide du scalpel, il eut une hésitation.

— Lâchez immédiatement cet oiseau, gronda le médecin.

D'un geste sec, Pendergast ouvrit la poche stomacale, découvrant un objet rosâtre au milieu d'une poignée de grains de maïs à moitié digérés. À sa surprise, Hazen reconnut un nez humain et il crut qu'il allait vomir.

Pendergast reposa le corbeau sur la table.

— Je vous laisse le soin de retrouver les oreilles et les lèvres, docteur, fit-il d'une voix douce en ôtant son masque, ses gants et sa blouse. Merci de me faire parvenir un exemplaire de votre rapport par l'entremise du shérif Hazen, ajouta-t-il avant de sortir de la pièce sans un regard pour le médecin légiste, hébété.

8

Smit Ludwig, installé au comptoir chez Maisie, remuait machinalement sa cuillère dans sa tasse de café. Il avait à peine touché sa tourte de viande. Il était plus de six heures et il n'avait pas encore rédigé une ligne. Cette histoire le dépassait, ou bien alors c'est qu'il ne faisait pas le poids. À force de faire le compte rendu des foires agricoles et autres chiens écrasés, il avait peut-être perdu la main. Si tant est qu'il l'ait jamais eue.

Ludwig tournait sa cuillère de plus en plus vite, provoquant un véritable tourbillon dans sa tasse.

À travers la vitre du restaurant, il avait remarqué que le bureau du shérif était fermé. Il en voulait à Hazen qu'il trouvait aussi bête que buté. Le shérif n'avait rien voulu lui dire et les types de la police criminelle ne s'étaient guère montrés plus bavards. Jusqu'au médecin légiste qui refusait de le prendre au téléphone. Ludwig se demandait comment faisaient ses collègues du *New York Times* en pareil cas ; eux au moins avaient la chance d'appartenir à un journal puissant et redouté.

Il fallait bien reconnaître que le *Cry County Courier* n'avait pas exactement l'envergure du *Times*. Comment prendre au sérieux un journaliste qui vendait lui-même les encarts publicitaires de son petit canard quand il ne livrait pas en personne le journal sous prétexte que le chauffeur de la camionnette, Pol Ketchum, devait conduire sa femme à Dodge City pour sa chimiothérapie ?

Et voilà qu'au moment où survenait l'affaire qu'il avait attendue toute sa vie, il se retrouvait avec l'angoisse de la page blanche. Rien d'intéressant à raconter. Rien de nouveau, en tout cas. Il aurait pu se contenter de rapporter les faits sous un angle un peu différent de son article de la veille, laisser entendre que l'enquête avançait et que la police se refusait à tout commentaire, mais les circonstances pour le moins bizarres et la brutalité du crime avaient réveillé les consciences à Medicine Creek et ses lecteurs attendaient autre chose de lui. Pour la première fois de sa vie, Ludwig avait l'occasion de faire du vrai journalisme et il aurait aimé se montrer à la hauteur.

Il sourit à son image dans la glace et secoua la tête. Tu parles d'un vrai journaliste... Il était à la veille de la retraite, veuf, père d'une fille unique qui avait déserté le Kansas depuis belle lurette pour faire sa vie en Californie, et propriétaire d'un canard de cambrousse qui perdait de l'argent. Un vrai journaliste... Et puis quoi encore ?

Ludwig remarqua brusquement que le brouhaha habituel des clients s'était tu. Du coin de l'œil, il aperçut une longue silhouette noire devant le restaurant. Raide comme la justice, l'inspecteur du FBI lisait le menu dans la vitrine. Il poussa la porte, faisant tinter la sonnette.

Smit Ludwig exécuta un quart de tour sur son tabouret. Après tout, il avait peut-être encore une chance de s'en sortir s'il arrivait à tirer les vers du nez de l'inspecteur. Il en doutait, mais après tout... Il suffisait que l'autre laisse échapper un détail et Ludwig en ferait une montagne.

L'agent du FBI – comment s'appelait-il, déjà ? – se glissa sur la banquette de l'un des boxes et Maisie se précipita afin de prendre la commande. Contrairement à la voix claironnante de Maisie, celle du policier lui parvenait difficilement.

— Comme plat du jour, je peux vous proposer de la tourte de viande, fit Maisie.

— De la tourte de viande, répondit Pendergast. Comme c'est intéressant.

— Exactement. De la tourte de viande avec une sauce blanche et de la purée à l'ail. De la purée maison, pas de la purée en sachet, avec en prime des haricots verts. C'est bon pour la santé, les haricots verts. C'est plein de fer, je suis sûre que ça vous ferait le plus grand bien, pâlichon comme vous êtes.

Ludwig réprima un sourire. Ce malheureux type du FBI ne savait pas encore à qui il avait affaire. S'il ne prenait pas cinq kilos avant la fin de son enquête, ce ne serait pas la faute de Maisie.

— Je vois ici que vous proposez du porc aux haricots. De quelle sorte de légumineuses s'agit-il plus précisément ?

— Des légumineuses ? Il n'y a pas la moindre légumineuse dans mon porc aux haricots, s'indigna Maisie. Rien que des haricots rouges du jardin. Je les fais revenir avec du lard maigre. Je sale, je poivre, j'ajoute une bonne cuillère de mélasse et je fais revenir à petit feu toute la nuit. Les haricots fondent dans la bouche. Mes clients en redemandent. Une assiette de rôti de porc aux haricots ?

Voilà qui promettait. Ludwig se tourna un peu plus sur son tabouret afin de ne rien rater de la suite.

— Du lard maigre ? Eh bien, ma foi, voilà qui paraît pour le moins surprenant, balbutia Pendergast. Et votre poulet frit ?

— Trempé dans une pâte à frire à base de maïs façon Maisie, doré à point, servi avec une bonne louche de béchamel et une assiette de frites faites avec des patates douces. Un régal.

L'agent leva brièvement les yeux en direction de Maisie et se replongea dans la lecture du menu, l'air impassible.

— Si je ne m'abuse, vous ne devez pas manquer de bœuf de qualité dans ces contrées.

— C'est pas ça qui manque. Question bœuf, vous ne pouviez pas tomber mieux. Je peux vous le servir frit à la poêle, cuit en friteuse, bien grillé ou alors saisi au gril, rôti en cocotte ou rôti au four, servi avec une salade verte premier choix et des pommes frites de première qualité, cuisson saignante, à point ou bien cuit. Je vous le fais comme vous voulez, vous n'avez qu'à demander. Sinon, c'est que ça n'existe pas.

— Fort bien. Dans ce cas, je vous serais reconnaissant de bien vouloir m'en apporter une tranche prélevée dans l'aloyau, fit Pendergast d'une voix onctueuse.

Il avait beau parler doucement, tout le monde s'était tu afin d'écouter la conversation.

— Pas de problème. De l'aloyau, du filet, de l'araignée, tout ce que vous voulez.

Pendergast ne répondit pas immédiatement.

— Il me semble vous avoir entendue dire que vous étiez disposée à préparer le bœuf de la façon qui me convenait. Me trompé-je ?

— Non. Chez Maisie le client est roi. Pas vrai, Smitty ? ajouta-t-elle en se tournant vers le journaliste.

— Ce n'est pas moi qui te contredirai. Ta tourte de viande est un pur délice.

— Alors je me demande pourquoi tu n'as pas touché à ton assiette.

Ludwig hocha la tête en souriant et Maisie en profita pour reprendre :

— Dites-moi comment vous voulez votre viande et je vous la prépare.

— Auriez-vous l'extrême amabilité de me montrer une belle tranche prélevée dans l'aloyau après en avoir ôté le gras ? J'aurais souhaité m'assurer de la qualité de votre viande.

Maisie n'en était pas à ça près. Si le bonhomme voulait voir la tête de son bifteck avant de le manger, pas de problème. Elle s'éloigna en direction de la cuisine et revint quelques instants plus tard avec un steak superbe, son meilleur morceau de bœuf après celui qu'elle réservait à Tad Franklin, l'adjoint du shérif, pour lequel elle avait un petit faible.

Elle mit l'assiette sous le nez de Pendergast.

— Voilà le travail. Vous ne trouverez rien de meilleur d'ici à Denver, je vous en donne ma parole.

Pendergast examina la tranche de viande, prit son couteau et sa fourchette et entreprit d'ôter le morceau de gras sur le côté, puis il tendit l'assiette à Maisie.

— À présent, je vous demanderai de bien vouloir la hacher en morceaux de taille moyenne.

Ludwig retint son souffle. Personne n'avait jamais osé demander à Maisie de hacher un morceau de filet mignon. Le silence le plus absolu régnait à présent dans le restaurant.

La pauvre femme regardait Pendergast avec des yeux comme des soucoupes.

— Euh... Et ensuite, comment vous voulez votre hamburger ?

— Cru.

— Vous voulez dire... à peine cuit ?

— Non, tout ce qu'il y a de plus cru, si cela ne vous dérange pas. Apportez-le-moi avec un œuf dans sa coquille, ainsi que de l'ail et du persil finement hachés.

Maisie en avait le souffle coupé.

— Et le petit pain ? Normal ou au sésame ?

— Sans pain, je vous remercie.

Maisie hocha la tête, tourna les talons et repartit dignement, son assiette à la main, jetant un regard furtif à Pendergast. Ludwig attendit qu'elle ait disparu dans sa cuisine avant de tenter sa chance. Il prit sa respiration, descendit de son tabouret avec sa tasse de café et s'approcha de l'agent du FBI. Ce dernier leva la tête et plongea ses yeux clairs dans ceux du vieux journaliste.

Ludwig se présenta en tendant la main.

— Smit Ludwig, rédacteur en chef du *Cry County Courier*.

— Enchanté, répondit Pendergast en saisissant entre ses doigts fins la main tendue. Je m'appelle Pendergast. Asseyez-vous, je vous en prie. Je vous ai vu à la conférence de presse, tôt ce matin. Les questions que vous avez posées étaient tout à fait pertinentes.

Se sentant rougir, Ludwig tenta de faire diversion en se glissant péniblement sur la banquette en face de Pendergast.

Au même moment, Maisie revenait de la cuisine, chargée de deux assiettes : l'une pour la viande hachée, l'autre contenant les ingrédients demandés ainsi qu'un œuf dans une tasse. Elle posa le tout devant Pendergast.

— Vous avez besoin d'autre chose ? demanda-t-elle d'un air désolé.

Ludwig savait à quel point elle avait mal au cœur d'avoir dû hacher un si beau morceau de viande.

— Ce sera parfait, je vous remercie.

Maisie esquissa un sourire, mais Ludwig comprit que le cœur n'y était pas.

Comme tous les autres clients du restaurant, Ludwig observait Pendergast. Avec une curiosité non dissimulée, il le vit parsemer sa viande hachée d'ail, de sel et de poivre, casser l'œuf cru et mélanger soigneusement le tout. Pendergast tassa la viande à l'aide de sa fourchette et la saupoudra de persil avant de contempler son œuvre.

— Un steak tartare ? demanda Ludwig.

— On ne peut rien vous cacher.

— J'ai vu ça une fois à la télévision. C'est bon ?

Pendergast porta sa fourchette à sa bouche et dégusta sa viande, les yeux mi-clos.

— Il ne manque plus qu'un Château Léoville Poy-ferré 1997 pour atteindre la perfection.

— Sans plaisanter, vous devriez essayer la tourte de viande, à l'occasion, rétorqua Ludwig en baissant la voix. Maisie a des défauts comme tout le monde, mais sa tourte excuse le reste. Elle est vraiment délicieuse.

— J'en prends note.

— D'où êtes-vous originaire, monsieur Pender-gast ? J'ai du mal à situer votre accent.

— Je suis originaire de La Nouvelle-Orléans.

— Pas possible ! J'y suis allé un jour pour les fêtes du mardi gras.

— Quelle chance. Je n'ai personnellement jamais eu l'occasion d'y assister.

Le sourire de Ludwig se figea sur ses lèvres. Il ne savait pas par quel bout prendre son client. Autour d'eux, les conversations avaient recommencé norma-lement.

— Il ne faut pas nous en vouloir, ce meurtre nous perturbe tous, reprit le journaliste à voix basse. Sur-tout dans un trou comme Medicine Creek où il ne se passe jamais rien.

— J'avoue que cette affaire présente quelques aspects surprenants.

Pendergast n'avait pas l'air de vouloir mordre à l'hameçon. Ludwig vida sa tasse et fit signe à Maisie.

— Maisie ! Une autre !

Maisie s'approcha avec la cafetière.

— Faudra voir à améliorer tes manières, Smit Ludwig, fit-elle d'un ton bourru en remplissant la tasse du journaliste ainsi que celle de Pendergast. Tu n'oserais jamais parler à ta mère sur ce ton-là.

Ludwig sourit.

— Ça fait plus de vingt ans que Maisie essaye de m'inculquer les bonnes manières.

— Peine perdue, fit Maisie en s'éloignant.

À défaut de parler du temps, Ludwig opta pour une approche plus directe. Il sortit un carnet de sa poche et le posa sur la table.

— Accepteriez-vous de répondre à quelques questions ?

Pendergast s'arrêta, la fourchette en l'air.

— Je crains que le shérif Hazen ne voie pas d'un très bon œil cette conversation.

— Écoutez, fit Ludwig en baissant la voix. J'ai absolument besoin de quelque chose pour mon papier de demain. Les gens ont peur, ils ont *besoin* de savoir. Je vous en prie.

Ludwig était le premier surpris de sa franchise. Pendergast le fixa pendant une éternité, puis il reposa sa fourchette et répondit sur un ton encore plus confidentiel que celui de son interlocuteur.

— Il ne fait guère de doute à mes yeux que l'assassin est originaire d'ici.

— D'ici ? Vous voulez dire du Kansas ?

— Non. De Medicine Creek.

Ludwig se sentit devenir blême. C'était impossible, il connaissait tout le monde, le policier devait faire fausse route.

— Comment pouvez-vous être aussi affirmatif ? demanda-t-il d'une voix blanche.

Pendergast termina tranquillement son assiette avant de se caler sur la banquette, puis il repoussa son café et saisit le menu.

— Que pouvez-vous me conseiller comme dessert ? De la glace, peut-être ? demanda-t-il, une note d'espoir dans la voix.

— De la glace industrielle, murmura Ludwig en secouant la tête.

Pendergast fut parcouru d'un frisson.

— Le sabayon de pêche ?

— En boîte.

— La tarte du jour ?

— Je ne sais pas de quel jour elle est, mais pas d'aujourd'hui ni même d'hier.

Pendergast reposa le menu et Ludwig en profita pour s'approcher.

— Maisie n'est pas la reine des desserts. Elle est davantage salée que sucrée.

— Je vois, fit Pendergast en étudiant son interlocuteur de ses yeux pâles. Medicine Creek est tel un îlot perdu en plein océan Pacifique. Personne n'aurait pu s'approcher sans être vu. Quant à venir à travers champs, je vous rappelle que Deeper, la ville la plus proche, se trouve à plus de trente kilomètres.

Il marqua un arrêt et eut un petit sourire en posant les yeux sur le carnet du journaliste.

— Je constate que vous ne prenez pas de notes.

Ludwig riait jaune.

— Pour l'instant, vous ne m'avez communiqué aucune information publiable. S'il y a une chose dont tout le monde ici est persuadé, c'est que l'assassin et sa victime viennent d'ailleurs, quel que soit cet « ailleurs ». Je ne dis pas que notre petite communauté n'a pas ses brebis galeuses, mais aucune d'entre elles n'est un assassin.

Une lueur de curiosité s'alluma dans le regard de Pendergast.

— Qu'entendez-vous exactement par « brebis galeuses » ?

Ludwig comprit qu'il n'aurait rien sans rien. Il n'avait pourtant guère à apprendre au policier.

— Des maris qui battent leur femme, des gamins qui boivent un peu trop le samedi soir et qui font des rodéos avec leurs voitures sur les routes du coin. L'an dernier, il y a eu un vol avec effraction à l'usine Gro-Bain, mais pas grand-chose d'autre.

Il s'arrêta, mais Pendergast n'avait toujours pas l'air satisfait.

— Des ados qui sniffent du trichloréthylène, rarement des overdoses. Le problème le plus aigu, ce sont encore les grossesses adolescentes.

Pendergast leva un sourcil.

— La plupart du temps, les choses s'arrangent quand les jeunes concernés se marient. Autrefois, on envoyait les filles accoucher ailleurs et elles abandonnaient leur bébé. Vous savez comment ça se passe dans un bourg comme celui-ci. Les jeunes s'ennuient et...

Perdu dans ses souvenirs, Ludwig se voyait brusquement à l'époque où il était au lycée avec sa femme. Le samedi soir, ils se rendaient en voiture au bord de la rivière. Le bruit de l'eau qui coulait, les vitres embuées... Une éternité le séparait de son passé.

— Bref, fit-il en se reprenant, c'est à peu près tout ce qui se passe ici. Jusqu'à hier.

Un petit sourire aux lèvres, l'inspecteur s'approcha et murmura d'une voix à peine intelligible :

— On a pu identifier la victime. Une certaine Sheila Swegg, originaire de l'Oklahoma, vivant de petits trafics divers. On a retrouvé sa voiture dans un champ à quelques kilomètres du centre. Il semblerait qu'elle ait entrepris des fouilles dans les tumulus indiens de la région.

Smit Ludwig regarda longuement Pendergast.

— Je vous remercie, finit-il par dire.

Enfin quelque chose à se mettre sous la dent. Et pas n'importe quoi.

— Ce n'est pas tout, poursuivit Pendergast en fixant son interlocuteur. Les flèches disposées autour du cadavre sont d'anciennes flèches cheyennes de grande valeur, en parfait état de conservation.

— Des antiquités indiennes ? C'est proprement stupéfiant !

— Absolument.

Les deux hommes furent interrompus par le bruit d'une altercation venant de la rue, ponctuée de cris de protestation aigus. Ludwig tourna la tête et aperçut le shérif Hazen aux prises avec une adolescente qu'il poussait devant lui en direction de son bureau. La fille hurlait, tortillant ses mains menottées dans tous les sens, ses ongles vernis de noir griffant l'air. Il la reconnut aussitôt à sa minijupe de cuir noir, son teint blafard, son collier à clous, ses mèches violettes et ses piercings. Elle criait tellement fort qu'une bordée d'injures parvint jusqu'à eux – « Espèce de gros porc ! Toxico tabagique de mes deux ! ». Sans se laisser démonter, le shérif la poussa dans le bâtiment de la police municipale, claquant la porte derrière lui.

Ludwig secoua la tête d'un air gentiment désabusé.

— Qui est cette intéressante personne ? s'enquit Pendergast.

— Corrie Swanson, notre emmerdeuse publique numéro un. Une sorte de punk, ou plutôt de goth, comme disent les jeunes aujourd'hui. C'est la bête noire du shérif. À en juger par les menottes, il doit avoir quelque chose de sérieux à lui reprocher, pour une fois.

Pendergast déposa un billet sur la table et se leva, saluant Maisie.

— J'espère avoir le plaisir de vous revoir, monsieur Ludwig.

— Je l'espère aussi. Et encore merci pour les tuyaux que vous m'avez donnés.

La porte du restaurant se referma derrière le policier sur un tintement de sonnette et Ludwig vit la haute silhouette noire de l'inspecteur s'évanouir dans l'ombre des maisons.

Le journaliste prit le temps de réfléchir à ce que lui avait dit Pendergast, composant au passage sa une, rédigeant son article dans sa tête. Cette histoire de flèches indiennes était de l'or en barre. Elle n'allait pas manquer de faire revivre aux habitants de Medicine Creek l'un des épisodes les plus sombres de leur passé. Ses pensées en ordre, Ludwig se leva. À son âge, l'humidité le faisait souffrir, mais il restait suffisamment alerte pour passer la moitié de la nuit à rédiger et mettre en page son article à temps pour l'édition du lendemain. Avec ce que lui avait appris Pendergast, il tenait un papier sensationnel.

9

Winifred Kraus vaquait à ses occupations dans la cuisine, faisant griller des toasts et bouillir des œufs à la coque pour son hôte, lui préparant du thé vert et une cruche de jus d'orange. Elle ne voulait plus penser à cet épouvantable article lu le matin même dans le *Cry County Courier*. Qui avait bien pu commettre un crime aussi horrible ? Et toutes ces vieilles flèches retrouvées autour du corps, cela ne signifiait tout de même pas que... La vieille femme fut parcourue d'un frisson. Elle ne voulait plus penser à tout ça. Malgré ses horaires fantaisistes, elle était bien contente d'abriter chez elle ce policier du FBI.

L'inspecteur Pendergast était particulièrement tatillon dès qu'il s'agissait de son thé ou de sa nourriture et Winifred s'appliquait à respecter scrupuleusement ses recommandations. Elle avait même ressorti la nappe en dentelle de sa mère qu'elle avait repassée et mise sur la table du petit déjeuner. Des soucis du jardin disposés dans un vase donnaient à la pièce une touche de gaieté dont elle avait le plus grand besoin.

Tout en s'activant, Winifred finissait par oublier le meurtre à l'idée du programme qui l'attendait ce matin-là. Pendergast lui avait demandé de visiter les Kavernes Kraus. C'est-à-dire qu'il ne lui en avait pas exactement fait la demande, mais il avait eu l'air très intéressé lorsqu'elle lui en avait soufflé l'idée la veille. Personne n'était venu dans les grottes depuis que deux charmants Témoins de Jéhovah avaient sonné à sa porte le mois précédent. Ils souhaitaient voir les Kavernes et ils en avaient profité pour passer la journée à bavarder avec elle.

À huit heures précises, elle perçut un léger frottement dans l'escalier et M. Pendergast fit son apparition au seuil de la cuisine, vêtu de son éternel costume noir.

— Bien le bonjour à vous, mademoiselle Kraus, fit-il.

Tout excitée, Winifred le conduisit à la salle à manger où l'attendait son petit déjeuner. Déjà, jeune fille, elle adorait l'atmosphère des visites, les murmures émerveillés des touristes en découvrant les grottes, le parking regorgeant de voitures venues de tous les coins d'Amérique. Toujours en quête de l'approbation de son père, elle ne se sentait jamais aussi proche de lui que les jours où elle jouait au guide ; et même si les choses avaient bien changé depuis la construction de l'autoroute plus au nord, son excitation restait intacte les jours de visite.

Le petit déjeuner terminé, elle laissa Pendergast achever tranquillement la lecture du *Cry County Courier* et partit ouvrir les Kavernes. Elle s'y rendait au moins une fois par semaine, même quand il ne se présentait personne, ne fût-ce que pour balayer les feuilles mortes ou changer une ampoule. Elle fit un petit tour et constata que tout était en place, puis elle s'installa derrière le comptoir de la boutique de souvenirs et attendit. Peu avant dix heures, Pendergast arriva. Il acheta son billet en sortant deux dollars et Winifred le précéda sur l'allée de ciment conduisant à l'entrée des grottes. Une grille en fer cadenassée barrait l'entrée, laissant passer un courant d'air frais particulièrement agréable par cette nouvelle journée de canicule. Elle sortit une clé et déverrouilla le cadenas avant de se tourner vers son visiteur afin de lui débiter son petit speech. Elle n'en avait pas changé un mot depuis l'époque où son père le lui avait appris à coups de règle en fer cinquante ans plus tôt.

— Les Kavernes Kraus furent découvertes par mon grand-père, Hiram Kraus, lors de son arrivée ici en 1888. Originaire du nord de l'État de New York, il avait décidé de chercher fortune dans l'ouest et fut l'un des premiers à s'installer dans le comté de Cry où il se retrouva bientôt à la tête d'une ferme de soixante hectares le long de la Medicine River.

Elle marqua un temps d'arrêt, les joues roses de plaisir, savourant l'intérêt de son auditoire.

— C'est en cherchant un veau égaré qu'il découvrit par hasard l'entrée de ces grottes le 5 juin 1901. L'ouverture était dissimulée à la vue par un amas de broussailles, de sorte qu'il revint bientôt équipé d'une lanterne et d'une hache dont il se servit pour se frayer un passage afin d'entamer ses explorations.

— Votre aïeul a-t-il retrouvé le veau égaré ? demanda Pendergast.

La question désarçonna Winifred car aucun visiteur ne la lui avait jamais posée.

— Eh bien figurez-vous que oui ! Le veau s'était introduit dans les grottes où il s'était perdu, et il avait fini par tomber dans le Puits sans Fond. Malheureusement, il était mort.

— Je vous remercie.

— Où en étais-je... balbutia Winifred, cherchant à retrouver le fil de sa présentation. Ah oui ! À cette même époque, l'Amérique découvrait les premières automobiles et Medicine Creek allait devenir une étape sur la route des émigrants qui cherchaient à se rendre en Californie. Il fallut pas moins d'un an à Hiram Kraus pour construire le chemin de planches sur lequel on marche aujourd'hui encore, et qui devait lui permettre d'ouvrir les grottes à la visite. À l'époque, le billet d'entrée ne coûtait que cinq cents.

Elle s'arrêta, attendant la réaction habituelle, et fut déroutée en constatant que Pendergast restait de marbre.

— Quoi qu'il en soit, le succès fut immédiat et mon grand-père ouvrit une boutique de souvenirs dans laquelle on vend toujours des rochers, des minéraux et des fossiles, ainsi que des travaux de couture réalisés au profit de la paroisse. Les visiteurs des Kavernes Kraus bénéficient d'ailleurs d'une réduction de dix pour cent sur l'ensemble des produits vendus dans notre boutique. Maintenant, si vous voulez bien me suivre, nous allons pénétrer dans la grotte proprement dite.

Elle écarta la grille en fer et fit signe à Pendergast de la suivre. L'un derrière l'autre, ils descendirent un escalier aux marches usées s'enfonçant dans les entrailles de la terre. Les parois de calcaire formaient une voûte au-dessus de leur tête, qu'éclairaient chichement des ampoules nues accrochées au plafond. Au terme d'une descente de près de cent mètres, les marches s'ouvraient sur une allée de planches débouchant sur la grotte elle-même après un coude à angle droit.

La vaste caverne avait une odeur d'humidité et de pierre suintante que Winifred aimait tout particulièrement, sans cette âcre senteur de moisi que l'on trouve généralement dans les souterrains, aucune chauve-souris n'ayant élu domicile dans les Kavernes Kraus. L'allée de planches serpentait à travers une forêt de stalagmites, les ampoules projetant des ombres grotesques sur les parois rocheuses, sans parvenir à dissiper les ténèbres enveloppant le plafond de la grotte. Winifred s'avança jusqu'au milieu de l'immense salle, puis elle s'arrêta et se retourna, les bras écartés comme son père le lui avait enseigné.

— Nous nous trouvons à présent dans la Kathédrale de Kristal, la première des trois principales cavernes de ces souterrains. Les stalagmites que vous apercevez tout autour de vous mesurent en moyenne plus de six mètres. Quant au plafond, il se trouve à plus de trente mètres au-dessus de nos têtes, la Kaverne s'étalant sur plus de quarante mètres de longueur.

— Tout à fait remarquable, commenta Pendergast.

Ravie, Winifred poursuivit son exposition des particularismes géologiques de cette partie du Kansas méridional, expliquant que les grottes avaient été creusées sur des millions d'années par des infiltrations d'eau. Pour terminer, elle désigna l'une après l'autre les stalagmites auxquelles grand-père Hiram avait donné des noms pittoresques : Les Sept Nains, La Licorne Blanche, La Barbe du Père Noël, ou encore Le Fil et l'Aiguille. Enfin, elle s'arrêta, prête à répondre aux questions qu'on voudrait bien lui poser.

— Les habitants de Medicine Creek ont-ils tous visité cet endroit ? l'interrogea Pendergast.

Cette fois encore, Winifred fut prise de court.

— Euh... je pense que oui. Nous ne faisons pas payer les locaux, pour des raisons évidentes de bon voisinage.

Comme Pendergast ne semblait pas disposé à poser d'autres questions, elle fit demi-tour et s'avança au milieu de la forêt de stalagmites jusqu'à un tunnel étroit conduisant à la grotte adjacente.

— Attention à votre tête ! recommanda-t-elle à son visiteur.

Elle pénétra dans la deuxième caverne et s'installa à nouveau au milieu de la salle en se retournant avec un mouvement de robe étudié.

— Nous nous trouvons à présent dans la Biblio-thèque du Géant. Cette appellation curieuse fut don-née à cette grotte par mon grand-père pour une raison simple : si vous regardez attentivement sur votre droite, vous constaterez que les strates de tra-vertin accumulées au fur et à mesure des millénaires font penser à des livres empilés. De ce côté-ci, vous remarquerez que les piliers de calcaire des parois res-semblent à des étagères. À présent...

La vieille femme s'avança, fière de présenter ce qui constituait à ses yeux le clou de la visite : les Orgues de Kristal. Brusquement, elle s'aperçut qu'elle n'avait pas son maillet de caoutchouc. Elle eut beau fouiller la poche où elle le dissimulait habituellement pour mieux surprendre ses visiteurs, rien. Elle l'avait sans doute oublié à la boutique, avec la lampe de poche qu'elle gardait normalement avec elle en cas de panne d'électricité. Winifred en était mortifiée. En plus de cinquante ans, c'était la première fois qu'elle oubliait son petit maillet.

Pendergast l'observait d'un œil curieux.

— Quelque chose ne va pas, mademoiselle Kraus ?

— C'est-à-dire que oui... Non. J'ai simplement oublié le maillet de caoutchouc dont je me sers pour les Orgues de Kristal.

Elle en aurait pleuré.

Pendergast jeta un regard circulaire à la forêt de stalactites qui l'entourait.

— Je comprends. Ces roches entrent en résonance lorsque vous les frappez à l'aide d'un maillet, c'est bien cela ?

Elle hocha la tête.

— Oui. On peut même jouer l'*Hymne à la joie* de Beethoven sur ces stalactites. C'est le moment le plus intéressant de la visite.

— Je n'en doute pas. Cela doit être fort impres-sionnant, en effet. Voilà qui m'incitera à faire une autre visite.

Winifred en avait oublié son texte et un sentiment proche de la panique la submergeait.

— Je trouve votre petite ville particulièrement attachante. Je ne doute pas qu'elle possède une histoire mouvementée, fit-il en s'intéressant aux cristaux de gypse qui brillaient à la lueur des ampoules.

Winifred, touchée par sa sollicitude, réagit aussitôt.

— Je pense bien, fit-elle.

— Je suis sûr que vous en connaissez les moindres détails.

— Sans me vanter, je crois pouvoir dire que je sais à peu près tout de l'histoire de ce pays.

Elle se sentait déjà mieux, d'autant qu'il avait promis de revenir pour une seconde visite. Ce jour-là, elle ferait bien attention de ne pas oublier son maillet. Tout ça à cause de cette histoire de meurtre qui la tracassait.

Pendergast se baissa afin d'examiner de plus près une floraison de cristaux.

— J'ai assisté à un curieux incident hier soir, alors que je dînais chez Maisie. Le shérif venait d'arrêter une jeune fille nommée Corrie Swanson.

— Ah oui ! Une petite enquiquineuse dont le père s'est enfui il y a quelques années. Sa mère est serveuse au Candlepin Castle.

S'approchant, elle ajouta sur un ton de conspiratrice :

— Sa mère boit... On dit même qu'elle reçoit des hommes chez elle.

— Allons bon, fit Pendergast.

— Comme je vous le dis. Et il paraît que Corrie se drogue. Elle finira par quitter Medicine Creek comme tous les autres et personne ne la regrettera. Que voulez-vous, monsieur Pendergast, c'est comme ça de nos jours. Nos jeunes grandissent et ils finissent tous par s'en aller. Enfin... pas tous. Il y en a qui restent alors qu'ils feraient mieux d'aller se faire pendre ailleurs. Brushy Jim, pour ne citer que lui.

Accroupi, le policier s'intéressait à présent à un bloc de calcaire. Pour Winifred, c'était un plaisir de jouer les guides avec un visiteur aussi attentif.

— J'ai cru comprendre que le shérif éprouvait quelque fierté à l'arrestation de cette jeune personne, fit-il sans tourner la tête.

— Pas étonnant. Ce qui ne m'empêche pas de penser que ce shérif est une brute. Je n'ai pas peur de le dire. Le seul qui semble trouver grâce à ses yeux, c'est son adjoint, Tad Franklin.

Elle se demanda si elle n'y avait pas été un peu fort, mais M. Pendergast hochait la tête d'un air compréhensif.

— Sans parler du fils Hazen, poursuivit-elle. Il est persuadé d'être intouchable parce que son père est shérif et il passe son temps à faire les quatre cents coups au lycée.

— Vous avez également parlé d'un certain Brushy Jim.

Winifred secoua la tête.

— Un bon à rien, fit-elle avec un claquement de langue significatif. Il vit dans un taudis sur la route de Deeper. Il prétend être le descendant du seul survivant du massacre de Medicine Creek. Il a fait la guerre du Viêtnam et ça lui est monté au cerveau. Un vrai rebut de l'humanité, monsieur Pendergast, croyez-en mon expérience. Un bon à rien qui passe son temps à blasphémer, qui boit, et qui ne met jamais les pieds à l'église.

— À ce propos, j'ai cru apercevoir un calicot devant l'église hier au soir.

— Oui, en l'honneur de ce professeur de l'université du Kansas.

— Je vous demande pardon ? s'étonna Pendergast.

— Je vois que vous n'êtes pas au courant. Ils ont l'intention de faire je ne sais quelle expérience scientifique dans la région et il ne reste que deux lieux en compétition : Deeper et Medicine Creek. La décision sera prise lundi prochain. Le professeur de l'université du Kansas doit venir aujourd'hui et toute la ville lui déroule le tapis rouge. Ce qui n'empêche pas certains de rouspéter, comme d'habitude.

— Pour quelle raison ?

— C'est au sujet des champs de maïs. Ils veulent planter des épis trafiqués, mais je n'en sais pas plus. Pour tout vous dire, je n'y comprends pas grand-chose.

— Tiens, tiens, fit Pendergast, pensif. Mais je ne voudrais pas bousculer votre visite guidée avec mes questions.

Winifred, toute ragaillardie, conduisit Pendergast à un grand trou noir d'où émanait un courant d'air glacial.

— Nous sommes à présent devant le Puits sans Fond. Le jour où mon grand-père l'a découvert, il y a jeté une pierre, mais jamais il ne l'a entendue toucher le fond. D'où le nom donné à ce puits.

Elle marqua une pause, satisfaite de son petit effet.

— Dans ce cas, comment a-t-il pu savoir que le veau se trouvait au fond du puits ? l'interrogea Pendergast.

Winifred ne savait plus que dire.

— Eh bien... je ne sais pas.

Pendergast lui sourit.

— Cela n'a guère d'importance, fit-il d'un ton badin. Continuez, je vous prie.

Ils s'approchèrent ensuite du Bassin de l'Éternité et la vieille femme fut déçue qu'il n'y lance pas une pièce afin de faire un vœu. À une époque lointaine, la récupération des pièces jetées par les touristes était une activité lucrative. S'éloignant du Bassin, l'allée de planches revenait à la Kathédrale de Kristal où avait débuté la visite et Winifred acheva sa présentation des Kavernes en serrant la main de son unique visiteur, heureuse de constater qu'il n'avait pas oublié de lui glisser un généreux pourboire. Quelques minutes plus tard, ils retrouvaient l'air libre après avoir remonté l'escalier. Une chaleur moite les accueillit et elle s'arrêta une dernière fois.

— Comme j'ai eu l'occasion de vous le dire, nous sommes heureux d'offrir à nos visiteurs une réduction de dix pour cent sur les objets mis en vente dans notre boutique, fit-elle en pénétrant dans la baraque en bois, suivie de Pendergast.

— J'aurais souhaité voir vos ouvrages en point de croix, s'enquit-il.

— Avec plaisir, gloussa la vieille demoiselle en lui indiquant une vitrine devant laquelle le policier s'attarda longuement avant de choisir une taie d'oreiller superbement brodée.

Winifred rayonnait, car c'était l'une de ses œuvres.

— Je ne doute pas que cela fera le plus grand plaisir à ma grand-tante Cornelia, expliqua Pendergast en réglant son achat. La malheureuse est fort âgée et doit se contenter de menus plaisirs.

Winifred sourit en faisant un paquet cadeau. Quelle chance d'avoir un hôte aussi charmant, bien élevé et prévenant. La grand-tante de l'inspecteur allait adorer sa taie d'oreiller.

10

Corrie Swanson, installée tant bien que mal sur la couchette de l'unique cellule de la prison de Medicine Creek, découvrait l'un après l'autre les graffitis laissés par les occupants précédents sur les murs décrépis de la petite pièce. Si l'orthographe et les écritures étaient d'une grande diversité, le sujet de ces élucubrations se révélait d'une parfaite monotonie. Une télévision hurlait dans le bureau d'à côté et Corrie reconnut l'une de ces sitcoms indigentes qui meublent le quotidien insipide des ménagères de la planète, avec ses jingles caricaturaux et ses pleurnicheries constantes. Malgré la télé, elle entendait le shérif aller et venir comme un ours en cage dans son bureau avec ses gros souliers à clous. Elle s'était toujours demandé comment un type aussi petit pouvait avoir d'aussi grands pieds. Le shérif passait son temps au téléphone en remuant des tonnes de papiers, son éternelle cigarette aux lèvres. D'ici à quelques heures, sa mère aurait eu le temps de cuver son vin et elle viendrait la chercher. En attendant, elle perdait son temps dans cet enfer puant la vieille clope, attentive aux moindres faits et gestes de ce rat de shérif. « Ça t'apprendra », lui avait dit sa mère. Tu parles d'une leçon... Après tout, ça valait toujours mieux que d'attendre chez elle, à écouter sa mère gueuler pour un rien quand elle ne ronflait pas, à moitié soûle.

Quant à la couchette en bois, elle n'était pas plus inconfortable que le vieux matelas qui lui servait de lit dans leur mobile home.

La porte extérieure s'ouvrit avec fracas et elle reconnut la voix de Brad Hazen, le fils du shérif. Brad était dans sa classe au lycée et c'était le chef d'une bande de dégénérés complets qui le suivaient partout.

Corrie les entendit dire au shérif qu'ils allaient regarder la télé dans le bureau du fond et elle s'empressa de se tourner vers le mur. Brad et ses copains commencèrent par changer de chaîne, zappant d'un jeu télévisé à une série en passant par des dessins animés.

Traînant leur ennui comme un boulet, ils tournaient en rond, multipliant les réflexions désabusées, jusqu'à ce que l'idée leur vienne de jeter un coup d'œil du côté de la prison. Corrie les entendit pénétrer dans le couloir sur lequel donnait sa cellule. Brad marqua un temps d'arrêt avant de murmurer :

— Tiens, tiens, tiens ! Hé, les mecs ! Regardez qui est là !

Corrie ne perdait rien de leurs mouvements et de leurs chuchotements. Brad, Chad et Biff, les trois inséparables.

L'un d'eux simula un bruit de pet avec sa bouche, ce qui eut le don d'amuser grandement les deux autres.

— Qu'est-ce que ça sent ? fit la voix de Brad, provoquant une nouvelle vague de rires étouffés. Vous avez marché dans une merde, les gars ? Eh, Corrie ! Qu'est-ce que t'as encore foutu ?

— Face-de-Cul, ton flic préféré, a eu la mauvaise idée de laisser tourner son moteur pendant une demi-heure devant le Wagon Wheel pendant qu'il s'empiffrait d'éclairs au chocolat. Cette face de con avait laissé les fenêtres grandes ouvertes, alors j'ai pas pu résister.

— Mon quoi ? ! !

— Te fais pas plus con que t'es, Brad. Je veux parler de ce sac à merde aux poumons goudronnés qui te sert de père.

— Tu peux répéter un peu ? s'énerva Brad.

— Pas de problème. Je parle de ton cher papa, tête de nœud.

Les deux copains de Brad s'esclaffèrent.

— Moi, au moins, j'ai un père, rétorqua Brad. Pas comme d'autres. Quant à ta mère, si on peut appeler ça une mère...

Il éclata de rire et l'un des autres, sans doute Chad, ponctua le commentaire de Brad d'un bruit peu ragoûtant.

— Quant à ta pute de mère, tu aurais dû lui demander de te faire les honneurs de la prison. Le mois dernier, c'est elle qui était à ta place, bourrée comme d'habitude. Telle mère, telle fille. Les chats ne font pas de chiens, ou plutôt les chiennes ne font pas de chattes.

Corrie, leur tournant toujours le dos, feignit d'ignorer les rires étouffés des trois garçons. Brad en profita pour reprendre à voix basse :

— À propos, t'as lu le journal, ce matin ? Il paraît que l'assassin est du coin. Sans doute un adorateur de Satan dans ton genre. Tu t'es vue, avec tes cheveux violets en pétard et tes yeux de sorcière ? On s'est toujours demandé ce que tu faisais la nuit. Maintenant, on sait.

— T'as tout compris, Brad, fit Corrie. Les nuits sans lune, j'égorge un agneau, je me baigne dans son sang et je dis des messes noires en recommandant à Lucifer de te refiler la vérole. Mais pour ça, il faudrait encore que t'aies une queue.

Chad et Biff éclatèrent de rire, mais la repartie de Corrie amusait nettement moins Brad.

— Conasse, gronda-t-il entre ses dents.

Il avança d'un pas et baissa encore la voix.

— Regarde-toi un peu. Tu te crois maligne avec tes fringues noires, mais t'es qu'une ratée, ma pauvre fille. Pour une fois, je suis prêt à te croire, ça m'étonnerait pas que t'égorges des bestioles la nuit. Ou alors que tu les niques, ajouta-t-il en ricanant. Vu comme t'es branlée, pauvre tache, je vois mal qui d'autre accepterait de te baiser.

— Il faudrait déjà qu'il y ait des mecs dignes de ce nom, dans ce patelin, répondit Corrie.

Au même moment, elle entendit la porte du bureau s'ouvrir et un silence glacial s'installa, que la voix menaçante du shérif finit par rompre.

— Brad, qu'est-ce tu fiches ici ?

— Rien de mal, p'pa. On discutait avec Corrie, c'est tout.

— Tu discutais, hein ?

— Ben, oui...

— Arrête de te foutre de moi. Je sais très bien ce que tu faisais.

Brad jugea plus prudent de ne pas répondre.

— Si jamais je te reprends en train de harceler un prisonnier, je te boucle moi-même. C'est compris ?

— Oui, p'pa.

— Maintenant, fichez-moi le camp d'ici, tous les trois. Vous devriez déjà être à l'entraînement à l'heure qu'il est.

Les trois garçons s'éloignèrent en traînant des pieds.

— Ça va, Swanson ? fit la grosse voix du shérif.

Corrie ne répondit même pas. Elle entendit la porte du couloir se refermer et elle se retrouva à nouveau seule, bercée par le bourdonnement étouffé de la télévision. Elle respirait lentement, s'efforçant de ne pas penser aux réflexions de Brad. Encore un an à tirer et elle trouverait bien un moyen de quitter ce trou. Plus qu'un an avant de dire définitivement adieu à ce putain de village de merde. Pour la dix millième fois, elle se dit que, si elle n'avait pas fait la connerie de repiquer sa première, elle serait déjà loin. Et voilà qu'elle recommençait à faire des conneries. Mieux valait ne plus penser à tout ça.

De loin, elle entendit s'ouvrir la porte donnant sur la rue. Quelqu'un venait d'entrer dans le bureau du shérif. Un bruit de conversation lui parvint, trop assourdi pour qu'elle puisse savoir de qui il s'agissait. Peut-être Tad, l'adjoint du shérif. À moins que sa mère ait cuvé plus vite que prévu. Non, elle aurait reconnu sa voix gueularde. Celui ou celle qui se trouvait là parlait d'un ton mesuré. Le shérif, au contraire, avait l'air de s'énerver, mais Corrie n'entendait pas ce qu'il disait à cause de cette saloperie de télé.

Enfin, quelqu'un traversa le bureau du fond.

— Swanson ?

C'était le shérif. Avant même de reconnaître sa voix, elle avait senti l'odeur de cigarette qui ne le quittait jamais. Il fit tinter ses clés et déverrouilla la grille de la cellule qui s'ouvrit en grinçant.

— Tu peux sortir.

Corrie faisait semblant de dormir, se demandant ce qui avait bien pu se passer. Le shérif avait l'air furibard.

— On a payé ta caution, grommela-t-il.

Comme Corrie ne bougeait toujours pas, une autre voix se fit entendre. Une voix douce et basse, avec un curieux accent.

— Vous êtes libre de partir, mademoiselle Swanson.

— Qui êtes-vous ? demanda-t-elle sans se retourner. C'est maman qui vous envoie ?

— Non. Je suis l'inspecteur Pendergast du FBI.

Et merde ! L'espèce de croque-mort qui se baladait en ville depuis deux jours.

— Je veux pas de votre aide, fit-elle.

— Vous auriez mieux fait de m'écouter, s'interposa le shérif d'un ton agacé. Voilà ce qui arrive quand on se mêle des histoires de la police locale.

Corrie se demandait bien pourquoi ce type s'intéressait à elle.

— Où est l'arnaque ? demanda-t-elle.

— Nous en parlerons une fois que vous serez sortie d'ici, répondit Pendergast.

— C'est bien ce que je pensais. Si vous croyez que je ne vous vois pas venir, espèce d'obsédé...

La réaction de la jeune fille provoqua chez le shérif un accès d'hilarité qui se transforma rapidement en toux catarrheuse.

— Qu'est-ce que je vous avais dit, Pendergast ?

Corrie, pelotonnée sur sa couchette, réfléchissait à toute vitesse. À son attitude, il était clair que Hazen n'aimait guère ce Pendergast, et comme les ennemis de tes ennemis sont tes amis... Elle se redressa et regarda du côté de ses visiteurs. Le croque-mort l'observait d'un air pensif, les bras croisés ; quant à ce bouledogue de Hazen, il avait l'air encore plus minable que d'habitude à côté de l'autre échalas, avec ses bras comme des jambons, son crâne à moitié chauve et ses joues pendantes.

— Si je comprends bien, je peux sortir d'ici si j'en ai envie, fit-elle.

— Si tel est votre désir, répliqua Pendergast.

Elle se leva, passa à côté des deux hommes sans un regard pour eux et sortit de la cellule.

— N'oublie pas tes clés de voiture, fit la voix de Hazen dans son sillage.

Elle s'arrêta, se retourna et tendit la main. Planté à quelques pas, le shérif les faisait danser au bout de ses doigts, peu disposé à les lui donner. Elle s'avança et les lui arracha des mains.

— Ta voiture se trouve sur le parking derrière le bâtiment, précisa-t-il. Tu régleras les soixante-quinze dollars d'amende plus tard.

Corrie ouvrit la porte et sortit. Après la fraîcheur de sa cellule, elle avait l'impression de pénétrer dans un four. Elle plissa les yeux, aveuglée par l'éclat du soleil et fit le tour du pâté de maisons jusqu'au petit parking situé à l'arrière du bâtiment. Sa vieille Gremlin l'attendait sagement, mais elle constata avec étonnement que l'obsédé en costume noir l'attendait, négligemment adossé contre la voiture. Il l'aperçut et lui ouvrit galamment la porte. Elle se glissa derrière le volant sans un mot et claqua la portière, tourna la clé de contact et mit péniblement le moteur en marche dans un nuage de fumée. Voyant l'homme en noir s'écarter, elle baissa sa vitre.

— Merci, fit-elle à contrecœur.

— Je vous en prie.

Elle appuya sur l'accélérateur et le moteur cala. Merde !

Elle redémarra et fit vrombir son moteur, faisant sortir des torrents de fumée noire du pot d'échappement. Le type du FBI était toujours là. Qu'est-ce qu'il lui voulait, à la fin ? Tout bien considéré, il n'avait pas vraiment l'air d'un obsédé. Tenaillée par la curiosité, elle se pencha à nouveau à sa fenêtre.

— Alors, monsieur l'inspecteur, c'est quoi l'arnaque ?

— Je vous l'expliquerai en chemin si vous acceptez de me conduire chez Winifred Kraus, où je réside actuellement.

Corrie Swanson eut un instant d'hésitation, puis elle ouvrit la portière côté passager.

— Montez, fit-elle en poussant par terre une montagne de détritus. J'espère pour vous que vous n'avez pas l'intention de faire de bêtises, je n'ai pas l'intention, moi, de me laisser faire.

Le policier eut un petit sourire et se glissa à côté d'elle d'un mouvement félin.

— Vous pouvez me faire confiance, mademoiselle Swanson. Et moi, puis-je vous faire confiance ?

Elle le regarda droit dans les yeux.

— Non.

Elle enclencha une vitesse et sortit du parking sur les chapeaux de roue laissant derrière elle un panache de fumée et une longue trace de pneus. Au moment où elle débouchait sur la rue principale, elle vit avec satisfaction ce crétin de shérif sortir en trombe de son bureau en criant des paroles inintelligibles.

11

Le centre-ville de Medicine Creek se limitait à quelques bâtiments en brique agrémentés de vitrines en bois et Corrie ne mit guère plus de trois ou quatre secondes à le traverser. La carcasse rouillée de sa vieille Gremlin tremblait à chaque coup d'accélérateur. Entre les deux sièges, un amas de cassettes de heavy metal, de techno et de hard rock industriel résumait ses goûts musicaux. Elle écarta Discharge, Shinjuku Thief et Fleshcrawl d'une main avant de choisir un album de Lustmord. Les riffs agressifs de *Heresy, Part I* firent aussitôt vibrer l'habitacle. Sa mère lui interdisant d'écouter de la musique trop fort chez elle, Corrie s'était improvisé un autoradio avec un vieil appareil à cassettes.

En parlant de sa chère et tendre mère, Corrie savait déjà ce qui l'attendait à son retour. À cette heure, elle devait essayer de chasser la gueule de bois de la veille à grands coups de bourbon, un mélange détonant. Dès qu'elle aurait déposé Pendergast chez cette vieille folle de Winifred Kraus, elle irait se planquer sous la ligne à haute tension avec un bouquin, le temps que sa mère soit tout à fait bourrée.

Elle lança un coup d'œil en direction de son passager.

— Pourquoi vous portez tout le temps ce costume noir ? Vous avez perdu quelqu'un ?

— Tout simplement parce qu'il s'agit de ma couleur préférée. Comme vous pouvez le constater, le goût du noir nous est commun.

Elle eut un petit ricanement.

— J'attends toujours. C'est quoi, l'arnaque ?

— J'ai besoin d'une voiture et d'un chauffeur.

La réponse fit rire Corrie.

— Et vous avez pensé à moi, avec mon vieux tas de tôle ?

— Je suis arrivé en bus et il m'est assez difficile de me déplacer ici sans une automobile.

— Vous vous foutez de moi, ou quoi ? Mon pot d'échappement n'est plus qu'un souvenir, je bouffe trois litres d'huile par semaine, je n'ai pas de clim' et ma bagnole fait tellement de fumée que je dois rouler les fenêtres ouvertes pour ne pas mourir asphyxiée, même l'hiver.

— Je vous propose un dédommagement à hauteur de cent dollars par jour pour la voiture et le chauffeur, ainsi qu'une indemnité forfaitaire de dix-neuf cents du kilomètre pour vos frais d'essence et d'entretien.

Cent dollars par jour ? Corrie croyait rêver. Elle n'avait jamais vu autant de fric de toute sa vie, ce type-là était en train de la mener en bateau.

— Si vous êtes une huile du FBI, comment ça se fait que vous n'avez pas de bagnole ?

— Étant actuellement en vacances, aucun véhicule de service n'a pu m'être attribué.

— Tout ça ne me dit pas pourquoi vous m'avez choisie.

— Rien de plus simple. Je suis à la recherche d'une personne connaissant bien Medicine Creek et disposant de beaucoup de temps. Autant d'éléments qui vous caractérisent. J'ai également cru comprendre que vous étiez majeure depuis peu, et vous possédez une automobile.

— Ouais, je viens d'avoir dix-huit ans. Encore un an de lycée et je me tire de ce trou pourri.

— J'espère avoir achevé mon enquête bien avant la rentrée des classes. Je recherche avant tout quelqu'un connaissant parfaitement Medicine Creek et ses habitants. C'est bien votre cas, non ?

Elle éclata de rire.

— Je les connais tous autant que je les déteste. Vous n'avez pas peur de la réaction du shérif quand il apprendra que vous m'avez engagée comme chauffeur ?

— Au contraire. Il devrait être ravi de savoir que vous avez trouvé un emploi.

Corrie secoua la tête.

— On voit que vous le connaissez mal.

— C'est bien parce que je ne connais pas les autochtones que votre aide me sera précieuse. Quant au shérif, je m'en charge. Alors, mademoiselle Swanson, êtes-vous prête à accepter mon offre ?

— Pour cent dollars par jour ? Un peu, mon neveu. Mais arrêtez de me donner du « mademoiselle Swanson », j'ai l'impression que vous parlez à quelqu'un d'autre. Mon nom, c'est Corrie.

— J'ai la ferme intention de continuer à vous appeler mademoiselle Swanson et je compte sur vous pour m'appeler inspecteur Pendergast.

Elle leva les yeux au ciel et balaya de la main une mèche violette.

— D'accord, d'accord, *inspecteur* Pendergast.

— Je vois que nous nous comprenons, mademoiselle Swanson.

Il sortit son portefeuille de la poche de son manteau et prit cinq billets de cent dollars tout neufs. Corrie n'arrivait pas à détacher son regard des billets. Il défit le fil de fer qui maintenait fermée la boîte à gants, y déposa les billets et remit le fil de fer.

— Je vous demanderai de bien vouloir me faire le décompte écrit de votre kilométrage. Au-delà de huit heures par jour, chaque heure supplémentaire sera payée vingt dollars. Ces cinq cents dollars représentent une semaine d'avance.

Il fourragea à nouveau dans son manteau et sortit un téléphone portable.

— Ceci est à votre intention. Ne vous en séparez jamais et gardez-le constamment branché, même la nuit lorsque vous le rechargerez. Merci de ne pas vous en servir à des fins personnelles, pour émettre ou recevoir des appels.

— Qui voulez-vous que j'appelle dans ce trou de merde ?

— Je n'en ai pas la moindre idée. Maintenant, je vous serais reconnaissant de faire demi-tour afin de me faire visiter la place.

— À vos ordres.

Corrie s'assura dans le rétroviseur que la route était libre, puis elle donna un violent coup de volant tout en maintenant appuyées les pédales de frein et d'accélérateur. La Gremlin pivota sur elle-même dans un crissement de pneus strident et se retrouva en sens inverse. La jeune fille se tourna vers Pendergast en souriant.

— Pas mal, hein ? J'ai appris ça au lycée sur un jeu vidéo.

— Tout à fait impressionnant. J'insiste néanmoins sur un point essentiel, mademoiselle Swanson.

— Quoi ? demanda-t-elle en démarrant dans un nuage de poussière.

— Il vous est interdit de contrevenir à la loi dans le cadre de vos nouvelles fonctions. Cela vaut bien évidemment pour le code de la route.

— D'accord, d'accord...

— J'ai cru comprendre que la vitesse était limitée à 70 kilomètres à l'heure sur cette route. J'ajouterai que vous ne portez pas votre ceinture.

Corrie regarda le compteur et vit qu'elle roulait à 80. Elle ralentit progressivement, baissant encore sa vitesse au moment d'entrer dans l'agglomération, puis elle chercha sa ceinture de la main derrière elle tout en maintenant son volant à l'aide du genou, zigzaguant dangereusement.

— Puis-je me permettre de vous conseiller de vous arrêter quelques instants, le temps de boucler votre ceinture ?

Corrie poussa un soupir d'agacement, s'arrêta et se sangla avant de redémarrer en faisant crier ses pneus.

Pendergast s'installa confortablement. Son siège était cassé, de sorte qu'il se trouvait à moitié allongé, son regard frôlant le bas du pare-brise.

— J'attends que vous me fassiez les honneurs de votre localité, mademoiselle Swanson, murmura-t-il, les yeux mi-clos.

— Vous voulez vraiment que je vous fasse visiter ? Je croyais que c'était une blague.

— Pas le moins du monde. Montrez-moi tout ce qu'il y a à voir.

— Mais il n'y a rien à voir, justement, à part des gens obèses, des baraques pourries et des champs de maïs.

— J'attends.

— Bon, vous l'aurez voulu, fit-elle en ricanant. Nous arrivons donc à Medicine Creek, un charmant hameau de 325 âmes au cœur du Kansas. Profitez-en, il n'y aura pas autant d'habitants demain, la population baisse de jour en jour.

— Je serais curieux d'en connaître la raison.

— Vous plaisantez, ou quoi ? Il faut être un connard de première pour passer sa vie dans un trou pareil.

La réponse de Corrie fut suivie d'un court silence.

— Mademoiselle Swanson ?

— Quoi ?

— Je constate qu'un processus de socialisation inadéquat, voire déficient, vous donne à croire que les expressions triviales enrichissent le discours.

Corrie mit quelques instants à décrypter la phrase.

— Je ne vois pas en quoi « connard de première » est une expression triviale. Et quand bien même, Shakespeare, Chaucer et Joyce ne m'ont pas attendue pour donner ses lettres de noblesse à la trivialité.

— Je suis heureux de constater que vous avez des lettres. Toutefois, n'oubliez pas que Shakespeare a également écrit :

Par une nuit semblable,
Où le vent couvrait les arbres de baisers
Sans qu'ils songent à s'en plaindre, par une telle nuit
Troilus escalada les murailles de Troie,
Son âme soupirant à la vue des tentes ennemies
Où dormait Cressida.

Corrie tourna la tête. À moitié allongé, les yeux en meurtrières, Pendergast était décidément très différent de tous les adultes qu'elle connaissait.

— Mais poursuivez vos explications, je vous en prie.

À travers la vitre, le bourg s'était déjà effacé, cédant la place au jaune vif des champs de maïs.

— La visite est terminée, circulez, y'a plus rien à voir.

Pendergast ne réagit pas immédiatement et Corrie eut peur un instant qu'il ne revienne sur sa décision et ne reprenne la petite fortune enfermée dans la boîte à gants de la Gremlin.

— Au fait, j'aurais pu vous montrer les tumulus, proposa-t-elle.

— Les tumulus ?

— Oui, ce sont de vieux tumulus indiens près de la rivière. C'est bien le seul point d'intérêt de toute la région. Quelqu'un a bien dû vous parler de la Malédiction des Quarante-Cinq et de toutes ces conneries.

Pendergast eut l'air de réfléchir.

— Je vous propose de repousser à plus tard la visite des tumulus. À présent, je vous demanderai de bien vouloir faire demi-tour et de traverser à nouveau le centre, le plus lentement possible, cette fois. Je souhaiterais l'examiner en détail.

— À mon avis, c'est pas une très bonne idée.

— Et pourquoi cela ?

— Ça risque de pas plaire au shérif. Il interdit aux jeunes de faire des allées et venues en voiture.

Pendergast ferma les yeux.

— Je croyais vous avoir expliqué que je faisais mon affaire du shérif.

— Pas de problème, c'est vous le patron.

Elle stoppa sur le bas-côté, exécuta un demi-tour impeccable et repartit dans l'autre sens à une allure de tortue.

— À gauche, c'est le Wagon Wheel, tenu par Swede Cahill. Swede est un type plutôt bien, mais pas très malin. Sa fille est dans ma classe, une vraie poupée Barbie. Le Wagon Wheel est un bar, mais il a aussi des cacahuètes, des saucisses et des snacks, des trucs comme ça. Ah oui ! Il vend également des éclairs au chocolat. Les gens viennent de loin pour ses éclairs.

Pendergast écoutait sans bouger.

— Vous voyez cette vieille rombière sur le trottoir, coiffée comme la fiancée de Frankenstein ? C'est Klick Rasmussen, la femme de Melton Rasmussen qui tient la mercerie. Elle a déjeuné au Castle. Je le sais à cause du sac en papier qu'elle tient à la main, avec les restes de son sandwich au rosbif pour son chien, Peach. Elle refuse de manger chez Maisie sous prétexte que Maisie a été autrefois la petite amie de son mari avant leur mariage il y a cinq siècles. Heureusement qu'elle n'est pas au courant pour Melton et la femme du prof de gym.

Pendergast restait silencieux.

— Et cette vieille taupe qui sort du Coast to Coast avec son rouleau à pâtisserie est Mme Bender Lang, dont le père est mort dans l'incendie criminel de leur maison il y a trente ans. On n'a jamais su qui avait fait ça, ni pourquoi, ajouta Corrie en secouant la tête. Il y en a qui disent que c'est le vieux Gregory Flatt. Un vieux un peu cinglé qui picolait tout le temps. Un jour, il est parti en direction des champs et personne ne l'a jamais revu. On n'a jamais retrouvé son corps. Il n'arrêtait pas de raconter des histoires, de dire qu'il avait vu des ovnis. Si vous voulez mon avis, son souhait a fini par se réaliser et il a été enlevé par des petits hommes verts. La nuit où il a disparu, des gens disent qu'ils ont vu des lueurs bizarres vers le nord, pouffa Corrie. Medicine Creek est la petite communauté américaine par excellence, les habitants ont tous des squelettes dans leurs placards. Les habitants et les *habitantes*.

La précision tira de sa léthargie Pendergast qui ouvrit à moitié les yeux pour la regarder.

— Parfaitement, poursuivit Corrie. Y compris la vieille toquée chez qui vous habitez, Winifred Kraus. Elle a beau jouer les saintes-nitouches, c'est du pipeau. Son père faisait la contrebande d'alcool autrefois et il avait un alambic clandestin, ce qui ne l'empêchait pas de faire la morale à tout le monde et de jouer les Père-la-pudeur. Il avait de quoi, on raconte que la vieille Winifred avait la cuisse légère quand elle était jeune.

Pendergast papillonna des yeux. Sa réaction n'échappa pas à Corrie qui leva les yeux au ciel en souriant.

— Qu'est-ce que vous croyez ! Il s'en passe, des choses, à Medicine Creek. Je pourrais vous parler de Vera Estrem qui s'envoie en l'air avec le boucher de Deeper. Si jamais son mari l'apprend, ça va saigner. De Dale Estrem, le patron de la coopérative agricole, un sale type. Son grand-père était un immigrant allemand et, pendant la dernière guerre, il est retourné là-bas pour se battre aux côtés des nazis. Vous voyez un peu le tableau. Le grand-père n'a jamais refoutu les pieds à Medicine Creek, mais sa famille a eu du mal à s'en remettre.

— Tiens donc.

— Sans oublier les cinglés. Je pourrais vous parler de ce rémouleur qui passe par ici une fois par an et qui s'installe dans un champ non loin d'ici. Ou bien encore de Brushy Jim qui a laissé une partie de ses neurones au Viêtnam. À en croire la rumeur, il aurait tué son lieutenant. En tout cas, tout le monde s'attend à ce qu'il pète les plombs grave un jour ou l'autre.

Pendergast avait repris sa position initiale et semblait à nouveau sommeiller.

— Ici, c'est la pharmacie Rexall. Le bâtiment vide à côté abritait l'ancien magasin de musique. Là, c'est l'église du Calvaire, des luthériens affiliés à la branche Missouri Synod. Le pasteur s'appelle John Wilbur, un vieux fossile à moitié gâteux.

On aurait pu croire que Pendergast n'entendait même pas, ce qui n'empêcha pas Corrie de poursuivre.

— À présent, nous passons devant la station-service d'Ernie. Si vous avez un jour des problèmes mécaniques, je vous déconseille d'y laisser votre bagnole. Le type qu'on aperçoit à côté des pompes est Ernie en personne. Son fils est un grand amateur de marijuana devant l'Éternel et Ernie est le seul à ne pas le savoir. Un peu plus loin, cette grande bâtisse en bois, c'est la mercerie Rasmussen dont je vous ai parlé tout à l'heure. Leur devise parle pour eux : « Si nous ne l'avons pas, c'est que vous n'en avez pas besoin. » Je me suis toujours demandée de quoi ils auraient besoin, eux. À gauche, le bureau du shérif, mais vous connaissez déjà. À droite, le restaurant de Maisie, qui fait une tourte de viande comestible. Évitez les desserts, ils donneraient la chiasse à un Biafrais. Et qu'est-ce que je vous disais ? Voilà votre copain Hazen.

Dans son rétroviseur, Corrie venait de voir la voiture du shérif émerger d'une ruelle, son gyrophare allumé.

— Hé ! fit-elle à l'adresse de Pendergast. Réveillez-vous, je suis sûre qu'il va nous arrêter.

Pendergast avait l'air de dormir profondément.

Le shérif se glissa dans le sillage de Corrie et donna un petit coup de sirène.

— Stoppez immédiatement et restez dans votre véhicule, fit la voix du shérif dans le haut-parleur fixé sur le toit de sa voiture.

Corrie connaissait la routine, elle était déjà passée par là une bonne dizaine de fois, mais elle était curieuse de savoir comment le shérif allait réagir à présent. Il n'avait pas dû apercevoir le policier, allongé sur son siège. Pendergast gardait les yeux fermés malgré la sirène et les appels du shérif. Et s'il était mort ? se demanda Corrie. Avec son teint blafard, il avait vraiment l'air d'un macchabée.

Le shérif ouvrit sa portière avec violence, sa matraque bien en vue. Il s'avança, posa ses grosses mains sur la vitre ouverte de la Gremlin côté passager et se pencha à l'intérieur. Il eut un haut-le-cœur en apercevant Pendergast.

— Doux Jésus ! s'écria-t-il.

Pendergast ouvrit un œil.

— Vous avez un problème, shérif ?

Corrie buvait du petit-lait. Le shérif était rouge comme une pivoine, des plis du cou jusqu'à la pointe de ses oreilles velues. Le pire qu'elle pouvait souhaiter à Brad était de ressembler un jour à son père.

— Euh... c'est-à-dire, inspecteur, qu'il est interdit de faire des allées et venues en voiture comme ça. Et comme ça fait la troisième fois que je la voyais passer...

Le shérif s'arrêta, espérant sans doute une explication. Comme Pendergast ne daignait pas lui en fournir une, il finit par se redresser et dit d'une voix grave :

— Vous pouvez y aller.

— Puisque vous vous intéressez à nos faits et gestes, conclut Pendergast d'un ton nonchalant, je vous signale que nous avons l'intention de repasser à nouveau par ici une fois ou deux, le temps pour Mlle Swanson de me faire découvrir les richesses locales. N'oubliez pas que je suis en vacances.

Corrie se demanda si l'inspecteur savait vraiment à qui il avait affaire en voyant le visage du shérif changer de couleur. Il n'est jamais recommandé de se mettre à dos le shérif d'un petit bled tel que Medicine Creek. Elle était bien placée pour le savoir.

— Je vous remercie de votre sollicitude, shérif. Quand vous voulez, mademoiselle Swanson.

Elle hésita un instant, regarda du côté du shérif et finit par hausser les épaules. *Après tout*, pensa-t-elle en donnant un grand coup d'accélérateur, laissant un nuage noir derrière elle.

12

Le soleil faisait rougeoyer les nuages à l'horizon lorsque l'inspecteur Pendergast sortit de chez Maisie en compagnie d'un livreur en uniforme de chez Federal Express.

— On m'a dit que je vous trouverais ici, fit le livreur. Désolé d'interrompre votre repas.

— Aucune importance, le rassura Pendergast. Je n'avais pas très faim.

— Vous n'avez qu'à signer ici et je déposerai le tout devant la porte de derrière.

Pendergast s'exécuta.

— Mlle Kraus vous dira où déposer tout cela. Je souhaiterais jeter un rapide coup d'œil, si vous n'y voyez pas d'inconvénient.

— Allez-y. Simplement, ça remplit la moitié du camion.

Le lourd véhicule aux couleurs vives de Federal Express faisait tache dans le décor terne qui l'entourait. Pendergast coula un regard à l'intérieur et aperçut une douzaine de gros cartons dont certains portaient la mention « Denrées périssables – À conserver au frais ».

— Ça vient de New York, dit le livreur. Vous avez l'intention de monter un restaurant ici ?

— Pas exactement, mais c'est le seul moyen d'échapper au supplice quotidien que m'inflige Maisie.

— Pardon ? fit le livreur avec des yeux ronds.

— Aucune importance. Tout est en ordre, je vous remercie.

Pendergast regarda le camion s'éloigner dans l'air surchauffé, puis il se dirigea vers l'est d'un pas tranquille, tournant le dos aux derniers rayons du soleil. Moins de cinq minutes plus tard, il était déjà loin de Medicine Creek. La route s'ouvrait devant lui, creusant une tranchée dans le maïs. Il pressa le pas, poussé par son intuition.

La nuit tombait rapidement, des vols de corbeaux traversaient le ciel au-dessus des champs et l'odeur de terre et de maïs imprégnait l'atmosphère. Des phares apparurent au loin. Ils grossissaient à vue d'œil, annonçant un semi-remorque qui fit trembler l'air en passant à la hauteur de l'inspecteur, laissant derrière lui un sillage de diesel et de poussière.

Après avoir parcouru trois kilomètres, Pendergast découvrit un chemin de terre qui coupait à travers champs. Il s'y engagea d'un pas résolu, avançant en silence à grandes enjambées. Le chemin grimpait en direction d'un bouquet d'arbres entourant trois buttes dont la silhouette se découpait dans le ciel sombre : les fameux tumulus dont on lui avait parlé à plusieurs reprises. Laissant les rangées de maïs derrière lui, le chemin s'élargissait en approchant des arbres, des peupliers majestueux dont l'écorce était aussi dure et rugueuse que de la pierre. Quelques branches arrachées traînaient sur le sol, prêtes à griffer.

Pendergast prit le temps de se retourner avant de pénétrer dans le bosquet. À ses pieds, les champs couraient en pente douce jusqu'à l'entrée du village dont on apercevait la traînée lumineuse en forme de croix. L'usine Gro-Bain s'élevait sur le flanc sud de Medicine Creek, formant une seconde oasis de lumière. Entre les deux, la rivière se taillait un chemin bordé de peupliers à travers le maïs. La région n'était pas aussi plate qu'on aurait pu l'imaginer à première vue et le monticule sur lequel il se trouvait dominait le paysage à des kilomètres à la ronde.

La nuit était tombée brusquement, sans pour autant apporter la fraîcheur espérée. Déjà, quelques étoiles brillaient dans l'immensité.

Pendergast reprit sa route et s'enfonça dans le bosquet. Son costume noir le rendait quasiment invisible. Il suivit le chemin sur cinq cents mètres et s'arrêta à nouveau en arrivant à hauteur des tumulus.

Ils étaient au nombre de trois, larges et trapus, disposés en triangle, et s'élevaient sur près de dix mètres de hauteur. Les flancs de deux d'entre eux s'étaient érodés, laissant apparaître une structure de rochers calcaires. À leurs pieds, les peupliers formaient une masse dense et touffue.

Pendergast restait immobile, attentif aux bruits de la nuit. Des nuées d'insectes stridulaient furieusement et des lucioles voletaient en tous sens, leurs traînées lumineuses se confondant parfois avec les éclairs de chaleur que l'on devinait vers le nord. Un croissant de lune vibrait au-dessus de l'horizon, ses pointes tournées vers l'infini.

Pendergast ne bougeait toujours pas. Les étoiles se multipliaient dans l'encre du ciel et de nouveaux bruits lui parvenaient à présent : l'envol d'un oiseau, une touffe d'herbes froissées par le passage d'un petit animal. Deux yeux fluorescents croisèrent brièvement son regard. L'appel d'un coyote se fit entendre près de la rivière, auquel répondit un chien dans le lointain, du côté de Medicine Creek. C'était tout juste si la lueur diffuse de la lune permettait au policier de distinguer les formes des arbres alentour. Soudain, un grillon se mit à chanter, suivi de centaines d'autres.

Enfin, Pendergast se dirigea vers les tumulus, veillant à avancer le plus silencieusement possible. Il fit crisser une feuille morte sur son passage et les grillons s'arrêtèrent aussitôt. Le policier attendit qu'ils aient repris leur concert avant de poursuivre sa route. Arrivé à hauteur du premier tumulus, il s'agenouilla, chassa les feuilles mortes de la main et entreprit de creuser le sol. Ramassant une poignée de terre sèche, il la fit couler entre ses doigts et la respira.

Chaque type de terre possède sa propre odeur, et il reconnut le parfum caractéristique de celle trouvée sur les outils laissés par Sheila Swegg dans le coffre de sa voiture. Le shérif avait raison, elle était bien allée fouiller de ce côté-là. Il préleva un peu de poussière de terre qu'il enferma dans un tube, le reboucha et le glissa dans la poche de sa veste.

Pendergast se releva et constata que la lune avait disparu derrière l'horizon. Les lucioles s'étaient évanouies et les éclairs de chaleur avaient fini par s'éteindre. Les trois monticules étaient à présent plongés dans l'obscurité.

Pendergast dépassa le premier, puis le deuxième, jusqu'à se trouver au centre du triangle formé par les trois buttes de terre. Immobile, il attendait, enveloppé dans l'obscurité.

Une demi-heure s'écoula, puis une heure.

Brusquement, les grillons se turent.

Pendergast attendit qu'ils se remettent à chanter, en vain. Les sens aux aguets, les muscles tendus, il devina une présence dans le noir sur sa droite. Quelqu'un bougeait avec la plus grande prudence, sans un bruit. Le policier avait l'ouïe particulièrement fine, mais si l'inconnu avait réussi à le tromper, ce n'était pas le cas des grillons qui sentaient par le sol les vibrations d'un corps en déplacement.

L'inconnu ne se trouvait plus qu'à quelques mètres. Il s'était arrêté et attendait, lui aussi.

L'un après l'autre, les grillons reprirent leur stridulation, mais Pendergast n'était pas dupe. Il savait que l'autre était là, tout près. Il le sentait.

L'inconnu se remit en mouvement avec d'infinies précautions. Il fit un pas, puis deux. Les deux hommes étaient si près l'un de l'autre qu'ils auraient pu se toucher.

D'un mouvement rapide, Pendergast se jeta de côté et alluma sa lampe de poche tout en braquant son pistolet sur l'inconnu. Dans le rayon de sa torche, il découvrit une sorte d'homme des bois accroupi, un fusil de chasse dirigé vers l'endroit où il se trouvait quelques instants auparavant. Le coup partit qui déséquilibra l'homme et Pendergast en profita pour lui sauter dessus. En quelques secondes, le policier l'avait désarmé et lui tordait le bras tout en lui appliquant son pistolet sur la tempe. L'inconnu tenta de résister avant de s'avouer vaincu.

Pendergast desserra son emprise et l'homme s'écroula sur le sol, sans bouger, offrant au policier une vision irréelle avec ses oripeaux de fourrure et le chapelet d'écureuils qu'il portait en bandoulière. Un énorme couteau de chasse artisanal pendait à sa ceinture et l'on apercevait sous ses pieds nus et sales une couche de corne impressionnante. Deux yeux noirs perçants trouaient un visage ridé que cachaient une longue barbe et des cheveux noirs en étoupe. À voir sa carrure musclée, il n'avait guère plus de cinquante ans.

— Il est toujours dangereux de tirer sans savoir ce que l'on vise, fit Pendergast. Vous auriez pu blesser quelqu'un.

— Qui vous êtes ? aboya l'homme, toujours à terre.

— Comme c'est amusant. J'allais précisément vous poser la même question.

L'inconnu avala sa salive, se releva à moitié et s'assit sur le sol.

— Enlevez cette putain de lumière de mes yeux.

Pendergast baissa sa lampe.

— Pour qui vous vous prenez, à faire peur aux braves gens ?

— Il vous reste à prouver que vous êtes le brave homme annoncé, rétorqua Pendergast. Je vous demanderai de bien vouloir vous relever et me décliner votre identité.

— Vous pouvez toujours demander, j'en ai rien à foutre.

Il se releva, retira les brindilles et les feuilles coincées dans sa barbe et ses cheveux, puis il lança dans l'obscurité un crachat épais avant de s'essuyer la bouche du revers de la main.

Pendergast sortit son badge et le fourra sous le nez de l'homme. Ce dernier écarquilla les yeux et se mit à rire.

— J'aurais jamais pensé que vous étiez du FBI.

Pendergast referma son porte-badge d'un geste sec et le fit disparaître dans sa veste.

— J'ai pas l'habitude de faire des confidences aux flics du FBI.

— Avant de faire des déclarations à l'emporte-pièce que vous pourriez être amené à regretter par la suite, sachez que vous avez le choix. Soit nous avons tous les deux une petite conversation ici même...

L'inspecteur marqua une pause.

— Ou alors ?

Pendergast ne répondit même pas. Il affichait un sourire carnassier qui n'avait rien d'amical, ses dents blanches scintillant d'un éclat inquiétant à la lueur de sa lampe de poche.

L'homme sortit une chique de sa poche, en arracha avec les dents un morceau qu'il entreprit de mâchonner.

— Merde, grogna-t-il en crachant par terre.

— Puis-je vous demander votre nom ?

Un silence pesant s'installa.

— Après tout, finit par dire l'homme, je ne vois pas le mal qu'il y a à vous dire comment je m'appelle. Gasparilla. Lonny Gasparilla. Vous me rendez mon fusil, maintenant ?

— Nous verrons.

Pendergast fit courir sa torche sur les écureuils morts.

— Que faisiez-vous ici ? Vous étiez en train de chasser ?

— Vous vous imaginez peut-être que j'admirais le paysage ?

— Quel est votre lieu de résidence actuel, monsieur Gasparilla ?

La question fit rire l'homme.

— Mon lieu de résidence, hein ? Ha, ha !

Imperturbable, Pendergast attendait une réponse et l'homme finit par céder.

— Je campe un peu plus loin, grommela-t-il.

Pendergast ramassa le fusil, l'ouvrit, retira les cartouches vides et le tendit à Gasparilla.

— Conduisez-moi à votre campement.

S'éloignant des tumulus, ils crapahutèrent pendant cinq bonnes minutes dans un champ de maïs jusqu'à un chemin conduisant à un bosquet de peupliers le long de la rivière. Une odeur d'humidité flottait dans l'air et l'on entendait le murmure de l'eau sur son lit sablonneux. On apercevait un peu plus loin les cendres rougeoyantes d'un feu de camp. Une cocotte en fonte posée sur les braises exhalait un parfum d'oignons, de pommes de terre et de poivrons.

Gasparilla ramassa sur un tas de bois quelques branches qu'il posa sur le feu, ranimant la flamme qui éclaira une tente crasseuse. À côté, un siège de fortune avait été fabriqué à l'aide d'un rondin, tandis qu'une vieille porte posée à plat sur deux autres morceaux de bois figurait une table.

Gasparilla prit le chapelet d'écureuils et le lança sur la table. Il entreprit de dépecer et de vider les petites bêtes à l'aide de son couteau, jetant par terre les viscères avant de leur ôter la tête, la queue et les pattes. Coupés en quatre d'un geste sûr, les écureuils étaient ensuite jetés sans autre forme de procès dans la cocotte. En tout, la manœuvre ne dura qu'une poignée de secondes.

— Que faites-vous par ici ? demanda Pendergast.

— Ma tournée.

— Quelle tournée ?

— Je suis rémouleur. Pendant la belle saison, je fais deux tournées dans le secteur et l'hiver, je vais à Brownsville. J'aiguise de tout, des couteaux comme des chaînes de tronçonneuses ou des rotors de moissonneuses.

— Comment vous déplacez-vous ?

— J'ai une camionnette.

— Où est-elle stationnée ?

Gasparilla lança le dernier écureuil dans la cocotte, puis il fit un mouvement de tête en direction de la route.

— Là-bas. Vous n'avez qu'à vérifier, si ça vous amuse.

— J'y compte bien.

— Les gens d'ici me connaissent et je n'ai jamais eu d'histoire avec la justice. Vous pouvez demander au shérif. Je travaille pour gagner ma croûte, comme vous. Sauf que je ne passe pas mon temps à fureter partout la nuit en foutant la trouille aux gens.

Tout en parlant, il versa des haricots dans la cocotte.

— Si les gens d'ici vous connaissent, comme vous le prétendez, pourquoi installer votre campement ici ?

— J'ai besoin de place pour respirer.

— Et vos pieds ?

— Quoi ?

Pendergast fit courir sa lampe sur les pieds sales de son interlocuteur.

— J'ai pas les moyens de m'acheter des chaussures.

Il fourragea dans sa poche, sortit sa chique dont il arracha un nouveau morceau.

— Qu'est-ce que fait un type du FBI dans le coin ? demanda-t-il en calant le morceau de chique dans sa joue.

— Vous n'aurez pas grand mal à trouver seul la réponse à votre question, monsieur Gasparilla.

L'homme lui jeta un regard en biais sans répondre pour autant.

— Je suppose qu'elle faisait des fouilles dans les tumulus, c'est bien cela ?

— Ouais, fit Gasparilla en crachant un long jus de salive noir.

— Depuis combien de temps ?

— Pas la moindre idée.

— A-t-elle découvert quelque chose ?

Il haussa les épaules.

— C'est pas la première fois que des gens viennent fouiller dans le coin. Je fais pas attention à eux. Quand je suis ici, je me contente de chasser, je me mêle pas des histoires des morts.

— Vous voulez dire que ces tumulus sont des sépultures indiennes ?

— C'est ce qu'on dit. On raconte aussi qu'il y a eu un massacre ici, mais je ne tiens pas à en savoir plus. Cet endroit me fout la trouille, si vous voulez tout savoir. Si j'y vais, c'est uniquement parce qu'il y a plein d'écureuils

— J'ai entendu parler d'une légende attachée à ce lieu, en effet. La Malédiction des Quarante-Cinq, si je ne m'abuse.

Gasparilla ne répondit pas, se contentant de jeter des regards en coin à Pendergast. Seul le chantonnement du ragoût qu'il remuait à l'aide d'un morceau de bois troublait le silence.

— Le meurtre a eu lieu il y a trois jours, le soir de la nouvelle lune. Avez-vous vu ou entendu quelque chose ?

— Rien du tout, fit Gasparilla en lançant un nouveau jet de salive.

— Que faisiez-vous ce soir-là, monsieur Gasparilla ?

— Si vous cherchez à insinuer que c'est moi qui ai tué cette femme, la conversation s'arrête tout de suite.

— Au contraire, elle ne fait que commencer.

— Ne jouez pas au plus malin avec moi. Je n'ai jamais tué personne.

— Dans ce cas, rien ne vous empêche de me donner votre emploi du temps le jour du meurtre.

— J'étais arrivé à Medicine Creek la veille. Cet après-midi-là, j'ai chassé du côté des tumulus assez tard. La femme était là, elle faisait des fouilles. Quand le soleil s'est couché, je suis rentré ici et j'ai passé la nuit dans ma tente.

— La femme vous a-t-elle vu ?

— Et vous, vous m'avez vu ?

— À quel endroit précis procédait-elle à des fouilles ?

— Un peu partout, alors je me suis tenu à distance. Je ne cours pas après les ennuis.

Gasparilla remua une dernière fois le contenu de la cocotte, sortit une écuelle émaillée et une cuillère abîmée. Il porta une cuillerée à sa bouche, souffla dessus, l'avala et se resservit. Soudain, il s'arrêta.

— Si ça se trouve, vous en voulez un bol.

— Ce ne sera pas de refus.

Sans un mot, il sortit un second bol qu'il tendit à Pendergast.

— Je vous remercie.

Le policier se servit et goûta la curieuse mixture.

— C'est un *burgoo* tel qu'on le prépare dans le Kentucky, n'est-ce pas ?

Gasparilla acquiesça. Il enfournait d'énormes bouchées, mastiquant bruyamment, s'arrêtant régulièrement pour cracher des os. Des filets de sauce dégouttaient sur sa barbe, qu'il épongeait avec le dos de la main.

Les deux hommes achevèrent leur repas en silence. Gasparilla empila les deux bols et s'installa confortablement après avoir craché sa chique.

— Et maintenant, si c'est tout ce que je peux faire pour vous, je ne vous retiens pas.

Pendergast se leva.

— Avant de vous laisser en paix, monsieur Gasparilla, si vous avez quelque chose à ajouter, faites-le tout de suite. Cela nous évitera à tous deux bien du tracas.

Gasparilla lança un long jet de salive vers la rivière.

— Je ne me mêle jamais des affaires des autres.

— Vous y êtes déjà mêlé, que vous le vouliez ou non. Soit vous êtes le meurtrier, soit vous mettez votre vie en danger en restant ici.

Gasparilla grogna, se coupa une nouvelle chique et cracha à nouveau.

— Vous croyez au diable ? demanda-t-il à brûle-pourpoint.

Pendergast jeta sur lui un regard intense.

— Pourquoi cette question, monsieur Gasparilla ?

— Moi, je n'y crois pas. Le diable est une invention des prédicateurs. En revanche, je crois au mal, monsieur l'inspecteur du FBI. Vous m'avez posé une question tout à l'heure sur la Malédiction des Quarante-

Cinq. À votre place, je laisserais tout de suite tomber car vous ne saurez jamais ce qui s'est *réellement* passé. Les choses mystérieuses ont souvent une explication. *Mais pas toujours,* ajouta-t-il à voix basse en s'approchant de son interlocuteur.

13

Smit Ludwig eut le plus grand mal à trouver une place pour sa Pacer sur le parking de la petite église de Medicine Creek. Une grande pancarte à moitié gondolée par la chaleur trônait sur la façade en brique du bâtiment : « 33ᵉ FÊTE DE LA DINDE ». Un second écriteau, accroché à côté du premier, annonçait en lettres encore plus grosses : « BIENVENUE AU PROFESSEUR STANTON CHAUNCY !!! » Ludwig se fit la réflexion que les trois points d'exclamation avaient quelque chose de désespéré, comme un ultime appel au secours. Il descendit de voiture, s'épongea la nuque à l'aide de son mouchoir et se dirigea vers l'église.

Arrivé à hauteur du porche, il s'arrêta. Depuis qu'il avait fait ses débuts au *Cry County Courier*, les gens s'étaient habitués à ses portraits lénifiants, à ses comptes rendus convenus des fêtes scolaires et autres événements de la vie locale. Ils s'étaient également habitués à ce qu'il passe sous silence les frasques de leurs enfants ; ils trouvaient normal qu'il minimise les accidents du travail à l'usine Gro-Bain et écoute la direction d'une oreille complaisante lors des conflits sociaux, oubliant que le *Courier* était un organe d'information et non un bulletin paroissial. Son article de la veille s'était chargé de le leur rappeler et Smit Ludwig redoutait leurs réactions.

D'une main, il rectifia la position de son nœud papillon. Depuis trente-trois ans qu'il couvrait la kermesse annuelle de la paroisse, il ne s'était jamais senti si nerveux. C'était dans de tels moments que l'absence de Sarah, sa femme, lui était le plus pénible. Il aurait été plus rassuré de la savoir à ses côtés.

Un peu de courage, Smitty, se dit-il en poussant la porte du bâtiment.

La salle des fêtes paroissiale était bondée, tous les habitants ou presque se trouvaient là. Certains mangeaient, installés à des tables en bois, d'autres faisaient la queue devant le buffet improvisé afin de reprendre de la purée ou des haricots. Les plus téméraires mangeaient même de la dinde, mais Ludwig remarqua que les ouvriers de l'usine s'en abstenaient. Encore un sujet sensible que nul n'abordait jamais : le fait que personne ou presque ne mange de dinde le jour de la Fête de la dinde.

Une banderole en plastique tendue sur l'un des murs de la salle remerciait Gro-Bain et son directeur, Art Ridder, d'avoir fourni les volatiles. Un autre calicot sur le mur opposé remerciait Buswell Agricon pour les dons effectués au profit de l'église. Enfin, une bannière deux fois plus grosse que les autres annonçait la présence de Stanton Chauncy, l'invité d'honneur de cette année. Ludwig fit des yeux le tour de la salle et s'aperçut que tous les visages lui étaient familiers : l'une des joies de la vie en communauté dans une petite bourgade américaine.

Son regard croisa celui d'Art Ridder à l'autre bout de la salle. Ridder portait un costume de tergal brun et blanc, et un sourire de circonstance s'affichait sur son visage rasé de près. Il traversa la foule dans sa direction et Ludwig remarqua que les gens s'écartaient pour le laisser passer. Sans doute à cause de l'odeur de volaille qui flottait éternellement autour

de lui malgré les litres d'Old Spice dont il s'asper-
geait, mais avant tout parce que Ridder était un nota-
ble, accessoirement l'homme le plus riche du coin. Il
avait vendu son usine de dindes à Gro-Bain Agricul-
tural Products pour une somme rondelette tout en
conservant son fauteuil de directeur, répétant à qui
voulait l'entendre qu'il aimait trop son boulot pour
s'en passer. En réalité, Ludwig le soupçonnait d'avoir
voulu conserver son emprise sur Medicine Creek.

Ridder avançait toujours vers lui, un sourire figé
sur les lèvres. De tous ceux qui n'avaient pas dû
apprécier son article, Ridder était le plus dangereux
et Ludwig s'attendait au pire.

Il fut sauvé à la dernière minute par Mme Bender
Lang. Elle s'approcha de Ridder, lui murmura quelque chose à l'oreille et ils repartirent ensemble dans
la direction opposée. Pour que Ridder se précipite
ainsi, il fallait qu'on lui ait signalé l'arrivée du fameux
professeur Chauncy de l'université du Kansas.

Depuis trente ans que l'église organisait la Fête de
la dinde, c'était la première fois que l'invité d'honneur était une personnalité extérieure, mais ce choix
n'était pas innocent : Chauncy devait faire connaître
sa décision sur l'implantation d'un champ d'OGM à
Medicine Creek avant lundi et la municipalité s'était
mise en quatre pour s'attirer ses faveurs.

Une voix criarde interrompit brusquement les pensées de Ludwig.

— Smit Ludwig, comment avez-vous pu écrire une
chose pareille !

Il se retourna, baissa les yeux et reconnut Klick
Rasmussen. Le chignon en choucroute de cette dernière lui arrivait tout juste à l'épaule.

— De quel droit osez-vous prétendre que le coupable est l'un d'entre nous ?

— Écoutez, Klick, je n'ai pas dit que je pensais...

— Alors pourquoi l'avoir écrit, si vous ne le pensiez même pas ? s'exclama la mégère sans le laisser achever sa phrase.

— Tout simplement parce qu'il est de mon devoir de rendre compte des diverses théories...

— Quand je pense à tous les merveilleux articles que vous écriviez autrefois. Le *Courier* a toujours été un journal formidable. Jusqu'à *aujourd'hui*.

— Vous savez, Klick, les nouvelles ne sont pas toutes merveilleuses et nous ne les...

— Si vous voulez absolument écrire des horreurs, pourquoi ne pas consacrer un article à ce policier du FBI qui traîne en posant toutes sortes de questions indiscrètes ? Je suis sûre que c'est lui qui vous a mis toutes ces idées dans la tête. Quand je pense que vous êtes allé jusqu'à ressortir cette histoire de guerriers fantômes et de malédiction des Quarante-Cinq alors que...

— Mais pas du tout ! Je n'y ai pas fait la moindre allusion dans mon article.

— Pas directement, mais vous vous doutez bien que les gens ne sont pas stupides et qu'ils savent où vous voulez en venir quand vous parlez de ces vieilles flèches indiennes. Avec vos articles, vous allez finir par ressusciter des légendes que tout le monde souhaite oublier.

— Je vous en prie, Klick...

Ludwig recula machinalement d'un pas en apercevant du coin de l'œil Gladys, la femme de Swede Cahill, approcher à grands pas. C'était pire que tout ce qu'il avait pu imaginer.

Au même instant, Maisie apparut comme par miracle, grandiose dans son tablier blanc.

— Klick, laisse ce pauvre Smitty tranquille, s'interposa-t-elle. Nous avons bien de la chance de l'avoir. La plupart des comtés comme le nôtre n'ont plus d'hebdomadaire depuis belle lurette, encore moins de quotidien.

L'intervention de Maisie fit reculer Klick. De tous ceux qui se trouvaient là, Maisie était la seule capable de remettre Klick Rasmussen à sa place. Ludwig lui était d'autant plus reconnaissant qu'il savait que les deux femmes ne se parlaient pas. Klick lança un regard noir au journaliste, prit Gladys Cahill par le bras et les deux femmes s'éloignèrent en chuchotant.

— Merci infiniment, murmura Ludwig à Maisie. Tu m'as sauvé la vie.

— Il faut bien que quelqu'un veille sur toi, Smit, répondit-elle avec un clin d'œil complice avant de reprendre sa place derrière le buffet.

Ludwig s'apprêtait à la suivre lorsque le brouhaha des conversations se tut subitement. Tous les regards s'étaient tournés vers la porte. Ludwig se retourna et vit une longue silhouette noire qui se détachait en contre-jour sur le bleu du ciel.

Pendergast.

Le policier avait quelque chose de ces tueurs à gages qui arrivent à l'heure du règlement de comptes dans les westerns. Pendergast s'avança et jeta autour de lui un regard circulaire. Ses yeux délavés s'arrêtèrent sur Ludwig qu'il rejoignit en quelques enjambées.

— Vous me voyez soulagé de vous rencontrer ici, dit-il. À part le shérif, vous êtes la seule personne que je connaisse, et je sais le shérif trop occupé pour me permettre de le déranger. En votre qualité d'éditeur, rédacteur en chef et reporter du *Cry County Courier*, je ne doute pas que vous puissiez me présenter vos concitoyens.

— Bonjour, inspecteur. Ma foi, je connais tout le monde, c'est vrai.

— Parfait, parfait. Que diriez-vous de commencer par Mme Melton Rasmussen ? J'ai cru comprendre qu'elle était l'une des femmes les plus influentes ici.

La gorge de Ludwig se noua. Pourquoi diable voulait-il justement être présenté à Klick, après la scène qui venait de se dérouler ? Il se retourna et l'aperçut un peu plus loin, en grande conversation avec Gladys Cahill et plusieurs amies derrière le buffet.

— Allons-y, répondit Ludwig à contrecœur.

Les dames cessèrent aussitôt de jacasser et Ludwig vit Klick pincer les lèvres en apercevant l'agent du FBI.

— J'aurais souhaité vous présenter...

— Je sais parfaitement qui est ce monsieur et je n'ai qu'une chose à lui dire...

Elle s'arrêta brusquement car Pendergast, prenant sa main, l'approchait à quelques centimètres de ses lèvres avec une classe tout aristocratique.

— Je suis enchanté de faire votre connaissance, madame Rasmussen. Je me nomme Pendergast.

— Mon Dieu... balbutia Klick.

— J'ai cru comprendre, chère madame, que vous aviez dirigé les travaux de décoration de cette salle, fit le policier d'une voix doucereuse, forçant volontairement sur son accent sudiste.

Ludwig se demanda qui avait bien pu lui refiler le tuyau.

Pendergast dévorait littéralement des yeux la pauvre Klick qui se mit à rougir jusqu'aux oreilles, au grand amusement de Ludwig.

— En effet, c'est moi, minauda-t-elle.

— Vous êtes une véritable fée, madame.

— Je vous remercie infiniment, monsieur Pendergast.

L'inspecteur fit une nouvelle courbette, sans pour autant relâcher la main de son interlocutrice.

— J'ai beaucoup entendu parler de vous et vous me voyez ravi de l'occasion qui m'est donnée de faire votre connaissance.

Klick était cramoisie. Melton Rasmussen, qui observait le manège de loin, survint sur ces entrefaites.

— Eh bien, fit-il, la main tendue, s'interposant entre sa grosse femme et le policier. Soyez le bienvenu à Medicine Creek. Melton Rasmussen, mais tout le monde m'appelle Mel. Notre petite ville a connu des heures plus glorieuses, mais je n'aurais pas voulu que Medicine Creek manque à sa réputation d'hospitalité.

— Bien au contraire, monsieur Rasmussen. J'ai déjà pu constater à quel point votre accueil était charmant, répliqua Pendergast en serrant la main qui lui était tendue.

— D'où êtes-vous exactement, monsieur Pendergast ? J'ai du mal à identifier votre accent.

— Je suis originaire de La Nouvelle-Orléans.

— La Nouvelle-Orléans ! Une ville superbe. Est-ce vrai que les gens mangent de l'alligator, là-bas ? On m'a dit que ça ressemblait beaucoup à du poulet.

— Personnellement, je comparerais davantage la chair de l'alligator à celle du serpent ou de l'iguane.

— Si vous n'y voyez pas d'inconvénient, je me contenterai de dinde, répondit Rasmussen avec un petit rire. N'hésitez pas à venir me rendre visite au magasin, à l'occasion. Vous êtes le bienvenu.

— C'est fort aimable de votre part.

— Alors ? ajouta Rasmussen en baissant la voix. Quelles nouvelles ? Des pistes intéressantes ?

— La justice ne s'arrête jamais, monsieur Rasmussen.

— Je dois avouer que j'ai ma petite idée sur la question. Vous avez une minute ?

— Avec plaisir.

— À votre place, je m'intéresserais d'un peu plus près au type qui campe près de la rivière, ce Gasparilla. On ne m'ôtera pas de l'idée qu'il est bizarre.

— Enfin, Mel ! intervint Klick. Ça fait des années qu'il vient ici et il n'a jamais rien fait de mal.

— Avec ces gens-là, on ne sait jamais ce qui peut leur passer par la tête. D'abord, pourquoi a-t-il installé sa tente au bord de la rivière ? Nous ne sommes pas assez bien pour lui, peut-être ?

La question resta sans réponse. Klick, la bouche dessinant un O parfait, regardait par-dessus l'épaule de son mari. Un murmure parcourut l'assemblée et quelques applaudissements résonnèrent. Ludwig se retourna et vit Art Ridder en compagnie du shérif et d'un inconnu. Le visiteur, petit et fluet avec une barbe taillée très court, était vêtu d'un costume de toile bleu pâle. Mme Bender Lang et plusieurs autres dames avançaient dans son sillage d'un air pénétré.

— Mesdames et messieurs, chers amis et voisins, commença Art Ridder d'une voix grave. Je suis particulièrement heureux de vous présenter notre invité d'honneur, le professeur Stanton Chauncy de l'université du Kansas !

Un tonnerre d'applaudissements et quelques sifflets accueillirent la présentation de Ridder. Chauncy salua brièvement l'assistance à laquelle il tourna le dos afin de s'entretenir avec son hôte, faisant taire les applaudissements.

— Monsieur Ludwig, s'enquit Pendergast, j'aperçois là-bas plusieurs messieurs. De qui s'agit-il ?

Ludwig tourna la tête dans la direction indiquée par l'inspecteur. Quatre ou cinq fermiers en salopette discutaient à voix basse en buvant de la citronnade. Contrairement au reste de la salle, Pendergast ne les avait pas vus applaudir lors de l'arrivée de Chauncy qu'ils observaient avec une méfiance non dissimulée.

— Il s'agit de Dale Estrem et des autres membres de la coopérative agricole, expliqua Ludwig. Les derniers fermiers de la région, qui refusent contre vents et marées de vendre leurs terres aux grandes multinationales de l'agroalimentaire.

— Ils n'ont pas l'air de partager la liesse du reste de l'assistance.

— Les membres de la coopérative se méfient des OGM. Ils craignent que leurs récoltes ne soient contaminées par les plants transgéniques.

Feignant de ne pas remarquer l'hostilité des agriculteurs, Ridder présentait le professeur Chauncy autour de lui.

— Je comptais sur vous pour me présenter à certaines personnes, fit Pendergast. Le pasteur, en particulier.

— Bien sûr, répondit Ludwig en cherchant le révérend Wilbur des yeux.

Celui-ci faisait la queue devant le buffet, attendant sagement sa ration de dinde.

— Suivez-moi.

— Un instant. Dites-moi d'abord de quel genre d'homme il s'agit.

Ludwig hésita.

— Cela fait plus de quarante ans que le pasteur est à la tête de notre église et c'est quelqu'un de très gentil, mais il faut bien reconnaître...

Il n'acheva pas sa phrase.

— Il faut bien reconnaître ? insista Pendergast, fixant son interlocuteur de son regard inquisiteur.

— C'est-à-dire qu'il manque un peu d'imagination. Il n'est plus vraiment au courant de ce qui se passe à Medicine Creek. Ou plutôt de ce qui ne s'y passe plus.

Ludwig se décida soudain à lâcher ce qu'il avait sur le cœur.

— Pas mal de gens ici pensent qu'un pasteur plus dynamique contribuerait à donner un nouvel élan à cette communauté en incitant les jeunes à rester, en remplissant le vide spirituel qui s'est peu à peu installé ici.

— Je vois.

Le pasteur leva la tête en les voyant s'approcher. Comme à son habitude, il portait ses lunettes sur le bout du nez. Ludwig le soupçonnait de les porter en permanence afin de se donner un air plus savant.

— Révérend Wilbur ? Je voudrais vous présenter l'inspecteur Pendergast du FBI.

Wilbur serra la main que lui tendait le policier.

— Mon révérend, je vous envie de veiller sur cette charmante communauté, commença Pendergast.

Wilbur lui jeta un regard bienveillant.

— C'est une bien lourde responsabilité, monsieur Pendergast, mais je ne suis pas mécontent de mon travail pastoral.

— La vie ici est si paisible, insista Pendergast. Surtout pour un homme de Dieu tel que vous.

— Dieu a été bon pour moi, c'est vrai, mais il ne m'a pas toujours épargné. Nous portons tous la faute originelle, mais je me demande parfois si le fardeau du pasteur n'est pas plus lourd encore que celui de ses ouailles.

Tout en disant cela, Wilbur prenait des airs de martyr. Ludwig savait déjà qu'il allait en profiter pour glisser l'une ou l'autre de ses citations pédantes.

— *Hélas !* s'exclama Wilbur. *À quoi sert-il de peiner sans relâche au métier de berger, modeste et méprisé ?*

Il regarda Pendergast à travers ses lunettes, satisfait de son petit effet.

— Milton, bien évidemment, ajouta-t-il, faussement modeste.

— Évidemment. Un emprunt à *Lycidas*.

— Euh... je crois, en effet, fit Wilbur, désarçonné.

— Je suis sûr que vous devez connaître cet autre vers extrait de cette remarquable élégie : *Les moutons affamés lèvent les yeux en vain.*

L'énoncé de Pendergast fut accueilli par un court moment de silence. Ludwig regarda tour à tour les deux hommes, sans bien comprendre ce qui venait de se passer.

— Je... je... bégaya Wilbur.

— Je serai heureux de vous revoir ce dimanche à l'office, le coupa Pendergast d'une voix affable en lui prenant la main.

— Euh... oui, naturellement, fit Wilbur, parfaitement dérouté.

Au même instant, Art Ridder prit la parole, faisant taire les conversations.

— Mesdames et messieurs, chers amis ! Notre invité d'honneur, le professeur Chauncy, souhaiterait vous dire quelques mots. Professeur, vous avez la parole.

— Je vous remercie, répondit le petit homme.

Debout dans son costume bleu pâle, les mains croisées, on aurait dit un premier communiant.

— Je suis le professeur Stanton Chauncy. Comme vous le savez, je me trouve ici en qualité de représentant officiel du Département de recherches agronomiques de l'université du Kansas.

Il avait une voix de fausset et s'exprimait de façon sèche, articulant chaque syllabe à la manière d'un mauvais acteur.

— Le maïs transgénique est un sujet aussi vaste que complexe sur lequel je ne m'étendrai pas ici pour des raisons évidentes, commença-t-il. Une présentation plus technique nécessiterait des connaissances en chimie organique et en biologie des plantes qui dépassent les profanes que vous êtes.

Il renifla et poursuivit.

— J'aurais néanmoins souhaité vous en faire une présentation sommaire.

On aurait dit que ses auditeurs s'étaient donné le mot, car tous poussèrent au même moment un sou-

118

pir de déception. Ceux qui s'attendaient à ce que leur hôte les complimente sur leur petite ville en étaient pour leurs frais, sans parler de ceux qui avaient entretenu l'espoir que Chauncy ferait connaître sa décision ce jour-là. Au lieu de cela, il leur débitait d'une voix morne un exposé soporifique sur les diverses variétés de maïs et leurs qualités respectives. Ludwig en était presque à se demander si Chauncy ne faisait pas exprès de les abreuver de détails ennuyeux. Les conversations ne tardèrent pas à reprendre à voix basse tandis que s'élevait à nouveau le cliquetis des couverts. Au fond de la salle, certains s'étaient même levés de table et des petits groupes se formaient, à l'instar de celui de Dale Estrem et des autres membres de la coopérative qui attendaient les bras croisés, le visage fermé.

Smit Ludwig n'écoutait plus le discours de Chauncy que d'une oreille distraite. Il avait toujours éprouvé une certaine tendresse pour la Fête de la dinde dont il appréciait l'atmosphère familiale. C'était par fidélité à ce provincialisme qu'il ne s'était jamais résolu à quitter la région, même après la mort de sa femme. Medicine Creek avait quelque chose de rassurant. Chacun y avait sa place, à l'inverse de ces mégalopoles où les gens meurent chaque jour dans l'indifférence, la solitude et l'anonymat. Depuis quelque temps, sa fille le poussait à venir la rejoindre, mais il n'en avait pas envie. Il savait déjà qu'il finirait ses jours à Medicine Creek et qu'on l'enterrerait à côté de sa femme dans le petit cimetière à la sortie du village, sur la route de Deeper.

Il regarda sa montre, se demandant ce qui avait pu déclencher ces pensées morbides. Il était temps de rentrer chez lui rédiger son article s'il voulait que le *Courier* paraisse à l'heure le lendemain.

Il se dirigea discrètement vers la sortie. Dehors, le soleil de cette fin d'après-midi dorait la pelouse de l'église d'une lueur irréelle et la chaleur était toujours aussi oppressante. Smit Ludwig se sentait pourtant soulagé. Les choses ne s'étaient pas passées aussi mal qu'il avait pu le craindre, en grande partie grâce à Maisie et Pendergast, et il tenait un bon papier sur la Fête de la dinde. Comme quoi la vie finit invariablement par reprendre ses droits. Medicine Creek avait retrouvé un visage presque serein et personne n'y pourrait rien changer, pas même ce rasoir de Chauncy dont la voix monocorde lui parvenait encore dans la lumière du soir. Malgré cette sombre histoire de meurtre, la 33e Fête de la dinde était une réussite.

Debout sur les marches de l'église, Ludwig s'apprêtait à pousser un soupir d'aise lorsqu'il se figea.

L'un après l'autre, tous ceux qui se trouvaient près de la porte écarquillèrent les yeux à leur tour. Quelqu'un poussa un cri et la rumeur s'amplifia, contraignant Chauncy à s'arrêter au beau milieu d'une phrase sur l'hybridation du maïs.

— Que se passe-t-il ? demanda-t-il d'un ton agacé. Quelqu'un peut-il m'expliquer ce qui se passe ?

Personne ne prit la peine de lui répondre. À travers la porte ouverte, tous les regards étaient rivés sur la colonne de vautours qui tournaient inlassablement à l'horizon au-dessus des champs dorés.

14

Corrie Swanson s'arrêta devant l'église dans un nuage de poussière. Elle comprit immédiatement qu'il se passait quelque chose de grave en voyant des grappes de gens agglutinés devant le bâtiment, chuchotant entre eux d'un air anxieux. De temps en temps, quelqu'un se détachait d'un groupe et regardait fixement du côté des champs de maïs. Il y avait là au moins une cinquantaine de personnes, mais Pendergast ne se trouvait pas parmi elles. C'était d'autant plus curieux qu'il l'avait appelée en lui demandant de le rejoindre d'urgence, sans lui en dire davantage.

Corrie se sentit presque soulagée de ne pas le voir, persuadée de courir à la catastrophe si elle continuait à travailler pour lui. Déjà qu'elle n'avait pas bonne presse auprès des habitants de Medicine Creek... Quelle mouche l'avait piquée de s'embarquer sur une telle galère ? Elle n'avait même pas osé toucher à l'argent de Pendergast depuis qu'il l'avait déposé dans sa boîte à gants. Elle sentait confusément qu'il allait lui attirer les pires ennuis. Son enquête terminée, il repartirait tranquillement chez lui sans se poser de questions, et qui se retrouverait toute seule comme une imbécile ? Elle ferait mieux de lui rendre son fric et de s'en laver les mains tant qu'il en était encore temps.

Elle sursauta en voyant une longue silhouette sombre surgir à côté de la voiture. Pendergast ouvrit la portière et se glissa d'un mouvement félin sur le siège passager. Ce type-là avait une façon de se déplacer qui lui foutait la trouille.

Elle baissa machinalement le son de *Starfuckers* de Nine Inch Nails.

— Alors, inspecteur ? Où va-t-on ? demanda-t-elle d'un ton faussement détaché.

— Vous voyez ces volatiles ? répondit Pendergast, désignant du menton les champs de maïs.

Elle mit la main sur ses yeux afin de se protéger du soleil couchant.

— Vous voulez parler des vautours ? Qu'est-ce qu'ils ont de si intéressant ?

— Nous le saurons d'ici quelques instants. Allons-y.

Elle fit vrombir son moteur, déclenchant un nuage nauséabond.

— C'est en plein champ et je vous signale que j'ai une Gremlin, pas un 4 × 4.

— N'ayez crainte, mademoiselle Swanson. Je n'ai nullement l'intention de nous embourber. Prenez la Cry Road en direction de l'ouest, je vous prie.

— C'est vous le patron.

Elle appuya sur l'accélérateur et la Gremlin s'éloigna en tremblant de toute sa carcasse rouillée.

— Comment avez-vous trouvé la Fête de la dinde ? s'enquit-elle. C'est l'événement de l'année à Trou-du-Culville.

— J'ai trouvé la chose fort instructive d'un point de vue... comment dirais-je... anthropologique.

— L'inspecteur Pendergast chez les sauvages, c'est ça ? Sinon, ils ont présenté le type de l'université du Kansas, celui qui veut faire pousser du maïs radioactif dans le coin ?

— Du maïs transgénique, en vérité. Oui, il était là.

— À quoi il ressemble ? Il a trois têtes, au moins ?

— Si tel est le cas, la chirurgie esthétique a fait de grands progrès car je ne lui ai rien trouvé d'anormal.

Corrie se tourna vers son passager et celui-ci en fit autant, imperturbable comme à son habitude. Elle ne savait jamais s'il plaisantait ou non. C'était la grande personne la plus étrange qu'elle ait jamais rencontrée, et ce n'était pourtant pas les gens zarbis qui manquaient à Medicine Creek !

— Mademoiselle Swanson, puis-je attirer votre attention sur la limitation de vitesse ?

— Excusez-moi, fit-elle en appuyant sur la pédale de frein. Et moi qui croyais que les types du FBI conduisaient tous comme des cinglés...

— Je suis en congé, ne l'oubliez pas.

— Congé ou pas, le shérif ne roule jamais à moins de 150. Et quand il y a des éclairs frais au Wagon Wheel, il fait des pointes à 200.

Pendergast ne releva pas et ils poursuivirent en silence.

— Vous apercevez l'automobile du shérif, mademoiselle Swanson ? Ayez la gentillesse de vous garer derrière elle.

Corrie plissa les yeux et vit le gyrophare de la voiture de patrouille, stationnée du mauvais côté de la route, à cinq cents mètres de l'endroit où tournaient imperturbablement les vautours. Elle comprit soudain.

— Mon Dieu, balbutia-t-elle. Ne me dites pas qu'il y en a un autre...

— C'est précisément ce que je souhaiterais savoir.

Corrie se gara derrière le shérif et mit ses warnings.

— Je risque d'en avoir pour un petit moment, fit Pendergast en descendant de la Gremlin.

— Je ne vous accompagne pas ?

— J'ai bien peur que non.

— Pas de problème, j'ai pris un bouquin.

Légèrement vexée, elle vit Pendergast s'éloigner à travers champs, puis elle se retourna et fouilla sur le siège arrière parmi la demi-douzaine de livres entassés pêle-mêle : principalement des livres d'horreur et de science-fiction, mais aussi un roman à l'eau de rose qu'elle lisait en cachette. Elle finit par se décider pour un thriller qu'elle venait d'acheter, *Ice Limit*. Corrie avait toujours adoré s'isoler pour lire, mais l'idée de rester seule à attendre Pendergast ne l'enchantait guère. Son regard se porta machinalement sur les vautours qui tournoyaient dans les derniers reflets du jour. Leur manège n'était plus le même que tout à l'heure. Le shérif avait dû les déranger. Corrie aurait donné tous ses bouquins d'horreur pour savoir ce qu'il pouvait bien y avoir dans ce champ.

Elle jeta son livre sur la banquette arrière d'un geste impatient. Pas question de se laisser traiter comme un bébé par Pendergast. Elle avait tout de même le droit de savoir ce qui se passait.

Elle ouvrit sa portière et s'enfonça en plein champ en suivant les traces laissées par les grosses chaussures du shérif et celles, plus discrètes, de son demeuré d'adjoint. Un peu plus loin, on apercevait les empreintes délicates et élastiques de Pendergast.

L'atmosphère confinée qui régnait entre les tiges de maïs avait quelque chose d'angoissant. Les épis tanguaient au-dessus de la tête de Corrie, déversant sur elle une pluie de poussière et de pollen. La nuit n'était pas tout à fait tombée, mais la jeune fille avançait dans une obscurité quasi totale, le souffle court. Elle commençait à se demander si elle n'aurait pas mieux fait d'attendre tranquillement dans la voiture. Elle avait toujours eu horreur du maïs, de la terre soulevée par les tracteurs au moment des semailles, de cette poussière tenace et envahissante que tout le monde à Medicine Creek retrouvait jusque dans son lit. Par la suite, les gens ne parlaient plus que des caprices du temps pendant quatre mois, en attendant que les routes disparaissent entre deux rideaux verts à vous coller la nausée. Avec les chaleurs d'août, les épis mûrissaient et il serait bientôt temps de faire appel aux énormes machines agricoles qui laisseraient derrière elles une terre ravagée, aussi désespérante que le dos d'un caniche tondu.

Corrie n'en pouvait plus. La poussière lui piquait les yeux et lui bouchait le nez, et elle avait dans la bouche un goût de terre particulièrement désagréable. Quand on pense que tout ce maïs ne servirait même pas à nourrir des animaux, mais à faire du GPL !

Elle déboucha soudain dans une petite clairière. Le shérif et son adjoint, une lampe de poche à la main, examinaient quelque chose sous le regard attentif de Pendergast. Ce dernier se retourna en l'entendant approcher, ses yeux presque luminescents dans la nuit tombante.

La gorge de Corrie se noua en devinant une forme inerte un peu plus loin, avant de s'apercevoir qu'il s'agissait d'un cadavre de chien. Un chien fauve au ventre gonflé par la décomposition. Avec ses poils hérissés, on aurait dit un énorme poisson-globe. Une odeur pestilentielle envahissait la clairière qui bruissait du bourdonnement d'un véritable nuage de mouches.

Le shérif se tourna vers Pendergast.

— Eh bien, inspecteur, fit-il d'un air satisfait, je crois qu'il s'agit d'une fausse alerte.

Au même moment, il aperçut Corrie par-dessus l'épaule du policier. Il la fixa longuement avant de lancer un regard lourd de reproches à Pendergast.

Celui-ci ne répondit pas, trop occupé à faire courir sur la carcasse de l'animal le rayon de la petite lampe qu'il venait de sortir de sa poche. Corrie crut qu'elle allait vomir en reconnaissant l'animal, un labrador appartenant au fils de Swede Cahill, un gentil gamin de douze ans au visage constellé de taches de rousseur.

— Pas la peine de perdre notre temps, Tad. Assez rigolé comme ça, s'exclama le shérif en tapant sur l'épaule de son adjoint.

Pendergast, à genoux, examinait en détail la dépouille du chien, au grand dam des mouches qui tourbillonnaient bruyamment au-dessus de la charogne.

Le shérif passa à côté de Corrie en faisant semblant de ne pas la voir. Parvenu à l'entrée de la clairière, il se retourna :

— Vous venez, Pendergast ?

— Dès que j'aurai achevé l'examen de ce malheureux animal.

— Vous avez trouvé quelque chose d'intéressant ?

Après un court moment de silence, Pendergast répondit :

— Ce chien a été assassiné.

— Assassiné ? s'étonna le shérif. Mais non ! Et puis l'autre bonne femme a été tuée à plus de trois kilomètres d'ici. C'est rien qu'un chien crevé, c'est tout.

Corrie vit avec effroi Pendergast soulever la tête du labrador et la remuer doucement de droite à gauche avant de la reposer et d'examiner longuement la gueule, les oreilles et le ventre de la pauvre bête. Les mouches bourdonnaient de plus belle.

— Alors ? s'enquit le shérif d'une voix rauque.

— Quelqu'un lui a brisé la colonne vertébrale à hauteur du cou, répliqua le policier.

— Il aura été heurté par une voiture et sera venu crever ici. C'est courant, par ici.

— Jamais une voiture n'aurait fait cela à sa queue.

— Sa queue ? Quelle queue ? ! !

— Précisément.

D'un même mouvement, le shérif et Tad braquè-rent leur torche vers l'arrière-train de l'animal. La queue du chien avait été arrachée et l'os formait une petite tache claire au milieu des chairs sanguinolen-tes.

Le shérif ne dit rien.

— Si vous poursuivez vos explorations dans cette direction, reprit Pendergast en éclairant une trouée entre les plants de maïs, je ne doute pas que vous découvrirez les empreintes de l'assassin. Des emprein-tes de pieds nus de très grande taille, se dirigeant vers la rivière, semblables à celles trouvées à proximité du premier crime.

Sa phrase fut ponctuée d'un long silence.

— Écoutez, Pendergast, finit par dire le shérif, je ne sais pas ce que vous en pensez, mais je vous avoue que je me sens soulagé. Pendant un moment, j'ai cru que nous avions affaire à un tueur en série, mais pour qu'il s'amuse à tuer un chien avant de lui couper la queue, ce type-là doit être complètement cinglé.

— Vous remarquerez cependant qu'il n'y a pas la moindre mise en scène dans le cas présent, contrai-rement à la fois précédente.

— Et alors ?

— Nous ne pouvons donc pas parler de modèle récurrent. Il s'agit d'un scénario évolutif, ce qui signi-fie que nous avons affaire à un type de tueur en série d'un nouveau genre..

Hazen leva les yeux au ciel.

— Comment pouvez-vous parler de tueur en série alors qu'il n'y a eu qu'un crime ? Jusqu'à preuve du contraire, le meurtre ne concerne pas encore les chiens, dans ce pays. Appelle le légiste, Tad, ajouta-t-il à l'adresse de son adjoint. Dis aux types de la cri-minelle d'emmener ce chien à Garden City et de le faire autopsier. Demande-leur aussi d'envoyer les équipes techniques pour passer le coin au peigne fin.

Arrange-toi aussi pour qu'ils mettent un type en faction ici. Je veux que le périmètre soit bouclé. Compris ?

— Bien, shérif.

— Bon. Et maintenant, Pendergast, je compte sur vous pour veiller à ce qu'aucune personne étrangère à la police ne reste ici, fit-il en braquant brusquement sa lampe sur Corrie qui sursauta.

— Vous ne faites tout de même pas référence à mon assistante, shérif ?

Un silence épais lui répondit. Corrie en profita pour regarder discrètement du côté de Pendergast. À quel jeu jouait-il ? Il n'avait jamais été question qu'elle devienne son assistante. Ses soupçons la reprirent. Elle voyait déjà le moment où il voudrait qu'elle l'assiste dans son lit.

— Votre assistante ? reprit le shérif. Une délinquante convaincue de vol aggravé ? Un crime, je vous le rappelle gentiment, passible de la correctionnelle dans cet État.

— C'est bien d'elle dont je parle, en effet.

Le shérif hocha la tête avant de répondre d'une voix anormalement douce.

— Je suis quelqu'un de patient, monsieur Pendergast, mais il y a des limites.

Ignorant son interlocuteur, l'inspecteur reprit à l'adresse de Corrie :

— Mademoiselle Swanson, auriez-vous l'amabilité de me tenir cette lampe afin que j'examine de plus près le postérieur de cet animal ?

Corrie s'exécuta aussitôt en prenant la précaution de se boucher le nez, consciente du regard haineux que le shérif Hazen posait sur sa nuque.

Pendergast se releva et posa une main sur l'épaule du shérif. Celui-ci regarda la main d'un air dégoûté et il hésita un instant à la repousser.

— Shérif, fit Pendergast d'une voix anormalement humble. Vous avez peut-être l'impression que je suis venu ici avec l'intention de vous empoisonner la vie, mais je peux vous assurer que j'ai de bonnes raisons d'agir de la sorte. Je suis le premier à reconnaître que vous avez fait preuve jusqu'à présent d'une infinie patience. Je vous en sais gré, croyez-le bien, et je serais personnellement honoré que vous tolériez ma présence et celle de mon assistante quelque temps encore.

Le shérif prit le temps de réfléchir et lorsqu'il reprit la parole, son ton s'était radouci.

— Je mentirais en vous disant que vos méthodes me conviennent. Comme tous les types du FBI, vous oubliez qu'il ne suffit pas d'attraper un coupable, qu'il faut également trouver des preuves susceptibles de le faire condamner. Je n'ai pas besoin de vous faire un dessin, vous savez aussi bien que moi comment ça se passe de nos jours. À la moindre erreur de notre part, les avocats s'en donnent à cœur joie et le coupable quitte le tribunal avec les honneurs. Quant à celle-ci, dit-il en lançant un coup d'œil à Corrie, je vous conseille de lui faire établir des papiers en bonne et due forme si vous avez l'intention d'enquêter avec elle.

— Je pense bien m'en occuper.

— Sans compter l'effet qu'elle fera aux jurés le jour où elle viendra témoigner au tribunal avec sa crête violette et son collier à clous. Et je ne parle même pas de son casier.

— J'y veillerai, mais chaque chose en son temps.

Le shérif le regarda droit dans les yeux avant de conclure.

— Très bien. Je vous laisse avec Médor, mais n'oubliez pas ce que je viens de vous dire. Allez, Tad, on a des coups de fil à passer.

Sur ces paroles, il tourna les talons, alluma une cigarette et disparut dans la jungle de maïs, suivi de son adjoint. Au fur et à mesure que les deux hommes s'éloignaient, le silence reprit ses droits sur la clairière.

Corrie en profita pour s'écarter de la dépouille du chien.

— Inspecteur ?

— Oui, mademoiselle ?

— C'est quoi cette histoire d'assistante ?

— J'ai jugé que vous souhaitiez m'assister dans mon enquête en constatant que vous aviez déserté votre poste.

— J'ai pas l'habitude de poireauter pendant des heures, se justifia-t-elle, sans savoir si Pendergast était en train de se moquer d'elle. Écoutez, je connais que dalle au boulot de flic, je ne sais pas taper à la machine et je n'ai pas l'intention de répondre au téléphone ou de prendre votre courrier en sténo, si c'est ça que vous attendez de moi.

— Je vous rassure, ce n'est pas le cas. Cela vous surprendra sans doute, mais j'ai sérieusement réfléchi à tout ceci et j'en suis arrivé à la conclusion que vous feriez une assistante de premier ordre. J'ai besoin de quelqu'un qui connaît bien le pays, ses habitants et ses secrets sans pour autant en faire partie. Bref, quelqu'un de parfaitement indépendant, capable de me dire les choses telles qu'elles sont. Je ne crois pas me tromper en affirmant que vous répondez à l'ensemble de ces critères.

Corrie réfléchissait. Quelqu'un qui ne fasse pas vraiment partie de la communauté... Elle ne pouvait pas donner tort à Pendergast, même si ce constat n'était pas pour la rassurer.

— Sur le plan pécuniaire, cela signifie que vos émoluments s'élèveront désormais à cent cinquante dollars par jour. Je dispose de tous les documents et autorisations nécessaires dans votre voiture. En échange, je vous demande de m'obéir en tout point et de ne plus en faire à votre tête comme ce soir. Nous reviendrons plus tard sur ce que j'attends exactement de vous.

— Qui me paye ? Le FBI ?

— Vous serez rémunérée sur ma cassette personnelle.

— Vous savez très bien que je ne vaux pas ça. C'est du fric foutu en l'air.

Pendergast l'observait avec une intensité dérangeante.

— Nous avons affaire à un criminel extrêmement dangereux et le temps presse. Avec votre aide, je peux sauver d'autres vies humaines. Vous pensez vraiment que c'est du « fric foutu en l'air », pour reprendre votre expression ?

— Plus que jamais, mais je n'ai pas la prétention de vous faire changer d'avis. Le shérif a raison, je ne suis qu'une petite délinquante pas très maligne.

— Ne sombrez pas dans un excès d'immodestie, mademoiselle Swanson. Alors, nous sommes d'accord ?

— D'accord, mais je reste votre assistante, un point c'est tout. Comme je vous l'ai déjà dit, n'allez pas vous faire des idées.

— Je vous demande pardon ? demanda-t-il en écarquillant les yeux.

— Ne faites pas l'idiot. Vous êtes un mec et vous savez très bien ce que je veux dire.

Pendergast balaya la remarque d'un geste.

— Mademoiselle, je pense que vos sous-entendus dépassent votre pensée. Tout nous sépare, qu'il s'agisse de l'âge, du caractère, du milieu social et de nos fonctions respectives dans la vie. Sans même parler du piercing que vous avez à la langue. Si vous voulez mon avis, je ne doute pas qu'une relation telle que celle à laquelle vous faites allusion présente quelque attrait, mais il serait préférable de ne pas nous fourvoyer.

— Qu'est-ce qu'il a, mon piercing à la langue ? s'irrita Corrie.

— Rien sans doute. Les femmes de la tribu Wimbu des îles Andaman ont pour habitude de percer leur vulve d'un anneau auquel elles pendent des cauris, des coquillages blancs qui tintent sous leurs jupes lorsqu'elles se déplacent. Les hommes trouvent cela très attirant.

— Mais c'est dégoûtant !

Pendergast eut un petit sourire.

— Comme quoi vous n'êtes pas aussi anticonformiste qu'on pourrait le croire.

— Si vous voulez que je vous dise, vous êtes vraiment un type bizarre.

— Je serais sincèrement désolé qu'il en fût autrement, mademoiselle Swanson.

Lui prenant gentiment la lampe des mains, il se pencha à nouveau sur le cadavre du chien.

— Puisque vous acceptez de me servir d'assistante, commencez par me dire à qui appartient ce chien.

— C'est Jiff, le chien d'Andy, le fils de Swede Cahill, fit-elle en se forçant à regarder le corps ballonné de l'animal.

— Jiff possédait-il un collier ?

— Oui.

— Lui arrivait-il souvent de quitter son jeune maître ?

— Les chiens sont censés être tenus en laisse ici, mais la plupart des gens les laissent aller à leur guise.

Pendergast hocha la tête.

— Je savais bien que je pouvais avoir confiance en vous.

— Quel drôle de numéro vous êtes ! répondit Corrie, une lueur amusée dans les yeux.

— Je vous remercie. Nous avons donc quelque chose en commun.

Corrie préféra ne pas répondre, incapable de dire si c'était un compliment ou une insulte. Son regard suivit machinalement la direction de la lampe et son cœur se serra en pensant au chagrin d'Andy Cahill. Il faudrait bien que quelqu'un lui annonce la nouvelle et autant que ce soit elle. Pas question de laisser le shérif ou son adjoint s'en charger, ils ne sauraient jamais comment s'y prendre. Quant à Pendergast, il avait beau être très bien élevé, elle le voyait mal consolant un gamin de douze ans. Elle leva les yeux et s'aperçut que le policier l'observait.

— Oui, murmura-t-il, je pense que ce serait une bonne idée d'apprendre vous-même la nouvelle à Andy Cahill.

— Mais, comment... ?

— Vous pourriez en profiter pour demander à Andy quand il a vu Jiff pour la dernière fois.

— Si je comprends bien, vous comptez sur moi pour lui tirer les vers du nez.

— Quel flair ! Je n'en attendais pas moins de ma nouvelle assistante.

15

Margery Tealander, installée derrière son vieux bureau en bois, découpait des bons de réduction dans un journal tout en jetant un œil au « Juste Prix ». L'image de sa vieille télé noir et blanc était si mauvaise qu'elle était obligée de monter le son pour ne rien perdre de ce qui se passait à l'écran. Non pas qu'il y ait grand-chose à perdre, car Margery avait rarement vu des candidats aussi nuls. Elle arrêta un instant son travail et leva les yeux sur l'écran. Tous les participants avaient suggéré un prix, à part la petite Asiatique qui ne devait pas avoir plus de vingt ans.

— Je propose mille quatre cent un dollars, Bob, fit-elle à l'adresse de l'animateur avec un grand sourire.

— Quelle idiote, gronda Margery en reprenant ses découpages.

Quatorze cents dollars pour un frigo avec un congélateur ? La gamine n'avait jamais dû mettre les pieds dans un magasin d'électroménager pour proposer un prix aussi hallucinant. Le frigo devait aller chercher dans les neuf cent cinquante dollars au grand maximum. Le public ne valait guère mieux, à voir la façon dont il applaudissait bêtement à chaque intervention des candidats. Si seulement elle avait pu leur montrer ! Elle avait toujours eu le chic pour deviner le juste prix, ou pour ouvrir la case la plus avantageuse. Jamais elle ne se serait contentée de lots ridicules, comme cette cabane de jardin en bois, cette étagère ou ce lot de cire pour parquet. Si elle se présentait un jour, ce serait au minimum pour gagner un hors-bord, d'autant que son cousin avait un anneau sur un ponton à Lake Scott. Un jour, elle avait même réussi à convaincre Rocky de l'emmener à Studio City, mais ils avaient dû annuler leur voyage lorsqu'il était tombé gravement malade. Maintenant qu'il était mort, elle n'avait plus le cœur d'y aller toute seule. Ah ! Enfin un truc intéressant ! Vingt pour cent de réduction sur du Woolite pour trente dollars d'achat minimum au supermarché. C'était d'autant plus intéressant que le Woolite n'était jamais en promotion. Avec les coupons triples du week-end, ça faisait presque moitié prix, autant en prendre en réserve. Margery adorait faire ses courses au Shopper's Palace à Ulysses. C'était plus loin que le Red Owl de Garden City, bien sûr, mais la différence de prix était telle que ça valait le coup de dépenser un peu plus d'essence pour se rendre au Palace. Et un samedi par mois, ils faisaient même une ristourne de trois *cents* par litre. Elle avait mauvaise conscience de ne plus aller chez ce pauvre Ernie, mais par les temps qui couraient, le principal était de faire des économies. Et voilà, elle en était sûre ! Le frigo valait neuf cent vingt-cinq dollars. Après tout, peut-être qu'elle en parlerait à Alice Franks un de ces jours, pour voir s'il n'y avait pas moyen d'aller en bus à Studio City, surtout que...

Marge sursauta en voyant soudain un curieux personnage se dresser devant elle.

— Mon Dieu ! s'exclama-t-elle en coupant aussitôt le son de la télé. Vous m'avez fait peur, mon jeune monsieur.

C'était cet inconnu en noir qu'on voyait aller et venir depuis quelques jours.

— Je vous présente mes excuses, dit l'homme avec un accent fleurant bon les bayous.

Il fit une légère courbette et attendit, les bras le long du corps. Margery constata non sans étonnement que ses ongles étaient manucurés.

— Ça n'est pas grave, répondit-elle, mais vous ne devriez pas arriver tout doucement, comme ça. Qu'est-ce que je peux faire pour vous ?

— J'espère que je ne vous dérange pas, reprit l'homme en montrant le journal.

Marge éclata de rire.

— Me déranger ! Ça, c'est la meilleure !

Elle repoussa ses bons de réduction.

— Je suis tout ouïe, cher inconnu.

— Excusez-moi à nouveau, mais j'ai négligé de me présenter. Je m'appelle Pendergast.

Marge se souvint brusquement de l'article qu'elle avait lu dans le journal.

— Je suis bête ! Vous êtes ce monsieur du Sud qui enquêtez sur le crime. J'aurais dû m'en douter, avec votre accent.

Elle examina avec curiosité ses cheveux d'un blond presque blanc, ses yeux délavés et inquisiteurs. Il était grand et mince, mais il n'avait pas l'air frêle pour autant. Si ça se trouve, il devait être costaud, mais c'était difficile de dire à cause de son costume noir. Un beau brin de Sudiste, en tout cas.

— Enchantée, monsieur Pendergast, s'exclama-t-elle. Je vous aurais volontiers proposé un siège, mais je n'ai que le mien. Il faut dire que les gens ont rarement l'habitude de s'attarder quand ils viennent me voir.

Satisfaite de sa remarque, elle éclata à nouveau de rire.

— Et pour quelle raison, madame Tealander ?

Il s'exprimait avec une telle délicatesse que Marge ne remarqua même pas qu'il connaissait son nom.

— À votre avis ? Vous connaissez beaucoup de gens qui sont heureux de payer leurs impôts, vous ?

— Vu sous cet angle, évidemment, je ne peux que partager votre point de vue.

Pendergast avança d'un pas.

— Madame Tealander, j'ai cru comprendre...

— Cinq cents dollars ! l'interrompit la vieille femme.

— Je vous demande pardon ? répondit Pendergast, interloqué.

— Non, non, rien ! s'excusa Marge, quittant des yeux la télévision à regret.

— J'ai cru comprendre que vous aviez la charge des archives publiques de Medicine Creek.

— C'est exact, acquiesça Marge.

— Vous agissez donc en qualité de secrétaire de mairie de cette commune.

— À temps partiel, précisa-t-elle. De plus en plus partiel, même.

— Dans le cadre de vos fonctions, vous vous occupez sans doute de la voirie.

— En fait, je me contente de compter les heures d'Henry Fleming. C'est lui qui passe le chasse-neige en hiver et qui change les ampoules des réverbères.

— Par la même occasion, vous collectez les impôts fonciers.

— Exactement, et c'est même pour ça que Klick Rasmussen a toujours refusé de m'inviter quand elle organise des tournois de canasta.

Pendergast marqua une pause avant de reprendre.

— À peu de chose près, on peut dire sans se tromper que vous êtes l'âme de Medicine Creek.

Marge lui adressa un large sourire.

— On ne peut rien vous cacher, mon jeune monsieur, même si je ne suis pas certaine que le shérif ou Art Ridder partagent votre opinion.

— À leur guise, répondit Pendergast avec un geste désinvolte.

— Nom d'un chien, j'en étais sûre ! s'exclama Marge qui continuait à suivre son émission du coin de l'œil.

Pendergast profita de l'interruption pour sortir son porte-badge de la poche intérieure de sa veste.

— Madame Tealander, fit-il en dévoilant son badge, vous savez sans doute que je suis employé par le Bureau fédéral d'investigation.

— C'est ce que j'ai entendu dire chez Capill'Hair à Deeper. C'est là que je me fais coiffer, précisa-t-elle.

— Dans le cadre de mon enquête, j'aurais souhaité porter un regard plus officiel sur les habitants de Medicine Creek. J'entends par là savoir ce qu'ils font, où ils vivent, connaître la nature de leurs revenus, ce genre de choses.

— Alors vous avez frappé à la bonne porte. Je sais tout ce qu'on peut légalement savoir sur les habitants d'ici.

— Habituellement, ce genre de recherche nécessite une commission rogatoire.

— Dites donc, mon jeune monsieur, vous vous croyez à Great Bend ou à Wichita ? Ce n'est pas moi qui vais mettre des bâtons dans les roues d'un officier de police judiciaire, d'autant que nous n'avons rien à cacher à Medicine Creek. Rien qui puisse intéresser votre enquête, en tout cas.

— Si je comprends bien, vous ne voyez pas d'inconvénient à répondre à mes questions.

— Monsieur Pendergast, mon agenda est vide jusqu'au 22 août, date à laquelle je dois établir les relevés fonciers du quatrième trimestre.

— J'ose espérer que nous en aurons fini d'ici là, répliqua Pendergast le plus sérieusement du monde.

Son interlocutrice éclata de rire.

— Ha, ha ! Elle est bonne, celle-là !

Reprenant brusquement son sérieux, Marge fit pivoter son siège et se tourna vers un coffre-fort monumental dont la porte était ornée d'une guirlande de fleurs vieil or. À l'exception de son bureau et d'une modeste étagère, c'était le seul meuble de la pièce. Elle entra la combinaison en faisant tourner à plusieurs reprises la roue centrale, puis elle prit la poignée à deux mains et tira à elle le lourd battant, découvrant une boîte de moyenne dimension dont elle détacha le cadenas à l'aide d'une clé qu'elle portait en pendentif autour du cou. Soulevant le couvercle, elle fit apparaître une boîte plus petite qu'elle posa délicatement sur son bureau.

— Et voilà, fit-elle d'un air satisfait en tapotant la petite boîte. Par quoi voulez-vous commencer ?

— Je vous demande pardon ? répliqua Pendergast, interloqué.

— Je vous ai demandé par quoi vous vouliez commencer.

— Vous voulez dire que...

L'espace d'un instant, le visage de Pendergast perdit toute expression, mais il finit par se reprendre.

— Parce que vous imaginez peut-être que nous avons besoin d'un logiciel informatique pour gérer une commune comme Medicine Creek ? J'ai tout ce qu'il me faut dans cette boîte. Quant au reste, je l'ai là-dedans, ajouta-t-elle en désignant son crâne. Attendez, je vais vous montrer.

Elle souleva le couvercle et sortit une poignée de fiches au hasard. Sur chacune d'entre elles figuraient des autocollants de diverses couleurs et quelques lignes tracées d'une main soigneuse suivies de plusieurs rangées de chiffres et de signes cabalistiques.

— Vous voyez celle-ci ? fit-elle en agitant l'une de ses fiches sous le nez de Pendergast. C'est celle de Dale Estrem. Dale est un jeune agriculteur un peu remuant, ce qui n'a rien de surprenant quand on connaissait son père. Quant à son grand-père, j'aime mieux ne pas en parler. Dale a monté une coopérative agricole avec d'autres types de la même eau et la seule chose qui les intéresse, c'est de préserver le système tel qu'il est. En regardant sa fiche, vous verrez qu'il n'a pas payé ses deux derniers trimestres, que son aîné a redoublé sa troisième, que sa fosse septique n'est pas agréée et qu'il a fait une demande d'aide sociale sept fois au cours des sept dernières années.

Marge conclut par un petit bruit de bouche marquant sa désapprobation.

Le regard de Pendergast alla plusieurs fois de son interlocutrice à la fiche.

— Je vois, finit-il par déclarer.

— En tout, j'ai quatre-vingt-treize cartes comme celle-ci. Une par foyer. Je pourrais vous parler de chaque famille pendant une heure au moins, deux dans certains cas.

Marge en était tout excitée. Ce n'était pas tous les jours qu'un fonctionnaire fédéral s'intéressait à ses archives. Depuis la mort de Rocky, elle n'avait plus grand monde avec qui discuter.

— Quand j'en aurai fini, je peux vous assurer que vous saurez tout sur Medicine Creek, ajouta-t-elle.

— Je n'en doute pas, répondit Pendergast après une courte hésitation, comme s'il avait besoin de reprendre ses esprits.

— Alors, monsieur Pendergast, par quoi voulez-vous commencer ?

— Eh bien... hésita l'inspecteur. Je suppose que nous pourrions commencer par la lettre A.

— Il n'y a personne à Medicine Creek dont le nom de famille commence par un A, monsieur Pendergast.

Je vous propose de commencer par David Barnes, qui habite sur Cry Road. Je suis désolée de ne pas pouvoir vous offrir un siège. Il faudra que je pense à apporter une chaise de chez moi pour demain.

Replaçant d'une main experte la fiche qu'elle tenait entre les doigts, elle exhuma celle de Barnes et entama ses explications. La télévision baignait la pièce d'une lueur bleutée, mais Marge avait oublié « Le Juste Prix » depuis longtemps.

16

Tad Franklin contourna la vieille demeure victorienne et rangea sa voiture sur le parking aménagé à
côté de la boutique de souvenirs. Il s'arrêta en faisant
crisser les gravillons, ouvrit sa portière et sortit sous
le soleil brûlant. Il s'étira longuement, se gratta la
tête et observa la maison, l'air légèrement inquiet. La
clôture avait dû être blanche, mais la peinture s'était
écaillée et ce qu'il restait des traverses en bois ne pro-
tégeait plus guère le jardin en friche. La vieille bâtisse
elle-même n'avait pas dû voir l'ombre d'un pinceau
depuis plus d'un demi-siècle et les tempêtes de poussière du Kansas s'étaient chargées d'en mettre le bois
à nu. La pancarte indiquant les Kavernes Kraus, à
moitié arrachée, faisait penser à un mauvais film
d'horreur. Précisément le genre de détail qui collait
le cafard à Tad. Rien qu'à l'idée de passer sa vie à
Medicine Creek, il en était malade. Il rêvait de s'en
aller depuis belle lurette, mais il était encore trop
jeune et manquait d'expérience pour postuler ailleurs. Il redoutait surtout la réaction du shérif. Hazen
le considérait un peu comme un fils et voyait en lui
son successeur. Tad aimait mieux ne pas penser à ce
que lui dirait le shérif le jour où il lui annoncerait sa
décision de partir pour Wichita, Topeka ou n'importe
où, pourvu que ce soit loin de Medicine Creek.

Il franchit la barrière et emprunta l'allée mangée de mauvaises herbes jusqu'au vieux porche dont les planches résonnèrent sous ses bottes. Le temps semblait s'être arrêté et seules les cigales troublaient l'air immobile. Tad s'arrêta devant la porte et frappa.

Le battant s'ouvrit aussitôt et il sursauta en se trouvant face à face avec l'inspecteur Pendergast.

— Monsieur le shérif-adjoint. Entrez, je vous prie.

Tad retira son chapeau et pénétra dans l'entrée, intimidé. Le shérif lui avait demandé d'aller espionner Pendergast et d'essayer de lui tirer les vers du nez au sujet du chien mort, mais il ne savait absolument pas comment s'y prendre.

— Vous arrivez à point pour le déjeuner, remarqua l'inspecteur en refermant la porte derrière lui. Les stores étaient tirés et il faisait moins chaud qu'en plein soleil, mais l'atmosphère était étouffante, faute de climatisation. Tad aperçut dans l'entrée deux énormes malles cabines en cuir portant encore les étiquettes d'un transporteur exprès. Pendergast avait visiblement l'intention de rester là quelque temps.

— Le déjeuner ? répéta timidement le jeune adjoint.

— De simples antipasti accompagnés d'une salade. Du jambon de San Daniele, du pecorino avec du miel à la truffe blanche et quelques baccelli servis avec de la roquette. Un repas léger s'impose par une journée comme celle-ci.

— Euh... oui, pas de problème.

Tant qu'à manger italien, Pendergast aurait mieux fait de se faire livrer une pizza. Plus gauche que jamais, Tad dansait d'un pied sur l'autre. En plus, il était une heure de l'après-midi. Quelle idée de manger à une heure pareille. Pendergast ne pouvait donc pas déjeuner à onze heures et demie comme tout le monde ?

— Mlle Kraus n'est guère en forme aujourd'hui, elle a préféré garder le lit et c'est moi qui m'occupe de l'intendance.

— Ah, je comprends.

Tad suivit Pendergast à la cuisine. Des cartons de chez DHL et Federal Express étaient rangés dans un coin et le plan de travail débordait d'emballages aux noms exotiques : Balducci, Zabar... Pour manger des trucs aussi bizarres, Pendergast devait au moins avoir des ancêtres français ou italiens.

Pendergast s'affairait au-dessus du plan de travail avec des gestes précis et minutieux, garnissant trois assiettes de salami, de fromage et de ce qui ressemblait à de la salade, sous le regard gêné de Tad.

— Je reviens à l'instant, je monte porter son déjeuner à Mlle Kraus, dit Pendergast.

— Oui, bien sûr.

Pendergast disparut dans les entrailles de la grande maison et Tad entendit bientôt la petite voix de Winifred à laquelle répondait le murmure de l'inspecteur. Quelques instants plus tard, ce dernier était déjà de retour.

— Elle va comment ? s'enquit Tad.

— Fort bien, répliqua Pendergast à voix basse. Une affection purement psychosomatique, si vous voulez mon avis. C'est assez courant dans ce genre d'affaire. La pauvre a été fort perturbée en apprenant les circonstances du meurtre.

— Comme tout le monde, fit Tad.

— Je n'en doute pas. J'arrive moi-même de New York où il m'a été donné de résoudre une enquête particulièrement délicate, et j'avoue avoir quelque habitude de ce genre de chose, si tant est que l'on s'y habitue jamais. Mais il est vrai que les meurtres sont plus courants à New York qu'ici et j'ai parfaitement conscience du traumatisme qu'une telle expérience doit représenter pour vous. Mais asseyez-vous, je vous en prie.

Tad obtempéra et posa son couvre-chef sur la table avant de se dire que ça ne se faisait pas. Gêné, il le mit sur une chaise et l'enleva aussitôt, de peur de l'oublier en partant.

— Laissez-moi faire, fit Pendergast en lui prenant son chapeau des mains afin de l'accrocher à une patère.

Tad, terriblement mal à l'aise, s'agitait sur son siège.

Pendergast posa une assiette devant lui.

— *Buon appetito*, fit-il en faisant signe à son invité de commencer.

À l'aide de sa fourchette, Tad piqua un morceau de fromage qu'il goûta d'un air méfiant.

— Je vous engage à mettre dessus un peu de ce *miele al tartufo bianco*, suggéra Pendergast en lui tendant un flacon d'un miel curieusement parfumé.

— Merci, je préfère sans.

— Vous avez tort et je vais vous le prouver, fit Pendergast en versant d'autorité une cuillerée de miel sur le fromage du pauvre Tad.

Ce dernier avala une nouvelle bouchée et trouva le mélange plutôt agréable.

Les deux hommes poursuivirent leur repas en silence. Tad semblait surpris de trouver ça bon, en particulier le saucisson.

— C'est quoi, exactement ? demanda-t-il.

— *Cinghiale*. Il s'agit d'un saucisson de sanglier sauvage.

— Ah...

Pendergast saisit une bouteille d'huile d'olive dont il versa une généreuse rasade sur sa salade, recommença avec un liquide noirâtre avant de faire de même sur celle de son invité.

— Je suppose que vous êtes ici en mission, afin de recueillir des informations.

La question était si directe que Tad s'en trouva soulagé.

— Euh... c'est-à-dire que oui, c'est ça.

Pendergast s'essuya la bouche et se cala sur sa chaise.

— Le chien s'appelait Jiff et il appartenait à Andy Cahill. J'ai cru comprendre qu'Andy avait une âme d'explorateur et passait le plus clair de son temps à visiter les environs avec son chien. Mon assistante doit prochainement interroger le jeune garçon à ce sujet.

Tad fouilla ses poches à la recherche de son carnet, le sortit et commença à prendre des notes furieusement.

— Il semble que le chien ait été tué avant-hier soir. Vous vous souvenez sans doute que peu après minuit des nuages ont masqué la lune. Le meurtrier en aura profité pour tuer l'animal. Je viens de recevoir les résultats de l'autopsie. Il y est indiqué que les vertèbres cervicales 2, 3 et 4 ont été réduites en miettes sans que le médecin légiste ait pu trouver la moindre trace d'un appareillage quelconque. Cela semble indiquer que notre homme est doué d'une force peu commune. Quant à la queue, elle a apparemment été sectionnée à l'aide d'un instrument tranchant assez rudimentaire. Le meurtrier l'aura emportée en même temps que le collier et la plaque d'identité de Jiff.

Tad faisait des efforts désespérés pour suivre. Le shérif allait être content. Il avait sans doute reçu un exemplaire du rapport d'autopsie, mais mieux valait tout noter, au cas où.

— J'ai également suivi les empreintes de pieds nus qui arrivent et repartent de la clairière. Le meurtrier a emprunté le même chemin à l'aller comme au retour. À la rivière, on perd sa trace, bien évidemment. Je me suis ensuite rendu chez Mme Tealander, la secrétaire de mairie, afin de me familiariser avec la population locale. J'ai bien peur que cela prenne beaucoup plus longtemps que je ne le pensais et...

Il fut interrompu par une voix aiguë provenant de l'étage.

— Monsieur Pendergast ?

L'inspecteur mit un doigt sur sa bouche.

— Mlle Kraus s'est levée, murmura-t-il. Je ne voudrais pas qu'elle nous entende.

Se retournant, il fit à voix haute :

— Oui, mademoiselle Kraus ?

Tad vit la silhouette de la vieille demoiselle s'afficher dans l'embrasure de la porte. Malgré la chaleur, elle était emmitouflée dans plusieurs robes de chambre. Le jeune shérif-adjoint se leva précipitamment.

— Bonjour, Tad, dit-elle. Je ne me sens pas très bien ces temps-ci et M. Pendergast a la gentillesse de bien vouloir s'occuper de moi. Mais asseyez-vous, je vous en prie.

— Oui, mademoiselle, répondit Tad.

La vieille femme se laissa tomber sur une chaise. Elle avait les traits tirés.

— Je commence à en avoir assez de rester clouée au lit. Je ne sais pas comment font les grabataires. Monsieur Pendergast, pourriez-vous me servir une tasse de votre excellent thé vert ? Il me fait le plus grand bien.

— J'en serais ravi, répondit Pendergast en se dirigeant vers la cuisinière.

— Cette affaire est épouvantable, vous ne trouvez pas, Tad ?

Embarrassé, le shérif-adjoint ne savait que répondre.

— Je me demande qui a bien pu faire ça.

— Nous suivons plusieurs pistes, répliqua Tad sans trop s'avancer, comme le shérif le lui avait recommandé.

Winifred Kraus serra sa robe de chambre contre elle.

— C'est terrible de penser que ce monstre est en liberté. Surtout s'il s'agit de quelqu'un de Medicine Creek, comme semble le dire le journal.

— Oui, mademoiselle, c'est terrible.

Pendergast profita du silence pour remplir trois tasses de thé. À travers les voilages, Tad voyait des champs dorés à perte de vue. Il en avait mal aux yeux. Pour la première fois depuis le début de l'affaire, il réalisa que cette série de crimes était peut-être la chance qu'il attendait. Tout du moins s'il contribuait à l'élucider. Brusquement, la mission confiée par son chef ne lui pesait plus du tout et il se promit de surveiller dorénavant Pendergast afin d'en savoir plus. La vieille demoiselle interrompit le cours de ses pensées.

— Je ne sais pas pourquoi, mais j'ai peur pour notre petite ville, fit-elle d'un air songeur.

17

Corrie Swanson s'arrêta brusquement, noyant sa vieille Gremlin dans un nuage de poussière. La chaleur était quasiment intenable. Elle se tourna vers son passager et Pendergast coula dans sa direction un regard interrogateur.

— Nous sommes arrivés, fit-elle. Et j'attends toujours de savoir ce qu'on fait ici.

— Mon intention est de rendre une petite visite au dénommé James Draper.

— Pour quelle raison ?

— J'ai cru comprendre qu'il défendait certaines théories concernant le massacre de Medicine Creek et je serais curieux de les entendre.

— Ce ne sont pas les théories qui manquent, avec Brushy Jim.

— Vous semblez douter de lui.

Corrie eut un petit rire.

— Il ment même pour dire bonjour.

— Mon expérience m'a démontré que les menteurs colportaient souvent plus de vérités que les personnes sincères.

— Comment ça ?

— La vérité n'est souvent qu'une forme commode de mensonge.

Corrie fit avancer la voiture de quelques mètres en se disant que ce Pendergast était vraiment un drôle d'oiseau.

Brushy Jim vivait sur un lopin de terre protégé par du fil de fer barbelé sur la route de Deeper. Sa maison en bois avait été construite à l'arrière d'un terrain auquel un peuplier donnait un semblant d'intimité. Le bâtiment nageait au milieu d'une mer de carcasses de voitures, de caravanes, de chaudières rouillées, de machines à laver et de frigos abandonnés, de poteaux électriques désossés, sans parler de plusieurs coques de bateau, de ce qui ressemblait fort à une locomotive à vapeur et d'une foule d'objets non identifiables.

Au moment de s'engager sur le chemin conduisant à la maison, Corrie appuya un peu trop sur l'accélérateur et la Gremlin trembla de tous ses membres en pétaradant avant de caler. Cette arrivée peu discrète fut suivie d'un profond silence brusquement interrompu par le bruit de la porte qui s'ouvrait avec un claquement sec, dévoilant une silhouette impressionnante. En voyant Pendergast et Corrie descendre de voiture, l'homme émergea de l'ombre du porche. Comme tout le monde à Medicine Creek, Corrie avait toujours évité Brushy Jim, mais il n'avait pas changé depuis la dernière fois qu'elle l'avait vu, avec sa tignasse blonde tirant sur le roux, une barbe épaisse qui lui mangeait le visage, ne laissant émerger que son front, sa bouche et deux yeux d'un noir perçant. Il portait un jean épais, des santiags brunes, une chemise bleue avec de faux boutons de nacre et un chapeau de cow-boy usé. Il avait autour du cou une cravate mexicaine ornée d'une énorme turquoise dont les lacets de cuir disparaissaient derrière sa barbe touffue. L'homme devait avoir passé la cinquantaine, mais on lui aurait facilement donné dix ans de moins. Il s'appuya sur l'un des montants du porche, observant ses visiteurs d'un air méfiant.

Pendergast s'avança d'un pas alerte en faisant flotter les pans de sa veste.

— N'avancez pas ! lui cria Brushy Jim. Que voulez-vous ?

La gorge de Corrie se noua. Avec Brushy Jim, il fallait s'attendre à tout.

Pendergast s'arrêta.

— Je souhaiterais m'entretenir avec M. James Draper, le petit-fils d'Isaiah Draper.

Son interlocuteur se redressa, l'air plus soupçonneux que jamais.

— Oui. Et alors ?

— Je m'appelle Pendergast. Je souhaitais en apprendre davantage sur le massacre qui s'est déroulé à Medicine Creek le 14 août 1865 et dont votre aïeul semble avoir été l'unique survivant.

À l'évocation de ce drame, l'attitude de Brushy Jim changea du tout au tout et son regard se fit plus amène.

— Et la fille qui vous accompagne, si c'est bien une fille, qui est-ce ?

— Il s'agit de Mlle Corrie Swanson, répliqua Pendergast.

Jim sursauta.

— La petite Corrie ? fit-il, surpris. Qu'est-ce que t'as fait de tes jolies tresses blondes, petite ?

Rien, j'ai mangé trop d'aubergines et ça a déteint, faillit répondre Corrie. Connaissant le caractère ombrageux de Brushy Jim, elle préféra répondre par un simple haussement d'épaules.

— Tu fais peur, comme ça, tout en noir, marmonna Jim.

Il observa longuement ses visiteurs et finit par hocher la tête.

— C'est bon, vous pouvez entrer.

Pendergast et Corrie le suivirent dans les profondeurs de la maison. L'air y était confiné et les rares fenêtres laissaient à peine pénétrer la lumière, dévoilant un véritable capharnaüm, enveloppé dans des odeurs de cuisine et d'animaux empaillés.

— Asseyez-vous, je vous apporte un Coca.

En s'ouvrant, la porte du réfrigérateur découpa dans l'obscurité un rectangle de lumière. Corrie en profita pour poser une fesse sur une chaise pliante tandis que Pendergast s'asseyait sur un canapé en peau de vache aux trois quarts encombré de vieux journaux poussiéreux. C'était la première fois qu'elle pénétrait chez Jim et elle observait avec curiosité l'univers étrange qui l'entourait. Les murs étaient couverts de trophées : de vieux fusils, des peaux de daim, des panneaux entiers recouverts de flèches indiennes, des souvenirs de la guerre de Sécession, des morceaux de fil de fer barbelé. Sur une étagère, on apercevait une rangée de livres à moitié moisis, serrés entre deux morceaux de bois pétrifié. Un cheval empaillé, un Appaloosa mité, montait la garde dans un coin et le sol était jonché de vêtements sales, de morceaux de cuir usés et de porte-selles déglingués. On aurait dit un musée de la conquête de l'Ouest. C'était d'autant plus curieux que Corrie s'était attendue à trouver des reliques rapportées de la guerre du Viêtnam.

Brushy Jim revenait déjà avec des cannettes de Coca qu'il leur tendit.

— Alors, monsieur Pendergast, qu'est-ce que vous voulez savoir sur ce massacre ?

Pendergast posa sa cannette sous l'œil amusé de Corrie.

— Tout.

— Eh bien, ça s'est passé pendant la guerre de Sécession, commença Brushy Jim en déposant sa grande carcasse sur un fauteuil avant d'aspirer bruyamment une gorgée de soda. En tant qu'historien, je suppose que vous devez connaître cette période de l'histoire de l'État qui lui a valu le surnom de Bloody Kansas, monsieur Pendergast.

— Je ne suis pas historien, monsieur Draper. Je travaille pour le compte du Bureau fédéral d'investigation.

La réponse de l'inspecteur fut accueillie par un silence que Brushy Jim rompit en se raclant la gorge.

— Très bien, monsieur Pendergast. Vous appartenez donc au FBI. Puis-je vous demander ce qui vous amène à Medicine Creek ?

— Le meurtre qui vient d'y être commis.

Brushy Jim avait retrouvé toute sa méfiance initiale.

— Je peux vous demander quel rapport cette histoire peut avoir avec moi ?

— La victime, une jeune femme nommée Sheila Swegg, collectionnait les vestiges du passé. Elle effectuait des fouilles dans les tumulus lorsqu'elle a été tuée.

Brushy Jim lança par terre un gros crachat qu'il écrasa soigneusement à l'aide de sa botte.

— Putain de collectionneurs. Ils feraient mieux de laisser l'histoire dormir tranquille, fit-il d'un ton bougon avant de lever brusquement les yeux sur son interlocuteur. Vous ne m'avez toujours pas dit quel rapport cette histoire avait avec moi.

— Je suis convaincu que l'histoire de ces tumulus et celle du massacre de Medicine Creek sont mêlées. On a également fait allusion devant moi à la Malédiction des Quarante-Cinq. Comme vous le savez sans doute, un nombre important de flèches cheyennes très anciennes ont été mises en scène autour du corps de la victime.

Brushy Jim prit le temps de la réflexion avant de répondre.

— Des flèches comment ? demanda-t-il enfin.

— Il s'agit de flèches en bois de jonc, munies de plumes d'aigles et de pointes de chert des carrières d'Alibates de type Plains Cimarron II. Une collection complète, en parfait état de conservation, qui semble dater de l'époque à laquelle le massacre aurait eu lieu.

Brushy Jim fit entendre un long sifflement admiratif. Comme il restait plongé dans ses pensées, le front plissé, Pendergast jugea bon d'intervenir :

— Monsieur Draper ?

Brushy Jim s'ébroua et entama son récit en secouant une dernière fois la tête.

— Avant la guerre de Sécession, le sud-ouest du Kansas était encore un territoire sauvage, habité par des Cheyennes et des Arapahos, des Pawnees et des Sioux. Les seuls Blancs qui s'aventuraient dans ces contrées hostiles étaient ceux qui empruntaient le Santa Fe Trail. Mais la colonisation était en marche, car de nombreux immigrants étaient attirés par les terres riches que l'on trouvait alors dans les vallées de la Cimarron, de l'Arkansas, de la Crooked Creek et de la Medicine River. Lorsque la guerre entre les États a éclaté, les hommes ont quitté le pays sans personne pour défendre leurs fermes. Les Indiens avaient été suffisamment maltraités par les colons pour vouloir se venger et les attaques se sont multipliées. À la fin de la guerre, beaucoup de soldats sont rentrés au pays, armés jusqu'aux dents et pleins d'amertume. Malgré la victoire, ils avaient connu l'enfer, monsieur Pendergast. Un véritable enfer. La guerre est un poison violent, capable de transformer n'importe quel être humain en bête féroce.

Il se racla la gorge avant de reprendre.

— Lorsqu'ils sont rentrés, ils se sont constitués en milices pour chasser les Indiens vers l'ouest et s'approprier leurs terres. Ils appelaient ça du « nettoyage ». L'une de ces milices, formée à Dodge, a pris le nom de « Quarante-Cinq ». Je parle de Dodge, mais la ville n'existait pas encore, elle se limitait au ranch des frères Hickson. Ces hommes étaient de véritables rebuts d'humanité, un ramassis d'escrocs et d'assassins chassés de partout. Mon arrière-grand-père, Isaiah Draper, un gamin de seize ans, s'est retrouvé embarqué dans cette aventure plus ou moins malgré lui. Il regrettait sans doute d'avoir été trop jeune pour participer à la guerre et voulait prouver qu'il était un homme.

Brushy Jim avala une nouvelle gorgée de Coca.

— Bref, les Quarante-Cinq sont partis en expédition au mois de juin 1865. Ils se sont aventurés au sud de la Cimarron en direction de l'Oklahoma. Ces types-là avaient fait la guerre, ils avaient été formés au combat à cheval, ils avaient connu toutes sortes d'atrocités. Comme je vous l'ai dit, monsieur Pendergast, ils avaient vécu l'enfer, mais ça ne les empêchait pas d'être des poltrons de la pire espèce. La peur est le meilleur garant de la survie du soldat, monsieur Pendergast. Ils se sont donc approchés d'un campement indien, ils ont attendu que les guerriers soient partis à la chasse et ils ont attaqué le camp en pleine nuit, assassinant principalement des femmes et des enfants. Ces hommes-là étaient sourds à toute notion de pitié, monsieur Pendergast. Convaincus que le louveteau est un loup en puissance, ils ont été jusqu'à massacrer les nouveau-nés, les éventrant avec leurs baïonnettes pour éviter de gâcher leurs munitions.

La voix de Brushy Jim avait quelque chose d'hypnotique dans la pénombre. Corrie en arrivait presque à se demander s'il n'avait pas assisté aux terribles événements qu'il évoquait tant son récit était vibrant. Intimidée, elle n'osait plus le regarder.

— Mon arrière-grand-père était épouvanté par ce qu'il voyait. Violer des femmes et égorger des enfants n'était pas exactement le rite initiatique auquel il s'attendait. Il aurait bien voulu quitter la troupe, mais le risque était trop grand de tomber sur des Indiens s'il s'enfuyait, alors il a préféré rester avec les autres. Un soir où ils étaient tous soûls, ils l'ont battu comme plâtre parce qu'il n'avait pas l'air de s'amuser. Ils lui ont cassé plusieurs côtes et c'est ce qui lui a sauvé la vie.

Vers la mi-août, les Quarante-Cinq avaient détruit et pillé une demi-douzaine de campements cheyennes, chassant du Kansas tous les Indiens. En tout cas, c'est ce qu'ils croyaient. Sur le chemin du retour, ils sont arrivés ici, à Medicine Creek, et ils ont décidé de passer la nuit du 14 août à côté des tumulus. Vous êtes-vous déjà rendu là-bas, monsieur Pendergast ?

L'inspecteur hocha la tête.

— Alors vous savez qu'il s'agit du point le plus élevé de toute la région. À l'époque, il n'y avait pas le moindre arbre, rien qu'une petite colline couronnée par trois buttes de terre, de sorte qu'on pouvait surveiller les alentours à des kilomètres à la ronde. Ils ont placé des sentinelles à cinq cents mètres du camp aux quatre points cardinaux. Au crépuscule, le vent s'est levé, apportant avec lui une tempête de poussière.

À cause de ses côtes cassées, mon arrière-grand-père s'était installé dans un creux de terrain, à une centaine de mètres du camp. Comme il devait rester allongé, ses compagnons l'ont mis à l'abri du vent et de la poussière derrière un buisson. Je suppose qu'ils avaient honte de l'avoir ainsi molesté.

Le soleil disparaissait à l'horizon et les hommes s'apprêtaient à manger lorsque le ciel leur est tombé sur la tête.

Il s'arrêta, mit la tête en arrière et but une longue gorgée de soda.

— D'un seul coup, ils ont entendu un bruit de sabots juste derrière eux. Un groupe de trente guerriers couverts de peintures de guerre et juchés sur des chevaux blancs ont émergé d'un nuage de poussière en hurlant, leur décochant des flèches par dizaines. Des guerriers surgis de nulle part. Les sentinelles n'avaient rien vu venir, les Quarante-Cinq n'ont pas eu le temps de se défendre, ils ont été tués jusqu'au dernier. Personne n'avait rien vu ni rien entendu. Le plus curieux, monsieur Pendergast, c'est que les quatre types placés en sentinelle sont morts en dernier, contrairement à ce qui arrive habituellement en pareil cas.

Il ne faut pas croire que les Cheyennes étaient à la parade pour autant. Les Quarante-Cinq n'étaient pas des enfants de chœur, ils se sont défendus avec l'énergie du désespoir et ils ont eu le temps de tuer un bon tiers de leurs assaillants ainsi que de nombreux chevaux. De l'endroit où il était caché, mon arrière-grand-père a tout vu. Une fois le dernier homme achevé, les Indiens sont repartis dans un nuage de poussière et ils se sont évanouis dans la nuit. Quand la poussière est retombée sur le camp, ils avaient disparu, monsieur Pendergast. Même les chevaux et les Indiens morts s'étaient envolés. Il ne restait que quarante-quatre cadavres scalpés.

Deux jours plus tard, une patrouille du Quatrième de Cavalerie a retrouvé mon arrière-grand-père à peu de distance du Santa Fe Trail et il les a conduits sur les lieux du massacre. Ils ont trouvé des traces de sang là où les chevaux indiens avaient perdu leurs entrailles, mais aucun cadavre, ni la moindre tombe. Il y avait bien de nombreuses traces de sabots tout autour du campement, mais elles s'arrêtaient au pied de la colline, là où les sentinelles avaient été tuées. Le Quatrième de Cavalerie avait plusieurs éclaireurs arapahos qui se sont mis à hurler et à crier. Ils ont refusé d'aller plus loin, prétendant avoir affaire à des guerriers fantômes. Toute cette histoire a fait un foin terrible, la cavalerie a brûlé quelques villages cheyennes pour faire bonne mesure, mais personne n'a pleuré sur le sort des Quarante-Cinq.

Voilà comment les Cheyennes ont disparu de cette région du Kansas. Dodge City a été créée officiellement en 1871 et la ligne de chemin de fer Santa Fe a suivi l'année suivante. En l'espace de quelques mois, Dodge est devenue une grande capitale cowboy et tout le monde connaît la suite, les duels, Wyatt Earp et le reste. Medicine Creek a été fondée par un éleveur nommé H. H. Keyser dont la marque était un double H. Il a fait fortune avant de se faire sauter la cervelle avec son fusil à double canon lorsque la tristement célèbre tempête de neige de 1886 a coûté la vie à onze mille de ses bêtes. On a dit que le lieu était maudit. Par la suite, les éleveurs ont cédé leur place à de petits paysans qui ont commencé à faire pousser du blé et du sorgho, en attendant l'arrivée du maïs à bétail, et celui qui sert aujourd'hui à fabriquer le GPL. Le temps a passé, mais jamais personne n'a pu résoudre le mystère des guerriers fantômes et du massacre de Medicine Creek.

Brushy Jim vida sa cannette et la posa à côté de lui d'un geste théâtral.

Corrie se tourna vers Pendergast. Il avait l'air de dormir sur le canapé, les yeux mi-clos, les mains jointes.

— Qu'est-il advenu de votre arrière-grand-père, monsieur Draper ? demanda-t-il dans un murmure.

— Il s'est installé à Deeper où il s'est marié trois fois, survivant à chacune de ses femmes. Il a consigné toute cette aventure dans son journal avec beaucoup plus de détails que je ne vous en ai donné, mais son cahier a été vendu avec d'autres affaires pendant la Dépression et il se trouve aujourd'hui dans une bibliothèque quelque part dans l'est, je n'ai jamais pu savoir où exactement. C'est mon père qui m'a raconté cette histoire.

— Comment a-t-il pu voir ce qui se passait s'il y avait une tempête de poussière ?

— Je ne sais que ce que mon père m'a raconté. Dans le coin, les tempêtes de poussière s'en vont aussi vite qu'elles sont venues.

— Au sein des unités de cavalerie, n'avait-on pas l'habitude d'appeler les Cheyennes les Spectres rouges, précisément parce qu'ils étaient capables de s'approcher sans se faire voir des sentinelles les plus aguerries et de leur trancher la gorge ?

— Vous êtes plutôt bien renseigné pour un agent du FBI, monsieur Pendergast. Mais n'oubliez pas que la nuit n'était pas encore tout à fait tombée lorsque le massacre a eu lieu. De plus, les Quarante-Cinq avaient combattu du côté des troupes confédérées et elles avaient perdu la guerre. Je ne sais pas si vous savez vraiment ce que ça signifie, perdre une guerre, monsieur Pendergast. Je peux vous assurer que ça vous pousse à la prudence.

— Comment expliquer que les Indiens n'aient pas découvert votre aïeul ?

— Je vous l'ai dit, ses compagnons avaient mauvaise conscience de lui avoir brisé les côtes et ils l'ont installé derrière un petit monticule en prenant soin de le protéger à l'aide de buissons.

— Si je comprends bien, il aurait vu les événements tels que vous les décrivez depuis sa cachette, alors qu'il était recouvert par d'épais buissons. Selon lui, les guerriers fantômes seraient apparus comme par magie avant de disparaître.

Brushy Jim lança au policier un regard assassin, se levant à moitié.

— Je n'ai aucune raison de vous raconter des histoires, monsieur Pendergast. Nous ne sommes pas ici pour faire le procès de mon arrière-grand-père. Je me contente de vous raconter les choses telles qu'on me les a relatées.

— Dans ce cas, je serais curieux de connaître votre opinion, monsieur Draper. Vous devez bien avoir une théorie sur cette étrange affaire. À moins que vous ne croyiez aux fantômes, bien évidemment.

Jim ne répondit pas immédiatement.

— Votre ton ne me plaît pas beaucoup, monsieur Pendergast, dit-il en se levant. FBI ou pas, si vous insinuez quelque chose, dites-le tout de suite.

De plus en plus mal à l'aise, Corrie regardait la porte d'un air inquiet.

— Allons, allons, monsieur Draper ! reprit Pendergast d'un ton rassurant. Loin de moi l'idée de vous prendre pour un imbécile, bien au contraire. Je suis sincèrement curieux d'avoir votre avis sur la question.

L'atmosphère était électrique, mais Brushy Jim se calma brusquement.

— Très bien, monsieur Pendergast. Je constate que vous savez vous y prendre. Non, je ne crois pas aux fantômes. Si vous allez sur la colline à hauteur des tumulus, et malgré les arbres qui ont poussé depuis, vous remarquerez un repli de terrain qui va jusqu'à la rivière. Je suppose qu'une trentaine de Cheyennes ont pu passer par là sans se faire voir, à condition de marcher à côté de leurs chevaux. Le soleil couchant les aurait dissimulés aux yeux des sentinelles. Il leur suffisait d'attendre l'arrivée de la tempête de poussière, de sauter sur leurs montures et de charger. Ça expliquerait les bruits de sabots. Après l'attaque, il leur suffisait de repartir de la même façon en emportant leurs morts après avoir pris soin d'effacer toute trace de leur fuite. Les Arapahos n'ont jamais su pister les Cheyennes, de toute façon, ajouta-t-il en partant d'un rire triste.

— Cela n'explique pas ce qu'il a pu advenir des chevaux morts. Comment ont-ils pu disparaître, à votre avis ?

— Je vous trouve bien exigeant, monsieur Pendergast. J'ai bien réfléchi à ce problème. Quand j'étais jeune, j'ai vu un jour un vieux chef Lakota découper un bison en moins de dix minutes. Et croyez-moi, un bison est beaucoup plus gros qu'un cheval. Les Indiens ont toujours mangé de la viande de cheval, je ne serais pas surpris qu'ils aient découpé leurs chevaux et emporté les morceaux sur des travois en même temps que leurs morts. Ils n'avaient aucune raison de s'encombrer des intestins, ce qui explique qu'ils les aient laissés sur place. Si ça se trouve, il n'y avait que deux ou trois chevaux morts, et mon arrière-grand-père aura un peu exagéré en prétendant avoir vu tomber une douzaine de bêtes cheyennes.

— Vous avez peut-être raison, admit Pendergast.

Il se leva et se dirigea vers l'étagère à livres.

— En tout cas, reprit-il, laissez-moi vous remercier pour cette histoire vraiment captivante. Il me reste toutefois à vous poser une dernière question : en quoi ce massacre est-il lié à la Malédiction des Quarante-Cinq à laquelle vous-même avez fait allusion et dont tout le monde refuse de parler ?

Brushy Jim s'agita sur son fauteuil.

— Ce n'est pas que les gens « refusent » d'en parler, comme vous dites, mais plutôt que les détails n'ont rien de ragoûtant.

— Je suis tout ouïe, monsieur Draper.

Brushy Jim se passa la langue sur les lèvres, puis il se pencha en avant.

— Très bien, puisque vous y tenez. Je vous ai dit tout à l'heure que les sentinelles avaient été tuées en dernier, vous vous souvenez ?

Pendergast acquiesça, feuilletant d'un air dégagé un livre fatigué.

— Celui qui a été tué en dernier s'appelait Harry Beaumont. C'était le chef des Quarante-Cinq et un

sacré salopard. Les Indiens le tenaient pour personnellement responsable de ce qu'il avait fait subir à
leurs squaws et à leurs enfants, et ils ont décidé de
se venger. Au lieu de le scalper comme les autres, ils
l'ont déclinqué.

— J'ai bien peur de ne pas connaître ce terme.

— Eh bien, disons qu'ils ont arrangé Harry Beaumont de telle sorte qu'aucun de ses proches ne puisse
plus le reconnaître sur le terrain de chasse de ses
ancêtres. Après l'avoir mutilé, ils ont découpé ses bottes et lui ont arraché la plante des pieds afin que son
esprit ne puisse pas les suivre. Ensuite, ils ont enterré
ses bottes des deux côtés de la colline pour y enfermer à jamais son âme maudite.

Pendergast reposa le livre qu'il examinait et s'empara d'un exemplaire plus usé encore de *Commerce
of the Prairies*, de Josiah Gregg.

— Je vois, fit-il en feuilletant l'ouvrage. Mais la
malédiction, dans tout cela ?

— Différentes histoires circulent à ce propos. Certains prétendent que le fantôme de Beaumont hante
les tumulus, à la recherche de ses bottes. D'autres
racontent des choses que je préfère ne pas répéter
devant une jeune fille, si ça ne vous dérange pas. Mais
ce que je peux vous dire, en revanche, c'est qu'avant
de mourir, Beaumont a maudit cet endroit pour
l'éternité. Mon arrière-grand-père, caché dans son
trou, était le seul survivant du massacre et il l'a
entendu de ses propres oreilles.

— Je vois, répéta Pendergast qui s'intéressait à un
troisième volume, plus petit et plus allongé que les
précédents. Monsieur Draper, je tiens à vous remercier pour cette leçon d'histoire parfaitement passion-
nante.

— Pas de problème, répondit Brushy Jim en se
levant.

Mais Pendergast n'entendait plus rien, les yeux rivés sur l'ouvrage qu'il tenait entre les mains. De là où elle était, Corrie ne distinguait qu'une couverture toilée, ainsi que des illustrations maladroites sur des pages quadrillées.

— Ça, c'est un vieux carnet que mon père a acheté à la veuve d'un vieux soldat, il y a des années de ça. Il s'est fait escroquer. Je ne vois d'ailleurs pas comment il a pu acheter un faux aussi grossier. J'ai failli m'en débarrasser cent fois.

— Il ne s'agit pas d'un faux, murmura Pendergast, tournant les pages l'une après l'autre avec respect. Je suis convaincu qu'il s'agit d'un véritable livre de comptes indien. En parfait état.

— Un livre de comptes indien ? De quoi s'agit-il ? s'enquit Corrie.

— Les Cheyennes avaient pour habitude de se procurer de vieux livres de comptes de l'armée afin d'y apposer des illustrations. Des scènes de batailles ou de chasse, des mariages, ce genre de choses. Ces illustrations résumaient la vie des guerriers, une sorte de biographie en images. Les Indiens étaient persuadés que ces livres étaient dotés de pouvoirs surnaturels et qu'il suffisait d'en porter un à même le torse pour devenir invincible. Le Muséum d'histoire naturelle de New York possède ainsi un livre de comptes ayant appartenu à un Cheyenne nommé Ongle du Petit Doigt. Il semble que ce livre n'ait pas possédé autant de pouvoirs magiques que l'espérait Ongle du Petit Doigt, car on peut encore y voir le trou laissé par la balle qui a coûté la vie à son propriétaire.

Brushy Jim le regardait avec des yeux écarquillés.

— Vous voulez dire... balbutia-t-il. Vous voulez dire que... que ce livre n'est pas un faux ?

Pendergast hocha la tête.

— Non seulement il ne s'agit pas d'un faux, mais si je ne m'abuse, il s'agit même d'un ouvrage d'une importance capitale. La scène reproduite ici me semble représenter Little Bighorn, tandis que celle-ci, à la fin du livre, est une représentation de la Danse des Esprits.

Il referma le livre avec précaution et le tendit à Jim.

— Cet ouvrage a été réalisé par un chef sioux. Le signe figurant en en-tête représente probablement son auteur, qui pourrait être Buffalo Hump. Seul un spécialiste pourrait le confirmer.

Brushy Jim tenait le petit livre à bout de bras, d'une main tremblante, comme s'il craignait de le laisser tomber.

— Ce cahier vaut plusieurs centaines de milliers de dollars, poursuivit Pendergast. Peut-être même davantage, si jamais vous souhaitez le vendre un jour. Il aurait toutefois besoin d'être restauré, car le papier utilisé à l'époque était extrêmement acide.

Brushy Jim se mit à tourner lentement les pages.

— J'aurais voulu le conserver ici, monsieur Pendergast. Je n'ai rien à faire de cet argent. En revanche, comment pourrais-je le faire restaurer, comme vous dites ?

— Je connais un spécialiste qui fait des miracles avec des ouvrages de ce genre. Je serais ravi de le lui confier. Gratuitement, bien entendu.

Brushy Jim regarda fixement le livre, puis il le tendit à Pendergast, sans mot dire, avant de raccompagner ses visiteurs jusqu'à leur voiture.

Sur le chemin du retour, Pendergast conserva le silence, les yeux clos, perdu dans ses pensées, le précieux livre de comptes amoureusement lové dans sa main.

18

Willie Stott avançait à pas comptés sur le sol bétonné, poussant à l'aide d'un jet de Javel et d'eau chaude les têtes, les gésiers, les crêtes et autres abats en direction de l'énorme bassin en acier brossé situé sous la salle d'éviscération. Avec le geste sûr de l'employé aguerri par des années d'expérience, Stott balançait de droite et de gauche le tuyau d'arrosage dont le jet puissant chassait les déchets vers le centre de la salle. Il travaillait avec la précision d'un peintre faisant courir son pinceau sur la toile, dessinant un long filet rouge sang qui allait se perdre avec un chuintement moite dans la grille d'évacuation. Il passa la pièce au jet une dernière fois à la recherche des ultimes restes de dinde qui dansaient sous la pression de l'eau.

Stott avait fait le vœu de ne plus jamais manger de dinde quelques jours seulement après son entrée chez Gro-Bain. Par la suite, il avait totalement renoncé à la viande. À de rares exceptions près, tous ses collègues étaient comme lui. Gro-Bain offrait une dinde à chacun de ses employés pour Thanksgiving, mais personne ne les mangeait.

Son travail achevé, il éteignit le jet et rangea le tuyau à sa place. Il était dix heures du soir passées et les types de la seconde équipe avaient débauché depuis

longtemps déjà. Autrefois, une troisième équipe prenait le relais de vingt heures à quatre heures du
matin, mais c'était de l'histoire ancienne.

Stott sentit la présence rassurante de la bouteille
d'Old Grand-Dad dans la poche arrière de son pantalon. Il la prit et la porta à ses lèvres. Le bourbon,
maintenu à bonne température par la chaleur de son
corps, descendit en cascade tiède le long de son œso-
phage, déclenchant une sensation de bien-être incom-
parable.

La vie n'était pas si moche que ça, après tout.

Il vida le fond de la bouteille, la remit dans sa
poche et prit la serpillière accrochée au mur recouvert de carreaux de faïence immaculé. En un clin
d'œil, le sol, la plate-forme où se tenaient habituellement les ouvriers et le ruban de caoutchouc sur
lequel circulaient les dindes étaient irréprochables.
Un parfum de Javel avait remplacé l'odeur de sang
et de déjections qui flottait dans la pièce avant son
passage. *Une bonne chose de faite*, pensa Stott avec
la satisfaction du devoir accompli.

Il allait boire une nouvelle lampée de bourbon
lorsqu'il se souvint que la bouteille était vide. Un
coup d'œil à sa montre lui indiqua que le Wagon
Wheel ne fermait que dans une demi-heure, ce qui
lui laissait le temps de s'y rendre tranquillement, à
condition que Jimmy, le gardien de nuit, soit à
l'heure.

Tout allait bien.

Stott finissait de ranger son matériel lorsqu'il
entendit Jimmy arriver avec cinq bonnes minutes
d'avance. Le gardien de nuit le rejoignit, son trous-
seau de clés cliquetant à sa ceinture avec un bruit de
casserole.

— Salut, Jimmy-boy, fit Stott.

— Hé ! Willie.

— Pour vous servir, monseigneur.

— Vous en êtes un autre.

Stott traversa l'esplanade déserte en direction de sa vieille guimbarde, garée sous un lampadaire à l'autre bout du parking. À l'heure où il embauchait, les gars de la seconde équipe étaient déjà tous là et il ne trouvait jamais de place plus près. Un silence profond enveloppait l'usine. De l'autre côté du grillage, les premières rangées de maïs s'agitaient à la lueur des lampadaires. On aurait dit qu'ils montaient la garde tout autour du parking. Le ciel était couvert et les champs s'enfonçaient dans la nuit sombre. *Putain de maïs,* maugréa Stott, pas très rassuré.

Il déverrouilla sa voiture, se glissa derrière le volant et claqua la portière derrière lui, faisant voler la couche de pollen et de terre accumulée sur le toit de l'auto. Il verrouilla sa portière et s'aperçut qu'il avait de la poussière plein les mains. Cette saloperie se glissait partout. Il avait hâte d'arriver chez Swede et de se nettoyer le gosier avec un bourbon bien tassé.

Il actionna le démarreur. Le moteur de sa vieille Hornet toussa et cala aussitôt.

Stott jura et regarda par la fenêtre le parking vide et les champs plongés dans l'obscurité.

Il attendit un instant et tourna à nouveau la clé, avec succès cette fois. Il fit vrombir son moteur et l'auto démarra dans un grand bruit de ferraille.

En route pour le Wagon Wheel, se dit Stott, savourant déjà la bouteille qu'il allait s'offrir avant de retrouver Elmwood Acres, le petit lotissement dans lequel il avait un pavillon. Il avait tellement soif qu'il pensa même acheter deux bouteilles.

Laissant les lumières de l'usine derrière lui, il se dirigea vers Medicine Creek entre deux murs de maïs,

ses phares éclairant péniblement la route poussiéreuse.

Il venait de passer le virage et devinait les lumières
du bourg sur sa gauche lorsque le moteur fit entendre un bruit inquiétant et s'arrêta brusquement, sans
crier gare.

— Et merde ! gronda Stott entre ses dents, tandis
que la Hornet poursuivait sur sa lancée et s'arrêtait
sur le bas-côté.

Il se mit au point mort et actionna le démarreur,
en vain. Le moteur ne voulait rien savoir.

— Merde ! cria-t-il en frappant le volant du plat de
la main. Merde, merde, merde et merde !

Ses jurons se perdirent dans le silence et l'obscurité. Stott ne savait pas ce qui clochait, mais le bruit
qu'avait fait le moteur en s'arrêtant ne lui disait rien
qui vaille et il n'avait même pas de lampe de poche
pour jeter un œil sous le capot.

Il sortit la bouteille de sa poche, dévissa le bou-
chon, la porta à sa bouche et but goulûment les dernières gouttes. Il passa la langue sur ses lèvres en
regardant fixement la bouteille d'un air idiot. C'était
la dernière, il n'en avait pas d'autre chez lui.

Il descendit sa vitre, jeta la bouteille dans un
champ d'un geste rageur et regarda sa montre. Le
Wagon Wheel fermait dans vingt minutes. Le saloon
de Swede se trouvait à près de deux kilomètres, mais
il avait encore une chance d'arriver avant la fermeture en marchant vite.

Il allait descendre de voiture lorsqu'il pensa au
crime qui avait eu lieu quelques jours plus tôt et dont
il avait lu les détails scabreux dans le journal.

*Si ça se trouve, le cinglé qui a fait ça se cache dans
ces putains de champs de maïs.*

Il fut accueilli par une bouffée d'air moite en descendant de voiture. Onze heures moins vingt, et il
faisait toujours aussi chaud ! L'humidité de l'air était

palpable et l'odeur du maïs aussi entêtante que le chant des grillons. Un éclair de chaleur zébra la nuit à l'horizon.

Stott faillit mettre ses warnings avant de changer d'avis. Sa bagnole était déjà suffisamment mal en point sans décharger la batterie. En plus, personne ne circulait sur cette route la nuit et il ferait jour quand les types de la première équipe embaucheraient à sept heures.

Stott avait intérêt à se dépêcher s'il voulait arriver au Wagon Wheel avant la fermeture.

Il se mit en route, avalant la route à grandes enjambées. Son boulot à l'usine lui rapportait tout juste sept dollars cinquante de l'heure et il ne voyait pas comment il allait pouvoir réparer sa bagnole avec ça. Ernie n'allait pas l'assassiner avec la main-d'œuvre, mais c'étaient les pièces qui coûtaient cher, aujourd'hui. Au bas mot trois cent cinquante ou quatre cents dollars pour un démarreur. Deux semaines de boulot. Sinon, il pouvait toujours partir à l'usine avec Rip et emprunter la voiture de Jimmy pour rentrer chez lui avant d'aller le rechercher à sept heures du matin. Le problème, c'est que Jimmy allait lui demander de faire le plein, et au prix où était l'essence...

Tout ça était assez dégueulasse. Il avait toujours fait son boulot convenablement et il en avait marre d'être payé au lance-pierres. Pour ce qu'il faisait, il aurait dû toucher neuf dollars de l'heure. Pas moins de huit cinquante, en tout cas.

Stott accéléra le pas. Pour se donner du courage, il pensa au Wagon Wheel avec son comptoir en bois et son juke-box dans un coin, les rangées de verres et de bouteilles alignées derrière le bar le long du miroir...

Soudain, il s'arrêta, persuadé d'avoir entendu du bruit dans le champ de droite.

Il écouta, mais tout était silencieux dans l'air immobile que trouaient de loin en loin des éclairs de chaleur.

Il se remit en marche, avançant cette fois au milieu de la route. Pas de quoi s'inquiéter. Sans doute un animal. À moins que son imagination ne soit en train de lui jouer des tours.

Mieux valait penser au Wagon Wheel, à Swede avec ses joues couperosées et sa grosse moustache derrière le bar. Ce bon vieux Swede. Dans sa tête, il le vit poser un verre devant lui et le remplir à ras bord. L'image était si nette qu'il sentit le bourbon lui brûler la gorge. Au lieu d'acheter une bouteille, il se demanda s'il ne se payerait pas le luxe de boire au bar. Ça coûtait plus cher, mais on ne vit qu'une fois. Swede ne refuserait jamais de le reconduire chez lui, ou alors il le laisserait dormir dans l'arrière-salle sur une banquette. Ce ne serait pas la première fois. Il n'aurait qu'à rentrer chez lui à l'aube, il suffisait d'appeler sa femme depuis le bar pour la prévenir, lui dire...

Le même bruit, toujours sur sa droite.

Il hésita un instant et accéléra. Au même moment, le bruit se fit entendre à nouveau, tout près.

Il en était sûr, quelqu'un marchait entre les rangées de maïs.

Il s'arrêta et regarda les épis, sans rien voir dans l'obscurité que le haut des tiges qui se découpaient dans la nuit.

Brusquement, un épi trembla.

Un chevreuil ? Ou alors un coyote ?

— Oh ! cria-t-il en direction du bruit.

Le sang de Stott ne fit qu'un tour en entendant un grognement sinistre lui répondre. Un grognement inhumain.

— *Mouh !*

— Qui est là ?

Aucune réponse.

— Va te faire foutre, gronda Stott en reprenant sa route d'un pas pressé de l'autre côté de la route. Qui que tu sois, tu n'as qu'à aller te faire foutre.

La chose avançait à son rythme, faisant bruisser le maïs sur son passage.

— *Mouh !*

Stott se mit à courir, mais la chose n'avait pas l'air de vouloir se laisser distancer. L'étrange voix insistait même, criant de plus en plus fort :

— *Mouh ! Mouh !*

Affolé, Stott détala comme un lapin, entraînant dans sa course son poursuivant. Du coin de l'œil, il vit les tiges s'agiter sur sa droite et crut distinguer une silhouette sombre émerger du maïs et se précipiter vers lui. Willie Stott franchit d'un bond le fossé qui longeait la route et se jeta tête la première entre les rangées de maïs. Comme aspiré par le champ, il se retourna l'espace d'un instant et vit une ombre monumentale se ruer dans sa direction à la vitesse de l'éclair.

Stott franchissait les rangées l'une après l'autre, décidé à s'enfoncer coûte que coûte entre les épis malgré la sensation d'étouffement qui le submergeait. En vain. Son poursuivant ne perdait pas un pouce de terrain, comme le lui indiquait un bruit de feuilles écrasées dans son dos.

Il changea brusquement de direction, opérant un virage à angle droit, longeant une rangée perpendiculaire. Derrière lui, le bruit de feuilles cessa aussitôt.

Stott n'avait pas l'intention de s'arrêter pour autant. Il avait longtemps fait partie de l'équipe de cross au lycée et se débrouillait encore plutôt bien pour son âge. Il courait de toutes ses forces, ne pensant qu'à semer son poursuivant.

Il s'agissait de ne pas se perdre au milieu du maïs, mais il savait où il allait, malgré son changement de cap. Medicine Creek se trouvait à présent droit devant lui, à un peu plus d'un kilomètre. Avec un peu de chance...

Un bruit de course dans son dos interrompit le cours de ses pensées. Un bruit de pieds nus sur la terre sèche, ponctué de grognements.

— *Mouh ! Mouh ! Mouh !*

Le champ descendait à présent en pente douce et Stott courait plus vite encore. La peur lui donnait des ailes.

— *Mouh ! Mouh ! Mouh !*

Putain de merde, cette saloperie avait l'air de se rapprocher. Sans ralentir, il obliqua légèrement sur la gauche et franchit une nouvelle rangée de plants, aussitôt imité par son adversaire.

— *Mouh ! Mouh ! Mouh ! Mouh !*

— Fous le camp ! hurla-t-il.

— *Mouh ! Mouh ! Mouh ! Mouh !*

La chose n'était plus qu'à quelques mètres. Son poursuivant était si près qu'il avait l'impression de sentir son haleine sur sa nuque. Stott sentit une vague tiède inonder ses cuisses alors que sa vessie se relâchait brusquement. Il obliqua, traversa une rangée, puis une autre, mais la chose ne le lâchait plus.

— *Mouh ! Mouh ! Mouh ! Mouh !*

La chose était sur lui, il le sentait.

Une main agrippa les cheveux de Stott avec une force terrifiante. Le malheureux voulut se dégager sous l'effet de la douleur, mais la main resserra son étreinte. Stott avait les poumons en feu et ses jambes ne le porteraient plus très longtemps.

— À l'aide ! hurla-t-il avec le peu de forces qui lui restaient.

Il tourna la tête dans tous les sens pour tenter de se dégager et crut que ses cheveux allaient se décoller de son crâne. Mais la chose était sur lui.

Il sentit une main gigantesque se refermer sur son cou avec un craquement sinistre. L'instant d'après, Stott s'envolait au-dessus des champs de maïs, comme aspiré par la nuit, tandis qu'un cri de triomphe retentissait dans sa tête :

— *Mouhhhhhhhhhhhhhhhhh !*

19

Smit Ludwig verrouilla la porte des bureaux du *Cry County Courier* et glissa machinalement les clés dans sa poche. En traversant la rue, il leva les yeux vers le ciel. Comme chaque matin depuis deux semaines, d'épaisses nuées orageuses barraient l'horizon vers le nord, qui se dissipaient invariablement en cours de journée avant de se reformer pendant la nuit. Jusqu'au jour où l'orage finirait par laisser éclater sa colère. En attendant, la région vivait sous le règne de la chaleur.

Ludwig savait d'avance ce que le shérif et Art Ridder voulaient lui dire. Tant pis. Il avait déjà rédigé son article sur le chien éventré pour son édition de l'après-midi.

Il sentait la chaleur du trottoir à travers les semelles de ses souliers et la morsure du soleil sur sa nuque. Le Candlepin Castle avait beau se trouver à deux pas, Ludwig regrettait déjà de ne pas avoir pris sa voiture. Du coup, il allait arriver en sueur, ce qui risquait de le mettre d'emblée en position d'infériorité. Il se consola en se souvenant que la climatisation était toujours au maximum au Castle et qu'il y régnait une atmosphère de banquise.

Il poussa la double porte et fut accueilli par un courant d'air glacial doublé d'un silence qui ne l'était pas moins. À cette heure matinale, les couloirs du bowling étaient plongés dans la pénombre, les quilles blafardes ressemblaient à des spectres au fond de leur trou. Ludwig ajusta son col de chemise, redressa les épaules et traversa la salle obscure en direction du Castle où Art Ridder prenait invariablement son petit déjeuner chaque matin en lisant son journal.

Avec ses banquettes de similicuir rouge, ses tables en formica imitation bois et ses miroirs biseautés tavelés de marbrures dorées, le Castle ressemblait davantage à une cafétéria qu'à un club. Ludwig poussa la porte et s'approcha de la table de coin où Ridder et le shérif discutaient à voix basse. Apercevant Ludwig, Ridder se leva, tout sourire, et lui tendit la main tout en l'invitant à prendre place.

— Ce bon Smitty ! Merci d'être venu.

— Mais je t'en prie.

Le shérif n'avait pas pris la peine de se lever et il se contenta d'un signe de tête en laissant échapper un épais nuage de cigarette.

— Iut, Smit.

— Bonjour, shérif.

Ces salutations furent suivies d'un silence embarrassé que Ridder rompit en apostrophant la serveuse.

— Emma ! Une tasse de café et des œufs au bacon pour M. Ludwig.

— Ce n'est pas la peine, je déjeune rarement.

— Mais bien sûr que si. Surtout un jour comme aujourd'hui.

— Pourquoi ? Que se passe-t-il de particulier aujourd'hui ?

— Il se passe que le professeur Stanton Chauncy de l'université du Kansas sera ici dans un quart d'heure et que je dois lui faire les honneurs de la ville.

Ludwig ne répondit pas, observant Ridder à la dérobée. Le directeur de l'usine Gro-Bain portait une chemise rose à manches courtes sur un pantalon gris clair et son blazer blanc était accroché au dossier de sa chaise. Il respirait la santé et, s'il commençait à avoir du ventre, des années passées à découper des dindes lui avaient musclé les bras.

— Écoute, Smitty, je n'irai pas par quatre chemins. Tu me connais, ajouta-t-il avec un petit rire.

— Je t'écoute, Art.

Ludwig se recula sur son siège et la serveuse posa devant lui des œufs au bacon abominablement gras. Il se demanda s'il ne ferait pas mieux de se lever et de s'en aller. N'importe quel journaliste digne de ce nom l'aurait fait.

— Écoute-moi, Smitty. Tu sais comme moi que ce Chauncy cherche un coin tranquille pour y poursuivre ses expériences sur le maïs. À l'heure actuelle, il hésite entre Deeper et nous. Deeper a l'avantage d'avoir un motel, deux stations-service, et de se trouver nettement plus près de l'autoroute. Tu vas me dire, pourquoi penser à Medicine Creek, dans ces conditions ? Tu me suis ?

Ludwig acquiesça. Art Ridder disait *Tu me suis* à tout bout de champ.

Ridder avala une gorgée de café, faisant jouer les muscles de ses avant-bras velus.

— Eh bien je vais te faire une confidence. Nous avons quelque chose que Deeper n'a pas : nous sommes loin de tout.

Il s'arrêta, fier de son petit effet.

— Pourquoi les types de l'université du Kansas souhaitent-ils être loin de tout ? Pour la bonne et simple raison qu'ils ont l'intention de tester de nouvelles variétés de *maïs génétiquement modifié*, fit-il d'un air complice avant de fredonner la mélodie de *Twilight Zone* avec un petit sourire entendu. Tu me suis ?

— Pas vraiment.

— Tout le monde sait que le maïs génétiquement modifié est parfaitement inoffensif. Ça n'empêche pas toutes sortes de crétins incultes – des types de la ville qui ne connaissent rien à l'agriculture, des gauchistes et des écolos, tu vois ce que je veux dire – de prétendre que c'est dangereux.

Il fredonna une nouvelle fois l'indicatif de *Twilight Zone*.

— Et si Medicine Creek a ses chances, c'est justement parce qu'on est loin de tout. Pas d'hôtel, pas la moindre autoroute à des dizaines de kilomètres à la ronde, pas de centre commercial. La radio et la télé les plus proches se trouvent à plus de cent cinquante kilomètres et Medicine Creek est le dernier endroit où ces putains d'écolos viendront manifester. Je sais bien que Dale Estrem et les types de la coopérative ne sont pas contents, mais ils ne représentent rien ici et j'en fais mon affaire. Tu me suis ?

Ludwig hocha la tête.

— En attendant, il y a un os, à cause de ce cinglé qui se balade dans le coin. Il a assassiné cette bonne femme, il a tué un chien et Dieu sait ce qu'il nous réserve. Tout ça au moment précis où Stanton Chauncy, patron du Département de recherches agronomiques de l'université du Kansas, débarque chez nous. Il faut impérativement lui faire comprendre que Medicine Creek est l'endroit idéal pour ses expériences. Je veux lui montrer que nous vivons dans un endroit paisible. Ici nous n'avons ni drogue, ni hippies, ni altermondialistes. Il a bien entendu dire qu'il y avait eu un crime, mais il est persuadé qu'il s'agit d'un simple accident. Pour l'instant, ça n'a pas eu l'air de l'affoler outre mesure et c'est très bien comme ça. C'est pour ça que je t'ai fait venir ce matin, car j'ai besoin de ton aide sur deux points précis.

Ludwig attendait sans mot dire.

— D'abord, sois gentil et fous-nous la paix cinq minutes avec tes putains d'articles sur le meurtre. D'accord, cette bonne femme a été assassinée, mais ce n'est pas la peine d'en faire une montagne. Et surtout, ne va pas affoler tout le monde en racontant dans ton canard ce qui est arrivé à ce chien.

Ludwig, la gorge nouée, attendait toujours. Ridder le fixait de ses gros yeux rougis et cernés et il n'avait plus l'air de rigoler.

— À mon sens, les gens ont le droit de savoir ce qui s'est passé, fit Ludwig d'une voix mal assurée.

Ridder posa la main sur l'épaule de Ludwig avec un grand sourire.

— Smitty, fit-il d'un ton pénétré, fais-moi plaisir. Assieds-toi sur cette histoire pendant quelques jours, le temps que ce type s'en aille. Je ne te demande pas d'enterrer l'affaire, simplement de l'oublier provisoirement.

Tout en parlant, il serrait de plus en plus fort l'épaule du journaliste.

— Tu sais aussi bien que moi que rien n'est jamais coulé dans le bronze et que l'usine Gro-Bain n'est pas éternelle. Quand ils ont supprimé l'équipe de nuit en 96, Medicine Creek a perdu une vingtaine de familles. Des gens qui avaient toutes leurs racines ici et qui ont dû s'en aller. Je n'ai pas envie de voir ce patelin mourir, Smitty, et toi non plus. Cette histoire de maïs peut nous sauver. Ils commenceront par tester leurs plants à petite échelle, mais l'agriculture transgénique représente l'avenir. Il y a beaucoup de fric derrière tout ça et ce serait idiot que Medicine Creek n'en profite pas. Les enjeux sont beaucoup plus importants que tu ne crois, Smitty. Je te demande comme un service *personnel* d'enterrer l'affaire pendant deux ou trois jours, c'est tout. Chauncy doit faire connaître sa décision lundi, tu n'as qu'à faire le mort jusque-là, quitte à publier tes articles mardi matin. Tu me suis ?

— Je comprends ton point de vue.

— Je ferais n'importe quoi pour Medicine Creek, et toi aussi, j'en suis persuadé. Ce n'est pas l'ami qui te demande ça, c'est le citoyen.

Ludwig ne savait pas quoi répondre. Il baissa les yeux et constata que ses œufs s'étaient figés et que son bacon était tout racorni.

Le shérif en profita pour prendre la parole.

— Je sais que nous n'avons pas toujours été d'accord, Smitty, mais Art a raison. En plus, j'ai une autre bonne raison de te demander de ne rien dire au sujet du chien. Les psychologues de la police criminelle de Dodge sont persuadés que le meurtrier recherche avant tout à faire parler de lui. Il a décidé de semer la terreur dans le coin et il est sur le point de réussir. On voit réapparaître toutes sortes de rumeurs sur le massacre et la Malédiction des Quarante-Cinq, à croire que l'assassin a utilisé ces vieilles flèches indiennes exprès. Il a l'air obsédé par cette légende et les psychologues pensent que tes articles risquent de le pousser à recommencer, ce qui serait catastrophique pour tout le monde. Ce gars-là ne plaisante pas, Smitty.

La plaidoirie du shérif fut suivie d'un long silence.

— Je suppose que je peux attendre un jour ou deux avant de publier mon article sur le chien, soupira enfin le journaliste.

Ridder lui décocha un large sourire.

— C'est super ! s'exclama-t-il en serrant à nouveau l'épaule de Ludwig.

— Tu voulais me voir pour deux choses, répondit le journaliste d'une petite voix.

— C'est vrai, j'oubliais. Je me disais... mais là encore, c'est une suggestion, rien de plus. Je me disais que tu pourrais en profiter pour publier un portrait du professeur Chauncy à la place de ton article au sujet du chien. Les gens aiment toujours bien qu'on parle d'eux dans le journal et ça m'étonnerait que ce type-là fasse exception. Tu n'as pas besoin de dire exactement ce qu'il vient faire ici. Contente-toi de rappeler qui il est, ce qu'il a fait, ses diplômes et tout le tremblement, ses recherches à l'université du Kansas. Tu me suis, Smitty ?

— Ce n'est pas une mauvaise idée, murmura Ludwig.

Il était sincère. Puisque ce Chauncy était un scientifique de haut vol, ça ferait un excellent papier dont on parlerait à Medicine Creek. Les gens discutaient constamment de l'avenir du village.

— Génial. Il sera là dans cinq minutes. Je te présente et ensuite je vous laisse tranquilles.

— Parfait, acquiesça mollement Ludwig.

Ridder en profita pour lâcher l'épaule du journaliste, laissant une empreinte moite sur sa chemise.

— J'ai toujours su que tu étais un type bien, Smitty.

— Si tu le dis.

Au même instant, le talkie du shérif grésilla. Il le détacha de sa ceinture et l'approcha de son oreille. Une voix métallique que Ludwig identifia comme celle de Tad entama son rapport de la nuit.

— Un petit malin s'est amusé à dégonfler les pneus de l'autocar de l'équipe de football.

— Quoi d'autre ? répondit le shérif.

— Un autre chien retrouvé mort, sur le bas-côté de la route, cette fois.

— Putain. Ensuite ?

— La femme de Willie Stott a appelé pour dire qu'il n'était pas rentré cette nuit.

Le shérif leva les yeux au ciel.

— Appelle Swede au Wagon Wheel. Si ça se trouve, il cuve son bourbon dans l'arrière-salle.

— Bien, shérif.

— Pendant ce temps-là, je m'occupe du chien.

— Son cadavre a été retrouvé à quatre kilomètres d'ici, sur la route de Deeper, sur le bas-côté droit.

— C'est noté.

Hazen remit son talkie en place, écrasa sa cigarette dans un cendrier, ramassa son chapeau sur la chaise voisine de la sienne, le mit sur sa tête et se leva.

— À plus tard, Art. Merci pour tout, Smitty. Faut que j'y aille.

À l'instant où le shérif s'éloignait, le professeur Chauncy pénétrait dans la salle de bowling.

L'air toujours aussi coincé que le jour de la Fête de la dinde, il embrassa la salle du regard et Ludwig crut lire une étincelle dans ses yeux, sans savoir si c'était une lueur de mépris ou d'amusement.

Ridder se leva et Ludwig l'imita.

— Restez assis, je vous en prie, fit Chauncy.

Les trois hommes échangèrent des poignées de main et s'installèrent.

— Professeur Chauncy, commença Ridder, je voudrais vous présenter Smit Ludwig du *Cry County Courier*, le journal local. Smit en est le directeur, le rédacteur en chef et le reporter. Un véritable homme-orchestre, ajouta-t-il avec un petit rire.

Le regard bleu acier du chercheur se posa sur Ludwig.

— Vous devez faire un métier très intéressant, monsieur Ludwig.

— Appelez-le Smitty comme tout le monde. On n'a pas l'habitude de faire du chichi à Medicine Creek, vous savez.

— Merci, Art, approuva Chauncy en se tournant vers Ludwig. Smitty, je compte sur vous pour m'appeler Stan.

Avant même que le journaliste ait pu répondre, Ridder poursuivit :

— Stan, notre ami Smitty aurait voulu faire un article sur vous pour son journal, alors je vais vous laisser. De toute façon, il faut que je m'en aille. Prenez ce que vous voulez, vous êtes mon invité.

Ridder s'éloigna et Chauncy posa son regard froid sur Ludwig. Ce dernier se demanda un instant ce que lui voulait son interlocuteur avant de se souvenir qu'il était censé l'interviewer. Il sortit son petit carnet et un stylo.

— J'aurais préféré que vous me fassiez parvenir vos questions à l'avance, fit Chauncy.

— J'ai bien peur de ne pas être aussi organisé, répliqua Ludwig avec un sourire forcé.

Mais Chauncy n'avait pas du tout l'air de s'amuser.

— Quel genre d'article souhaitez-vous faire ? demanda-t-il.

— Je pensais faire un simple portrait, afin que nos lecteurs apprennent à connaître celui qui se trouve à l'origine de ce projet.

Le professeur ne répondit pas immédiatement.

— Nous touchons à un sujet particulièrement délicat qui nécessite beaucoup de doigté, fit-il.

— Je vous rassure tout de suite, je n'avais pas l'intention de faire un article polémique. Je comptais évoquer votre parcours, sans m'attarder sur les détails de vos recherches.

Chauncy réfléchit.

— J'aurai besoin de lire votre article avant sa parution.

— Ce n'est pas vraiment dans mes habitudes.

— Eh bien faites une exception. Je suis désolé, mais le règlement de l'université m'y contraint.

— Très bien, soupira Ludwig.

— Je vous écoute, répliqua Chauncy en se calant sur son siège.

— Vous souhaitez peut-être prendre un café. Je ne sais même pas si vous avez eu le temps de déjeuner.

— C'est fait depuis longtemps.

— Très bien, alors allons-y.

182

Ludwig ouvrit son carnet, chercha une page vierge et tourna son stylo entre ses doigts, à la recherche de sa première question.

Chauncy regarda sa montre.

— Je n'ai guère plus d'un quart d'heure à vous consacrer. Et si je puis me permettre de vous donner un conseil, la prochaine fois, préparez vos questions à l'avance, tout le monde y trouvera son compte. C'est la moindre des politesses lorsqu'on interviewe quelqu'un d'important.

Ludwig soupira à nouveau.

— Dites-moi tout d'abord d'où vous êtes originaire, où vous avez fait vos études, comment vous est venue la passion de l'agronomie, ce genre de choses.

— Je suis né à Sacramento, en Californie, où j'ai fait toute ma scolarité avant de suivre des études de biochimie à l'université de Californie à Davis. J'ai obtenu mon diplôme en 1985 avec mention très honorable à l'unanimité du jury. Vous savez ce que ça veut dire, au moins ?

— Oui, je crois.

— Bien. J'ai ensuite intégré Stanford dont je suis sorti quatre ans plus tard, c'est-à-dire en 1989, avec le titre de docteur en biologie moléculaire. J'ai obtenu le prix Hensley pour ma thèse. Hensley : H-E-N-S-L-E-Y. J'ai rejoint peu après le département de biologie de l'université du Kansas, pour un poste de titulaire, et j'ai obtenu la chaire de professeur de biologie moléculaire en 1995, trois ans avant de prendre la direction du département de recherches agronomiques.

Chauncy marqua une pause afin de laisser le temps à son interlocuteur de tout noter.

L'expérience de Ludwig lui permettait de reconnaître un mauvais client quand il en croisait un, mais celui-là battait tous les records. Le prix Hensley ! Quel pauvre con.

— Parfait, merci. Maintenant, Stan, expliquez-moi comment vous avez été amené à vous intéresser au génie génétique. Vous avez toujours voulu faire ça ?

— On ne parle pas de génie génétique, mais d'*amélioration* génétique.

— Très bien. Alors, comment est né votre intérêt pour l'*amélioration* génétique ?

L'espace d'un instant, une lueur s'alluma dans le regard de Chauncy.

— Quand j'avais douze ou treize ans, je suis tombé un jour dans le magazine *Life* sur une photo représentant des enfants biafrais d'une maigreur effrayante accrochés comme des mouches à un camion des Nations unies, prêts à se battre pour une poignée de riz. J'ai tout de suite compris que ma vocation était de nourrir ces malheureux enfants.

Quel imbécile prétentieux ! Pour se donner une contenance, Ludwig notait scrupuleusement tout ce que lui disait son interlocuteur.

— Pouvez-vous me parler un peu de vos parents ? Y a-t-il d'autres scientifiques dans votre famille ?

Chauncy hésita un court instant avant de répondre.

— Je préfère que l'on parle uniquement de moi.

Si ça se trouve, son père était camionneur et battait sa mère.

— Comme vous voudrez. Avez-vous déjà publié des articles ou des livres ?

— Des dizaines. Si vous me donnez votre numéro, je demanderai à ma secrétaire de vous faxer la liste de mes publications.

— Désolé, mais je n'ai pas de fax au bureau.

— Ah ! Très franchement, je ne vois pas l'intérêt de perdre mon temps à répondre à toutes ces questions alors qu'il vous est facile de vous procurer tous ces renseignements auprès du service de relations publiques de l'université. Ils ont des tonnes de dossiers sur moi. Vous devriez surtout commencer par lire certaines de mes publications avant de me poser des questions. Tout le monde y gagnerait, ajouta-t-il en regardant à nouveau sa montre.

Ludwig en profita pour changer d'angle d'attaque.

— Pourquoi Medicine Creek ?

— Je vous rappelle que rien n'est officiel et que notre choix n'est pas encore fait.

— Je sais, mais Medicine Creek est l'un des sites envisagés. Pour quelle raison ?

— Nous cherchions un lieu normal, jouissant de conditions climatiques moyennes. Nous avons donc investi deux cent mille dollars dans une étude informatique poussée concernant près d'une centaine de communes de l'ouest du Kansas. Une étude complexe, réalisée à partir de plusieurs milliers de critères. Nous nous trouvons actuellement à la phase 3 de cette étude, au terme de laquelle nous serons amenés à prendre une décision. Des accords préliminaires ont déjà été pris avec des firmes agricoles, et il ne nous reste plus qu'à choisir entre les deux communes qui restent en lice. C'est la raison de ma présence ici actuellement, et je compte annoncer ma décision lundi prochain.

Ce type-là n'avait décidément rien à raconter.

— J'aurais aimé recueillir votre opinion sur notre village.

Chauncy hésita longuement. Il n'avait visiblement pas anticipé la question.

— Eh bien... J'ai pu constater qu'il n'y avait aucun hôtel à Medicine Creek. Il existe bien une personne qui propose des chambres d'hôte, mais elle les avait toutes louées à un personnage peu arrangeant qui a refusé de m'en céder une, fit-il avec une moue dégoûtée. J'ai donc été obligé de me rabattre sur le motel de Deeper, ce qui m'oblige à faire quarante kilomètres en voiture matin et soir. Il faut dire qu'il n'y a pas grand-chose à Medicine Creek, à part ce bowling et un restaurant. Sans bibliothèque ou la moindre activité culturelle, je ne vois franchement pas ce qu'on peut dire au sujet de Medicine Creek, ajouta-t-il avec une ombre de sourire.

Ludwig se sentit piqué au vif.

— À défaut de bibliothèque, nous avons tout du moins conservé certaines valeurs caractéristiques de la vieille Amérique, ce qui n'est déjà pas si mal.

Chauncy fut parcouru d'un frisson presque imperceptible.

— Je n'en doute pas, monsieur Ludwig. En tous les cas, vous ferez partie des premiers informés lorsque je prendrai ma décision. En attendant, je dois vous laisser car j'ai beaucoup de choses importantes à faire.

Il se leva, aussitôt imité par Ludwig. Les deux hommes se serrèrent la main. Du coin de l'œil, le journaliste aperçut Dale Estrem et deux autres types de la coopérative agricole qui les observaient à travers la vitre. Ils attendaient Chauncy de pied ferme et Ludwig réprima un sourire.

— Il vous suffira d'envoyer votre article par fax ou par e-mail au service des relations publiques de l'université du Kansas, reprit Chauncy. Vous trouverez le numéro sur ma carte. Ils devraient vous donner leur feu vert avant la fin de la semaine.

D'un geste sec, il posa sa carte sur la table.

Avant la fin de la semaine. Quel con ! Ludwig regarda son interlocuteur s'éloigner, raide comme la justice, ses petites jambes animées d'un mouvement mécanique. Il poussa la porte de la rue et se retrouva nez à nez avec Dale Estrem. Des éclats de voix parvinrent à Ludwig. Chauncy allait passer un sale quart d'heure.

Un grand sourire éclaira le visage du journaliste. Dale Estrem ! En voilà un qui n'avait pas l'habitude de mâcher ses mots. Que le shérif, Art Ridder et cet imbécile pontifiant de Chauncy aillent se faire foutre. Sa décision était prise : pas question de repousser la publication de son article sur le chien éventré.

20

Tad eut l'impression d'entrer dans une fournaise en sortant du Wagon Wheel. Toujours aucune trace de Willie Stott qui n'avait pas passé la nuit dans l'arrière-salle du saloon. Tad en avait profité pour avaler une Coors glacée que ce bon vieux Swede lui avait discrètement refilée sous le comptoir. Par un temps pareil, ça faisait du bien.

Il porta à la bouche une pastille à la menthe pour chasser de son haleine tout souvenir de bière et se dirigea vers la voiture de patrouille qui cuisait au soleil devant le bureau du shérif. Il se glissa derrière le volant et démarra, assis très en avant afin d'éviter de toucher du dos le skaï brûlant de son siège. Si seulement il pouvait trouver un boulot peinard dans un bureau à Topeka ou à Kansas City, il n'aurait plus besoin de passer son temps à courir les routes par une chaleur pareille, coincé dans une bagnole qui avait tout d'une antichambre de l'enfer.

Il brancha sa radio sur la fréquence du central.

— Unité 21 à Central, fit-il dans son micro.

— Salut, mon joli Tad, répondit la voix de LaVerne, la fille qui travaillait de jour au standard.

Elle avait un faible pour Tad qui ne serait peut-être pas resté indifférent à ses charmes si elle avait eu vingt ans de moins.

— Quoi de neuf, LaVerne ?

— Un des employés de Gro-Bain vient de signaler un véhicule en panne sur le bord de la route. Le conducteur semble l'avoir abandonné.

— Quel modèle ? demanda Tad qui savait que tout le monde roulait à bord d'une AMC, à l'exception d'Art Ridder qui avait une Caprice et des deux voitures de patrouille, deux Mustangs 91 achetées d'occasion à la police municipale de Great Bend.

Le concessionnaire AMC avait longtemps été le seul à moins d'une heure de route, mais il avait fini par plier bagage, lui aussi.

— Il s'agit d'une Hornet immatriculée Whisky Echo Foxtrot Deux Neuf Sept.

— Unité 21 en route pour vérification, fit-il en raccrochant sa radio.

Sûrement la Hornet de Stott. Il avait dû s'endormir sur la banquette arrière, comme la dernière fois que son tas de tôle était tombé en panne en pleine campagne, après avoir vidé sa bouteille d'Old Grand-Dad en guise de somnifère.

Tad démarra. Quinze secondes plus tard, il laissait le centre derrière lui et prenait la direction de l'usine. Il se trouva rapidement bloqué derrière un semi-remorque de dindes dégageant une odeur pestilentielle. Tad s'empressa de le doubler, jetant au passage un coup d'œil blasé aux centaines de cages pleines de volatiles terrifiés.

Tad s'était rendu à l'usine Gro-Bain à plusieurs reprises pour son boulot. La première fois, il avait fait vœu de ne plus jamais manger de dinde. Depuis, il demandait toujours à sa mère de lui préparer du rôti de porc pour Thanksgiving, se promettant de ne jamais mettre les pieds dans un élevage porcin.

Tad faillit passer devant la Hornet de Stott sans la voir car elle se trouvait dans une zone d'ombre. Il s'arrêta, brancha son gyrophare et descendit de voiture.

Les vitres de la Hornet étaient baissées et l'auto était vide. Stott avait dû emporter avec lui les clés de contact.

Le semi-remorque passa à ce moment-là dans un nuage de diesel et de fientes de volailles, faisant tanguer les plants de maïs des deux côtés de la route. Tad se détourna en se pinçant le nez, puis il détacha sa radio.

— Oui ? aboya Hazen.

— J'ai retrouvé la voiture de Stott sur la bretelle qui mène à l'usine. Pas la moindre trace de Stott.

— Tu m'étonnes ! Il doit encore cuver dans le maïs.

Tad regarda autour de lui d'un air dubitatif. Il voyait mal quiconque s'enfoncer en plein champ, même soûl.

— Vous croyez vraiment, shérif ?

— Que veux-tu que ce soit d'autre ?

— Eh bien... répondit Tad, préférant ne pas achever sa phrase.

— Tad, ne laisse pas toute cette histoire te monter à la tête. Ce n'est pas parce que Stott a disparu qu'il s'est fait étriper par ce cinglé. D'ailleurs, je suis allé voir le cadavre de chien qu'on nous avait signalé et je te le donne en mille.

— Quoi ? fit Tad d'une voix angoissée.

— Eh bien figure-toi qu'il a tout simplement été écrasé par une voiture. Personne ne lui a coupé la queue.

— Tant mieux.

— Écoute-moi. Tu connais Willie comme moi. Sa voiture a dû tomber en panne et il aura voulu aller à pied au Wagon Wheel pour se remettre de ses émotions. En chemin, il boit un petit coup pour se donner du courage, vide la bouteille qui ne le quitte jamais et décide de faire un petit somme au milieu du maïs. C'est là que tu vas le retrouver, avec une bonne gueule de bois, mais intact. Prends ta voiture, avance lentement en regardant sur le bas-côté et tu finiras par le trouver dans le fossé. D'accord ?

— D'accord, shérif.

— Bien, mon gamin. En attendant, pas de bêtise.

— Comptez sur moi, shérif.

Tad allait remonter dans sa voiture de patrouille lorsqu'il crut voir quelque chose briller près de la Hornet de Stott. Il s'approcha et découvrit une bouteille vide. Il la ramassa, la renifla et sentit une forte odeur de bourbon.

Le shérif avait raison, comme toujours. Chaque fois qu'un problème se présentait, il avait le don de deviner ce qui s'était passé.

Il glissa la bouteille vide dans un sac en plastique et nota l'emplacement où il l'avait trouvée, conformément aux instructions de son chef qui lui avait appris à ne jamais rien laisser au hasard. Au moment de remonter dans sa voiture, un autre camion passa à sa hauteur. Un camion frigorifique cette fois, rempli de gros nuggets de dinde congelés, sans goût ni odeur. Tad répondit au signe amical que lui adressait le routier, puis il s'installa derrière son volant et démarra.

Il avançait lentement, cherchant des yeux l'endroit où Stott aurait pu s'endormir. Deux cents mètres plus loin, il s'arrêta en voyant plusieurs tiges cassées sur sa gauche. Il aperçut des traces similaires de l'autre côté, comme si une première personne avait brusquement débouché sur la route pendant qu'une seconde s'enfonçait dans le champ opposé.

Tad descendit de voiture, à nouveau inquiet, afin d'examiner les traces d'un peu plus près. Il releva des empreintes de pas dans la terre sèche : les empreintes de quelqu'un qui courait. Un peu plus loin, il découvrit d'autres plants à moitié arrachés.

Il s'enfonça davantage dans le champ, le cœur battant. La terre, trop sèche, formait une croûte de poussière dans laquelle il était difficile de distinguer la moindre empreinte, mais des mottes retournées confirmaient le passage récent d'au moins une personne. Tad faillit appeler le shérif sur sa radio avant de se décider à suivre la piste qui traversait une nouvelle rangée de maïs.

Cette fois, il crut distinguer deux marques distinctes sur le sol, comme si un second inconnu s'était lancé à la poursuite du premier. Tad aimait mieux ne pas penser à ce que ça pouvait vouloir dire.

Les traces s'enfonçaient en plein champ, zigzaguant bizarrement de droite et de gauche, et Tad déboucha brusquement dans un espace dévasté. Une dizaine de tiges arrachées gisaient sur le sol. Aucun doute, la petite clairière avait été le théâtre d'une lutte violente.

La gorge nouée, Tad examina longuement le sol à la recherche du moindre indice. Un peu plus loin, il aperçut une empreinte dans la terre meuble.

L'empreinte d'un pied nu.

Oh putain ! pensa Tad, l'estomac retourné, en détachant sa radio d'une main tremblante.

21

Corrie Swanson gara sa vieille Gremlin dans un nuage de poussière sur le parking des Kavernes Kraus. Elle vérifia l'heure sur le tableau de bord et constata qu'il était six heures et demie pile. Quelle chaleur ! Elle coupa son radiocassette improvisé, faisant taire les hurlements de l'un de ses groupes préférés, ouvrit sa portière et descendit en prenant sur le siège passager un cahier tout neuf. Elle traversa le parking et grimpa les quelques marches usées menant à l'entrée de la vieille demeure victorienne. Les vitres ovales de la porte étaient trop sombres pour qu'elle puisse distinguer quoi que ce soit à l'intérieur. Elle souleva le lourd marteau de fonte qu'elle laissa retomber deux fois. Quelques instants plus tard, Pendergast lui ouvrait la porte.

— Bonsoir, mademoiselle Swanson, dit-il. Je me réjouis de votre ponctualité, mais je dois vous avouer que je suis moi-même en retard. J'éprouve les plus grandes difficultés à m'adapter aux horaires locaux.

Corrie le suivit dans la salle à manger où des bougies éclairaient les restes d'un repas sophistiqué. Winifred Kraus trônait à l'extrémité de la table, s'essuyant délicatement la bouche à l'aide d'une serviette de dentelle.

— Asseyez-vous, je vous en prie, fit Pendergast. Puis-je vous proposer une tasse de thé ou de café ?

— Rien, merci.

Pendergast s'éclipsa en direction de la cuisine et revint presque aussi vite avec une curieuse théière en métal. Il remplit deux tasses d'un liquide vert et en tendit une à Winifred.

— Racontez-moi tout, mademoiselle Swanson. Je suppose que vous venez me faire le compte rendu de votre entretien avec Andy Cahill.

Corrie, s'agitant sur sa chaise, posa son cahier sur la table.

Pendergast la regardait faire d'un air étonné.

— De quoi s'agit-il ?

— C'est un cahier pour prendre des notes, répliqua Corrie, sur la défensive. Comme vous m'avez demandé d'interroger Andy, il fallait bien que j'aie quelque chose pour prendre des notes.

— Excellent. Je vous écoute, lança l'inspecteur en se calant confortablement sur sa chaise, les mains croisées.

Un peu gênée, Corrie ouvrit son cahier.

— Quelle ravissante écriture ! s'exclama Winifred en s'approchant.

— Merci, rétorqua sèchement Corrie, repoussant son cahier afin que la vieille femme ne puisse pas lire ses notes. Je me suis donc rendue chez Andy hier soir. Il revenait d'un voyage avec le Club éducatif des jeunes ruraux. Je lui ai dit que son chien était mort sans lui expliquer comment. Je lui ai laissé croire qu'il avait été renversé par une voiture. Ça l'a secoué, le pauvre gamin adorait son chien.

Pendergast avait les yeux aux trois quarts fermés et elle espérait qu'il n'allait pas s'endormir.

— Andy m'a raconté que Jiff, son chien, était bizarre depuis quelques jours. Il refusait de sortir et gémissait en permanence. Andy a même dû aller le chercher sous son lit pour l'obliger à manger.

Elle passa à la page suivante.

— Finalement, il y a deux jours...

— La date exacte, je vous prie.

— Le 10 août.

— Poursuivez.

— Le 10 août, donc, Jiff a même... euh, il a chié sur le tapis du salon.

La jeune fille leva les yeux, embarrassée.

— Je suis désolée, mais je raconte tout ce qui s'est passé.

— Vous savez, ma petite, l'interrompit Winifred, vous auriez pu dire qu'il avait *sali* le tapis.

— Eh bien justement, il ne s'est pas contenté de le salir... Il avait la diarrhée.

Qu'est-ce que cette vieille piquée avait besoin d'être là ? Comment Pendergast pouvait-il tolérer sa présence alors qu'elle avait un rapport confidentiel à lui faire ?

— Je vous en prie, poursuivez, mademoiselle Swanson, fit Pendergast.

— Quoi qu'il en soit, Mme Cahill qui – soit dit entre parenthèses – est une vieille salope, en a fait une jaunisse. Elle a fichu le clébard dehors et elle a obligé Andy à tout nettoyer. Andy aurait voulu emmener Jiff chez le vétérinaire, mais sa mère lui a dit que ça coûtait trop cher. Et c'est la dernière fois qu'Andy a vu son chien.

Corrie jeta un coup d'œil en direction de Winifred qui avait l'air d'avoir avalé son parapluie. Elle mit quelques instants avant de comprendre que c'était tout simplement parce qu'elle avait utilisé le mot « salope ».

— À quelle heure s'est déroulé cet incident ? demanda Pendergast.

— Sept heures du soir.

Le policier hocha la tête et joignit les mains.

— Où habitent les Cahill ?

— La dernière maison sur la route de Deeper, à un peu moins de deux kilomètres au nord, pas loin du cimetière et juste avant le pont.

Pendergast hocha à nouveau la tête.

— Jiff portait-il son collier lorsqu'il a été chassé de chez les Cahill ?

— Oui, répondit Corrie, fière d'avoir pensé à poser la question.

— Vous avez fait de l'excellent travail, fit Pendergast en se redressant. A-t-on des nouvelles de ce William Stott dont la disparition a été signalée ?

— Non. Les recherches se poursuivent. J'ai entendu dire qu'ils devaient faire venir un avion de Dodge City.

Pendergast acquiesça. Il se leva et s'approcha de la fenêtre. Debout, les mains dans le dos, il observait les champs qui s'étendaient à perte de vue.

— Vous croyez qu'il a été assassiné ? demanda Corrie.

La haute silhouette du policier se découpait en ombre chinoise sur le ciel orangé.

— Je suis particulièrement attentif à la faune aviaire de Medicine Creek.

— Ah ! fit Corrie.

— Vous voyez ce vautour, par exemple ?

Corrie s'approcha, mais sa moue indiquait qu'elle ne voyait rien.

— Mais si, voyons. Là-bas.

En plissant les yeux, elle aperçut enfin un gros oiseau dans le couchant.

— Il y en a toujours, en cette saison, remarqua-t-elle.

— Sans doute, mais il profitait jusqu'à présent des courants ascensionnels. Or, si vous regardez bien, vous constaterez qu'il vole à présent contre le sens du vent.

— Et alors ?

— Il faut énormément d'énergie à un vautour pour voler dans ces conditions. Ce genre de prédateur n'agit ainsi que dans un cas bien précis.

Il marqua une pause, les yeux perdus dans le lointain.

— Regardez-le. Il change de direction car il a repéré une proie. Venez, mumura-t-il à l'adresse de sa jeune assistante. Il n'y a pas une minute à perdre. Il nous faut arriver là-bas avant que les équipes de la police criminelle n'effacent tous les indices.

Se tournant vers Winifred, il ajouta à voix haute :

— Vous voudrez bien nous excuser de vous quitter si précipitamment, mademoiselle Kraus, mais nous devons partir.

La vieille demoiselle se leva brusquement, le visage blême.

— Vous ne voulez tout de même pas dire...

— Nous ne savons rien.

Elle se rassit, se tordant les mains.

— Mon Dieu, mon Dieu !

— On n'a qu'à suivre la ligne à haute tension, proposa Corrie en s'éloignant de la maison dans le sillage de Pendergast. C'est direct, mais il faudra faire les derniers cinq cents mètres à pied.

— Entendu, répliqua Pendergast d'une voix tendue en prenant place dans la Gremlin. Et pour une fois, mademoiselle Swanson, je ne vous ferai aucun reproche si vous roulez trop vite.

Cinq minutes plus tard, Corrie engageait sa voiture sur l'étroit chemin de terre longeant la ligne à haute tension. Elle connaissait bien l'endroit où elle passait le plus clair de son temps libre à lire et rêver, histoire d'oublier le lycée et ses relations conflictuelles avec sa mère. Elle frissonna à la pensée que le meurtrier aurait pu se cacher là...

Le premier vautour avait été rejoint par d'autres. La voiture, secouée dans tous les sens par les bosses et les nids-de-poule du chemin, raclait bruyamment le sol à intervalles réguliers. Les derniers rayons du soleil faisaient rougeoyer les nuages qui s'épaississaient à l'horizon.

— Stop, fit Pendergast, se parlant à moitié à lui-même.

Corrie obtempéra et ils descendirent précipitamment de voiture. Les vautours, méfiants, prirent de l'altitude en voyant Pendergast s'engager en plein champ sans la moindre hésitation, suivi de Corrie.

Soudain, il s'arrêta.

— Mademoiselle Swanson, n'oubliez pas ce que je vous ai déjà dit. Nous risquons de découvrir cette fois un spectacle nettement plus dérangeant que celui d'un simple chien mort.

Corrie hocha la tête.

— Si vous préférez m'attendre dans la voiture...

Corrie ne le laissa pas terminer.

— Je suis votre assistante, oui ou non ? demanda-t-elle d'une voix qui s'efforçait de rester calme.

Pendergast se retourna et la regarda longuement avant d'acquiescer.

— Fort bien. Je vous crois en effet capable de supporter un tel choc. N'oubliez pas que nous allons nous trouver sur le lieu d'un crime. Ne touchez à rien, marchez dans mes pas et suivez mes recommandations à la lettre.

— Compris.

Il reprit sa course silencieuse à travers les rangées de maïs, faisant à peine bruisser les feuilles parcheminées sur son passage. Il avançait vite et Corrie avait toutes les peines du monde à le suivre, évitant de penser à ce qui l'attendait. Elle aurait donné n'importe quoi pour ne pas rester seule à l'attendre dans la voiture, toute seule dans le noir. *En plus, ce n'est pas la première fois*, se rassura-t-elle. *J'ai déjà vu le chien, ça ne peut pas être pire.*

Pendergast s'arrêta à nouveau, sans crier gare. Devant lui, quelques dizaines de plants avaient été arrachés et jetés de côté, dégageant une clairière. Corrie se figea, pétrifiée par le spectacle qui s'offrait à elle. La nuit était presque tombée, mais il faisait encore assez jour pour qu'aucun détail ne lui échappe.

Elle aurait été incapable de bouger. Une odeur de jambon moisi monta à ses narines et elle fut prise de spasmes violents.

Et merde ! pensa-t-elle. *Pas tout de suite. Pas devant Pendergast.*

Pliée en deux, elle vomit une première fois dans le maïs, se redressa et fut prise d'une seconde crise. Toussant et crachant, partagée entre l'horreur et la honte, elle se redressa péniblement en s'essuyant la bouche du revers de la main.

Pendergast feignit de n'avoir rien vu. Agenouillé au centre de la clairière, il étudiait attentivement la scène. Le fait d'avoir vomi fit sortir Corrie de sa paralysie. Elle s'essuya à nouveau la bouche et s'avança, prête à tout.

Le corps, entièrement nu, était allongé sur le dos, bras et jambes écartés. Dans la lumière du soir, la peau du malheureux était d'un blanc fade irréel. On aurait dit qu'elle brillait. La position du cadavre avait quelque chose d'étrange, comme si les chairs s'étaient liquéfiées et se détachaient des os. Corrie s'aperçut assez vite qu'il ne s'agissait pas d'une impression : la peau du visage pendait lamentablement au niveau des dents et de la mâchoire ; quant aux muscles des épaules, ils s'effritaient littéralement, laissant apparaître une clavicule blême. L'une des oreilles du mort, toute déformée, gisait par terre à côté du corps, et l'autre avait disparu. Corrie, le cœur au bord des lèvres, se retourna et ferma brièvement les yeux en respirant lentement afin de se reprendre.

Le corps avait perdu tous ses poils. Les organes sexuels du mort s'étaient détachés, mais on aurait dit que quelqu'un avait cherché à les remettre en place. Corrie connaissait bien Stott pour l'avoir souvent vu traîner en ville, mais rien ne pouvait laisser penser que cette carcasse difforme et enflée était celle de l'alcoolique chargé du nettoyage chez Gro-Bain.

Le premier choc passé, elle remarqua un certain nombre de détails auxquels elle n'avait pas prêté attention. Ici et là, des épis avaient été disposés de façon à former de curieux motifs géométriques et des feuilles de maïs dessinaient des objets mal identifiables. Probablement des bols, ou bien des tasses.

Corrie entendit un ronronnement au-dessus de sa tête. Elle leva les yeux et vit un petit avion tournant à basse altitude. Elle ne l'avait pas entendu venir. Le petit avion battit des ailes et s'éloigna rapidement en direction du nord.

Baissant les yeux, elle vit que Pendergast l'observait.

— Il s'agit de l'avion chargé d'effectuer les recherches. Le shérif sera ici dans moins de dix minutes et la police criminelle ne tardera pas à suivre.

— Ah ! s'exclama Corrie, incapable d'en dire davantage.

— Vous vous sentez bien ? s'inquiéta Pendergast. Pourriez-vous me tenir ceci ? ajouta-t-il en lui tendant sa lampe de poche.

— Oui, je crois que ça ira.

— Parfait.

Corrie respira un grand coup et prit la lampe qu'elle dirigea vers l'endroit où était agenouillé Pendergast. Il faisait presque nuit. Le policier avait sorti de l'une des poches de sa veste un tube de verre dans lequel il glissait des indices minuscules prélevés à l'aide d'une pince à épiler. À peine le premier tube était-il plein qu'il en sortit un deuxième, puis un troisième. Il travaillait avec des gestes minutieux, s'approchant peu à peu du corps, donnant des indications précises à Corrie sur les endroits qu'elle devait éclairer.

On entendait déjà dans le lointain la sirène de la voiture du shérif et Pendergast accéléra le mouvement.

Il s'intéressait à présent au corps qu'il examinait de tout près, prélevant çà et là des éléments mystérieux. L'odeur de jambon moisi était plus tenace que jamais et Corrie crut qu'elle allait à nouveau être malade.

La sirène, toute proche, s'arrêta de mugir et ils entendirent une portière claquer, puis une autre.

Pendergast se releva après avoir fait disparaître tout son arsenal dans les pans de sa veste noire.

— Reculez-vous, conseilla-t-il à Corrie.

Ils venaient d'atteindre le bord de la clairière lorsque le shérif et son adjoint surgirent. D'autres sirènes avaient pris le relais, ainsi que des radios que l'on entendait nasiller dans la nuit.

— Ah, vous êtes là, Pendergast ! s'étonna le shérif. Depuis quand traînez-vous dans les parages ?

— Je vous demande la permission d'examiner le lieu du crime.

— Comme si ce n'était pas déjà fait, ironisa le shérif. Permission refusée jusqu'à nouvel ordre.

D'autres hommes apparurent : des agents de la police du Kansas ainsi que des types en civil qui devaient appartenir aux services de police judiciaire de Dodge City.

— Faites-moi boucler tout le périmètre, brailla le shérif. Tad, tire-moi des bandes plastique tout autour de la clairière. Quant à vous, fit-il à l'adresse de Pendergast, vous attendrez derrière comme tout le monde.

Au grand étonnement de Corrie, Pendergast se laissa faire sans mot dire. Se désintéressant du cadavre, il allait et venait, sans but apparent, suivi par son assistante. Elle trébucha à deux reprises sans véritable raison et comprit qu'elle était toujours choquée.

Brusquement, Pendergast s'arrêta entre deux rangées de maïs. Il prit doucement sa lampe des mains de Corrie et la dirigea vers le sol. Corrie avait beau écarquiller les yeux, elle ne voyait rien de particulier.

— Vous voyez ces empreintes ? murmura Pendergast.

— Vaguement.

— Ce sont des empreintes de pieds nus. Elles se dirigent vers la rivière.

Corrie recula d'un pas et Pendergast éteignit sa lampe.

— Je crois que vous en avez assez vu pour aujourd'hui, mademoiselle Swanson. Je vous suis infiniment reconnaissant pour cette aide précieuse.

Jetant un coup d'œil à sa montre, il ajouta :

— Il est huit heures et demie, trop tôt pour qu'il vous arrive quelque chose. Retournez à votre voiture, rentrez chez vous et reposez-vous. Je poursuivrai ici tout seul.

— Mais qui vous reconduira ?

— Je suis sûr que l'une ou l'autre de ces charmantes personnes se fera un plaisir de me raccompagner.

— Vous êtes sûr ?

— Certain.

Elle hésitait encore à s'en aller.

— Je voulais vous dire... je suis désolée d'avoir gerbé, tout à l'heure.

Elle le vit sourire dans la pénombre.

— N'y pensez plus. Il est arrivé la même chose à l'un de mes amis, un ancien lieutenant de la police new-yorkaise, lors d'une enquête. Ce n'était pas un signe de faiblesse, mais d'humanité.

Elle allait partir lorsqu'il reprit.

— Une dernière chose, mademoiselle Swanson.

— Oui ?

— Une fois arrivée chez vous, enfermez-vous à double tour. J'ai bien dit *à double tour*. Puis-je compter sur vous ?

Elle hocha la tête, fit demi-tour et repartit en direction de sa voiture, guidée par la lueur des gyrophares rouges. Une phrase de Pendergast lui restait en mémoire : *Il est trop tôt pour qu'il vous arrive quelque chose*. Qu'avait-il voulu dire ?

22

Protégeant le rayon de sa lampe pour ne pas être vu, Pendergast suivait les empreintes de pieds nus à travers champs. Elles se dessinaient nettement dans la terre sèche entre les rangées de maïs. Au fur et à mesure qu'il s'éloignait du lieu du crime, les voix des enquêteurs s'atténuaient. Le terrain commençait à descendre en pente douce vers la rivière et il se retourna. Telles des sentinelles dans la nuit, les pylônes de la ligne à haute tension se découpaient dans le ciel obscur sous le clignement des étoiles. Les corbeaux qui nichaient dans les structures métalliques croassaient à qui mieux mieux. Il attendit que leurs cris se calment. Désormais, seul le silence régnait. L'air était aussi confiné que celui d'une tombe, porteur d'odeurs de poussière et de feuilles de maïs desséchées.

Pendergast glissa une main à l'intérieur de sa veste et sortit son Les Baer, un calibre 45 amélioré. Prudemment, il se pencha à nouveau sur les empreintes de pas qui continuaient tout droit vers la rivière, en direction du campement de Gasparilla.

Il éteignit sa lampe et attendit que ses yeux s'habituent à l'obscurité, puis il se mit en marche, aussi silencieux qu'un lynx. Il avançait doucement entre les rangées de plants avec lesquelles sa haute silhouette se confondait. Elles dessinaient une légère courbe en arrivant à la rivière et il aperçut soudain la trouée à travers laquelle l'assassin était passé. Il s'y glissa et atteignit quelques instants plus tard l'extrémité du champ.

Légèrement en contrebas, les peupliers dissimulaient les eaux paisibles de la Medicine River. Pendergast longea le champ sans faire le moindre bruit et se mit à l'abri des arbres.

Il s'arrêta. On entendait à peine le murmure de l'eau. Il vérifia une nouvelle fois que son arme était chargée puis, s'agenouillant, alluma sa lampe en protégeant le rayon de la main afin de ne pas être vu. Le petit cercle de lumière éclairait une série d'empreintes parfaitement dessinées dans le sable. Elles se dirigeaient toujours vers le campement de Gasparilla. Des empreintes de grande taille, identiques à celles trouvées quelques jours plus tôt. Dans le sable fin, il remarqua une série de dessins irréguliers autour du talon et du gros orteil, comme si l'inconnu avait une grosse épaisseur de corne sous les pieds. Il prit des notes et réalisa même un croquis, puis il tâta l'une des empreintes du doigt. Elle était là depuis une douzaine d'heures, c'est-à-dire peu avant l'aube le matin même. L'assassin avait ensuite accéléré, comme s'il avançait d'un pas décidé. Le pas sûr et calme de quelqu'un qui rentre tranquillement chez lui.

Chez lui...

Le campement de Gasparilla ne se trouvait qu'à quelques centaines de mètres de là. Laissant filtrer un peu de lumière entre ses doigts, Pendergast poursuivit sa traque avec d'infinies précautions.

Il s'arrêta quelques instants afin d'écouter, puis il se remit en marche. L'obscurité était totale et l'on n'apercevait ni feu ni lumière. Parvenu à une centaine de mètres du campement, il éteignit sa torche et avança au jugé. Le lieu était plongé dans un profond silence.

Soudain, il se figea en distinguant un bruit ténu. Une minute s'écoula.

Le bruit reprit, comme un long soupir douloureux.

Pendergast s'écarta du chemin et contourna le campement par la droite, très doucement. Arrivé face au vent, il fut surpris de ne pas trouver la moindre odeur de feu. Il s'attendait au moins à voir luire des braises dans le noir.

Il y avait pourtant quelqu'un, ou tout du moins quelque chose.

Un nouveau soupir se fit entendre. Un sifflement rauque et douloureux qui n'avait rien d'humain.

Parfaitement silencieux, Pendergast leva son arme. Le bruit provenait du centre du campement.

Le même sifflement rauque.

Gasparilla, si c'était bien lui, ne devait pas se trouver à plus de quinze mètres. La nuit était totalement noire et Pendergast ne voyait rien.

Il ramassa un petit caillou qu'il envoya à l'autre extrémité du campement.

Toc.

Le silence revint, bientôt rompu par un court grondement animal.

Pendergast décida d'attendre dans l'obscurité, tous ses sens en alerte, afin de savoir si quelqu'un ou quelque chose approchait. Gasparilla lui avait déjà dévoilé son aptitude à se déplacer silencieusement dans le noir.

Très lentement, Pendergast ramassa un autre petit caillou qu'il envoya dans une autre direction.

Toc.

Cette fois, le claquement déclencha un grondement nettement plus fort exactement au même endroit. La chose n'avait donc pas bougé.

Il alluma sa lampe et activa le rayon laser de son pistolet. Le rond de lumière éclaira le corps d'un homme allongé sur le dos à même le sol, les yeux grands ouverts. La tête de l'homme était entièrement maculée de sang.

Le point rouge du rayon laser se promena un instant sur le visage horriblement mutilé, puis Pendergast remit son arme dans son étui et se précipita.

— Gasparilla ?

Le visage s'agita et la bouche s'ouvrit, laissant s'échapper des bulles de bave rouge.

Pendergast s'agenouilla à côté du corps inerte. Il fit courir sa lampe sur le visage ensanglanté de l'homme et reconnut immédiatement Gasparilla. Il avait été scalpé, sa barbe fournie avait été arrachée et l'on voyait clairement dans les chairs la marque d'un instrument de fortune, probablement une lame de pierre taillée.

Pendergast examina rapidement le reste du corps. Le pouce gauche de Gasparilla avait été aux trois quarts sectionné avant d'être détaché brutalement, dénudant une partie de l'os et découvrant des lambeaux de cartilage. À part les mutilations du visage, c'était la seule blessure apparente, de sorte que Gasparilla n'avait pas perdu beaucoup de sang. Le choc lui avait en revanche fait perdre l'esprit.

— Ahhhh ! grogna-t-il en tentant de soulever sa tête.

Ses yeux affolés tournaient dans tous les sens et un nouveau nuage d'écume rougeâtre émergea de sa bouche.

Pendergast se pencha sur le malheureux.

— Tout ira bien, maintenant.

Mais les yeux de Gasparilla continuaient leur sarabande, ne s'arrêtant que pour vaciller quelques instants à la lueur de la torche avant de reprendre leur course folle, comme si le simple fait de se poser quelque part était une torture.

Pendergast prit la main du blessé entre les siennes.

— Je vais m'occuper de vous. Nous allons vous tirer de là.

Il se redressa et fit courir le pinceau de sa lampe autour de lui jusqu'à ce qu'il trouve ce qu'il cherchait. Gasparilla avait été attaqué à une quinzaine de mètres au nord de son campement, comme l'indiquaient des traces de lutte et les empreintes mêlées de Gasparilla et de son agresseur.

Pendergast s'approcha et vit l'endroit où Gasparilla était tombé. Il avait ensuite mis des heures à se traîner jusqu'à son camp, tandis que son assaillant s'éloignait tranquillement, ses monstrueux trophées à la main, ainsi que le montraient clairement des empreintes de pieds nus se dirigeant vers la rivière.

Pendergast retourna près du blessé dont il chercha à décrypter le regard apeuré, sans y lire autre chose qu'une immense terreur.

Il ne fallait pas compter sur Gasparilla pour lui raconter ce qui s'était passé. Il serait toujours temps d'aviser plus tard, si jamais il recouvrait la raison.

23

Le shérif Hazen ne put s'empêcher de regarder partout autour de lui en pénétrant dans la salle d'autopsie située dans les sous-sols de l'hôpital. Il n'avait jamais pu se faire à ce lieu, avec son parfum de mort, de produits chimiques et de désinfectant, ses murs en parpaings couleur diarrhée, ses néons bourdonnants. Respirer par la bouche ne servait à rien à cause du masque obligatoire qui donnait à chaque bouffée d'air un goût d'antiseptique. Il aurait fallu un masque à gaz pour échapper à cette putain d'odeur.

Conformément à son habitude, il s'efforçait de penser à des choses nettement plus agréables, de vieilles chansons d'Hank Williams, une bonne bière Grain Belt, ou encore le souvenir très vivant de la Fête des Moissons où l'emmenait son père quand il était petit. Mais rien n'y faisait. Le shérif frissonna, et pas uniquement à cause de l'atmosphère morbide du lieu.

Le docteur McHyde se trouvait déjà là, vêtu d'une blouse bleue. À ses côtés, le shérif reconnut la longue silhouette et l'accent sudiste inimitable de Pendergast qui échangeait des commentaires à mi-voix avec le médecin légiste.

Hazen était bien obligé d'admettre que Pendergast avait raison. On avait bien affaire à un tueur en série et il s'agissait très probablement de quelqu'un de

Medicine Creek. Le shérif avait refusé d'y croire jusqu'à ce que l'évidence s'impose à lui. Il avait beaucoup ri en apprenant que Pendergast passait des heures dans le bureau de Marge Tealander à éplucher les archives municipales, convaincu que la vieille taupe lui faisait perdre son temps. Depuis le nouveau crime, il devait bien reconnaître que l'hypothèse de l'inspecteur était la bonne ; qui d'autre qu'un habitant de Medicine Creek aurait pu aller et venir à sa guise sans se faire remarquer ? Surtout le soir, lorsque les gens se précipitent aux fenêtres dès qu'ils aperçoivent les phares d'une voiture. Pendergast avait raison, les meurtres n'avaient pas été commis par un étranger, mais bien par quelqu'un d'ici, si incroyable que cela puisse paraître.

Et si c'était effectivement le cas, cela signifiait que Hazen connaissait l'assassin.

— Ravi de vous voir, shérif, l'apostropha le Dr McHyde avec une amabilité presque empressée.

En voilà un qui avait rabattu son caquet. Cette affaire faisait déjà beaucoup de bruit et McHyde avait compris tout le profit qu'il pouvait en tirer. S'il se débrouillait correctement, il pouvait attirer l'attention d'un hôpital ailleurs que dans ce trou.

— Mes salutations, shérif, ajouta Pendergast avec un léger signe de tête.

— Bonjour, Pendergast.

Le légiste n'avait pas encore commencé l'autopsie car le corps reposait sur la table d'opération, recouvert d'un drap. Dépité, Hazen regrettait déjà d'être arrivé si tôt.

Le médecin légiste s'éclaircit la voix.

— Infirmière ?

— Oui, docteur ? répondit une voix dans un haut-parleur.

— Nous sommes prêts ?

— Oui, docteur.

— Très bien. Vous pouvez démarrer l'enregistrement vidéo.

— Bien, docteur.

Chacun commença par réciter ses nom et fonction, ainsi que le voulait l'usage. Hazen n'arrivait pas à détacher son regard de la forme dissimulée sous le drap. Il avait eu largement le temps de voir le corps en plein champ, bien sûr, mais c'était presque pire de le retrouver dans un cadre aussi clinique.

Le légiste releva le drap très lentement, faisant apparaître le cadavre gonflé de Stott dont les chairs se détachaient des os.

Hazen avait détourné machinalement les yeux ; honteux, il se força à regarder le corps.

Il avait vu pas mal de choses répugnantes dans sa vie, mais jamais rien d'aussi éprouvant. La peau s'était déchirée au niveau du torse, comme si elle avait rétréci, laissant échapper des lambeaux de chair. Le même phénomène s'était produit à hauteur du visage et des hanches. Des rigoles de graisse, échappées des étranges blessures, s'étaient figées au contact du métal froid, formant des flaques blanchâtres. Le corps n'avait pourtant pas été attaqué par les vers. Plus curieux encore, un morceau de chair avait été arraché au niveau de la cuisse gauche et l'on apercevait nettement des traces de morsure. Sans doute un chien. Le meilleur ami de l'homme, dit-on. Hazen en avait la nausée.

Le médecin légiste entama son rapport :

— Nous sommes en présence d'un corps identifié comme étant celui de William LaRue Stott, un homme de race blanche âgé de trente-deux ans.

Il se tut afin de laisser la caméra filmer le corps, puis il se tourna vers Pendergast, lui demandant d'une voix obséquieuse :

— Inspecteur Pendergast, si vous avez des commentaires.

— Pas pour le moment.

— Très bien. Nous allons donc poursuivre. Un premier examen superficiel du corps effectué ce matin nous a permis de constater plusieurs anomalies. Je commencerai par décrire l'état général du corps.

Il se racla la gorge et Hazen le vit lever les yeux en direction de la caméra accrochée au-dessus de sa tête.

T'inquiète pas, mon gars. T'es beau comme un astre. Cabot, va !

— Nous constatons tout d'abord que le corps n'a pas été attaqué par des insectes, comme cela aurait dû être le cas. Le processus de décomposition est à peine entamé, alors que la victime est restée en plein soleil pendant plus de douze heures.

Il toussota à nouveau.

— On constate également que les chairs ont commencé à se séparer des os au niveau des extrémités. On observe ce phénomène très nettement à hauteur du visage, des mains et des pieds. Le nez et les lèvres ont quasiment fondu. Les oreilles ont disparu, l'une d'entre elles a toutefois été retrouvée à l'endroit où se trouvait le corps. Ici, le long d'un tracé vertical courant des épaules aux hanches, la peau s'est fragmentée et recroquevillée sur elle-même, laissant apparaître le tissu graisseux sous-cutané. Nous observons d'ailleurs une profusion de substances sébacées, comme si les graisses avaient fondu avant de se congeler en refroidissant. Le corps a été scalpé, de toute évidence après la mort du sujet et suite au... euh, traitement qu'on lui a fait subir.

Il s'arrêta pour reprendre son souffle avant d'ajouter :

— Pour expliquer l'état général du cadavre, il ne fait aucun doute qu'il a été cuit.

— En effet, acquiesça Pendergast.

Hazen ne comprit pas immédiatement la portée de ce qu'il venait d'entendre. *Cuit ?* Il a bien dit *cuit ?*

— Il semble que le corps ait été immergé dans une grande quantité d'eau amenée à ébullition et qu'il y ait séjourné pendant au moins trois heures. L'autopsie et une série d'analyses biochimiques devraient permettre de déterminer avec davantage de précision la durée exacte du processus de cuisson. Pour l'heure, il suffit de constater que ce traitement a provoqué des lésions caractéristiques au niveau du maxillaire, c'est-à-dire ici, précisa le médecin en désignant la bouche du doigt. L'examen du pied montre que les ongles ont disparu sous l'action de la chaleur. Il en va de même pour ceux des mains et l'on remarque également l'absence de plusieurs phalanges et des métacarpes sur certains doigts.

Hazen n'en croyait pas ses oreilles. Le légiste disait ça froidement, à la manière d'une vulgaire recette de cochon bouilli.

— Je ne comprends pas, docteur. Il doit falloir plusieurs jours pour cuire un corps humain.

— Pas du tout, shérif. À partir du moment où la température de l'eau atteint le point d'ébullition, c'est-à-dire cent degrés, il est aussi aisé de cuire un éléphant qu'un poulet. Le procédé de cuisson consiste essentiellement à réduire la structure quaternaire protéine.

— Je vois, mentit Hazen.

— Les doigts manquants n'ont pas été retrouvés sur place, précisa Pendergast. Nous pouvons donc en conclure qu'ils se sont détachés lors de la cuisson.

— C'est très probable. En outre, vous noterez des brûlures au niveau des chevilles et des poignets, comme si la victime avait été attachée. On peut en déduire que la victime n'était pas encore morte lorsque le... euh, la cuisson a commencé.

Hazen en avait le tournis. Quelques étages plus haut, les médecins tentaient le maximum pour sauver ce vieil ours mal léché de Gasparilla à qui une bête féroce avait arraché tous les poils : sur le crâne, bien sûr, mais aussi au niveau du menton, de la lèvre supérieure, sous les bras et même à l'aine. Quant à ce pauvre Stott, il avait été transformé en ragoût par un tueur dont on savait qu'il se promenait pieds nus et qu'il scalpait ses victimes. Tu parles d'un programme !

— Il y a tout de même quelque chose qui m'échappe, insista le shérif. Où l'assassin a-t-il pu dénicher un chaudron assez gros pour y cuire un être humain ? Sans parler de l'odeur qui aurait dû alerter le voisinage.

Les yeux métalliques de Pendergast se posèrent sur lui.

— Excellentes questions, shérif, qui devraient permettre de faire avancer l'enquête.

Faire avancer l'enquête ! Ce type-là avait une façon de dire les choses d'un ton détaché ! On parlait de Stott, tout de même, d'un type avec lequel le shérif avait levé le coude plus d'une fois au Wagon Wheel.

Mais le médecin reprenait déjà :

— J'attire à présent votre attention sur la lésion cutanée qui s'étend sur près de huit centimètres à hauteur de la cuisse gauche. Une lésion profonde qui part du muscle vaste latéral pour aller jusqu'au vaste intermédiaire, dévoilant le fémur.

Hazen s'avança machinalement afin de regarder de plus près la morsure. Sous l'effet de la cuisson, la chair avait bruni et s'était détachée de l'os.

— On aperçoit très nettement des traces de dents, poursuivit le médecin légiste. Il ne fait aucun doute que le corps a été en partie mangé.

— Vous... vous croyez que ça pourrait être un chien ? balbutia Hazen.

— Non, je ne crois pas. L'empreinte dentaire, avec ces traces de caries avancées, est visiblement humaine.

Hazen détourna le regard.

— Nous avons photographié la zone concernée et nous avons prélevé des échantillons de tissus. Le corps était déjà cuit lorsqu'il a été mangé.

— Tout de suite après la cuisson, probablement, précisa Pendergast. Vous remarquerez que les premières traces de morsures sont plus petites, comme si le meurtrier avait voulu goûter le corps sans attendre qu'il refroidisse.

— Euh... oui. Quoi qu'il en soit, nous espérons pouvoir identifier l'ADN du... de la personne qui a fait ça. Un individu doté d'une mauvaise denture, mais possédant une grande puissance de mastication.

Pour ne plus penser, le shérif contemplait le sol carrelé dont il étudiait les motifs tout en écoutant Hank Williams chanter « Jambalaya » dans sa tête. Un cannibale. On avait affaire à un *cannibale*...

Levant les yeux, le shérif vit Pendergast en train de renifler le corps dont il s'était approché à le toucher.

— Puis-je procéder à des palpations ? demanda l'inspecteur.

Le médecin légiste fit oui de la tête et Pendergast appuya de l'index sur diverses parties du corps, notamment à hauteur du bras et du visage, puis il se frotta le doigt contre le pouce et le sentit.

Hazen crut qu'il allait se trouver mal. Il se replongea dans l'étude du carrelage et pensa très fort à « Lovesick Blues », un autre succès d'Hank Williams. En surimpression des premières mesures de guitare, il entendit Pendergast demander :

— Puis-je vous faire une suggestion, docteur ?

— Bien sûr, répliqua le médecin.

— La peau de la victime semble avoir été recouverte d'une substance huileuse distincte des graisses corporelles, comme si le corps avait été badigeonné. Je pense qu'il serait souhaitable de procéder à quelques analyses afin d'en déterminer la nature exacte.

— Ce sera fait, inspecteur.

Mais Pendergast, plongé dans la contemplation du corps, n'avait pas l'air d'entendre. Un silence pesant s'installa. Tout le monde attendait de savoir ce qu'il pouvait bien avoir derrière la tête, Hazen le premier. Enfin, il se redressa.

— Je note également la présence d'une autre substance étrangère, fit-il, très sûr de lui. Les tests diront si j'ai raison, mais j'ai cru déceler la présence de $C^{12}H^{22}O^{11}$.

Le médecin légiste blêmit.

— Vous ne voulez tout de même pas dire... murmura-t-il sans achever sa phrase.

Hazen, intrigué, leva les yeux. Après ce qu'il venait de découvrir, il voyait mal ce qui pouvait affoler autant le médecin.

— J'ai bien peur que si, répondit Pendergast. Le corps a visiblement été beurré et recouvert de sucre avant la cuisson.

24

L'usine Gro-Bain était comme un îlot perdu au milieu d'un océan de maïs dont les vagues dorées venaient lécher les murs de tôle rouillée. Corrie Swanson pénétra dans l'enceinte et gara la Gremlin sur l'un des rares emplacements encore disponibles, loin de l'entrée. Pendergast ouvrit sa portière et déplia ses longues jambes d'un mouvement félin. Debout au milieu du parking, il examina les alentours.

— Avez-vous déjà eu l'occasion de visiter l'usine, mademoiselle Swanson ? demanda-t-il.

— Non, mais avec tout ce qu'on raconte, je n'ai jamais été tentée d'essayer.

— J'avoue être assez curieux de savoir comment ils s'y prennent.

— Comment ils s'y prennent pour quoi ?

— Pour transformer chaque jour des milliers de volatiles bien vivants en viande reconstituée.

— Personnellement, j'aime mieux ne pas le savoir, ironisa Corrie.

Un énorme semi-remorque rempli de cages de dindes reculait lentement vers le quai de déchargement en faisant crisser ses freins. Au-delà de la plate-forme, on apercevait une ouverture béante protégée par un rideau de grosses lamelles de caoutchouc noir, identiques à celles que Corrie avait vues à la station de lavage de voitures de Deeper. Observant la manœuvre, elle vit la remorque traverser les lamelles et s'enfoncer lentement dans le bâtiment. Un dernier coup de freins et le lourd véhicule s'immobilisa.

— Je peux vous demander pourquoi vous tenez tant à venir ici, inspecteur ?

— Bien volontiers. J'ai l'intention d'en apprendre un peu plus sur William LaRue Stott.

— Quel rapport avec notre affaire ?

Pendergast posa son regard sur la jeune fille.

— Mademoiselle Swanson, j'ai eu l'occasion de constater au cours de ma carrière que tout est lié. Si je veux comprendre cet endroit, il m'en faut connaître les rouages et les habitants. Medicine Creek n'est pas un simple figurant dans le drame auquel nous assistons, mais bien le personnage principal. Nous nous trouvons actuellement devant une entreprise – un abattoir, pour dire les choses telles qu'elles sont – dont dépend en grande partie le quotidien économique du village. C'est également ici que travaillait la deuxième victime. Si vous m'autorisez cette métaphore, je dirais que cette usine est le cœur de Medicine Creek.

— Je ferais peut-être mieux de vous attendre dans la voiture. Voir des centaines de dindes se faire écharper, c'est pas vraiment mon truc.

— J'aurais pourtant pensé que l'atmosphère du lieu correspondait à votre *Weltanschauung*, fit-il en désignant le bric-à-brac gothique dont débordait la Gremlin, mais vous êtes parfaitement libre d'agir ainsi que vous l'entendez.

Sur ces mots, il se dirigea d'un pas alerte vers le bâtiment.

Corrie hésita quelques instants, puis elle descendit à son tour de voiture et rejoignit l'inspecteur.

Pendergast s'approcha d'une porte métallique sur laquelle était indiqué : ENTRÉE DU PERSONNEL – UTILISEZ VOTRE CLÉ. Il tourna la poignée, mais la porte était effectivement verrouillée. Il fit mine de fouiller dans une poche intérieure de sa veste avant de se raviser.

— Suivez-moi, lui intima-t-il sans autre explication.

L'un derrière l'autre, ils longèrent le bâtiment en direction des quelques marches bétonnées permettant d'accéder à la plate-forme de déchargement. Pendergast se baissa afin de passer sous les lamelles de caoutchouc et disparut à l'intérieur du bâtiment. Corrie l'imita à contrecœur.

La zone de déchargement s'ouvrait sur une vaste salle dans laquelle un ouvrier muni de gros gants de caoutchouc sortait l'une après l'autre les cages de dindes et les ouvrait. Un convoyeur automatique bourdonnait au-dessus de sa tête, d'où pendaient des crochets métalliques auxquels trois autres ouvriers accrochaient les dindes par les pattes. La tête en bas, couvertes de fientes et à moitié assommées par le voyage, les malheureuses bêtes, terrorisées, se débattaient faiblement en poussant de petits cris. Le convoyeur avançait lentement et les animaux disparaissaient les uns après les autres à travers une ouverture à l'autre extrémité de la pièce. La climatisation avait beau être réglée au maximum, il régnait dans la pièce une odeur difficilement soutenable.

Un type de la sécurité se précipita aussitôt vers eux.

— Monsieur !

Pendergast se tourna vers lui.

— FBI, se contenta-t-il de dire en ouvrant son badge d'un geste sec.

— Je comprends, monsieur, mais personne n'a le droit de pénétrer dans l'usine sans autorisation. C'est la consigne, je suis désolé.

— Je comprends parfaitement, répliqua Pendergast en remettant son badge dans sa poche. Je suis ici pour interroger M. James Breen.

— Jimmy ? Avant, il travaillait de nuit, mais depuis le... euh, je veux dire le meurtre, il a demandé à changer d'horaire pour travailler pendant la journée.

— C'est bien ce que l'on m'a dit, en effet. Où puis-je le trouver ?

— À la chaîne, mais vous ne pouvez pas y aller comme ça. Il faut mettre un casque et une blouse, et je dois prévenir le patron que...

— La chaîne ?

— Ben oui, la chaîne, balbutia le garde, désarçonné. Vous savez bien, le convoyeur, ajouta-t-il en désignant le défilé sinistre des dindes au-dessus de leurs têtes.

— Dans ce cas, rien de plus simple. Il me suffit de suivre le convoyeur jusqu'à son poste.

— Mais, monsieur, vous n'avez pas le droit...

Il jetait à Corrie des regards désespérés. La jeune fille le connaissait. Il s'agissait de Bart Bledsoe, celui que ses camarades de classe avaient affublé du doux surnom de Bart-le-Merdeux. Il était sorti du lycée un an plus tôt avec une moyenne minable et il était entré directement chez Gro-Bain. L'archétype de la réussite sociale à Medicine Creek.

Pendergast tourna le dos à son interlocuteur et se dirigea résolument vers une petite porte à l'autre extrémité de la salle, suivi par un Bledsoe gesticulant. Corrie leur emboîta le pas en se bouchant le nez, évitant du mieux qu'elle le pouvait la pluie de fientes qui tombait du convoyeur.

La porte s'ouvrait sur une pièce plus petite traversée par un bassin tout en longueur rempli d'eau. Des pancartes jaune vif avertissaient des risques d'électrocution. Les dindes étaient aspergées avant d'arriver à hauteur du bassin dans lequel leur tête se trouvait plongée brutalement. Un grésillement suivi d'un crépitement et elles émergeaient inertes de leur plongeon.

— Si je comprends bien, ce procédé permet de les étourdir le moins cruellement possible, commenta Pendergast.

Corrie, la gorge serrée, se demandait ce que lui réservait la suite de la visite.

La chaîne poursuivait son périple à travers une nouvelle ouverture encadrée par deux fenêtres. Pendergast s'approcha et regarda à travers la vitre de la première tandis que Corrie faisait de même de l'autre côté, découvrant une grande pièce circulaire. Poursuivant leur ronde, les dindes désormais immobiles passaient l'une après l'autre à portée d'une courte lame qui leur tranchait la carotide, faisant jaillir des flots de sang qui éclaboussaient les murs avant de s'écouler dans un lac rouge carmin. Un ouvrier équipé d'un outil en forme de machette était posté à côté de la chaîne, prêt à administrer le coup de grâce aux volailles qui auraient échappé par miracle à la lame. Corrie, écœurée, détourna les yeux.

— Quel nom a-t-on donné à cette pièce ? s'enquit Pendergast.

— Le bain de sang, répondit Bledsoe d'un air las.

Il semblait s'être fait une raison, comprenant qu'il avait perdu la lutte contre un adversaire nettement plus fort que lui.

— Une appellation qui a le mérite d'être claire. Que fait-on de tout ce sang ?

— Il est recueilli dans des cuves avant d'être évacué par camion. Ensuite, je ne sais pas ce qu'ils en font.

— Il est ensuite transformé en farines de sang, à n'en pas douter. Cette mare de sang a l'air profonde.

— Dans les soixante centimètres, à cette heure-ci. Un peu moins au moment du changement d'équipes.

Corrie fit une grimace. C'était presque aussi impressionnant que la découverte du cadavre de Stott.

— Que deviennent les dindes ensuite ?

— Elles vont au bain de vapeur.

— Dites-moi, jeune homme, comment vous appelez-vous ?

— Bart Bledsoe, monsieur.

— Fort bien, monsieur Bledsoe, dit Pendergast en lui tapotant l'épaule. Poursuivons la visite, si vous le voulez bien.

Empruntant une passerelle, ils traversèrent le bain de sang où l'odeur était insoutenable avant de déboucher brusquement dans une salle aux proportions impressionnantes. Le convoyeur montait et descendait, poursuivant son trajet à travers une série de gros caissons métalliques. On aurait dit l'antre du Savant Cosinus. Le bruit était assourdissant et il y régnait une humidité oppressante qui faisait naître des perles de condensation sur les bras et le visage, sans parler d'une puanteur de plumes et de fientes à laquelle se mêlait une odeur indéfinissable, plus désagréable encore. Corrie commençait à se demander si elle n'aurait pas mieux fait d'attendre dans la voiture.

À peine sortis du bain de sang, les volatiles disparaissaient dans un énorme caisson en inox d'où sortaient des sifflements aigus.

— À quoi sert cette boîte ? demanda Pendergast, quasiment contraint de crier pour se faire entendre.

— C'est le bain de vapeur. Les dindes passent à travers un jet de vapeur qui les nettoie.

— En ensuite ?

— Ensuite, elles vont dans la plumeuse.

— La plumeuse, j'aurais pu m'en douter.

Bledsoe eut une courte hésitation.

— Euh... attendez-moi ici, monsieur, s'il vous plaît, fit-il en s'éloignant.

Pendergast n'avait pas la moindre intention d'attendre. Toujours suivi de Corrie, il contourna la plumeuse – un groupe de quatre machines dotées de dizaines de doigts de caoutchouc qui déplumaient les dindes à une vitesse impressionnante. Entraînés par le convoyeur, les corps jaunâtres des volailles émergeaient un peu plus loin et disparaissaient derrière un recoin. À l'exception de l'ouvrier entraperçu dans le bain de sang et des employés chargés de surveiller les machines, la chaîne était entièrement automatisée.

Pendergast s'approcha d'une femme qui surveillait un pupitre de contrôle au niveau de la plumeuse.

— Puis-je me permettre d'interrompre votre travail quelques instants ? demanda-t-il.

La femme leva la tête et Corrie reconnut Doris Wilson, une grosse blonde décolorée d'une cinquantaine d'années, petite et rougeaude, qui fumait comme un pompier et n'avait pas l'habitude de se laisser marcher sur les pieds. Elle vivait seule à Wyndham Parke Estates, le campement de mobile homes dans lequel habitait Corrie.

— Vous êtes le type du FBI, c'est bien ça ?

— Et vous-même ?

— Je m'appelle Doris Wilson.

— J'aurais quelques questions à vous poser, madame Wilson.

— Allez-y.

— Connaissiez-vous Willie Stott ?

— C'était un collègue chargé du nettoyage de nuit.

— Quels étaient ses rapports avec le reste du personnel ?

— Pas de problème, c'était un gars correct.

223

— J'ai cru comprendre qu'il avait un penchant prononcé pour la boisson.

— Ça lui arrivait de téter la bouteille, mais ça l'empêchait pas de faire son boulot comme il faut.

— D'où était-il originaire ?

— D'Alaska.

— Quel métier faisait-il là-bas ?

Doris procéda à quelques réglages avant de répondre.

— Il bossait dans une conserverie de poissons.

— Pour quelle raison a-t-il quitté l'Alaska ?

— Des histoires de bonne femme, je crois bien.

— Pourquoi avait-il choisi de s'installer à Medicine Creek ?

Un large sourire éclaira le visage de Doris, révélant de mauvaises dents, jaunies par le tabac.

— Drôle d'idée, pas vrai ? On devrait tous se poser la question. En tout cas, pour Willie, c'était simple : il avait trouvé l'âme sœur.

— En l'occurrence ?

— Swede Cahill, l'âme sœur de tous les poivrots qui fréquentent son bar.

— Je vous remercie de ces réponses. À présent, pouvez-vous me dire où je suis susceptible de rencontrer James Breen ?

D'un mouvement de tête, elle désigna la chaîne.

— Dans la salle d'éviscération, un peu plus loin. Juste avant le Désossement. Un gros type à cheveux noirs, grande gueule, avec des lunettes.

— Mille mercis.

— Y'a pas de quoi, répliqua Doris en adressant à Corrie un petit signe de tête.

Pendergast se dirigea vers un escalier métallique et Corrie lui emboîta le pas. À côté d'eux, les carcasses de dindes montaient d'un mouvement saccadé en direction d'un palier où une batterie d'ouvriers vêtus de blouses blanches, un calot sur la tête, éventraient les volailles d'un geste sûr avant d'aspirer leurs boyaux à l'aide d'un gros tuyau d'aspirateur. Une fois vidées, les dindes étaient nettoyées par des employés équipés de jets sous pression. Un peu plus loin, deux hommes coupaient les têtes des bêtes qui passaient devant eux et les jetaient dans un trou d'évacuation.

Plus jamais je ne mangerai de dinde à Thanksgiving, se promit Corrie.

L'un des ouvriers, un gros homme aux cheveux très noirs, était en train de raconter une histoire à ses collègues. Il parlait fort et Corrie entendit les mots « Stott » et « dernier à l'avoir vu vivant ».

Elle lança un coup d'œil à Pendergast qui lui adressa en retour un petit sourire.

— Vous avez raison, il doit en effet s'agir de notre homme.

L'inspecteur allait aborder Breen lorsque Corrie aperçut Bart qui revenait vers eux tout essoufflé, les cheveux en bataille. Art Ridder, le directeur de l'usine, le précédait d'un pas qu'il voulait martial.

— Pourquoi ne m'a-t-on pas prévenu que le FBI était ici ? demanda-t-il à la cantonade.

Il était plus rubicond que jamais et avait une plume de dinde humide collée au sommet du crâne.

— Vous vous trouvez dans une zone réservée au personnel !

— Je suis désolé, monsieur le directeur, répliqua un Bart paniqué. Il est entré comme ça, sans prévenir. Il enquête...

— Je sais très bien sur quoi il enquête.

Ridder escalada l'échelle de toute la vitesse de ses petites jambes et se précipita vers Pendergast, le souffle court, s'efforçant de sourire.

— Comment allez-vous, inspecteur ? Art Ridder, nous nous sommes déjà croisés à la Fête de la dinde.

— Enchanté de faire votre connaissance, répondit Pendergast en serrant la main que lui tendait son interlocuteur.

Ridder se retourna vers Bart qu'il fusilla du regard.

— Toi, retourne à l'entrée. On réglera nos comptes plus tard. Quant à toi, ajouta-t-il à l'adresse de Corrie, je serais curieux de savoir ce que tu fais ici.

— Je...

Elle jeta un regard désespéré à Pendergast, persuadée qu'il allait intervenir, mais l'inspecteur restait muet.

— J'accompagne l'inspecteur, finit-elle par dire.

Ridder lança un regard interrogatif à Pendergast, mais ce dernier semblait perdu dans l'examen des étranges machines qui l'entouraient.

— Je suis son assistante, précisa Corrie.

Ridder souffla bruyamment. Pendergast en profita pour s'approcher de Jimmy Breen afin de le regarder travailler. Breen ne disait plus rien depuis que son patron se trouvait là.

Ridder semblait enfin avoir recouvré son calme et il reprit la parole :

— Monsieur Pendergast, puis-je vous inviter à m'accompagner dans mon bureau ? Nous y serons mieux pour causer.

— J'aurais quelques questions à poser à M. Breen.

— Je vais lui demander de nous rejoindre dans un instant. En attendant, Bart va vous conduire jusqu'à mon bureau.

— Inutile de l'interrompre dans son travail, je n'en ai que pour un instant.

— Je vous en prie, allons dans mon bureau où...

Mais Pendergast ne l'écoutait déjà plus et posait des questions à Jimmy qui lui répondait sans s'arrêter de travailler, ses phrases ponctuées d'un *sluuurrppp* écœurant chaque fois qu'il plongeait son tuyau dans le ventre d'une dinde.

— Monsieur Breen, j'ai cru comprendre que vous étiez le dernier à avoir vu Willie Stott vivant.

— Et comment ! s'exclama Jimmy. Pauvre type ! Et tout ça à cause de sa bagnole. C'est pas pour dire du mal d'un mort, mais il aurait mieux fait de faire réparer son tas de tôle plutôt que de tout claquer chez Swede. Sa vieille caisse tombait tout le temps en panne...

Corrie remarqua qu'Art Ridder observait Jimmy avec un sourire forcé.

— Jimmy, fit-il, il faut enfoncer le tuyau jusqu'au bout, pas comme tu le fais. Excusez-moi, monsieur Pendergast, mais c'est son premier jour à la chaîne.

— Bien, m'sieur Ridder, répondit Jimmy.

— Tout en haut, comme ça. Il faut l'enfoncer au maximum.

Prenant le tuyau des mains de Breen, il lui fit une démonstration.

— C'est comme ça qu'on fait. Tu me suis ?

Se tournant vers Pendergast, il ajouta d'un air suave :

— J'ai moi-même débuté ici, monsieur Pendergast. Dans la salle d'éviscération. Comme quoi on peut commencer tout en bas de l'échelle et se hisser au sommet, à condition d'avoir un peu d'ambition et le sens du travail bien fait.

Il avait une façon de dire les choses qui donnait à Corrie la chair de poule.

— Là, je suis d'accord avec vous, m'sieur Ridder, acquiesça Jimmy.

— Vous disiez donc ? reprit Pendergast en fixant Breen droit dans les yeux.

— Oui, je disais donc, pas plus tard que le mois dernier, la voiture de Willie est tombée en panne et j'ai dû lui servir de taxi. Si ça se trouve, sa bagnole a encore eu un pépin, il aura voulu continuer à pied pour arriver chez Swede avant la fermeture et c'est comme ça qu'il se sera fait coincer. Moi, j'ai demandé à changer de poste le jour même. Pas vrai, m'sieur Ridder ?

— C'est exact.

— J'aime encore mieux vider des dindes plutôt que quelqu'un me fasse la même chose, ajouta Jimmy avec un clin d'œil complice.

— Je n'en doute pas, approuva Pendergast. Pouvez-vous me dire en quoi consistait votre emploi précédent ?

— J'étais gardien de nuit. Je prenais mon service à minuit, jusqu'à sept heures du matin. C'est à cette heure-là qu'arrivent les types chargés du contrôle.

— En quoi consistent ces contrôles ?

— Ben, ils vérifient que tout marche normalement pour que la chaîne puisse se mettre à tourner dès l'arrivée du premier camion de dindes. Si vous voulez pas vous retrouver avec un chargement de dindes mortes, vaut mieux pas que la chaîne s'arrête. On peut pas laisser les dindes comme ça en pleine chaleur le temps de réparer.

— Y a-t-il souvent des incidents de ce genre ?

Jimmy Breen, embarrassé, lança un coup d'œil furtif du côté de son patron.

— Pratiquement jamais, s'empressa de répondre Ridder.

— Lorsque vous vous êtes rendu en voiture à l'usine ce soir-là, avez-vous aperçu quelqu'un ou remarqué quelque chose d'anormal en chemin ? demanda Pendergast.

— Pourquoi vous croyez que j'ai demandé à travailler de jour ? Sur le coup, j'ai cru que c'était une vache perdue. C'était gros et j'ai cru que...

— Où cela exactement ?

— À mi-chemin, à peu près. Trois kilomètres de l'usine, et pareil de Medicine Creek. C'était sur le côté gauche et ça avançait. Avec mes phares, je l'ai vu se jeter dans le maïs, comme une bête qui s'enfuit en courant. Si ça se trouve, c'était une ombre, mais une ombre énorme, en tout cas.

Pendergast hocha la tête et se tourna vers Corrie.

— Vous avez des questions ?

Paniquée, la jeune fille ne savait pas quoi dire. Elle finit par se lancer en voyant que Ridder l'observait de ses petits yeux rouges.

— Oui, bien sûr.

Tout le monde la regardait à présent.

— Si c'était le meurtrier, pourquoi attendait-il là ? Il ne pouvait tout de même pas savoir que la voiture de Stott allait tomber en panne. Peut-être qu'il s'intéressait à l'usine.

Son intervention fut accueillie par un profond silence, mais le regard amusé de Pendergast n'échappa pas à Corrie.

— J'en sais foutre rien, moi ! reprit Jimmy. C'est pas idiot comme question.

— Mais enfin, Jimmy ! Tu viens de laisser passer une dinde ! s'exclama soudain Ridder en se précipitant pour réparer l'erreur de son employé.

Il saisit les intestins de l'animal à pleines mains, tira d'un coup sec et les lança dans le trou d'évacuation où elles disparurent aussitôt avec un chuintement répugnant. Ridder se retourna avec un grand sourire, secouant les dernières saletés collées à ses doigts d'un mouvement de poignet.

— De mon temps, on n'avait pas d'aspirateur, expliqua-t-il. Il ne faut pas avoir peur de se salir les mains, Jimmy.

— D'accord, m'sieur Ridder.

En guise de réponse, Ridder mit une grande claque dans le dos de Jimmy, laissant une empreinte brunâtre sur sa blouse.

— Allez, Jimmy, continue comme ça.

— Je pense que nous en savons assez, fit Pendergast, au grand soulagement de Ridder, trop heureux de lui tendre la main.

— Ravi d'avoir pu vous être utile.

Pendergast lui fit une légère courbette et tourna les talons.

25

Debout sur le bas-côté de la route, les mains sur les hanches, Corrie Swanson regardait Pendergast sortir du coffre de la Gremlin les pièces d'une curieuse machine qu'il vissait les unes dans les autres. Lorsqu'elle était passée le prendre chez Winifred Kraus un peu plus tôt, il l'attendait devant la vieille demeure, une boîte métallique posée à ses pieds. Il s'était installé à côté d'elle sans un mot d'explication et ne s'était guère montré plus bavard depuis.

— Ça vous amuse de faire des cachotteries aux autres, pas vrai ? fit-elle.

Pendergast vissa un ultime accessoire, regarda sa machine afin de s'assurer qu'il ne manquait rien et la mit en marche, déclenchant un léger ronronnement.

— Je vous demande pardon ?

— Vous savez très bien ce que je veux dire. Vous ne dites jamais rien à personne, comme avec cette machine, par exemple.

Pendergast éteignit son étrange engin.

— Rien n'est plus pénible dans l'existence que d'avoir à fournir des explications.

Corrie ne put s'empêcher de rire en pensant à toutes les fois où on lui avait demandé de s'expliquer, qu'il s'agisse de sa mère, du proviseur de son lycée ou de ce crétin de shérif.

Le soleil dardait ses premiers rayons sur la terre desséchée. Pendergast leva la tête.

— Dois-je conclure de cet élan de curiosité que vous commencez à porter quelque intérêt à votre rôle d'assistante ?

— C'est le fric que vous me donnez qui m'intéresse, oui. En attendant, je n'ai pas l'habitude de me lever à l'aube sans savoir pourquoi.

— Fort bien. Notre mission de ce matin consiste à explorer le lieu où s'est déroulé le massacre des guerriers fantômes.

— Votre truc ressemble plus à un détecteur de métaux qu'à un piège à fantômes.

Pendergast passa la bretelle de son appareil autour du cou et se dirigea vers la rivière en empruntant un petit chemin de terre. Tout en marchant, il poursuivit sans se retourner :

— Vous y croyez ?

— Si je crois à quoi ?

— Aux fantômes ?

— Vous croyez vraiment que vous allez tomber sur un fantôme scalpé aux pieds à moitié arrachés ? Vous croyez vraiment qu'il cherche toujours ses bottes ? ricana-t-elle.

Pendergast ne jugea pas utile de répondre.

Quelques instants plus tard, ils se fondaient dans l'ombre des arbres où régnait encore un peu de la fraîcheur de la nuit, mêlée à l'odeur des peupliers. Au terme de quelques minutes de marche, ils parvinrent au tumulus dont les rondeurs étaient couvertes d'herbes folles et de broussailles. Pendergast brancha sa machine qui émit un sifflement strident. Il régla plusieurs boutons et le sifflement s'arrêta, puis il prit dans l'une de ses poches une tige métallique surmontée d'un petit drapeau orange qu'il planta à ses pieds. D'une autre poche, il sortit ce qui ressemblait à un téléphone portable.

— À quoi ça sert ?

— Il s'agit d'un récepteur GPS.

Pendergast commença par prendre quelques notes dans son éternel petit carnet relié plein cuir, puis il approcha du sol la poêle à frire du détecteur de métaux et entama ses recherches, suivi par une Corrie intriguée.

Soudain, le détecteur émit un bruit strident et Pendergast s'agenouilla précipitamment sur le sol. Il entreprit de gratter la terre à l'aide d'une spatule et exhuma rapidement une pointe de flèche en cuivre.

— Wow ! s'exclama Corrie en se jetant à genoux à côté du policier. C'est une flèche indienne ?

— À n'en pas douter.

— J'ai toujours cru que leurs pointes de flèches étaient en pierre taillée.

— En 1865, les Indiens commençaient tout juste à maîtriser le travail des métaux. Cinq ans plus tard, ils adoptaient le fusil, de sorte que cette pointe nous permet de dater ce site archéologique avec une certaine précision.

La jeune fille voulut se saisir de la flèche, mais Pendergast l'en empêcha.

— Non, il est préférable de la laisser dans la terre, fit-il, ajoutant à voix basse :

— Vous noterez la direction de la pointe.

Armé de son GPS, Pendergast prit quelques notes, planta un deuxième petit drapeau à l'emplacement de la flèche et poursuivit ses recherches.

Ils parcoururent ainsi deux cents mètres, relevant minutieusement chaque pointe de flèche et chacune des balles trouvées à l'aide du détecteur. Corrie n'aurait jamais pensé qu'il pût y avoir autant de reliques dans le sol.

Arrivé au bout de sa zone de fouilles, Pendergast rebroussa chemin, revint à son point de départ et s'engagea dans une autre direction. Presque aussitôt, la machine grésilla et il déterra une languette de cannette de soda.

— Une telle pièce de musée mérite bien un petit drapeau, plaisanta Corrie.

— Non, je préfère la laisser aux futurs archéologues.

Au fur et à mesure de leur exploration, ils découvraient de nouvelles pointes de flèches, des balles, d'autres languettes métalliques et même un vieux canif rouillé. Pendergast n'avait pourtant pas l'air satisfait de ses trouvailles. Corrie hésita à lui demander ce qui l'intriguait, mais elle préféra se taire. Pendergast ne l'avait pas habituée à se comporter comme tout le monde et elle mit son silence sur le compte de son excentricité.

— Je n'y comprends plus rien, finit-elle par avouer. Quel rapport entre ces reliques et l'assassin ? À moins de croire que les meurtres ont été commis par le fantôme du chef des Quarante-Cinq.

— Excellente question, répliqua Pendergast. Je serais bien en peine de vous dire s'il existe effectivement un lien entre notre affaire et le massacre, mais une chose est certaine : Sheila Swegg a été tuée alors qu'elle effectuait des fouilles autour des tumulus et Gasparilla venait souvent chasser l'écureuil par ici. Sans parler des rumeurs auxquelles vous faites allusion, selon lesquelles l'assassin serait le fantôme de Harry Beaumont, décidé à se venger. N'oubliez pas que les Indiens lui ont arraché la plante des pieds après avoir découpé ses bottes.

— Vous n'êtes tout de même pas sérieux ? ! !

— Lorsque j'évoque le fantôme de Beaumont ? demanda Pendergast avec un sourire. Non, bien sûr. Mais la présence ici de pointes de flèches indiennes semble néanmoins établir un lien entre les deux événements, ne fût-ce que dans la tête du meurtrier.

— Quelle est votre théorie ?

— En l'absence de faits avérés, la moindre hypothèse est prématurée. Personnellement, je m'efforce de n'en émettre aucune à ce stade de l'enquête. Mon seul but aujourd'hui est de recueillir des indices.

Son explication terminée, il reprit ses recherches dans une troisième direction. Cette fois, il leur fallait traverser l'un des tumulus au pied duquel ils trouvèrent plusieurs pointes de flèches. Tout en passant le terrain au peigne fin, Pendergast désigna du doigt à sa jeune assistante toute une série de trous dans la terre, mal dissimulés par des broussailles.

— Vous voyez là les traces des fouilles de Sheila Swegg, précisa-t-il avant de poursuivre ses recherches.

— Vous n'avez vraiment pas la moindre idée de l'identité du tueur ? insista Corrie.

Pendergast ne répondit pas immédiatement.

— Ce n'est pas tant l'identité du tueur qui m'intrigue que son profil.

— Je ne comprends pas.

— Il ne fait plus aucun doute que nous avons affaire à un tueur en série dont on peut légitimement penser qu'il continuera à tuer si nous ne l'arrêtons pas. En revanche, je m'étonne de son comportement erratique, alors que le propre des tueurs en série est d'agir selon un schéma bien précis.

— Comment vous pouvez savoir ça ?

— Le siège du FBI à Quantico, en Virginie, abrite une unité de recherche que l'on a baptisée le Département des sciences du comportement. Cette unité, spécialisée dans l'étude des grands criminels, analyse depuis vingt ans le comportement de tous les tueurs en série recensés à travers le monde. Elle dispose d'une base de données considérable.

Tout en parlant, Pendergast descendait le versant opposé du tumulus, examinant chaque pouce de terrain à l'aide de son détecteur de métaux.

— Vous tenez vraiment à cette leçon sur les sciences du comportement criminel ? demanda-t-il en la regardant par-dessus son épaule.

— C'est toujours mieux que la trigonométrie.

— Les tueurs en série, comme tous les autres êtres humains, obéissent à des schémas comportementaux assez rigides. Le FBI a ainsi pu établir deux grandes familles d'assassins : les « organisés » et les « désorganisés ». Les premiers sont intelligents et ont une vie sociale et sexuelle normale en apparence. Ils planifient soigneusement leurs meurtres et s'attaquent à des inconnus choisis selon des critères bien définis. De plus, ils restent totalement maîtres de leurs moyens avant, pendant et après le meurtre. Ils ont tendance à dissimuler les corps de leurs victimes, de sorte qu'il est en général assez difficile de les arrêter.

Les tueurs « désorganisés » agissent en revanche de façon nettement plus impulsive. Ils présentent généralement des troubles sur le plan de leur sexualité et de leur capacité à s'intégrer socialement, ils sont dotés d'un QI médiocre et occupent souvent des emplois subalternes. Ils tuent en général au hasard, dans la négligence et la précipitation, et ne font rien pour dissimuler leurs crimes. Dans la majorité des cas, ces tueurs en série sont des familiers de leurs victimes qu'ils attaquent de manière impulsive, faisant preuve d'une extrême violence.

— Nous avons donc affaire à un tueur « organisé ».

— Eh bien non, justement, répliqua Pendergast.

Il s'arrêta et regarda son interlocutrice avant de reprendre.

— Je ne sais pas si je dois poursuivre, mademoiselle Swanson. Nous entrons sur un terrain glissant.

— Ne vous inquiétez pas pour moi.

Il l'observa longuement et finit par dire à mi-voix, comme s'il se parlait à lui-même :

— Je crois en effet que je n'ai pas de raison de m'inquiéter.

Au même moment, le détecteur grésilla. Pendergast se mit à genoux et gratta le sol, déterrant une petite voiture toute rouillée. L'espace d'un instant, son visage s'éclaira d'un sourire.

— Une Morris Minor. J'avais une très belle collection de petites voitures Corgi lorsque j'étais enfant.

— Qu'est-elle devenue ?

Une ombre fugitive brouilla les traits du policier et Corrie n'insista pas.

— À première vue, on pourrait penser que notre homme relève de la catégorie des tueurs organisés. Je note cependant toute une série d'éléments troublants. Tout d'abord, on sait que la sexualité est l'un des moteurs essentiels des tueurs en série, qu'elle s'exprime ouvertement ou non. Certains s'en prennent à des prostituées, d'autres choisissent leurs victimes chez les homosexuels ou bien s'attaquent à des couples sur les parkings. Certains mutilent les organes sexuels de leurs proies, d'autres violent avant de tuer, d'autres encore se contentent de poser les lèvres sur le corps de la victime en laissant des fleurs derrière eux, comme s'il s'agissait d'un rendez-vous amoureux tragique.

Corrie frissonna.

— Dans le cas qui nous concerne, il est surprenant de constater l'absence de toute connotation sexuelle.

— Continuez.

— Les tueurs organisés obéissent à un « rituel » – ainsi que l'expriment les spécialistes des sciences du comportement. C'est-à-dire qu'ils ont un *modus operandi* bien particulier, aisément identifiable. L'assassin porte par exemple les mêmes vêtements lorsqu'il tue et se sert toujours de la même arme avant de disposer le corps de manière identique. Il n'est pas toujours aisé pour l'enquêteur d'identifier la nature de ce rituel, mais il fait partie intégrante du meurtre.

— Comme notre tueur.

— Justement non. Vous avez parfaitement raison de dire qu'il tue de manière rituelle, mais là où le bât blesse, c'est qu'il exécute chaque fois une mise en scène différente. De plus, notre homme ne se contente pas de tuer des gens : il tue également des animaux. Le meurtre de ce chien constitue pour moi une énigme ; le tueur donne tous les signes d'un crime « désorganisé » lorsqu'il se contente de tuer ce chien et de lui arracher la queue. Pour quelle raison ? L'attaque dont a été victime Gasparilla me pose également problème. Non seulement nous n'assistons à aucun rituel précis, mais le tueur ne semble même pas avoir eu l'intention de tuer. Il s'est contenté de... comment dirais-je ? De « prendre » ce dont il avait besoin, c'est-à-dire la pilosité et le pouce de sa victime, avant de s'en aller. En d'autres termes, nous assistons ici à une série de crimes présentant des caractéristiques à la fois « organisées » et « désorganisées », ce qui est tout à fait unique.

Il fut interrompu par le détecteur dont l'indicateur sonore s'affolait brusquement. Ils se trouvaient à la lisière de leur zone de recherche, à quelques mètres seulement des premières rangées de maïs. Pendergast s'agenouilla et se mit à gratter furieusement le sol, sans rien trouver. Saisissant le détecteur, il le plaça au-dessus du trou qu'il venait de creuser et tourna plusieurs boutons tandis que la machine couinait de plus belle.

— L'objet se trouve à plus de cinquante centimètres de profondeur, fit-il en sortant de sa poche un déplantoir.

Il commença par dégager un trou assez large, procédant avec davantage de minutie au fur et à mesure qu'il s'enfonçait dans la terre. Soudain, le déplantoir s'arrêta sur quelque chose de dur.

Armé d'une petite brosse apparue dans sa main comme par miracle, Pendergast entreprit de dégager la terre qui enserrait sa découverte. Penchée au-dessus de son épaule, Corrie vit progressivement apparaître un objet noir et racorni qu'elle finit par identifier : une vieille botte de cow-boy cloutée. Pendergast l'exhuma et l'examina de tous côtés. L'arrière de la botte avait été soigneusement ouvert en deux, probablement à l'aide d'un couteau. Pendergast se retourna.

— Harry Beaumont chaussait apparemment du 45, fit-il à l'adresse de Corrie.

Un cri vint les interrompre et ils virent Tad, le shérif-adjoint, qui se précipitait vers eux en gesticulant.

— Monsieur Pendergast ! hurla-t-il. Monsieur Pendergast !

L'inspecteur se releva afin d'accueillir le jeune policier, tout suant et soufflant.

— C'est Gasparilla... à l'hôpital... il a repris connaissance et... il demande à vous voir !

26

Mal installé sur une chaise pliante dans le couloir du service de réanimation à hauteur de la chambre de Gasparilla, le shérif Hazen essayait de ne plus penser à rien. Ou plutôt de penser à autre chose : à la fraîcheur des premières nuits d'automne, au goût sucré d'un épi de maïs tartiné de beurre fondu, aux vieux épisodes des « Honeymooners » qu'il ne ratait jamais quand on les repassait à la télévision, au corps nu de Pamela Anderson. Il aurait donné n'importe quoi pour ne plus entendre les gémissements déchirants provenant de la chambre, pour ne plus sentir l'effroyable puanteur qui s'insinuait dans le couloir à travers la porte fermée. À plusieurs reprises, il faillit se lever afin de se réfugier dans la salle d'attente, mais il savait bien qu'il était condamné à rester là tant que Pendergast ne l'aurait pas rejoint.

Putains de gémissements, putain d'odeur, putain de Pendergast...

L'inspecteur arrivait enfin dans sa tenue de croque-mort, avançant à grandes enjambées dans le couloir. Hazen se leva et serra la main du policier à contrecœur. Ce type-là avait une façon maladive de vous serrer la main dix fois par jour. Il aurait voulu propager la peste qu'il ne s'y serait pas pris autrement.

— Merci de m'avoir attendu, shérif, fit Pendergast.

Hazen lui répondit par un grognement auquel fit écho une plainte déchirante derrière la porte.

Pendergast frappa et l'huis s'entrebâilla, laissant apparaître les silhouettes d'un médecin, d'une infirmière et d'un infirmier. Gasparilla était recouvert de pansements de la tête aux pieds comme une momie, avec deux trous pour les yeux et une fente pour la bouche. Une forêt de tuyaux et de fils le reliaient à une batterie de machines qui clignotaient et grésillaient. On aurait dit un concert de musique électroacoustique. Dans la chambre, la puanteur était presque palpable. Hazen se tenait le plus près possible de la porte, rêvant d'une Camel pour se laver les poumons, tandis que Pendergast s'avançait et se penchait sur le blessé.

— Ah ! monsieur Pendergast ! murmura le médecin. Notre patient est extrêmement agité, il n'arrête pas de vous réclamer. Nous comptions sur votre venue pour le calmer.

Gasparilla gémissait toujours. Soudain, une lueur s'alluma dans son regard, comme s'il avait reconnu son visiteur.

— Vous ! Vous ! hurla-t-il en se cabrant violemment.

Le médecin posa la main sur le bras de Pendergast.

— Je préfère vous prévenir, si je vois que votre présence le perturbe trop, je vous demanderai de quitter la...

— Non ! hurla Gasparilla. Laissez-moi parler !

Une main décharnée couverte de pansements jaillit de sous le drap et agrippa la veste de Pendergast avec une telle virulence qu'un bouton sauta sur le sol.

— Je commence à me demander si je devrais vous laisser... commença le médecin.

— Non ! Non ! Je veux parler !

La voix suraiguë de Gasparilla n'avait plus rien d'humain et l'infirmière ferma précipitamment la porte de la chambre tandis que les machines reliées au malade se mettaient à biper furieusement.

— C'est bien ce que je craignais, fit le médecin. Je suis désolé de vous avoir fait venir, le patient n'est pas en état de parler. Je vais vous demander...

— *Nooooon !*

Cette fois, Gasparilla s'accrochait des deux mains à la veste de Pendergast, provoquant une explosion de bips et de clignotements inquiétants sur tous les moniteurs de contrôle. Le médecin murmura quelque chose à l'oreille de l'infirmière qui s'approcha avec une seringue qu'elle vida dans la perfusion.

— *Je veux parler !*

Pendergast, dans l'incapacité de s'éloigner, s'agenouilla près du lit.

— Dites-moi ce que vous avez vu.

— Mon Dieu, ayez pitié de moi ! hurla le malheureux d'une voix rendue pâteuse par l'injection de calmant.

— Parlez ! lui intima Pendergast d'une voix douce. Racontez-moi ce qui s'est passé.

Gasparilla, la veste du policier agrippée dans sa main, l'obligea à s'approcher plus près encore. Le drap s'était soulevé, provoquant des vagues d'une odeur pestilentielle.

— Son visage ! Son *visage* !

— Comment était son visage ?

Le shérif, qui observait la scène du plus loin qu'il le pouvait, vit le corps de Gasparilla se tendre brusquement.

— Vous vous souvenez... je vous avais parlé du Diable !

— Oui, je m'en souviens.

Gasparilla avait de plus en plus de mal à respirer et sa voix n'était plus qu'un gargouillis à peine audible.

— J'avais tort !

242

— Infirmier ! commanda le médecin. Faites immédiatement au patient une injection de deux milligrammes d'Ativan et faites sortir ce monsieur. Tout de suite !

— *Noooooooon !*

Le blessé refusait de lâcher l'inspecteur.

— Je vous ordonne de sortir ! cria le médecin, tentant de desserrer l'étreinte du malade qui s'accrochait désespérément à Pendergast. Shérif ! Votre homme est en train de tuer mon patient ! Faites-le sortir !

Hazen fronça les sourcils. *Votre homme !* Il s'approcha et tenta vainement de détacher la main de Gasparilla, mais ce dernier se cramponnait à la veste de Pendergast avec l'énergie du désespoir. De son côté, l'inspecteur ne faisait rien pour se dégager.

— J'avais tort ! hurla Gasparilla. J'avais tort, j'avais tort !

L'infirmier vida le contenu d'une deuxième seringue de sédatif dans la perfusion.

— Vous êtes en danger ! Tous ! *Il* est là ! *Il* ne vous lâchera plus !

— Appelez la sécurité ! aboya le médecin.

À la tête du lit, une alarme se mit en marche.

— Qu'avez-vous vu ? insista Pendergast d'une voix sourde.

Soudain, Gasparilla se dressa sur son lit, faisant sauter le tube qu'il avait dans le nez avec un jet de sang.

Ses mains agrippèrent le cou de Pendergast et Hazen se précipita pour l'empêcher d'étrangler le policier.

— Le Diable ! Il est là ! Il est tout près !

Sous l'effet du sédatif, les yeux du malheureux se révulsèrent, mais il ne lâchait toujours pas son étreinte.

— Je l'ai vu ! Il est là !

— Comment est-il ? parvint à articuler Pendergast.

— C'est un enfant... un *enfant*...

Les bras de Gasparilla se raidirent et le shérif les
sentit subitement se détendre. Une sonnerie stridente
se déclencha au même instant.

— Procédure d'urgence ! s'écria aussitôt le médecin. Vite ! Qu'on apporte un brancard.

La porte s'ouvrit à la volée et plusieurs membres
du personnel médical pénétrèrent dans la pièce, suivis d'une équipe de la sécurité.

Pendergast se dégagea de l'emprise de Gasparilla
et se redressa d'un air solennel en époussetant son
costume. Son teint anormalement animé était le seul
signe de son trouble. Quelques instants plus tard, il
sortait de la pièce en compagnie de Hazen, poussé
par les hommes de la sécurité.

Ils attendirent une bonne dizaine de minutes dans
le couloir. De l'autre côté de la porte, les équipes
médicales s'agitaient dans tous les sens, tentant par
tous les moyens de ranimer le malade. Soudain,
Hazen entendit quelqu'un éteindre les machines
l'une après l'autre et un silence impressionnant s'installa.

Le médecin sortit le premier de la pièce. Il avançait
lentement, la tête baissée. En passant devant les deux
policiers, il leva sur eux des yeux injectés de sang.

— Vous l'avez tué, fit-il d'un air las à l'adresse de
Pendergast.

Ce dernier posa la main sur l'épaule du médecin.

— Je n'ai fait que mon travail, docteur. Comme
vous. De toute façon, il était perdu. Je peux vous assurer que jamais il ne m'aurait lâché si nous ne l'avions
pas laissé parler.

— Vous avez sans doute raison, concéda le médecin en hochant la tête.

Les uns après les autres, les membres du corps médical sortaient à présent de la chambre.

— Une dernière question, demanda Pendergast. De quoi est-il mort ?

— Infarctus du myocarde, après une longue période de fibrillation. Nous ne sommes pas parvenus à rétablir le rythme cardiaque. De toute ma carrière, je n'ai jamais vu un patient résister aux sédatifs avec autant de force. Le cœur a fini par éclater, tout simplement.

— Sait-on ce qui a déclenché les fibrillations ?

Le docteur fit non de la tête.

— C'est le choc de ce qu'il a vu qui l'a tué, davantage que les blessures elles-mêmes que nous avions les moyens de traiter. Il n'a pas pu surmonter le choc émotionnel subi au moment de son agression.

— Si je comprends bien, il est mort de peur.

Le docteur détourna la tête. L'infirmier sortait de la chambre en poussant un brancard sur lequel était sanglé le corps mutilé de Gasparilla. Le docteur papillonna des yeux et s'épongea le front à l'aide de la manche de sa blouse, tandis que le brancard disparaissait derrière une porte battante.

— Mort de peur... murmura-t-il. L'expression est un peu mélodramatique, mais elle reflète exactement ce qui lui est arrivé.

27

Le même jour, trois mille kilomètres plus à l'est, le soleil couchant embrasait les eaux de l'Hudson, noyant de ses rayons mordorés une péniche qui remontait pesamment le cours de la rivière à hauteur du George Washington Bridge. Deux voiliers, semblables à des jouets sur un miroir immobile, fendaient silencieusement l'eau en direction de l'Upper New York Bay.

La vue était superbe depuis Riverside Drive, sur le flanc ouest de Manhattan, là où Riverside Park étale sa verdure sur un promontoire escarpé. Curieusement, la vieille demeure de style Beaux-Arts qui se dressait sur le Drive entre la 137e et la 138e était aveugle depuis longtemps, son toit d'ardoise en partie effondré. Aucune lumière ne filtrait de ses fenêtres barricadées, aucune voiture ne stationnait devant sa vénérable porte cochère et le bâtiment, perdu dans la nostalgie d'un passé glorieux, subissait les assauts du temps d'un air maussade derrière le paravent de chênes et de sumacs que personne ne taillait plus depuis longtemps.

Quelque chose bougeait pourtant dans le labyrinthe de salles et de caves enfoui dans les profondeurs de la maison.

Une curieuse silhouette s'agitait sous les voûtes de pierre, dans une atmosphère poussiéreuse à laquelle se mêlaient des parfums plus subtils. L'homme, vêtu d'une blouse blanche, était d'une maigreur cadavérique, avec une épaisse crinière blanche qui lui tombait sur les épaules et de gros sourcils broussailleux. De ses poches dépassaient un feutre noir, une paire de ciseaux et un tube de colle, et il avait un bloc sous le bras. Planté bizarrement sur sa tête, un casque de mineur projetait un mince rai de lumière sur les murs de pierre humides et les meubles de rangement disposés tout autour de la pièce.

L'homme s'arrêta devant un énorme semainier de vieux chêne traversé par des dizaines de tiroirs. Il effleura du doigt les rangées d'étiquettes ornées d'élégantes anglaises à moitié effacées par le temps et s'arrêta sur l'une d'entre elles qu'il caressa machinalement. Il ouvrit avec précaution le tiroir correspondant, dévoilant des centaines de papillons lunes dont les ailes jetaient des reflets verts dans le faisceau de sa lampe. Il s'agissait d'espèces mutantes couleur de jade particulièrement rares que l'on trouvait uniquement au Cachemire. L'homme recula d'un pas et prit quelques notes sur son bloc, puis il referma le tiroir et ouvrit le suivant, découvrant cette fois plusieurs rangées d'énormes papillons indigo soigneusement épinglés sur leurs supports de liège. Chacun des lépidoptères portait sur le dos un curieux dessin argenté en forme d'œil qui ne laissait guère de doute sur son origine : il s'agissait de superbes spécimens de *Lachrymosa codriceptes*, le splendide et très venimeux papillon du Yucatan que l'on surnomme aussi « la mort ailée ».

L'homme prit à nouveau des notes, puis il referma le tiroir et s'éloigna. Il traversa une longue suite de pièces voûtées séparées par d'épais rideaux et parvint enfin dans une cave dont les parois étaient couvertes de vitrines. Un ordinateur portable allumé reposait sur une table en pierre au centre de la pièce. L'homme s'approcha, posa son bloc, s'installa devant l'ordinateur et commença à pianoter.

Dans le silence impressionnant des sous-sols de la vieille demeure, on n'entendait que le cliquetis du clavier et le murmure régulier des gouttes d'eau tombant du plafond. Soudain, un bourdonnement strident provenant de l'une des poches de la blouse du vieil homme se fit entendre.

Il s'arrêta et prit dans sa poche un téléphone portable.

Deux personnes au monde savaient qu'il avait un portable, et l'une d'entre elles seulement en connaissait le numéro. L'homme déplia son téléphone et dit :

— Inspecteur Pendergast ?

— Lui-même, répondit une voix à l'autre bout du fil. Comment vous portez-vous, Wren ?

— Demandez à me voir demain et, quand vous me retrouverez, j'aurai la gravité du cercueil [1].

— Permettez-moi d'en douter. Avez-vous pu achever votre catalogue raisonné de la bibliothèque du rez-de-chaussée ?

— Non, je préfère m'y consacrer en dernier, répondit Wren avec un trémolo de plaisir dans la voix. Je n'ai toujours pas terminé de répertorier le contenu des sous-sols.

— Vraiment ?

— Vraiment, hypocrite lecteur. Et j'en ai encore pour plusieurs jours. Les collections de votre arrière-grand-oncle sont pour le moins... comment dirais-je ? Pour le moins abondantes, et c'est un euphémisme. En outre, je ne puis venir ici que pendant la journée. Mes nuits, comme vous le savez, appartiennent

_____

1. Il s'agit d'une citation du _Roméo et Juliette_ de Shakespeare (Acte III, scène 1). _(N.d.T.)_

à la bibliothèque municipale et à mes travaux de restauration.

— Bien évidemment. Mais évitez surtout de pénétrer dans les salles les plus éloignées, au-delà du laboratoire.

— C'est ce que je fais.

— Bien. Des découvertes intéressantes ?

— Quelques-unes, je crois. Mais il y a plus urgent, à mon avis.

— À votre avis ? Expliquez-vous.

Wren sembla hésiter, ce qui ne lui ressemblait pas.

— Je ne sais pas très bien.

Il s'arrêta à nouveau et lança un bref coup d'œil par-dessus son épaule.

— Vous êtes bien placé pour savoir que l'obscurité et l'humidité ne me font pas peur. À plusieurs reprises, j'ai néanmoins été pris d'un curieux pressentiment. Comme si...

Le vieil homme baissa soudain la voix avant de poursuivre :

— Comme si l'on m'observait.

— Je ne suis pas tellement surpris de vous l'entendre dire, répliqua Pendergast après un court silence. Je vois mal qui pourrait se sentir à son aise dans ce cabinet de curiosités. Il faudrait vraiment être à court d'imagination pour ne pas se laisser emporter par l'atmosphère du lieu. J'ai peut-être été mal avisé de vous confier cette mission.

— Oh non ! s'écria vivement Wren. Pas du tout ! Je ne renoncerais à ce travail pour rien au monde. D'ailleurs, j'ai eu tort de vous parler de mes impressions, qui sont indéniablement le fruit de mon imagination, comme vous le dites si justement. « L'un voit plus de démons que n'en tient tout l'enfer ; oui, tel est le pouvoir de l'imagination[1]. » C'est sans doute parce que je sais ce qui s'est passé entre ces murs.

— Sans doute. Moi-même, je n'arrive toujours pas à effacer de mon esprit les événements de l'automne dernier. Je comptais sur ce déplacement au Kansas pour y parvenir.

— En vain, je suppose, gloussa Wren. Cela n'a rien de surprenant, quand on sait que vous occupez vos congés à enquêter sur des meurtres en série. Des meurtres pour le moins curieux, si j'ai bien compris. Si curieux qu'ils en sont presque familiers. Votre frère ne se trouve pas au Kansas en ce moment, par hasard ?

La question de Wren fut ponctuée d'un long silence. Lorsque Pendergast reprit la parole, son ton était glacial.

— Wren, je vous ai déjà averti de ne *jamais* parler de ma famille.

— Bien sûr, bien sûr, s'empressa de répondre le vieil homme.

— J'aurais voulu solliciter votre aide, poursuivit Pendergast d'une voix grave. Je voudrais que vous retrouviez un livre.

Wren soupira.

— Il s'agit du journal intime d'un certain Isaiah Draper, intitulé *Récit des Quarante-Cinq de Dodge*. Selon mes informations, ce journal a été acquis par Thomas Van Dyke Selden lors d'un séjour au Kansas, en Oklahoma et au Texas en 1933. J'ai cru comprendre que ses collections étaient actuellement conservées à la bibliothèque municipale de New York.

Wren fronça les sourcils.

— La collection Selden est un amas décousu d'ouvrages tous plus inintéressants les uns que les autres, entassés dans une soixantaine de caisses.

---

1. Extrait d'une tirade de Thésée dans *Le songe d'une nuit d'été* (Acte V, scène 1). *(N.d.T.)*

— Vous vous trompez. Ce journal recèle des informations qui m'intéressent au plus haut point.

— Quel genre d'informations ? Je ne vois pas en quoi ce vieux journal pourrait faire avancer votre enquête.

Comme Pendergast ne disait rien, Wren poussa un nouveau soupir.

— À quoi ressemble votre journal ? finit-il par demander.

— Je n'en ai malheureusement pas la moindre idée.

— Des signes distinctifs ?

— Pas que je sache.

— Quand en avez-vous besoin ?

— Après-demain, lundi.

— Vous vous moquez, hypocrite lecteur. Vous savez très bien que mes journées sont prises par mes travaux ici et que mes nuits... Enfin, vous connaissez mon travail. Tant de livres à réparer, et si peu de temps pour y parvenir. Trouver le moindre livre dans ce fatras équivaut...

— J'avais la ferme intention de récompenser dignement vos efforts.

Wren se tut aussitôt.

— Mais encore ? demanda-t-il en passant une langue avide sur ses lèvres sèches.

— Un livre de comptes indien à restaurer.

— Tiens, tiens.

— Un livre de comptes de première importance, à mon humble avis.

La main de Wren se crispa autour de son téléphone.

— Mais encore ?

— J'ai cru dans un premier temps qu'il s'agissait de l'œuvre du chef sioux Buffalo Hump. Un examen plus poussé me fait penser que ce livre a en fait été rédigé de la main de Sitting Bull lui-même, sans doute dans sa hutte de Standing Rock, probablement au cours des derniers mois de son existence pendant les Lunes d'Automne.

— Sitting Bull...

Wren prononçait le nom du chef sioux comme s'il s'agissait du plus beau des poèmes.

— Vous l'aurez entre vos mains lundi. Je le laisse à votre garde pendant deux semaines, à seule fin de restauration, bien sûr.

— Quant à ce journal dont vous m'avez parlé, s'il existe, je vous le trouverai.

— Il existe bel et bien. Mais je ne voudrais pas vous déranger plus longtemps. Bonne journée à vous, Wren, et faites attention à vous.

— Adieu.

Wren replaça le téléphone dans sa poche et se remit au travail devant son écran, passant en revue dans sa tête la collection Selden, les mains tremblantes à l'idée de manipuler bientôt le livre de comptes de Sitting Bull.

Dans un recoin obscur, dissimulés par les armoires vitrées, deux petits yeux curieux ne perdaient pas un seul des gestes de Wren.

28

Smit Ludwig n'allait plus à l'office depuis longtemps, mais son intuition le poussa à se rendre à l'église ce jour-là. Il aurait été bien embarrassé d'expliquer pourquoi, mais il régnait dans la petite bourgade une tension palpable, amplifiée par la chaleur torride de ce dimanche matin. Les habitants ne parlaient plus que des meurtres, ils s'observaient à la dérobée et la peur avait pris le pouvoir à Medicine Creek. Les gens avaient surtout besoin qu'on les rassure et le flair de Ludwig lui disait qu'ils avaient toutes les chances d'aller chercher un peu de réconfort à la Calvary Lutheran Church.

Il sut qu'il avait vu juste en arrivant devant le bâtiment de brique surmonté de son clocher immaculé. Le parking débordait de voitures et les derniers arrivants avaient été contraints de se garer dans la rue voisine. Ludwig eut toutes les peines du monde à trouver une place à cinq cents mètres de là. Il n'aurait jamais pensé qu'il restât autant de monde à Medicine Creek.

Les portes de l'église étaient grandes ouvertes et l'un des paroissiens chargés d'accueillir les fidèles lui glissa une feuille de chants entre les mains. Se faufilant à travers la foule, il trouva une petite place depuis laquelle il pouvait voir le pasteur. Il ne lui fallut pas longtemps pour comprendre qu'il ne s'agissait pas d'un office ordinaire ; il y avait là des gens qui n'avaient jamais mis les pieds à l'église de toute leur existence. Ludwig tenait un bon article. Il tâta ses poches et constata avec soulagement qu'il avait pensé à emporter son carnet et un stylo. Il les sortit discrètement et commença à prendre des notes. Ils étaient tous là : les Bender Lang, Klick et Melton Rasmussen, Art Ridder et sa femme, les Cahill, Maisie et même Dale Estrem avec ses éternels acolytes de la coopérative agricole. Le shérif Hazen était assis un peu plus loin, l'air renfrogné. En voilà un qui n'avait pas dû aller à l'église depuis l'enterrement de sa mère. Il était venu accompagné de son fils, et Brad n'avait pas l'air particulièrement heureux de se trouver là. Dans un coin sombre, Ludwig aperçut la longue silhouette de Pendergast, assis à côté de Corrie Swanson avec sa crête violette, son rouge à lèvres noir et toute sa quincaillerie en argent. *Quel curieux couple*, pensa le journaliste.

Le révérend Wilbur fit son entrée et les murmures se turent aussitôt. Selon une coutume bien établie, l'office débuta par un hymne, suivi par l'invocation du jour. Ludwig se demandait comment John Wilbur allait s'en tirer, car il brillait davantage par sa pédanterie que par ses talents d'orateur. Il avait la mauvaise habitude de truffer ses sermons de citations littéraires et poétiques dans le but d'étaler son érudition, avec le plus souvent des effets désastreux. Le moment de vérité était arrivé, le pasteur allait devoir montrer ce qu'il avait dans le ventre.

La lecture des Évangiles se terminait et chacun attendait l'homélie de Wilbur avec impatience dans une atmosphère presque électrique. Les gens avaient besoin de paroles réconfortantes.

Le révérend monta en chaire, toussa à deux reprises dans sa main, pinça les lèvres et lissa d'une main sèche la liasse de feuilles jaunes dissimulées derrière un rebord de bois sculpté.

— Deux citations me viennent tout naturellement à l'esprit ce matin, commença Wilbur en lançant un regard sentencieux à ses fidèles. La première, comme de juste, est tirée de la Bible. La seconde, d'un sermon célèbre.

Ce début prometteur alluma une lueur d'espoir chez Ludwig.

— Souvenez-vous de la promesse faite par Dieu à Noé dans le livre de la Genèse : « *Tant que la terre durera, la semence et la moisson, le froid et le chaud, l'été et l'hiver, la nuit et le jour, ne cesseront point de s'entresuivre.* » Et dans les mots simples du bon Dr Donne : « *Dieu ne viendra à toi ni avec l'aube ni avec le printemps, mais à l'heure de la moisson.* »

Wilbur marqua une pause afin d'observer les réactions de la congrégation par-dessus ses lunettes.

Ludwig tombait d'autant plus haut qu'il avait espéré un instant tout autre chose. Il s'était laissé prendre par l'air pénétré du pasteur, mais il reconnaissait à présent ces citations. *Non !* pensa-t-il. *Il ne va tout de même pas nous ressortir le sermon des moissons un jour pareil ? ! !*

C'était malheureusement l'intention de Wilbur qui poursuivait, plus sentencieux que jamais.

— Voici à nouveau notre petite communauté bénie par les bienfaits du Très-Haut. Avec l'été vient la moisson, ainsi que s'attache à le prouver la terre qui nous entoure. Une terre riche des promesses de Dieu, une terre gorgée de sève dont les bienfaits infinis font mûrir les lourds épis qui se balancent au gré du vent sous le chaud soleil estival.

Ludwig regarda autour de lui d'un air désespéré. Depuis qu'il était là, Wilbur faisait exactement le même sermon chaque année au moment des moissons.

Lorsque sa femme vivait encore, Ludwig considérait d'un œil complaisant le cycle annuel des sermons du pasteur, mais pas un jour comme aujourd'hui.

— À ceux qui attendent un signe de la miséricorde divine, aux incrédules qui cherchent une preuve tangible de son infinie bonté, je vous le dis : ouvrez les yeux ! Ouvrez les yeux sur la vie qui nous entoure, sur cette riche moisson qui n'attend plus que le labeur de l'homme pour nourrir les corps et apaiser les âmes...

— Pour faire du GPL, tu veux dire, marmonna l'un des voisins de Ludwig.

Le journaliste n'avait pas encore perdu tout espoir que le pasteur aborderait le sujet que tous attendaient.

— ... Si Thanksgiving nous donne l'occasion de rendre grâce à Dieu de ses bienfaits, n'oublions pas de lui rendre grâce aujourd'hui, à la veille des moissons, alors que la main du Divin nous désigne la beauté et la richesse des champs de maïs infinis qui composent notre horizon. À l'instar du barde immortel qu'est John Greenleaf Whittier, appliquons-nous à « fouler cette terre dorée par les épis ». Prenons le temps de nous arrêter un instant, de porter notre regard sur cette terre féconde et riche du Kansas et de rendre grâce au Tout-Puissant.

Le révérend Wilbur marqua une nouvelle pause dramatique. Les fidèles rassemblés devant lui avaient le plus grand mal à croire qu'il n'allait pas évoquer le drame qui secouait leur communauté.

— L'autre jour, reprit le pasteur sur un ton enjoué, je me rendais en voiture à Deeper avec ma femme, Lucy, lorsque notre automobile est tombée en panne d'essence.

Oh non ! La même anecdote que l'année dernière et l'année d'avant !

— Nous nous tenions là, sur le bord de la route, des champs de maïs à perte de vue. Lucy m'a regardé et m'a demandé : « Qu'allons-nous faire, mon chéri ? » Ma réponse fut simple : « Ayons confiance en Dieu. »

Très fier de son petit effet, le révérend Wilbur n'avait pas l'air de comprendre que son auditoire commençait à s'impatienter.

— Eh bien, figurez-vous que ma chère épouse était furieuse. Étant l'homme du foyer, j'aurais dû penser à faire le plein, de sorte que c'était ma faute si nous étions tombés en panne d'essence. « Libre à toi de faire confiance à Dieu, me dit-elle, mais j'aime mieux faire confiance à mes jambes. » Sur ces paroles, la voilà qui descend de voiture...

— ... qui prend le bidon d'essence dans le coffre et qui va à pied jusqu'à la station-service ! fit une voix dans l'assistance.

Ludwig tourna la tête et reconnut Swede Cahill. Swede ! L'homme le plus doux de la terre, debout, rouge comme une tomate.

Le pasteur avait les lèvres tellement pincées qu'on ne voyait plus sa bouche.

— Monsieur Cahill, puis-je vous rappeler que nous nous trouvons dans une église et que je suis en train de faire mon sermon ?

— Je le sais très bien, mon révérend.

— Dans ce cas, je vais poursuivre, si vous...

— Non ! s'exclama Cahill, le souffle court. Vous ne continuerez rien du tout !

— Bon Dieu, Swede, assieds-toi un peu, lança quelqu'un.

Cahill se tourna aussitôt en direction de la voix.

— On vient d'assister à trois meurtres épouvantables en l'espace de quelques jours et il faudrait le laisser nous débiter un sermon qui n'a pas changé depuis

1973 ? Non, je ne suis pas d'accord. Je ne marche pas.

Klick Rasmussen, profitant de l'incident, se leva.

— Swede, si tu as quelque chose à dire, tu pourrais au moins avoir la décence d'attendre...

— Non, c'est lui qui a raison, lança quelqu'un d'autre.

Ludwig se retourna et reconnut un ouvrier de l'usine Gro-Bain.

— Swede a raison, poursuivit le type. On n'est pas venu ici pour entendre un sermon sur les bienfaits du maïs. Je vous signale qu'il y a un assassin parmi nous et que personne ne se sent plus en sécurité.

— Jeune homme, vous vous trouvez dans une église, et non sur la place publique, s'écria Klick, si en colère qu'elle en tremblait.

— Vous ne savez donc pas ce que Gasparilla a dit sur son lit de mort ? reprit Swede, écarlate. On n'est pas là pour plaisanter, Klick. Nous sommes en danger.

Sa remarque fut accueillie par un murmure d'approbation. Ludwig prenait des notes à toute vitesse, ne voulant pas perdre une seule des paroles de Swede.

— Je vous en prie, je vous en prie ! fit le révérend Wilbur en écartant les bras. Pas dans la maison de Dieu !

Mais il était trop tard, les gens se levaient les uns après les autres.

— Ouais, fit un autre employé de l'usine, à moi aussi, on m'a raconté ce qu'avait dit Gasparilla. Et plutôt deux fois qu'une.

— Moi aussi !

— Je n'arrive pas à y croire !

Le chahut s'amplifiait de minute en minute.

— Mon révérend, fit Swede, pourquoi croyez-vous qu'il y ait autant de monde à l'église ce matin ? Les gens sont là parce qu'ils ont peur. Nous avons connu notre lot de difficultés et de drames, mais ce qui se passe aujourd'hui est infiniment plus grave. Ce n'est pas un hasard si les gens reparlent du massacre et de la Malédiction des Quarante-Cinq. Ils ont l'impression que le coin est maudit et ils ont besoin que vous les rassuriez.

— Monsieur Cahill, en tant que tenancier du *seul bar* de la ville, je vous trouve bien présomptueux d'oser me rappeler à mon devoir pastoral, rétorqua Wilbur d'un ton sec.

— Écoutez, mon révérend, avec tout le respect que je vous dois...

— Et si on parlait un peu du maïs trafiqué qu'ils ont l'intention de nous imposer ? s'interposa la voix caverneuse de Dale Estrem, debout, brandissant une houe dans son poing fermé. Si on en parlait ?

Il a fait exprès d'amener sa houe, pensa Ludwig tout en prenant furieusement des notes. *C'est un coup monté.*

— Nos récoltes vont être contaminées par leur maïs de malheur ! Ces apprentis sorciers de scientifiques se prennent pour Dieu le père et veulent nous empoisonner, mon révérend. Qui aura le courage de le dire ?

Une voix à la limite de l'hystérie s'éleva soudain. C'était Whit Bowers, le gardien de la décharge municipale, un vieil homme d'une maigreur effrayante dont le cou tremblait au rythme d'une pomme d'Adam démesurée. Debout, il menaçait Wilbur de son poing tendu.

— La fin du monde ! C'est la fin du monde ! Tu ne veux donc rien voir, pauvre aveugle ?

Swede se tourna dans sa direction.

— Écoute, Whit, ce n'est pas...

— Vous êtes tous aveugles car vous ne voulez rien voir ! Le Diable est parmi nous !

La voix du vieil homme, de plus en plus incisive, dominait le brouhaha.

— Le Diable est parmi nous ! Dans cette église ! Je le vois ! Je le sens !

Les bras tendus, le pasteur tentait désespérément de ramener le calme, mais personne ne faisait plus attention à lui. Tous les fidèles étaient debout, dans une pagaille indescriptible.

— Il est parmi nous ! hurla Whit. Qui sait si ce n'est pas votre voisin, votre ami, votre frère ? Sondez les yeux, sondez les âmes et souvenez-vous des paroles de Pierre : « *Soyez sobres, et veillez ; car le démon, votre ennemi, tourne autour de vous comme un lion rugissant, cherchant qui il pourra dévorer !!!* »

De toutes parts, les gens hurlaient pour se faire entendre. On entendit un cri et quelqu'un tomba. Ludwig leva les yeux de son carnet afin de voir ce qui avait bien pu se passer. Pendergast attendait dans son coin, imperturbable. Corrie Swanson, debout à ses côtés, affichait un sourire moqueur. Un peu plus loin, le shérif faisait de grands gestes en criant des paroles inintelligibles. Brusquement, la foule s'écarta.

— Espèce de salaud ! hurla une voix, suivie du bruit mat d'un poing s'écrasant sur un visage.

Ludwig n'en revenait pas. Une bagarre venait d'éclater à l'église. Le journaliste grimpa sur son banc, cherchant à savoir de qui il s'agissait. C'était Randall Pennoyer, un ami de Willie Stott, qui se battait avec un collègue de l'usine.

— T'as pas le droit de dire ça ! Il ne méritait pas de mourir comme ça, cuit comme un vulgaire poulet !

Plusieurs hommes voulurent les séparer, ajoutant à la confusion. Art Ridder tenta à son tour de s'en mêler tandis que le shérif fonçait dans la bagarre, tête baissée. Hazen entra en collision avec Bertha Blodgett, tomba lourdement avant de se relever, rouge de colère, sous les cris horrifiés de ceux qui assistaient à la scène. Quelqu'un avait ouvert les portes de l'église et les gens se bousculaient vers la sortie.

Un banc s'écroula dans un fracas épouvantable, ponctué par le hurlement affolé d'une paroissienne.

— *Pas dans la maison de Dieu !* hurlait Wilbur, les yeux exorbités.

Au-dessus de la mêlée, Whit poursuivait ses imprécations d'une voix suraiguë :

— *Sondez les yeux et vous saurez ! Son odeur de soufre le trahira ! On le nomme le Malin, mais nous parviendrons à le débusquer ! Nous y parviendrons ! L'assassin est ici, avec nous ! Parmi nous ! Le Diable s'est installé à Medicine Creek, il nous tient en son pouvoir ! Vous avez entendu le cri de sa victime : le Diable est parmi nous et il a pris le visage d'un enfant !*

29

Corrie Swanson avait garé sa voiture à l'ombre d'un bosquet près de la rivière et elle attendait patiemment les instructions de Pendergast. Il était un peu plus de midi et il faisait une chaleur torride. Elle se tortilla sur son siège, des gouttes de sueur perlant sur son front et derrière sa nuque. Que pouvait bien faire Pendergast ? Allongé sur le siège passager à moitié cassé, il avait l'air de dormir, mais Corrie savait qu'il n'en était rien. À quoi pouvait-il bien penser ? Et pourquoi avait-il insisté pour qu'elle le conduise ici ? Cela faisait déjà plus d'une demi-heure qu'ils étaient là et il ne bougeait toujours pas.

Corrie secoua la tête en se disant que décidément, elle travaillait pour un drôle d'oiseau. Un oiseau sympa, mais bizarre.

Elle prit son livre sur la banquette, retrouva le chapitre auquel elle s'était arrêté et se mit à lire : « Au-dessus de la mer, le bleu de l'horizon se confondait avec celui de l'eau, attirant le navire toujours plus au sud. »

Elle referma son livre et le reposa. Un bouquin pas mal, mais pas aussi bien que le précédent. Ou alors elle avait l'esprit ailleurs. Elle repensa à la scène de l'église.

Sa mère n'était pas du genre à aller à l'office et Corrie y avait elle-même rarement mis les pieds, mais même les grenouilles de bénitier n'avaient jamais vu ça. C'était tout le village qui partait en quenouille. Le pasteur Wilbur qui détournait toujours les yeux en pinçant les lèvres chaque fois qu'il la croisait dans la rue avait touché le jackpot avec son sermon à la gomme. Quel crétin sentencieux ! Elle ne put s'empêcher de sourire en revoyant dans sa tête le film des événements : ce vieux cinglé de Whit annonçant la fin du monde de sa voix de crécelle, Estrem brandissant sa houe, les gens se bousculant vers la sortie et se ramassant dans les escaliers, les ouvriers de l'usine en train de se battre comme des chiffonniers, faisant tomber les bancs. Dieu sait qu'elle avait souvent souhaité voir son village détruit par un tremblement de terre, emporté par une coulée de boue, rasé par un incendie ou dévasté par des émeutes, et voilà que son vœu s'exauçait. Tout en souriant, elle se disait que la situation n'était pas si drôle que ça.

Elle jeta machinalement un regard sur son compagnon et sursauta en constatant qu'il la fixait de ses yeux délavés.

— Au Castle, s'il vous plaît, fit-il d'une voix douce. Corrie se reprit aussitôt.

— Pour quoi faire ?

— J'ai cru comprendre que le shérif et Art Ridder avaient l'intention d'y déjeuner en compagnie du professeur Chauncy. Comme vous le savez, ce dernier doit annoncer demain quel endroit il a retenu pour ses expériences. Des citoyens aussi influents que MM. Hazen et Ridder ne vont pas laisser passer une si belle occasion de vanter les mérites de Medicine Creek. En outre, je souhaiterais poser quelques questions à Chauncy avant qu'il ne quitte les parages.

— Vous ne croyez tout de même pas qu'il a quelque chose à voir là-dedans ? ! !

— Comme je vous l'ai dit, j'évite de croire ou de ne pas croire afin de préserver mes capacités déductives. Je ne saurais trop vous conseiller de faire de même.

— Vous croyez vraiment qu'ils seront là-bas ? Je veux dire, après ce qui vient de se passer à l'église.

— Le professeur Chauncy ne s'y trouvait pas et il n'est peut-être pas au courant. Quoi qu'il en soit, vous pouvez compter sur le shérif et M. Ridder pour agir comme si de rien n'était. Ou bien au contraire pour le rassurer si besoin était.

— D'accord, fit Corrie en passant la marche arrière. C'est vous le patron.

Résistant à l'envie de rouler à toute allure au mépris du code de la route, Corrie s'engagea sur la petite route et Medicine Creek apparut bientôt derrière son rempart de maïs. Quelques instants plus tard, elle garait la Gremlin devant le bowling. Le parking était quasiment vide, comme toujours à Medicine Creek.

Pendergast lui fit signe de passer devant et ils pénétrèrent dans le bâtiment, traversèrent la salle de bowling déserte et s'approchèrent de l'espace vitré délimitant le Castle. Chauncy, Ridder et Hazen étaient assis à la table habituelle du directeur de l'usine. Tous trois levèrent la tête avec la même expression étonnée en les voyant arriver.

Hazen se leva et se précipita vers eux.

— Qu'est-ce que vous voulez, Pendergast ? demanda-t-il à voix basse. Nous sommes en plein rendez-vous.

— Je suis tout à fait désolé d'interrompre votre déjeuner d'affaires, shérif, mais j'aurais quelques questions à poser au professeur Chauncy, répondit le policier.

— Pas maintenant, ce n'est pas le moment.

— Croyez bien que j'en suis sincèrement désolé, insista Pendergast en écartant le shérif, suivi de Corrie.

En s'approchant, la jeune fille vit qu'Art Ridder s'était levé de table à son tour. Un sourire glacial barrait son visage poupin.

— Ah, inspecteur Pendergast ! s'exclama-t-il avec une amabilité feinte. Ravi de vous voir. Si c'est au sujet de cette affaire, je suis à vous dans un instant, le temps de finir de déjeuner avec le professeur Chauncy.

— C'est précisément le professeur que je souhaitais voir, rétorqua Pendergast en tendant la main à l'universitaire. Je m'appelle Pendergast.

Chauncy serra la main du policier sans même prendre la peine de se lever.

— Je me souviens. C'est vous qui avez refusé de me céder une chambre, fit-il sur le ton de la plaisanterie alors que tout dans son attitude trahissait son irritation.

— Professeur, je crois comprendre que vous nous quittez demain.

— Je pars tout à l'heure. L'annonce officielle du site retenu pour mes expériences doit être faite à l'université.

— Dans ce cas, j'ai quelques questions à vous poser.

Chauncy plia méticuleusement sa serviette en prenant son temps, puis il la posa soigneusement à côté de son assiette – un ragoût de tomates auquel il avait à peine touché.

— Désolé, mais je suis déjà en retard. Nous bavarderons une autre fois, laissa-t-il tomber froidement en se levant et en enfilant sa veste.

— J'ai bien peur que cela soit impossible, professeur.

— Si c'est au sujet de ces meurtres, dit-il en toisant son interlocuteur avec arrogance, je n'ai pas la moindre information à vous communiquer. Et si cela concerne mes expériences, vous êtes en dehors de vos prérogatives, inspecteur, tout comme votre... votre acolyte, hésita-t-il en jetant à Corrie un regard de mépris. Maintenant, si vous voulez bien m'excuser.

— Ce n'est pas à vous de décider qui je dois interroger et pourquoi, mais à moi, répondit Pendergast d'une voix onctueuse.

Chauncy prit son portefeuille dans la poche intérieure de sa veste et en tira une carte de visite qu'il tendit à Pendergast.

— Vous connaissez la loi. Je m'oppose à tout interrogatoire en dehors de la présence de mon avocat.

Pendergast eut un petit sourire.

— Bien évidemment. Puis-je vous demander le nom de votre avocat ?

Chauncy hésita.

— À moins de me communiquer le nom et le numéro de téléphone de votre conseil, professeur Chauncy, je me verrais contraint de vous interroger. Je connais la loi, moi aussi.

— Écoutez, monsieur Pendergast... tenta de s'interposer Ridder.

Chauncy arracha sa carte des mains de Pendergast et gribouilla quelques mots au verso avant de la lui rendre.

— Pour votre gouverne, inspecteur, sachez que je suis actuellement chargé d'une mission de première importance par le Département de recherches agronomiques de l'université du Kansas. Une mission capitale pour l'avenir de l'humanité. Alors dites-vous bien que je n'ai pas l'intention de me retrouver mêlé, de près ou de loin, à une enquête criminelle sordide. Quant à vous, messieurs, je vous remercie de ce... déjeuner, poursuivit-il à l'adresse de ses hôtes, marquant volontairement une pause afin de bien leur faire comprendre que son compliment n'en était pas un.

Pendergast avait déjà sorti son téléphone et composait un numéro, sous le regard inquiet d'Art Ridder et du shérif. Même Chauncy sembla hésiter.

— Monsieur Blutter ? demanda Pendergast en regardant la carte de l'universitaire. Inspecteur Pendergast du Bureau fédéral d'investigation à l'appareil.

Chauncy fronça les sourcils.

— Je me trouve actuellement à Medicine Creek en compagnie de l'un de vos clients, le professeur Stanton Chauncy. J'aurais souhaité lui poser quelques questions au sujet des meurtres survenus ces jours derniers. Deux options s'offrent à nous. La première consiste à me répondre ici même sans plus attendre. La seconde, à le faire lors d'une audition publique sur convocation du juge. Le professeur souhaiterait recueillir votre avis avant de prendre sa décision.

Sur ces mots, il tendit son téléphone à Chauncy qui le lui arracha des mains.

— Allô, Blutter ?

Chauncy écouta longuement son interlocuteur avant d'exploser.

— Écoutez, Blutter, c'est du harcèlement. Cet homme compte traîner dans la boue l'université du Kansas et je ne peux pas le laisser faire. Nous sommes actuellement dans une phase extrêmement délicate et la moindre publicité négative pourrait...

L'universitaire écouta à nouveau et son visage s'assombrit.

— Mais bon Dieu, Blutter, vous ne comprenez donc pas. Je n'ai rien à dire à ce flic...

À l'autre bout du fil, l'avocat n'avait pas l'air de se laisser émouvoir et Chauncy finit par raccrocher en maugréant.

— C'est bon ! gronda-t-il en lançant son téléphone à Pendergast. Je vous accorde dix minutes.

— Je vous remercie, mais nous passerons le temps qu'il faudra. Quant à mon *acolyte*, elle va prendre en notes notre conversation. Vous êtes prête, mademoiselle Swanson ?

— Quoi ? Oui, tout de suite, bégaya Corrie qui avait oublié de prendre son cahier dans la voiture.

Comme par miracle, un carnet et un stylo surgirent dans la main de Pendergast. Elle s'en saisit et se mit à la recherche d'une page blanche avec un détachement feint, comme s'il s'agissait d'une simple opération de routine.

Mais Art Ridder n'avait pas dit son dernier mot.

— Vous restez là les bras croisés sans rien dire, Hazen ? s'exclama-t-il.

Le shérif se tourna vers Ridder.

— Que voulez-vous que j'y fasse ? s'enquit-il, le visage impassible.

— Arrêtez-le, faites quelque chose. Vous ne comprenez donc pas que cet inspecteur du FBI va tout faire capoter ?

— Vous savez comme moi que je ne peux rien faire, rétorqua le shérif d'un ton posé.

Puis il se tourna vers Pendergast sans mot dire, apparemment calme.

Corrie connaissait assez le shérif pour savoir qu'il bouillait intérieurement.

Pendergast profita de cette diversion pour s'adresser à Chauncy avec la plus grande courtoisie.

— Dites-moi, professeur. Depuis quand envisagez-vous la possibilité de mener vos expérimentations à Medicine Creek ?

— Depuis le résultat d'un sondage informatique réalisé au mois d'avril dernier, répondit sèchement l'universitaire.

— À quand remonte votre première visite ici ?

— Au mois de juin.

— Qui avez-vous vu lors de cette première rencontre ?

— Personne, il s'agissait d'une reconnaissance préliminaire.

— Si vous n'avez vu personne, qu'avez-vous fait précisément ?

— Je ne vois pas en quoi...

Sans attendre la fin de sa phrase, Pendergast lui tendit son téléphone.

— Il vous suffit d'appuyer sur la touche Bis.

Chauncy fit un effort pour conserver son calme.

— J'ai mangé au Maisie's Diner.

— Ensuite ?

— Quoi, ensuite ? Ensuite, c'est le repas le plus effroyable qu'il m'ait jamais été donné d'avaler.

— Ensuite ?

— Ensuite, j'ai eu une diarrhée épouvantable, si vous voulez tout savoir.

Incapable de se contenir davantage, Corrie éclata de rire, sous les regards perplexes de Ridder et du shérif qui ne savaient plus quoi penser.

Un sourire amer étira les lèvres de Chauncy qui reprenait du poil de la bête.

— Je suis allé examiner un champ appartenant à Buswell Agricon, reprit-il. Vous savez sans doute que nous sommes associés avec cette firme sur ce projet.

— Où se trouve ce champ ?

— Près de la rivière.

— Précisément où ?

— Lot 5, parcelle 1, quart nord-ouest de la section 9.

— En quoi consistait l'examen en question ? Qu'avez-vous fait exactement ?

— J'ai prélevé des échantillons de terre et de maïs, entre autres.

— Mais encore ?

— J'ai prélevé de l'eau, diverses espèces botaniques et des insectes. Il s'agit d'échantillons scientifiques dont la portée vous dépasse, monsieur Pendergast.

— J'aurais souhaité connaître la date exacte de cette première visite.

— Je ne sais plus exactement, il faudrait que je consulte mon agenda.

Pendergast croisa les bras et attendit.

Chauncy, comme un écolier pris en faute, sortit de sa poche un calepin qu'il feuilleta longuement.

— C'était le 11 juin.

— Avez-vous remarqué quoi que ce soit d'anormal ou d'inhabituel ?

— Je vous l'ai dit, je n'ai rien vu de particulier.

— À présent, dites-moi en quoi consistent précisément les expérimentations auxquelles vous comptez procéder ?

Chauncy bomba le torse.

— Je suis désolé, monsieur Pendergast, mais j'ai bien peur que tout cela dépasse de beaucoup vos compétences. Seul un scientifique de haut niveau y comprendrait quelque chose et je ne vois pas bien l'utilité de poursuivre sur ce terrain.

Pendergast sourit modestement.

— Dans ce cas, peut-être accepterez-vous d'exposer la nature de vos recherches en des termes susceptibles d'être compris par le premier imbécile venu.

— Si vous insistez. Nous cherchons à développer une nouvelle sorte de maïs pour la production de GPL. Vous savez de quoi il s'agit, au moins ?

Pendergast fit oui de la tête.

— Nous avons besoin d'une souche à taux d'amidon élevé capable de produire des pesticides naturels dans le but d'éviter le recours à des pesticides industriels. Je ne peux pas dire les choses plus simplement, monsieur Pendergast. J'espère que ce n'est pas trop compliqué pour vous, fit-il avec un petit sourire supérieur.

Pendergast se pencha vers son interlocuteur, le visage parfaitement neutre. On aurait dit un chat prêt à fondre sur sa proie.

— Une question, professeur. Comment comptez-vous prévenir les effets de pollinisation croisée ? Il serait extrêmement difficile de faire rentrer le génie dans la lampe, si vous me passez l'expression, au cas où votre maïs transgénique en viendrait à contaminer les autres plants.

Chauncy était visiblement déconcerté.

— Eh bien... nous avons l'intention de créer une zone tampon, en plantant du trèfle sur une largeur de trente mètres tout autour du champ expérimental.

— Il a pourtant été démontré par Addison et Markham, les auteurs d'un article paru dans le numéro d'avril 2002 du *Journal of Biomechanics*, que des phénomènes de pollinisation croisée dus à des plants de maïs transgénique ont pu être observés sur des distances de plusieurs kilomètres. Je ne doute pas que vous ayez lu cet article, professeur. Un article signé Addison...

— Je connais très bien cet article ! rétorqua sèchement l'universitaire.

— Dans ce cas, vous connaissez sûrement les travaux d'Engels, Traumerai et Green. Ils ont démontré que les plants transgéniques de type 3PJ produisaient un pollen toxique pour les Monarques. Auriez-vous par hasard l'intention d'utiliser des plants de type 3PJ ?

— Oui, mais la mortalité de ces papillons survient uniquement lorsque l'on trouve des taux de concentration supérieurs à soixante grains de pollen par millimètre carré...

— Un taux couramment retrouvé dans un rayon de trois cents mètres des champs concernés, si l'on en croit une étude de l'université de Chicago publiée dans les *Actes du troisième symposium annuel de...*

— Je connais ce satané article, merci ! Pas besoin de me citer les références complètes !

— Dans ce cas, professeur, permettez-moi de vous poser à nouveau la question : comment comptez-vous prévenir les effets de pollinisation croisée, et comment procéder à la protection des papillons ?

— C'est précisément le but de ces expériences, Pendergast ! C'est même pour tenter de résoudre ces problèmes que...

— Medicine Creek va donc servir de cobaye à vos expérimentations.

Chauncy, écarlate, au bord de l'implosion, avait totalement perdu les pédales.

— J'en ai assez ! Je ne vois pas pourquoi je devrais justifier de l'importance de mes travaux devant un... un... un con de flic comme vous !

Le souffle court et le front moite, des cercles de transpiration sous les bras, Chauncy était à bout de nerfs.

Dans le silence qui suivit, Pendergast se tourna vers Corrie.

— Ce sera tout pour aujourd'hui. Avez-vous pu prendre note de cet entretien, mademoiselle Swanson ?

— Je n'en ai pas perdu un mot, pas même le « con de flic ».

Elle referma bruyamment son petit carnet, remisa le stylo dans l'une des poches de sa veste en cuir et adressa un sourire débonnaire à l'assemblée.

Pendergast fit un petit signe de tête. Il allait s'éloigner lorsque Ridder le retint.

— Pendergast, fit-il sur un ton si glacial que Corrie en eut froid dans le dos.

— Oui ? répondit le policier en se retournant.

Les yeux de Ridder étaient comme deux charbons ardents.

— Vous avez interrompu notre déjeuner et dérangé notre invité. Il me semble que vous lui devez une explication.

— Une explication ? s'étonna Pendergast. Laquelle ?

Perplexe, il prit le temps de la réflexion avant de poursuivre :

— À moins que cette citation d'Einstein ne vous satisfasse : « La seule chose qui soit pire que l'ignorance est l'arrogance. » Je dirais volontiers au professeur Chauncy que lorsque les deux se conjuguent, l'effet est détonant.

Un soleil aveuglant accueillit Pendergast et Corrie à leur sortie du bowling. Au moment de prendre place dans sa voiture, Corrie, n'y tenant plus, éclata de rire.

— Cela vous amuse ? l'interrogea Pendergast.

— Pas vous ? Il fallait voir comment vous lui avez troué le cul.

— C'est la seconde fois que j'entends cette curieuse expression. Que signifie-t-elle précisément ?

— Ben, ça veut dire que vous avez remis ce crétin à sa place.

— Dieu vous entende, mais j'ai bien peur que Chauncy et ses semblables ne soient encore plus dangereux que crétins.

30

Il était neuf heures passées lorsque Corrie rentra à Wyndham Park Estates, le campement de mobile homes situé derrière le bowling où elle vivait avec sa mère. Après avoir déposé Pendergast chez sa logeuse, elle avait été lire dans son refuge habituel, sur le chemin de terre longeant la ligne à haute tension. À la tombée de la nuit, pas tout à fait rassurée à l'idée de se retrouver seule dans le noir, elle avait fini par rentrer.

Elle ouvrit doucement la porte d'entrée et la referma avec d'infinies précautions, comme à son habitude lorsqu'elle ne voulait pas que sa mère l'entende. À l'heure qu'il était, sa chère maman devait cuver sa vodka, d'autant qu'on était dimanche et qu'elle avait dû commencer à biberonner en se levant. Mais on ne savait jamais, et comme deux précautions valent mieux qu'une...

Elle se glissa silencieusement dans la cuisine. La caravane n'était pas climatisée et l'air y était irrespirable. Elle ouvrit un placard et sortit sans bruit une boîte de Cap'n Crunch qu'elle vida dans un bol. Elle se versa du lait et commença à manger. Elle avait une faim de loup et se resservit un second bol après avoir dévoré le premier.

Elle lava sa vaisselle, l'essuya et la rangea dans le placard, remit le lait dans le frigo et acheva de faire disparaître toute trace de son passage. Si jamais sa mère ronflait comme elle l'espérait, elle pourrait toujours faire une heure ou deux de Resident Evil sur sa console Nintendo avant de se coucher. Elle retira ses chaussures et se dirigea vers sa chambre sur la pointe des pieds.

— Corrie ?

Elle s'immobilisa. Pourquoi sa mère ne dormait-elle pas ? Le ton de sa voix ne lui disait rien qui vaille.

— Corrie, je sais que c'est toi.

— Oui, m'man ? répondit-elle en prenant un ton dégagé.

Seul le silence lui répondit. Putain, ce qu'il pouvait faire chaud dans ce mobile home ! Comment sa mère faisait-elle pour passer ses journées à picoler dans une telle fournaise ? Rien que d'y penser, Corrie en avait le cœur serré.

— Jeune fille, je crois que tu as oublié de me dire quelque chose, reprit la voix.

— Qu'est-ce que j'ai oublié de te dire, maman ? s'étonna Corrie, feignant l'innocence.

— Ton nouveau boulot.

Et merde !

— Et alors ?

— Et alors, il y a que je suis ta mère et que j'ai tout de même le droit de savoir ce qui se passe dans ta vie.

Corrie s'éclaircit la voix.

— On ne peut pas parler de ça demain matin, m'man ?

— On va en parler tout de suite, oui. Tu me dois quelques explications, ma fille.

Corrie ne savait pas par où commencer. De toute façon, jamais sa mère n'allait la croire.

— Je travaille pour cet inspecteur du FBI qui enquête sur les meurtres.

— C'est ce qu'on m'a dit.

— Alors pourquoi tu me demandes, si tu sais déjà ?

La question fut accueillie par un ricanement.

— Combien il te paye, ton type du FBI ?

— Ça ne te regarde pas.

— Ah oui ? Tu crois ça ? Parce que tu crois peut-être que tu peux vivre ici aux frais de la princesse en allant et venant comme tu en as envie ? Qu'est-ce que tu t'imagines ?

— Je ne serais pas la première fille à vivre chez ses parents.

— Mais tu serais bien la première à ne pas aider sa mère le jour où tu trouves un boulot bien payé.

— Je te mettrai quelque chose sur la table de la cuisine, soupira Corrie.

Pour ce que coûtait un paquet de Cap'n Crunch... D'autant que sa mère n'avait pas fait de courses ou préparé à manger depuis une éternité, se contentant de rapporter des paquets de chips du bowling où elle était serveuse. Sans oublier ses chères mignonnettes de vodka qui lui coûtaient la moitié de sa paie.

— J'attends toujours une réponse, jeune fille. Combien gagnes-tu ? Si ça se trouve, tu te fais avoir.

— Je t'ai déjà dit que ce n'était pas tes oignons.

— Je le vois mal te payer correctement, tu ne sais rien faire. Ni taper à la machine ni même écrire une lettre. Je me demande bien pourquoi il t'a engagée.

— Parce qu'il pense que je suis capable de l'aider, s'énerva Corrie, rouge de colère. Il me donne sept cent cinquante dollars par semaine, si tu veux tout savoir !

Les mots étaient sortis tout seuls et Corrie le regretta aussitôt.

— Tu as bien dit *sept cent cinquante dollars par semaine* ? s'étrangla sa mère.

— Exactement.

— Et tu es censée faire quoi exactement, pour tout cet argent ?

— Rien.

Comment avait-elle pu être assez conne pour se laisser piéger par sa mère ?

— Rien ? ! ! Comment ça, rien ?

— Je lui sers d'assistante, je prends des notes et je le conduis là où il me dit d'aller.

— Tu parles d'une assistante ! Qui est ce type, d'abord ? Quel âge a-t-il ? Avec quoi tu le conduis ? Avec ce qui te sert de voiture ? *Sept cent cinquante dollars* ? ! ! martela-t-elle.

— Je viens de te le dire.

— Il t'a fait signer un contrat, au moins ?

— Ben, non.

— Tu travailles sans contrat ? Tu es folle ou quoi ? Corrie, pourquoi crois-tu qu'il te donne autant d'argent ? Si ça se trouve, il est déjà trop tard et c'est pour ça que tu ne m'as rien dit. Je vois d'ici le genre de *travail* qu'il te fait faire, ma fille.

Corrie se boucha les oreilles. Elle aurait donné n'importe quoi pour s'enfuir, partir le plus loin possible. N'importe où. Elle pensa un instant dormir dans sa voiture près de la rivière, mais l'idée que le tueur pouvait y être embusqué se chargea de la refroidir.

— Mais non, maman ! Ce n'est pas du tout ce que tu crois !

— Pas ce que je crois, pas ce que je crois ! Comment expliquer autrement qu'il te donne sept cent cinquante dollars par semaine alors que tu es encore au lycée et que tu ne sais rien faire ? Ne me prends pas pour une bécasse, Corrie. Je ne suis pas née de la dernière pluie, je sais comment sont les hommes. Ils sont bien tous pareils, des obsédés et des prédateurs. Tu n'as qu'à regarder ton père et la manière dont il m'a laissée tomber sans jamais me verser la moindre pension. Un moins que rien, voilà ce que c'était. Tout ce que je peux te dire, c'est que ton pseudo-inspecteur n'appartient pas plus au FBI que toi ou moi. Quel agent du FBI prendrait comme assistante une délinquante avec un casier judiciaire ? *J'exige que tu me dises la vérité, Corrie !*

— Mais puisque je te dis que c'est vrai !

Partir. Ne pas rester là. Rien que cette nuit. L'ennui, c'est que Medicine Creek n'avait jamais autant ressemblé à une ville fantôme que ce soir, surtout depuis l'émeute à l'église. Déjà en rentrant chez elle, Corrie ne s'était pas sentie très rassurée en voyant les gens barricadés chez eux et les maisons cadenassées à double tour à neuf heures du soir.

— Si ce type est aussi bien que tu le prétends, tu n'as qu'à l'amener ici. Dis-lui que je veux le voir.

— Tu rigoles ou quoi ? J'aime mieux crever la gueule ouverte plutôt que de l'amener dans ce taudis ! hurla Corrie, folle de rage. Et je tiens encore moins à ce qu'il te voie, toi !

— Je t'interdis de me parler comme ça !

— Je vais me coucher.

— Tu ne t'en vas pas quand je te parle, ma fille, et tu...

Décidée à ne pas en entendre davantage, Corrie se précipita dans sa chambre dont elle claqua violemment la porte. Elle enfila ses écouteurs et mit un CD dans le lecteur afin de faire taire définitivement la voix glapissante de sa mère qui lui parvenait toujours à travers la cloison. Avec la gueule de bois qu'elle devait avoir, il y avait peu de chances pour qu'elle décide de se lever. Elle finirait par se lasser et, avec un peu de chance, elle ne se souviendrait plus de rien le lendemain matin. Corrie l'avait pourtant trouvée étonnamment lucide.

Tout semblait rentré dans l'ordre lorsque s'éteignirent les dernières éructations du chanteur de Kryptopsy. Corrie retira ses écouteurs et s'approcha de la fenêtre, à la recherche d'un peu d'air frais. Les grillons stridulaient dans la nuit et l'odeur poisseuse qui montait des champs de maïs envahissait peu à peu la chambre. Seules quelques rares lumières provenant des mobile homes trouaient l'obscurité, la municipalité n'ayant jamais pris la peine de faire changer les ampoules des réverbères du campement. Corrie resta longtemps à la fenêtre, ses yeux noyés de larmes perdus dans l'obscurité, puis elle s'allongea sur son lit tout habillée et remit le CD au début. *Tu n'as qu'à regarder ton père. Un moins que rien, voilà ce que c'était.* Corrie s'était toujours efforcée de ne pas penser à lui, afin de ne pas souffrir inutilement. Malgré ce qu'en disait sa mère, elle n'avait que de bons souvenirs de son père. Elle ne comprendrait jamais pourquoi il était parti comme ça, sans un mot d'explication, sans une lettre. Après tout, sa mère avait peut-être raison et si personne ne l'aimait, c'est qu'elle ne le méritait pas, tout simplement.

Elle monta le volume du disque, décidée à échapper coûte que coûte aux pensées amères qui l'assaillaient. Un an. Plus qu'un an à tenir. Allongée sur son lit, dans un mobile home pourri perdu dans ce trou paumé au milieu de nulle part, un an lui paraissait une éternité. Il s'agissait pourtant de tenir bon...

Corrie se réveilla dans une obscurité totale. Les grillons s'étaient tus et le silence qui l'enveloppait était oppressant. Elle s'assit sur son lit, s'aperçut qu'elle avait encore ses écouteurs sur les oreilles et les ôta machinalement. Quelque chose l'avait réveillée. Mais quoi ? Un cauchemar, peut-être ? Elle ne se souvenait même pas d'avoir rêvé. Elle attendit, retenant son souffle.

Rien.

Elle se leva et se dirigea vers la fenêtre. Un maigre croissant de lune fit une apparition timide entre deux nuages avant de s'effacer à nouveau. Des éclairs de chaleur traversaient l'horizon, zébrant le ciel de traînées d'un jaune triste. Le cœur de Corrie battait à tout rompre dans sa poitrine, sans raison précise. À moins que ce ne soit le disque qu'elle écoutait en s'endormant.

Elle s'approcha de la fenêtre ouverte sur la nuit sombre. Derrière la silhouette du mobile home voisin, une étoile perdue veillait au-dessus des champs dont l'odeur humide et forte lui envahissait les narines.

Un bruit la fit sursauter. On aurait dit un reniflement

Ça ne pouvait pas être sa mère, le son provenait de *l'extérieur*. Quelqu'un reniflait dans la nuit. Quelqu'un d'enrhumé.

Le même bruit se fit entendre.

Il faisait trop noir pour que Corrie discerne quoi que ce soit. Tous les sens en alerte, elle crut pourtant voir bouger du côté de la haie longeant la rue. Avait-elle vraiment vu quelque chose ou bien son imagination lui jouait-elle des tours ?

Elle voulut refermer la fenêtre coulissante, mais elle était coincée. Prise de panique, elle la secoua dans tous les sens.

Cette fois, plus de doute, quelqu'un reniflait bruyamment. Quelqu'un ou quelque chose, tout près d'elle. Un instant pétrifiée par la peur, elle se ressaisit et redoubla d'efforts pour faire coulisser la fenêtre récalcitrante. Quelque chose bougeait dans le noir, elle en était sûre : une ombre énorme et difforme se glissait dans sa direction avec d'infinies pré-cautions.

Ne parvenant pas à refermer la fenêtre, Corrie se jeta sur l'interrupteur de sa chambre et alluma la lumière, faisant tomber au passage son lecteur de CD.

Sous l'effet de la lumière crue, la fenêtre laissa place à un rectangle noir. Corrie entendit distincte-ment un grognement suivi d'un bruit sourd et d'un froissement, comme si quelqu'un prenait la fuite.

Elle attendit, s'éloignant machinalement de la fenêtre noire. Elle tremblait de tous ses membres, la gorge sèche. Impossible de rien distinguer dehors. La chose était-elle toujours là, à l'observer ? Une minute s'écoula, puis une autre. Soudain, elle distingua dans le lointain un bruit de toux, suivi d'un grognement étrange et terrifiant qui lui glaça le sang. Le grogne-ment s'arrêta brusquement et Corrie distingua un curieux déchirement, suivi d'un bruit liquide, comme si quelqu'un avait renversé un seau d'eau sur la chaussée. Et puis plus rien. Rien que le silence. Un silence épais, si angoissant qu'elle dut faire un effort pour ne pas hurler.

Tout à coup, elle entendit un claquement, suivi d'un gargouillis qui se transforma bientôt en un chuintement régulier.

Elle se laissa tomber sur son lit, soulagée. C'était le système d'arrosage de M. Dade qui se mettait en marche, comme toutes les nuits à deux heures.

Un coup d'œil à son réveil le lui confirma.

Combien de fois avait-elle entendu l'arroseur tous-soter et crachoter bizarrement en se déclenchant ? *Reprends-toi !* Tout ça était le fruit de son imagina-tion. Pas vraiment étonnant, après tous les événe-ments des derniers jours et ce qu'elle avait vu avec Pendergast dans le champ de maïs.

Penaude, elle retourna à la fenêtre qu'elle referma cette fois sans difficulté. Elle se remit au lit et éteignit la lumière, bercée par le murmure des minuscules gouttelettes d'eau qui s'écrasaient sur l'herbe. Mais la peur avait fait son œuvre et il était quatre heures passées lorsqu'elle parvint enfin à se rendormir.

31

Tad fit un tel bond qu'il tomba du lit. À genoux par terre, complètement désorienté, il se passa une main sur le visage et finit par agripper le téléphone qui sonnait sur sa table de nuit.

— Allô ? marmonna-t-il. Allô ?

À travers ses paupières à moitié baissées, il constata qu'il faisait encore nuit dehors. Seule une mince bande claire barrait l'horizon vers l'est.

— Tad, fit la voix tout à fait réveillée du shérif. Je suis sur Fairview Street, près de l'entrée du campement de mobile homes. Je t'attends dans dix minutes.

— Shérif ? tenta Tad, mais son interlocuteur avait déjà raccroché.

Moins de cinq minutes plus tard, le shérif-adjoint débarquait aux Wyndham Park Estates.

Le soleil n'était pas encore levé, mais la plupart des habitants des mobile homes se trouvaient là, en robe de chambre et claquettes. Il régnait un silence impressionnant. Le shérif déroulait de la bande plastique afin de bloquer la rue tout en téléphonant, le portable coincé contre sa joue. Pendergast, le type du FBI, se trouvait là également, à peine visible dans la nuit avec son costume de croque-mort. Tad regarda autour de lui, très mal à l'aise, sans apercevoir le moindre corps, la moindre victime. Rien qu'un tas visqueux en plein milieu de la rue, à côté d'un sac de toile. Tad se sentit soulagé, pensant qu'il s'agissait sans doute d'un animal écrasé. Mais alors, pourquoi tant de tintouin ?

Il s'approcha du shérif au moment où ce dernier repliait son portable.

— Reculez ! cria-t-il en faisant de grands gestes. Tad ! Aide-moi à dérouler cette fichue bande et fais-moi reculer tout ce monde.

Tad se précipita et lui prit le rouleau de plastique des mains. En passant, il jeta un coup d'œil à la masse sombre et humide qui brillait d'un rouge inquiétant dans les premières lueurs de l'aube. Dégoûté, il détourna aussitôt les yeux.

— S'il vous plaît, messieurs dames, fit Tad d'une voix mal assurée. Allez, reculez, encore, encore ! Je vous en prie !

La foule reflua lentement, en silence. Les visages étaient graves. Tad en profita pour nouer une extrémité de la bande plastique à un arbre, achevant de délimiter un périmètre de sécurité. Le shérif s'entretenait à présent avec cette déguisée de Corrie Swanson, sous le regard de Pendergast. Derrière la jeune fille, on apercevait sa mère, une vieille robe de chambre rose toute tachée serrée autour d'elle. Elle avait une tête épouvantable, comme d'habitude, ses mèches brunes plaquées sur le crâne, une Virginia Slim coincée entre les lèvres.

— Alors Swanson, tu dis que tu as entendu quelque chose ? insista Hazen d'un air dubitatif tout en prenant des notes.

Corrie, blanche comme un linge, tremblait de tous ses membres, mais ses yeux brillaient d'une lueur décidée.

— Il était un peu avant deux heures quand je me suis réveillée...

— Comment pouvais-tu savoir l'heure qu'il était ?

— J'ai regardé mon réveil.

— Continue.

— Quelque chose m'a réveillée, je ne sais pas exactement quoi. Je suis allée à la fenêtre et c'est là que j'ai entendu le bruit.

— Quel bruit ?

— Une espèce de reniflement.

— Un chien ?

— Non, plutôt comme quelqu'un d'enrhumé.

Le shérif prenait des notes furieusement.

— Continue.

— J'ai eu l'impression que quelque chose bougeait sous ma fenêtre, mais il faisait trop noir et je ne voyais rien dehors. J'ai allumé la lumière et c'est à ce moment-là que j'ai perçu comme un grognement.

— Un grognement humain ?

Corrie hésita.

— C'est dur de dire.

— Ensuite ?

— J'ai refermé ma fenêtre et je me suis recouchée.

Hazen fixa Corrie droit dans les yeux.

— Tu n'as même pas eu l'idée d'appeler ton... euh, ton patron ? demanda-t-il en montrant Pendergast du menton.

— Ben... j'ai cru que c'était l'arroseur automatique du voisin. Il se met en route toutes les nuits à deux heures en faisant des bruits bizarres.

Hazen baissa son carnet et se tourna vers Pendergast.

— Belle recrue que vous avez là, fit-il avant de s'adresser à Tad. Bon, voilà ce qu'on sait. Quelqu'un a déversé en pleine rue un tas de boyaux. À vue de nez, je dirais que ce sont des tripes de vache, elles sont trop grosses pour provenir d'un chien ou d'un mouton. Le sac de toile déposé à côté est rempli d'épis de maïs fraîchement cueillis. Tu vas faire la tournée des fermes des environs pour t'assurer que personne n'a perdu une vache ou un cochon.

Il jeta un coup d'œil en direction de Corrie avant de reprendre plus doucement :

— Cette histoire ressemble de plus en plus à un culte quelconque.

Par-dessus l'épaule de son chef, Tad vit Pendergast s'agenouiller à côté du tas visqueux qu'il toucha du doigt. Dégoûté, Tad détourna les yeux. L'inspecteur tendit la main et écarta d'un doigt l'ouverture du sac.

— Shérif ? fit-il sans se relever.

— Quoi ? aboya le shérif qui s'apprêtait à passer un coup de téléphone.

— À votre place, je ne chercherais pas un animal, mais quelqu'un.

Sa réponse jeta un froid.

Hazen baissa lentement son téléphone.

— Comment pouvez-vous affirmer que ces...

Il n'eut pas le courage d'achever sa phrase.

— Je vois mal une vache manger de la tourte de viande de chez Maisie et arroser le tout avec une bière.

Hazen fit un pas en avant et éclaira le sinistre tas à l'aide de sa lampe de poche, le cœur au bord des lèvres.

— Pourquoi le tueur... commença-t-il avant de s'interrompre, livide. Je veux dire, pourquoi emporter le cadavre et laisser les intestins ?

Pendergast se releva et s'essuya délicatement le doigt à l'aide d'un mouchoir en soie.

— Peut-être souhaitait-il alléger son fardeau, laissa-t-il tomber d'un air grave.

32

Il était onze heures lorsque Tad retrouva enfin son bureau. Il dégoulinait littéralement et son uniforme était trempé de sueur. Les types de la police criminelle et le shérif étaient déjà rentrés de mission. La pièce du fond avait été transformée en quartier général et il aperçut de loin une nuée d'inconnus occupés à passer des appels sur leurs téléphones portables et leurs radios. La presse avait eu vent de l'affaire, bien évidemment, et la meute des journalistes et des photographes attendait à l'ombre des cars régies dans la rue principale. Ils étaient bien les seuls à oser mettre le nez dehors, les habitants de Medicine Creek ayant préféré rester claquemurés chez eux. Même le Wagon Wheel était fermé, et les ouvriers de l'usine Gro-Bain avaient été renvoyés dans leurs foyers. Sans l'arrivée des médias, on aurait cru à une ville fantôme.

— Tu as trouvé quelque chose ? s'enquit le shérif lorsque Tad pénétra dans la première pièce.

— Rien.

— Merde ! s'énerva le shérif en tapant du poing sur son bureau. On a fait le tour et aucun des 325 habitants ne manque à l'appel. Ils sont en train de faire les dernières vérifications à Deeper, mais aucune disparition n'a été signalée.

— Chef, vous êtes sûr que les... enfin les intestins retrouvés sont humains ?

Hazen lança à Tad un regard en biais. Il avait des poches sous les yeux et son adjoint ne l'avait jamais vu aussi tendu, les poings serrés.

— Je me suis aussi posé la question. Les restes ont été envoyés à Garden City pour y être analysés et McHyde m'affirme qu'il s'agit bien d'intestins humains. Ils n'en savent pas plus pour l'instant.

Tad en avait la nausée. Jamais il ne pourrait oublier la vision cauchemardesque de ces morceaux de tourte à moitié digérés baignant dans l'estomac au milieu d'un mélange de bière et de sang. Il n'aurait jamais dû regarder.

— Peut-être que c'était quelqu'un de passage, suggéra-t-il d'une petite voix. Je vois mal quelqu'un d'ici se promener seul la nuit par les temps qui courent.

— J'y ai bien pensé, mais où se trouve sa voiture, dans ce cas ?

— Quelqu'un l'a peut-être cachée, comme celle de Sheila Swegg.

— On a fouillé partout. On a même fait appel à un avion pour survoler les environs.

— Il n'a pas repéré de clairière dans les champs ?

— Rien. Ni voiture, ni clairière, ni corps, chou blanc sur toute la ligne. Et pas davantage d'empreintes de pieds, pour une fois.

Hazen s'essuya le front du revers de la main et se laissa tomber lourdement sur sa chaise.

Il avait le plus grand mal à se concentrer avec tous ces types de la criminelle qui faisaient un raffut infernal dans la pièce voisine. Sans parler des journalistes qui les guettaient depuis la rue, objectifs braqués sur la porte vitrée.

— Un voyageur de commerce, peut-être ? proposa Tad.

Hazen désigna du menton la pièce du fond.

— Les collègues sont en train d'interroger les propriétaires de motel des environs.

— Et le sac d'épis de maïs, ça n'a rien donné ?

— On s'en occupe, mais on ne sait même pas s'il a été laissé là par le tueur ou s'il appartenait à la victime. Si c'est le cas, je me demande bien ce que pouvait faire notre inconnu avec un sac plein d'épis, tous soigneusement répertoriés et étiquetés selon un code bien particulier, par-dessus le marché.

Le shérif jeta un regard agacé aux photographes. Il fit mine de quitter son siège, changea d'avis, finit tout de même par se lever.

— Va me chercher le bidon de blanc d'Espagne et un pinceau dans la réserve, tu veux ?

Tad, aussi énervé que son chef par l'animation de l'autre côté de la vitre, ne se le fit pas dire deux fois. Quelques instants plus tard, il revenait armé d'un pot de peinture. Le shérif le lui prit des mains, souleva le couvercle, trempa son pinceau dans le pot et entreprit de badigeonner la vitrine.

— Bande de sales cons, grommela-t-il entre ses dents en donnant de grands coups de pinceau rageurs. Essayez un peu de prendre des photos, maintenant.

— Attendez, chef, je vais vous aider.

Ignorant la proposition de son adjoint, le shérif acheva de peindre la porte vitrée, laissant derrière lui de longues traînées blanches qui dégoulinaient sur le seuil. Il remit le pinceau dans le pot, referma le couvercle et se rassit avec un grand soupir avant de fermer les yeux. Son uniforme était couvert de taches blanches.

Tad s'installa près de son chef, inquiet. Le shérif avait un teint cireux, ses cheveux blond-roux étaient plaqués sur son front et une artère battait furieusement sur sa tempe.

Brusquement, il écarquilla les yeux et se dressa comme un diable sortant d'une boîte, faisant sursauter Tad.

Ses lèvres s'entrouvrirent, laissant échapper un seul mot :

— *Chauncy !*

33

Le shérif n'en pouvait plus. Il était presque midi et il ne se sentait pas la force de regarder plus longtemps Lefty Weeks, le maître-chien, s'escrimer sur une piste hypothétique. Weeks agaçait Hazen au plus haut point. C'était un petit bonhomme avec de longs cils blancs et des paupières rouges, de grandes oreilles et un cou interminable, un geignard qui n'arrêtait pas de se plaindre, même quand personne ne l'écoutait sinon ses chiens. Il faisait une chaleur étouffante sous les peupliers et le shérif sentait de grosses gouttes de sueur lui dégouliner sur le front, dans le cou et le long du dos. Le thermomètre devait avoir passé la barre des quarante degrés. Il ne pouvait pas fumer à cause de ces putains de chiens, mais il faisait tellement chaud que ça ne le dérangeait même pas. C'était dire !

Les deux bêtes gémirent de plus belle en tournant en rond, la queue entre les jambes. Hazen lança un coup d'œil à Tad. Weeks donnait des ordres à ses chiens d'une voix aiguë, tirant en vain sur leurs laisses.

Hazen s'approcha et donna un coup de pied à l'une des deux bêtes.

— Allez ! Trouve-moi ce salopard ! hurla-t-il. Qu'est-ce que tu attends ?

Le chien se coucha en gémissant.

— Si ça ne vous dérange pas, shérif... s'interposa Weeks, ses oreilles décollées rouges de colère.

Hazen se retourna.

— Écoutez, Weeks, c'est la troisième fois qu'on vient ici et que vos chiens nous font le même cinéma.

— Peut-être, mais ce n'est pas en les frappant que vous arriverez à quelque chose.

Hazen faisait de son mieux pour contenir sa colère, regrettant d'avoir frappé la pauvre bête. Les flics de la criminelle avaient beau le regarder d'un air impassible, ils devaient le prendre pour un bouseux. Se reprenant, il dit d'une voix calme :

— Écoutez, Lefty, je ne plaisante pas. Arrangez-vous pour que vos chiens reprennent la piste ou bien j'expédie une plainte en bonne et due forme à Dodge.

Weeks fit la moue.

— Ils ont senti quelque chose, j'en suis certain, mais ils refusent d'avancer plus loin.

Hazen sentit une vague de fureur monter en lui.

— Weeks, vous m'aviez pourtant promis de revenir cette fois avec de vrais chiens. Pas des caniches à leur mémère qui pleurnichent pour un rien.

Hazen s'approcha des chiens et la femelle se mit à gronder.

— Ne faites pas ça, fit Weeks.

— Je ne lui fais même pas peur et elle a tort. Essayez une nouvelle fois, bon Dieu !

Weeks sortit le sac plastique contenant l'un des objets retrouvés sur le lieu du deuxième meurtre et l'ouvrit d'une main gantée. La chienne recula aussitôt en geignant.

— Allez, ma jolie ! Allez ! la cajola Weeks.

L'animal remuait dans tous les sens, quasiment couché sur le sol.

Weeks s'accroupit et mit le sac sous le nez de la chienne.

— Allez, ma jolie ! Sens ! Cherche, cherche !

Tremblant de tous ses membres, elle se ramassa sur elle-même et pissa sous elle.

— C'est pas vrai ! grogna Hazen en détournant la tête.

Il croisa les bras, les yeux rivés sur la rivière qui coulait à ses pieds.

Cela faisait plus de trois heures qu'ils se trouvaient là et que ces crétins de chiens ne voulaient rien savoir. Les équipes de la criminelle fouillaient les champs un peu plus loin tandis que les types du labo, à quatre pattes, recherchaient le moindre indice sur les rives sablonneuses de la Medicine River. Au-dessus de leurs têtes, deux avions de recherche tournoyaient inlassablement. Où pouvait bien se trouver le corps ? Le tueur l'avait-il emporté ? La police du Kansas avait établi des barrages sur les routes, mais le meurtrier pouvait très bien avoir profité de la nuit pour s'enfuir et le Kansas était grand.

Le shérif leva les yeux et vit Smit Ludwig approcher, son carnet à la main.

— Si ça ne vous dérange pas, shérif, je...

— Smitty, vous n'avez rien à faire ici, fit le shérif, de plus en plus irascible.

— Il n'y avait aucun périmètre de sécurité et...

— Dehors, et plus vite que ça !

Le journaliste n'avait pas l'intention de se laisser faire.

— Rien ne m'empêche d'être là.

Hazen se tourna vers son adjoint.

— Tad, raccompagne M. Ludwig jusqu'à la route.

— Vous n'avez pas le droit de faire ça !

Intraitable, le shérif lui avait déjà tourné le dos.

— Allez, monsieur Ludwig, vous ne pouvez pas rester là, fit la voix de Tad.

Les deux hommes s'éloignèrent et les récriminations du journaliste se perdirent dans l'air moite.

Au même moment, la radio du shérif grésilla.

— Hazen, j'écoute, fit-il en décrochant l'appareil de sa ceinture.

— Chauncy n'a pas reparu à son hôtel depuis hier, fit la voix de Hal Brenning, l'officier de liaison. Et il n'a pas dormi dans son lit la nuit dernière.

— Tu parles d'une nouvelle, maugréa le shérif.

— Il n'a dit à personne où il avait l'intention de se rendre ni ce qu'il comptait faire. Personne ici ne sait où il est allé.

— On a déjà vérifié, répondit le shérif. Il a apparemment eu un problème de voiture et il l'a laissée à la station-service. Ernie l'a prévenu qu'il y en avait pour deux jours, mais il n'a rien voulu savoir. Il a insisté pour récupérer son véhicule le soir même, mais il n'est jamais venu le rechercher. La dernière fois que Chauncy a été vu en ville, il dînait chez Maisie. Il semblerait qu'il ait voulu effectuer quelques prélèvements en douce dans les champs de maïs. C'est pour ça qu'on aurait retrouvé dans son sac des épis étiquetés.

— Des épis de maïs étiquetés ? ! !

— Je sais, je sais. Drôle d'idée avec un tueur dans les parages, mais ce Chauncy faisait ses affaires dans son coin sans prévenir personne, sans doute pour éviter les questions embarrassantes.

Hazen se souvenait du malaise de Chauncy lorsque Pendergast lui avait parlé de pollinisation croisée.

— Quoi qu'il en soit, les hommes du shérif Larssen sont en train de fouiller les papiers retrouvés dans la chambre du professeur Chauncy, reprit l'officier de liaison. D'après ce que j'ai cru comprendre, il avait une déclaration importante à faire aujourd'hui en milieu de journée.

— Ouais, sans doute pour annoncer qu'il n'avait pas l'intention de retenir Medicine Creek pour ses expériences, ironisa Hazen. Rien d'autre ?

— L'un des doyens de l'université du Kansas devrait arriver d'un moment à l'autre avec le responsable de la sécurité du campus.

Hazen poussa un grognement.

— Et pour couronner le tout, la météo a lancé un avis de tempête de poussière. Ils ont publié un bulletin d'alerte pour le comté de Cry et l'ensemble des plaines du Colorado.

— Pour quand ?

— On pourrait être touché dès ce soir. Ils parlent même d'une tornade possible.

— Génial, maugréa le shérif.

Il éteignit sa radio, la raccrocha à sa ceinture et leva la tête. De grosses nuées noires en forme de champignon atomique géant s'accumulaient effectivement à l'horizon vers l'ouest. Au Kansas, les gens savaient ce que cela signifiait et l'on pouvait s'attendre au pire. La rivière risquait de déborder, entraînant jusqu'au moindre indice sur son passage ; la police pouvait faire le deuil de l'enquête si la grêle s'en mêlait et que les champs soient inondés. Il n'y aurait plus qu'à attendre le prochain meurtre. Quel bordel, mais quel bordel !

— Weeks, si vos chiens refusent de faire leur boulot, emmenez-les. Ça ne sert à rien de les faire tourner en rond au risque de saloper le site. Vous devriez avoir honte de vous.

— C'est quand même pas ma faute, geignit le maître-chien.

Hazen s'éloigna en longeant la rivière. Sa voiture et celles des autres enquêteurs étaient garées à dix minutes de là. Il toussa, cracha, renifla bruyamment : aucun doute possible, c'était le calme précédant l'orage.

Arrivé à la route, il vit Art Ridder sortir de sa voiture et lui adresser de grands signes.

— Shérif !

294

Hazen s'approcha.

— Hazen, je vous cherche partout, fit Ridder, le visage plus animé que d'habitude.

— Ne m'énervez pas, Art, j'ai déjà une journée assez compliquée comme ça.

— C'est ce que je vois.

Hazen respira un grand coup. Ridder était peut-être l'une des huiles de Medicine Creek, mais il n'avait pas l'intention de se laisser emmerder pour autant.

— Je viens de recevoir un appel d'un certain doyen Fisk du Département de recherches agronomiques de l'université du Kansas. Il doit débarquer ici avec l'un de ses collaborateurs.

— Je sais.

Ridder ne dissimula pas sa surprise.

— Ah bon ? En tout cas, il y a quelque chose que vous ne savez sûrement pas. Vous n'allez pas en croire vos oreilles.

Hazen attendit la suite.

— Chauncy comptait annoncer aujourd'hui que Medicine Creek avait finalement été retenu pour ses recherches.

Hazen eut une poussée de chaleur.

— Medicine Creek ? Vous voulez dire qu'il n'avait pas choisi Deeper ?

— Non, il pensait à nous depuis le début.

— Alors ça... je n'en reviens pas, balbutia le shérif, stupéfait.

— C'était le lieu idéal pour ses projets.

Ridder s'essuya le front à l'aide d'un mouchoir qu'il remit dans la poche de sa chemise.

— Notre agglomération se meurt, shérif. Ma maison a perdu quarante pour cent de sa valeur en vingt ans. L'usine finira tôt ou tard par faire un nouveau plan social, si elle ne ferme pas ses portes avant. Vous savez ce que représentait ce projet pour nous ?

L'espoir, shérif, grâce aux OGM. Ce champ expérimental n'était que le début. À terme, cela signifiait l'implantation d'un centre de calcul informatisé, de logements pour les scientifiques de passage, peut-être même d'une station météo. Le prix des terrains aurait grimpé, l'immobilier serait reparti, c'était du travail assuré pour tout le monde, à commencer par nos enfants. Ce projet aurait pu sauver Medicine Creek, Hazen, ajouta-t-il d'un air sentencieux. Et maintenant, tout est foutu.

— Ne nous emballons pas, Art, grommela Hazen, pas encore remis de sa surprise.

— Il faut être bouché pour ne pas voir la vérité en face ! rétorqua sèchement Ridder. Vous croyez peut-être qu'ils vont choisir Medicine Creek après tout ce qui vient de se passer ? Après avoir vu le responsable de leur projet se faire étriper ?

Une chape de plomb s'abattit sur les épaules du shérif qui s'éloignait déjà en direction de sa voiture.

— Mes affaires m'attendent, si ça ne vous dérange pas, Art. J'ai un cadavre à trouver, au cas où vous ne seriez pas au courant.

Ridder lui barra le passage.

— Écoutez, shérif, j'ai bien réfléchi à tout ça, fit-il en baissant la voix. Vous avez pensé à vous renseigner un peu sur ce Pendergast ? Ce type-là ne m'a pas l'air très catholique. Je trouve qu'il est arrivé un peu vite après le premier meurtre. Après tout, qui nous dit qu'il appartient vraiment au FBI ? Qui nous dit que ce n'est pas lui, le coupable, que ce n'est pas un psychopathe ? On le voit fourrer son nez partout dès qu'il y a un nouveau meurtre.

Mais Hazen ne l'écoutait plus, emporté par le cours de ses pensées.

Il venait d'avoir une idée.

Ridder n'avait pas tort d'affirmer que Medicine Creek allait perdre le projet au profit de Deeper, au moment où tout indiquait que la petite bourgade était pourtant la mieux placée. Comme par hasard, Chauncy se faisait assassiner la veille d'annoncer sa décision et du coup, Deeper emportait le marché.

Deeper emportait le marché...

Tout devenait clair.

Le shérif s'efforça de ne plus entendre la voix monotone de Ridder afin de mieux réfléchir aux implications de sa découverte. Le premier meurtre, celui de Sheila Swegg, avait eu lieu trois jours avant la venue de Chauncy. Ce dernier à peine arrivé à Medicine Creek, le tueur récidivait. Dans les deux cas, il avait multiplié les mises en scène étranges, laissant derrière lui des flèches et des empreintes de pieds nus pour mieux faire penser à la légende des guerriers fantômes et à la malédiction des Quarante-Cinq. Il faut croire que son plan n'avait pas fonctionné aussi bien qu'il l'espérait car Chauncy n'avait pas éprouvé la moindre curiosité pour ces meurtres, balayant du revers de la main cette prétendue malédiction. C'est tout juste s'il avait pris la peine de lire les journaux. Ce type-là était un chercheur rationnel et méticuleux, qui n'avait que faire de toutes ces histoires de fantômes et de cadavres. Des racontars de bonnes femmes tout juste bons à effrayer les habitants de Medicine Creek.

Et, comme par hasard, Chauncy se faisait assassiner à la veille d'annoncer son intention de choisir Medicine Creek pour son projet.

Le doute n'était plus permis. Il ne s'agissait pas du tout d'un tueur en série et le coupable n'était pas un habitant d'ici, n'en déplaise à Pendergast. Il faut toujours chercher à qui profite le crime. Qui avait le plus à perdre de voir l'université du Kansas opter pour Medicine Creek ? Quelqu'un de Deeper. Art n'avait pas tort, les enjeux de toute cette histoire étaient considérables, l'avenir des deux bourgades dépendait de ce projet. À Deeper non plus, l'avenir n'était pas rose. En trente ans, la petite ville avait perdu la moitié de sa population, pire que Medicine Creek. Deeper était plus grande que Medicine Creek, elle n'en avait que plus à perdre. Sans compter que les habitants de Deeper n'avaient même pas d'usine, contrairement à eux.

Pour Deeper, c'était une question de survie, tout simplement.

— Vous me suivez ?

Art Ridder, courroucé, s'étonnait de l'apathie soudaine de son interlocuteur. Brusquement tiré de ses pensées, le shérif se ressaisit.

— Art, il faut que je vous quitte. Un truc urgent à régler.

— Mais enfin, shérif ! Vous n'avez pas écouté un traître mot de ce que je viens de vous dire !

Hazen posa une main sur l'épaule de Ridder.

— J'ai la ferme intention de trouver le fin mot de toute cette histoire et je compte bien ramener le projet de l'université du Kansas à Medicine Creek par-dessus le marché. Laissez-moi faire, Art.

— Je serais curieux de savoir comment vous comptez vous y prendre, s'étonna Ridder tandis que le shérif s'éloignait.

Au moment de monter dans sa voiture, Hazen se retourna.

— Quant à Pendergast, vous avez parfaitement raison. Il faut l'empêcher de nous emmerder plus longtemps.

— Je vous ai toujours dit que c'était lui, l'assassin.

— Ne dites pas de bêtise, Art. Ce type-là n'a rien d'un assassin, mais il nous mène en bateau depuis le début avec cette histoire de tueur en série, affirmant qui plus est qu'il s'agit de quelqu'un d'ici. C'est à cause de lui et de toutes ses théories fumeuses que je n'ai pas vu la vérité plus tôt.

— Mais qu'est-ce que vous racontez ? ! !

— Comment ai-je pu être aussi aveugle ?

— Aveugle à quel propos ?

— Laissez-moi faire, Art. Faites-moi confiance, répondit le shérif avec un petit sourire.

Hazen s'installa derrière le volant de sa voiture et décrocha sa radio. Pendergast était arrivé seul, sans voiture ni chauffeur, sans même prendre contact avec le bureau du FBI à Dodge. Ce salopard n'était pas du tout en mission officielle et il était temps de lui apprendre un peu les bonnes manières.

— Harry ? demanda le shérif en mettant sa radio en marche. Ici le shérif Hazen de Medicine Creek. Écoute-moi, c'est important. C'est au sujet des meurtres. Est-ce que tu connaîtrais par hasard quelqu'un du FBI à Dodge qui serait susceptible de me rendre un petit service ? Quelqu'un de haut placé, si possible.

Il écouta attentivement la réponse en hochant la tête d'un air satisfait.

— Merci infiniment, Harry.

Hazen remettait sa radio en place lorsque Ridder passa la tête par la fenêtre.

— J'espère que vous savez ce que vous faites, Hazen. L'avenir de Medicine Creek en dépend.

— Vous pouvez dormir sur vos deux oreilles, Art, sourit le shérif.

Sur ces mots, il démarra et prit la direction de Dodge dans un nuage de poussière.

34

Smit Ludwig avait dû s'installer au comptoir, chassé de sa table habituelle par un groupe de journalistes bruyants envoyés par l'Associated Press, à moins que ce ne soit le *National Enquirer* ou *Weekly World News*. Les représentants des médias affluaient toujours plus nombreux au fur et à mesure que le tueur garnissait son tableau de chasse et ils avaient l'air de vouloir s'installer. Le restaurant était bondé. Outre les journalistes, les habitants semblaient s'être donné le mot pour se réfugier chez Maisie, à l'affût des dernières nouvelles et des dernières rumeurs. Mme Bender Lang était là avec son troupeau de vieilles rombières ; Ernie, le garagiste, trônait à une autre table au milieu de sa bande, tout comme Swede Cahill qui avait décidé de ne pas ouvrir le Wagon Wheel ce jour-là. On apercevait un peu plus loin les ouvriers de chez Gro-Bain, formant un groupe bien distinct de celui des cadres de l'usine, installés à une autre table. On se serait cru dans une boîte de nuit new-yorkaise. Le seul absent de marque était Art Ridder.

Ludwig se demandait sous quel angle il allait pouvoir attaquer son prochain papier. Il avait déjà évoqué pour ses lecteurs la Malédiction des Quarante-Cinq et raconté en détail le massacre des guerriers fantômes. Il avait décrit les meurtres et la bagarre à l'église, et son article sur la disparition de Chauncy était déjà prêt. Il n'aurait pas voulu s'arrêter en si bon chemin et cherchait désespérément du grain à moudre pour son édition du lendemain.

À cette heure, il aurait dû se trouver sur le terrain afin de recueillir les derniers éléments auprès des enquêteurs. Et tout ça à cause de cette brute de shérif. Il devait bien y avoir un moyen de le court-circuiter. Comment faisaient les types des grands journaux quand la police refusait de coopérer et menaçait de les arrêter ?

Ludwig n'avait pas l'intention de laisser passer sa chance uniquement à cause d'un flic de cambrousse buté. Jamais une telle occasion ne se représenterait. À soixante-deux ans, il tenait enfin la chance de terminer sa carrière sur un feu d'artifice. Plus tard, ses petits-enfants tourneraient fièrement les pages jaunies des vieux exemplaires du *Courier* en disant : « Vous vous souvenez de cette histoire de meurtres à Medicine Creek en 2003 ? C'était notre grand-père qui couvrait l'affaire. Un journaliste comme on n'en fait plus. »

Ludwig fut brusquement tiré de sa rêverie en voyant quelqu'un s'installer au comptoir à côté de lui. Tournant machinalement la tête, il découvrit le visage juvénile et décidé de son voisin. Mal rasé, un mégot vissé aux lèvres, la tignasse ébouriffée et la cravate de travers, c'était l'archétype du journaliste en herbe.

Smit serra la main que lui tendait le jeune reporter.

— Joe Rickey, du *Boston Globe*.

— Enchanté, répondit Ludwig.

Le *Boston Globe* ? Décidément, on venait de loin pour couvrir les meurtres de Medicine Creek.

— Et vous, vous êtes Smit Ludwig du *Cry County Courier*, c'est bien ça ?

Ludwig acquiesça.

— Il fait toujours chaud comme ça, ici ?

— J'ai déjà vu pire.

— C'est vrai ? Pas moi, répliqua-t-il en s'épongeant le front à l'aide d'une serviette en papier prise sur le comptoir. Ça fait deux jours que je suis là et je ne comprends rien à toute cette histoire. J'avais pourtant promis à mon rédac' chef quelques bons papiers sur l'Amérique profonde. Je suis responsable d'une rubrique intitulée « L'Amérique au quotidien ». Chez nous, les gens aiment bien savoir ce qui se passe ailleurs, alors vous imaginez, avec cette histoire de type beurré, sucré et passé à la casserole...

Le jeune journaliste en frémissait d'aise et Ludwig l'observa. D'une certaine manière, c'était un peu lui quarante ans plus tôt. Un gamin qui devait avoir du talent s'il avait décroché un poste au *Boston Globe*. Il avait dû faire une école de journalisme et ne manquait pas de culot, mais c'était encore un bleu.

— En tout cas, pas moyen d'obtenir le moindre tuyau de votre bouseux de shérif ou des Rambo de la police criminelle. Vous qui êtes du coin, vous devez bien savoir dans quels placards trouver des cadavres. Si je puis dire.

— Oui, bien sûr, répondit Ludwig sans se mouiller.

Pas question d'avouer à ce gamin qu'il n'était guère plus avancé que lui.

— Vous n'imaginez pas dans quelle merde je suis si je rentre les mains vides, surtout après ce que ça a coûté au *Globe* de m'envoyer ici.

— C'est vous qui leur avez proposé ce sujet ?

— Ouais, et ça n'a pas été une mince affaire de convaincre mon redac' chef, croyez-moi.

Ludwig avait pitié de ce jeune collègue qui lui rappelait ses propres débuts. À ceci près qu'il avait refusé une bourse d'études à Columbia pour accepter le

302

poste de grouillot qu'on lui proposait au *Courier* à l'époque où le journal comptait encore plusieurs employés. Paradoxalement, il n'avait jamais regretté sa décision, et le mélange de frustration, d'ambition et de peur qu'il croyait lire dans le regard de son interlocuteur n'était pas pour le faire changer d'avis.

Rickey s'approcha, l'air d'un conspirateur.

— Je me disais, comme ça, que vous auriez peut-être un tuyau à me refiler. Je vous jure de m'asseoir dessus tant que vous ne l'aurez pas publié.

— C'est-à-dire... dit Ludwig, embarrassé. À dire vrai, monsieur Rickey...

— Appelez-moi Joe.

— À vrai dire, Joe, je ne suis pas beaucoup plus avancé que vous.

— Vous devez bien avoir une ou deux petites idées derrière la tête.

Ludwig observa le jeune homme avec un certain attendrissement.

— Peut-être, admit-il.

— Il faut que je rende mon papier avant onze heures.

Ludwig jeta un coup d'œil à sa montre : il était trois heures et demie.

Au même moment, Corrie Swanson pénétra dans le restaurant. Elle rejeta en arrière ses mèches violettes d'un air décidé, faisant tinter les chaînes et autres quincailleries accrochées à son débardeur.

— Deux grands cafés glacés à emporter, commanda-t-elle. Un avec du sucre et beaucoup de lait, l'autre sans rien.

Ludwig la regarda. La main sur la hanche, tapotant nerveusement le comptoir avec son argent, elle attendait sa commande sans voir personne. Tout le monde en ville savait qu'elle travaillait pour Pendergast, ce qui expliquait les deux cafés. Mais pourquoi à emporter ? Emporter où ?

La réponse n'était pas très difficile à deviner. Sans le savoir, Pendergast allait une nouvelle fois le tirer d'un mauvais pas.

Maisie revenait avec les cafés que Corrie régla avant de se diriger vers la porte.

Ludwig fit un petit sourire à Rickey et se leva.

— Je vais voir ce que je peux faire pour vous, fit-il en sortant sa monnaie.

Rickey l'arrêta d'un geste.

— C'est moi qui paye.

Ludwig le remercia d'un mouvement de tête et sortit du restaurant dans le sillage de Corrie. Derrière lui, il entendit la voix de Rickey :

— Je ne bouge pas d'ici, monsieur Ludwig. Et merci infiniment.

35

Les bureaux du FBI se ressemblent tous, pensa le shérif en jetant un coup d'œil à la façade lisse du bâtiment avec ses fenêtres en verre fumé qui reflétaient le soleil. *Putain ce que ça peut être moche, tout de même*. Il rentra sa chemise dans son pantalon, ajusta sa cravate, écrasa sa cigarette sur le trottoir et redressa son chapeau, puis il poussa la double porte et fut accueilli par un courant d'air glacé à frigorifier un esquimau.

Il déclina son identité à l'accueil, accrocha un badge Visiteur au revers de sa veste et se dirigea vers les ascenseurs. *Premier étage, deuxième couloir à droite, troisième porte sur votre gauche*, lui avait-on précisé à l'accueil

Les portes de l'ascenseur coulissèrent, découvrant un large couloir aux murs tapissés de bulletins officiels et de notes de service cryptiques. Hazen s'avança et constata que les portes des bureaux étaient toutes ouvertes, dévoilant des fonctionnaires des deux sexes en chemise blanche. *Jamais il n'y aura assez de crimes au Kansas pour justifier la présence d'autant d'agents*, se dit le shérif en se demandant à quoi tous ces fonctionnaires pouvaient bien passer leurs journées.

Il se retrouva bientôt devant une porte entrouverte sur laquelle s'étalait le nom de son occupant : PAULSON J., AGENT CHEF. Dans le bureau, une femme à lunettes papillon pianotait avec une régularité mécanique sur le clavier de son ordinateur. Elle leva les yeux sur Hazen et lui fit signe qu'il était attendu dans la pièce voisine.

Le bureau de l'agent chef Paulson était aussi impersonnel que le reste du bâtiment, à l'exception d'un portrait accroché au mur du maître des lieux à cheval, et d'une photo de famille posée à côté du téléphone. L'homme repoussa son fauteuil et se leva afin d'accueillir son visiteur.

— Jim Paulson, se présenta-t-il en lui broyant les phalanges.

Hazen retint une grimace de douleur et se posa sur le siège qui faisait face à son hôte tandis que celui-ci, très décontracté, s'installait confortablement derrière son bureau, les jambes croisées.

— Alors, shérif, en quoi puis-je vous être utile ? s'enquit Paulson. Je n'ai rien à refuser à un ami de Harry McCullen.

Paulson ne perdait pas de temps en amabilités inutiles. L'homme d'action dans toute sa splendeur : cheveux en brosse, costume élégant, yeux bleus et sourire à fossettes, avec sans doute une queue comme un manche de pelle. Le mari idéal.

Hazen décida de jouer les shérifs de cambrousse.

— Tout d'abord, merci d'avoir accepté de me recevoir, monsieur Paulson...

— Appelez-moi Jim, je vous en prie.

Hazen sourit avec une fausse humilité admirable.

— Avec plaisir, Jim. Vous n'avez sans doute jamais entendu parler de Medicine Creek, un petit bled pas très loin de Deeper.

— Vous vous trompez, je sais parfaitement où se trouve Medicine Creek, surtout depuis ces meurtres.

— Dans ce cas, vous devez savoir que nous formons une communauté soudée, attachée aux valeurs de ce pays. En tant que shérif, je suis le garant du respect de ces valeurs, mais je ne vous apprends rien. Le shérif d'une petite municipalité comme la nôtre n'est pas uniquement chargé du maintien de l'ordre, c'est avant tout un symbole de confiance et de respect mutuel.

Paulson opina.

— Bref, tout allait bien jusqu'à cette série de meurtres.

— Un fait divers tragique.

— Notre communauté est modeste, sa police aussi, et toute aide extérieure est la bienvenue, comme vous pouvez vous en douter.

Paulson déploya son sourire à fossettes.

— Shérif, nous aimerions pouvoir vous apporter notre aide, croyez-le bien, mais nous avons pour cela besoin de la preuve formelle qu'un délit fédéral a été commis sur votre territoire, ou bien alors que ces meurtres sont liés à une action terroriste, ce qui ne semble pas être le cas. Comme vous le savez, le FBI n'est pas habilité à se substituer aux autorités locales et j'ai donc les mains liées.

Parfait, pensa Hazen. Feignant l'étonnement, il porta le coup de grâce.

— Mais justement, Jim, c'est bien ce que je ne comprends pas. Depuis le début de cette affaire, nous avons sur place un enquêteur du FBI. Vous n'étiez pas au courant ?

Le sourire de Paulson se figea sur ses lèvres. Il marqua un temps d'arrêt et prit le temps de se caler sur son siège avant de reprendre :

— Si, maintenant que vous le dites.

— C'est précisément la raison de ma visite. L'agent Pendergast est arrivé chez nous dès le matin du premier meurtre. Je suppose que vous le connaissez ?

— J'avoue ne pas le connaître personnellement, répondit Paulson, de plus en plus embarrassé.

— Ah bon ? Il m'a dit qu'il dépendait du bureau de La Nouvelle-Orléans et j'étais persuadé qu'il agissait en parfaite intelligence avec vos services. Je pensais que c'était la règle en pareil cas.

Comme Paulson ne disait rien, le shérif poursuivit :

— Je suis désolé, Jim, j'espère ne pas avoir gaffé. Je pensais simplement...

Il ne jugea pas utile d'achever sa phrase et Paulson en profita pour prendre son téléphone.

— Darlene ? Sortez-moi le dossier de l'inspecteur Pendergast du bureau de La Nouvelle-Orléans. Oui, c'est ça, Pendergast, répéta-t-il avant de raccrocher.

— Quoi qu'il en soit, je suis venu vous demander de lui retirer l'affaire, sans vouloir vous commander.

— Lui retirer l'affaire ? Et pour quelle raison ? fit Paulson en regardant son interlocuteur dans les yeux.

Une légère rougeur au niveau du cou trahissait son trouble.

— Comme je vous l'ai dit, nous sommes habituellement ravis qu'on nous aide. La police de Medicine Creek dispose de très petits moyens, de sorte que nous avons dû faire appel aux unités de police de Dodge ainsi qu'aux enquêteurs de la police criminelle du Kansas, mais je dois vous avouer que cet inspecteur Pendergast est plutôt...

Cette fois encore, il laissa volontairement sa phrase en suspens, comme s'il hésitait à critiquer Pendergast devant l'un de ses collègues.

— Il est plutôt quoi ? insista Paulson.

— C'est-à-dire qu'il est plutôt maladroit dans sa manière d'agir, oubliant un peu trop souvent de se conformer aux usages en vigueur chez nous.

— Je vois, fit Paulson, visiblement agacé.

Hazen se pencha en avant.

— Pour tout vous dire, Jim, précisa-t-il d'un air de conspirateur, ce type-là est un peu bizarre. Il passe son temps à faire des citations savantes et se balade en ville avec son costume de luxe et ses chaussures anglaises. Vous voyez d'ici le tableau.

— Je vois, en effet, acquiesça Paulson.

Le téléphone sonna et l'agent chef décrocha précipitamment.

— Oui, Darlene ? Fort bien, apportez-le-moi.

La secrétaire entra presque aussitôt, armée d'un long listing informatique. Elle le tendit à Jim qui lui effleura la main en passant.

Le patron idéal, pensa Hazen en posant les yeux sur le portrait convenu de la femme et des enfants de Paulson trônant sur son bureau. Une femme plutôt mignonne et une secrétaire charmante, pas mal pour un seul homme.

Paulson, plongé dans la lecture du listing, laissa échapper un sifflement.

— Un sacré bonhomme, ce Pendergast. Prénom Al... Al... C'est fou, je n'arrive même pas à le prononcer. Premier prix au Concours de tir national du FBI en 2002, Médaille de bronze pour services distingués en 2001, Étoile d'or du courage en 1997, 1999 et 2000, une autre médaille pour services distingués en 1998, quatre citations pour bravoure suite à des blessures reçues dans l'exercice de ses fonctions et la liste ne s'arrête pas là. Il a mené plusieurs enquêtes à New York, ceci expliquant cela, sans parler des mentions pour services rendus dans le cadre de missions classées secrètes. Des missions militaires, apparemment. Mais qu'est-ce que c'est que ce type-là ?

— C'est précisément la question que nous nous posions à Medicine Creek, insista Hazen.

Jim Paulson ne cherchait plus à dissimuler sa colère.

— Pour qui se prend-il à venir chez nous en conquérant ? Cette histoire ne relève même pas de la compétence du Bureau.

Hazen savourait en silence la réaction de Paulson, qui posa violemment le listing informatique sur son bureau.

— Personne ici ne l'a autorisé à mener cette enquête et il n'a même pas eu la courtoisie élémentaire de venir nous voir. Ça ne se passera pas comme ça, décréta-t-il en prenant son téléphone. Darlene ? Appelez-moi Talmadge à Kansas City.

— Tout de suite, chef.

Quelques instants plus tard, le téléphone sonnait. Au moment de décrocher, Paulson demanda à son visiteur :

— Shérif, cela ne vous dérangerait pas d'attendre à côté ?

Hazen décida d'examiner d'un peu plus près la secrétaire. Ses lunettes papillon cachaient un visage mutin, posé sur une silhouette avenante.

Le shérif n'attendit pas longtemps. Moins de cinq minutes plus tard, Paulson venait le chercher, tout sourire, ses fossettes bien en évidence.

— Shérif ? fit-il. Pourriez-vous indiquer votre numéro de fax à ma secrétaire ?

— Sans problème.

— D'ici un jour ou deux, vous recevrez par fax un ordre de dessaisissement en provenance du bureau du procureur. Vous n'aurez plus qu'à le signifier à l'inspecteur Pendergast. Personne n'est au courant de cette mission au bureau de La Nouvelle-Orléans et notre bureau new-yorkais nous précise simplement qu'il est actuellement en congé. En dehors de son statut d'officier de police judiciaire, il n'est nullement habilité à mener une telle enquête. Il ne semble pas avoir agi en dehors du cadre de la loi, mais tout ça me paraît suffisamment étrange pour vous recommander la plus grande prudence. Surtout par les temps qui courent.

Hazen s'appliquait à conserver un visage grave, mais il jubilait intérieurement.

— Pendergast a visiblement des appuis importants au sein même du service, mais il semble également disposer d'un certain nombre d'ennemis. À votre place, j'attendrais tranquillement cet ordre de dessaisissement et je le lui notifierais poliment, sans plus. En cas de problème, voici ma carte.

Hazen la prit et la glissa dans sa poche.

— Je comprends, fit-il.

— En tout cas, shérif, je vous remercie de m'avoir averti.

— Je vous en prie.

Paulson, toutes fossettes déployées, raccompagna son visiteur jusqu'au couloir, glissant au passage un clin d'œil à la femme aux lunettes papillon.

Il a dit un jour ou deux, pensa Hazen avec une certaine impatience.

Il regarda sa montre : trois heures. Il avait encore le temps de faire un saut à Deeper.

36

Corrie avançait au ralenti sur le petit chemin de terre, conduisant d'une seule main et maintenant de l'autre les deux cafés glacés posés en équilibre sur ses cuisses. Les glaçons avaient quasiment fini de fondre et ses jambes étaient ankylosées à l'endroit où les gobelets dessinaient des cercles humides sur son pantalon. La Gremlin fit une embardée en passant sur un nid-de-poule plus profond que les autres et Corrie grimaça ; son pot d'échappement n'était plus très vaillant et elle n'avait pas vraiment envie qu'il se détache sur ce maudit chemin.

Devant elle, les contours trapus des tumulus venaient d'apparaître au-dessus des bouquets d'arbres, le soleil de cette fin d'après-midi transformant en halo doré les herbes folles qui poussaient au sommet. Elle fit encore quelques dizaines de mètres, arrêta son moteur et se glissa prudemment hors de son siège avant de se diriger vers les bosquets, ses gobelets à la main. De gros nuages d'orage menaçaient au nord, obscurcissant une bonne partie du ciel. Il n'y avait pas un souffle de vent, mais cela ne durerait guère.

Elle traversa le petit bois et poursuivit sa route en direction des tumulus, découvrant enfin la longue silhouette noire de Pendergast. Il lui tournait à moitié le dos, le regard perdu dans le paysage qui l'entourait. On aurait dit qu'il scrutait les alentours avec une attention particulière, comme s'il cherchait à en graver les moindres détails dans sa mémoire.

— Pause café ! fit-elle sur un ton enjoué.

Pendergast se retourna lentement, la fixa longuement, et une ombre de sourire se forma sur ses lèvres.

— Mademoiselle Swanson ! Comme c'est gentil à vous. Je dois vous avouer à ma grande honte ne boire que du thé. Jamais de café.

— Je suis désolée, répondit-elle, une pointe de déception dans la voix.

Elle avait voulu lui faire plaisir et c'était raté. Tant pis, elle en serait quitte pour boire les deux cafés. Elle regarda autour d'elle et aperçut plusieurs cartes ainsi que des croquis étranges disposés à même le sol et retenus par des pierres. Elle remarqua en particulier un vieux cahier dont les pages usées étaient couvertes d'une écriture d'écolier en pattes de mouche.

— C'est fort gentil d'avoir pensé à moi, mademoiselle Swanson. Je n'en ai plus que pour un instant.

— Vous faites quoi, exactement ?

— Je m'imprègne du *genius loci* afin de me préparer.

— Vous préparer à quoi ?

— Vous le verrez d'ici à quelques minutes.

Corrie s'installa sur un rocher et commença à déguster son café. Il était fort, sucré et froid, comme elle l'aimait. Observant Pendergast, elle le vit faire le tour du site. Il s'arrêta à plusieurs reprises, prenant le temps de regarder longuement autour de lui. Il sortait parfois son carnet afin de prendre des notes, ou bien alors il examinait attentivement l'une ou l'autre de ses cartes avant d'y faire une marque ou de tracer un trait. Corrie tenta de lui poser une question, mais il l'arrêta aussitôt d'un geste de la main.

Trois quarts d'heure s'écoulèrent ainsi. Le soleil commençait à s'enfoncer derrière un banc d'épais nuages noirs. Corrie regardait Pendergast sans comprendre, avec ce curieux sentiment d'admiration qu'elle ne pouvait s'empêcher d'éprouver en sa présence. Elle aurait voulu pouvoir lui être utile, lui prouver qu'elle avait de la ressource, mériter son respect. Il y avait bien longtemps que personne dans son entourage, ni ses profs ni ses copains et encore moins sa mère, ne s'était intéressé à elle. Pendergast avait été le premier à lui faire confiance. Corrie se demandait bien ce qui pouvait pousser quelqu'un comme lui à faire ce boulot, à enquêter sur des crimes épouvantables au risque de sa vie.

Elle se demanda furtivement si elle n'était pas un peu amoureuse de lui...

Quelle idiote ! Bien sûr que non ! Comment être amoureuse de ce cadavre ambulant aux doigts interminables, aux cheveux décolorés et aux yeux froids qui passait son temps à examiner les choses et les gens d'un regard inquiétant ? En plus, il était vieux. Il devait au moins avoir quarante ans. Berk !

Pendergast semblait avoir terminé. Il glissa son carnet dans la poche de sa veste et s'approcha.

— Je suis prêt, je crois.

— Moi aussi je serais prête... si je savais au moins de quoi il retourne.

Pendergast s'agenouilla sur le sol au milieu des cartes et des croquis qu'il rassembla.

— Savez-vous ce qu'est un palais de mémoire ?

— Pas la moindre idée.

— Il s'agit d'un exercice mental, d'un procédé mnémotechnique remontant au moins au grand poète grec Simonide. Cet art fut grandement amélioré à la fin du XVe siècle par Matteo Ricci qui l'enseigna à des savants chinois. Pour ma part, je me suis inspiré de cette forme de concentration mentale et j'ai pu mettre au point une technique personnelle en y mêlant des éléments empruntés au Chongg Ran, une ancienne pratique méditative bouddhiste du Bhoutan. J'ai donné à cette méthode le nom de « retour dans la mémoire ».

— Je ne dois pas être très maligne parce que je n'ai rien compris.

— Laissez-moi vous expliquer de façon plus concrète. Au terme de recherches minutieuses et grâce à des efforts de concentration intenses, je tente de me replonger mentalement dans un lieu à une époque déterminée du passé.

— Un peu comme un voyage dans le temps ?

— Un voyage *imaginaire* dans le temps, si vous voulez. Je me replace mentalement dans le lieu choisi à l'époque qui m'intéresse et j'observe minutieusement tout ce qui m'entoure. Cela présente l'avantage d'ouvrir mon regard sur certains éléments qui nous font défaut, de combler ces vides par la seule force de mon imagination et de découvrir ainsi des détails cruciaux qui m'échappaient jusqu'alors.

Tout en parlant, il retirait sa veste.

— Ce procédé devrait nous aider dans le cas présent, poursuivit-il, puisqu'il m'a été impossible de progresser grâce aux méthodes traditionnelles, en dépit des bons offices de cette chère Mme Tealander.

Pendergast plia soigneusement sa veste et la posa sur les documents rassemblés à côté de lui. Corrie découvrit non sans surprise qu'il portait sous le bras une arme dissimulée dans un étui.

— Vous comptez faire ça tout de suite ? demanda-t-elle, partagée entre la curiosité et l'inquiétude.

Pendergast s'était allongé sur le sol. On aurait dit un cadavre.

— Oui, répondit-il.

— Et moi... qu'est-ce que je dois faire ?

— Vous êtes là pour veiller sur moi. Si vous voyez ou entendez quoi que ce soit d'anormal, réveillez-moi en me secouant fermement.

— Mais...

— Vous entendez le chant des oiseaux et la stridulation des grillons ? Si jamais ils s'arrêtent, réveillez-moi immédiatement.

— D'accord.

— Une dernière chose. Si je ne suis pas revenu à
moi d'ici à une heure, réveillez-moi. En dehors de ces
trois précautions, ne me réveillez sous aucun prétexte. C'est bien compris ?

— Pas de problème.

Pendergast croisa les bras sur sa poitrine. Si elle
avait été à sa place, Corrie aurait trouvé la position
trop inconfortable pour penser à quoi que ce soit. Ce
n'était pas le cas de Pendergast, qui semblait s'être
figé pour l'éternité.

— À quelle époque allez-vous remonter ?

— Je souhaite assister aux événements du
14 août 1865.

— Le jour du massacre des Quarante-Cinq ?

— Exactement.

— Mais pour quelle raison ? Quel rapport y a-t-il
avec les meurtres actuels ?

— Je serais bien incapable de vous le dire, mais je
sais qu'il existe. Mon but est précisément de découvrir la nature exacte de ce rapport. Puisque le présent
ne nous apprend rien sur les événements d'aujour-
d'hui, la réponse se trouve nécessairement dans le
passé. C'est pour cette raison que je compte m'y rendre.

— Mais vous allez *vraiment* dans le passé ?

— Je vous rassure tout de suite, mademoiselle
Swanson. Je m'y rends uniquement par la pensée. Il
n'empêche, c'est un long et périlleux périple en *Terra
incognita* qui pourrait bien être plus dangereux qu'un
voyage habituel.

— Je ne...

Corrie préféra ne pas achever sa phrase, sentant bien que toute autre question serait inutile.

— Êtes-vous prête, mademoiselle Swanson ?

— Ben... oui, je crois.

— Dans ce cas, je vous demanderai de conserver désormais le silence le plus absolu.

Corrie obtempéra, se contentant d'observer la forme immobile de Pendergast. Les minutes s'écoulaient et la respiration du policier semblait s'être arrêtée. Autour d'eux, les oiseaux et les grillons poursuivaient leur sarabande et la vie suivait son cours imperturbablement sous la caresse du soleil que des nuages de plus en plus menaçants n'arrivaient pas à cacher. Rien n'avait changé et, pourtant, Corrie croyait percevoir la rumeur de cette fin de journée tragique, près d'un siècle et demi plus tôt, lorsqu'une trentaine de guerriers cheyennes, surgissant au galop d'un nuage de poussière, avaient accompli leur terrible vengeance.

37

Le shérif Hazen pénétra dans l'immense parking quasiment vide du centre commercial de Deeper, le traversa à vive allure et gara sa voiture sur l'un des emplacements réservés devant les bureaux de la police municipale. Hazen connaissait bien son collègue Hank Larssen. C'était globalement une bonne pâte, même si ses réflexes n'étaient pas toujours très vifs. Le shérif de Medicine Creek traversa avec une pointe d'envie la grande pièce où des secrétaires plutôt mignonnes étaient penchées sur leur écran d'ordinateur. Quand on pense qu'il n'avait même pas les moyens de faire réparer la climatisation de sa voiture de service... Comment faisaient-ils à Deeper pour trouver autant d'argent ?

Il était presque cinq heures de l'après-midi, mais personne n'avait l'air pressé de quitter son poste. Hazen connaissait à peu près tout le monde et nul ne songea à l'arrêter en le voyant se diriger d'un pas déterminé vers le bureau de Larssen dont la porte était fermée. Il frappa pour la forme et entra sans attendre la réponse.

Larssen, confortablement installé sur un vieux fauteuil tournant, écoutait les explications confuses de deux types en costume qui parlaient en même temps. Les deux hommes s'arrêtèrent net et se retournèrent en entendant la porte s'ouvrir dans leur dos.

— Tu ne pouvais pas mieux tomber, Dent, fit Larssen avec un petit sourire. Je te présente Seymour Fisk, doyen de l'université du Kansas, et Chester Raskovich, chef de la sécurité du campus. Messieurs, je vous présente Dent Hazen, le shérif de Medicine Creek.

Hazen tira une chaise à lui et s'assit, examinant de la tête aux pieds les deux ostrogoths de l'université du Kansas. Fisk, avec sa calvitie prononcée, ses bajoues et ses lunettes posées sur le bout du nez, avait la tête de l'emploi. Quant à Chester Raskovich, c'était le type même du flic raté : grand et gros, avec de petits yeux rapprochés et un costume marron dans lequel il transpirait abondamment. Sa façon de vous broyer la main faisait passer l'agent chef Paulson pour un enfant de chœur.

— Tu dois bien te douter de la raison de leur présence ici, poursuivit Larssen.

— Bien évidemment.

Hazen appréciait son collègue et c'est avec mauvaise conscience qu'il s'apprêtait à lui jouer un mauvais tour. Mais plus il réfléchissait à sa petite théorie, plus les morceaux du puzzle se mettaient en place.

— J'expliquais à ces messieurs les implications du choix final de leur projet expérimental pour Deeper et Medicine Creek.

Hazen hocha la tête. Il n'était pas pressé et c'était aussi bien que les types de l'université du Kansas soient là pour entendre ses explications.

Fisk se pencha en avant, décidé à reprendre la conversation interrompue par l'arrivée de Hazen.

— Il faut bien comprendre, shérif, que ce tragique assassinat bouleverse tous nos plans. Je vois mal comment nous pourrions prendre la décision d'implanter ce champ expérimental à Medicine Creek après ce qui vient de se passer. Nous sommes donc prêts à nous rabattre sur Deeper, mais je souhaite recevoir l'assurance que nous n'allons en aucun cas subir les conséquences de cette affaire si nous faisons démarrer ici notre projet. La moindre publicité nous serait préjudiciable. Hautement préjudiciable. Comme vous le savez, notre intention en optant pour une région aussi reculée que la vôtre était précisément d'éviter les débordements médiatiques dus aux inquiétudes irrationnelles des adversaires du génie génétique.

Larssen opina d'un air grave.

— Tout ce que je peux vous dire, c'est que Medicine Creek se trouve à trente kilomètres d'ici et que ces meurtres n'ont rien à voir avec Deeper. Les autorités de Medicine Creek sont d'ailleurs convaincues que le tueur est quelqu'un de chez eux, le shérif Hazen pourra vous le confirmer, de sorte que nous n'avons rien à craindre de ce côté-là. Si ça peut vous rassurer, le dernier homicide enregistré à Deeper remonte à 1911.

Hazen préféra ne pas intervenir, attendant son heure.

— Voilà qui est une bonne chose, approuva Fisk d'un mouvement de tête qui fit trembler ses bajoues. Monsieur Raskovich se trouve ici afin d'aider la police à découvrir l'identité du psychopathe responsable de ces meurtres monstrueux, précisa-t-il en se tournant vers Hazen. Nous souhaitons également retrouver au plus vite le corps du professeur Chauncy qui semble avoir disparu.

— C'est exact, approuva Hazen.

— M. Raskovich compte travailler en étroite relation avec vous, monsieur Larssen, afin d'assurer la sécurité de notre projet à Deeper en évitant toute publicité indésirable. Nous avons bien évidemment différé l'annonce de l'implantation de ce champ de maïs transgénique en attendant que la situation s'éclaircisse, mais je puis d'ores et déjà vous confirmer officieusement que votre commune a été choisie. Des questions ?

Comme personne ne disait rien, le doyen Fisk ajouta à l'intention de Hazen :

— De votre côté, shérif, quoi de neuf à propos de l'enquête ?

C'était la question que Hazen attendait.

— Pas mal de choses, répondit-il d'une voix douce.

Tous les regards braqués sur lui, Hazen se recula sur sa chaise, prenant son temps.

— Il semble que Chauncy se soit rendu à proximité de la rivière afin d'y prélever quelques échantillons de maïs qu'il a soigneusement répertoriés et étiquetés. D'après ce que j'ai cru comprendre, il avait besoin d'épis mûrs.

Les trois autres hochèrent la tête, impatients d'entendre la suite.

— Voilà pour le premier élément nouveau. Le second, c'est que le tueur n'est pas quelqu'un de Medicine Creek, contrairement à ce que l'on a pu croire, dit-il d'un ton aussi détaché que possible.

Les autres sursautèrent.

— Il semblerait également que ces crimes n'aient pas été commis par un tueur en série, mais qu'on ait en réalité voulu *faire croire* à l'œuvre d'un psychopathe. Le rémouleur scalpé, les traces de pieds nus, les allusions aux guerriers fantômes et à la malédiction des Quarante-Cinq, tout ça n'était que de la poudre aux yeux. En vrai, ces crimes ont été commis par une personne qui avait le plus vieux mobile du monde, à savoir l'argent.

— Que voulez-vous dire ? demanda Fisk, pour le moins interloqué.

— J'ai été frappé par le fait que le premier crime avait eu lieu trois jours avant l'arrivée annoncée du professeur Chauncy. Le lendemain même de cette arrivée, le tueur frappait à nouveau. Pouvait-il s'agir d'une simple coïncidence ?

La question resta un instant en suspens.

— Je ne comprends pas, réagit finalement Larssen, l'air inquiet.

— Il faut croire que ces deux premiers crimes n'ont pas eu les effets escomptés, et c'est pour cette raison que Chauncy a été tué à son tour.

— Je ne te suis plus, fit Larssen. De quels effets escomptés parles-tu ?

— C'est simple. Il s'agissait de convaincre Chauncy que Medicine Creek n'était pas l'endroit rêvé pour ses expériences.

L'affirmation du shérif fit l'effet d'une bombe. Profitant de la surprise, Hazen poursuivit :

— Les deux premiers meurtres visaient à convaincre les autorités universitaires d'oublier Medicine Creek et de se rabattre sur Deeper, mais la manœuvre a fait long feu et le coupable n'avait d'autre solution que d'assassiner Chauncy la veille du jour où il devait annoncer sa décision.

— Attends une seconde... s'interposa Larssen.

— Laissez-le terminer, l'interrompit aussitôt le doyen Fisk en se penchant en avant, les mains jointes et les coudes posés sur ses genoux habillés de tweed.

— Ces pseudo-crimes en série étaient censés faire diversion et nuire à la candidature de Medicine Creek, assurant ainsi l'installation du projet à Deeper. Les mutilations et toutes ces mises en scène prétendument indiennes avaient pour but de créer la panique à Medicine Creek et d'accréditer au passage la thèse que nous n'étions que des bouseux attardés. À ta place, Hank, ajouta Hazen en se tournant vers son collègue, je me poserais la question de savoir qui avait le plus à perdre à Deeper si le site retenu était Medicine Creek.

322

— Tu ne crois pas que tu vas un peu vite en besogne ? grogna Larssen en se levant de son siège. Tu n'es tout de même pas en train de nous dire que le tueur est quelqu'un de Deeper ?

— Si, c'est exactement ce que je veux dire.

— Tu n'as pas l'ombre d'une preuve ! Tout ça, c'est du vent ! Une théorie fumeuse qui ne repose sur rien ! Où sont tes preuves ?

Hazen ne répondit pas, préférant attendre que son collègue recouvre son calme.

— Cette histoire est complètement ridicule ! Qui irait s'amuser à tuer trois personnes pour un champ de maïs de rien du tout ?

— Il ne s'agit pas d'un « champ de maïs de rien du tout », comme tu dis, répliqua Hazen d'un ton glacial. Tu n'as qu'à demander au Pr Fisk.

Le doyen acquiesça et Hazen poursuivit :

— Il s'agit d'un projet d'envergure, avec beaucoup d'argent pour le site retenu comme pour l'université du Kansas. Buswell Agricon est l'une des plus grosses firmes au monde dans ce secteur, avec à la clé des brevets, des royalties, des subventions, l'installation de laboratoires, que sais-je encore. Hank, laisse-moi te poser à nouveau la question : qui avait le plus à perdre ici si le site retenu était Medicine Creek ?

— Ne compte pas sur moi pour ouvrir une enquête sur de simples élucubrations.

— Je ne t'en demande pas tant, Hank, fit Hazen en souriant. C'est moi qui suis chargé de l'enquête et je n'ai pas l'intention de me défiler. Tout ce que je te demande, c'est de m'aider.

Larssen se tourna vers Fisk et Raskovich.

— La police de Deeper n'a pas l'habitude de prêter l'oreille aux rumeurs les plus absurdes.

Mais Fisk ne souhaitait pas s'en tenir là.

— Très franchement, shérif, le point de vue de votre collègue me semble tout à fait crédible. Qu'en pensez-vous, Chester ?

— Je pense que ça mérite au minimum de se pencher sur la question, répondit Raskovich d'une voix virile.

Larssen observa tour à tour ses visiteurs.

— Je suis d'accord pour me pencher sur la question, comme vous dites, mais je doute que le meurtrier soit originaire d'ici. Il est trop tôt...

— Professeur Fisk, l'interrompit Hazen. Avec tout le respect que je vous dois, il me semble que vous devriez peut-être reporter votre décision concernant l'implantation du champ de maïs, surtout si l'assassin a agi dans le but de vous influencer.

Il marqua un temps de silence afin de bien faire passer le message.

— Je comprends fort bien votre point de vue, shérif.

— Mais la décision a *déjà* été prise, conclut Larssen, agacé.

— Rien n'est encore gravé dans le marbre, corrigea Fisk. Si l'assassin s'avère être quelqu'un de Deeper – ce qui est tout à fait plausible –, vous comprenez bien que nous ne souhaitions pas implanter le projet ici.

Larssen, sentant qu'il était préférable de ne pas répondre, lança un regard noir à Hazen. Ce dernier avait mal au cœur pour lui, d'autant que Larssen n'était pas un mauvais bougre, même s'il n'était pas très malin.

— Il faut que je retourne à Medicine Creek, fit Hazen en se levant. Nous n'avons toujours pas retrouvé le corps. Mais vous pouvez me faire confiance pour revenir enquêter ici demain à la première heure. J'espère pouvoir compter sur ton aide, Hank.

— Bien sûr, Dent, répondit Larssen à contrecœur.

Hazen se tourna vers Fisk et Raskovich.

— Messieurs, ravi d'avoir fait votre connaissance. Je vous tiens au courant.

— Merci d'avance, shérif.

Hazen sortit un paquet de cigarettes de sa poche et plongea son regard dans celui de Raskovich.

— Passez à mon bureau en arrivant à Medicine Creek. Je m'arrangerai pour vous obtenir une autorisation d'enquête provisoire. Votre aide sera la bienvenue, monsieur Raskovich.

Ce dernier hocha la tête d'un air impassible comme si c'était la moindre des choses, mais Hazen savait déjà qu'il s'était fait un allié du superflic en chef de l'université du Kansas.

38

Le Chongg Ran, la technique de méditation inventée par le sage confucéen Ton Wei à l'époque de la dynastie Tang, avait essaimé hors de Chine et fait des adeptes au Bhoutan où elle avait été perfectionnée sur plus de cinq cents ans par les moines de l'un des monastères les plus reculés de la planète, celui de Tenzin Togangka. Cette forme de concentration absolue était un curieux mélange d'hyperconscience et de vide mental, mêlant sensation pure et connaissances intellectuelles avancées.

La première étape du Chongg Ran consiste à visualiser dans sa tête le noir et le blanc distinctement, et non sous forme de gris. Seuls un pour cent des adeptes de cette pratique parviennent à dépasser ce stade, car d'autres exercices infiniment plus complexes les attendent. On les invite notamment à jouer contre eux-mêmes et simultanément plusieurs parties de go, d'échec ou de bridge, mais aussi à fondre dans un même tout la connaissance et l'ignorance, le bruit et le silence, la conscience et l'inconscience, la vie et la mort, l'univers et le vide.

Le Chongg Ran joue constamment sur les oppositions et les contraires. Il ne s'agit pas d'une fin en soi, mais d'un moyen de parvenir à ses fins par la mise en œuvre de pouvoirs mentaux insoupçonnés, avec à la clé l'épanouissement de l'esprit.

Couché à même le sol, Pendergast conservait la pleine conscience de tout ce qui l'entourait : l'odeur des herbes sèches, la moiteur de l'air, l'inconfort des petits cailloux dans son dos. Il parvenait également à isoler chaque son : le chant des oiseaux, le murmure des insectes, le bruissement des feuilles, jusqu'à la respiration de son assistante, sagement assise à quelques mètres de lui. Les yeux clos, il s'efforçait de reconstituer mentalement dans ses moindres détails le décor de cette fin de journée paisible, faisant apparaître les uns après les autres les bosquets d'arbres, les trois tumulus, les jeux de lumière et d'ombre, les champs de maïs s'étendant à perte de vue, les nuages qui s'accumulaient à l'horizon, l'air, le ciel, la terre.

Bientôt le paysage lui apparut dans son ensemble aussi nettement que s'il avait eu les yeux ouverts. Et de même qu'il s'était appliqué à le construire patiemment, il lui était à présent possible d'en retirer chaque élément.

Il commença par les odeurs, effaçant successivement de sa conscience la senteur des peupliers, le parfum humide et chaud de la végétation, l'ozone de l'orage qui se préparait, les exhalaisons des herbes, des feuilles, de la terre. S'intéressant ensuite à ses sensations, il entreprit d'éteindre progressivement tous les éléments susceptibles de lui rappeler l'instant présent : les petits cailloux sur le sol, la chaleur, le chatouillement d'une fourmi sur sa main.

Puis il s'appliqua à s'isoler des bruits, commençant par le chant des insectes avant de faire disparaître successivement le bruissement des feuilles, le martèlement d'un pic-vert, les pépiements des oiseaux dans les arbres, le chuchotement du vent, les grondements lointains du tonnerre.

Le paysage qu'il avait virtuellement sous les yeux était à présent plongé dans un silence absolu.

L'étape suivante consistait à oublier jusqu'à l'existence de son corps en prenant soin de gommer toute notion d'espace et de temps.

Le véritable processus de concentration pouvait alors commencer et Pendergast fit disparaître un à un tous les éléments du décor, dans l'ordre inverse de sa construction. Il effaça de son esprit la route, puis les champs de maïs, les arbres, l'herbe, les rochers, la lumière, pour ne plus disposer que d'un paysage épuré et vide dont il ne restait plus que les formes nues, plongées dans l'obscurité.

Cinq minutes, puis dix s'écoulèrent, au cours desquelles il eut l'occasion d'apprivoiser le site dépouillé dans lequel il se trouvait à présent. Le moment était venu de le reconstruire d'une autre manière.

La lumière fut la première à revenir, suivie d'un épais manteau vert constellé d'asters, de coquelicots, de bleuets, de moutardes sauvages, auxquels il ajouta d'épais nuages cuivrés, des rochers, la rivière sinueuse courant librement dans l'immensité vierge. Au loin, on distinguait un troupeau de bisons et quelques plans d'eau se reflétaient dans le soleil d'une fin d'après-midi, perdus au milieu d'un océan d'herbes sauvages ondoyant au gré du vent.

Un filet de fumée montait en contrebas et l'on apercevait plusieurs silhouettes mobiles sur la prairie au milieu d'un campement de tentes rapiécées. Une cinquantaine de chevaux broutaient l'herbe le long de la rivière.

Avec d'infinies précautions, Pendergast ouvrit son esprit aux sons et aux odeurs, et il perçut bientôt des voix et des rires, les senteurs fécondes de la terre, le fumet des pièces de bison cuisant sur un feu de bois, le hennissement d'un cheval, un bruit d'éperons et le son caractéristique d'une cocotte en fonte dont on remue le contenu.

Pendergast attendit que la scène se précise, les sens en alerte. Les voix lui parvenaient très clairement.

Chuck est quasiment prêt, dit quelqu'un en jetant une bûche sur le feu.

Ce gamin n'est même pas capable de pisser tout seul. Il a encore besoin que sa maman l'aide à viser pour ne pas s'en mettre plein les pieds.

Explosion de rires.

L'image est encore brouillée, mais Pendergast aperçoit des hommes qui attendent leur tour, une gamelle à la main.

Vivement qu'on arrive à Dodge pour pouvoir se décrasser.

T'as qu'à boire ça pour te nettoyer le gosier, Jim.

Une bouteille brille dans le soleil du soir. Un glou-glou épais résonne, suivi du bruit métallique d'un couvercle que l'on repose sur une cocotte. Une brusque rafale de vent qui fait voler la poussière. Le craquement du bois dans le brasier.

Quand on sera à Dodge, rappelle-moi de te présenter à une dame qui te nettoiera autre chose que le gosier.

À nouveau des rires.

Hé, amigo ! Fais circuler le whisky, un peu.

Qu'est-ce que tu nous as encore concocté, Hoss ? Un ragoût de merde d'agneau ?

T'as le droit de passer ton tour.

Et ce whisky, amigo ?

Peu à peu, la scène se fait plus nette et l'on distingue clairement à présent un groupe d'hommes autour d'un feu de camp au pied de l'un des tumulus. Ils sont tous coiffés de chapeaux de cow-boy maculés et portent autour du cou des bandanas effilochés sur des chemises à moitié déchirées. Quant à leurs pantalons de grosse toile, ils sont raides de crasse. Aucun ne s'est rasé depuis des semaines.

La butte de terre fait l'effet d'un îlot perdu dans un océan de verdure. En contrebas, au-delà d'un épais mur de broussailles défendant la partie inférieure du tumulus, la prairie reprend ses droits. Le vent s'est levé, faisant danser les hautes herbes en vagues successives. Un arôme de fleurs sauvages flotte dans l'air, se mêlant à l'odeur des bûches de peuplier qui se consument dans le feu, au fumet des haricots qui cuisent et aux émanations âcres des corps sales. Les hommes ont déposé leurs selles et déplié leurs couvertures à l'abri du vent, à côté d'une poignée de tentes délabrées. À l'écart du camp, dans deux directions opposées, on distingue les silhouettes des hommes de garde, un fusil entre les mains.

Les rafales de vent se renforcent, faisant tourbillonner dans l'air des nuages de poussière.

Chuck est prêt.

Un homme au visage allongé et aux petits yeux chafouins, une cicatrice lui barrant le menton, se lève lentement et s'ébroue, faisant tinter ses éperons. C'est Harry Beaumont, le chef de la bande.

Sink et Web, allez relever les sentinelles. Vous mangerez plus tard.

Mais la dernière fois...

Encore un mot, Sink, et je te coupe les couilles pour m'en faire un collier.

La réponse du chef est accueillie par des rires étouffés.

Tu te souviens de ce type avec ses énormes couilles à Two Forks ? Le javelina[1] *s'est régalé, tu te souviens ?*

Un grand éclat de rire.

Ce type-là devait avoir une maladie.

Ils sont tous atteints de maladies.

Ça ne t'a pas empêché d'aller voir les squaws de plus près, Jim.

---

1. Sorte de sanglier sauvage d'Amérique. *(N.d.T.)*

Tu peux pas fermer un peu ta grande gueule quand on mange ?

Au même instant, un homme se met à chanter d'une belle voix grave :

À cheval toute la nuit, pieds dans les étriers
Je somnole à moitié, un œil sur le troupeau
Pendant ma garde un veau s'est échappé
Cravachant ma monture j'ai suivi le bestiau
Le vent s'est levé, l'orage a éclaté
J'ai bien cru un moment être emporté par les eaux.

Les deux sentinelles arrivent et posent leur arme avant de rejoindre le reste de la troupe, une gamelle à la main, secouant la poussière de leurs habits. Le cuisinier leur verse une louche de ragoût aux haricots et ils s'assoient en tailleur sur le sol.

Putain, Hoss ! T'as encore mis de la terre dans la bouffe, ou quoi ?

C'est bon pour la digestion.

Fais passer le whisky, amigo.

Un vent d'orage, transformant la prairie en un vaste lac en mouvement, secoue à présent les flancs des tumulus qu'il enveloppe d'un tourbillon de poussière au moment même où le soleil se cache derrière les nuages.

Brusquement, tout se fige dans le paysage alors que résonne soudain le martèlement des sabots des chevaux.

Qu'est-ce qui se passe ?

Les chevaux ! Quelqu'un a affolé les chevaux !

Mais... ce ne sont pas nos chevaux !

Les Cheyennes !

Vite ! Sortez vos armes ! À vos fusils !

En l'espace d'un instant, la foudre s'abat sur le campement. Des écharpes de poussière surgit un cheval blanc recouvert de peintures de guerre rouge sang, suivi de bien d'autres. La rumeur se transforme en cris. Le flot des guerriers à cheval jaillis de nulle part se sépare en deux parties qui prennent en tenaille les hommes affolés.

Ay ay ay ay ay ay ay ay ay ay !

Une première flèche fend l'air en sifflant, à laquelle succède une nuée de traits, tirés simultanément des deux côtés, qui font des ravages. Les hurlements s'entremêlent aux grognements sourds des blessés, au cliquetis des éperons et au bruit mat des corps s'effondrant sur le sol.

Un voile de poussière opaque recouvre toute la scène, enveloppant dans un brouillard diffus les silhouettes des hommes qui courent dans tous les sens et tombent les uns après les autres. Quelques coups de feu claquent dans la panique ambiante et un cheval s'effondre lourdement. Son cavalier n'a pas le temps de s'extirper de sous sa monture que déjà l'un des Quarante-Cinq lui tire une balle en pleine tête à bout portant, faisant voler un nuage de matière visqueuse et sombre.

La poussière submerge le campement en vagues successives sous les assauts répétés du vent dont le sifflement se mêle aux cris rauques des mourants. Un instant, le martèlement des sabots se calme pour reprendre de plus belle.

Ils reviennent !

Attention ! Préparez-vous à une nouvelle attaque !

Les silhouettes spectrales des guerriers indiens apparaissent à nouveau, répétant la manœuvre.

Ay ay ay ay ay ay yipee ay !

Les survivants se défendent avec l'énergie du désespoir. Un genou à terre, ils visent soigneusement leurs adversaires cette fois. L'odeur de la mort est partout : dans le claquement sec des armes qui aboient, le sifflement sinistre des flèches qui font vibrer l'air avant de se ficher dans les corps ou la terre, l'écroulement sourd des bêtes qui s'effondrent, l'écho métallique des éperons, le frémissement des hommes qui s'affalent en se tenant la poitrine. Le voile de poussière se déchire brusquement et laisse passer une silhouette titubante qui tente désespérément d'arracher la flèche qui lui traverse la bouche. À côté de lui, l'un de ses compagnons s'écroule en avant, la poitrine transpercée de quatre flèches, trois autres enfoncées dans le dos. Seule figure immobile dans ce chaos de fin du monde, un cheval attend la mort en tremblant sur ses pattes, hébété, ses entrailles formant un tas fumant sous son ventre ouvert.

Les Cheyennes reculent et repartent à l'attaque à plusieurs reprises dans l'odeur écœurante du sang qui forme de véritables rivières sous les hommes et les bêtes abattus.

Lors du cinquième assaut, les coups de feu sont rares et les flèches se chargent de faire taire les derniers tireurs. Quelques survivants vacillent en grognant au milieu des corps immobiles. Les Indiens descendent de cheval afin de faire le tour des blessés, un couteau à la main. Au moindre mouvement, on les voit s'arrêter, se pencher sur leurs victimes ; seul le déchirement humide d'un scalp que l'on arrache vient mettre un terme aux cris de miséricorde qui les accueillent.

Un homme qui feignait d'être mort est relevé sans ménagement. Les Indiens se regroupent lentement et silencieusement autour du prisonnier qui implore le pardon de ses assaillants : il s'agit d'Harry Beaumont. Ses cris aigus n'y font rien. Des mains le saisissent brutalement, d'autres maintiennent sa tête en arrière. La lame d'un couteau brille brièvement dans la poussière qui vole, un cri s'élève, inhumain, et un premier morceau de chair tombe sur la terre rougie. Les Indiens s'acharnent sur Beaumont dont ils sculptent littéralement le visage avec leurs armes. Les cris du supplicié se sont transformés en hurlements hystériques, à la limite de la démence, tandis que d'autres morceaux de chair sanguinolente sont jetés au loin. Un déchirement suintant, plus écœurant encore que les précédents, provoque un cri atroce. Deux autres coups de couteau, deux autres morceaux qui tombent, un dernier hurlement, plus bref.

Des Indiens s'activent autour de leurs chevaux morts qu'ils traînent derrière eux à l'aide de cordes. D'autres chargent leurs morts sur des travois et disparaissent derrière le rideau de poussière. En moins d'une minute, tous se sont évanouis et le drame est consommé.

Un seul survivant titube dans les décombres du campement en poussant des cris d'un autre monde : Harry Beaumont. Arrivé au centre des tumulus, il s'effondre. Son visage scalpé, dépouillé de toute humanité, n'est qu'une plaie béante privée de nez, de lèvres, d'oreilles.

Harry Beaumont a été déclinqué.

Silhouette vacillante et dérisoire, il baisse ce qui lui reste de tête. Un trou béant se dessine au centre de cette masse informe d'un rouge insolent et un cri rauque s'élève :

Fils de 'ute, ve 'audis 'ette 'erre à vamais ! Qu'elle 'isse le sang de 'oute é'ernité 'our laver 'on sang ! 'erre 'audite !

Lentement, comme au ralenti, Beaumont s'écroule en faisant voler autour de lui un nuage de poussière rouge.

Le vent s'apaise peu à peu, la poussière retombe et le paysage retrouve des contours plus nets, dévoilant plusieurs dizaines de corps inertes. Les morts et les chevaux des Cheyennes ont disparu, comme par magie. Seule la prairie qui ondoie rappelle la course du temps. Soudain, une silhouette émerge d'un épais buisson à une centaine de mètres en contrebas. Un adolescent s'avance. Il contemple, les yeux hagards, le campement dévasté et s'enfuit en courant à travers la plaine avant de disparaître vers le soleil couchant.

Derrière lui, il ne laisse que le silence.

Corrie sursauta en voyant Pendergast ouvrir des yeux dont l'éclat argenté brillait dans la pénombre naissante. Son voyage intérieur avait duré plus d'une heure et elle s'apprêtait justement à le réveiller. Elle avait déjà failli le faire un peu plus tôt lorsque les oiseaux s'étaient brusquement tus, mais ils avaient rapidement repris leur concert, se chargeant de la rassurer. Elle se leva, ne sachant trop quoi dire. La nuit commençait à tomber et le vacarme des grillons avait monté d'un ton.

— Ça va ? finit-elle par demander.

Pendergast se releva et s'épousseta afin d'ôter les feuilles et les herbes sèches restées collées à son costume. Il avait les traits tirés et elle le crut un instant malade.

— Tout va bien, je vous remercie, répondit-il d'une voix atone.

Corrie brûlait du désir de savoir ce qu'il avait découvert lors de son périple intérieur, mais elle n'osait pas lui poser la question.

Pendergast regarda sa montre.

— Huit heures.

Réunissant ses cartes, ses documents et ses notes, il se dirigea à grands pas vers la voiture. Corrie se précipita à sa poursuite, trébuchant dans le noir. Il l'attendait déjà dans la Gremlin lorsqu'elle ouvrit sa portière et se glissa derrière le volant.

— Je vous saurais gré de bien vouloir me ramener jusqu'à la pension Kraus, mademoiselle Swanson.

— Pas de problème.

Elle tourna la clé de contact et le moteur toussa plusieurs fois avant de se mettre en route. Allumant ses phares, Corrie reprit le chemin du retour, avançant prudemment sur le sentier creux.

Finalement, n'y tenant plus, elle demanda :

— Alors ? Qu'avez-vous découvert ?

Pendergast tourna vers elle un regard de chat.

— J'ai vu l'impossible, laissa-t-il tomber.

39

Avec le crépuscule, la pénombre gagnait l'espace situé au centre des tumulus où l'homme et la jeune fille se prêtaient à un curieux rituel. Ils avaient longuement discuté, mais leurs voix parvenaient comme un murmure à celui qui les épiait, dissimulé derrière un buisson. Le silence régnait à présent. L'homme s'était allongé à même le sol et la jeune fille, installée sur une grosse pierre à quelques mètres de lui, se levait régulièrement afin de jeter aux alentours des regards inquiets. Le soleil avait disparu à l'horizon et les reflets orangés du soir laissaient place à la nuit.

Les champs de maïs s'étalaient à perte de vue au-delà du bosquet. Une première étoile avait fait une timide apparition, bientôt suivie d'autres que l'observateur indiscret voyait s'allumer une à une depuis sa cachette.

La longue silhouette allongée sur le sol ne bougeait toujours pas. Pourquoi donc ce Pendergast s'amusait-il à faire le mort ? Deux heures s'étaient écoulées. Deux heures perdues. Il était sept heures passées et le jeune journaliste du *Globe*, Joe Rickey, devait commencer à trouver le temps long. Il n'était pas le seul, Ludwig devait également penser à son propre article pour le *Courier*. Mais qu'est-ce qu'il pouvait bien faire, bon sang de bonsoir ? Un truc New Age pour communiquer avec les esprits, peut-être ? Ce n'était pas exactement ce que Ludwig espérait, mais il pourrait toujours en faire quelque chose, d'autant qu'il était trop tard pour trouver mieux.

Le vieux journaliste bâilla. Il voulut remuer ses membres engourdis et les grillons cessèrent un instant leur vacarme rassurant. Ludwig connaissait parfaitement cet endroit. Il y avait souvent joué aux cow-boys et aux Indiens avec son frère avant de se baigner dans la rivière. Il leur était même arrivé de camper là. À l'époque, la légende des Quarante-Cinq et la réputation sinistre du lieu ne faisaient qu'alimenter leur esprit d'aventure. Il se souvenait parfaitement avoir passé là une nuit du mois d'août à regarder les étoiles filantes. Son frère et lui en avaient compté plus de cent avant de finir par s'endormir. Par la suite, son frère avait quitté Medicine Creek et s'était installé à Leisure, en Arizona, où il passait une retraite paisible. Les choses étaient plus simples autrefois. Les mères de famille n'hésitaient pas un instant à laisser leurs enfants courir les champs à longueur de journée. Ce temps-là était révolu, la campagne avait été rattrapée par la « civilisation », avec pour résultat ces meurtres atroces. Au fond, Ludwig était content que Sarah n'ait pas eu le temps de voir ça. Il savait déjà que Medicine Creek aurait du mal à s'en relever, même si on mettait un jour la main sur l'assassin.

Ludwig chassa ses pensées nostalgiques et observa à nouveau la scène. Pendergast, toujours allongé par terre, n'avait pas bougé d'un centimètre. Le journaliste avait du mal à croire qu'il dormait, pour la bonne raison qu'on bouge toujours en dormant et que personne ne dort ainsi, raide comme un mort, les mains croisées sur la poitrine. Pendergast avait même gardé ses chaussures. À quoi jouait-il ?

Ludwig, au comble de l'agacement, étouffa un juron. Il se demanda s'il ne ferait pas mieux de sortir de sa cachette afin de leur demander à quoi ils jouaient. Mais ça ne l'avancerait à rien. Autant attendre encore un peu et tenter de comprendre ce qui...

Brusquement, Pendergast se releva et s'épousseta, et Ludwig n'eut que le temps de se renfoncer dans l'ombre. Un bref murmure de voix lui parvint et les deux protagonistes de cet étrange ballet repartirent en direction de leur voiture.

Ludwig était furieux d'avoir eu la sottise de suivre Corrie avec l'espoir de tenir un bon sujet. Il avait voulu jouer les saint-bernard avec son jeune collègue du *Globe* et il en était pour ses frais. Il n'avait rien trouvé d'intéressant. Du coup, Joe Rickey allait se trouver dans le pétrin, et lui avec.

Plein d'amertume, il laissa Pendergast et Corrie s'éloigner. À quoi bon se presser ? Ce n'était pas ce soir qu'il pourrait écrire le papier de sa vie et personne ne l'attendait chez lui. Autant passer la nuit ici. Pour ce que les autres en avaient à faire...

Mais Ludwig n'était pas du genre à se laisser abattre longtemps et il ne tarda pas à se relever à son tour. Il avait caché sa voiture dans un champ, loin derrière celle de Corrie. Il épousseta son pantalon et regarda autour de lui. Le vent s'était levé avec la nuit, un signe précurseur d'orage. Le murmure des feuilles au-dessus de sa tête enfla soudainement. La lune jouait à cache-cache avec les nuages et l'obscurité était complète.

Il aperçut un éclair dans le lointain et compta machinalement les secondes. Près d'une demi-minute s'écoula avant qu'un coup de tonnerre étouffé parvienne jusqu'à lui.

L'orage était encore loin.

Penché en avant pour se protéger des bourrasques, il s'approcha de l'endroit où Pendergast s'était allongé dans l'espoir de découvrir un indice quelconque, en vain. Ludwig sortit son petit carnet de sa poche. Il s'apprêtait à prendre des notes lorsqu'il s'arrêta, le stylo en l'air. Inutile de se raconter des histoires, il n'avait pas l'ombre du début d'un papier.

Il fut rappelé à la réalité par un coup de vent brutal qui agita les herbes sauvages et fit grincer les branches. Une odeur d'humidité et d'ozone, mêlée au parfum des fleurs, parvint à ses narines alors qu'un nouveau coup de tonnerre éclatait dans le lointain.

Pas la peine de se faire tremper pour rien. Autant retourner chez Maisie annoncer la mauvaise nouvelle au petit reporter du *Globe*.

Il faisait si noir qu'il eut du mal à retrouver l'étroit chemin de terre. Il l'avait pourtant emprunté des centaines de fois lorsqu'il était enfant. Les souvenirs d'enfance ne meurent jamais, heureusement. Il avançait, recroquevillé sur lui-même. Un tourbillon de feuilles l'enveloppa un instant et une brindille s'accrocha à ses cheveux. Après toutes ces semaines de canicule, la caresse du vent était la bienvenue.

Il s'arrêta, croyant entendre un bruit sur sa droite. Un animal quelconque, probablement.

Il se remit en marche et une feuille morte craqua sous le poids d'un pas.

Le pas de *quelqu'un d'autre*.

Il attendit à nouveau, les sens aux aguets, ne distinguant que le murmure des feuilles bercées par le vent. Il reprit sa route, pressé de retrouver sa voiture.

Cette fois, plus aucun doute possible, quelqu'un marchait sur sa droite.

Il s'arrêta.

— Qui est là ?

Seul le vent lui répondit.

— Pendergast ?

Il avança à nouveau et sentit aussitôt une présence à ses côtés. Il fut parcouru d'un frisson.

— Je sais qu'il y a quelqu'un ! fit-il en marchant de plus en plus vite.

Il aurait voulu montrer qu'il n'avait pas peur, mais sa voix tremblait et son cœur battait à tout rompre dans sa poitrine.

Son poursuivant ne le lâchait pas d'une semelle.

Les paroles du vieux Whit à l'église lui revinrent soudain à l'esprit :... *le démon, votre ennemi, tourne autour de vous comme un lion rugissant, cherchant qui il pourra dévorer...*

La respiration courte, Ludwig faisait de son mieux pour ne pas céder à la panique. Il tenta de se rassurer en se disant qu'il n'allait pas tarder à sortir du petit bois. Après ça, encore deux cents mètres au milieu du maïs jusqu'à la route, deux cents mètres de plus jusqu'à sa voiture et il serait à l'abri.

Les pas lourds de son poursuivant le rendaient fou.

— Foutez le camp ! cria-t-il par-dessus son épaule.

Il n'avait pas voulu crier, mais c'était sorti tout seul. Et voilà qu'il se mettait à courir. Il n'avait plus vraiment l'âge de détaler comme un lapin et son cœur lui faisait mal, mais rien n'aurait pu l'arrêter.

L'inconnu ne se laissait pas distancer d'un pouce et Ludwig entendait même sa respiration rauque, rythmée par le bruit sourd de ses pieds sur le sol.

Je ferais peut-être mieux de me jeter dans un champ pour le semer, pensa Ludwig en émergeant brusquement du bosquet, découvrant une mer d'épis balancés par un vent violent. La poussière lui brûlait les yeux. Un éclair troua les ténèbres.

Mouh !

L'horrible cri avait résonné tout près et le journaliste se sentit envahi par une vague de terreur. Un cri à la fois humain et inhumain.

— Fous le camp ! hurla-t-il en accélérant.

Jamais il ne se serait cru capable de courir aussi vite.

Mouh, mouh, mouh, répondit la chose à quelques pas de lui.

Ludwig vit soudain son poursuivant à la lueur fugitive d'un éclair. Il faillit tomber à la renverse de frayeur. Jamais il n'avait rien vu de pareil. Un visage, un visage...

Ludwig courait de plus belle, mais la chose n'avait aucun mal à le suivre.

Mouh, mouh, mouh, mouh, mouh.

La route, enfin ! Et des phares !

Ludwig se précipita sur la chaussée avec un hurlement de terreur, agitant furieusement les bras dans l'espoir insensé d'attirer l'attention du conducteur dont les feux arrière s'éloignaient déjà. Un roulement de tonnerre noya ses cris. Épuisé, il s'arrêta, les mains sur les genoux, les poumons prêts à éclater. Incapable de faire un pas de plus, il attendait le coup de grâce...

Comme rien ne venait, il se redressa et regarda autour de lui.

Le vent agitait les plants de maïs des deux côtés de la route, l'empêchant d'entendre quoi que ce soit, mais le monstre avait disparu. Il avait dû prendre peur en apercevant la voiture. Ludwig en profita pour reprendre lentement son souffle, heureux de s'en tirer à si bon compte.

Sa voiture n'était plus très loin à présent.

Titubant à moitié, Smit Ludwig marchait au milieu de la route, le cœur battant. Plus que cent mètres, cinquante, dix...

Épuisé par sa course, il s'enfonça dans le recoin où était dissimulée son auto et faillit défaillir de soulagement en apercevant le reflet de la carrosserie au

341

milieu du maïs. Il avait réussi à s'en tirer, Dieu soit béni ! La respiration haletante, il ouvrit sa portière.

Au même instant, une énorme forme noire jaillit du champ et se jeta sur lui avec un hurlement lugubre.

Mouuuuuuuuuuuuuuhhhhhhhhhh !

Le cri étouffé de Ludwig se perdit dans le sifflement du vent.

40

Debout face à la fenêtre de l'une des pièces qu'il occupait à la pension Kraus, Pendergast regardait une aube triste se lever. L'orage avait grondé toute la nuit dans le lointain. Le vent, loin de se calmer, faisait ployer les tiges dans les champs et grincer l'enseigne des Kavernes Kraus sur son poteau usé. Les bouquets d'arbres bordant la rivière se tordaient sous les bourrasques et des tourbillons de poussière s'élevaient régulièrement avant de se perdre dans un ciel maussade.

Pendergast baissa les yeux, repassant pour la centième fois les images du massacre recréées dans sa tête la veille. C'était la première fois que sa technique de concentration mentale ne lui apportait pas les résultats escomptés. Il avait pourtant scrupuleusement veillé à construire et démonter le décor de sa méditation afin de se replonger dans le passé, en vain. Son enquête dans le Medicine Creek actuel n'ayant rien donné jusqu'à présent, il comptait d'autant plus sur ce procédé pour comprendre ce qui avait pu se passer ce jour tragique de 1865 avec l'espoir de résoudre l'énigme des Quarante-Cinq. Pour une fois, la légende ne s'était pas trompée ; les Indiens étaient véritablement venus de nulle part et s'étaient évanouis sans laisser de traces.

Il devait bien y avoir une explication. À moins de supposer qu'il existât certaines formes de surnaturel auxquelles il avait toujours refusé de croire jusqu'à présent. Pendergast avait rarement ressenti un tel sentiment de frustration.

Un faible bourdonnement le tira de ses pensées. Levant la tête, il aperçut un avion survolant les champs très loin vers le sud-est. Il le suivit des yeux et reconnut bientôt la silhouette d'un petit Cessna spécialement équipé pour la pulvérisation d'insecticides. L'avion s'éloigna, fit demi-tour et repassa au-dessus de Medicine Creek. Pendergast en déduisit que le corps de Chauncy n'avait toujours pas été retrouvé.

Un autre bourdonnement signala la présence d'un second avion de reconnaissance, les deux pilotes passant au crible les champs environnants.

Au rez-de-chaussée, un bruit de casserole et l'odeur du café lui signalèrent que Winifred Kraus était levée. Elle n'allait pas tarder à préparer son thé, respectant à la lettre ses instructions. Il était indispensable que l'eau et la théière soient à bonne température pour obtenir une tasse de King's Mountain Oolong acceptable ; il fallait également laisser infuser un temps précis la bonne quantité de feuilles de thé, mais le plus important était la qualité de l'eau. Pendergast avait lu à sa logeuse plusieurs passages du cinquième chapitre du *Cha Ching* de Lu-Yu, la bible du thé. Le poète y débattait des vertus respectives des eaux de montagne, de rivière et de source, s'attardant longuement sur la façon de les porter à ébullition. Winifred Kraus l'avait écouté avec le plus grand intérêt et Pendergast avait eu l'heureuse surprise de découvrir que l'eau du robinet de Medicine Creek était pure, fraîche et parfaitement équilibrée sur le plan minéral, toutes conditions indispensables à l'obtention d'un thé parfait.

Tout en pensant à son thé, Pendergast observait machinalement la ronde des avions et il vit soudain l'un des deux pilotes se mettre à tourner au-dessus d'un point précis, comme l'avaient fait les vautours quelques jours plus tôt.

L'inspecteur sortit précipitamment son téléphone portable et composa un numéro.

— Allô ? fit une voix endormie à l'autre bout du fil.

— Mademoiselle Swanson ? Je vous attends chez Mlle Kraus d'ici à dix minutes. J'ai l'impression que le corps du professeur Chauncy a enfin été retrouvé.

Il replia son téléphone et retourna à la fenêtre. Il lui restait tout juste le temps de boire son précieux thé.

41

Des rafales de vent faisaient trembler les épis et voler des nuages de poussière, picotant les yeux de Corrie. Au-dessus de sa tête, de gros nuages menaçants annonçaient un orage. La jeune fille commença par détourner le regard avant de comprendre que son imagination s'emballait, se chargeant de recréer pour elle des images plus atroces encore. Elle se retourna et eut un haut-le-cœur en posant les yeux sur l'horrible spectacle qui l'attendait.

Cette fois, le rituel choisi par le meurtrier était assez simple : il avait commencé par dégager une clairière dans le maïs comme à son habitude avant d'y installer sa victime. La terre avait été soigneusement nivelée et de nombreux traits tracés sur le sol rayonnaient depuis le corps à la façon d'une roue de charrette.

Chauncy reposait sur le dos au centre de la roue. Il était entièrement nu, les jambes allongées, les bras croisés sur la poitrine. Ses yeux vitreux, grands ouverts, regardaient vers le haut dans un angle irréel. Le corps avait à peu près la couleur d'une banane pourrie. Une incision grossièrement dessinée courait sur toute la hauteur de l'abdomen et le ventre ressortait de manière obscène là où le meurtrier l'avait recousu tant bien que mal à l'aide d'un morceau de ficelle. Tout semblait indiquer que des objets avaient été déposés dans le ventre du professeur.

À quoi pouvait bien correspondre cette roue étrange ? Corrie n'arrivait plus à détacher ses yeux du cadavre. Elle aurait juré que quelque chose avait bougé à *l'intérieur* du corps recousu. Quelque chose de vivant.

Le shérif, arrivé le premier sur les lieux, examinait le corps en compagnie du médecin légiste que l'on venait de déposer en hélicoptère. L'attitude de Hazen plongeait Corrie dans un océan de perplexité depuis tout à l'heure. Il lui avait fait un grand sourire en la voyant arriver et avait accueilli Pendergast d'un bonjour cordial. Il avait l'air bien sûr de lui, tout d'un coup. Corrie l'observait à la dérobée et elle avait du mal à reconnaître le shérif complexé qu'elle avait toujours connu en le voyant s'entretenir d'égal à égal avec le médecin légiste et les techniciens du labo. Le shérif avait même gloussé d'un air entendu lorsqu'on lui avait désigné à l'orée de la clairière les empreintes de pieds nus dont un policier faisait à présent des moulages.

Quant à Pendergast, il avait l'air totalement absent. C'est tout juste si Corrie avait entendu le son de sa voix depuis qu'elle était allée le prendre et il passait son temps à se tourner en direction des tumulus, les yeux perdus dans le vague. Il dut s'apercevoir qu'elle l'observait car il sortit brusquement de sa rêverie et s'approcha du cadavre.

— Venez voir, fit le shérif d'un ton enjoué. Venez, inspecteur. Et toi aussi, Corrie.

Pendergast et sa jeune assistante s'avancèrent.

— Le médecin légiste va lui ouvrir le ventre.

— Il serait préférable d'attendre que le corps ait été transporté à l'institut médico-légal, lui conseilla Pendergast.

— Pas la peine.

Le photographe de la police prit toute une série de photos au flash et recula de quelques pas.

— Allez-y, indiqua Hazen au légiste.

Ce dernier sortit de sa trousse une paire de ciseaux et coupa un nœud de ficelle. *Snip*. Le ventre se souleva, écartant la ficelle.

— Faites attention qu'aucun indice ne... prenne la fuite, recommanda Pendergast.

— Que voulez-vous qu'il y ait d'intéressant à l'intérieur ? répondit le shérif avec désinvolture.

— Quelque chose de fort intéressant, croyez-moi.

— Qu'est-ce que vous allez chercher là, fit le shérif d'un air insolent. Allez-y, docteur.

Snip.

Cette fois, la plaie s'écarta en dégageant une odeur fétide et un bric-à-brac invraisemblable se déversa sur le sol. Corrie recula en mettant la main sur sa bouche. Il lui fallut quelques secondes pour deviner, au milieu du mélange de feuilles, de brindilles et de cailloux répandus par terre, un grouillement de limaces, de salamandres, de grenouilles et de souris. Elle reconnut également un collier de chien tout gluant duquel se dégagea tant bien que mal un serpent mal en point, mais encore vivant, qui se faufila aussitôt entre les herbes sèches.

— Saloperie ! s'exclama le shérif en faisant un pas en arrière, le visage grimaçant de dégoût.

— Shérif ?

— Quoi ?

— Voici la queue qui nous manquait, déclara Pendergast en désignant un objet oblong dépassant du sinistre fatras.

— La queue ? Mais quelle queue ?

— La queue arrachée au chien de l'autre jour.

— Ah oui ! Je vais demander qu'on la mette de côté et qu'on l'analyse.

Hazen, un instant désarçonné, avait recouvré sa belle assurance et Corrie surprit le clin d'œil qu'il adressait au médecin légiste.

— N'oubliez pas le collier du chien.

— Ouais, ouais, fit Hazen.

— Puis-je me permettre une remarque ? Il semble que l'abdomen de la victime ait été incisé à l'aide du même instrument sommaire déjà utilisé pour mutiler la première victime, couper la queue du chien et scalper Gasparilla.

— C'est ça, c'est ça, répondit distraitement le shérif.

— Si je ne m'abuse, voici d'ailleurs cet instrument sommaire, ajouta Pendergast, désignant un curieux objet cassé déposé à côté de la victime.

Le shérif fronça les sourcils et fit signe à l'un des techniciens du labo d'approcher. L'homme prit une série de clichés de l'objet cassé en deux, puis il le ramassa à l'aide d'une pince à embouts caoutchoutés et le déposa dans un sachet plastique. Il s'agissait visiblement d'un couteau indien dont la lame de silex taillé était sommairement attachée à un manche en bois.

— À première vue, je dirais qu'il s'agit d'un couteau cheyenne protohistorique fixé à un manche en bois de saule à l'aide de lanières de peau. Une antiquité en parfait état de conservation, malencontreusement brisée par quelqu'un de malhabile. Un indice de première importance.

Hazen eut un petit sourire entendu.

— Ouais, de première importance. Un accessoire de plus dans toute cette mise en scène de carnaval.

— Je vous demande pardon ?

Hazen n'eut pas le temps de s'expliquer davantage. Deux hommes de la police du Kansas pénétraient au même moment dans la clairière. L'un d'eux avait un fax à la main et le shérif accueillit les nouveaux venus avec un large sourire.

— Ah ! Voilà ce que j'attendais.

Arrachant littéralement le fax des mains du policier, il le parcourut en diagonale et le tendit à Pendergast, le visage rayonnant.

— Un ordre de dessaisissement émanant des bureaux locaux du FBI. On vous retire l'affaire, Pendergast.

— Vraiment ?

Pendergast prit le temps de lire la lettre en détail, puis il releva la tête.

— Puis-je conserver ce document, shérif ?

— Avec tous mes compliments, ironisa Hazen. Vous pouvez même l'encadrer et l'accrocher au mur de votre bureau si ça vous chante. Et maintenant, reprit-il sur un ton nettement moins amène, avec tout le respect que je vous dois, vous vous trouvez en périmètre protégé et vous n'avez rien à faire ici. Et ça vaut également pour votre *assistante*, ajouta-t-il en fusillant Corrie du regard.

Pendergast plia lentement la lettre et la glissa dans la poche de sa veste.

— Vous êtes prête ? demanda-t-il à Corrie.

Cette dernière lui lança un regard furibond.

— Inspecteur, vous n'avez tout de même pas l'intention de le laisser...

— Ce n'est pas le moment de discuter de cela, Corrie, répliqua Pendergast d'une voix sereine.

— Mais enfin ! Vous n'allez pas...

Gentiment, mais fermement, Pendergast prit la jeune fille par le bras et traversa la clairière en direction du petit chemin où se trouvait garée la Gremlin. Corrie s'installa derrière le volant sans mot dire et actionna le démarreur au moment où Pendergast refermait sa portière. Verte de rage, elle multipliait les grands coups de volant afin d'éviter les voitures officielles stationnées derrière elle. Elle n'en revenait pas que Pendergast se soit laissé faire, qu'il se soit fait insulter par ce crétin de shérif sans rien dire. Elle en aurait pleuré.

— Mademoiselle Swanson, j'ai remarqué que l'eau du robinet de Medicine Creek était d'une qualité exceptionnelle. Comme vous le savez, j'ai pour habitude de boire du thé vert et je ne crois pas avoir jamais goûté une eau aussi excellente que celle-ci.

Décidément, jamais elle ne comprendrait ce type-là. Il avait une façon particulièrement désarmante de passer du coq à l'âne. Arrivée à la route goudronnée, elle pila et se tourna vers son compagnon.

— Où va-t-on ?

— Je vous demanderai de bien vouloir me déposer à la pension Kraus, puis je vous conseille vivement de retourner dans votre mobile home et de vous y enfermer le plus hermétiquement possible. Il ne fait plus aucun doute que nous allons avoir droit à une tempête de poussière.

— Vous croyez peut-être que c'est la première fois ? grogna-t-elle.

— Celle-ci s'annonce d'une force inhabituelle. Il ne faut pas sous-estimer ce genre de phénomène météorologique. Ceux d'Asie centrale sont si impressionnants que les autochtones ont pour habitude de donner des noms à ces vents dévastateurs. Même ici, dans les années trente, on parlait de blizzard noir. Il arrivait que les personnes prises dans la tourmente meurent d'étouffement.

Corrie enfonça rageusement l'accélérateur et démarra dans un grand crissement de pneus. La situation était proprement surréaliste. Pendergast venait de se faire humilier en public par un petit shérif de cambrousse et tout ce qu'il trouvait à dire, c'est que l'eau du robinet était parfaite pour le thé et que les tempêtes de poussière étaient redoutables dans les steppes d'Asie centrale.

Une minute s'écoula, puis une autre. N'y tenant plus, elle brisa le silence.

— Comment avez-vous pu laisser ce shérif de merde vous faire ça ? demanda-t-elle, indignée.

— Me faire quoi ?

— Vous faire quoi ? ! ! Mais vous virer comme un malpropre !

Un petit sourire flottait sur les lèvres de Pendergast.

— *Nisi paret imperat*. Celui qui n'obéit pas commande, traduisit-il.

— Vous voulez dire que vous n'allez pas lui obéir ?

— Mademoiselle Swanson, il n'est guère dans mes habitudes de révéler mes intentions à quiconque, pas même à mes assistants les plus dévoués.

Le visage de Corrie, déjà rouge de colère, vira au cramoisi.

— Si je comprends bien, on se fout de ses instructions et on continue notre enquête sans se soucier de ce crétin, c'est bien ça ?

— La manière dont je compte me « soucier de ce crétin », comme vous le dites si poétiquement, n'est pas votre problème. En revanche, il m'importe que vous n'entrepreniez rien contre le shérif à cause de moi. Mais nous voici arrivés. Arrêtez-vous de l'autre côté de la maison près des garages, je vous prie.

Corrie obtempéra et stoppa la Gremlin devant les vieux hangars en bois à moitié vermoulus. Pendergast s'approcha de l'un d'entre eux dont il ouvrit les portes après avoir retiré une chaîne et un cadenas flambant neufs. Une grosse cylindrée était tapie dans l'ombre. L'inspecteur pénétra dans le garage et Corrie ne tarda pas à entendre un ronronnement de moteur, avant de voir émerger du bâtiment une automobile resplendissante dont le luxe et l'élégance tranchaient avec le décor environnant. Elle n'en croyait pas ses yeux. Elle n'avait jamais vu une voiture pareille, sauf au cinéma. Pendergast s'arrêta quelques mètres plus loin, ouvrit sa portière et descendit.

— Mais... où avez-vous trouvé ça ? ! !

— Conscient que l'on risquait un jour ou l'autre de me priver de vos services, j'ai fait venir ici ma voiture personnelle.

— Elle est à vous ? ! ! Mais qu'est-ce que c'est ?

— Une Rolls Royce Silver Wraith de 1959.

C'est uniquement à ce moment-là que Corrie comprit la portée de ce qu'elle venait d'entendre.

— Attendez une minute ! Qu'est-ce que vous voulez dire, vous priver de mes services ?

Pendergast lui tendit une enveloppe.

— Vous y trouverez vos émoluments jusqu'à la fin de cette semaine.

— Mais pourquoi ? Vous ne voulez plus de moi ?

— Cet ordre de dessaisissement m'interdit de vous garder à mes côtés. En outre, je ne souhaite pas vous mettre en péril aux yeux de la loi. C'est donc avec le plus grand regret que je me vois contraint de me passer de vos services à compter d'aujourd'hui. Je ne saurais trop vous suggérer de rentrer chez vous et de reprendre le cours de votre existence habituelle.

— Vous rigolez ou quoi ? Elle me fait chier, mon existence habituelle. Je suis sûre que je peux encore vous être utile.

Corrie était au bord des larmes. Pour une fois que sa vie l'intéressait, pour une fois qu'elle rencontrait une personne digne de respect et d'admiration, pour une fois qu'elle prenait tout simplement plaisir à se lever le matin, voilà qu'on la renvoyait à la médiocrité de son quotidien. Malgré tous ses efforts, elle ne put empêcher une larme de rage et d'impuissance de rouler sur sa joue. Elle s'empressa de l'essuyer du revers de la main.

Pendergast s'inclina.

— Vous pouvez m'être utile une dernière fois en acceptant de satisfaire ma curiosité sur l'origine de l'eau de Medicine Creek.

Elle n'en croyait pas ses oreilles. Comment pouvait-il lui poser une question aussi banale dans un moment pareil ?

— L'eau du robinet provient d'une rivière souterraine, répondit-elle d'une voix morne.

— Une rivière souterraine, répéta Pendergast, le regard perdu dans le vide, comme s'il venait de découvrir un indice capital.

Il sourit, s'inclina à nouveau, prit la main de la jeune fille et la porta presque à ses lèvres, puis il monta dans sa voiture et s'éloigna, laissant Corrie seule à côté de son vieux tas de ferraille, partagée entre la colère, la consternation et la frustration.

42

La voiture de patrouille filait à plus de 170 kilomètres à l'heure entre les champs de maïs. La climatisation ne marchait peut-être plus et les sièges étaient élimés, mais la vieille Mustang du shérif ne manquait pas de chevaux sous le capot. L'auto vibrait de toute sa carcasse et Hazen voyait avec une satisfaction non dissimulée les plants de maïs se coucher dans son sillage.

Le shérif ne s'était pas senti aussi bien depuis longtemps. Il avait réussi à éliminer Pendergast et son enquête commençait enfin à prendre tournure. Il jeta un coup d'œil rapide à Chester Raskovich, assis à côté de lui. Le chef de la sécurité de l'université du Kansas n'avait pas l'air dans son assiette, à en juger par la sueur qui perlait sur son front. Peut-être n'aimait-il pas la vitesse. Hazen aurait cent fois préféré avoir Tad comme passager, la confrontation qui se préparait aurait été des plus instructives pour son jeune adjoint. Hazen soupira, regrettant que son fils ne ressemblât pas davantage à Tad. Au lieu de passer son temps à faire le malin, Brad aurait mieux fait de calquer son attitude sur celle du jeune adjoint. Mais ce n'était pas le moment de penser à tout ça. Pour l'heure, il s'agissait de mettre Raskovich et le Pr Fisk dans sa poche. Avec un peu de chance, il devrait pouvoir les convaincre d'implanter leur champ d'OGM à Medicine Creek.

Hazen ralentit en apercevant les premières fermes de Deeper. Autant éviter d'écraser un gamin au moment où la chance tournait enfin en sa faveur.

— Quel est votre plan, shérif ? demanda Raskovich d'une voix mal assurée.

Il semblait revivre depuis que la Mustang avait retrouvé une allure normale.

— Nous allons commencer par rendre une petite visite de courtoisie au sieur Norris Lavender.

— Qui est-ce ?

— La moitié de la ville lui appartient, sans compter une bonne partie des terres de Deeper qu'il met en fermage. Ce sont ses ancêtres qui ont construit le tout premier ranch dans le coin.

— Vous pensez qu'il a quelque chose à voir dans cette histoire ?

— Lavender a son nez partout, ici. C'est lui qui a le plus à perdre si le projet ne s'implante pas à Deeper. C'est pour ça que j'ai posé la question à Hank Larssen.

Raskovich hocha la tête.

Ils pénétrèrent dans le centre-ville que délimitaient un McDonald's d'un côté et un Burger King de l'autre. Entre les deux, quelques boutiques délabrées ou abandonnées, un magasin de sport, une épicerie, une station-service, un vendeur de voitures d'occasion copieusement approvisionné en vieilles AMC, une laverie automatique et le Deeper Sleep Motel. Rien n'avait bougé depuis les années cinquante. *Un vrai décor de cinéma*, ne pouvait s'empêcher de penser Hazen chaque fois qu'il venait là.

Il trouva l'entrée du parking entre le cinéma Grand Theater – ou plutôt ce qu'il en restait – et le salon Capill'Hair et arrêta la Mustang sur l'accès réservé aux pompiers, juste en face de la double-porte en verre d'un bâtiment de brique isolé. Hazen secoua la tête en apercevant la voiture de Larssen sagement garée sur un emplacement autorisé. Son pauvre collègue n'avait décidément pas la manière.

Hazen décida de laisser son gyrophare allumé, histoire de bien montrer à tout le patelin qu'il n'était pas là pour rigoler, puis il descendit de voiture et pénétra dans le Lavender Building où il régnait un froid polaire, Raskovich sur les talons. Il s'approcha de l'accueil où une assez vilaine secrétaire dotée d'une voix de crécelle lui annonça sur un ton revêche :

— Allez-y, shérif, vous êtes attendu.

La saluant à peine, il traversa le hall, tourna à droite et poussa une autre porte en verre. Une secrétaire encore moins regardable que la précédente leur fit signe d'entrer dans le bureau voisin.

Les femmes sont de plus en plus laides à Deeper. C'est sans doute à force de se marier entre cousins, ricana intérieurement le shérif.

Il s'arrêta à l'entrée de la pièce dont il fit lentement le tour des yeux, ne perdant rien de la décoration faussement moderne avec ses meubles en verre et acier, son bureau disproportionné, sa moquette épaisse et ses plantes vertes en pot. Deux chromos accrochés au mur trahissaient les origines plébéiennes de Lavender. Ce dernier, tout sourire, était installé derrière son énorme bureau et il attendit que Hazen pose son regard sur lui pour se lever. Il portait un jogging avec des bandes blanches sur les côtés et arborait au petit doigt un gros diamant monté sur une chevalière de platine. Assez grand et mince, il affectait en permanence une nonchalance de pacotille afin de se donner des airs aristocratiques. Sa tête, trop grosse pour son corps, ressemblait à une poire géante avec une bouche démesurée et de petits yeux de cochon sous un front lisse et blanc comme une tranche de saindoux. Une tête d'obèse sur un corps de maigre.

Le shérif Larssen, installé sur une petite chaise dans un coin, se leva également.

Sans un mot, Lavender désigna de sa main ridiculement petite une chaise à Hazen qui s'empressa d'y pousser Raskovich et en choisit délibérément une autre par défi.

Lavender, toujours debout, posa ses petites mains sur le bureau et se pencha en avant, affichant un large sourire.

— Soyez le bienvenu à Deeper, shérif. Et si je ne m'abuse, vous devez être monsieur Raskovich de l'université du Kansas ? fit-il d'une voix onctueuse.

Hazen se contenta de hocher la tête avant d'attaquer.

— Vous devez savoir pourquoi je suis ici, Norris.

— Dois-je appeler tout de suite mon avocat ? plaisanta Lavender.

— Personne ne vous soupçonne, que je sache.

— Plaît-il ? fit Lavender en haussant les sourcils.

Je t'en foutrais, moi, des plaît-il. Quand on pense que ton grand-père était un petit trafiquant d'alcool de contrebande.

— Personne ne vous soupçonne.

— Dans ce cas, poursuivons. Mais sachez que je me réserve le droit de mettre un terme à cet entretien à tout moment.

— Alors ne perdons pas de temps. À qui appartient le terrain choisi par l'université du Kansas pour ses expériences ?

— Vous savez pertinemment qu'il est à moi. Je l'ai loué à Buswell Agricon, la société associée à l'université du Kansas sur ce projet.

— Connaissiez-vous le professeur Stanton Chauncy ?

— Bien évidemment. Le shérif et moi lui avons fait visiter la ville.

— Que pensiez-vous de lui ?

— Probablement la même chose que vous, répondit Lavender avec un petit sourire qui en disait long sur l'opinion qu'il pouvait avoir du professeur.

— Étiez-vous au courant que Chauncy avait déjà choisi Medicine Creek pour son projet ?

— Pas le moins du monde. Ce monsieur n'avait pas pour habitude de dire ce qu'il pensait au premier venu.

— Avez-vous renégocié la location de votre terrain avec l'université du Kansas ?

Lavender changea de position avec nonchalance, la tête penchée sur le côté.

— Non, je ne voulais pas risquer de faire capoter l'affaire. Je leur ai donc fait savoir que, si la candidature de Deeper était retenue pour leur projet, je leur ferais des conditions identiques à celles accordées à Buswell Agricon.

— Vous n'avez jamais pensé faire monter les enchères ?

Lavender sourit.

— Mon cher ami, je suis un homme d'affaires. J'espérais naturellement pouvoir négocier des tarifs plus intéressants à l'avenir si le projet se développait.

Mon cher ami...

— Vous espériez donc que le projet se développerait.

— Bien évidemment.

— Vous êtes bien le propriétaire du Deeper Sleep Motel ?

— À quoi bon me poser la question, shérif ? Vous le savez aussi bien que moi.

— La franchise du McDonald's vous appartient aussi ?

— Entre autres.

— Vous possédez également les murs du magasin de sport et du salon de coiffure, pas vrai ?

— Tout le monde le sait, shérif.

— Le cinéma vous appartient, même s'il est à l'abandon, ainsi que le Steak Joint et le centre commercial de Cry County.

— Ce n'est pas un secret non plus.

— Au cours des cinq dernières années, combien de vos locataires ont-ils fermé leurs portes ?

Lavender affichait toujours un grand sourire, mais Hazen constata qu'il tournait nerveusement sa chevalière entre ses doigts.

— Mes affaires ne regardent que moi.

— Alors je vais répondre à votre place. À vue de nez, je dirais que vous avez perdu une bonne moitié de vos locataires. Le Rookery a fait faillite ; quant à la librairie, c'est de l'histoire ancienne. Jimmy's Round Up a mis la clé sous la porte l'an dernier et les deux tiers des emplacements du centre commercial sont vides.

— Puis-je vous faire remarquer, shérif, que le Deeper Sleep Motel est actuellement plein ?

— Grâce aux journalistes, je ne vous le fais pas dire. Mais ensuite, quand l'affaire se tassera ? Votre motel redeviendra à peu près aussi vivant que celui d'Anthony Perkins dans *Psychose*.

Lavender riait jaune à présent. C'était le moment d'enfoncer le clou.

— Je serais curieux de savoir combien de vos locataires sont en retard pour le paiement de leurs loyers. La situation est d'autant plus critique que vous n'avez pas vraiment les moyens d'expulser les mauvais payeurs. Personne ne se bouscule au portillon pour prendre leur place. Dans ces conditions, mieux vaut encore des mauvais payeurs que pas de payeurs du tout.

Le réquisitoire de Hazen fut accueilli par un profond silence. Le shérif, bien calé sur son siège, en profita pour faire à nouveau le tour de la pièce des yeux. Son regard s'arrêta sur un mur de photos représentant Norris Lavender avec diverses célébrités : Billy, le frère du président Carter, des stars de football américain, un champion de rodéo, une vedette de musique country... Sur plusieurs d'entre elles, on apercevait à ses côtés la silhouette menaçante et musclée de Lewis McFelty, l'homme de main de Lavender. Hazen avait été surpris de ne pas le voir à la réunion. Pourquoi Lavender cachait-il McFelty ? Voilà qui confirmait ses soupçons. Il se tourna vers son hôte en souriant.

— Ça fait près de cent ans que vous et votre famille contrôlez la ville, mais j'ai comme l'impression que l'empire Lavender touche à sa fin.

N'en pouvant plus, le shérif Larssen prit la parole.

— Écoute, Dent, tout ça ressemble furieusement à du harcèlement. Je ne vois pas en quoi toutes tes questions peuvent nous aider à trouver le tueur.

Lavender l'arrêta d'un geste.

— Je vous remercie, Hank, mais j'ai compris depuis le départ où Hazen voulait en venir. Ne vous inquiétez pas. Chien qui aboie ne mord pas.

— Vraiment ? rétorqua Hazen.

— Vraiment. Toute cette histoire n'a rien à voir avec les crimes de Medicine Creek. Hazen cherche tout simplement à venger son grand-père qui a toujours prétendu à tort avoir été blessé par le mien d'un coup de fusil à la jambe.

Se tournant vers le chef de la sécurité de l'université du Kansas, il précisa :

— Comme vous le voyez, monsieur Raskovich, les Lavender et les Hazen se connaissent depuis longtemps et d'aucuns n'arrivent pas à se faire à la réussite des autres.

Tout sourire, il s'adressa de nouveau à Hazen.

— Désolé, mon cher ami, mais ça ne le fait pas. Mon grand-père n'a jamais tiré sur le vôtre et je ne suis pas un tueur en série. Désolé. Vous me voyez un peu en train de découper quelqu'un en rondelles au milieu d'un champ comme ça se fait couramment à Medicine Creek dans votre usine de dindes ?

Ça ne le fait pas. Norris Lavender avait beau jouer les chochottes et lui servir du « plaît-il » et du « mon cher ami » long comme le bras, sa vulgarité finissait inévitablement par refaire surface. Il avait beau faire, jamais il ne parviendrait à faire oublier qu'il n'était qu'un bouseux.

— Vous vous êtes toujours arrangé pour ne pas vous salir les mains, Norris. Vous tenez ça de votre grand-père, répliqua Hazen.

Lavander haussa les sourcils.

— Si je ne m'abuse, cela ressemble fort à une accusation.

Hazen sourit.

— Comment se fait-il que votre petit copain Lewis McFelty ne soit pas avec nous ? Il est trop occupé ailleurs ?

— Mon malheureux assistant a dû se rendre au chevet de sa mère à Kansas City. Je lui ai donné sa semaine.

Le sourire de Hazen s'élargit.

— Le pauvre ! J'espère que ce n'est pas trop grave, au moins ?

Lavender ne répondait pas et Hazen insista :

— Ça n'arrangerait pas vraiment vos affaires si le projet de l'université du Kansas allait à Medicine Creek.

Lavender ouvrit un coffret à cigares en bois précieux et le poussa vers Hazen.

— Servez-vous, shérif. Je sais que vous êtes un grand fumeur.

Hazen regarda le contenu du coffret. Des cigares cubains. Lavender ne se refusait rien.

Il fit non de la tête.

— Un cigare, monsieur Raskovich ?

Raskovich déclina l'offre à son tour.

Hazen se cala confortablement sur son siège.

— Vous aviez tout à perdre, pas vrai ?

— Ça ne vous dérange pas si je fume ? demanda Lavender en montrant le cigare qu'il venait de prendre dans la boîte.

— Allez-y, fit Hank Larssen en jetant un regard mauvais à son collègue de Medicine Creek. Les gens ont encore le droit de fumer dans leur propre bureau, que je sache, bougonna-t-il.

Prenant son temps, Lavender sortit d'un tiroir de son bureau un élégant coupe-cigares en argent dont il se servit d'un geste adroit avant de contempler son œuvre, puis il prit un briquet en or à l'aide duquel il chauffa le bout du cigare, humidifia l'autre extrémité avec la langue avant de porter le cigare à sa bouche et de l'allumer. Son rituel terminé, Lavender se leva et s'approcha de la fenêtre, les mains dans le dos. Les yeux perdus dans le vague, il tirait de petites bouffées, retirant à intervalles réguliers le cigare de sa bouche afin d'en observer le bout incandescent. Les nuages noirs à l'horizon n'annonçaient rien de bon.

Enfin, Lavender se retourna.

— Tiens ! dit-il en regardant Hazen avec dédain. Vous êtes encore là ?

— Vous n'avez toujours pas répondu à ma question.

Un sourire étira les lèvres de Lavender.

— Suis-je étourdi ! J'ai dû oublier de vous préciser tout à l'heure que notre entretien était terminé.

Puis, tournant à nouveau le dos à ses visiteurs, il ajouta :

— Vous feriez mieux de rentrer chez vous avant que l'orage n'éclate.

Hazen sortit du parking en trombe, laissant derrière lui ce qu'il fallait de gomme. La Mustang traversait la grand-rue de Deeper lorsque Raskovich se tourna vers le shérif.

— C'est quoi, cette histoire entre votre grand-père et le sien ?

— Lavender cherche à noyer le poisson, c'est tout.

Raskovich ne réagissait pas et Hazen comprit avec un certain agacement que l'autre n'était pas satisfait de sa réponse. Le shérif avait trop besoin du soutien de l'université du Kansas pour se fâcher et il dut se résoudre à satisfaire la curiosité de son compagnon.

— Au départ, les Lavender avaient un simple ranch, mais ils ont fait fortune au moment de la Prohibition, expliqua-t-il. Ils avaient la mainmise sur tout le trafic d'alcool du pays. Mon grand-père était shérif à Medicine Creek entre les deux guerres. Un soir près de la pension Kraus, mon grand-père et une équipe des douanes ont surpris King Lavender en train de charger des caisses de whisky de contrebande sur des mules. Le vieux Kraus avait installé un alambic quelque part dans ses grottes. Il y a eu une bataille rangée et mon grand-père a pris une balle. King Lavender a été jugé, mais il avait graissé la patte aux jurés et il s'en est tiré sans une égratignure.

— Vous pensez toujours que Lavender est derrière cette histoire de meurtres ?

— Monsieur Raskovich, la règle de base de tout bon enquêteur est de savoir quand, comment et pourquoi. Lavender a un excellent mobile, il vendrait sa mère pour une poignée de dollars. Tout ce qu'il nous reste à savoir, c'est quand et comment il s'y est pris.

— Franchement, je l'imagine mal tuant quelqu'un.

Quel crétin, ce Raskovich ! Hazen prit son mal en patience.

— J'ai insisté sur ce point tout à l'heure. Je ne crois pas que Lavender ait commis ces crimes lui-même, ce n'est pas son genre. Mais il a très bien pu engager quelqu'un pour se salir les mains à sa place.

Il marqua une pause avant d'ajouter, pensif :

— Je serais curieux d'avoir une petite conversation avec Lewis McFelty. Lavender nous a bien dit que sa mère était malade à Kansas City, c'est ça ? Mon cul, oui.

— Où allons-nous à présent ?

— Je voudrais en savoir un peu plus sur la débâcle financière de l'empire Lavander. Nous allons commencer par consulter ses déclarations fiscales à la mairie, puis nous irons tailler une bavette avec ses créanciers et quelques autres citoyens du cru qui ne le portent pas dans leur cœur. J'aimerais en savoir un peu plus sur cette histoire de champ OGM. C'était sa dernière cartouche et je ne serais pas surpris qu'il ait misé sa ferme sur ce projet.

Au point où en était Hazen, autant faire la pute jusqu'au bout.

— Et vous, Chester, que pensez-vous de tout ça ? Votre avis m'intéresse.

— Votre théorie tient debout.

Hazen, tout sourire, prit la direction de la mairie de Deeper. Un peu, mon neveu, qu'elle tenait debout, sa théorie !

43

À deux heures et demie cet après-midi-là, Corrie musardait sur son lit en écoutant Tool sur son lecteur de CD. Il ne devait pas faire loin de quarante degrés dans sa chambre, mais elle n'avait pas la moindre envie d'ouvrir sa fenêtre après les événements de l'autre nuit. Elle frémissait encore à l'idée que le type de l'université du Kansas avait été éventré quasiment sous ses yeux. Pourtant, avec tout ce qui se passait à Medicine Creek depuis une semaine, elle aurait dû être blindée.

Son regard se porta machinalement sur la fenêtre. De lourds nuages noirs barraient l'horizon et on aurait presque pu croire qu'il faisait nuit. Loin de rafraîchir l'atmosphère, l'orage rendait l'air encore plus moite et lourd.

Corrie entendit sa mère lui crier quelque chose de l'autre côté de la cloison. Pour toute réponse, elle monta le volume. Mais l'autre insistait, tapant sur le mur afin d'attirer son attention. Quelle idée sa mère avait eue de tomber malade juste le jour où Corrie, abandonnée par Pendergast, était coincée chez elle sans rien à faire. Elle avait bien trop peur pour aller lire dans son refuge habituel, sous la ligne à haute tension. Elle en était presque à souhaiter que la rentrée arrive le plus vite possible.

La porte de sa chambre s'ouvrit à la volée et sa mère apparut en robe de chambre, ses bras trop maigres croisés sur un ventre déjà bouffi par l'alcool, une cigarette aux lèvres.

Corrie ôta ses écouteurs.

— Ça fait une heure que je t'appelle. Un de ces jours, je vais te confisquer ces satanés écouteurs.

— Mais c'est toi qui m'obliges à écouter mes disques avec des écouteurs !

— Pas quand je te parle.

Corrie voyait sa mère comme une étrangère. Quel tableau ! Le rouge à lèvres de la veille était aux trois quarts effacé et des traces de mascara bavaient autour de ses yeux pochés. Elle avait bu, mais pas assez pour rester prostrée sur son lit toute la journée.

— Je pourrais savoir pourquoi tu ne travailles pas aujourd'hui ? Ce type t'a déjà renvoyée ?

Corrie ne jugea pas utile de répondre. De toute façon, sa mère finirait par avoir le dernier mot.

— Si j'ai bien compris, il t'a déjà payé deux semaines, c'est-à-dire quinze cents dollars. C'est bien ça ?

Corrie regardait sa mère droit dans les yeux sans mot dire.

— Tant que tu vivras ici, je trouve normal que tu participes à l'entretien de la maison. Je te l'ai déjà dit. Je ne compte plus les factures qui se sont accumulées ces derniers temps. Les impôts, les courses, le crédit de la voiture et j'en passe. Et ce n'est pas avec cette saleté de rhume que je vais pouvoir me rattraper en pourboires.

Cette saleté de gueule de bois, tu veux dire.

Corrie attendait patiemment que l'orage passe.

— Au minimum, je compte sur toi pour m'en donner la moitié.

— Cet argent m'appartient.

— Et l'argent avec lequel je t'ai élevée depuis dix ans, tu crois qu'il appartient à qui ? Pas à ta raclure de père, en tout cas. Je te signale que c'est moi qui me suis saignée aux quatre veines pour te faire vivre, ma fille, et il est grand temps que tu me renvoies l'ascenseur.

Corrie avait pris la précaution de scotcher son argent sous le tiroir de son bureau et elle n'avait pas l'intention de révéler sa cachette à sa mère. Comment avait-elle pu être assez conne pour lui dire combien Pendergast l'avait rétribuée ? Elle allait avoir besoin de cet argent pour se payer un avocat le jour où elle passerait au tribunal. Avec un avocat commis d'office, elle n'avait aucune chance d'échapper à la prison et elle pourrait toujours courir pour trouver une place dans une fac si elle se retrouvait derrière les barreaux.

— Maman, je t'ai déjà dit que je te laisserais du fric sur la table de la cuisine.

— Pas du fric, ma petite fille. Sept cent cinquante dollars.

— Jamais de la vie, c'est bien trop.

— C'est une goutte d'eau, tu veux dire. Tu n'as pas idée de ce que tu m'as coûté depuis toutes ces années.

— On n'a pas d'enfants quand on n'a pas les moyens de les élever.

— Personne n'est à l'abri d'un accident, ma fille.

Une odeur âcre rappela à la mère de Corrie qu'elle était en train de fumer le filtre de sa cigarette et elle l'éteignit dans une coupelle à encens.

— Si tu ne me donnes pas ce que je te demande, tu peux toujours te chercher une autre maison.

Corrie, excédée, tourna le dos à sa mère et remit ses écouteurs, augmentant le volume à s'en faire mal aux oreilles. C'est tout juste si les hurlements de sa mère lui parvenaient encore. *Si jamais elle me touche, je hurle*, se dit-elle. Mais jamais sa mère n'oserait porter la main sur elle. La seule fois où elle l'avait frappée, Corrie avait ameuté tout le quartier et les voisins avaient appelé le shérif. Ce crétin de Hazen n'avait rien fait, il l'avait même menacée de la boucler pour trouble à l'ordre public, mais sa mère n'avait jamais osé recommencer.

Corrie décida d'attendre que ça passe, laissant sa mère retourner dans sa chambre, furieuse.

Allongée sur son lit, Corrie réfléchissait aux événements des derniers jours afin d'éviter de penser à sa mère, au mobile home, à son existence désespérément vide. Sans le vouloir, ses pensées la ramenèrent à Pendergast dont elle revoyait la longue carcasse dégingandée, le regard clair et l'éternel costume noir. Elle se demanda s'il était marié, s'il avait des enfants. Elle lui en voulait de l'avoir laissée tomber et de l'avoir quittée sans un regard au volant de sa voiture extravagante. Et si elle l'avait déçu ? Elle avait le don de décevoir tout le monde. Elle ne s'était peut-être pas montrée à la hauteur. Elle écumait de rage en repensant à la désinvolture avec laquelle le shérif avait chassé Pendergast en lui brandissant son fax sous le nez. L'inspecteur n'était pourtant pas du genre à se laisser faire ; il lui avait d'ailleurs laissé entendre qu'il comptait poursuivre son enquête. Corrie essayait de se convaincre que Pendergast ne l'avait pas renvoyée, qu'il avait été contraint de mettre fin à leur collaboration à cause de ce fax. Il le lui avait même dit : *Je ne souhaite pas vous mettre en péril aux yeux de la loi.*

Quelle histoire, tout de même ! Comment imaginer que quelqu'un de Medicine Creek ait pu commettre ces crimes atroces ? Si c'était effectivement le cas, il devait s'agir de quelqu'un qu'elle ne connaissait pas. D'un autre côté, elle connaissait tout le monde à Trou-du-Culville. Elle frissonna en revoyant les mises en scène macabres du meurtrier : le chien et sa queue arrachée, Chauncy vidé comme un vulgaire poulet...

Le sort de Stott était plus étrange encore. Pourquoi lui avoir fait ça ? Et comment le tueur s'y était-il pris pour le faire cuire ? Il lui avait fallu allumer un grand feu, et surtout trouver une cocotte géante. Où avait-il pu dénicher une marmite aussi grande ? Chez Maisie ? Non, ça ne collait pas. Le plus gros faitout de Maisie était celui dans lequel elle faisait mijoter son chili tous les mercredis et il n'aurait pas suffi à cuire un bras. Ou alors la cuisine du Castle...

Corrie fit une moue agacée. Ça ne tenait pas debout. Il n'y avait que dans les usines agroalimentaires qu'on trouvait des ustensiles de cette taille. À moins de se servir d'une baignoire... Mais comment allumer un feu sous une baignoire ? Et comment installer une baignoire dans un champ de maïs sans attirer l'attention ? Les avions l'auraient repérée, on aurait aperçu la fumée à des kilomètres à la ronde. Sans parler de l'odeur.

Non, on n'avait tout simplement pas pu faire cuire le corps à Medicine Creek...

Corrie se dressa brusquement.

Les Kavernes Kraus !

L'idée n'était pas aussi absurde qu'il y paraissait. Tout le monde savait que le père Kraus fabriquait de l'alcool de contrebande dans l'une de ses grottes pendant la Prohibition.

Corrie, partagée entre l'énervement, la curiosité et la peur, se demanda si l'alambic se trouvait toujours dans les grottes et si la cuve en cuivre aurait pu être assez grande pour y cuire un être humain. Il faudrait vérifier.

Elle se rallongea sur son lit, le cœur battant. Non, tout ça était ridicule. On avait mis fin à la Prohibition bien avant la guerre et l'alambic avait dû être démonté depuis belle lurette, ne serait-ce que pour récupérer les parties en cuivre. En plus, comment le meurtrier aurait-il pu s'introduire dans les Kavernes

Kraus sans être vu par cette vieille taupe de Winifred ?

À force de tourner et de retourner le problème dans
sa tête, Corrie réussissait presque à se convaincre
qu'il n'était pas si difficile que ça de forcer le cadenas.
Un jour au lycée, elle avait téléchargé sur Internet le
Guide du parfait cambrioleur et elle avait même fabriqué un crochet à l'aide duquel elle s'était entraînée
sur les casiers des élèves.

Si le meurtrier était quelqu'un du cru, il avait certainement entendu parler de l'alambic du père Kraus.
Il suffisait d'introduire subrepticement le corps de
Stott dans les grottes, de le faire cuire et de repartir
au petit matin. Même la vieille Winifred n'en aurait
rien su, d'autant que plus personne ne visitait jamais
les Kavernes.

Corrie se demanda si elle ne ferait pas mieux d'en
parler à Pendergast. Si ça se trouvait, personne ne
lui avait signalé l'existence de cet alambic oublié
depuis longtemps. C'était même pour cette raison
qu'il l'avait engagée, afin qu'elle lui parle des gens et
de l'histoire du pays. Il suffisait de lui passer un coup
de fil.

Elle prit dans sa poche le téléphone portable qu'il
lui avait prêté et elle composait déjà le numéro de
l'inspecteur lorsqu'elle s'arrêta. Elle n'avait pas envie
d'avoir l'air ridicule. Après tout, il s'agissait d'une
simple supposition. Et si Pendergast se moquait
d'elle ? Ou bien alors s'il prenait mal la chose ? Il lui
avait demandé de se retirer de l'enquête.

Elle reposa le téléphone et se tourna vers le mur.
Le mieux à faire était de vérifier que l'alambic se trouvait toujours là. Si c'était le cas, elle n'aurait qu'à prévenir Pendergast ; sinon, elle éviterait de faire une
bourde.

Elle s'assit sur son lit, les pieds par terre. Il était
de notoriété publique à Medicine Creek qu'il existait

une ou deux petites grottes à la suite de celles ouvertes au public. Si l'alambic était toujours là, c'est là qu'il devait se trouver. Il lui suffisait d'aller faire un tour dans les Kavernes, de vérifier et de s'en aller. En plus, c'était l'occasion rêvée d'échapper quelques heures à l'enfer du mobile home.

Elle coupa le son du lecteur CD et tendit l'oreille. Aucun bruit du côté de la chambre de sa mère. Elle retira ses écouteurs, se leva avec mille précautions, s'habilla en silence et ouvrit lentement la porte de sa chambre. Tout était calme. Ses souliers à la main, elle traversa le couloir sur la pointe des pieds. Elle allait atteindre la cuisine lorsque la porte de la chambre de sa mère s'ouvrit avec fracas.

— Corrie ! Où est-ce que tu vas, encore ?

Corrie traversa la cuisine en trombe et se précipita dehors, claquant la porte d'entrée derrière elle. Elle sauta dans sa voiture, balança machinalement ses chaussures sur le siège et tourna la clé de contact en espérant que la Gremlin démarrerait du premier coup, pour une fois. Le moteur toussa plusieurs fois et s'arrêta.

— Corrie !

Elle vit sa mère se précipiter dans sa direction avec une vitesse surprenante pour quelqu'un qui se prétendait malade. Corrie actionna le démarreur, pompant sur la pédale d'accélérateur avec l'énergie du désespoir.

— *Corrie !*

Cette fois, le moteur se mit en route et Corrie démarra sur les chapeaux de roue en faisant voler le gravier du chemin, laissant derrière elle un sillage de fumée nauséabonde.

44

Marjorie Lane, hôtesse d'accueil chez ABX Corporation, ressentait un malaise grandissant en présence de l'étrange personnage en costume sombre assis dans la petite salle d'attente.

Il attendait depuis une heure et demie. Rien de bien anormal en soi, sinon qu'il n'avait pas seulement jeté un œil aux revues disposées à portée de main sur un petit guéridon, ni sorti son portable histoire de passer un coup de fil, ni même ouvert son ordinateur comme le faisaient invariablement tous ceux qui attendaient d'être reçus par Kenneth Boot, le PDG. Il se tenait parfaitement immobile et avait une façon très désagréable de transpercer les murs vitrés de la salle d'attente avec ses yeux clairs, fixant la géométrie des champs que l'on apercevait en arrière-plan derrière les immeubles du centre-ville de Topeka.

Marjorie avait connu bien des changements depuis son entrée dans la compagnie. Elle se trouvait déjà là lorsqu'il avait été décidé de changer l'Anadarko Basin Exploratory Company en ABX Corporation, au nom de la modernité en marche. Peu à peu, la société avait diversifié ses activités ; en plus des recherches pétrolières qui constituaient à l'origine son fonds de commerce, la firme s'était lancée dans le courtage de matières premières, la fabrication de fibre optique, le haut-débit et autres domaines auxquels Marjorie ne comprenait strictement rien – comme la plupart de ses collègues, soit dit en passant. Son patron, M. Boot, était un personnage très occupé qui prenait un malin plaisir à faire attendre les gens. Il lui était arrivé de faire patienter ses visiteurs une journée entière, encore récemment avec les responsables d'une société d'investissement.

Marjorie avait gardé la nostalgie de l'époque où elle comprenait le fonctionnement de la compagnie, où jamais on n'aurait fait attendre un visiteur. Personne n'avait idée de la situation dans laquelle on la mettait en lui demandant de faire patienter les gens de la sorte. Ils n'arrêtaient pas de se plaindre, parlaient fort dans leur portable et faisaient un bruit fou avec leur ordinateur quand ils ne tournaient pas en rond comme des lions en cage. Il lui était arrivé de se faire insulter et elle avait même dû appeler la sécurité une fois.

Mais aujourd'hui, c'était le pompon ! Ce type-là lui donnait la chair de poule. Elle n'avait pas la moindre idée du moment où M. Boot accepterait de le recevoir. S'il le recevait. Elle savait qu'il appartenait au FBI – il lui avait montré son badge –, mais ce ne serait pas la première fois que M. Boot faisait poireauter quelqu'un d'important.

En attendant, Marjorie Lane essayait de s'occuper de son mieux : elle répondait au téléphone, rédigeait des e-mails et tapait des courriers, mais elle ne pouvait s'empêcher de surveiller du coin de l'œil son sinistre visiteur, raide comme une statue. On aurait dit qu'il ne clignait même pas des yeux.

N'y tenant plus, elle décida de désobéir à la consigne en appelant la secrétaire particulière de M. Boot.

— Kathy, fit-elle à mi-voix, ça fait près de deux heures que ce monsieur du FBI attend et je crois que M. Boot ferait bien de le recevoir dès que possible.

— M. Boot est actuellement occupé.

— Je *sais*, Kathy, mais ça n'empêche qu'il devrait le recevoir. Je suis sûre que c'est important. Fais quelque chose, je t'en prie.

— Bon, je vais voir.

L'attente ne dura que quelques instants.

— M. Boot dispose de cinq minutes.

Marjorie raccrocha.

— Monsieur Pendergast ?

L'inspecteur tourna vers elle son regard limpide.

— M. Boot va vous recevoir.

Pendergast se leva, s'inclina légèrement devant elle et se dirigea vers le bureau du PDG.

Marjorie attendit qu'il ait disparu et poussa un soupir de soulagement.

Kenneth Boot, debout près de la table à dessin qui lui servait de bureau, ne s'aperçut pas immédiatement que l'agent du FBI était entré dans la pièce et s'était assis. Il acheva de rédiger un mémo sur son ordinateur portable, le fit suivre à sa secrétaire et se tourna vers son visiteur.

L'homme ne correspondait en rien à l'image qu'il se faisait des agents fédéraux depuis l'époque où il suivait les aventures d'Efrem Zimbalist Jr[1] à la télévision. Chemise sur mesure, costume noir de la dernière élégance, chaussures tout droit sorties de l'atelier d'un bottier... À vue de nez, ce type-là avait pour cinq à six mille dollars de fringues sur le dos. Kenneth Boot était lui aussi amateur de vêtements chics, de même qu'il aimait le vin, les cigares et les femmes, en bon PDG qui se respecte en Amérique. Boot goûtait nettement moins en revanche la désinvolture avec laquelle son visiteur s'était installé sans

---

1. Acteur américain né en 1918. Il est ici fait référence à son rôle dans la série télévisée *The FBI*, 239 épisodes de 1965 à 1974. *(N.d.T.)*

attendre d'y être invité. Il avait surtout une façon très désagréable de regarder autour de lui en déshabillant les murs et les objets.

— Monsieur Pendergast ?

Son visiteur, trop occupé à examiner la pièce dans ses moindres détails, ne prit pas même la peine de le regarder, encore moins de lui répondre. Pour qui se prenait-il ? On ne débarque pas comme ça dans le bureau du P-DG d'un groupe de la taille d'ABX, dix-septième au dernier classement publié par Wall Street.

— Je vous ai accordé cinq minutes et la première est déjà passée, fit Boot d'une voix calme en tapant un autre mémo sur son clavier d'ordinateur. Comme son visiteur ne disait toujours rien, il regarda osten-siblement sa montre. Plus que trois minutes.

Ce type-là commençait à lui chauffer sérieusement les oreilles, avec ses airs conquérants et son regard scrutateur. Pourquoi diable regardait-il fixement le mur du fond ? Que voulait-il, à la fin ?

— Vous n'avez plus que deux minutes, monsieur Pendergast, murmura-t-il.

Son visiteur balaya la remarque d'un geste de la main et s'exprima enfin.

— Ne vous occupez pas de moi. Quand vous aurez terminé ce que vous avez à faire et que vous serez prêt à m'accorder *toute* votre attention, nous pour-rons bavarder.

— Je vous conseille de me dire ce qui vous amène sans plus attendre, inspecteur, répondit Boot sur un ton dégagé en jetant un œil à Pendergast par-dessus son épaule. Il ne vous reste qu'une minute.

Pendergast lui lança un regard si aigu que Boot sursauta.

— Votre coffre se trouve derrière ce mur, n'est-ce pas ? demanda Pendergast.

Boot dut faire un effort sur lui-même pour ne pas afficher son trouble. Comment ce Pendergast pouvait-il être au courant ? À part lui, seul le président du conseil et trois administrateurs connaissaient l'existence de ce coffre. Avait-il remarqué quelque chose d'anormal dans l'assemblage des lambris ? En dix ans, personne ne s'était jamais aperçu de rien. Ou bien alors le FBI l'espionnait-il ? Si c'était le cas, c'était un véritable scandale. Les pensées les plus diverses se bousculaient derrière le masque impassible de Boot.

— Je ne sais pas de quoi vous parlez.

Pendergast eut un petit sourire supérieur, comme si Boot était un gamin pris en faute.

— Dans une profession telle que la vôtre, monsieur Boot, les documents confidentiels ne manquent pas. Ces documents sont la raison d'être de votre compagnie. Je veux parler, bien sûr, des relevés sismiques établis à grands frais par vos ingénieurs, sur lesquels figurent les gisements de gaz et de pétrole. Il vous est donc indispensable d'avoir un coffre. Comme vous ne faites confiance à personne, il est logique que ce coffre se trouve dans votre bureau, de façon que vous puissiez le surveiller en permanence. Or, que constatons-nous en regardant ce bureau de plus près ? Sur trois des murs sont accrochés des tableaux de maître de grande valeur, ce qui n'est pas le cas du quatrième sur lequel j'aperçois de simples reproductions, faciles à déplacer sans risquer de les abîmer. J'en déduis donc que votre coffre se trouve dissimulé derrière ces panneaux.

Boot éclata de rire.

— Vous êtes le nouveau Sherlock Holmes, c'est ça ?

Pendergast, riant à son tour, poursuivit :

— À présent, monsieur Boot, avec tout le respect que je vous dois et avec votre permission, bien évidemment, je vous serais reconnaissant de bien vouloir ouvrir votre coffre afin de me confier le relevé géologique du comté de Cry au Kansas. Le dernier en date, réalisé en 1999.

Boot avait toujours fait preuve d'une très grande maîtrise de soi, mais il eut cette fois la plus grande difficulté à se contrôler. Rompu aux techniques de l'intimidation, il savait que la douceur est souvent plus efficace que la virulence et c'est d'une voix glaciale qu'il répondit à son visiteur :

— Monsieur Pendergast, vous l'avez vous-même souligné, ces documents sont la raison d'être d'ABX. Ces relevés représentent trente années d'efforts et pas moins d'un demi-milliard de dollars. Comment pouvez-vous penser que je vais vous les confier ?

— Je vous l'ai dit, je n'ai nullement l'intention de les prendre sans votre permission, n'ayant pas le moindre espoir de les obtenir en passant par la voie hiérarchique.

Boot avait du mal à comprendre la démarche de son interlocuteur. Il ne pouvait bénéficier d'aucun recours officiel, il venait de le lui dire. Il fallait donc qu'il soit fou, ou complètement idiot. Toute cette histoire ne lui disait rien de bon. Il devait y avoir un truc, mais lequel ?

— Je suis désolé de vous décevoir, monsieur Pendergast, fit-il en affichant un sourire affable, mais puisque je ne peux rien pour vous, il ne me reste qu'à vous souhaiter une excellente journée.

Sans autre forme de procès, Boot retourna à son ordinateur, tout en surveillant son étrange visiteur du coin de l'œil.

Celui-ci n'ayant pas l'air décidé à s'en aller, il insista sans quitter son écran des yeux.

— Monsieur Pendergast, si vous n'êtes pas sorti de ce bureau dans les dix secondes, je me verrai contraint d'appeler la sécurité.

Il s'arrêta, compta dix secondes dans sa tête et appela sa secrétaire sur l'interphone.

— Kathy, faites monter la sécurité immédiatement afin de raccompagner M. Pendergast.

Puis il reprit ses activités comme si de rien n'était, rédigeant un courrier à l'attention de son directeur financier. Mais cette espèce de demeuré prétentieux n'avait visiblement pas compris la leçon. Il n'avait pas bougé de son fauteuil dont il tapotait machinalement le bras. Il se croyait chez le dentiste ou quoi ?

L'interphone grésilla.

— Les gens de la sécurité sont là, monsieur Boot.

Avant que le P-DG ait pu répondre, son visiteur se leva d'un mouvement gracieux et s'approcha de son hôte. Interdit, Boot le vit se pencher et lui murmurer dans le creux de l'oreille une série de chiffres.

— 230 057 6700.

Il fallut à Boot une fraction de seconde pour comprendre le message. Soudain, il sentit ses cheveux se dresser sur sa tête. Au même moment, on frappa à la porte du bureau et trois gardiens pénétrèrent dans la pièce.

Ils s'arrêtèrent sur le seuil, la main sur leur arme de service.

— C'est ce monsieur qu'il faut raccompagner, monsieur Boot ?

Boot se tourna vers eux, paniqué, mais ce fut Pendergast qui répondit en souriant.

— M. Boot n'aura finalement pas besoin de vos services, messieurs. Il souhaite s'excuser de vous avoir dérangés pour rien.

Surpris, les trois hommes attendirent l'approbation du P-DG qui finit par leur dire d'un ton sec :

— Allez ! Je n'ai pas besoin de vous.

— Vous serez bien aimables de verrouiller la porte derrière vous et de dire à la secrétaire de ne nous déranger sous aucun prétexte, précisa Pendergast.

M. Boot et moi-même souhaitons pouvoir poursuivre notre conversation sans être importunés.

Cette fois encore, les gardiens se tournèrent vers Boot.

— Vous avez entendu ce qu'on vient de vous dire ? Que personne ne nous dérange.

Les trois hommes se retirèrent. Une clé tourna dans la serrure et un silence pesant s'installa que Pendergast ne tarda pas à rompre en s'adressant avec bonhomie au PDG d'ABX.

— Il est temps de reprendre notre petite conversation à propos de vos chers documents, monsieur Boot.

Pendergast regagna sa Rolls Royce, un long cylindre sous le bras. Il déverrouilla sa portière, posa l'étui cartonné sur le siège passager, se glissa dans l'habitacle surchauffé et mit le moteur en route. Le temps que la climatisation fasse redescendre la température, il sortit du tube la carte géologique à laquelle il jeta un regard expert.

Le relevé était encore plus parlant qu'il ne l'avait espéré. Tout se tenait à présent : les tumulus, la légende des guerriers fantômes, le massacre des Quarante-Cinq, le tueur insaisissable. Il comprenait même pourquoi l'eau du robinet était si pure à Medicine Creek. C'était d'ailleurs ce simple indice qui l'avait mis sur la voie. Plus aucun détail ne lui échappait à présent, tout était là, en bleu et blanc, sur le précieux relevé.

Il fallait à présent procéder dans l'ordre. Il prit son téléphone, activa le brouillage et composa un numéro à Cleveland, dans l'Ohio. L'appel fut transmis instantanément, mais il lui fallut patienter quelques instants avant qu'une toute petite voix lui réponde.

— Oui ?

— Je vous remercie, Mime. Le numéro de compte aux îles Caïmans a fait merveille. Je ne serais pas surpris outre mesure que notre homme ait du mal à trouver le sommeil ces temps-ci.

— Ravi d'avoir pu vous être utile, rétorqua son interlocuteur en raccrochant.

Pendergast rangea son téléphone et étudia à nouveau la carte sur laquelle figurait un véritable dédale de grottes et de galeries.

— Parfait, murmura-t-il.

Son voyage mental dans le temps n'avait donc pas été inutile, bien au contraire. Il n'avait pas su l'interpréter correctement, c'est tout. Il roula le relevé qu'il replaça soigneusement dans son étui.

Il savait à présent d'où venaient les guerriers fantômes, et où ils avaient trouvé refuge.

45

Il faisait un temps radieux à New York en cette fin d'après-midi, mais le dénommé Wren n'avait aucun moyen de le savoir, enfermé dans les souterrains de la vieille demeure de Riverside Drive, plongés dans une nuit sans fin.

Wren se déplaçait avec une légèreté spectrale dans le labyrinthe des anciennes caves voûtées. La lueur jaune de son casque de mineur peinait à pénétrer l'obscurité épaisse qui l'entourait, dévoilant ici une vitrine en bois, là un classeur métallique, ramenant brièvement à la vie les objets de cuivre et de laiton disséminés un peu partout.

Pour la première fois depuis longtemps, il n'avait pas avec lui le bloc qui ne le quittait habituellement jamais. Il l'avait laissé à côté de son ordinateur portable dans le bureau qu'il s'était sommairement aménagé à quelques salles de là, prêt à le reprendre au moment de remonter à l'étage. Au terme de huit semaines d'efforts aussi passionnants qu'épuisants, il avait enfin achevé de répertorier le contenu du cabinet de curiosités, ainsi que le lui avait demandé Pendergast.

Il s'agissait d'une collection exceptionnelle, plus remarquable encore que ne l'avait imaginé l'inspecteur. On y trouvait des pièces d'une diversité et d'une rareté incroyables : des pierres précieuses, des fossiles, des pépites, des papillons, des échantillons botaniques, des spécimens empaillés d'espèces aujourd'hui disparues, des monnaies, des armes, des météorites... Le moindre tiroir, la moindre étagère recelaient des trésors insoupçonnés et parfois troublants. Wren ne doutait pas qu'il s'agît du plus beau cabinet de curiosités au monde.

À la seule pensée que ces collections ne seraient jamais ouvertes au public, le vieil homme en avait un pincement au cœur. Pour un peu, il aurait jalousé Pendergast de posséder autant de merveilles.

Wren parcourut les pièces l'une après l'autre, faisant courir sa lampe çà et là afin de s'assurer que tout était en ordre et qu'il n'avait rien oublié.

Arrivé à destination, il s'arrêta et contempla une dernière fois la forêt de cornues, de vases à bec, de coupelles et d'éprouvettes posés sur des paillasses qui luisaient dans la pénombre. Le rayon de sa lampe s'arrêta enfin sur la porte située à l'autre extrémité du laboratoire derrière laquelle s'ouvraient les pièces que Pendergast lui avait strictement interdit de visiter.

Wren se retourna et observa l'enfilade de caves qu'il venait de traverser. Ce décor lui remit en mémoire *Le Masque de la mort rouge*, la nouvelle de Poe dans laquelle le prince Prospero fait aménager des pièces toutes plus étranges et macabres les unes que les autres en prévision d'un bal masqué. La dernière, baptisée chambre de la mort, était noire avec des vitraux couleur de sang.

Wren fit courir une nouvelle fois le faisceau de sa lampe le long de la petite porte à l'autre bout du laboratoire. Il s'était souvent demandé ce qu'elle pouvait bien dissimuler. Après tout, peut-être était-ce aussi bien de n'en rien savoir. En outre, le livre de comptes indien l'attendait dans son antre à la bibliothèque municipale et il avait de quoi s'occuper pendant un bon moment.

Soudain, il crut reconnaître le bruit qu'il avait entendu à plusieurs reprises au cours de son séjour souterrain. Un bruit de tissu froissé, accompagné d'un pas léger.

Wren avait toujours travaillé dans le silence et la pénombre, ce qui avait aiguisé son ouïe. Le même froissement, le même pas l'avaient déjà intrigué à plusieurs reprises, comme si quelqu'un l'observait pendant qu'il fouillait les vitrines en prenant force notes. La chose s'était reproduite tellement souvent qu'il ne pouvait plus croire à une hallucination.

En revenant sur ses pas à travers les caves successives, sa main se serra sur le manche du coupe-papier qui ne quittait jamais sa poche. Un coupe-papier fraîchement aiguisé.

Le pas furtif l'accompagnait toujours. L'air de rien, Wren coula un regard du côté du bruit. On aurait dit que cela venait de derrière les lourdes vitrines de chêne courant le long du mur.

Les souterrains formaient un dédale compliqué, mais Wren en connaissait à présent la disposition dans ses moindres détails. Il savait donc que ces vitrines finissaient en cul-de-sac contre un mur perpendiculaire.

Il poursuivit son chemin jusqu'à la lourde tapisserie obstruant le couloir d'accès à la cave voisine. Soudain, il se précipita vers la droite avec une rapidité fulgurante, scrutant avec sa lampe l'espace entre la vitrine et le mur. Son coupe-papier à la main, prêt à servir, il fouilla longuement les ténèbres, en vain.

Au moment où il s'éloignait des vitrines en rempochant son coupe-papier, Wren entendit distinctement des pas qui s'éloignaient. Des pas trop légers et rapides pour appartenir à quiconque d'autre qu'un enfant.

46

Corrie passa lentement devant la pension Kraus, scrutant attentivement la vieille bâtisse. Un décor idéal pour la famille Addams. Cette vieille pie de Winifred n'avait pas l'air d'être là, ou alors elle était à nouveau clouée au lit, malade. Corrie n'apercevait pas non plus la Rolls de Pendergast et l'endroit était désert, abandonné au milieu des champs dorés écrasés de chaleur. Au-dessus de sa tête, les nuées orageuses semblaient sur le point de gagner leur course contre le soleil. De Dodge City au Colorado, les radios multipliaient les avis de tornade et le ciel était si noir vers l'ouest qu'on aurait dit de l'ardoise.

Aucune importance. Elle n'en avait que pour un quart d'heure à visiter les grottes. Il s'agissait uniquement de vérifier la validité de son hypothèse.

Un demi-kilomètre plus loin, elle s'engagea sur un petit chemin de terre en plein champ et se gara de façon que personne ne puisse apercevoir sa voiture depuis la route. De là où elle se trouvait, Corrie voyait le toit de la pension Kraus avec son belvédère. À condition de passer à travers champs, personne ne pouvait la voir.

Elle se demanda s'il était bien prudent de se promener seule au milieu du maïs, mais elle se rassura en se rappelant que le tueur n'agissait que la nuit, à en croire Pendergast.

Armée d'une lampe électrique, elle descendit de voiture et referma doucement sa portière avant de couper à travers champs en direction de l'entrée des grottes.

L'atmosphère était à la limite du supportable entre les rangées de maïs. Les épis devaient sécher sur pied avant d'être récoltés pour en faire du GPL et Corrie se demanda ce qui se passerait le jour où le feu prendrait dans l'un de ces champs. Perdue dans ses pensées, elle parvint à la vieille barrière démolie marquant l'entrée de la propriété Kraus. Elle la suivit jusqu'à l'arrière du bâtiment, regardant furtivement derrière elle afin de s'assurer que la vieille demoiselle ne l'observait pas. Les fenêtres de la maison étaient plus vides et sombres que jamais. Corrie n'était pas très rassurée. Cette baraque lui donnait la chair de poule avec sa silhouette délabrée et les arbres morts qui la bordaient sur l'arrière. Le soleil, de plus en plus timide, n'allait pas tarder à disparaître. Les nuages avançaient à une vitesse terrifiante, recouvrant les champs d'un manteau sombre qui s'étendit bientôt sur la maison. La moiteur était à son comble et une forte odeur d'ozone monta aux narines de la jeune fille. Avec l'orage qui s'annonçait, elle avait intérêt à faire vite.

Elle se dirigea résolument vers l'entrée des Kavernes, se tenant baissée au cas où la vieille Winifred aurait l'idée de mettre le nez à la fenêtre. Quelques instants plus tard, elle descendait les marches menant à la grille de fer.

Elle observa longuement le sol à la recherche de traces de pas. Rien. Personne n'était passé par là depuis plusieurs jours. Corrie se sentit à la fois soulagée et déçue. Si le tueur avait séjourné dans les grottes, il n'y était pas revenu depuis belle lurette. Autant pour sa belle théorie. Mais tant qu'à être venue là, autant aller jusqu'au bout.

Elle jeta une nouvelle fois un regard inquiet derrière elle, puis elle se pencha sur le cadenas fermant la grille métallique. Rien de bien méchant, un vieux cadenas à l'ancienne, comme ceux des casiers du lycée sur lesquels elle s'était entraînée. Elle eut un petit sourire en se souvenant du paquet-cadeau contenant du crottin de cheval qu'elle avait déposé un jour dans le casier de Brad Hazen avec une carte et une rose. Il n'avait jamais su que c'était elle.

Corrie commença par secouer le cadenas afin de s'assurer qu'il était bien verrouillé. Pas la peine de s'escrimer inutilement dessus s'il ne fermait plus bien, mais ce n'était pas le cas.

Le sort en est jeté, pensa-t-elle.

Elle sortit de sa poche un petit sachet de feutre qu'elle déplia soigneusement, découvrant une série de clés Allen ainsi que des tiges métalliques fabriquées en catimini pendant des travaux pratiques. Elle prit une clé correspondant à la taille du cadenas, l'introduisit dans la fente et tenta de la faire tourner dans le sens inverse des aiguilles d'une montre. L'art de crocheter les serrures consiste principalement à profiter des défauts du mécanisme. Sur la plupart des cadenas, les goupilles n'ont pas tout à fait la même taille et il suffit de savoir profiter de ces légères différences. Elle les testa l'une après l'autre, à la recherche de la plus résistante qu'elle finit par trouver. La goupille bascula brusquement et Corrie s'attaqua aux suivantes, libérant le rotor qui pivota avec un petit clic. Une dernière pression et le cadenas s'ouvrit.

Corrie recula d'un pas, satisfaite de constater qu'elle n'avait pas perdu la main. Elle n'était pas très rapide à ce petit jeu-là et ne maîtrisait pas encore les techniques les plus compliquées, mais elle savait tout de même se débrouiller. Qu'aurait dit Pendergast s'il avait pu la voir ? Après tout, peut-être aurait-il été fier d'elle.

Elle rangea ses outils, les remit dans sa poche, décrocha le cadenas et le mit de côté. La vieille grille grinça sur ses gonds et Corrie s'avança dans l'obscurité. Elle marqua un moment d'hésitation : était-il préférable de se servir de sa lampe de poche ou bien pouvait-elle sans crainte allumer la lumière ? Si jamais Winifred Kraus venait faire un tour du côté des Kavernes, les ampoules allumées risquaient de la trahir. Mais jamais la vieille taupe n'oserait sortir de chez elle, surtout avec l'orage qui se préparait. Pas très rassurée, Corrie préférait de loin allumer la lumière et ne pas user les piles de sa torche.

Elle tâtonna le long du mur humide et trouva l'interrupteur qu'elle tourna.

Cela faisait des années qu'elle n'avait pas visité les grottes. Elle n'y était venue qu'une seule fois avec son père quand elle avait six ou sept ans, peu avant qu'il disparaisse de sa vie. Prenant son courage à deux mains, elle s'engagea dans le boyau et descendit les marches de calcaire, accompagnée par l'écho de ses pas.

Arrivée en bas, elle découvrit l'allée de planches sillonnant entre les stalagmites. Corrie avait oublié à quel point le lieu était étrange. La dernière fois qu'elle avait visité les Kavernes, elle se trouvait au milieu d'adultes. Aujourd'hui, elle était toute seule, enveloppée d'un silence pesant. Elle avança d'un pas hésitant. Ses chaussures faisaient un bruit infernal sur les planches. Les ampoules nues accrochées loin au-dessus de sa tête projetaient des ombres inquiétantes sur les parois rocheuses. Une forêt de stalagmites menaçantes se dressait de tous côtés. Seul le bruit de ses pas troublait le silence, mêlé à celui des gouttes d'eau suintant du plafond.

Elle commençait presque à regretter d'être venue.

Elle tenta de se rassurer en se disant qu'il n'y avait personne, confirmée dans son impression par les empreintes qu'elle laissait derrière elle sur l'allée de planches. Si quelqu'un d'autre était passé par là récemment, elle l'aurait tout de suite remarqué. Le dernier visiteur avait sans doute été Pendergast, lorsque la vieille Winifred lui avait fait les honneurs de ses Kavernes.

Corrie traversa rapidement la première grotte, emprunta un passage étroit et se retrouva dans la caverne suivante dont l'appellation lui revint aussitôt : il s'agissait de la Bibliothèque du Géant. Le nom l'avait marquée parce qu'elle avait vraiment cru autrefois qu'il s'agissait de l'antre d'un titan. Même avec des yeux d'adulte, il fallait bien reconnaître que le décor était particulièrement réaliste.

Plus oppressée que jamais par le silence et la lumière jaune des ampoules, elle pressa le pas. Elle dépassa le Puits sans Fond et le Bassin de l'Éternité dont les eaux vitreuses avaient de curieux reflets émeraude. La visite n'allait normalement pas plus loin, les visiteurs traversant au retour la Kathédrale de Kristal. Les grottes suivantes étaient plongées dans l'obscurité.

Corrie alluma sa lampe et fouilla les ténèbres sans rien distinguer.

Elle enjamba la barrière en bois et se retrouva au bord du bassin. Elle n'avait distingué aucune ouverture dans les grottes traversées jusqu'alors et n'avait d'autre choix que de traverser l'eau si elle souhaitait poursuivre ses explorations.

Elle s'appuya contre la barrière, défit ses chaussures, ôta ses chaussettes qu'elle enfouit à l'intérieur de ses souliers et prit ces derniers à la main après en avoir noué les lacets entre eux. Elle enfonça un orteil timide dans l'eau. Elle ne s'attendait pas à la trouver aussi froide, et surtout aussi profonde. Elle traversa la petite mare aussi vite qu'elle le put et reprit pied de l'autre côté. Elle avait les jambes trempées. Toujours pieds nus, elle contourna le bord du bassin en faisant courir le faisceau de sa lampe autour d'elle et découvrit très vite sur sa droite un passage usé par les pas de ceux qui l'avaient précédée. Elle était sur la bonne voie.

S'asseyant un instant sur un bloc de roche calcaire, elle enfila ses chaussettes sur ses pieds mouillés et remit ses grosses chaussures de marche, regrettant de n'avoir pas pensé à mettre des baskets.

Elle s'engagea dans l'étroit passage en baissant la tête, avançant à moitié courbée au fur et à mesure que la voûte s'abaissait. Des filets d'eau ruisselaient le long des parois. Soudain, le plafond s'éleva et le boyau fit un coude.

La lampe de Corrie s'arrêta sur une porte en fer cadenassée semblable à celle de l'entrée des Kavernes.

Confortée dans le sentiment que l'alambic devait se trouver dans la grotte voisine, elle sortit ses outils et se mit à l'ouvrage. Peut-être à cause de la pénombre, sans doute aussi parce que ses doigts étaient gourds, elle passa bien du temps à venir à bout du cadenas. Celui-ci céda pourtant au bout de quelques minutes d'effort et elle le posa avant d'ouvrir le battant.

Elle s'arrêta sur le seuil et fit courir le rayon de sa torche autour d'elle. Le passage se poursuivait à travers la paroi rocheuse et elle se résolut à avancer. Une trentaine de mètres plus loin, le couloir s'élargissait sur une grotte nettement moins vaste et pittoresque que les précédentes. Seules quelques petites stalagmites se dressaient sur le sol accidenté. Dans l'air froid et confiné, une odeur caractéristique parvint jusqu'à ses narines : une odeur de feu de bois à laquelle se mêlaient des effluves nettement moins agréables. Un courant d'air frais lui chatouilla la nuque.

Elle avança de quelques pas et le faisceau de sa lampe se refléta sur une surface métallique : probablement le vieil alambic du père Kraus. Elle se trouva confirmée dans son impression quelques instants plus tard en découvrant une énorme cuve tout droit sortie des illustrations de la Prohibition, avec son trépied géant et des restes de charbon de bois en dessous. Un peu plus loin, elle aperçut un tas de bûches. La partie supérieure de la cuve et le tuyau torsadé de l'alambic, en piteux état, reposaient sur le sol au milieu d'une multitude de chaudrons nettement moins volumineux.

À l'aide de sa torche, Corrie découvrit un peu plus loin une table bancale et quelques verres. Au pied d'une chaise cassée, elle aperçut une vieille carte à jouer. Des débris de bouteilles, de flacons et de cruches en terre moisissaient dans un coin et elle n'eut aucun mal à imaginer l'époque où les contrebandiers surveillaient la fabrication de l'alcool en jouant aux cartes devant un verre de leur tord-boyaux.

Suivant les traces de fumée, elle eut l'idée de pointer sa lampe vers le haut. Au début, elle ne distingua rien dans le noir de fumée, mais à force de regarder, elle finit par discerner une série de fissures qui avaient dû servir autrefois de conduit de cheminée. À en juger par la buée qui lui sortait de la bouche lorsqu'elle respirait, le système ne devait pas être très efficace.

Elle s'approcha de la cuve en cuivre et constata qu'elle était suffisamment grande pour y cuire un être humain, mais elle aurait été bien en peine de dire si elle avait servi récemment. Elle se demanda si l'odeur de fumée pouvait encore imprégner les lieux après toutes ces années. Sans parler de cette autre odeur, nettement plus désagréable, qui lui faisait penser à de la viande pourrie. La même odeur de jambon fumé qui entourait la dépouille de Stott...

À cette seule pensée, Corrie se figea, terrifiée. Elle avait voulu vérifier que l'alambic était toujours là. Maintenant qu'elle avait trouvé ce qu'elle cherchait, il s'agissait de rebrousser chemin le plus vite possible. La gorge nouée, elle se demanda tout à coup ce qui l'avait poussée à mener une telle expédition.

D'un autre côté, elle n'avait aucune raison d'avoir peur et tant qu'à être venue jusque-là, autant prendre le temps d'achever sa reconnaissance.

Elle se hissa sur la pointe des pieds et éclaira l'intérieur du chaudron. Des effluves de graisse rance l'assaillirent, mais elle n'eut guère le temps d'y penser car elle venait d'identifier l'objet rose et nacré qu'éclairait le rayon de sa torche au fond de la cuve : une oreille humaine.

Saisie d'horreur, elle poussa un cri et recula soudainement, faisant tomber sa lampe qui s'en alla rouler dans un coin en jetant des éclairs circulaires sur les parois et le plafond de la grotte. La torche s'arrêta avec un bruit mat contre un rocher et s'éteignit brusquement, plongeant la caverne dans l'obscurité.

Merde, merde et encore merde, jura-t-elle entre ses dents.

Avec mille précautions, elle se mit à quatre pattes et se dirigea à tâtons vers l'endroit où avait roulé la lampe. Quelques instants plus tard, elle atteignait la paroi qu'elle s'appliqua à suivre des doigts. Mais elle eut beau chercher, sa torche avait disparu.

Accroupie sur le sol, la gorge serrée, elle se demanda si elle parviendrait à retrouver la sortie dans le noir. Elle avait parcouru pas mal de chemin et risquait de se perdre dans l'obscurité. Elle s'appliqua à calmer sa respiration, faisant des efforts désespérés pour ne pas se laisser gagner par la panique. La lampe n'avait pas pu tomber très loin puisqu'elle l'avait entendue se cogner contre la roche. Il s'agissait de la retrouver le plus vite possible, de la secouer afin de la remettre en marche et de s'en aller de là.

Elle longea la paroi d'un côté, puis de l'autre.

Pas la moindre trace de sa lampe de poche.

Elle avait dû se tromper, il n'y avait pas d'autre explication. Elle revint à ce qu'elle croyait être son point de départ et recommença de zéro en avançant à quatre pattes dans la direction où avait roulé sa torche. Mais, malgré tous ses efforts, elle ne la retrouvait pas.

La respiration courte, elle revint au milieu de la pièce. Ou tout du moins ce qu'elle croyait être le milieu de la pièce car elle avait fini par perdre ses repères dans le noir.

Bon, se dit-elle. *Je commence par respirer un grand coup pour me calmer. Je n'ai aucune raison d'avoir peur.*

Mais aussi, quelle idée d'être venue là sans lampe de rechange et sans allumettes !

Corrie avait eu le temps de constater que la grotte n'était pas très grande et qu'elle n'avait qu'une seule issue. À force de réfléchir, elle n'en était plus si sûre. Trop occupée à examiner la cuve de l'alambic, elle n'avait pas prêté attention à la pièce.

Son cœur battait si vite qu'elle avait du mal à respirer. *Calme-toi*, se dit-elle. Ce n'était pas le moment de perdre du temps à chercher une torche qui s'était sûrement cassée en tombant. Il s'agissait à présent de retrouver la sortie le plus vite possible, d'autant qu'elle commençait à avoir froid. Elle avait heureusement pensé à laisser la porte ouverte et comme les lumières étaient restées allumées dans les Kavernes, il lui suffisait de rebrousser chemin jusqu'à l'extrémité du passage.

S'orientant du mieux qu'elle le pouvait, Corrie se dirigea à tâtons vers ce qu'elle croyait être la sortie. Elle avançait à quatre pattes afin d'éviter toute mauvaise surprise, mais le sol de la grotte était dur, avec de nombreuses flaques d'eau croupissante. L'obscurité l'angoissait terriblement.

Corrie n'avait pas le souvenir d'avoir jamais été plongée dans le noir absolu. Même par une nuit sans lune, on aperçoit toujours quelque chose.

Son cœur battait à tout rompre.

Elle se cogna soudain la tête contre quelque chose de dur. Elle reconnut la surface lisse de l'énorme chaudron et s'aperçut qu'elle se trouvait à hauteur du tas de charbon de bois.

Cela signifiait donc qu'elle avait emprunté une mauvaise direction, mais elle savait maintenant où elle se trouvait. Il lui suffisait à présent de longer la paroi jusqu'au passage, de l'emprunter sur toute sa longueur jusqu'à la porte en fer. À partir de là, elle était sauvée, il n'y avait plus qu'à avancer jusqu'au Bassin de l'Éternité au-delà duquel elle retrouverait la lumière et l'allée de planches.

Allons, un peu de courage. Ce n'est tout de même pas la mer à boire...

S'efforçant de rester calme, elle longea la paroi rocheuse lentement, déjà nettement plus rassurée. Elle buta soudain contre une stalagmite et s'arrêta aussitôt, cherchant à se souvenir de la disposition de la pièce, et s'aperçut avec soulagement que la sortie était toute proche.

Elle reprit sa progression, une main sur le sol, l'autre le long de la paroi. *Six, sept, huit...*

Ses doigts rencontrèrent quelque chose de chaud.

Affolée, elle retira sa main. Il ne pouvait s'agir que d'un animal. Un rat, ou bien alors une chauve-souris, à moins que son imagination ne soit en train de lui jouer des tours.

Pétrifiée, elle attendait, les sens en éveil. Enveloppée dans un profond silence, ne percevant pas le moindre mouvement, elle avança la main avec mille précautions.

La chose était toujours là, chaude et humide, sans poil.

Elle eut un mouvement de recul et un sanglot monta de sa gorge. Une puanteur atroce lui envahit les narines et elle crut percevoir une autre respiration que la sienne. Non, elle devait se tromper, c'était sa peur qui la faisait hoqueter.

Elle serra les dents et ferma les yeux dans le noir, tentant désespérément de ne pas céder à la panique.

Rien ne semblait bouger près d'elle. Elle avait dû se tromper, toucher par mégarde un objet quelconque sur le sol. Si elle s'affolait pour un rien, jamais elle ne sortirait d'ici vivante.

Elle voulut avancer, mais la chose était toujours là. Cette fois, le doute n'était plus permis, la chose était chaude. Pouvait-il s'agir d'un phénomène volcanique ? Elle voulut s'en assurer et approcha la main afin de tâter l'objet mystérieux.

Aussitôt, Corrie comprit qu'elle était en train de caresser un pied nu, avec des ongles aussi longs que des griffes.

À moitié morte de peur, elle retira sa main très doucement, la respiration rauque, la gorge nouée, les lèvres sèches.

Au même moment, une voix éraillée et chantante s'éleva dans l'obscurité.

— Veux vouer avec moi ? chuinta la voix.

47

Hazen s'enfonça dans le fauteuil moelleux et tambourina doucement sur la table vernie de la salle de réunion. Pourquoi la police de Medicine Creek n'avait-elle pas les moyens de se payer d'aussi beaux locaux que ceux-ci ? Il se rassura en se disant que la police municipale de Deeper, ainsi que le reste de la ville, vivait à crédit. Voilà au moins un défaut qu'il n'avait pas, lui qui veillait scrupuleusement à ne jamais dépasser le budget qu'on lui allouait. Et, grâce à lui, Medicine Creek allait enfin pouvoir sortir de l'ornière.

Hazen écoutait son collègue Hank Larssen d'une oreille distraite, décidé à le laisser parler tout son soûl. Il jeta un coup d'œil discret à sa montre. Sept heures du soir. Il n'avait pas perdu son temps aujourd'hui. À force de réfléchir, il avait à peu près élucidé l'affaire. Un seul petit détail le tarabustait.

Larssen arrivait au bout de son petit discours.

— Il est encore trop tôt, Dent. Tu n'as pas l'ombre d'une preuve, rien que des hypothèses plus ou moins fondées.

Rien que des hypothèses plus ou moins fondées. Ce pauvre Hank lisait trop de romans de John Grisham.

De toute façon, Larssen était sur le point de conclure.

— Je ne peux pas me permettre d'accuser l'une des personnalités les plus influentes de Deeper sans preuve. Je n'ai pas l'intention de le faire, ou de laisser quiconque d'autre le faire à ma place.

Hazen laissa le silence retomber et se tourna vers Raskovich.

— Qu'en pensez-vous, Chester ?

Raskovich jeta un regard furtif du côté de Seymour Fisk, le doyen de l'université du Kansas, qui avait suivi la discussion sans mot dire, le front soucieux.

— Il me semble que les éléments découverts avec le shérif méritent la poursuite de nos investigations, finit-il par dire.

— Le seul élément que vous avez découvert, c'est que Lavender a des problèmes d'argent. La belle affaire ! Dites-moi qui n'a pas de problèmes d'argent de nos jours ?

Hazen jugea plus prudent de laisser Raskovich répondre.

— Nous avons découvert bien plus que de simples problèmes financiers. Cela fait plusieurs années que Lavender se trouve dans l'incapacité de payer ses taxes foncières. Je serais d'ailleurs curieux de savoir pour quelle raison il n'a jamais eu le moindre redressement fiscal. Sans compter que Lavender répète à tout le monde depuis un bon moment que Deeper a été choisi pour notre projet de génie génétique. Il n'arrête pas de dire qu'il a mis au point une stratégie, comme s'il était le seul à savoir. Je serais curieux de connaître sa fameuse « stratégie ».

— Mais enfin, n'allez pas chercher midi à quatorze heures ! Il a dit ça pour calmer ses créanciers, c'est tout ! s'emporta Larssen en se levant à moitié de son fauteuil.

Hazen avait du mal à dissimuler sa satisfaction de voir son collègue s'en prendre aux types de l'université du Kansas. Pauvre Larssen ! Il était tellement bête qu'il s'enfonçait. Le bon Dieu avait oublié de lui brancher l'électricité dans toutes les pièces.

— Raison de plus, insista Raskovich. Si le professeur Chauncy avait annoncé lundi que Medicine Creek était choisi pour le projet, vous pouvez être sûr que ses créanciers lui auraient sauté dessus le lendemain à la première heure. Je ne sais pas ce que vous en pensez, mais question mobile, il n'y a pas mieux.

Incapable de répondre, Larssen secoua la tête.

Le professeur Fisk prit alors la parole d'un air supérieur.

— Shérif, loin de nous l'idée de porter des accusations gratuites. Nous souhaitons simplement la poursuite de cette enquête afin de vérifier la validité de certaines hypothèses, notamment celles concernant M. Lavender.

Hazen s'abstint d'intervenir, soucieux de ne pas enfoncer le clou inutilement. Hank n'avait pas l'air de comprendre que toute cette discussion était parfaitement oiseuse et que rien ne les empêcherait d'aller fouiller dans les poubelles de Lavender.

— Je souhaite simplement vous faire comprendre qu'il est prématuré de s'intéresser à un seul suspect, rétorqua Larssen, d'autant que nous sommes loin d'avoir épuisé toutes les hypothèses. Écoute, Dent, je suis tout à fait conscient que Lavender n'a rien d'un saint, mais ça n'en fait pas un assassin pour autant. Encore moins un monstre comme le tueur de Medicine Creek. Et même s'il avait eu recours aux services d'un complice, comment ce fameux comparse aurait-il pu arriver à Medicine Creek sans être vu ? Où se cache-t-il ? Où a-t-il dissimulé sa voiture ? Où dort-il ? La police a fouillé partout. On a même fait appel à des avions de reconnaissance, tu le sais aussi bien que moi.

Hazen soupira. Larssen avait mis le doigt sur le seul détail qui le chiffonnait.

— Tout semble indiquer que le tueur est quelqu'un de Medicine Creek, poursuivit Larssen. Une sorte de Dr Jekyll et M. Hyde. S'il n'était pas du cru, quelqu'un l'aurait forcément repéré. Ne me dis pas qu'on peut aller et venir à Medicine Creek sans se faire remarquer.

— Le tueur a très bien pu se cacher dans un champ, suggéra Raskovich.

— Depuis le temps qu'ils tournent au-dessus de la région, les avions l'auraient repéré, répliqua Larssen. On a remonté la rivière sur plus de trente kilomètres, on a fouillé les tumulus, on a cherché partout sans rien trouver d'anormal et les habitants n'ont vu personne. Expliquez-moi un peu où se cache ce fameux assassin. Pas sous terre, tout de même ?

Hazen se figea brusquement. Quelque chose venait de faire tilt dans sa tête. Un éclair de génie. Mais bien sûr ! Il tenait enfin la clé du mystère, l'explication qui lui échappait depuis le début !

Il respira lentement, s'assurant que personne n'avait remarqué son trouble. Pas question de laisser croire que Hank lui avait soufflé la solution. Il se redressa et c'est d'une voix parfaitement calme, presque blasée, qu'il prit la parole :

— Mais si, Hank. C'est bien sous terre qu'il se cache.

Un silence de mort ponctua sa remarque.

— Que voulez-vous dire ? finit par demander Raskovich.

— Je veux parler des Kavernes Kraus, tout simplement, répondit Hazen.

— Les Kavernes Kraus ? s'étonna Fisk.

— Oui, une attraction touristique située près d'une vieille maison à la sortie du village. Une suite de grottes naturelles que fait encore visiter une vieille demoiselle du nom de Winifred Kraus.

Toutes les pièces manquantes du puzzle se mettaient en place à une vitesse fulgurante. Les Kavernes Kraus ! Comment n'y avait-il pas pensé plus tôt ? Mais bien sûr !

— Oui, je vois très bien l'endroit, fit Raskovich.

Le professeur Fisk approuva de la tête.

Larssen était blême. Hazen avait raison. Tout concordait.

— Le tueur se terre dans les grottes, reprit Hazen.

Se tournant vers son collègue, il ne put réprimer un sourire.

— Tu le sais comme moi, Hank, c'est là que le père Kraus avait installé sa distillerie clandestine. Celle où était fabriqué le whisky de contrebande du grand-père Lavender.

— Tiens, tiens ! Curieuse coïncidence, s'exclama Fisk en lançant à Hazen un regard admiratif.

— Je ne vous le fais pas dire. C'est le grand-père de Lavender qui a fourni cet alambic au père Kraus et qui lui a mis le pied à l'étrier. Il avait le contrôle du trafic d'alcool dans toute la région et il avait implanté des distilleries clandestines un peu partout. Pendant la Prohibition, ils faisaient leur petit trafic dans une grotte située derrière celles que visitent les touristes. Ils se servaient même d'une *cuve géante*, fit Hazen en insistant sur les deux derniers mots.

— Vous voulez dire... une cuve suffisamment grande pour y cuire un être humain ? demanda Raskovich, les yeux brillants.

— Exactement.

Il régnait dans la pièce une atmosphère électrique. Larssen suait à grosses gouttes, confirmant à Hazen qu'il s'était rallié à sa théorie.

— Les choses se sont déroulées très simplement, poursuivit Hazen. L'homme de main de Lavender s'est caché dans les grottes et il ne sortait que la nuit, pieds nus, multipliant les mises en scène bizarres pour mieux accréditer la légende des guerriers fantômes.

Hank Larssen tira de sa poche un mouchoir à l'aide duquel il s'épongea le front.

— Lavender a prétendu l'autre jour que son homme de main, McFelty, était allé voir sa mère à Kansas City. Nous avons vérifié avec Raskovich, et savez-vous ce qu'on a découvert ?

Les autres, pendus à ses lèvres, attendaient la suite.

— Eh bien figurez-vous que la mère de McFelty est morte depuis vingt ans, laissa-t-il tomber. Ce n'est pas la première fois que McFelty a des ennuis avec la justice. Rien de bien grave, mais ce n'est pas non plus un enfant de chœur : agressions diverses, conduite en état d'ivresse.

Les choses allaient trop vite, d'un seul coup, mais Hazen n'avait pas l'intention de laisser le moindre répit à ses interlocuteurs.

— McFelty semble avoir disparu de la circulation deux jours avant le meurtre de Sheila Swegg. C'est à ce moment-là qu'il a dû se cacher dans les grottes. Comme le faisait remarquer très justement Hank il y a quelques minutes, il est impossible à un étranger d'aller et venir à Medicine Creek sans se faire remarquer. De moi, tout particulièrement. C'est pour cette raison qu'il reste terré dans les Kavernes Kraus toute la journée, ne sortant que la nuit pour faire son sale boulot.

Les trois autres, comme assommés, ne disaient rien. Le premier à retrouver ses esprits fut le professeur Fisk.

— Très beau travail, shérif, toutes mes félicitations. Que comptez-vous faire, à présent ?

Hazen se leva, le visage sévère.

— Medicine Creek grouille d'enquêteurs et de journalistes. Vous pouvez être sûrs que McFelty attend sagement que les choses se calment pour sortir, maintenant que sa mission est terminée.

— Dans ce cas, que suggérez-vous ?

— C'est simple. On y va et on cueille cette espèce d'enfant de salaud.

— Quand ?

— Tout de suite, fit-il sur un ton martial. Hank, contacte le quartier général de la police d'État à Dodge. Je veux parler au commandant Wayes en personne. Il faut réunir une équipe de choc le plus rapidement possible. On aura également besoin de chiens, mais pas des bâtards comme l'autre fois. Je pars sur-le-champ récupérer un mandat auprès du juge Anderson.

— Êtes-vous certain que ce McFelty se trouve encore dans les grottes ? s'enquit Fisk.

— Non, répliqua Hazen, mais nous trouverons au moins suffisamment de preuves pour le confondre. Je n'ai pas envie de courir le moindre risque, nous avons affaire à un individu extrêmement dangereux. Il a sans doute agi sur les instructions de Lavender, mais j'ai comme l'impression qu'il a fini par y prendre plaisir et ça me fait très peur. Ne commettons pas l'imprudence de le sous-estimer.

Dehors, le vent tournait à la tempête et l'horizon était plus chargé que jamais.

— Nous n'avons pas une minute à perdre, reprit le shérif. Notre homme pourrait bien profiter de l'orage et s'éclipser en douce.

Il regarda sa montre puis, se tournant vers ses interlocuteurs :

— L'opération est prévue ce soir à dix heures précises et je peux vous dire qu'on va mettre le paquet.

48

Allongée à même le sol dans le noir le plus absolu, Corrie tremblait de peur et de froid. Elle était trempée jusqu'aux os. *L'autre* s'activait un peu plus loin, se parlant à lui-même à mi-voix avec un curieux accent chantonnant et chuintant qui terrorisait la jeune fille. De temps à autre, il riait sans raison apparente.

Passé le stade de l'incrédulité et de la panique, Corrie se retrouvait plongée dans un état de stupeur et d'abattement absolu. Elle se trouvait entre les mains du tueur. L'autre l'avait ficelée avant de l'emporter sur son épaule comme un vulgaire sac de pommes de terre. Il l'avait entraînée à travers un incroyable dédale de couloirs et de grottes pendant ce qui avait semblé une éternité à la jeune fille, pataugeant à plusieurs reprises dans des cours d'eau souterrains, le tout dans une obscurité atrocement angoissante. Le noir ne gênait visiblement pas l'autre qui se déplaçait dans ce labyrinthe avec une facilité déconcertante.

Pendant qu'il la portait, elle avait pu se rendre compte que ses bras moites étaient incroyablement musclés et puissants. Elle avait eu beau crier, pleurer, supplier, il n'avait pas prêté la moindre attention à ses protestations. Enfin, ils étaient arrivés dans ce qui semblait être l'antre du monstre. Il l'avait déposée à terre sans ménagement et l'avait repoussée dans un coin de son pied répugnant. Corrie avait immédiatement reconnu l'odeur qui l'avait tant intriguée quelques heures plus tôt : une puanteur indescriptible et entêtante, presque palpable.

Elle n'avait pas la moindre idée du temps qui s'était écoulé depuis sa capture car elle commençait tout juste à sortir de son hébétude. La terreur qui l'avait initialement paralysée commençait à s'estomper. Incapable du moindre mouvement, elle tentait de rassembler ses esprits. Elle se trouvait visiblement dans les profondeurs de souterrains infiniment plus vastes qu'on ne l'imaginait à Medicine Creek. En clair, cela signifiait que jamais on ne la retrouverait...

Elle s'arrêta aussitôt, consciente que la panique était sa pire ennemie. Si quelqu'un pouvait la sauver, c'était elle-même.

Elle ferma les yeux afin de mieux écouter les mouvements du monstre qui vaquait tranquillement à ses occupations quelque part dans la grotte sans jamais cesser de chantonner des paroles inintelligibles accompagnées de gargouillis immondes.

S'agissait-il vraiment d'un être humain ? Cela ne faisait aucun doute. En dépit d'une épaisse couche de corne, elle avait reconnu le pied d'un homme lorsqu'elle l'avait touché dans le noir. En outre il émettait des sons articulés, même s'il s'exprimait de façon à peine intelligible avec une voix aiguë d'enfant.

Mais quoi qu'il en soit, c'était un monstre.

Corrie l'entendit brusquement s'approcher d'elle. Il poussa un grognement et elle attendit, pétrifiée d'horreur. Il la saisit d'une main de fer, la mit sur ses pieds et la secoua.

— Mouh ?

— Laissez-moi, fit-elle entre deux sanglots.

Il la secoua avec une violence redoublée, multipliant les « mouuuh ! » de son atroce voix de bébé.

Elle tenta de se dégager, mais il la repoussa brutalement sur le sol rocheux.

— Arrêtez ! Je vous en prie...

Corrie sentit une main lui tordre la cheville et elle hurla de douleur. Il la prit dans ses bras, l'attrapa par les épaules et la souleva comme un fétu de paille.

— S'il vous plaît... geignit-elle.

— 'Il vous flaît, grinça la voix. 'Il vous flaît. Hanhhh ! Elle aurait voulu le repousser, mais il la serrait contre lui et son haleine fétide lui donnait la nausée.

— Laissez-moi partir...

— Honnnn !

La repoussant soudainement, il s'éloigna en traînant les pieds. Corrie aurait voulu s'asseoir, mais ses liens lui brûlaient les poignets et ses mains étaient totalement engourdies. Elle devait impérativement trouver le moyen de s'échapper, sinon il finirait par la tuer.

Elle se redressa à grand-peine et parvint à s'asseoir. Si seulement elle avait pu savoir qui il était et ce qu'il pouvait bien faire dans ces souterrains, elle aurait pu essayer de l'amadouer et de s'enfuir. Elle frissonna et se racla la gorge.

— Qui... qui êtes-vous ? demanda-t-elle d'une voix qui n'était plus qu'un murmure.

Son ravisseur se figea, puis elle l'entendit s'approcher.

— Je vous en prie, ne me touchez pas.

Corrie entendait sa respiration. Elle commençait à se demander si elle avait bien fait d'attirer son attention. Son salut dépendait pourtant de sa capacité d'entamer le dialogue. La gorge nouée, elle répéta sa question.

— Qui êtes-vous ?

Elle le sentit se pencher sur elle. La main calleuse et moite du monstre lui caressa le visage, ses ongles cassés griffant sa peau. Elle tourna aussitôt la tête en réprimant un cri.

La main se posa sur son épaule et Corrie s'obligea cette fois à ne pas bouger. La main lui pinça l'épaule et descendit le long de son bras. Les doigts rugueux de l'homme s'attardaient çà et là, ses ongles cassés aussi pointus que des échardes.

La main remontait à présent le long de sa colonne vertébrale. Corrie tenta de se dégager, mais la main lui broya littéralement l'épaule et elle ne put retenir un cri. La main reprit aussitôt ses explorations et s'arrêta sur sa nuque qu'elle serra avec une force inattendue. Paralysée par la peur, Corrie parvint néanmoins à parler :

— Que voulez-vous ?

La main relâcha lentement son étreinte. Le monstre respirait fort et il reprit soudain son babil étrange, se parlant à nouveau à lui-même. La main lui caressa la nuque avant de se poser sur ses cheveux qu'il ébouriffa.

Corrie faisait des efforts désespérés pour ne pas reculer de dégoût. La main lui caressait toujours la tête, puis elle se posa sur son front, caressa ses joues et pinça ses lèvres. Le monstre fit mine de lui ouvrir la bouche avec ses doigts crochus. Corrie voulut détourner la tête, sans toutefois parvenir à échapper à l'horrible main qui poursuivait ses explorations. On aurait dit qu'il tâtait un morceau de viande.

— Arrêtez, je vous en supplie ! sanglota-t-elle.

La main se figea et l'homme poussa un grognement, puis Corrie sentit ses doigts se refermer autour de son cou et serrer de plus en plus fort.

Incapable de crier à cause de cette main qui l'étranglait, la jeune fille se débattait avec l'énergie du désespoir. Des éclairs fusèrent devant ses yeux aveugles.

La main relâcha son étreinte et Corrie s'effondra, les poumons en feu, les tempes battantes. Le monstre lui tâta à nouveau le crâne.

Apparemment sans raison, il s'arrêta soudain, retira sa main et recula.

Corrie, folle d'angoisse, n'osait plus bouger. Elle l'entendit renifler bruyamment à plusieurs reprises, comme s'il sentait quelque chose. Elle remarqua pour la première fois qu'un léger courant d'air traversait l'antre du monstre. Au milieu de l'abominable puanteur du lieu, elle reconnut une odeur d'ozone apportée par l'orage, un parfum de terre humide, la fraîcheur de la nuit.

Attiré par les senteurs qui parvenaient jusqu'à lui, le monstre disparut brusquement dans le noir.

49

Le soleil aurait normalement dû se coucher peu après vingt heures si l'ouest du Kansas ne s'était brusquement retrouvé plongé dans l'obscurité quatre heures plus tôt.

Depuis le début de l'après-midi, un front d'air froid de plus de quinze cents kilomètres de long en provenance du Canada s'était installé sur les Grandes Plaines, touchées jusqu'alors par plusieurs semaines de canicule. Au fur et à mesure de son avancée, ce front polaire chassait l'air chaud vers la stratosphère, provoquant des tourbillons de poussière. Le phénomène avait rapidement gagné en intensité, aspirant sur son passage la terre desséchée, formant un voile opaque.

En avançant, le front froid chargé de poussière était entré en contact avec la masse d'air chaud, provoquant un système dépressionnaire qui tourbillonnait dans le sens inverse des aiguilles d'une montre. Un épais manteau de cumulo-nimbus s'était alors accumulé au-dessus des grandes plaines, avançant de façon erratique sous forme d'orages isolés d'une violence inouïe, à l'image de celui qui approchait à présent du comté de Cry, accompagné de pluies torrentielles, de grêle et de bourrasques.

Tous les services météorologiques étaient sur le pied de guerre et le dernier bulletin d'alerte de la sécurité civile, extrêmement pessimiste, appelait à la plus grande prudence, incitant les autorités locales à prendre des mesures d'urgence. Le mot « cyclone » avait même été prononcé, avec tout ce que cela impliquait de dangers potentiels.

De violentes bourrasques s'abattaient à présent sur le paysage. La pluie s'évaporait au contact du sol surchauffé et le vent soufflait avec une force redoublée, déracinant les arbres, emportant les toits des mobile homes. Les champs n'avaient pas été épargnés, le vent et la grêle arrachant les épis et traçant de longues saignées au milieu du maïs.

Au même moment, perdue au milieu de l'orage, une Rolls Royce roulait à vive allure. Tout en tenant le volant, son conducteur suivait la progression de la tornade grâce aux indications des satellites retransmises sur l'écran de son ordinateur portable, posé sur le siège à côté de lui.

Venant de Topeka, Pendergast avait quitté l'Interstate 70 un peu après Salina et se trouvait presque à Great Bend où il devait prendre un embranchement en direction de Medicine Creek.

L'orage et l'état de la route allaient le contraindre à ralentir alors que le temps lui faisait cruellement défaut. Le tueur, excité par la violence des éléments, allait sûrement en profiter pour exécuter de nouvelles victimes.

Il prit son téléphone portable et composa un numéro mais, cette fois encore, la messagerie lui signala que le numéro demandé n'était pas disponible pour le moment.

Inquiet, il enfonça l'accélérateur.

50

Depuis qu'il avait vu *Le Magicien d'Oz* lorsqu'il était petit, Tad Franklin éprouvait une véritable fascination pour les tornades. S'il avait souvent été témoin des dégâts que ces dernières laissaient derrière elles – campements de mobile homes dévastés, arbres transformés en allumettes, voitures renversées –, Tad n'avait paradoxalement jamais vu de véritable cyclone en action alors qu'il avait toujours vécu dans l'une des régions du Kansas où ces phénomènes sont les plus fréquents.

Mais le grand jour était enfin venu. Les bulletins d'alerte météo s'étaient multipliés toute la journée, de plus en plus menaçants au fur et à mesure qu'on passait du simple avis d'orage à celui de tornade. Une heure plus tôt, une tempête de poussière s'était abattue, arrachant les panneaux d'affichage et même quelques arbres, faisant voler des tuiles, fouettant les maisons et griffant les voitures. La visibilité n'était plus que de quelques centaines de mètres. La nouvelle était officiellement tombée un peu après vingt heures alors que Tad se trouvait seul dans les locaux de la police municipale : le comté avait été mis en état d'alerte maximum jusqu'à minuit. On redoutait une succession de tornades d'amplitude 2 ou 3, avec des vents de plus de trois cents kilomètres heure.

La voix du shérif grésilla au même moment sur la radio.

— Tad, je quitte Deeper à l'instant.

— Shérif...

— Je n'ai pas beaucoup de temps. Écoute-moi bien. L'enquête a beaucoup progressé et nous sommes à présent convaincus que le tueur se cache dans les Kavernes Kraus.

— Le tueur se...

— Mais laisse-moi terminer, bon Dieu ! Il s'agit très probablement de McFelty, l'homme de main de Norris Lavender. Il doit se cacher dans la grotte qui abritait autrefois la distillerie clandestine du père Kraus. Il n'y a pas une minute à perdre si nous ne voulons pas qu'il s'échappe pendant la tempête. Nous sommes en train de réunir une équipe de choc et l'assaut doit être donné à vingt-deux heures. Autre chose. Je viens de recevoir un bulletin d'alerte des services météo. Ils annoncent une tornade sur Medicine Creek...

— Je l'ai reçu aussi.

— Je compte sur toi pour gérer ça. Tu connais les consignes en cas d'alerte ?

— Pas de problème.

— Parfait. Fais circuler l'information et assure-toi que tout le monde est à l'abri, en ville comme dans les fermes des environs. Je devrais arriver avec les autres sur le coup de neuf heures et ça ne va pas être de la tarte. Je parle de l'arrestation de McFelty, pas de la tornade. Prépare-nous du café bien fort et ne te fais pas de souci. Je compte sur toi pour tenir la maison.

Tad éprouva un certain soulagement. Si la tornade ne lui faisait pas peur, l'idée de participer à une chasse à l'homme dans des grottes souterraines ne l'enchantait guère.

— D'accord, shérif.

— Je compte sur toi.

— Oui, chef.

Tad remit sa radio en place. Ce n'était pas son premier bulletin d'alerte et il connaissait la consigne. Commencer par prévenir la population et s'assurer que tout le monde était chez soi ou à l'abri.

Il sortit par la porte de derrière afin de ne pas se retrouver face au vent. Les rafales chargées de poussière lui brûlèrent aussitôt le visage. Il ouvrit non sans peine la portière de sa voiture de patrouille, pénétra précipitamment dans l'habitacle, s'ébroua afin de se débarrasser de toute la saleté qu'il avait sur lui, actionna le démarreur et mit en route ses essuie-glaces avant de brancher la sirène et le gyrophare. Il parcourut lentement les rues du village en multipliant les annonces à l'aide de son haut-parleur. La plupart des gens devaient déjà être au courant par la radio, mais il ne fallait rien négliger.

— Attention, attention ! Les services météorologiques annoncent un risque de tornade ce soir. Je répète, risque de tornade ce soir. La population est invitée à s'abriter du mieux qu'elle le pourra dans les caves. Éloignez-vous des portes et des fenêtres. Je répète, risque de tornade...

Arrivé à l'autre bout de la rue principale, Tad s'arrêta au-delà des dernières maisons et regarda aux alentours. Les rares fermes qu'il parvenait encore à distinguer semblaient barricadées. Leurs habitants devaient suivre l'évolution de la situation à la radio et ils avaient déjà dû prendre les précautions d'usage.

Le ciel était d'un noir d'encre. Le vent soufflait en rafales, faisant voler par milliers les feuilles de maïs et les tiges arrachées. Un éclair rougeoya avec un éclat sinistre en direction du sud-ouest. Les tornades venaient toujours de là, mais il faisait si sombre qu'on ne verrait même pas venir le cyclone. On saurait qu'il passait au moment où on l'entendrait.

Tad fit prestement demi-tour et reprit le chemin de Medicine Creek.

Les fenêtres éclairées de chez Maisie apportaient une touche rassurante au centre-ville désert. Tad se gara devant le restaurant et se glissa hors de sa voiture en tenant le col de sa veste. Une odeur de terre sèche et d'humus lui monta aux narines.

Il poussa la porte de chez Maisie et fit des yeux le tour de la salle. Les conversations s'arrêtèrent instantanément, lui donnant l'impression d'arriver comme un chien dans un jeu de quilles.

Il s'éclaircit la gorge avant de s'adresser à ceux qui se trouvaient là :

— Excusez-moi de vous déranger, mais on annonce une tornade de force 2 ou 3. Je vous demanderai de bien vouloir rentrer chez vous.

Les journalistes avaient déjà fui la tempête depuis belle lurette et il ne restait plus que quelques habitués : Melton Rasmussen, Swede Cahill et sa femme Gladys, Art Ridder. Tad s'étonna de ne voir nulle part Smit Ludwig qui aurait normalement dû se trouver là. À moins qu'il n'ait été retenu ailleurs par l'orage.

Le premier à réagir fut Rasmussen.

— On ne sait toujours rien au sujet des meurtres ? demanda-t-il.

Tout le monde regardait Tad qui ne s'attendait pas à une telle question. En dépit du bulletin d'alerte, les gens ne pensaient qu'au tueur. C'est pour cette raison qu'ils s'étaient tous réfugiés chez Maisie, soucieux d'apprivoiser leur peur ensemble, comme des animaux.

— Eh bien...

Tad se reprit à temps. Le shérif risquait de le transformer en chair à saucisse s'il vendait la mèche.

— Nous sommes actuellement sur une piste, déclara-t-il, un peu penaud.

— Ça fait une semaine que tu nous dis la même chose, s'énerva Mel en se levant précipitamment.

— Calme-toi, Mel, tenta de l'apaiser Swede Cahill.

— Cette fois, nous sommes sur une vraie piste, rétorqua Tad.

— Une *vraie* piste ! Non mais tu entends ça, Art ?

Ridder, installé au bar devant une tasse de café, l'air morose, se retourna lentement sur son tabouret.

— Le shérif m'a dit qu'il avait trouvé le moyen d'attraper le meurtrier et de faire revenir le projet OGM à Medicine Creek. Je serais curieux de savoir ce qu'il a derrière la tête. À moins qu'il m'ait dit ça une fois de plus pour noyer le poisson.

— Je ne suis pas autorisé à vous dévoiler son plan, fit Tad. De toute façon, ce n'est pas pour ça que je suis ici, mais pour vous dire qu'une tornade a été signalée et...

— Je me fous de cette tornade, rétorqua Ridder. Tout ce qui m'intéresse, c'est de savoir où vous en êtes de votre enquête.

— Elle a beaucoup progressé grâce au shérif.

— C'est bien gentil, tout ça, mais progressé comment ? Et d'abord, où est-il, le shérif ? Personne ne l'a vu de la journée.

— Il était à Deeper pour son enquête...

Les portes battantes de la cuisine s'ouvrirent à la volée et Maisie passa derrière son comptoir.

— Art Ridder ! Vous allez ficher la paix à ce pauvre garçon, oui ? Vous ne voyez pas qu'il fait son travail ?

— Écoutez, Maisie...

— Il n'y a pas d'écoutez Maisie qui tienne, Art Ridder. Vous n'êtes qu'une brute et je ne vous laisserai pas embêter ce garçon dans mon établissement. Quant à toi, Mel, tu ferais mieux de te taire.

Un silence gêné parcourut la salle.

— On vient de vous signaler un avis de tornade, poursuivit Maisie. Je vous donne cinq minutes pour rentrer chez vous. Vous me réglerez plus tard. Il faut encore que je barricade mes fenêtres avant de me réfugier à la cave et vous feriez bien de faire la même chose si vous ne voulez pas vous retrouver en charpie d'ici demain matin.

Sur ces mots, elle tourna les talons et rentra dans sa cuisine en faisant claquer les portes battantes derrière elle.

— Il est recommandé de se mettre à l'abri le plus vite possible, récita Tad. Réfugiez-vous à la cave ou au sous-sol derrière une table ou sous une cage d'escalier solide. Évitez de rester près des fenêtres et emportez avec vous une lampe de poche, de l'eau potable et une radio avec des piles. Le bulletin d'alerte est maintenu au moins jusqu'à minuit, mais ça peut durer plus longtemps. On annonce une vraie tornade.

Pendant que les autres sortaient, Tad se dirigea vers la cuisine.

— Merci, répondit-il.

Maisie lui fit signe de ne pas s'en faire. Pourtant, Tad ne l'avait jamais vue aussi inquiète.

— Je ne sais pas si je devrais te dire ça, Tad, mais je me fais du souci pour Smit. Il a disparu.

— Je me suis posé la question quand je ne l'ai pas aperçu ici.

— Un jeune journaliste l'a attendu hier soir jusqu'à la fermeture, en vain, et Smit n'est pas revenu ici depuis. Ça ne lui ressemble pas de partir comme ça sans rien dire. J'ai appelé au journal et chez lui, ça ne répond pas.

— Je vais voir ce que je peux faire, dit Tad.

— Je m'inquiète peut-être pour rien, répliqua Maisie en hochant la tête.

— Maisie, je compte sur vous pour aller vous réfugier à la cave. Promis ?

— J'y vais tout de suite après avoir barricadé les fenêtres, répondit la voix de Maisie depuis l'escalier menant au sous-sol.

L'appel arriva au bureau du shérif à l'instant où Tad ouvrait la porte. Mme Fernald Higgs avait appelé pour dire que son fils avait vu un monstre dans sa chambre. Il s'était mis à hurler et le monstre s'était enfui lorsqu'il avait allumé la lumière. Le gamin et sa mère étaient affolés.

Tad, incrédule, attendit que son collègue du central ait terminé son rapport.

— Tu plaisantes ou quoi ?

— Pas du tout, elle est vraiment dans tous ses états et veut que le shérif vienne le plus rapidement possible.

Tad n'en croyait pas ses oreilles.

— Au cas où tu ne serais pas au courant, on a un tueur en série sur les bras, on est en état d'alerte maximale à cause de la tornade et tu veux m'envoyer à la chasse au *monstre* ?

— Attends un peu, dit son collègue du central après un court silence. Je me contente de faire mon boulot, c'est tout. Je suis censé transmettre toutes les demandes. En plus, Mme Higgs prétend que le monstre a laissé une empreinte de pied.

Tad coupa un instant sa radio afin de se concentrer. Qu'est-ce que c'était encore que cette histoire ?

Il regarda sa montre : huit heures et demie. S'il allait tout de suite faire un tour chez les Higgs, il pouvait être de retour d'ici à vingt minutes.

Il rebrancha sa radio avec un grand soupir.

— OK, dit-il, je vais vérifier.

51

Lorsque Tad arriva à destination, le père Higgs venait de rentrer chez lui et il avait administré une fessée à son fils qui boudait, assis dans un coin, les poings serrés. Mme Higgs, encore toute tourneboulée, se rongeait les sangs, assise à la table de la cuisine face à son mari qui avait le nez plongé dans un plat de pommes de terre.

— Excusez-moi de vous déranger, dit Tad en retirant son chapeau sur le seuil de la porte. Je suis venu suite à votre appel.

— Oubliez tout ça, il ne s'est rien passé, répondit Higgs d'un air buté. Désolé de vous avoir dérangé pour rien.

Tad s'approcha du petit garçon et s'accroupit à côté de lui.

— Ça va aller ?

Le gamin hocha la tête. Ses cheveux blonds et ses yeux très bleus accentuaient le rouge de ses joues.

— Hillis, tu sais ce que je t'ai dit ? s'interposa son père. Je ne veux plus entendre parler de cette histoire de monstre.

Mme Higgs se leva et se rassit aussitôt.

— Je suis désolée, Tad. Je peux vous proposer une tasse de café ?

— Non merci, madame, répondit Tad.

Décidé à savoir de quoi il retournait, il demanda au petit garçon :

— Qu'est-ce que tu as vu, exactement ?

Le gamin prit un air buté.

— Ne t'avise pas de nous reparler de tes monstres, grogna le père.

Tad insista :

— Raconte-moi.

— Je l'ai vu ! s'exclama Hillis.

— Qu'est-ce que je t'ai dit ! hurla son père.

Tad se tourna vers Mme Higgs.

— Je voudrais examiner cette empreinte de pied, si ça ne vous dérange pas.

Mme Higgs se leva nerveusement sous le regard courroucé de son mari.

— Il ne va tout de même pas remettre ça, avec son monstre ? Si ça continue, je vais lui remettre une raclée. Faire venir la police pour un monstre !

Mme Higgs conduisit Tad jusqu'à la chambre de son fils, située à l'arrière de la maison. Elle lui désigna une fenêtre.

— Je suis *certaine* d'avoir bien fermé la fenêtre en mettant Hillis au lit. Quand il a crié, je me suis précipitée et la fenêtre était ouverte. J'ai voulu la refermer et c'est là que j'ai aperçu cette empreinte dans la plate-bande.

La voix de Higgs leur parvenait de la cuisine.

— Tu n'as pas honte ? Faire venir le shérif-adjoint pour un simple cauchemar ? Tu veux vraiment qu'on passe pour des idiots ?

Tad souleva la fenêtre à guillotine et une violente bourrasque gonfla les rideaux.

Se penchant au-dehors, il aperçut une bordure de zinnias. Plusieurs plantes avaient été écrasées et l'on apercevait dans la terre une forme dont il était difficile de savoir s'il s'agissait bien de l'empreinte d'un pied.

418

Il quitta la pièce, traversa le salon et sortit dans le jardin par une petite porte. Il fit le tour de la maison en rasant les murs afin de se protéger du vent et s'arrêta sous la fenêtre du petit garçon. Il alluma sa torche et s'agenouilla dans la plate-bande.

L'empreinte laissée dans la terre, déjà pas très nette, avait été détrempée par l'orage, mais on aurait effectivement dit la forme d'un pied.

Tad se releva et scruta les alentours avec sa lampe. Il aperçut aussitôt d'autres marques semblables à la première qu'il s'empressa de suivre. Les lumières de l'usine Gro-Bain brillaient à un demi-kilomètre de là, derrière la mer agitée des champs de maïs. L'usine était vide, les ouvriers ayant été renvoyés chez eux à cause de l'avis de tornade.

Soudain, les réverbères disséminés autour du bâtiment s'éteignirent.

Tad se retourna et constata que les Higgs n'avaient plus d'électricité non plus.

Une panne de courant... il ne manquait plus que ça.

Le jeune shérif-adjoint rebroussa chemin et rentra dans la maison.

— Il semble bien que quelqu'un se soit approché de la fenêtre, expliqua-t-il.

Higgs grommela quelque chose d'inintelligible tandis que sa femme allumait des bougies.

— Je vous rappelle qu'un bulletin d'alerte a été lancé pour cette nuit, poursuivit Tad. Je vais vous demander de vous enfermer chez vous et d'être prêts à descendre à la cave au cas où le vent se renforcerait. Si vous avez une radio à piles, prenez-la avec vous et branchez-vous sur la fréquence d'urgence.

Higgs fit signe qu'il avait compris. Il était assez grand pour savoir ce qu'il avait à faire en cas de cyclone.

Tad les salua et retourna à sa voiture. Il s'installa précipitamment derrière le volant, une moue dubitative sur les lèvres. La grosse voiture tanguait sous les rafales de vent. Neuf heures. Le shérif et son équipe de choc avaient dû arriver. Il prit sa radio et appela le bureau.

— C'est toi, Tad ?

— Ouais. Vous êtes de retour, shérif ?

— Pas encore. L'orage a déraciné un arbre et fait tomber plusieurs poteaux téléphoniques sur la route de Deeper.

Tad expliqua en quelques mots ce qu'il était allé faire chez les Higgs.

— Un monstre ? gloussa Hazen.

La communication était mauvaise et Tad avait du mal à entendre son chef.

— C'est le central. Ils sont censés nous transmettre tous les appels. J'espère que je n'ai pas...

— Non, tu as bien fait. Tu as trouvé quelque chose ?

— Il semble bien que le gamin n'ait pas totalement rêvé. Quelqu'un s'est introduit dans le jardin des Higgs. Les cris du gamin ont dû l'effrayer et il s'est apparemment enfui du côté de l'usine. Au fait, l'électricité a sauté à Gro-Bain.

— Si ça se trouve, c'est encore un coup du fils Cahill et de sa bande. Un soir comme aujourd'hui, les parents pourraient au moins surveiller leurs gamins. Ils auront profité de la panne d'électricité pour sortir et faire les quatre cents coups, mais il ne s'agirait pas qu'un arbre leur dégringole sur le coin de la figure. Puisque tu es dans les parages, va donc faire un tour du côté de l'usine. Tu as encore le temps. Tiens-moi au courant.

— D'accord.

— Je voulais te demander autre chose.

— Oui, shérif ?

— Tu as vu Pendergast récemment ?

— Non.

— Tant mieux. J'ai l'impression qu'il a quitté la région la queue entre les jambes après ce qu'il s'est passé ce matin.

— C'est probable.

— On investit les grottes à vingt-deux heures. Arrange-toi pour être rentré au bureau à ce moment-là au cas où on aurait besoin de toi.

— Compris, fit Tad en reposant sa radio.

Il démarra, soulagé que son chef ne lui ait pas demandé de se joindre à la chasse à l'homme dans les grottes. Il n'en avait pas pour longtemps à l'usine. Depuis la mort de Stott, le gardien de nuit avait demandé à travailler de jour et personne ne l'avait remplacé. Il lui suffisait de s'assurer que les portes étaient bien fermées et qu'aucun individu ne rôdait dans les parages, puis il rentrerait tranquillement au bureau.

52

Tad pénétra sur le parking de l'usine, balayé par de véritables nuages de paille de maïs. Des rafales de pluie s'abattaient par intermittence sur le toit de la voiture avec un bruit mat d'arme automatique.

Le shérif soupçonnait Andy Cahill et ses copains d'avoir voulu terroriser la famille Higgs, mais Tad penchait plus volontiers pour la bande de Brad Hazen, qui ne manquait jamais une occasion de se faire remarquer. Tad se demandait déjà comment il présenterait la chose à son chef s'il surprenait son bon à rien de fils en train de rôder autour de l'usine. La situation risquait d'être délicate.

Il s'approcha lentement du bâtiment et s'arrêta, laissant le moteur tourner. Entourée de champs de tous côtés, l'usine avait l'air d'une île déserte au milieu des flots déchaînés. Même les fenêtres fermées, Tad entendait le vent hurler avec une force inhabituelle.

Ce qui n'était au départ qu'une mission de routine prenait des allures de corvée dans ce décor lugubre. Pourquoi la direction de Gro-Bain n'avait-elle pas voulu engager un nouveau gardien de nuit ? La police de Medicine Creek avait autre chose à faire qu'à surveiller des bâtiments privés.

Tad se passa machinalement la main dans les cheveux avant de se résoudre à aller vérifier que personne n'avait forcé les portes de l'usine. Après ça, il fallait encore qu'il passe chez Smit Ludwig.

Il voulut ouvrir sa portière, mais une bourrasque la referma aussitôt. Baissant son chapeau sur ses yeux, il remonta le col de sa veste et tenta une nouvelle sortie. La pluie lui fouetta le visage et c'est quasiment plié en deux pour résister au vent qu'il se dirigea vers le quai de déchargement. En s'approchant, il entendit un claquement répété. Il se réfugia tant bien que mal le long du bâtiment, releva son chapeau, alluma sa torche et longea le mur de parpaings en direction du bruit.

Arrivé à hauteur de la plate-forme, le faisceau de sa lampe s'arrêta sur une porte ouverte qui claquait violemment sous l'action du vent.

Et merde...

Tad regarda longuement les gonds tordus et le verrou arraché. Celui qui avait fait ça n'y était pas allé de main morte. En temps ordinaire, il aurait demandé du renfort au central, mais qui aurait pu lui prêter assistance par une nuit pareille ? Tous ceux qui n'étaient pas mobilisés par la chasse à l'homme dans les Kavernes Kraus étaient occupés par la tornade. Il ferait peut-être mieux de faire comme s'il n'avait rien vu et de revenir le lendemain matin.

Non, ce n'était pas une solution. Il voyait déjà la figure du shérif lorsqu'il lui expliquerait la chose. Hazen passait son temps à lui dire qu'il manquait d'initiative, qu'il ne devait pas avoir peur de faire son devoir, c'était le moment ou jamais de se montrer digne de son chef.

Et puis il n'avait rien à craindre. Il ne pouvait pas s'agir du tueur puisqu'il était terré dans les grottes. Ce n'était pas la première fois que Brad Hazen ou d'autres s'amusaient à pénétrer dans l'usine en pleine nuit. C'était arrivé à plusieurs reprises, même à l'époque où il y avait encore un gardien. Le soir d'Halloween, l'année précédente, une demi-douzaine d'ados désœuvrés de Deeper s'étaient introduits chez le principal employeur de Medicine Creek.

Ces petits crétins auraient tout de même pu choisir un autre jour. Il pénétra dans l'usine par la porte cassée, faisant le maximum de bruit afin de signaler sa présence tout en faisant courir le rayon de sa torche autour de lui.

— Police, fit-il d'une voix grave. Je sais qu'il y a quelqu'un.

Seul l'écho de sa voix lui répondit.

Il avança prudemment en éclairant à droite et à gauche, puis il quitta la zone de déchargement et s'engagea dans l'usine proprement dite. Une forte odeur de Javel le prit à la gorge. Il s'arrêta et éclaira la chaîne qui zigzaguait au-dessus de sa tête. Le faisceau de sa lampe s'arrêta sur l'entrée de la pièce carrelée que les ouvriers appelaient le bain de sang. La porte était entrouverte.

— Police, répéta-t-il en s'avançant.

Dehors, le vent hurlait de plus belle.

Changeant sa torche de main, Tad dégagea l'étui de son arme de service, la main droite posée sur la crosse de son pistolet. *Simple précaution*, tenta-t-il de se rassurer.

Sa lampe glissa sur les tuyaux qui couraient dans tous les sens et balaya les murs gris avant de se perdre dans les hauteurs du plafond de l'usine. Pas le moindre bruit. Tout avait l'air normal, au grand soulagement de Tad.

Les gamins avaient dû s'enfuir en entendant sa voiture.

Il jeta un coup d'œil à sa montre : neuf heures et quart. Le shérif devait l'attendre au bureau tout en achevant les derniers préparatifs de son expédition. Tad n'avait plus rien à faire là, d'autant qu'il devait encore passer chez Smit Ludwig avant de retourner en ville.

Il s'apprêtait à faire demi-tour lorsqu'il entendit un bruit.

Il s'arrêta, intrigué. Le même bruit se fit entendre du côté du bain de sang. On aurait dit un petit rire nerveux dont l'écho se réverbérait sur le carrelage.

C'était donc là qu'ils se cachaient ! Tad éclaira la porte de la pièce. Les crochets de la chaîne projetaient des ombres grotesques qui dansaient tout autour de lui.

— Sortez immédiatement de là, ordonna-t-il.

Un ricanement lui répondit.

— Je compte jusqu'à trois. Si vous n'êtes pas sortis d'ici là, je vous garantis que ça va mal tourner pour vous.

Tad était furieux. Il avait mieux à faire que de jouer aux gendarmes et aux voleurs. À tout coup, il s'agissait d'une bande de petits cons venus de Deeper.

— Un...

Pas de réponse.

— Deux...

Il attendit.

— Et trois.

Tad se dirigea d'un pas ferme vers l'entrée du bain de sang, le bruit de ses pas amplifié par le toit en tôle ondulé de l'usine, et il donna un grand coup de pied dans la porte.

Les jambes écartées, prêt à tout, il éclaira l'intérieur de la pièce à l'aide de sa lampe dont la lumière se refléta sur les carreaux de faïence.

Personne. Il s'avança dans la pièce qui empestait l'eau de Javel.

Un petit grincement lui fit lever la tête, immédiatement suivi d'un grand bruit. Les crochets se mirent à danser furieusement dans la lumière de la torche et Tad eut tout juste le temps d'apercevoir une sil-

houette sombre s'enfuir à travers l'ouverture prati-
quée dans la cloison.

— Arrêtez ! hurla Tad en s'élançant à la poursuite
de l'ombre.

Il s'immobilisa au milieu de l'usine, tentant de
repérer le fuyard. Les crochets de la chaîne se balançaient lentement dans la pénombre, lui confirmant
qu'il n'avait pas rêvé.

Cette fois, pas question de passer l'éponge. Dès
qu'il les aurait attrapés, Tad comptait bien boucler
ces sales gosses pour leur apprendre à vivre.

Il éclaira la chaîne dont les crochets continuaient
à le narguer. Tad se dirigea vers le bain de vapeur le
plus silencieusement possible et remarqua aussitôt
que les lamelles de caoutchouc se balançaient légèrement, signalant que quelqu'un venait de passer par
là.

Il fit le tour du bain de vapeur et constata que les
lamelles situées à la sortie de la chaîne étaient en
revanche parfaitement immobiles. Les gamins se
trouvaient donc à l'intérieur de l'énorme boîte métallique.

Tad recula de quelques pas afin de pouvoir surveiller simultanément l'entrée et la sortie du local. D'une
voix calme, mais ferme, il lança un ultimatum à ses
prisonniers :

— Écoutez-moi bien. Vous vous êtes déjà mis dans
de sales draps en pénétrant dans l'usine par effraction, mais si vous ne sortez pas de là immédiatement,
je vous coffre pour refus d'obtempérer et tout le tra-
lala. En clair, ça veut dire que vous êtes bons pour
de la prison ferme au lieu d'une simple condamna-
tion à des travaux d'intérêt général. C'est compris ?

Tad n'entendit rien tout d'abord, puis un murmure
s'éleva du bain de vapeur.

— Qu'est-ce que vous dites ? demanda le jeune
shérif-adjoint en tendant l'oreille.

Le murmure se transforma en un chantonnement chuintant.

Aucun doute, ces petits crétins se foutaient de lui.

Rouge de colère et d'humiliation, Tad donna un grand coup de pied dans l'une des parois du bain de vapeur, provoquant un grondement sourd qui se répercuta à travers l'usine.

— Sortez immédiatement de là !

Prenant sa respiration, Tad se rua à travers les lamelles de caoutchouc protégeant l'entrée du bain de vapeur, baissant la tête afin de ne pas se cogner contre les crochets. Le faisceau de sa lampe dévoila une énorme silhouette en train de s'échapper à l'autre extrémité de la chaîne.

Tad ne savait plus quoi penser. L'ombre était bien trop imposante pour être celle d'un gamin... à moins qu'il n'ait entrevu non pas un, mais deux adolescents. Plus étrange encore, la silhouette s'enfuyait en clopinant, d'une façon gauche. Dans la pénombre, il vit de loin l'ombre sauter lourdement sur le sol et s'enfoncer maladroitement dans les profondeurs de l'usine.

— Arrêtez ! hurla Tad.

Traversant le bain de vapeur en un clin d'œil, il se lança à la poursuite de l'ombre, la lumière de sa torche tressautant devant lui. L'énorme silhouette contourna la plumeuse, escalada l'échelle de secours menant à la salle d'éviscération, courut le long d'une passerelle métallique et disparut derrière une forêt de tuyaux hydrauliques.

— Arrêtez-vous immédiatement ! cria Tad dans le noir. Escaladant l'échelle à toute allure, son arme de service à la main, il emprunta la passerelle à son tour.

Arrivé à hauteur des tuyaux de caoutchouc, il eut tout juste le temps de voir du coin de l'œil une ombre s'abattre sur son avant-bras. Il hurla de douleur, sa torche lui échappa et roula sur la passerelle avant de s'écraser en contrebas avec un bruit de verre brisé. L'instant d'après, le bâtiment se retrouvait plongé dans l'obscurité la plus complète.

Dehors, le crépitement de la grêle sur le toit en tôle ondulé accompagnait la complainte du vent.

Tad eut le réflexe de s'accroupir afin d'échapper à son adversaire, son revolver à la main. Il avait un mal de chien à l'avant-bras gauche. C'était tout juste s'il pouvait encore remuer les doigts et la douleur augmentait de seconde en seconde.

Ce salopard lui avait cassé le bras. Tad, les dents serrées pour ne pas hurler de douleur, craignait même une mauvaise fracture. Il ne s'agissait pas de flancher dans un moment pareil.

Il eut beau tendre l'oreille, seul lui parvenait le bruit de la grêle qui fouettait les murs de parpaing.

Je me suis gouré sur toute la ligne, pensa Tad. *Il ne s'agit pas d'une bande de gamins.*

La colère avait laissé place à la douleur et à la peur. Le tout était d'arriver à sortir de là vivant. Tentant de s'accoutumer à l'obscurité, il commença par se repérer dans le bâtiment. Il se releva, son arme à la main, le bras gauche pendant, et se dirigea lentement vers l'échelle, craignant à tout instant de recevoir un coup. Un pas, puis deux, puis trois...

Son coude rencontra brusquement quelque chose dans le noir.

Avançant prudemment la main droite qui tenait toujours son revolver, Tad découvrit une surface rugueuse. L'un des tuyaux hydrauliques, peut-être ? Non, ce n'était pas assez lisse pour être du caoutchouc. Pourtant, il ne se souvenait pas d'avoir vu quoi que ce soit d'autre à cet endroit-là

Il se mordit la lèvre pour ne pas hurler.

L'obscurité lui mettait les nerfs à l'envers. Et s'il tirait un coup de feu en l'air ? L'éclair lui permettrait au moins de s'orienter.

Sans attendre, il dirigea le canon de son arme vers le toit et appuya sur la détente.

L'espace d'une microseconde, il aperçut le visage grimaçant d'un être monstrueux juste devant lui. Un visage si hideux et difforme que le cri de Tad resta coincé dans sa gorge.

Au même instant, la chose poussa un grognement guttural de surprise et de colère.

Tad voulut s'enfuir. Se précipitant sur l'échelle tant bien que mal dans l'obscurité, il se laissa glisser à moitié jusqu'au niveau inférieur, s'écorchant les genoux sur les barreaux métalliques. Au moment d'atteindre le sol, il rata une marche et tomba lourdement sur son bras cassé. La douleur lui fit pousser un hurlement. Le cœur au bord des lèvres, la gorge secouée de sanglots de terreur, il se releva tant bien que mal, trébucha, se releva à nouveau et voulut s'enfuir. S'apercevant soudain qu'il avait toujours son arme à la main, il se retourna et tira au jugé une première fois, puis une autre, l'éclair révélant à chaque déflagration la silhouette monstrueuse de son poursuivant qui se rapprochait inexorablement, les bras en avant, des fils de bave barrant sa bouche rose grande ouverte.

Mouh !

Tad savait qu'il n'avait plus le droit à l'erreur. Il tira à deux reprises, mais le monstre, avançant toujours à la lueur fugace des coups de feu, ne se trouvait plus qu'à quelques pas. Tad recula en poussant un hurlement et tira deux nouvelles balles d'une main tremblante.

Mouh ! Mouh !

La chose était quasiment sur lui. Cette fois, il ne pouvait plus le rater.

Il appuya sur la détente et le chien du revolver retomba avec un bruit sec. Tad n'eut pas le temps de recharger son arme. Une douleur fulgurante lui paralysa le bras droit et le revolver vola à plusieurs mètres. Comprenant qu'il ne pourrait jamais se relever avec ses deux bras cassés, il voulut bourrer son adversaire de coups de pied.

Mouh ! Mouh ! Mouh !

Tad se débattait frénétiquement dans le noir en poussant des hurlements de possédé.

Soudain, l'une de ses chevilles se trouva prise dans un étau. Malmenée, tordue, elle céda avec un bruit douloureux. L'instant suivant, une masse énorme s'abattait sur lui tandis qu'une main incroyablement calleuse et musclée lui déchirait le visage. Une odeur de terre et de moisi à laquelle se mêlait une puanteur indéfinissable pénétra dans la bouche de Tad.

Un instant, il crut que l'autre souhaitait uniquement reconnaître sa figure à l'aide de ses doigts, mais l'espoir se transforma en une peur animale lorsque le jeune adjoint sentit la poigne de son assaillant se refermer sur sa tête et la tordre avec sauvagerie.

En se brisant, la colonne vertébrale de Tad fit à peine plus de bruit que sa cheville. Traversé par une brûlure fulgurante au niveau de la nuque, il eut à peine le temps de voir une clarté aveuglante déchirer l'obscurité...

53

Dans l'odeur de fauve de la grotte où elle était retenue prisonnière, Corrie tentait de ne pas céder à la panique. Désorientée par le noir absolu dans lequel elle se trouvait plongée, elle n'aurait pas su dire depuis combien de temps son ravisseur était parti. Une heure ? Un jour ? Une éternité, en tout cas. Elle avait des courbatures partout et sa nuque lui faisait encore mal là où il lui avait serré le cou.

Et pourtant, il ne l'avait pas tuée. Il préférait sans doute la garder en vie pour mieux la torturer, même si le mot torture traduisait mal ce qui semblait se passer dans la tête du monstre. Peut-être la considérait-il comme un jouet, un prétexte à s'amuser...

À quoi bon tenter de comprendre cet être tout droit sorti d'un cauchemar ? Il y avait surtout plus urgent à faire. Personne ne savait qu'elle était là, elle n'avait donc aucun espoir d'être secourue. Elle ne pouvait compter que sur elle-même et il lui fallait à tout prix trouver une solution avant qu'il ne revienne.

Elle tenta une nouvelle fois de tirer sur ses liens, ne parvenant qu'à s'arracher la peau un peu plus. Il l'avait attachée à l'aide d'une corde humide qui s'était resserrée autour de ses poignets en séchant.

Corrie, tu ne dois pas te laisser aller...

Elle commença par rester un long moment sans bouger, s'appliquant à retrouver une respiration normale. Très lentement, les mains toujours liées dans le dos, elle se mit à ramper tant bien que mal sur le sol afin d'explorer sa prison. Par terre, la roche était relativement lisse, à l'exception de blocs rugueux qui émergeaient çà et là. Elle s'arrêta quelques instants afin d'en tâter un du bout des doigts et découvrit un bloc compact ressemblant à du cristal de roche.

Elle changea de position, posa ses pieds sur le rocher et poussa de toutes ses forces sur le bloc qui céda brutalement avec un craquement sec.

À force de contorsions, elle approcha ses mains du bloc de cristal qu'elle explora à tâtons jusqu'à ce que ses doigts trouvent un éclat acéré. Elle plaça ses liens sur le tranchant et entreprit de les user par un mouvement de va-et-vient.

La douleur était presque insupportable. Ses poignets étaient à vif là où ses liens avaient entamé les chairs et elle sentait le sang couler lentement sur la paume de ses mains. Quant à ses doigts, elle ne les sentait quasiment plus.

Corrie usait pourtant ses liens avec l'énergie du désespoir, s'entaillant les mains chaque fois que la corde ripait sur la roche humide. La corde commença rapidement à donner des signes de faiblesse. Encore un petit effort et elle serait libre...

Oui, mais libre de faire quoi ? Libre d'aller où ?

Quand l'autre allait-il revenir ?

Corrie fut parcourue d'un frisson interminable. Elle n'avait jamais eu si froid de sa vie et l'odeur de charogne qui régnait dans la grotte lui donnait mal à la tête.

Occupe-toi de tes liens et ne pense à rien d'autre...

Elle reprit de plus belle, glissa, se coupa une fois de plus et continua imperturbablement, laissant parfois échapper de courts sanglots. Elle ne sentait plus du tout ses doigts à présent, ce qui simplifiait paradoxalement sa tâche.

432

Et même si elle parvenait à se libérer, qu'allait-elle bien pouvoir faire toute seule dans le noir, sans la moindre lumière ? Il l'avait entraînée si profondément sous terre, jamais elle ne retrouverait la sortie dans l'obscurité.

Entre deux sanglots, elle se remit au travail, refusant de céder au désespoir.

Brusquement, ses liens cédèrent et elle se retrouva les mains libres.

Épuisée, elle roula sur le dos avec un grand soupir tandis qu'avec l'afflux de sang des milliards d'aiguilles s'enfonçaient dans ses mains endolories.

Elle tenta en vain de remuer les doigts. Elle roula de côté et se frotta les paumes, puis elle essaya à nouveau de bouger les doigts, avec succès cette fois. En circulant, le sang les ramenait à la vie.

Corrie s'assit péniblement. Repliant les jambes sous elle, elle tâta les liens qui lui entravaient les chevilles. Son ravisseur avait fait plusieurs tours avant de parachever son œuvre à l'aide d'une bonne demi-douzaine de nœuds extrêmement serrés. Elle voulut les défaire et s'aperçut que ses mains n'étaient pas en état de lui obéir. Il allait falloir les user sur le bloc de cristal, comme ceux des poignets.

Elle cherchait à tâtons le tranchant qui l'avait délivrée lorsqu'un bruit attira son attention. Elle s'immobilisa, terrorisée.

C'était lui.

Elle reconnaissait ses grognements dont l'écho lui parvenait depuis la grotte voisine. Il ahanait comme s'il transportait quelque chose de lourd.

Huuummmph !

Corrie s'empressa de s'allonger sur le sol glacé, dissimulant ses mains derrière son dos. La caverne avait beau être plongée dans l'obscurité, il ne devait pas savoir qu'elle avait réussi à se libérer.

Des pas traînants s'approchèrent, indiquant la présence toute proche du monstre qu'accompagnait cette fois une odeur de sang et de vomi.

Corrie n'osait même plus respirer, espérant qu'il aurait oublié sa présence dans le noir.

Elle perçut un glissement, suivi d'un tintement de clés et d'un bruit sourd, et une masse inerte s'abattit près d'elle. Une odeur nauséabonde s'éleva aussitôt et elle dut faire un effort considérable sur elle-même pour ne pas hurler.

L'autre vaquait à nouveau à ses occupations, se parlant à lui-même sur un ton chantant comme à son habitude. Un grincement, le frottement caractéristique d'une allumette, et une lueur ténue éclaira brusquement la caverne. L'espace d'un instant, le cœur réchauffé par la petite flamme qui dansait entre les parois rouillées d'une vieille lanterne, Corrie oublia sa douleur et la situation dramatique dans laquelle elle se trouvait. La lampe était placée de telle sorte que le monstre échappait à son champ de vision ; seule l'ombre de sa silhouette grotesque se déplaçait sur les parois rocheuses, mais elle l'entendait chantonner en s'activant dans un recoin obscur.

Pour quelle raison avait-il fait de la lumière, après s'être déplacé jusqu'à présent dans le noir le plus complet, même lorsqu'il avait fallu la transporter ici et l'attacher ?

Corrie préférait ne pas y penser afin de ne pas se laisser aller au découragement. Après un court moment de réconfort, la lumière vacillante de la lanterne semblait même la dissuader de s'échapper et il lui fallut toute sa force de caractère pour ne pas céder aux sirènes de la résignation. Elle ne tarda pas à se reprendre et décida de s'intéresser au décor qui l'entourait.

Ses yeux s'étaient rapidement accoutumés à la lumière et elle constata qu'elle se trouvait dans une

grotte de petite taille dont les murs de quartz reflétaient la clarté diffuse de la vieille lampe. Des dizaines
de stalactites descendaient du plafond, desquelles
pendaient de curieuses sculptures de brindilles et
d'ossements réalisées à l'aide de vieux bouts de ficelle.
Médusée, elle contempla longtemps cette incroyable
forêt d'ornements baroques dont la signification lui
échappait. Son regard balaya lentement les parois de
la caverne avant de s'arrêter avec horreur sur un gros
paquet posé à côté d'elle.

Retenant un cri, elle reconnut un corps humain et
sa situation lui apparut à nouveau dans toute son
horreur.

Elle ferma les yeux, mais se retrouver brutalement
dans le noir était pire que tout. Il fallait qu'elle sache,
coûte que coûte.

À cause du sang qui lui maculait le visage, elle
n'identifia pas tout de suite Tad. Lorsqu'elle comprit
que le cadavre qui la fixait de ses yeux morts était
celui du shérif-adjoint, elle se mit à hurler sans pouvoir s'arrêter.

Ses cris attirèrent son bourreau qui s'approcha en
grognant, un long couteau dégouttant de sang dans
une main et une charogne saignante dans l'autre.

C'était la première fois que Corrie voyait son agresseur et ses hurlements se bloquèrent dans sa gorge
lorsqu'elle découvrit le visage dantesque de la chose
qui l'observait, la bouche ouverte en un rictus monstrueux...

54

Hazen faisait face à la meute des policiers mobilisés pour la chasse à l'homme. Il n'en aurait pas pour longtemps à leur expliquer son plan, les autorités judiciaires du Kansas n'ayant fait appel qu'à des professionnels confirmés. McFelty n'avait qu'à bien se tenir.

Il ne restait qu'un seul problème à régler. Tad n'avait toujours pas reparu et la radio ne fonctionnait plus. Le shérif aurait préféré lui donner ses consignes en personne avant de repartir, mais il n'était pas question d'attendre plus longtemps. Tad saurait bien ce qu'il avait à faire. On ne pouvait plus grand-chose pour les habitants de Medicine Creek, tous terrés chez eux, Tad s'étant visiblement acquitté de sa mission. Il était presque dix heures et Hazen ne voulait pas que McFelty profite de la tempête pour se faire la belle. Il n'y avait pas une minute à perdre.

— Où sont les chiens ? s'enquit Hazen.

Ce fut Hank Larssen qui lui répondit :

— Le maître-chien se charge de les conduire directement à la pension Kraus, on doit le retrouver là-bas.

— J'ose espérer qu'il aura pris des clébards dignes de ce nom, cette fois. Tu as bien expliqué qu'on voulait les bêtes qu'ils ont à la brigade de Dodge, ces monstres de race espagnole dont j'ai oublié le nom ?

— Des presa canarios, précisa Larssen. Oui, je le leur ai dit. Il a fallu que j'insiste, il paraît que leur dressage n'est pas terminé.

— Tant pis. On a assez joué avec les toutous de salon. Qui est le maître-chien ?

— Lefty Weeks, comme la dernière fois. C'est leur meilleur homme.

Hazen fit la grimace et tira de son paquet une cigarette qu'il alluma, puis il s'adressa aux hommes qui lui faisaient face :

— Vous connaissez la manœuvre, pas besoin de vous faire de topo. Les chiens ouvrent la marche, suivis de Lefty, le maître-chien, et je viens derrière avec Raskovich, fit-il en pointant du doigt le chef de la sécurité de l'université du Kansas.

Raskovich approuva d'un air grave.

— Vous savez vous servir d'un calibre douze, Raskovich ?

— Oui, chef.

— Très bien, je vous en confie un. Derrière nous, en renfort, il y aura Cole, Brast et Larssen, décréta Hazen.

Il se tourna vers son collègue de Deeper qu'entouraient deux types de la police du Kansas en pantalon commando noir, veste en kevlar et rangers dernier cri. Pour qu'ils aient troqué leur uniforme de boy-scout contre des tenues de combat, il fallait que leur hiérarchie prenne l'affaire au sérieux.

— Tout est OK de ton côté, Hank ? demanda Hazen.

Le shérif de Deeper hocha la tête.

Hazen entendait jouer le jeu jusqu'au bout avec son collègue de Deeper afin de ne pas mettre en péril toute l'opération. Hank n'avait pas l'air d'être à la noce, mais il fallait bien qu'il se fasse à la situation. Une fois l'opération terminée, Hazen veillerait à mettre en valeur Larssen et Raskovich, histoire d'éviter que tout le monde se tire dans les pattes au moment du procès.

— La règle est simple. Interdiction de se servir de nos armes sauf en cas de légitime défense. C'est bien clair ?

Les autres approuvèrent en silence.

— Il s'agit de prendre notre homme vivant, sans lui faire de mal. On investit les grottes en douceur, on le désarme, on lui passe les menottes et le tour est joué. N'oublions pas qu'il s'agit d'un témoin capital. S'il s'énerve et se met à tirer, reculez et laissez faire les chiens. Ce ne sont pas une ou deux balles qui font peur à ces bêtes-là. Et si l'un d'entre vous compte jouer les héros, je le préviens tout de suite que je m'occuperai de son matricule. On est là pour travailler en équipe, pas pour avoir sa photo dans le journal, ajouta le shérif en dévisageant ses interlocuteurs l'un après l'autre.

Il craignait surtout les réactions de Raskovich, même si ce dernier avait fait preuve de sang-froid jusqu'à présent. S'il fallait le présenter à la presse comme un sauveur pour que le projet OGM revienne à Medicine Creek, Hazen jouerait le jeu.

— Shurte et Williams, vous êtes chargés de garder l'entrée des grottes. Évitez de rester trop en évidence afin de ne pas vous faire surprendre. Si McFelty nous entend venir et qu'il cherche à s'enfuir, vous n'aurez qu'à le cueillir à la sortie. Quant à toi, Rheinbeck, tu te rends chez Winifred Kraus, tu lui montres le mandat de perquisition des grottes et tu lui tiens compagnie. Sois prêt à servir de renfort à Shurte et Williams en cas de pépin.

Rheinbeck aurait bien voulu ne rien laisser paraître, mais il ne put s'empêcher de serrer les mâchoires de dépit.

— Je sais ce que tu penses, Rheinbeck, fit Hazen à qui la réaction du policier n'avait pas échappé. Mais il faut bien que quelqu'un surveille la vieille Winifred. Je n'ai pas envie qu'elle nous fasse une crise cardiaque. Compris ?

Rheinbeck hocha la tête.

— Souvenez-vous que nous n'avons aucun moyen de communiquer avec l'extérieur et qu'il est donc essentiel de bien rester ensemble. Pigé ?

Il jeta un regard circulaire sur son auditoire. Tout le monde avait l'air d'accord.

— Parfait. Maintenant, Cole va nous expliquer le fonctionnement des lunettes de vision nocturne.

Cole s'avança. Grand, musclé, coupe en brosse et mâchoire carrée, une vraie caricature de flic de choc. *Ils doivent recaler d'office tous ceux qui ont du bide dans leur unité de combat,* se dit Hazen. Cole portait sur la tête un casque gris équipé d'étranges jumelles.

— En l'absence de lumière, comme dans ces grottes souterraines, expliqua-t-il, les lunettes de vision nocturne traditionnelles ne fonctionnent pas. Nous sommes donc obligés d'avoir recours à des lunettes à infrarouge. Ça marche à peu près comme une lampe de poche. Vous voyez ici l'ampoule, sur la face avant du casque, et voici l'interrupteur qu'on allume exactement comme celui d'une torche. À l'œil nu, on croit que la lampe est éteinte, mais elle émet une lumière rouge dès que vous enfilez les lunettes. Si jamais votre lampe s'éteint pour une raison ou pour une autre, vous vous retrouvez plongé dans le noir. C'est clair ?

Tout le monde avait compris.

— L'avantage de ces lunettes de vision nocturne, c'est que l'ennemi ne peut pas les voir, contrairement aux lampes traditionnelles. La cible n'a aucun moyen de nous repérer dans le noir. Il faudra éviter d'allumer les lumières en pénétrant dans les cavernes afin que McFelty ne puisse pas savoir où et combien nous sommes.

— Existe-t-il une carte des grottes ? demanda Raskovich.

— Excellente question, fit Hazen. Non, nous n'en avons pas, mais les premières salles sont équipées d'allées de planches et il existe tout au plus deux ou trois grottes au-delà de celles ouvertes au public. C'est dans l'une de ces grottes que se trouve l'alambic et je ne serais pas surpris que notre homme se soit réfugié là. Je vous rassure tout de suite, ce n'est pas un paradis pour spéléologues. Faites preuve de bon sens, restez groupés et tout se passera bien.

Raskovich approuva d'un air pénétré.

Hazen s'approcha de son râtelier et prit un fusil qu'il chargea avant de le tendre à Raskovich.

— Tout le monde a pensé à vérifier ses armes ?

Un murmure d'assentiment lui répondit. Le shérif s'assura lui-même qu'il avait tout l'équipement nécessaire : chargeurs de rechange, matraque télescopique, menottes, bombe de gaz poivre, arme de poing. Bombant le torse, il ajusta son gilet pare-balles.

Au même instant, les néons du bureau clignotèrent plusieurs fois et s'éteignirent.

Hazen se pencha à la fenêtre et constata que tout Medicine Creek était plongé dans le noir. Avec une tornade pareille, il fallait s'y attendre.

— De toute façon, il est temps d'y aller, fit-il en ouvrant la porte sur la tempête déchaînée.

55

L'inspecteur Pendergast ralentit en arrivant à Medicine Creek, puis il sortit son téléphone portable de sa poche et tenta à nouveau de joindre Corrie Swanson. Comme les fois précédentes, il n'obtint qu'un bip régulier, signe que le réseau devait être en dérangement.

Il rangea son mobile. Les fréquences radio de la police étaient également coupées et les rues étaient plongées dans la nuit. Le réseau électrique avait sauté, isolant Medicine Creek du reste du monde.

Pendergast remonta lentement l'artère principale. Les arbres étaient pliés à se rompre dans la tempête et des bourrasques de pluie balayaient les rues, formant le long des trottoirs des torrents boueux qui s'engouffraient en tourbillonnant dans les bouches d'égout. Les habitants étaient tous calfeutrés chez eux, rideaux tirés et volets fermés, mais il régnait une animation inhabituelle dans les locaux du shérif. Plusieurs voitures de police stationnaient devant la porte et Pendergast vit Hazen s'activer avec plusieurs de ses collègues, occupés à charger du matériel dans une camionnette. Le shérif préparait visiblement une opération d'envergure.

L'inspecteur poursuivit sa route en direction des Wyndham Parke Estates. Les fenêtres des mobile homes étaient toutes barrées de larges bandes de scotch et l'on apercevait de grosses pierres plates sur les toits des caravanes. Le campement était plongé dans l'obscurité, à l'exception de rares bougies dont on voyait les flammes vacillantes derrière certains rideaux. Le vent s'engouffrait le long des allées de terre, secouant les mobile homes et faisant voler le gravier qui retombait en crépitant sur les parois métalliques des caravanes. Un peu plus loin, une balançoire dansait furieusement sous un portique, comme poussée par des fantômes déchaînés.

Pendergast arrêta la Rolls dans l'allée des Swanson. La Gremlin de Corrie n'était pas là. Il descendit hâtivement de voiture et frappa à la porte du mobile home sans obtenir de réponse. Aucune lumière ne perçait à l'intérieur.

Il frappa à nouveau, plus fort.

Cette fois, il entendit remuer de l'autre côté de la porte et le rayon d'une lampe de poche apparut, accompagné d'une voix criarde :

— C'est toi, Corrie ? Je te préviens tout de suite, ma fille, tes ennuis ne font que commencer.

Pendergast tourna la poignée et la porte s'entrouvrit de quelques centimètres avant de s'arrêter, bloquée par une chaîne.

— Corrie ? glapit la voix.

Le visage chiffonné d'une femme sans âge apparut dans l'interstice.

— FBI, fit Pendergast en exhibant son badge.

La femme regarda longuement l'insigne de ses yeux plissés, une cigarette à moitié consumée pendant de ses lèvres barbouillées de rouge, puis elle dirigea le rayon de sa torche sur le visage de son visiteur.

— Je suis à la recherche de Mlle Swanson, poursuivit Pendergast.

La femme le contemplait de son air hébété, un nuage de fumée sortant lentement de sa bouche.

442

— Elle est sortie, répondit-elle.

— Je suis l'inspecteur Pendergast.

— Ça, je sais, fit la femme en recrachant la fumée de sa cigarette. Vous êtes ce salaud du FBI qui aviez besoin d'une assistante *particulière*. Je vois clair dans votre jeu, mon petit monsieur, pas la peine de me la faire. Et même si je savais où se trouve Corrie, je ne vous le dirais pas. Assistante particulière, mon œil, oui.

— Pourriez-vous me dire à quel moment Mlle Swanson est sortie ?

— Aucune idée.

— Je vous remercie.

Pendergast retournait à sa voiture lorsque la porte du mobile home s'ouvrit, laissant passer la mère de Corrie.

— Elle a dû partir à votre recherche. Et n'essayez pas de jouer au plus malin avec moi en me regardant de haut avec votre costume de rupin.

Pendergast monta dans sa voiture.

— Mais qu'est-ce que je vois là ? Une Rolls Royce ? Eh ben merde, alors ! Tu parles d'un flic du FBI !

L'inspecteur referma sa portière et actionna le démarreur. La mère de Corrie traversa le carré de pelouse planté devant sa caravane, serrant sa robe de chambre sur sa poitrine afin de se protéger de la pluie battante. Un flot de paroles acides parvint aux oreilles de Pendergast, porté par la tempête :

— Vous voulez que je vous dise ? Vous n'êtes qu'un sale dégoûtant. On ne me la fait pas, à moi et vous me débectez.

Sans attendre davantage, Pendergast s'éloigna au volant de la Rolls en direction de Main Street.

Cinq minutes plus tard, il s'arrêtait sur le parking de la pension Kraus. Toujours aucune trace de la voiture de Corrie.

Winifred Kraus, installée au salon dans son fauteuil habituel, faisait du point de croix à la lueur d'une bougie. Elle leva les yeux à l'entrée du policier qu'elle accueillit avec un sourire timide.

— Ah ! Monsieur Pendergast ! Je commençais à me faire du souci pour vous, dehors par ce temps-là. J'ai rarement vu une tempête aussi épouvantable. En tout cas, je suis contente de vous savoir sain et sauf.

— Avez-vous vu Mlle Swanson aujourd'hui ?

Winifred posa son ouvrage sur ses genoux en fronçant les sourcils.

— Mais non, elle n'est pas passée ici.

— Je vous remercie, fit Pendergast avec une courbette avant de s'éloigner.

— Vous n'allez tout de même pas ressortir !

— J'ai bien peur que si.

L'inspecteur avait l'air particulièrement préoccupé en regagnant sa voiture, insensible à la tempête qui faisait rage autour de lui. Il s'apprêtait à ouvrir sa portière lorsque sa main se figea sur la poignée. Frappé par une idée, il se retourna et contempla la marée mouvante des champs de maïs derrière la vieille maison. La pancarte fatiguée des Kavernes Kraus faisait la danse de Saint-Guy sur ses charnières rouillées.

Pendergast relâcha la poignée et contourna la maison en longeant la route. Une centaine de mètres plus loin, il parvint à un petit chemin creux qu'il emprunta sans hésiter.

Deux minutes plus tard, il découvrait la voiture de Corrie.

Faisant demi-tour précipitamment, il repartit à grandes enjambées. Il allait atteindre la route lorsque des phares lui signalèrent l'arrivée d'une file de véhicules qui passèrent devant lui à toute vitesse et freinèrent à hauteur du parking des Kavernes Kraus.

Pendergast comprit brusquement que l'impensable était en train de se produire.

Par une étrange communion, tous les protagonistes de l'affaire étaient arrivés simultanément à la conclusion que le tueur se terrait dans les grottes.

Pendergast voulut couper à travers champs afin d'arriver le premier à l'entrée des Kavernes, mais il était déjà trop tard. Au moment où il sortait du maïs, il tomba nez à nez avec Hazen.

— Tiens, tiens, fit le shérif d'un air sombre. L'inspecteur Pendergast ! Et moi qui croyais que vous aviez sagement quitté la région !

56

Le shérif Hazen fixait Pendergast d'un regard haineux. Ce type avait la mauvaise habitude de fourrer son nez partout où il ne fallait pas. Il était plus que temps de remettre ce connard du FBI à sa place, et en beauté encore. Assez perdu de temps comme ça.

Un sourire grimaçant aux lèvres, Hazen s'avança.

— Alors Pendergast, pour une surprise, c'est une surprise.

La longue silhouette noire de l'inspecteur se confondait avec la nuit, donnant l'impression que son visage flottait dans l'air, fantomatique.

— Pour quelle raison vous trouvez-vous ici, shérif ? demanda Pendergast d'une voix sans réplique.

— Si mes souvenirs sont bons, je vous ai remis en main propre ce matin même un ordre de dessaisissement. Cette enquête ne vous concerne plus et je pourrais facilement vous mettre en cabane. N'allez pas vous imaginer que je n'en suis pas capable.

— Vous avez deviné que le tueur se cachait dans ces grottes et vous êtes venu l'arrêter, se contenta de répondre Pendergast.

Hazen, mal à l'aise, se demandait comment l'autre avait pu deviner. Car il avait forcément deviné, il était trop tôt pour que quelqu'un ait vendu la mèche.

— Vous ne savez pas à quoi vous vous exposez, shérif, poursuivit Pendergast. Vous ne savez rien de votre homme ni de l'endroit où il se terre.

— Pendergast, je commence à en avoir par-dessus la tête de toutes vos manigances.

— Vous êtes au bord du gouffre, shérif.

— Vous n'avez pas l'impression d'inverser les rôles ?

— Le tueur a un otage.

— Arrêtez vos conneries, Pendergast. Tout ça, c'est du vent.

— En cas d'erreur, shérif, je vous tiendrai pour personnellement responsable de la mort de cet otage.

Hazen frissonna malgré lui en entendant le mot otage.

— Ah ouais ? Et c'est qui, ce fameux otage ?

— Corrie Swanson.

— Comment pouvez-vous le savoir ?

— Elle a disparu et je viens de retrouver sa voiture dans un champ, à cent mètres d'ici.

Hazen fit la moue.

— Depuis le début, vous n'arrêtez pas de me prendre la tête avec toutes vos théories. Ça fait longtemps qu'on aurait attrapé notre bonhomme si vous ne m'aviez pas mis de bâtons dans les roues. Vous dites que vous avez retrouvé la bagnole de Swanson dans un champ ? La belle affaire ! À l'heure qu'il est, elle doit être en train de s'envoyer en l'air entre les épis, c'est tout.

— Elle s'est introduite dans les grottes.

— Juste une petite question à vous poser, monsieur Je-sais-tout. Il y a une grille en fer à l'entrée des grottes. Comment a-t-elle pu l'ouvrir ? Elle a crocheté la serrure, peut-être ?

— À votre place, j'irais y jeter un coup d'œil.

Hazen regarda machinalement en direction de l'entrée des Kavernes et s'aperçut avec étonnement que la grille était entrouverte, le cadenas sagement posé par terre, à moitié dissimulé sous un amas de feuilles.

— Si vous vous imaginez que Corrie Swanson a forcé ce cadenas, vous vous fourrez le doigt dans l'œil jusqu'au coude. C'est pas un boulot de gamine, mais plutôt celui d'un vrai criminel, c'est-à-dire notre tueur. D'ailleurs, je ne vois pas pourquoi je perds mon temps à discuter de tout ça avec vous.

— Si mes souvenirs sont bons, shérif, vous avez été le premier à accuser Mlle Swanson de...

Hazen ne le laissa pas terminer.

— Ça suffit comme ça, Pendergast. Donnez-moi votre arme, vous êtes en état d'arrestation. Cole, passe-lui les menottes.

Cole s'avança.

— Oui, shérif ?

— Cet homme a passé outre un ordre de dessaisissement que je lui ai signifié en personne ce matin. Je le boucle pour entrave à la justice. J'en prends l'entière responsabilité. Maintenant, vire-le-moi d'ici.

Cole fit un pas en direction de Pendergast. Avant même d'avoir compris ce qui lui arrivait, il se retrouva à moitié assommé par terre et l'inspecteur s'était évanoui dans la nuit.

Hazen contemplait la scène d'un air effaré.

— Aïe ! gémit Cole en se tenant le ventre. Ce salaud m'a pris en traître.

— Putain, siffla Hazen entre ses dents.

Il eut beau explorer les environs avec sa torche, Pendergast avait disparu. Quelques instants plus tard, le ronflement d'un moteur et un crissement de pneus lui parvinrent.

Cole se releva en époussetant son uniforme, le visage congestionné.

— Ce coup-ci, on va pouvoir l'arrêter pour refus d'obéissance et voie de fait.

— Laisse tomber, Cole, on a mieux à faire pour l'instant. On s'occupera de lui demain.

— Quelle espèce de salaud, grommela Cole.

Hazen lui fit une bourrade amicale dans le dos.

— En tout cas, la prochaine fois que tu arrêtes quelqu'un, arrange-toi pour ne pas le quitter des yeux, plaisanta-t-il.

Une porte claqua violemment et une voix aiguë troua la nuit. Quelques instants plus tard apparaissait la silhouette blafarde de Winifred Kraus. La robe de chambre de la vieille demoiselle virevoltait autour d'elle, lui donnant des allures de spectre. Rheinbeck apparut soudain derrière elle, l'air affolé.

— Qu'est-ce que vous faites, shérif ? hurla-t-elle, échevelée, le visage détrempé de pluie. Vous n'avez rien à faire sur cette propriété. Vous êtes ici chez moi.

Hazen s'adressa à Rheinbeck :

— Mais bon Dieu, tu étais censé...

— Je sais, shérif, mais elle est devenue comme folle quand je lui ai expliqué ce qui se passait.

Winifred fusillait du regard Hazen et son équipe.

— Shérif ! J'exige une explication !

— Rheinbeck, arrange-toi comme tu veux, mais tu me la vires de là.

— Ces grottes sont une attraction touristique, rien d'autre !

Hazen regarda Winifred Kraus en soupirant.

— Écoutez, Winifred, on est à peu près sûr que le tueur se cache dans vos grottes.

— C'est impossible ! hurla la vieille femme. Je fais le tour des grottes deux fois par semaine.

— Nous allons investir les lieux afin d'appréhender cet individu. Je vous demande donc de retourner tranquillement chez vous en compagnie de l'agent Rheinbeck ici présent. Il veillera sur vous.

— C'est hors de question ! Je vous *interdis* de mettre un seul pied dans ces grottes. Vous n'avez pas le droit de pénétrer sur ma propriété sans mon autorisation et il n'y a pas le moindre assassin ici.

— Je suis désolé, mademoiselle Kraus, mais nous avons un mandat de perquisition en bonne et due forme. Rheinbeck, montre-lui le mandat.

— Mais je l'ai déjà fait, shérif, et...

— Alors tu le lui montres une nouvelle fois et tu la ramènes chez elle illico presto.

— Mais puisqu'elle refuse...

— Débrouille-toi comme tu veux. Tu la portes s'il le faut, mais tu me l'enlèves d'ici tout de suite, on n'a pas que ça à faire.

— Bien, chef. Je suis désolé, madame, mais...

— Ne me *touchez* pas ! hurla Winifred en repoussant brutalement Rheinbeck.

Elle s'avança vers Hazen d'un air menaçant, les poings serrés.

— Sortez immédiatement de chez moi ! Vous n'êtes qu'une brute ! Sortez !

Il voulut lui attraper les poignets, mais elle se débattit et lui cracha au visage, à la stupéfaction du shérif qui ne s'attendait pas à une telle manifestation d'hostilité.

— Calmez-vous, mademoiselle Kraus, fit-il sur un ton conciliant. Nous ne faisons que notre devoir, vous le savez très bien.

— Sortez immédiatement !

Winifred Kraus était au bord de la crise de nerfs et Hazen voulut la calmer. Refusant de se laisser faire, elle lui envoya un grand coup de pied dans le tibia, à la stupeur de tous ceux qui assistaient à la scène.

— Venez m'aider, au lieu de rester comme ça à me regarder bêtement, s'énerva le shérif.

Rheinbeck attrapa la vieille femme par la taille tandis que Cole lui immobilisait tant bien que mal les bras.

— Doucement, leur conseilla Hazen. Allez-y doucement, ce n'est plus une jeune fille.

Winifred poussait à présent des hurlements hystériques. Hazen finit par se dégager et Rheinbeck, avec
l'aide de Cole, souleva la vieille dame qui continuait
à se débattre furieusement.

— C'est un scandale ! cria-t-elle. Vous n'avez pas
le droit !

Rheinbeck s'éloigna en direction de la maison avec
son fardeau et les vociférations de Winifred furent
bientôt masquées par la plainte du vent.

— Mais enfin, qu'est-ce qui lui a pris ? demanda
Cole, tout essoufflé.

Hazen se frotta le tibia.

— Cette vieille taupe a toujours été un peu fêlée,
mais je ne m'attendais tout de même pas à ça, fit-il
en grimaçant.

Sa jambe lui faisait toujours mal, mais il se reprit.

— Bon, assez rigolé. Il est temps de passer à l'attaque avant que quelqu'un d'autre arrive. Et si jamais
ce salopard de Pendergast pointe son nez dans le
coin, ajouta-t-il à l'adresse de Shurte et Williams,
vous avez carte blanche pour l'empêcher de pénétrer
dans les grottes.

— Bien, chef.

Les hommes suivirent le shérif en file indienne et
s'engagèrent dans le boyau. Poussant la grille en fer,
ils branchèrent leurs lampes à infrarouge et leurs
lunettes de vision nocturne. Au fur et à mesure qu'ils
descendaient sous terre, le grondement de l'orage
s'éloignait et il finit par laisser place à un silence
étouffant que seule perturbait l'eau gouttant des
parois. La descente aux enfers avait commencé.

57

La Rolls avançait en cahotant sur le chemin creux. Malgré ses phares, Pendergast avait le plus grand mal à distinguer quoi que ce soit dans la tempête, la grêle faisant un concert infernal sur le toit de la voiture. Dans l'impossibilité d'aller plus loin, il s'arrêta et coupa le moteur, puis il glissa sa précieuse carte géologique à l'intérieur de sa veste et sortit sous la pluie battante.

Il se trouvait sur le point le plus élevé de Cry County et la tempête faisait rage. Le sol, jonché de branches arrachées, de tiges de maïs et de mottes de terre emportées par le vent, avait des allures de champ de bataille. À défaut de voir les arbres protégeant les tumulus, on les entendait gémir sous les attaques du vent avec une violence qui n'était pas sans évoquer le ressac des vagues sur les rochers par gros temps. Ce soir, les guerriers fantômes étaient déchaînés.

La tête tournée de côté afin d'échapper aux bourrasques, Pendergast avançait péniblement en direction des buttes de terre. Le vent semblait redoubler de violence au fur et à mesure qu'il approchait du but, arrachant des branches qui s'écrasaient sur le sol avec fracas.

Arrivé au petit bois, Pendergast commença à distinguer un peu mieux le paysage, mais la tempête, loin de se calmer, faisait voler des cailloux qui se mêlaient aux énormes gouttes de pluie. Autour de lui, les peupliers souffraient dans la tourmente. Pendergast connaissait bien ce genre de phénomène climatique et savait que la tempête risquait de se transformer en tornade après l'orage. Il aurait préféré choisir lui-même le moment d'affronter le tueur, mais il n'avait que trop perdu de temps.

Il alluma sa lampe de poche, tentant de se repérer. Ce fut le moment que choisit un peuplier géant pour s'abattre tout près de lui dans une gerbe de feuilles, de branches et de mottes de terre. Pendergast eut tout juste le temps de faire un bond de côté, mais l'arbre passa si près de lui qu'il sentit le sol trembler sous ses pieds.

Émergeant du bosquet, il se retrouva à nouveau plongé dans la tourmente. Il avançait tête baissée aussi vite qu'il le pouvait et ne tarda pas à rejoindre la base du premier tumulus. Dos au vent, il s'appliqua à faire courir le rayon de sa lampe tout autour de lui afin de se repérer, puis il se redressa, croisa les bras sur sa poitrine, ferma les yeux et attendit, perdu dans la nuit au milieu des éléments déchaînés. Oubliant peu à peu le vacarme qui l'entourait, il s'efforça de faire surgir les guerriers fantômes de son palais de mémoire. À trois reprises, il repassa dans sa tête le film des événements auxquels il avait assisté quelques jours plus tôt lors de son périple mental, notant avec précision l'endroit où les Cheyennes étaient apparus avant de s'évanouir comme par enchantement, tentant de se repérer tant bien que mal par rapport à la configuration actuelle des lieux.

Enfin, il ouvrit les yeux et laissa retomber ses bras, puis il se dirigea à pas comptés vers un espace dégagé situé de l'autre côté du deuxième tumulus. Là, il s'immobilisa devant un énorme bloc de calcaire. Il le contourna lentement sans se soucier de la pluie et du vent, inspectant la moindre anfractuosité jusqu'à ce qu'il trouve enfin ce qu'il recherchait. Une demi-douzaine de grosses pierres dissimulaient une fissure dans la roche. Il les examina longuement et les dégagea, l'une après l'autre, découvrant une ouverture irrégulière d'où s'échappa aussitôt un courant d'air frais.

À force de concentration, il avait enfin découvert la façon dont les guerriers fantômes avaient fait irruption au milieu du camp des Quarante-Cinq avant de disparaître. Accessoirement, il venait de trouver l'issue cachée des Kavernes Kraus.

Pendergast se glissa dans l'ouverture, prenant soin d'en éclairer les parois à l'aide de sa lampe. Comme il le pensait, ce trou de dimensions modestes donnait sur une ancienne cavité nettement plus vaste. Il s'enfonça sans attendre dans les profondeurs de la terre et le bruit de l'orage s'éteignit à une vitesse surprenante, comme si le présent s'effaçait afin de laisser place à l'univers intemporel de ces grottes oubliées. Mais Pendergast n'avait guère le loisir de s'attarder sur la relativité du temps, le sort de Corrie dépendait de sa capacité de la retrouver avant l'équipe d'assaut du shérif.

Le boyau allait en s'élargissant et Pendergast atteignit rapidement un coude à angle droit. Se collant contre le rocher, il attendit quelques instants en retenant son souffle, son arme à la main. Tout était parfaitement silencieux. D'un bond agile, il se retrouva de l'autre côté du coude et découvrit un spectacle hallucinant à la lueur de sa torche : une immense grotte de plus de trente mètres de diamètre au milieu de laquelle l'attendaient les restes de trente chevaux indiens encore revêtus de leur attirail de guerre, disposés en cercle au centre de la caverne. Les animaux s'étaient momifiés en se desséchant dans l'atmosphère confinée de la grotte. Les os avaient fini par percer la peau parcheminée des bêtes qui semblaient rire de leurs dents jaunies. Chaque animal était encore enduit des peintures cheyennes traditionnelles, de longues traces qui suivaient le contour de la tête. Le cou et les flancs étaient décorés d'empreintes de mains rouges et blanches, et des plumes d'aigle dépassaient des crinières et des queues tressées. De rares chevaux étaient revêtus de selles de cuir brut décorées de perles, les autres devant se contenter de couvertures tissées. Comme l'indiquait un trou rond entre les yeux des bêtes, la plupart d'entre elles avaient été sacrifiées à l'aide d'un gourdin clouté.

Au milieu du rond, les cadavres des trente guerriers cheyennes formaient un second cercle concentrique.

Les guerriers fantômes.

Ils s'étaient allongés les uns à côté des autres, à la façon des rayons d'une roue figurant le disque sacré du soleil. Chaque homme avait conservé son arme dans la main droite, la gauche touchant son cheval mort. Tous se trouvaient là, aussi bien ceux qui avaient péri au cours du raid que ceux qui avaient survécu, immolés comme les chevaux d'un coup de gourdin clouté en plein front. Le sacrificateur s'était ensuite allongé à côté de ses compagnons et s'était donné la mort en s'enfonçant en plein cœur un couteau de pierre taillée qu'il tenait toujours d'une main parcheminée. Un couteau identique à celui retrouvé en miettes dans le corps du professeur Chauncy.

Chaque guerrier possédait un carquois rempli de flèches similaires à celles découvertes près du corps mutilé de Sheila Swegg.

Tous reposaient là depuis la soirée tragique du 14 août 1865, à l'insu des habitants de Medicine Creek qui étaient loin de se douter des précieux trésors archéologiques enfouis sous leurs pieds. Emportant leurs morts avec eux, les survivants avaient choisi de mourir dignement sous terre, accompagnés de leurs chevaux. Ainsi, jamais l'homme blanc ne parviendrait à les chasser du territoire de leurs ancêtres, à leur faire signer quelque traité infamant pour mieux les asservir. Par ce sacrifice, ils ne verraient pas les colons emmener de force leurs enfants dans des écoles où ils seraient battus chaque fois qu'ils s'aviseraient de parler la langue de leurs ancêtres, ultime héritage d'une culture millénaire.

Les guerriers fantômes avaient pu constater la cruauté de l'homme blanc et ils étaient conscients de n'avoir aucune place dans l'avenir qu'on leur destinait. Ils avaient donc choisi de se réfugier dans ces grottes et d'utiliser la tempête de poussière afin de semer la mort et la destruction dans le campement des Quarante-Cinq avant de trouver dans leur cachette une paix éternelle.

Dans les récits faits à ses proches, et plus encore dans le journal où il avait consigné ses souvenirs, l'arrière-grand-père de Brushy Jim avait raconté comment les guerriers fantômes avaient surgi de terre. Il n'avait pas menti. Les tumulus étaient recouverts d'une végétation dense à l'époque, mais avant de mourir, Harry Beaumont avait compris où s'étaient cachés les Cheyennes, ce qui expliquait sa malédiction.

Pendergast prit le temps de regarder sa carte, puis il s'enfonça dans les profondeurs de la terre, laissant derrière lui l'étrange tableau qu'il venait de découvrir.

Il lui fallait absolument se dépêcher... s'il n'était pas déjà trop tard.

58

Hazen avançait derrière Lefty et ses chiens sur l'allée de planches des Kavernes Kraus. Contrairement aux bêtes précédentes, celles-ci ne s'étaient pas fait prier pour se lancer sur la trace de l'assassin. Elles y mettaient même presque trop d'entrain, tirant furieusement sur leurs laisses en grondant d'un air féroce. Lefty avait le plus grand mal à tempérer leur ardeur et tentait vainement de les apaiser en leur parlant d'une voix douce. Il s'agissait d'un couple de presa canarios, des chiens à la gueule inquiétante et aux muscles saillants, dotés d'un énorme anus rose et de testicules géants qui pendaient à la manière de ceux d'un taureau. Des bêtes dressées pour tuer leurs semblables, ou tout autre adversaire à quatre ou à deux pattes. Hazen n'aurait pas aimé se retrouver face à ces monstres un soir au coin d'un bois, même avec deux Winchester chargées de chevrotine. Il avait d'ailleurs remarqué que les autres policiers avaient également tendance à tenir leurs distances. McFelty ferait mieux de se rendre sans faire d'histoire en priant le ciel pour qu'on ne lâche pas les chiens sur lui au moment où ils lui mettraient la main dessus.

— Sturm ! Drang ! cria Lefty.

— Qui leur a donné des noms pareils ? s'enquit Hazen.

— Aucune idée. Probablement le type qui les a dressés.

— Fais-les ralentir un peu, Lefty. On n'est pas aux 500 Miles d'Indianapolis.

— Sturm ! Drang ! Calme, mes chiens, calme !

Lefty avait beau faire, les bêtes n'en faisaient qu'à leur tête.

— Lefty...

— C'est bon ! s'énerva le maître-chien d'une voix aiguë. Je fais ce que je peux ! Je sais pas si vous avez remarqué, shérif, mais c'est pas exactement des loulous de Poméranie.

En l'absence d'éclairage, les contours des grottes leur apparaissaient dans un brouillard rougeâtre à travers leurs lunettes de vision nocturne. C'était la première fois que Hazen portait ce genre de truc et il avait du mal à se repérer dans un décor qui lui apparaissait comme sur l'écran d'une vieille télévision noir et blanc. L'allée de planches qui serpentait à travers les stalagmites avait des allures de descente aux enfers dans ses lunettes monochromes.

Ils traversèrent successivement la Kathédrale de Kristal, la Bibliothèque du Géant et les Orgues de Kristal. Hazen n'avait plus mis les pieds dans ces grottes depuis qu'il était petit, mais il s'en souvenait comme si c'était hier. À l'époque, il y venait une fois par an avec l'école et c'était invariablement Winifred qui leur faisait la visite. Elle était plutôt belle fille dans ce temps-là et Hazen se souvenait de son copain Tony en train de faire des gestes obscènes derrière le dos de la jeune femme pendant qu'elle leur jouait une comptine quelconque sur les orgues de cristal à l'aide de son petit marteau. C'est drôle comme les gens changent... Aujourd'hui, Winifred n'était plus qu'une vieille sorcière desséchée.

Ils atteignirent l'endroit où les touristes faisaient habituellement demi-tour et Lefty éprouvait les plus grandes difficultés à retenir ses fauves. Hazen s'arrêta un instant afin de laisser les chiens prendre de l'avance. La truffe en l'air et la langue pendante, ils fouillaient les ténèbres de leurs yeux perçants et grondaient en direction du Bassin de l'Éternité. Dans les lunettes, les filets de bave qui pendaient de leurs babines ressemblaient à du sang.

Hazen attendit que les autres l'aient rejoint afin de les avertir :

— Je n'ai jamais été au-delà de cette mare souterraine. À partir de maintenant, je vous demande d'avancer dans le plus grand silence. Lefty, tu crois qu'il y a moyen de faire taire tes bêtes ?

— Bien sûr que non ! Gronder est un instinct chez ces chiens-là.

Hazen secoua la tête d'un air excédé et fit signe au maître-chien d'avancer, puis il lui emboîta le pas, suivi de Raskovich, Cole et Brast. Son collègue de Deeper fermait la marche.

Ils traversèrent la mare en pataugeant, reprirent pied sur le sol rocheux de l'autre côté et s'engouffrèrent dans un étroit boyau à la suite de Lefty. Le passage se rétrécissait et s'abaissait avant de remonter et de tourner à angle aigu vers la droite. De l'autre côté du coude se trouvait une nouvelle porte en fer. Elle était entrouverte et l'on apercevait un vieux cadenas posé par terre.

Hazen indiqua aux autres que tout allait bien et fit signe à Lefty de continuer.

Les chiens se faisaient de plus en plus menaçants, ce qui n'était pas pour rassurer le shérif. Du fait de leurs grognements, tout espoir était perdu de surprendre McFelty. Il finit par se dire qu'après tout, ce n'était peut-être pas plus mal comme ça. Sturm et Drang ne pouvaient que faire peur au criminel le plus téméraire.

De l'autre côté de la porte, le tunnel débouchait sur une grotte et les chiens se mirent à renifler bruyamment en tirant sur leur laisse. Hazen fit signe au reste du groupe de l'attendre pendant que Raskovich et lui exploraient la caverne.

Ils avancèrent prudemment, prêts à tirer à la moindre alerte. Hazen sut qu'il ne s'était pas trompé en apercevant l'alambic. Un peu plus loin, il découvrit une table bancale, des restes de bougies, des lanternes rouillées et des bouteilles cassées. La cuve de l'alambic le narguait à l'autre bout de la pièce. Une cuve assez profonde pour y faire cuire un cheval, que le père Kraus avait dû apporter là en pièces détachées avant de la ressouder. Pas étonnant que personne n'ait pensé à l'évacuer au lendemain de la Prohibition.

Après s'être assuré que la grotte était vide, Hazen fit comprendre aux policiers qu'ils pouvaient approcher sans crainte. La petite troupe se dirigea vers la cuve qui exhalait encore une odeur de fumée et de pourriture. Il se pencha au-dessus du chaudron et découvrit au fond un curieux objet qu'il n'identifia pas tout de suite, avant de comprendre qu'il s'agissait d'une oreille humaine.

Il se retourna d'un air dégoûté, plus résolu que jamais à attraper le salopard qui avait fait ça.

— Surtout, ne touchez à rien, recommanda-t-il.

Derrière lui, les autres hochèrent la tête.

Hazen poursuivit son exploration de la grotte. Il crut un instant que les souterrains ne menaient pas plus loin et que McFelty avait réussi à s'échapper, jusqu'à ce qu'il distingue dans un recoin un passage voûté s'enfonçant dans l'obscurité.

— J'ai l'impression qu'il doit y avoir quelque chose de ce côté-là, fit-il. Allons-y. Lefty, tu ouvres la marche avec les chiens.

Ils empruntèrent le boyau et se retrouvèrent dans une autre grotte qui avait dû servir de décharge aux trafiquants de whisky, à en juger par les amas de détritus, de bouteilles et de vieux papiers entassés à même le sol. Le shérif avait déjà constaté en y pénétrant que cette grotte était plus fraîche que les autres et il remarqua sur l'une des parois plusieurs niches dans lesquelles étaient rangées toutes sortes de provisions récentes, à la façon d'un garde-manger : des paquets de sucre, des céréales, des haricots secs, des chips, du pain, du beurre, de la viande séchée... Un peu plus loin, il aperçut dans la lueur rouge de ses lunettes tout un stock de bougies, des boîtes d'allumettes et une vieille lanterne toute déglinguée. Au fond de la grotte, un tas impressionnant de vieux emballages, de boîtes de conserve et de bougies consumées indiquait clairement que McFelty vivait là depuis pas mal de temps.

Poursuivant son inspection, Hazen découvrit un autre passage menant à une grotte voisine. S'il se trouvait encore dans les souterrains, McFelty avait dû les entendre depuis belle lurette et il avait très bien pu se réfugier là-bas, comptant sur l'effet de surprise pour leur tirer dessus au moment où ils s'avanceraient.

Le shérif posa la main sur l'épaule de Lefty et approcha sa bouche de l'oreille du maître-chien.

— Détache tes bêtes et envoie-les en reconnaissance dans la grotte d'à côté, murmura-t-il. C'est possible ?

— Bien sûr.

Hazen positionna ses hommes à l'entrée du passage, prêts à se jeter sur l'assassin s'il lui venait l'idée de sortir, puis il donna le signal à Lefty.

Ce dernier détacha ses deux bêtes et recula d'un pas.

— Sturm ! Drang ! Allez-y, mes chiens !

Les animaux s'élancèrent dans le noir. Hazen, son fusil chargé entre les mains, s'était accroupi près de l'ouverture. De l'autre côté de l'étroit passage lui parvenaient étouffés les grognements et les jappements des deux chiens qui fouillaient partout. Comme ils semblaient s'éloigner, le shérif jugea préférable de les faire revenir.

— Rappelle-les, ordonna-t-il à Lefty.

Le maître-chien émit un petit sifflement.

— Sturm ! Drang ! Au pied !

Mais les chiens n'avaient pas l'air décidés à obéir.

— Sturm ! Drang ! Au pied, j'ai dit !

Cette fois, ils rebroussèrent chemin, comme à regret. Dans le champ des lunettes à infrarouge, on aurait dit deux démons apparus des profondeurs de la terre.

Hazen se demandait si McFelty ne s'était pas échappé, mais sa mission n'était pas un échec pour autant, bien au contraire. Il détenait à présent la preuve que quelqu'un avait vécu caché dans ces grottes et il ne manquerait pas d'empreintes et de traces d'ADN pour confondre l'assassin. À elle seule, l'oreille du malheureux Stott constituait une preuve irréfutable. Avec de tels indices, il ne lui serait pas difficile d'établir la culpabilité de McFelty et d'épingler Lavender pour complicité de meurtre par-dessus le marché.

Hazen se releva.

— Bon ! Allons jeter un coup d'œil là-dedans, ordonna-t-il.

Cette fois, la petite troupe découvrit une grotte de dimensions plus modestes que les précédentes dont l'extrémité se rétrécissait pour ne plus former qu'une étroite fissure. Hazen s'arrêta sur le seuil, surpris. Il ne faisait aucun doute que quelqu'un vivait là, mais certains éléments ne cadraient pas avec sa théorie. Il commençait à se poser des questions. Un lit délabré

dont le matelas éventré vomissait sa paille croupis-
sait dans un coin, mais il s'agissait curieusement d'un
lit d'enfant. Plus déroutant encore était le dessin
représentant un pommier et le portrait de clown
accrochés au mur de la caverne, ainsi que les jouets
cassés moisissant un peu plus loin. Un petit bureau
de bois rouge se dressait sur trois pattes, ses tiroirs
entrouverts laissant deviner des piles de vêtements
mités.

Drôle d'endroit, pensa Hazen en cherchant son
paquet de Camel dans la poche de son pantalon.

— J'ai bien peur que notre oiseau ne nous ait pas
attendus, fit-il à voix haute. On n'a pas dû le manquer
de beaucoup.

— Je me demande à quoi peut bien rimer tout ce
fatras, s'étonna Raskovich en examinant la grotte
dans ses moindres recoins.

Hazen alluma sa cigarette et mit l'allumette dans
sa poche.

— Probablement des trucs qui remontent à l'époque de la Prohibition.

Personne ne disait rien et la déception se lisait sur
tous les visages.

Le shérif tira une bouffée et recracha un long
nuage de fumée.

— Dans l'autre pièce, il y a encore l'oreille de Stott
au fond de la cuve, annonça-t-il à ses compagnons
d'une voix posée. C'est déjà ça.

Comme il pouvait s'y attendre, les autres ne dissi-
mulèrent pas leur étonnement.

— Ne vous faites pas de bile, on a quand même
fait du bon boulot, les gars, les rassura-t-il. On détient
la preuve que notre homme se cachait bien dans les
grottes et que le corps de Stott a été cuit ici. En
découvrant le quartier général du tueur, l'enquête a
fait un pas de géant.

Un murmure d'approbation lui répondit.

Au même moment, les chiens se mirent à gronder.

— On demandera aux équipes techniques de la criminelle de venir faire un tour ici demain. Pour ce soir, je crois qu'on peut plier bagage.

Il s'apprêtait à faire demi-tour lorsqu'il remarqua que Lefty avait toutes les peines du monde à retenir ses chiens. Visiblement intrigués par la fissure à l'autre extrémité de la grotte, ils grognaient de plus en plus fort.

— Qu'est-ce qu'ils ont ? demanda le shérif.

— Sturm ! Drang ! Assis ! s'écria Lefty en tirant sur leurs laisses.

— Mais laisse-les donc faire, lança le shérif, agacé.

Lefty donna aussitôt du mou à ses chiens qui se ruèrent sur la fissure en aboyant furieusement, entraînant dans leur sillage le maître-chien qui disparut de la vue de ses compagnons.

Hazen s'approcha, cherchant à comprendre, et constata que la fissure s'ouvrait en réalité sur un boyau en pente raide qui donnait l'impression de se terminer un peu plus bas en cul-de-sac.

La disparition de Lefty prouvait pourtant que le passage se poursuivait plus loin. La voix du maître-chien lui parvenait même, curieusement déformée, et Hazen l'entendit distinctement faire de son mieux pour calmer ses bêtes.

— Les chiens ont trouvé une piste, rugit Hazen par-dessus son épaule, et j'ai comme le pressentiment que c'est la bonne.

59

Corrie s'appliquait à rester parfaitement immobile, les mains derrière le dos. Ses hurlements avaient beaucoup amusé son ravisseur qui avait éclaté d'un rire aigu et grinçant lorsqu'elle s'était mise à hurler de terreur. Il s'occupait à présent du cadavre de Tad et Corrie détournait la tête d'un air horrifié, préférant ne pas savoir ce qu'il lui faisait. Elle reconnut un bruit de tissu lacéré, suivi d'un long déchirement qui faillit la faire vomir. Les yeux fermés, les dents serrées, elle tentait en vain de ne penser à rien. L'autre était tout près et il se tenait à lui-même des propos incohérents de son horrible voix chantante. À chacun de ses mouvements, une puanteur à soulever le cœur flottait jusqu'aux narines de Corrie.

La jeune fille avait le plus grand mal à résister à la tentation de se laisser aller.

Corrie, il ne faut pas que tu craques. Tu dois trouver un moyen de t'en sortir.

Mais comment ne pas craquer ? Comment trouver la force de tenir, de penser, de vivre ? L'instinct de survie qui l'avait poussée à se libérer de ses liens semblait s'être évanoui depuis que l'autre était revenu, portant sur son dos le corps de Tad Franklin.

À moitié hébétée, Corrie se sentait au bord de la folie. Elle revoyait en pensée des images disparates enfouies dans son subconscient depuis l'enfance : les parties de cache-cache qu'elle faisait avec son père quand elle était petite, sa mère en bigoudis éclatant de rire au téléphone, un copain obèse de l'école primaire qui s'était toujours montré gentil avec elle.

Elle savait qu'elle allait mourir, mais aussi loin que la ramenaient ses souvenirs, son existence lui paraissait dérisoire.

Elle avait les mains libres, mais quelle importance ? Même si elle avait trouvé le moyen d'échapper au monstre, elle n'aurait jamais su où aller. Elle n'avait aucun moyen de retrouver son chemin dans ce dédale de grottes et de couloirs souterrains.

Elle laissa échapper un sanglot sans que l'autre y prêtât la moindre attention. Grâce à Dieu, il lui tournait le dos, occupé à sa sinistre besogne.

Elle ouvrit lentement un œil et aperçut la vieille lanterne. Posée dans une petite niche creusée à même la roche, elle jetait une lueur faiblarde sur le décor de la grotte. Les rabats métalliques de la lampe étaient abaissés et seuls de minces rais de lumière trouaient péniblement les ténèbres. L'autre devait avoir peur de la lumière. À en juger par son teint gris, il n'avait pratiquement jamais dû voir le soleil.

Corrie essaya de chasser de son esprit l'image de cet horrible visage avec ses poils de barbe clairsemés. Un visage terrifiant qui la rendait folle d'épouvante. Elle avait affaire à un monstre et, si elle ne trouvait pas le moyen de lui échapper, il ne faisait aucun doute qu'il lui réserverait un sort comparable à celui de Tad Franklin.

Elle reprit courage et son cœur se mit à battre plus fort dans sa poitrine. Elle avait déjà les mains libres et disposait même d'une lanterne à portée de main. À l'autre extrémité de la grotte, un chemin usé s'enfonçait dans l'obscurité qui pouvait peut-être la conduire à la liberté.

Un autre souvenir d'enfance lui revint brusquement avec une précision photographique. Elle se trouvait dans le champ derrière le mobile home de ses parents, assise sur le vélo que son père lui avait donné pour ses sept ans. Elle n'arrêtait pas de tomber, pleurant de rage et d'énervement. Son père s'était approché, il avait essuyé ses larmes et lui avait dit d'une voix douce : « Continue, Cor. Ne t'arrête pas, tu vas y arriver. »

C'était le jour ou jamais de ne pas s'arrêter et d'y arriver.

Centimètre par centimètre, elle se rapprocha du rocher coupant sur lequel elle avait déjà usé la corde qui lui enserrait les poignets, veillant à bien garder les mains dans le dos afin que l'autre ne se doute de rien. Elle finit par trouver ce qu'elle cherchait, plaça ses chevilles au-dessus du roc tranchant et s'appliqua à les râper, multipliant les mouvements de va-et-vient le plus discrètement possible.

L'autre, tout à son travail mystérieux, ne lui prêtait pas la moindre attention. Corrie le surveillait à travers ses cils tout en usant consciencieusement la ficelle qui lui liait les chevilles. Le monstre avait mis de côté le corps de Tad et il était penché sur de petits sacs en toile qu'il remplissait de... Corrie referma les yeux, préférant ne pas savoir à quel trafic immonde il se livrait.

À force de remuer les jambes, ses liens finirent par céder et elle fut en mesure de dégager un pied, puis l'autre, faisant particulièrement attention à ne pas attirer l'attention de son ravisseur.

À présent qu'elle était libre, il s'agissait de réfléchir sérieusement à ce qu'elle allait bien pouvoir faire. La solution la plus simple consistait à se jeter sur la lanterne afin de s'enfuir par le passage qu'elle avait aperçu. Ce couloir devait bien mener quelque part,

mais il fallait s'attendre à ce qu'il se lance à sa poursuite.

Elle repassa plusieurs fois son plan, le cœur battant. Maintenant que le moment était venu de passer
à l'action, elle trouvait toutes les raisons du monde
pour se convaincre qu'il serait peut-être préférable
d'attendre sagement la suite. Il n'avait pas l'air pressé
de s'occuper d'elle, peut-être même l'avait-il oubliée...

Non, pas question !

D'une façon ou d'une autre, elle devait trouver le
moyen de s'enfuir.

Elle ouvrit imperceptiblement les yeux et observa
une nouvelle fois le décor qui l'entourait afin de
s'orienter, puis elle prit lentement sa respiration à
deux reprises, compta jusqu'à trois, se leva d'un
bond, se jeta sur la lanterne et se mit à courir.

Derrière elle, un rugissement lui signala que son
tortionnaire ne goûtait guère son initiative. Elle
glissa sur la roche humide, faillit tomber, parvint à
se rattraper à la dernière seconde et poursuivit sa
course le long du passage. Le couloir débouchait sur
une étroite fissure ouvrant sur une galerie constellée
de sculptures rocheuses inquiétantes. En quelques
enjambées, elle se retrouva devant une mare souterraine qu'elle traversa tant bien que mal. Au centre du
bassin, le plafond était si bas qu'elle eut toutes les
peines du monde à passer sans mouiller sa lanterne,
mais elle y parvint sans trop savoir comment. Elle
reprit pied de l'autre côté, dans une grotte de grandes
dimensions regorgeant de stalagmites et de stalactites dont certaines avaient fini par se rejoindre, dessinant de curieuses colonnes jaunes et blanches.

Corrie n'arrivait pas à savoir si l'autre la poursuivait encore. Elle avait la hantise de sentir sa patte
monstrueuse se poser brusquement sur son épaule.
Elle slalomait de son mieux entre les colonnes de calcaire lisses et humides sur lesquelles se reflétait la

lumière tamisée de sa lanterne. Soudain, sa lampe se cogna contre un pilier et la flamme vacilla dangereusement. Comprenant que tout était perdu pour elle si jamais sa bougie venait à s'éteindre, Corrie décida de ralentir un peu.

Le sol était glissant et les obstacles ne manquaient pas, et elle finit par se cogner le genou contre un bloc de calcite tombé de la voûte. Grimaçant de douleur, elle s'arrêta un instant afin de reprendre son souffle. Parvenue de l'autre côté de la grotte, elle découvrit un petit chemin qui grimpait en pente abrupte le long de la paroi. Elle allait s'y engager lorsqu'elle remarqua sur la roche de curieux motifs géométriques dessinés crûment à même la pierre, sans doute à l'aide d'un caillou pointu : des spirales, des bonshommes en fil de fer et divers gribouillis du même acabit.

Le moment était mal choisi de faire de l'archéologie et Corrie s'élança sur le chemin escarpé, trébuchant à chaque pas sur des pierres détachées du plafond. Ses poignets entaillés s'étaient remis à saigner. La pente, de plus en plus raide, ne menait apparemment nulle part. Levant sa lanterne au-dessus de sa tête, elle aperçut avec soulagement un palier en surplomb sur lequel elle se hissa tant bien que mal à l'aide de sa main libre.

Un long tunnel de calcaire bleuté s'ouvrait devant elle, mais c'est à peine si elle aperçut la forêt de cristaux qui l'entourait.

Continue, Cor. Ne t'arrête pas, tu vas y arriver.

Le tunnel était quasiment plat et serpentait doucement dans les entrailles de la terre. Un mince filet d'eau s'écoulait lentement dans une rigole naturelle au milieu du passage. Comme dans la grotte, elle remarqua dans sa course toute une série de dessins étranges sur les parois du boyau. Le bruit de ses pas résonnait de façon inquiétante dans la galerie étroite, mais Corrie se rassura en se disant qu'elle aurait déjà entendu les pas du monstre s'il s'était trouvé derrière elle.

Si incroyable que cela puisse paraître, elle avait réussi à lui échapper !

Jugeant qu'il était trop tôt pour se réjouir, elle poursuivit sa course et se retrouva bientôt dans une vaste caverne au sol jonché de débris de stalactites. Elle se fraya un passage parmi les débris rocheux et finit par découvrir à l'opposé une piste presque verticale.

Serrant l'anneau de la lanterne entre ses dents, elle entreprit d'escalader la faille. La roche était terriblement glissante et elle manqua tomber plusieurs fois, mais la peur lui donnait des ailes et elle en oubliait ses blessures aux poignets et aux chevilles.

Corrie n'avait plus qu'une seule idée en tête : mettre le plus de distance possible entre elle et son poursuivant. Cette faille devait bien mener quelque part, il suffisait de ne pas se décourager tant qu'elle n'avait pas trouvé le moyen de sortir de là.

Après bien des efforts, elle atteignit enfin le sommet. Usant de ses dernières forces, elle se hissa sur la plate-forme rocheuse et poussa un soupir de soulagement.

Corrie regarda autour d'elle et eut un haut-le-cœur en découvrant avec horreur deux yeux qui la dévoraient : le monstre l'attendait sagement, un sourire édenté éclairant son visage difforme, son corps monstrueux maculé du sang coagulé de sa dernière victime. Elle poussa un hurlement auquel répondit le rire aigu de l'autre. Un rire d'enfant espiègle.

Par un ultime réflexe de survie, Corrie voulut lui échapper, mais elle avait à peine fait un pas qu'une poigne d'acier s'abattait sur elle, la projetant par terre. Le choc lui coupa le souffle et elle crut qu'elle allait vomir. Ravi, le monstre éclata d'un rire enfantin dont l'écho se répercutait sur les parois rocheuses.

Dans sa chute, la lanterne s'était renversée et la bougie coulait sur le sol, menaçant de s'éteindre. Debout à côté d'elle, l'autre riait en battant des mains, le visage tordu dans un rictus de joie.

— Ne me touchez pas ! hurla Corrie en tentant de reculer avec ses pieds.

Il se baissa, lui agrippa les épaules et la releva sans ménagement. Sans relâcher son étreinte, il la maintenait tout près de lui. À demi asphyxiée par l'haleine pestilentielle du monstre, Corrie cria à nouveau, déclenchant une nouvelle crise d'hilarité chez son ravisseur. Elle avait beau remuer dans tous les sens, il ne semblait pas décidé à la lâcher, ravi de jouer avec sa proie.

— Arrêtez ! cria-t-elle. Vous me faites mal !

— Honnn ! répondit-il de son étrange voix aiguë en lui envoyant à la figure une pluie de postillons nauséabonds.

Soudain, il la laissa s'échapper sans crier gare et prit la fuite en courant.

Corrie se releva péniblement, ramassa la lanterne et prit le temps de regarder autour d'elle, incrédule. Elle se trouvait à présent au milieu d'une véritable forêt de stalactites et l'autre semblait s'être évanoui. Pourquoi avait-il pris la fuite ? Déroutée, elle fit quelques pas en avant et poussa un cri de frayeur en le voyant surgir de derrière une énorme stalagmite. Il lui donna une bourrade qui la fit tomber et disparut aussitôt en s'esclaffant.

Corrie se releva lentement, le souffle court, ne sachant plus ce qu'elle devait faire. La lanterne s'était éteinte dans sa chute et elle se retrouvait brusquement plongée en pleines ténèbres, dans un silence terrifiant.

— Hiiii ! fit la voix de l'autre dans le noir.

Très content de lui, il battait des mains comme un possédé et Corrie, résignée sur son sort, décida de s'accroupir et d'attendre.

Un frottement, la flamme vive d'une allumette... Il ralluma la bougie de la vieille lampe et s'approcha d'elle, un grand sourire aux lèvres, des filets de bave pendant de ses gencives noires.

Ce n'est qu'en le voyant se précipiter à nouveau derrière un pilier que Corrie comprit enfin : il voulait jouer à cache-cache avec elle !

La gorge serrée, elle tenta d'une voix mal assurée :

— Tu veux jouer avec moi ?

Il s'arrêta et la regarda avec un petit rire imbécile qui faisait trembler sa barbe clairsemée et ses lèvres roses démesurées. Ses ongles crochus, longs de plusieurs centimètres, battirent l'air furieusement.

— Vouer ! s'écria-t-il en faisant un pas vers elle.

— Non ! Attends ! Pas comme ça !

— Vouer ! gronda-t-il en postillonnant. *Vouer !!!*

Il s'avançait inexorablement et Corrie, pétrifiée, se préparait à mourir.

Soudain, le miracle qu'elle n'attendait plus se produisit. Les yeux vitreux de l'autre se mirent à tourner de manière frénétique dans leurs orbites et il battit furieusement des cils. Il tourna la tête, la main figée en l'air, scrutant les ténèbres.

Il avait entendu quelque chose.

La soulevant précipitamment, il la balança sur son épaule comme une poupée de chiffon et s'éloigna rapidement de sa démarche simiesque. Corrie vit défiler devant elle une longue suite de galeries et de salles souterraines, et elle finit par fermer les paupières dans l'espoir d'échapper à ce cauchemar qui n'en finissait pas.

Au bout d'une éternité, il s'arrêta enfin. Elle ouvrit les yeux et découvrit une ouverture minuscule au pied d'un mur rocheux. Sans attendre, il la jeta par terre sans ménagement et lui glissa aussitôt les pieds dans le trou.

— Non, je t'en prie, ne fais pas ça...

Corrie tenta de se raccrocher aux parois, mais ses ongles glissaient sur la roche humide. D'une poussée aux épaules, il l'envoya rouler au fond du trou.

Tout étourdie par sa chute, Corrie leva machinalement la tête et vit le visage grotesque de l'autre, éclairé par la lanterne qui jetait une lueur irréelle sur le puits au fond duquel il la retenait désormais prisonnière.

— Honnn ! grogna-t-il en découvrant ses dents gâtées.

Puis il disparut, emportant la lanterne avec lui, et Corrie se retrouva seule au fond de son trou, dans le noir et le silence angoissant de son enfer souterrain.

60

Pendergast avançait silencieusement dans les galeries en suivant un étroit chemin grossièrement taillé dans la roche.

Les grottes étaient beaucoup plus étendues qu'il ne l'avait imaginé au départ. Sa carte n'en indiquait qu'une petite partie et lui fournissait souvent des indications erronées, oubliant des pans entiers du labyrinthe dans lequel il se trouvait. Les grottes se succédaient sur plusieurs niveaux, se rejoignant entre elles par le biais d'un réseau incroyablement dense de cheminées et de passages qui devaient permettre au maître des lieux de se déplacer très rapidement entre des cavernes apparemment très éloignées sur la carte. En dépit de ses imperfections, le relevé « emprunté » au PDG d'ABX avait le mérite de prouver que les Kavernes Kraus ne constituaient qu'une infime partie du formidable gruyère spéléologique sur lequel reposaient Medicine Creek et ses environs.

Pendergast entendait un bruit d'eau depuis quelques minutes et il se retrouva soudain devant une rivière dont les eaux limpides s'écoulaient rapidement dans un lit calcaire. L'inspecteur s'agenouilla et prit un peu d'eau entre ses mains afin d'en boire une gorgée.

Elle avait exactement le même goût que l'eau de la pension Kraus : il venait de découvrir la rivière alimentant Medicine Creek. Il avala une nouvelle gorgée. C'était une eau riche en oxygène et en sels minéraux, circulant librement sous terre en milieu calcaire. Une eau parfaite pour l'art du thé, à en croire les recommandations de Lu-Yu dans le *Cha Ching*. C'était d'ailleurs pour avoir bu cette eau dans son thé à la pension Kraus qu'il avait eu l'intuition de l'immense réseau souterrain s'étendant sous le village. Il savait maintenant qu'il avait vu juste, mais ce déplacement avait un prix. Il s'en voulait terriblement d'avoir sous-estimé Corrie, de n'avoir jamais imaginé qu'elle pourrait trouver seule la solution.

Il se releva, prêt à poursuivre ses recherches, lorsqu'il aperçut à la lueur de sa lampe un sac à dos de grosse toile en piteux état gisant dans un coin. Il traversa le cours d'eau et se pencha sur l'objet dont il écarta les pans de toile à l'aide d'un stylo en or tiré de sa poche. À l'intérieur du sac, il découvrit une carte routière, des outils, des piles du genre de celles que l'on trouve dans les torches électriques et les détecteurs de métaux.

Pendergast fit courir le rayon de sa lampe autour de lui et découvrit quelques têtes de flèches, de nombreux tessons de poteries indiennes, ainsi qu'un *parfleche*, l'un de ces longs sacs en peau de bison dans lesquels les Cheyennes emmagasinaient leurs provisions. Il venait d'en voir de semblables dans la chambre funéraire dissimulée sous les tumulus.

Soudain, sa lampe s'arrêta sur une énorme touffe de cheveux blonds décolorés dont on voyait clairement les racines noires.

Le scalp de Sheila Swegg.

En effectuant des fouilles autour des tumulus, elle avait dû tomber accidentellement sur l'entrée des grottes, aisément accessible une fois qu'on avait compris quels rochers déplacer. Très probablement émerveillée par la découverte de la chambre funéraire, elle avait voulu poursuivre ses recherches dans les souterrains.

Mais au lieu de découvrir de nouveaux trésors, elle était tombée sur *l'autre*...

Pendergast n'avait pas le temps de s'attarder davantage. Après un dernier regard à sa macabre découverte, il se releva et suivit le cours de la rivière le long du chemin tracé à travers la roche calcaire par les infiltrations d'eau sur des milliers d'années.

Quelques centaines de mètres plus loin, le mince cours d'eau se jetait dans un trou avec un bruit de cascade, projetant dans la grotte un brouillard humide. À présent, Pendergast distinguait sans peine l'usure de la roche sous les pas des générations qui l'avaient précédé. Se fiant à ces indications, il s'engagea dans une suite de galeries et de passages étroits en direction des grottes habitées.

Il avait été persuadé dès le début de son enquête que le tueur était quelqu'un de Medicine Creek, mais il avait eu le tort de conclure un peu hâtivement qu'il s'agissait d'un *habitant* de la petite ville dont il aurait pu découvrir l'identité à force de fouiller les archives de Margery Tealander. La réalité était à la fois plus simple et plus complexe : le tueur était l'un des leurs, mais il ne vivait pas parmi eux.

À partir de ce constat, il n'était pas difficile de deviner de qui il pouvait s'agir, mais en suivant son raisonnement jusqu'au bout, Pendergast en était arrivé à la conclusion que l'assassin devait être une créature dépourvue de toute conscience morale. Il n'en était que plus dangereux car ses réactions étaient totalement imprévisibles.

Pendergast avançait à présent dans un couloir étroit dont le sol de calcite brillait comme une rivière gelée. À son extrémité, le tunnel débouchait sur une série de brèches, de fissures rocheuses et d'embranchements montrant tous des marques d'usure. À en

476

croire les mille et un signes laissés par ceux qui étaient passés là – cristaux brisés, traces sombres sur le calcaire immaculé –, il s'agissait d'un carrefour important dont la carte ne donnait qu'une idée imprécise. Pendergast se perdit à plusieurs reprises dans ce labyrinthe, retrouvant son chemin tant bien que mal grâce à son précieux plan. Au moment où il débouchait enfin sur l'allée principale, sa torche s'arrêta sur une tache de couleur : dans une niche taillée à même la roche, il découvrit une collection de fétiches indiens vieux de plusieurs siècles.

D'autres fétiches réalisés sommairement à l'aide de bouts de ficelle, d'écorce et de sparadrap étaient posés à côté des vestiges cheyennes. En les examinant, Pendergast constata qu'en dépit de leur facture maladroite, ces fétiches avaient été fabriqués avec le plus grand soin.

Il reprit sa route, se guidant sur les traces qu'il découvrait sur le sol. Il s'arrêtait régulièrement afin d'annoter sa carte, prenant le temps de mémoriser la disposition biscornue des grottes et des souterrains qui s'entrecroisaient dans un dédale de recoins, de raccourcis, de gouffres, de failles et de culs-de-sac. Il faudrait des années à une armée de spéléologues chevronnés pour établir le plan précis d'un tel labyrinthe.

Chaque carrefour révélait de nouveaux fétiches, mais aussi de curieux dessins gravés sur les parois rocheuses. Il ne faisait aucun doute que le repaire du tueur ne devait plus se trouver très loin et Pendergast entretenait l'espoir d'y retrouver Corrie. Si elle était encore en vie.

Dans toutes les enquêtes qu'il lui avait été donné de mener par le passé, l'inspecteur s'était toujours efforcé de comprendre son adversaire afin de mieux anticiper ses réactions, mais cela lui était impossible dans le cas présent. La logique du meurtrier ne correspondait à aucun schéma connu, et il ne s'était jamais senti aussi éloigné de la psychologie d'un assassin. Pour la première fois de son existence, l'inspecteur Pendergast se sentait démuni.

61

Tout suant et soufflant, Hazen faisait de son mieux pour ne pas se laisser distancer par Lefty et ses chiens. Derrière lui, Raskovich et les autres avaient également le plus grand mal à suivre. Les aboiements furieux des bêtes, amplifiés par les parois rocheuses, leur avaient fait perdre tout espoir de surprendre le tueur. En outre, le réseau souterrain se révélait infiniment plus vaste qu'Hazen ne l'imaginait. Ils avaient parcouru au moins cinq cents mètres depuis la grotte où se trouvait l'alambic et les chiens n'avaient pas l'air de vouloir s'arrêter.

Lefty stoppa brusquement devant lui et força ses bêtes à se coucher.

Hazen et Raskovich firent halte à leur tour, heureux de pouvoir reprendre haleine.

— Arrête-toi une seconde, Lefty, haleta le shérif. Il faut attendre les autres...

Il n'eut pas le temps d'achever sa phrase car les chiens se ruèrent en avant en aboyant de plus belle.

— Qu'est-ce qu'il y a, encore ? demanda Hazen.

— Je ne sais pas ! Ils ont senti quelque chose, répondit Lefty, entraîné malgré lui par les fauves au comble de l'excitation.

— Mais putain, Lefty ! Tu ne peux pas tenir tes bêtes ? s'écria Hazen en reprenant sa course.

— Si vous êtes venu ici pour m'engueuler, rétorqua le maître-chien, vous feriez mieux de me ramener là-haut. Si vous croyez que ça m'amuse de me balader sous terre avec ces monstres. Sturm ! Drang ! Couchés ! ! !

Mais les chiens ne lui obéissaient plus. Leurs hurlements se répercutaient de façon infernale dans le boyau tortueux. Décidé à reprendre l'initiative, Lefty tira d'un coup sec la chaîne de Sturm qui se retourna aussitôt en montrant les crocs d'un air menaçant et le maître-chien faillit lâcher sa laisse de saisissement. La peur se lisait sur son visage. Sentant leur proie toute proche, les chiens étaient prêts pour la curée et Lefty réalisait qu'il aurait toutes les peines du monde à les empêcher de tuer McFelty.

Hazen eut la même intuition et, comme il s'agissait impérativement de prendre leur homme vivant pour les besoins de l'enquête, il s'approcha, suivi de Raskovich.

— Lefty, si tu n'arrives pas à maîtriser ces chiens, je te préviens tout de suite que je vais être obligé de les abattre.

— Vous n'avez pas le droit de faire ça, shérif. Ces chiens appartiennent à l'État et...

Brusquement entraîné par ses bêtes, Lefty disparut au détour d'un couloir. Quelques instants plus tard, un cri parvint aux oreilles du shérif et les aboiements montèrent d'un cran avant de se transformer en jappements aigus.

— Shérif, venez vite ! fit la voix essoufflée de Lefty. Attention, j'ai vu quelque chose bouger !

Quelque chose ? !! De quoi pouvait bien parler ce crétin de Lefty. Hazen s'avança en direction du tumulte et s'arrêta, abasourdi par le spectacle qui l'attendait.

Devant lui s'ouvrait une grotte immense aux allures de cathédrale, parsemée de piliers rocheux. D'étranges concrétions tombaient en rideaux le long des murs de calcaire, percés en tout point de galeries, de failles et de trous béants. Les aboiements frénétiques des chiens lui parvenaient encore distinctement, déformés par l'écho, mais il aurait été bien incapable de dire d'où ils provenaient précisément.

— Lefty ! appela-t-il d'une voix qui résonna long-temps sous la voûte de la grotte. Encore tout essouf-flé par sa course, il s'appuya sur les restes d'une énorme stalagmite, perplexe.

Raskovich le rejoignit en haletant, l'air inquiet.

— Où sont-ils ? demanda-t-il.

Toi, mon bonhomme, tu es en train de paniquer, pensa le shérif.

Il répondit à la question de Raskovich par un haus-sement d'épaules afin d'éviter de déclencher un nou-vel écho, puis il se dirigea vers l'endroit où les aboiements paraissaient les plus forts, pataugeant dans les flaques d'eau qui s'étalaient au pied des piliers. Raskovich ne le quittait pas d'une semelle. Les hurlements des chiens commençaient à s'éloi-gner, mais on les sentait surexcités.

Brusquement, l'une des deux bêtes poussa un gémissement sinistre avant de faire entendre un râle atroce.

Même dans la lueur diffuse de ses lunettes à infra-rouge, le shérif vit Raskovich blêmir. Aux plaintes déchirantes des chiens se mêlèrent alors les cris de Lefty.

— Mon Dieu ! murmura Raskovich en tournant la tête dans tous les sens, visiblement prêt à s'enfuir.

— Ce n'est pas le moment de s'affoler, tenta de le calmer Hazen. Les chiens ont dû coincer McFelty. Si je ne me trompe, ils sont partis par l'une de ces gale-ries. Suivez-moi.

D'une voix plus forte, il appela :

— Larssen ! Cole ! Brast ! Nous sommes là !

481

Loin de s'apaiser, les gémissements des chiens et les cris de Lefty se faisaient plus insistants et Hazen avait le plus grand mal à mettre ses idées en ordre. Pourvu que ces saloperies de bestiaux ne fassent pas trop de mal à McFelty.

L'attitude de Raskovich n'était pas non plus pour le rassurer. Le chef de la sécurité, les traits défaits, serrait son fusil contre lui. Il s'agissait de le rassurer vite, sinon il était bien capable de faire une grosse connerie.

Au même moment, les hurlements des chiens se transformèrent en aboiements rauques.

— Ne vous inquiétez pas, Raskovich, tout va bien se passer. Vous devriez peut-être poser votre fusil avant que...

Le coup partit, assourdissant, faisant tomber autour d'eux une pluie de cailloux qui ricochaient sur les stalagmites avant de rouler dans les flaques.

Entre les hurlements des chiens et Raskovich qui était en train de péter un câble, Hazen comprit que l'opération tournait à la catastrophe.

— Larssen ! cria-t-il. Ici ! Vite !

Il eut tout juste le temps de voir Raskovich s'enfuir en courant après avoir lâché son fusil encore fumant.

— Raskovich ! hurla le shérif en se ruant à sa poursuite. Pas par là ! Vous allez vous perdre !

Il venait à peine de se lancer derrière son compagnon lorsque les cris et les aboiements s'arrêtèrent d'un seul coup, laissant place à un silence angoissant.

62

Pendergast se figea et tendit l'oreille sans pouvoir identifier la nature des bruits qui lui parvenaient, amplifiés et déformés par le décor rocheux qui l'entourait. S'il ne s'était pas trouvé si loin sous terre au cœur du Kansas, il aurait dit qu'il s'agissait du murmure du vent dans les arbres ou du ressac des vagues au pied d'une falaise.

Il se remit en marche, avançant à grandes enjambées, guidé approximativement par les sons. Le terrain était malaisé, sa progression entravée par des dizaines de stalactites. Arrivé à l'autre extrémité de la grotte, il découvrit deux chemins et s'arrêta, espérant être guidé par le bruit.

Dépliant sa carte, il parvint à peu près à se repérer. Il se trouvait à présent dans une partie particulièrement tourmentée du réseau souterrain que traversaient de toutes parts des galeries, des failles, des puits et des passages disposés dans tous les sens. Dans un tel labyrinthe, déterminer l'endroit d'où provenait la rumeur n'allait pas être chose facile. Pendergast connaissait la propension du son à voyager au gré des courants d'air. Tirant un élégant briquet en or de sa poche, il l'alluma et le tint à bout de bras, attentif au sens de la flamme. Quelques instants plus tard, il poursuivait d'un pas sûr dans ce qu'il croyait être la bonne direction.

Soudainement, les bruits s'arrêtèrent. Seules les gouttes d'eau suintant de la roche troublaient encore le silence. Ne pouvant plus se fier à ses oreilles, Pendergast s'arrêta une nouvelle fois et se pencha sur sa carte, à la recherche d'indications lui permettant d'atteindre le plus vite possible le cœur des grottes. Il sortait d'une galerie étroite lorsque sa lampe s'arrêta sur une fissure verticale qui ne figurait pas sur son plan. Tout laissait à penser que cette trouée menait à une grotte voisine, ce qui lui aurait permis de gagner un temps précieux. Il colla son oreille contre la faille et écouta.

Cette fois, il crut reconnaître des voix humaines auxquelles se mêlait le murmure d'un cours d'eau, mais elles lui parvenaient trop déformées pour qu'il puisse comprendre la moindre parole.

Éclairant le sol à ses pieds, il constata qu'il n'était pas le premier à emprunter ce raccourci. L'inspecteur se faufila dans l'interstice qui allait en s'élargissant et il put bientôt avancer normalement. Soudain, il se retrouva au bord d'une crevasse. Heureusement, le passage était tout juste assez large pour lui permettre d'avancer en s'agrippant à la roche, les pieds au bord du gouffre.

L'extrémité de la faille débouchait sur une mince plate-forme située à une trentaine de mètres de hauteur, tout en haut d'une grotte en forme de dôme. Un peu plus loin, un ruisseau s'écoulait en cascade jusqu'au pied de la paroi. Les cristaux de gypse brillaient comme des milliers de lucioles dans le pinceau de sa torche, mais c'est à peine s'il distinguait le sol de la caverne. Les traces de pas relevées à l'entrée de la percée lui prouvaient pourtant que ce chemin menait quelque part.

À force de faire jouer sa lampe sur les rochers, il découvrit au-dessous du rebord sur lequel il avait pris pied une série d'entailles dans le calcaire. Malgré le crépitement de la cascade, des sons inintelligibles lui parvenaient par intermittence. Hazen et ses troupes d'assaut auraient-ils découvert Corrie et le tueur ? Pendergast préféra ne pas y penser, convaincu que sa mission était perdue d'avance si tel était le cas.

L'inspecteur s'accroupit sur son refuge et fit courir le rayon de sa lampe dans les profondeurs de la grotte, sans rien apercevoir d'autre que des débris de stalactites sans doute arrachés depuis longtemps par des secousses sismiques.

Il retira ses chaussures et ses chaussettes, noua ses lacets entre eux et pendit ses souliers autour de son cou, puis il éteignit sa lampe et la glissa dans l'une de ses poches. À présent plongé dans les ténèbres, il agrippa le premier des appuis rocheux aperçus un peu plus tôt et se laissa glisser, cherchant à s'accrocher à la paroi humide avec les pieds. Moins de cinq minutes plus tard, il atteignait le sol sans encombre et se rechaussait dans le noir absolu, les oreilles aux aguets.

Le bruit qui avait attiré son attention un peu plus tôt s'éleva à nouveau à l'autre extrémité de la grotte. Si quelqu'un se trouvait là, il avançait dans l'obscurité car aucune lumière ne perçait de ce côté. Le gémissement se fit à nouveau entendre. Un gémissement inégal, probablement celui d'un homme blessé.

Pendergast sortit sa torche de sa poche, l'alluma et avança d'un pas résolu en direction de la plainte, son arme à la main.

Une tache de couleur se dessina brièvement dans le rayon de sa lampe. Reculant d'un pas, il aperçut une forme jaune derrière un rocher. D'un bond, il escalada l'énorme bloc de calcaire et braqua son pistolet en direction d'une anfractuosité à moitié dissimulée par le rocher. Rassuré, il remit son arme dans son étui et se laissa glisser de l'autre côté du bloc calcaire où un homme recroquevillé en position fœtale le regardait d'un air terrifié. L'homme était trempé et une plainte monocorde s'échappait de ses lèvres. Des lunettes de vision nocturne et un casque muni d'une lampe à infrarouge gisaient à côté de lui.

Lorsque Pendergast voulut le toucher, l'homme se replia encore un peu plus sur lui-même et se couvrit le visage avec les mains en poussant un cri aigu.

— FBI, fit Pendergast à voix basse. Où êtes-vous blessé ?

L'homme frissonna et leva sur l'inspecteur deux yeux rougis par la terreur au milieu d'un visage couvert de sang. Sur la veste noire de son uniforme, Pendergast reconnut l'insigne jaune des forces spéciales de la police du Kansas. Les lèvres de l'homme s'entrouvrirent en tremblant, mais seule une plainte sourde en sortit.

Pendergast procéda à un examen rapide de l'homme.

— Apparemment, vous n'avez rien de cassé, conclut-il.

L'autre prononça quelques mots inintelligibles.

Pendergast ne pouvait se permettre d'attendre indéfiniment que le blessé reprenne ses esprits. Il l'attrapa par le col de sa veste et le força à se mettre debout.

— Ressaisissez-vous et dites-moi qui vous êtes. Comment vous appelez-vous ?

Le ton autoritaire de son interlocuteur sembla tirer l'homme de son hébétude.

— Weeks. Ro... Robert Weeks, mais tout le monde m'appelle Lefty, répondit-il d'une voix faible en claquant des dents.

Pendergast lâcha la veste de Lefty qui faillit trébucher et s'agrippa à la roche au moment de tomber.

— D'où vient tout ce sang, agent Weeks ?

— Je... je ne sais pas.

— Écoutez-moi bien, poursuivit Pendergast. Je n'ai que très peu de temps devant moi. Quelque part dans ces grottes se cache un tueur qui a pris en otage une jeune fille. Je dois impérativement la retrouver avant que vos collègues ne signent son arrêt de mort.

— D'accord, balbutia Weeks, la gorge serrée.

Pendergast ramassa les lunettes de vision nocturne de son interlocuteur, constata qu'elles étaient cassées et les reposa sur le sol.

— Vous allez venir avec moi, ordonna-t-il.

— Oh non, je vous en prie...

Pendergast attrapa Weeks par les épaules et le secoua.

— Monsieur Weeks, vous allez cesser immédiatement vos jérémiades et vous comporter comme un officier de police digne de ce nom. C'est compris ?

Weeks faisait manifestement des efforts désespérés pour ne pas craquer.

— Oui, balbutia-t-il.

— Je vais passer devant et vous allez me suivre en silence.

— S'il vous plaît ! Pas par là ! Je sais qu'*il* est là, quelque part.

Pendergast se retourna et scruta longuement le visage terrorisé de son interlocuteur.

— Qui ça, *il* ?

— Lui, le monstre... Enfin, l'homme.

— Décrivez-le-moi.

— Non, je ne peux pas. *Je ne peux pas !* fit Weeks en s'enfouissant le visage entre les mains, comme pour chasser un cauchemar. Il est tout pâle, très grand et tout tordu, avec des yeux vitreux, des mains et des pieds énormes et... et un visage tellement... tellement...

— Un visage tellement quoi ?

— Mon Dieu, son visage...

Pendergast gifla son interlocuteur.

— Comment est son visage ?

— On dirait... on dirait un visage de bébé. Un bébé monstrueux...

Comprenant qu'il ne tirerait rien d'autre du maître-chien, Pendergast se remit en route.

— Non ! Je vous en prie ! Pas par là...

— Libre à vous de rester ici si cela vous chante, fit Pendergast sans se retourner.

Affolé, l'autre poussa un petit cri et lui emboîta aussitôt le pas.

Laissant derrière lui la grotte aux stalactites, Pendergast s'engagea dans un tunnel calcaire marbré de striures jaunes. Weeks le suivait à contrecœur en geignant, terrifié à l'idée de se retrouver à nouveau seul dans le noir. La lampe de Pendergast se figea brusquement sur un bloc rocheux constellé de taches inquiétantes. Au pied du rocher s'étalait une mare rouge vif dans laquelle gisait un corps déchiqueté.

Weeks avait brusquement cessé de se plaindre.

Pendergast balaya la paroi à l'aide de sa lampe, découvrant de nombreuses autres traces pourpres, ainsi que des traînées blanchâtres, rouges et jaunes. Le rayon de la lampe s'arrêta enfin sur la patte antérieure de ce qui avait dû être un chien de très grande taille, coincée dans un creux de rocher. On devinait un morceau de mâchoire un peu plus loin et les restes pitoyables d'un museau canin, jetés avec une force surhumaine contre la muraille.

— Je suppose qu'il doit s'agir de l'une de vos bêtes, commenta Pendergast sans même se retourner sur son compagnon.

Celui-ci acquiesça d'un air hébété.

— Vous avez assisté à la scène ?

Weeks hocha à nouveau la tête.

Pendergast se retourna d'une pièce et dirigea sa lampe sur le visage du maître-chien

— Que s'est-il passé exactement ?

Lefty Weeks dut s'y reprendre à deux fois avant de parvenir à articuler :

— C'est lui ! fit-il entre deux sanglots. Je l'ai vu ! Il l'a déchiqueté à mains nues !

63

À un carrefour formé par la rencontre de nombreuses galeries, Hazen attendit Larssen et ses autres collègues. Cinq minutes s'écoulèrent, puis dix. Il avait eu largement le temps de reprendre son souffle, mais aucun de ses compagnons ne l'avait encore rejoint. Ils n'avaient pas dû l'entendre lorsqu'il leur avait crié de le suivre, ou bien alors ils s'étaient perdus en chemin.

Le shérif étouffa un juron et cracha sur le sol. Cédant à la panique, Raskovich s'était enfui comme un lapin et Hazen avait eu beau se lancer à sa poursuite, il n'avait jamais réussi à le rattraper. À voir la façon dont il courait, le pauvre avait déjà dû retrouver son cher campus à l'heure qu'il était.

Et merde... Si Larssen et les autres ne le rejoignaient pas bientôt, il faudrait bien qu'il se lance seul à la recherche de Lefty et de ses chiens. En clair, ça voulait dire retourner à la forêt de stalactites.

À force de regarder autour de lui, Hazen ne savait plus par quel tunnel il venait d'arriver. Il lui semblait que c'était celui de droite, mais il n'en était plus très sûr.

— Lefty ? fit-il d'une voix angoissée.

Seul le silence lui répondit.

— Larssen ?

De plus en plus inquiet, il mit les mains en porte-voix et cria :

— Ohé ! Il y a quelqu'un ? Si vous m'entendez, répondez !

Rien.

— Est-ce qu'il y a quelqu'un ? Répondez !

Malgré les courants d'air glacé et l'humidité ambiante, Hazen était en sueur. Il avança la tête dans le tunnel par lequel il croyait être venu, puis coula un regard dans le suivant. Dans la lueur rougeâtre de ses lunettes de vision nocturne, les souterrains avaient tous une apparence irréelle. Il aurait tout aussi bien pu se trouver sur Mars. Il tâta sa ceinture et se trouva confirmé dans ses craintes : sa lampe de poche s'était détachée pendant sa course.

Depuis le début, cette mission partait en couille. Jamais ils n'auraient dû se séparer. Raskovich s'était évanoui dans la nature, Larssen avait disparu et quant à Lefty, Dieu seul savait où il pouvait être. En tout cas, McFelty n'avait pas pu ne pas les entendre. Si ça se trouvait, il était blessé, ou même mort... Mais à quoi bon multiplier les hypothèses imbéciles, il fallait agir, et vite. Retrouver les autres et reprendre l'initiative coûte que coûte.

Putain de merde... Comment savoir par quel tunnel il était arrivé ?

Il se pencha sur le sol, à la recherche de ses propres traces, mais on aurait dit que toute une armée était passée par là, ce qui n'était pas le moindre des paradoxes.

Il s'efforça de revoir dans sa tête le trajet qu'il avait effectué, sans reconnaître le moindre signe particulier susceptible de l'aider à se repérer. Il revoyait comme dans un brouillard sa course à travers ce labyrinthe ; trop occupé à poursuivre Raskovich, il n'avait pas prêté attention aux endroits par lesquels il passait. À bien y réfléchir, il lui semblait pourtant que le couloir de droite était le bon.

Hazen s'y engagea, tentant son va-tout. Il venait à peine de franchir quelques dizaines de mètres lorsqu'il découvrit des débris de stalactites dont il n'avait aucun souvenir, mais il avait très bien pu passer à côté en courant sans les voir.

Putain de saloperie de merde.

Il poursuivit son exploration quelques minutes encore avant de rebrousser chemin en jurant entre ses dents, persuadé d'avoir fait fausse route. Arrivé au carrefour, il emprunta la galerie suivante. Il avançait lentement en essayant de rassembler ses souvenirs, le cœur battant. Une fois de plus, ni les blocs de roche humides ni les cristaux scintillants ne lui semblaient familiers.

Il se figea en entendant soudain un bruit curieux, comme un fredonnement...

— Ohé ! fit-il en se précipitant, le cœur plein d'espoir.

Quelques mètres plus loin, il déboucha sur un embranchement. Autour de lui, le silence avait repris ses droits.

— Larssen ? Cole ?

Pas de réponse.

— Mais répondez-moi, bordel !

Il avait beau tendre l'oreille, le fredonnement s'était arrêté. Hazen avait du mal à croire que personne n'entende ses appels, d'autant qu'il était certain d'avoir reconnu des bruits de voix.

Au même moment, le fredonnement lui parvint de nouveau, plus éloigné cette fois. Le son venait du tunnel de gauche.

— Larssen ?

Il prit son fusil à deux mains et s'engagea dans la galerie. Le fredonnement était tout proche à présent.

Il avança prudemment, les sens en alerte. Il aurait voulu pouvoir maîtriser les battements de son cœur.

Il aperçut brusquement un mouvement sur sa gauche et se retourna aussitôt.

— Hé !

L'espace d'un instant, il vit clairement une silhouette disparaître dans les ténèbres.

Mais ce n'était ni celle de l'un de ses compagnons ni celle de McFelty.

64

Chester Raskovich se raidit et s'arrêta dans sa course en découvrant un horrible tableau à la lueur de sa lampe. Les yeux écarquillés, il resta un long moment immobile à observer la silhouette décharnée à la chevelure clairsemée qui lui bloquait le passage et le regardait de ses yeux vides, la bouche ouverte en un rictus carnassier.

Frappé de terreur, il voulut s'enfuir, mais ses jambes étaient de plomb et il s'attendait à ce que son étrange adversaire lui saute à la gorge d'un instant à l'autre. Comme dans le pire des cauchemars, ses membres pesaient des tonnes et le maintenaient cloué au sol.

Il hoqueta de peur à plusieurs reprises avant de recouvrer progressivement ses esprits. Il s'approcha prudemment et s'aperçut qu'il s'agissait du corps momifié d'un Indien accroupi à même le sol, les bras serrés autour des genoux, ses lèvres parcheminées écartées sur deux rangées de dents noircies par les ans. De nombreux plats en terre cuite contenant des têtes de flèches de silex taillé s'étalaient en arc de cercle autour du défunt dont les vêtements en daim grossièrement tanné tombaient en lambeaux.

Raskovich détourna le regard en avalant sa salive, le temps de retrouver une respiration normale, puis il reposa les yeux sur le visage figé dans la mort qui le fixait. Il venait de découvrir une sépulture indienne très ancienne, si l'on se référait aux mocassins décorés de perles du mort, à son *parfleche* aux couleurs passées, à ses plumes d'aigle rongées par le temps.

— Saloperie, grommela-t-il entre ses dents.

Il avait soudainement honte d'avoir cédé à la panique, de ne pas s'être montré à la hauteur. Pour une fois qu'il avait l'occasion de faire ses preuves aux côtés de vrais flics, il avait complètement perdu les pédales. Et tout ça sous les yeux du shérif Hazen, qui devait avoir une haute opinion de lui à l'heure qu'il était, après l'avoir vu détaler comme un lapin au premier signe de danger. Sans compter qu'il errait à présent dans un labyrinthe dont il ne parvenait pas à s'extraire, avec un tueur en liberté dans les parages. À la honte s'ajoutait un sentiment d'accablement. Si jamais il s'en sortait, il était bon pour finir sa vie sur le campus de l'université du Kansas à mettre des PV aux bagnoles mal garées et à faire la chasse aux étudiants qui faisaient les quatre cents coups.

De rage et de frustration, Raskovich envoya un violent coup de pied dans la momie. Sa chaussure heurta le haut du crâne avec un bruit mat et l'os tomba en poussière, découvrant une colonie grouillante de blattes blanchâtres qui s'égaillèrent dans tous les sens. Le squelette versa sur le côté et roula plusieurs fois sur lui-même avant de s'arrêter un peu plus loin. Un serpent blanc, dissimulé dans les habits du mort, s'enfuit en rampant dans les ténèbres.

— Putain de merde ! hurla Raskovich en faisant un bond en arrière. Saloperie de putain de merde !

Le cœur battant, la respiration courte, complètement déboussolé, il ne savait plus où aller ni ce qu'il devait faire.

Reprends-toi et réfléchis.

Il regarda autour de lui, faisant courir sa lampe à infrarouge sur la roche humide et luisante. Il se souvenait d'avoir emprunté en courant une fissure étroite au sol sablonneux pour arriver jusqu'ici. Il leva les yeux et s'aperçut que la faille était si élevée qu'on n'en voyait pas le haut, puis son regard s'arrêta sur ses empreintes sur le sable. Le silence qui régnait autour de lui était oppressant.

Tu ferais mieux de revenir sur tes pas, se dit-il.

Après un dernier regard sur la sépulture profanée, Raskovich rebroussa chemin, suivant sa propre trace afin de ne pas s'égarer. Dans son affolement, il n'avait pas réalisé en venant qu'il traversait une véritable nécropole. Des deux côtés de la faille, les anfractuosités de la roche débordaient d'ossements et d'objets divers : des poteries peintes, des carquois contenant des flèches très anciennes, des crânes grouillant d'insectes. Sans le vouloir, il avait découvert des catacombes indiennes.

Pas très rassuré, Raskovich frissonna.

Quelques minutes plus tard, il quittait le mausolée à son grand soulagement. La fissure allait en s'élargissant, laissant place à une galerie constellée de stalactites inquiétantes. Sur le sol sablonneux et gorgé d'eau poussaient à présent de curieux lichens dont la forme n'était pas sans rappeler celle de plants de riz.

L'humidité avait rendu illisibles les traces de Raskovich sur le sol. Parvenu à un embranchement, il hésita entre deux galeries. La première était partiellement obstruée par de gros blocs calcaires alors que la seconde ne l'était pas.

Allez ! Concentre-toi un peu ! Il faut absolument que tu te souviennes par où tu es passé tout à l'heure...

Mais Raskovich eut beau se gratter la tête, il n'avait pas conservé le moindre souvenir de ce carrefour.

Il hésita à appeler au secours avant de se reprendre. Ce n'était pas le moment d'attirer l'attention sur lui. La chose qui avait tant affolé les chiens, quelle qu'elle soit, se trouvait peut-être encore dans les parages. Le réseau de grottes était infiniment plus complexe que ce à quoi le shérif s'attendait, mais il avait encore une chance de s'en sortir à condition de prendre le temps de la réflexion et de ne pas céder à la panique. Sans compter que ses compagnons avaient dû se lancer à sa recherche. Il n'avait donc aucune raison réelle de s'inquiéter.

Il opta pour la galerie la plus large et se sentit tout de suite rassuré, à peu près sûr de reconnaître l'un des tunnels qu'il avait empruntés en venant. Il avançait prudemment lorsqu'il distingua dans ses lunettes à infrarouge toute une série d'objets posés sur une sorte d'étagère taillée dans la roche. Probablement d'autres vestiges indiens.

Il s'approcha et découvrit effectivement le crâne d'un guerrier cheyenne, quelques plumes, des têtes de flèches et un petit tas d'ossements disposés de façon très curieuse. Raskovich n'était pas un spécialiste d'art indien, mais le tableau qu'il avait sous les yeux ne ressemblait en rien à ce qu'il avait pu voir dans des musées ou dans des livres. Il reconnut même plusieurs objets sans aucun rapport avec les reliques cheyennes : toute une série de bonshommes rudimentaires fabriqués avec des bouts de ficelle et du fil de fer, un crayon cassé, un cube d'alphabet en bois tout moisi, une tête de poupée en porcelaine.

Il fit un pas en arrière. Tous ces objets étaient récents et il avait bien fallu que quelqu'un les apporte là. De plus en plus intrigué, Raskovich frissonna.

Au même moment, il entendit distinctement un grognement derrière lui.

Pétrifié sur place, il attendit, mais le silence le plus absolu l'enveloppait à nouveau. Incapable du moindre geste, paralysé par la peur, il laissa s'écouler une minute, puis une autre, jusqu'à ce qu'une force invisible le pousse à se retourner. Pivotant sur lui-même, comme au ralenti, il découvrit avec horreur l'auteur du grognement.

Raskovich semblait avoir cessé de respirer. Dressée face à lui, une créature monstrueuse l'observait de ses yeux vitreux. Un être parfaitement grotesque et irréel, avec son short mal taillé découvrant une paire de jambes difformes, ses bretelles ornées de petits chevaux à bascule, sa chemise à motifs enfantins toute déchirée s'ouvrant sur un torse velu incroyablement musclé, ce visage si... si...

Raskovich n'eut guère le temps de trouver le qualificatif qui lui manquait. Le monstre fit un pas en avant et lui envoya sa main en pleine figure, faisant voler ses lunettes de vision nocturne et le projetant au sol avec une force inouïe.

Par sa violence, la gifle le fit sortir de sa torpeur et il se releva tant bien que mal dans le noir en poussant un cri perçant. Mais il entendait déjà l'autre avancer dans sa direction avec un bruit de bouche répugnant, et il recula machinalement jusqu'à ce que son pied rencontre le vide. Surpris, il perdit l'équilibre, mais au lieu de heurter le sol rocheux, son dos ne rencontra que le vide humide et froid, et il se sentit aspiré impitoyablement...

65

Hank Larssen se retourna vers Cole et Brast. Dans son champ de vision rougeoyant, les deux flics de l'unité spéciale ressemblaient à des mouches monstrueuses avec leurs énormes lunettes.

— On a dû se tromper quelque part. Ils ne sont pas passés par ici, fit Larssen.

Les deux autres restaient silencieux et il dut insister :

— Alors, qu'est-ce que vous en pensez ?

Ils ressemblaient à des jumeaux avec leurs gros muscles, leurs cheveux en brosse, leurs mâchoires carrées et leur regard d'acier. Ou plutôt ce qui aurait dû être un regard d'acier. Même dans le brouillard diffus de ses lunettes, Larssen voyait bien qu'ils n'étaient pas dans leur assiette. Ils avaient eu tort de quitter l'immense caverne aux stalactites en se lançant sur les traces de Hazen. Les aboiements furieux des chiens de Lefty Weeks s'étaient brusquement tus et ils avaient emprunté l'une des innombrables galeries partant de la grotte dans ce qu'ils pensaient être la bonne direction, croyant suivre Hazen. Plusieurs embranchements s'étaient présentés successivement et ils avaient fini par perdre tout repère dans le gruyère des souterrains. À un moment, il lui avait semblé entendre Hazen l'appeler, mais cela faisait dix bonnes minutes qu'un silence absolu régnait autour d'eux. Larssen redoutait d'avance de devoir retrouver la sortie dans ce labyrinthe.

Par quel malencontreux hasard avait-il été amené à prendre la tête du petit groupe ? Il n'avait pas été formé pour ça, alors que Cole et Brast faisaient partie des équipes d'élite de la police du Kansas. À leur quartier général, ils disposaient de salles de musculation, d'une piscine, d'un stand de tir et tout le tintouin, sans parler des stages d'entraînement et autres week-ends de formation. Larssen ne se sentait pas de taille à les prendre en main.

— Hé, les gars ! Vous m'entendez ? Je viens de vous dire qu'on a dû se tromper de chemin.

— Je ne sais pas, fit Brast. Moi, il me semble qu'on est sur la bonne voie.

— Il te semble, il te semble, répondit Larssen sur un ton sarcastique. Et toi, Cole, il te semble quoi ?

Cola secoua la tête.

— Bon, je vois ce qui me reste à faire. On fait demi-tour et on sort d'ici.

— Et Hazen ? s'inquiéta Cole. Qu'est-ce qu'on en fait ? Et Weeks ?

— Hazen et Weeks sont des policiers chevronnés qui sont assez grands pour se débrouiller seuls.

Les deux flics le regardèrent sans répondre.

— On est bien d'accord ? demanda Larssen en haussant le ton.

Quelle bande de crétins ! Non mais, quelle bande de crétins !

— Moi, je suis d'accord, répondit Brast, visiblement soulagé.

— Et toi, Cole ?

— L'idée d'abandonner deux collègues en détresse ne me plaît pas plus que ça.

Avec ma chance habituelle, il fallait que je tombe sur un héros, pensa Larssen.

— Sergent Cole, nous avons tout à perdre à rester indéfiniment dans ces grottes. Notre meilleure chance de les aider est d'aller chercher du renfort. Je ne vois pas d'autre moyen de les retrouver dans ce dédale. Si ça trouve, ils sont déjà sortis.

Cole passa sa langue sur ses lèvres sèches.

— Bon, d'accord, admit-il à contrecœur.

— Alors allons-y. On a assez perdu de temps comme ça.

Ils avaient rebroussé chemin et tentaient de retrouver la grotte aux stalactites depuis cinq bonnes minutes lorsque Larssen entendit un bruit bizarre à un embranchement. Il n'avait certainement pas rêvé car les deux autres s'étaient également retournés. Un bruit lointain, mais parfaitement reconnaissable : celui de quelqu'un en train de courir. Ou plutôt de quelque chose, car le rythme était trop rapide pour être celui d'un être humain.

Si c'était un animal, il devait être gros.

— Sortez vos armes ! ordonna Larssen en mettant un genou à terre et en épaulant son fusil d'assaut.

Le bruit, tout proche à présent, s'accompagnait d'un frottement métallique. Brusquement, une énorme silhouette fantomatique surgit des ténèbres.

— Prêts à tirer !

La chose leur fondit dessus à une vitesse impressionnante, fonçant à travers une flaque en les éclaboussant.

— Attendez ! Ne tirez pas ! hurla Larssen qui venait de reconnaître l'un des chiens de Lefty Weeks.

L'animal passa à côté d'eux à la vitesse de l'éclair sans même les voir, les yeux fous de terreur. L'espace d'un instant, seul le staccato de ses griffes sur la roche résonna sous la voûte. Larssen eut tout juste le temps de voir que l'animal était couvert de sang, qu'il avait une oreille déchirée et la moitié de la mâchoire arrachée, que sa langue pendait piteusement de sa gueule couverte de bave rose.

Le chien s'était déjà évanoui dans le noir et c'est tout juste si l'écho de sa course leur parvenait encore. Tout était allé si vite que Larssen se demanda s'il n'avait pas rêvé.

— Oh putain ! murmura Brast. Vous avez vu... ?

Larssen, la gorge sèche, n'arrivait pas à avaler sa salive.

— Il se sera certainement blessé en faisant une chute.

— Tu parles ! s'exclama Cole d'une voix qui résonnait lugubrement dans la galerie. Une bête comme celle-là ne s'arrache pas la moitié de la gueule en faisant une simple chute. Il a été attaqué par quelqu'un, oui !

— Ou par quelque chose, ajouta Brast entre ses dents.

— Bordel de merde, Brast, secoue-toi un peu ! s'énerva Larssen.

— Pourquoi croyez-vous qu'il courait comme ça, shérif ? Ce chien était mort de trouille.

— Raison de plus pour ne pas moisir ici.

— Ce n'est pas moi qui vais vous contredire.

Ils firent demi-tour et suivirent les traces humides laissées par les pattes du chien, persuadés qu'elles allaient les conduire tout droit vers la sortie des grottes.

— J'ai entendu quelque chose, fit soudain Brast.

Les trois hommes s'arrêtèrent pour écouter.

— Quelqu'un vient de traverser la grosse flaque d'eau, j'en suis sûr !

— Arrête un peu tes conneries, Brast.

Larssen avait à peine fini sa phrase qu'il entendit à son tour un bruit d'éclaboussure. Il se retourna d'un bloc, mais le tunnel derrière eux semblait désert dans le rougeoiement de ses lunettes à infrarouge.

— Non, je ne crois pas que ça soit quelqu'un. C'est sûrement le bruit de l'eau qui goutte du plafond, fit-il afin de rassurer ses compagnons, puis il haussa les épaules et reprit sa route.

Mouh !

Brast poussa un hurlement strident et Larssen fut projeté à terre par une force invisible. Dans sa chute, il avait perdu ses lunettes. Brast hurlait toujours et Cole poussa un cri qui glaça le sang de Larssen dans ses veines.

Le shérif ne voyait plus rien depuis qu'il avait perdu ses lunettes. À quatre pattes, il les cherchait désespérément et fut soulagé de les sentir tout à coup sous sa main. Il s'empressa de les enfiler et regarda autour de lui.

Cole se tordait de douleur par terre en tenant son bras. Quant à Brast, il cherchait ses lunettes à quatre pattes en jurant comme un charretier, comme l'avait fait Larssen quelques instants plus tôt.

— Mon bras ! hurla Cole.

L'os brisé dépassait d'une vilaine blessure qui pissait le sang avec un réalisme effrayant à la lueur des lunettes à infrarouge.

Larssen détourna les yeux de cette vision d'horreur et scruta la galerie dans ses moindres recoins à la recherche de leur assaillant, prêt à tirer.

En vain.

Un rire démoniaque s'éleva de l'ombre au même instant. Les nerfs à vif, le doigt tendu sur la détente de son fusil, Larssen n'aurait pas su dire d'où était venu le bruit.

Il ne faisait toutefois aucun doute que l'autre était tout proche.

66

Le caporal Shurte de la brigade routière du Kansas se balançait nerveusement d'avant en arrière en tripotant machinalement la crosse de son fusil. Il regarda sa montre et constata qu'il était onze heures et demie. Cela faisait plus d'une heure que Hazen et les autres étaient partis. Combien de temps leur fallait-il pour coincer ce McFelty, lui passer les menottes et le sortir de son trou ? C'était énervant de rester là à ne rien faire sans pouvoir communiquer avec eux. Et tout ça à cause de cette satanée tornade. Shurte avait passé toute sa vie dans ce coin du Kansas, mais il n'avait pas le souvenir d'avoir vu une tempête pareille. D'habitude, les orages ne duraient jamais aussi longtemps, alors que celui-là semblait s'éterniser. Il paraissait même redoubler de violence, avec des bourrasques de plus en plus fortes, des pluies torrentielles et des éclairs dantesques. Plus tôt dans la soirée, les services de prévention des catastrophes naturelles avaient émis un message d'alerte renforcée afin de signaler l'arrivée d'une tornade de force 3 dans les environs de Deeper, mais toutes les communications avaient été rompues depuis.

Même chose pour l'électricité. Les gens du cru étaient habitués à ce qu'un secteur ou un autre soit touché, mais ce soir, on aurait dit qu'un géant malveillant avait brusquement débranché le courant dans toute la région. Tous les patelins des environs s'étaient retrouvés plongés dans le noir les uns après les autres : Medicine Creek, Hickok, DePew, Ulysses, Johnson City, Lakin et même Deeper, à en croire les derniers rapports reçus par Shurte sur sa radio avant que les émetteurs ne tombent en carafe.

Shurte était originaire de Garden City. Il se sentait égoïstement soulagé de voir la tornade se diriger plutôt de l'autre côté, mais ça ne l'empêchait pas d'avoir peur pour sa femme et ses gosses et il aurait préféré se trouver avec eux par une nuit pareille.

La lampe à gaz installée par ses collègues à l'entrée des grottes peinait à trouer l'obscurité. Williams, posté un peu plus loin dos à la pluie, avait l'air d'un zombie avec les poches d'ombre qui lui mangeaient les yeux. Seul le rougeoiement de la cigarette qu'il tenait entre les lèvres semblait le rattacher au monde des vivants.

Un éclair gigantesque troua la nuit, découpant la silhouette lugubre de la pension Kraus toute proche.

Shurte se tourna vers son collègue.

— Combien de temps tu crois qu'on va devoir rester ici ? Je commence à en avoir marre de me faire tremper comme une soupe.

Williams laissa tomber sa cigarette qu'il écrasa avec la semelle de sa botte en haussant les épaules.

Un éclair barra l'horizon et Shurte jeta un œil du côté des Kavernes. Si ça se trouve, McFelty s'était réfugié dans un trou quelconque et ils avaient du mal à le convaincre de se rendre...

Au même instant, l'écho d'une galopade en provenance des grottes domina le hurlement du vent.

Shurte s'avança, prêt à tirer.

— T'as entendu ça ? demanda-t-il à Williams.

Il avait à peine achevé sa question qu'un énorme chien fonça sur lui en traînant sa chaîne derrière lui avec un bruit infernal.

— Williams ! hurla Shurte.

Mais l'animal était déjà ressorti à l'air libre. À la lueur d'un éclair, Shurte le vit tourner en rond comme un fou et il eut le temps de voir que son pelage était d'un rouge luisant inquiétant.

— Putain de merde ! marmonna-t-il.

Le chien s'approcha silencieusement de la lampe à gaz, tremblant de tous ses membres.

— Oh merde ! s'exclama Williams. T'as vu ? On dirait qu'il a pris une décharge de chevrotine en pleine gueule.

L'animal tenait à peine sur ses pattes et il continuait à perdre du sang.

— Essaye de l'attraper, conseilla Shurte à son collègue. Tu n'as qu'à prendre sa chaîne.

Williams s'accroupit et ramassa prudemment l'extrémité de la chaîne sans que la pauvre bête, visiblement terrorisée, fasse mine de réagir.

— Viens là, mon chien ! C'est un bon chien, ça.

Williams voulut accrocher la laisse à l'un des gonds de la grille en fer des grottes, mais le chien, se croyant menacé, se rua tout à coup sur le policier qu'il projeta sur le sol. Williams lâcha la chaîne en poussant un grand cri et le chien disparut dans les champs de maïs.

— Ce salaud m'a mordu ! s'écria Williams en se tenant la jambe.

Shurte se précipita, sa lampe de poche à la main, et éclaira son collègue. Le pantalon de ce dernier était déchiré et il avait une assez vilaine blessure à la cuisse.

— Saloperie, fit Shurte en secouant la tête. Je n'ose même pas imaginer dans quel état tu serais s'il n'avait pas eu la moitié de la mâchoire arrachée.

67

Larssen se pencha vers Cole qui se tordait de douleur sur le sol en gémissant. Il avait une fracture ouverte au bras et l'os sortait juste au-dessus du coude.

— Je ne vois plus rien ! s'écria Brast quelque part dans le noir. Aidez-moi, je ne vois plus rien !

— La ferme, gronda Larssen en regardant tout autour de lui à la recherche des lunettes de ses deux collègues, tombées au moment de l'attaque. Il aperçut la première dans une flaque d'eau, ses lentilles en mille morceaux ; quant à la seconde, elle avait dû tomber plus loin. Il était donc le seul à y voir encore dans ces satanés souterrains.

— Aidez-moi à retrouver mes lunettes ! hurla Brast.

— Elles sont cassées.

— Non, je ne veux pas rester dans le noir !

— Arrête un peu tes conneries, Brast. Cole est gravement blessé.

Malgré le froid humide qui régnait dans le tunnel, Larssen ôta sa chemise qu'il déchira en lanières. Il avait beau regarder partout, il ne trouvait pas le moindre bout de bois susceptible de lui servir à fabriquer une attelle. Le mieux à faire était de bander le bras de Cole autour de son torse et de sortir de cet enfer le plus rapidement possible. Larssen n'avait pas particulièrement peur, faute d'imagination sans doute, mais il n'en était pas moins conscient de la gravité de la situation. Celui qui les avait attaqués connaissait parfaitement la topographie des galeries souterraines. Il devait vivre là depuis un bon bout de temps pour se déplacer avec une telle rapidité dans le noir. Larssen ne l'avait aperçu que très brièvement, mais il avait eu le temps de voir qu'il était très grand et qu'il avançait voûté en traînant les pieds, comme quelqu'un qui aurait passé sa vie courbé en deux...

Hazen avait donc raison et tort tout à la fois. Le tueur vivait bien dans les grottes, mais il ne s'agissait pas de McFelty et Lavender n'avait rien à voir dans toute cette histoire. La vérité était bien pire.

Mais ce n'était pas le moment de céder à la panique.

— Cole ? demanda-t-il.

— Oui, shérif ?

Le blessé avait du mal à articuler et transpirait abondamment. Il était manifestement en état de choc.

— Je n'ai rien pour te faire une attelle, mais je vais t'immobiliser le bras en te l'attachant sur la poitrine avec ma chemise.

Cole fit un petit mouvement de tête en signe d'assentiment.

— J'aime mieux te prévenir tout de suite, ça va faire mal.

Cole acquiesça à nouveau.

Larssen fabriqua une écharpe rudimentaire en nouant ensemble deux lambeaux de sa chemise. Il la passa autour du cou du blessé avant de lui glisser le bras à l'intérieur avec d'infinies précautions. Cole grimaça en poussant un cri.

— C'était quoi, c'était quoi ? fit Brast, paniqué. C'est *lui* ? *Il* est revenu ?

— C'est rien. Calme-toi et reste tranquille. Ensuite, tu vas faire exactement ce que je vais te dire.

Larssen se voulait rassurant. À tout prendre, il aurait préféré se trouver avec Hazen. Son collègue de Medicine Creek était peut-être un sale con, mais c'était tout sauf un trouillard.

Larssen confectionna de nouvelles lanières à l'aide de sa chemise et il s'appliqua à les passer autour de la poitrine de Cole afin d'immobiliser son bras fracturé. Les deux parties de l'os firent un bruit sec en butant l'une contre l'autre et Cole grimaça de douleur. Il suait à grosses gouttes et tremblait de tous ses membres.

— Tu crois que tu vas pouvoir te mettre debout ? lui demanda Larssen.

Cole fit oui de la tête et se leva péniblement en vacillant, soutenu par le shérif.

— Tu peux marcher ?

— Je crois, répondit-il d'une voix mal assurée.

— Je ne veux pas rester tout seul ! s'écria Brast en se jetant sur Larssen dans le noir.

— Ne t'inquiète pas, on ne va pas te laisser, le rassura ce dernier.

— Et mes lunettes à infrarouge ? Où sont mes lunettes à infrarouge ?

— Je te l'ai déjà dit, elles sont cassées.

— Je veux les voir.

Au comble de l'agacement, Larssen les ramassa dans la flaque où elles étaient tombées et les tendit à Brast qui les prit fébrilement à tâtons. Il tenta vainement de les faire fonctionner, provoquant un court-circuit. Une gerbe d'étincelles grésilla en éclairant brièvement la grotte. Furieux, Brast jeta ses lunettes au loin en hurlant d'une voix aiguë :

— Mon Dieu, mon Dieu ! Comment est-ce qu'on va faire pour sortir de...

Larssen l'attrapa violemment par la chemise et le secoua comme un prunier.

— Brast, tu m'entends ?

— Mais vous l'avez vu, shérif ! Vous l'avez vu comme moi.

— Non, je ne l'ai pas vu et tu ne l'as pas vu non plus. Maintenant, tais-toi et contente-toi de faire ce que je te dis. Commence par te retourner, j'ai quelque chose à prendre dans ton sac à dos. Je vais me servir de ta corde pour te guider. Je vais l'attacher à ma ceinture et vous allez me suivre avec Cole. Tu tiens la corde d'une main et de l'autre, tu aides Cole. Compris ?

— Oui, mais...

— Il n'y a pas de mais ! gronda Larssen en secouant Brast. Tu te contentes de fermer ta grande gueule et de faire ce que je te dis. Un point, c'est tout.

Cette engueulade eut le mérite de calmer Brast, qui ne disait plus rien.

Larssen fouilla dans son sac à dos, sortit la corde et l'attacha solidement autour de son ventre, puis il tendit les trois mètres de corde restants à Cole et Brast et s'assura que ces derniers la tenaient fermement.

— Maintenant, on va sortir d'ici. Tenez-vous à la corde, ne la lâchez surtout pas et ne faites pas de bruit.

Larssen s'engagea dans le long tunnel. Au moment où il s'y attendait le moins, il fut pris d'un tremblement qui n'avait rien à voir avec le froid ambiant. *Mais vous l'avez vu, shérif !* La phrase de Brast lui trottait dans la tête et il n'arrivait pas à s'en débarrasser. Larssen n'avait fait qu'entr'apercevoir leur agresseur, mais cette vision d'horreur lui avait amplement suffi...

N'y pense plus. La seule chose qui compte, c'est de sortir de ce trou à rats.

Derrière lui, Cole et Brast avançaient tant bien que mal dans l'obscurité en traînant les pieds, butant fréquemment sur les aspérités du sol. Larssen les avertissait régulièrement des pièges du chemin et s'arrêtait pour les attendre aux passages les plus délicats. Ils avançaient très lentement de ce fait et de longues minutes s'écoulèrent avant qu'ils n'atteignent le carrefour suivant.

Larssen se pencha sur le sol à la recherche des traces sanglantes du chien qu'il découvrit bientôt à l'entrée de l'un des boyaux. Ils se remirent en route, plus vite cette fois. Le sol était semé de flaques et de petits ruisseaux dans lesquels ils pataugeaient, le bruit des éclaboussures se répercutant sur les voûtes de la galerie. À mesure qu'ils progressaient, les traces du chien se faisaient moins lisibles sur la roche. Le tout était d'arriver sans encombre jusqu'à l'immense grotte aux stalactites ; à partir de là, Larssen était à peu près certain de pouvoir retrouver la sortie.

— Vous êtes sûr qu'on est venu par là ? demanda Brast d'une voix inquiète.

— Oui, répliqua le shérif.

— Qu'est-ce qui a bien pu nous attaquer ? Vous l'avez vu, shérif ? Vous...

Il n'eut pas le temps d'achever sa phrase car Larssen venait de se retourner. Contournant Cole qui se trouvait derrière lui, il s'approcha de Brast qu'il gifla violemment.

— Mais je vous assure, shérif ! Je l'ai vu ! *Je l'ai vu !!!*

Larssen, à la limite de l'implosion, ne répondit même pas. S'il ne s'était pas retenu, il aurait étranglé Brast.

— C'était pas un être humain, je vous dis ! C'était une espèce d'homme de Néandertal, avec un visage tout... Oh mon Dieu, un visage comme...

— Je t'ai dit de te taire.

— Non, je ne me tairai pas ! Je ne sais pas ce que c'est que ce monstre, mais je peux vous dire que c'est pas un truc normal et que...

— Brast !

Cette fois, c'était Cole.

— Qu'est-ce qu'il y a ?

Avec son bras valide, Cole prit son arme et tira dans le vide. La détonation résonna autour d'eux, tel un roulement de tonnerre qui se répercuta longuement entre les parois tandis qu'une pluie de petits cailloux se décrochaient du plafond sous l'effet des vibrations.

— Ah ! ! ! C'était quoi ? C'était quoi ? fit Brast, à la limite de l'hystérie.

Cole remit son arme dans son étui et reprit la corde, attendant que l'écho de la déflagration se soit éteint pour s'adresser à son collègue :

— Écoute-moi bien, Brast. Si jamais tu dis encore un seul mot, la prochaine balle sera pour toi.

— Bon, allez ! Assez perdu de temps, fit Larssen, soucieux de détendre l'atmosphère.

Les trois hommes poursuivirent leur route sans mot dire, s'arrêtant brièvement à un carrefour. Fixant toujours sa route sur les traces sanglantes du chien, Larssen s'engagea dans un étroit passage qui déboucha presque aussitôt sur une vaste caverne que Larssen reconnut avec soulagement à ses rideaux de calcaire et ses énormes piliers.

Cole trébucha, poussa un grognement de douleur et s'accroupit à moitié dans une flaque d'eau.

— Nous n'avons pas le temps de nous arrêter, fit Larssen en l'aidant à se relever. Je sais exactement où nous sommes et je préfère continuer tant que tu en as encore la force.

Cole hocha la tête, toussa, fit un pas en avant et trébucha, manquant tomber. *Il est en état de choc et ne tiendra plus très longtemps*, se dit le shérif. Il n'y avait plus une minute à perdre.

Ils traversèrent la grotte à la queue leu leu. De l'autre côté, Larssen apercevait dans le brouillard rouge de ses lunettes plusieurs galeries ouvrant leurs gueules béantes dans le rocher. Il ne se souvenait pas d'en avoir compté autant à l'aller. Il examina le sol, à la recherche d'empreintes laissées par le chien, mais le ruissellement des eaux souterraines avait effacé la moindre trace de son passage.

— Chut ! fit-il tout à coup. Taisez-vous !

Ils s'arrêtèrent en retenant leur souffle. Dans le silence, un bruit d'éclaboussure parvint jusqu'à eux. Aucun doute, quelqu'un les suivait.

— Il est derrière nous ! s'écria Brast.

Larssen attira ses deux compagnons derrière un épais pilier de calcaire. Prêt à tirer, il explora la grotte à l'aide de ses lunettes à infrarouge sans rien distinguer de suspect. Il commençait à se demander s'il n'avait pas été victime d'un phénomène acoustique quelconque. Dans un endroit pareil, tout était possible.

Il se retourna et constata avec inquiétude que Cole, affalé sur le pilier, se trouvait à la limite de l'évanouissement.

— Cole !

Il voulut l'aider à se redresser, mais Cole se mit à tousser en tanguant dangereusement. Larssen le pencha aussitôt en avant, la tête entre les jambes, et Cole fut pris de vomissements.

Brast ne disait rien. Tout tremblant, il fouillait désespérément l'obscurité de ses yeux aveugles.

Larssen s'approcha d'une flaque. Il prit dans ses mains un peu d'eau dont il aspergea le visage de Cole.

— Hé, Cole ! Ça va aller ?

Pour toute réponse, le jeune flic s'effondra, les yeux révulsés. Il venait de s'évanouir.

— Cole ! demanda Larssen en l'aspergeant à nouveau d'eau fraîche et en lui tapotant le visage.

Cole revenait progressivement à lui. Il toussa et vomit à nouveau.

— *Cole !*

Malgré tous ses efforts, Larssen avait le plus grand mal à le maintenir debout. Totalement inerte, Cole était aussi lourd qu'un âne mort.

— Mais putain, Brast, tu ne pourrais pas m'aider, un peu ?

— Comment voulez-vous que je vous aide, shérif ? Je ne vois rien, gémit l'autre.

— Approche-toi en te guidant avec la corde. Je suppose qu'on a dû t'apprendre à porter un blessé.

— Ouais, mais...

— Alors ne discute pas et aide-moi.

— Mais je ne vois rien ! En plus, on n'a plus le temps. Il vaudrait mieux le laisser ici et aller chercher du secours pendant...

— Si tu continues, c'est toi que je vais laisser ici, répliqua Larssen. C'est ça que tu veux ?

Il prit les mains de Brast entre les siennes, formant un siège de fortune. Les deux hommes se baissèrent, glissèrent le corps inerte de Cole du mieux qu'ils le pouvaient entre eux deux et se relevèrent péniblement.

— Vacherie ! Il pèse une tonne, se plaignit Brast, tout essoufflé.

À cet instant précis, Larssen entendit derrière eux un bruit d'eau : quelqu'un traversait l'une des flaques dans lesquelles ils pataugeaient quelques minutes plus tôt.

— Shérif ! Je vous assure que quelqu'un nous suit, fit Brast. Vous avez entendu ?

— Tais-toi et avance.

Le corps de Cole glissa en avant et faillit leur échapper. Les deux hommes le recalèrent tant bien que mal et se mirent en route.

Derrière eux, leur poursuivant se rapprochait.

Larssen tourna la tête sans rien voir d'autre que des taches roses et rouges dans son champ de vision. Pas vraiment rassuré, il se dirigea vers une galerie étroite qui s'ouvrait un peu plus loin dans la paroi. Il croyait se souvenir qu'il s'agissait de la bonne, mais le principal était de se retrancher dans un endroit sûr. Ensuite, il serait toujours temps d'aviser. Son fusil devrait lui permettre de tenir l'autre en respect.

— Mon Dieu, fit Brast entre deux sanglots. Mon Dieu, mon Dieu !

Ils se faufilèrent dans le tunnel tout en continuant à porter Cole. Dans sa précipitation, Larssen se prit les pieds dans la corde et faillit se casser la figure. Très vite, le plafond de la galerie s'éleva au-dessus de leur tête. Le shérif leva les yeux et découvrit une myriade de stalactites fines et acérées.

Merde ! Je n'ai aucun souvenir d'avoir vu ça en venant, pensa-t-il.

Derrière eux, un bruit d'eau lui confirma que leur poursuivant était toujours là.

Tout à coup, Brast trébucha sur un caillou. Cole leur échappa des mains et tomba brutalement sur son bras cassé en poussant un grognement de douleur avant de s'immobiliser sur le sol.

Larssen prit son fusil et se retourna.

— Qu'est-ce qui se passe ? Qu'est-ce que vous voyez, shérif ? s'écria Brast.

Il avait à peine achevé sa question qu'une énorme silhouette leur fondit dessus. Larssen poussa un cri et tira au jugé sans prendre le temps de viser. Cloué sur place par la terreur, Brast battait l'air des bras d'un air affolé.

— Shérif ! Ne me laissez pas seul !

Larssen lui prit la main et l'attira violemment vers lui à l'instant où leur attaquant se ruait sur la forme inerte de Cole. Dans ses lunettes à infrarouge, le shérif ne vit rien d'autre qu'un corps à corps dantesque. Reculant machinalement, il prit Brast sous sa protection et voulut tirer, mais les corps étaient trop emmêlés pour qu'il puisse prendre le moindre risque. Un bruit atroce se fit entendre et Cole poussa un hurlement déchirant. Les tympans vrillés, Larssen pensa aussitôt à un pilon de dinde qu'on arrache.

— Au secours ! cria Brast en s'agrippant au shérif comme un naufragé en train de se noyer.

Dans la bagarre, Larssen ne voyait plus rien et il voulut se dégager, mais Brast l'empêchait de viser, s'accrochant désespérément à lui.

Larssen tira au jugé et le coup fit dégringoler du plafond une pluie de stalactites qui s'écrasèrent sur le sol avec un bruit de mitraillette. L'énorme silhouette se dégagea du corps de Cole et se dressa face au shérif, horrifié : dans sa main, tel un trophée, il tenait le bras arraché de Cole dont les doigts remuaient encore spasmodiquement. Larssen tira à nouveau, mais il avait attendu trop longtemps. Le monstre se rua sur lui et le shérif eut tout juste le temps de faire demi-tour et de s'enfuir en courant dans le tunnel, poursuivi par les hurlements de Brast et les cris abominables de Cole.

68

Corrie resta longtemps allongée en chien de fusil dans sa prison humide. Hébétée, elle ne savait plus si le monde obscur qui l'entourait était bien réel ou si elle faisait un horrible cauchemar. Devant ses yeux ouverts sur les ténèbres, elle voyait défiler sa chambre, son lit, sa fenêtre. Elle finit par s'asseoir, la tête lourde, et son corps endolori se chargea de la rappeler à la triste réalité qui l'entourait, aux grottes, au monstre, au puits dans lequel l'autre l'avait jetée.

Elle tendit l'oreille sans rien percevoir d'autre que le ruissellement de l'eau le long des parois du puits. Elle se releva péniblement et sa tête se mit à tourner. Elle tendit les mains et ses doigts s'arrêtèrent sur la roche humide.

Elle pivota plusieurs fois sur elle-même à la recherche de la moindre aspérité susceptible de lui permettre de sortir de son trou, mais les parois, usées par le ruissellement, étaient parfaitement lisses. Et quand bien même elle serait parvenue à sortir de sa prison, qu'aurait-elle bien pu faire ? Sans lumière, elle n'avait aucune chance de retrouver son chemin dans ce labyrinthe.

Corrie était bel et bien prise au piège. Le mieux qu'elle avait à faire était d'attendre le retour du monstre.

Elle se sentit submergée par un sentiment d'impuissance et d'accablement si prégnant qu'elle faillit se trouver mal. Son désespoir était d'autant plus grand qu'elle avait cru un instant pouvoir échapper à la créature lors de sa fuite. Seule au fond de son puits, elle avait à présent la certitude que tout était perdu pour elle. Personne ne savait où elle se trouvait, ni même qu'elle avait voulu explorer les grottes, et le monstre finirait immanquablement par revenir *jouer* avec elle.

Cette seule pensée lui donnait le vertige.

Sa vie se terminerait comme elle avait commencé, dans le vide et l'inutilité.

De guerre lasse, Corrie se laissa glisser sur le sol et se mit à pleurer. Après toutes ces années, l'inanité profonde de son existence lui apparaissait dans toute son horreur. Des images décousues défilaient devant ses yeux noyés de larmes. Elle se revoyait rentrant de l'école primaire quand elle était toute petite pour découvrir sa mère, assise à la table de la cuisine, en train de vider l'une après l'autre des mignonnettes de vodka. Elle se souvenait parfaitement de s'être demandé comment sa mère pouvait aimer un liquide aussi nauséabond. Ou encore la veille de Noël deux ans plus tôt, lorsque sa mère était rentrée en pleine nuit avec un inconnu. Le lendemain matin, en guise de cadeau sous le sapin, elle n'avait eu droit qu'au visage tuméfié par l'alcool de sa chère maman qu'une mauvaise gueule de bois rendait plus hargneuse que jamais. Et ce jour glorieux où elle s'était acheté un Gremlin en peluche avec l'argent de poche gagné en travaillant à l'unique librairie de Medicine Creek avant qu'elle ne ferme ; à la fureur de sa mère qui l'avait accusée de dépenser ses sous n'importe comment. Elle repensa au shérif, à son imbécile de fils, à l'odeur des couloirs du lycée, aux tempêtes de neige qui recouvraient d'un manteau blanc la campagne, aux heures passées à lire toute seule en pleine chaleur sous la ligne à haute tension, aux réflexions de tous les crétins de sa classe qui ne comprenaient rien à son envie de solitude et d'évasion.

Mais tout ça lui était à présent indifférent. Il allait revenir, il la tuerait et tous ses souvenirs disparaîtraient avec elle. On ne retrouverait jamais son corps. Bien sûr, les autorités de Medicine Creek procéderaient à des recherches, pour la forme, et puis tout le monde l'oublierait. Sa mère se consolerait en mettant sa chambre sens dessus dessous, et elle finirait bien par mettre la main sur l'argent de Pendergast, scotché sous le tiroir de son bureau. Il y aurait au moins quelqu'un pour se réjouir de sa mort.

Corrie pleurait à chaudes larmes et l'écho de ses sanglots se répercutait à l'infini sur les parois de sa geôle de pierre.

Son désespoir faisait remonter des images enfouies en elle depuis la petite enfance. Elle revoyait encore ce dimanche matin où elle s'était levée dès l'aube pour aider son père à préparer des pancakes, lui apportant des œufs en chantonnant comme les petits soldats du *Magicien d'Oz*. Curieusement, tous les souvenirs associés à son père étaient joyeux ; elle entendait encore son rire, le voyait jouer avec elle, l'arroser avec le jet d'eau un jour d'été caniculaire, l'emmener se baigner dans la rivière. Ou bien en train de faire briller sa Mustang décapotable à grands coups d'huile de coude, une cigarette vissée aux lèvres. Elle revoyait ses yeux bleus rieurs dans lesquels se reflétait sa propre image lorsqu'il l'avait posée sur le siège de l'auto avant de l'emmener faire un tour. Elle revoyait même comme au cinéma les épis de maïs qui se couchaient dans leur sillage, la sensation que le monde leur appartenait.

À présent, dans les ténèbres atrocement silencieuses de son puits, elle avait l'impression de voir s'écrouler l'un après l'autre les murs patiemment érigés autour de ses souvenirs d'enfance pour mieux s'en protéger. À l'instant final, elle acceptait enfin de se poser ouvertement les questions enfouies de longue date dans son subconscient : pourquoi était-il parti ? Pourquoi n'était-il jamais revenu la voir ? Qu'avait-elle fait de mal pour qu'il la rejette ainsi ?

Mais l'obscurité se prêtait mal aux mensonges qu'elle aurait aimé se raconter à elle-même. Il n'y avait pas si longtemps, elle avait surpris sa mère en train de brûler une lettre dans un cendrier. S'agissait-il d'une lettre de son père ? Pourquoi n'avait-elle pas osé lui poser la question ? Peut-être parce qu'elle avait trop peur de la réponse ?

Cette ultime question ne serait jamais élucidée. Il était trop tard à présent. D'ailleurs, quelle importance maintenant qu'elle allait mourir... Son père ne saurait jamais qu'elle était morte.

Le visage de Pendergast lui vint à l'esprit. Pour la première fois de sa jeune vie, il l'avait traitée en adulte et elle ne s'était même pas montrée à la hauteur. Comment avait-elle pu être assez idiote pour explorer ces grottes sans prévenir personne ? *Quelle triple idiote tu fais, ma pauvre Corrie...*

Le simple fait de sangloter lui faisait du bien, jusqu'à ce qu'elle prenne conscience du ridicule de la situation en entendant l'écho de ses pleurs de gamine. Furieuse contre elle-même, elle ravala ses larmes et se tut.

— Rien à foutre de ta pitié, s'écria-t-elle à voix haute.

L'écho lui répondit avant de s'effacer comme il était venu.

Corrie retint brusquement son souffle. Aucun doute possible, elle avait entendu quelque chose.

Et si c'était lui ?

Elle tendit l'oreille en fermant les yeux. Elle ne s'était pas trompée. Un bruit dont elle aurait été incapable de déterminer la nature exacte parvenait

jusqu'à elle. Des voix ? Des cris ? Elle écouta longuement.

Soudain, elle entendit un grondement lointain,
comme un bruit de vagues sur les rochers.

Un coup de feu ! Elle venait de reconnaître un coup
de feu !

Corrie se dressa en un éclair et se mit à hurler de
toutes ses forces :

— Je suis là ! Au secours ! Par ici ! Je vous en prie !
Je vous en prie ! Je vous en prie !

69

Pendergast volait à travers les galeries et Lefty Weeks avait les plus grandes difficultés à le suivre. Au passage, l'inspecteur faisait courir le rayon de sa lampe de droite et de gauche sans rien laisser au hasard, et sa méticulosité avait quelque chose de rassurant.

Le maître-chien avait eu beaucoup de chance de tomber sur lui. Le calme de l'inspecteur déteignait sur Weeks qui commençait à mieux respirer après avoir cru sa dernière heure venue. Il avait pourtant le plus grand mal à chasser de son esprit la vision dantesque du monstre arrachant l'une après l'autre les pattes du chien.

Il s'arrêta tout à coup.

— Vous avez entendu ? C'était quoi ?

— Monsieur Weeks, je vous demanderai de me suivre sans poser de questions inutiles, rétorqua Pendergast sans même se retourner.

— Je vous assure, inspecteur. J'ai entendu quelque chose...

La main spectrale de Pendergast s'abattit sur son épaule, obligeant le maître-chien à se taire.

— Allons, pas d'enfantillages. Suivez-moi.

Malgré sa douceur apparente, la voix de Pendergast lui fit froid dans le dos.

— Bien, inspecteur.

Ils se remirent en marche et le même bruit se fit entendre dans les profondeurs des souterrains. Une sorte de grondement qui n'en finissait pas. Peut-être un hurlement, ou bien un coup de feu, Weeks n'aurait pas su dire, mais Pendergast avait manifestement l'intention d'aller voir de plus près de quoi il retournait.

Ravalant sa peur, Weeks jugea préférable de ne rien dire.

Ils avançaient à présent dans une suite de couloirs aux plafonds constellés de cristaux scintillants. À un moment, Weeks se cogna le crâne contre une arête tranchante et il étouffa un juron. Il était certain de ne pas être passé par là avec les chiens. La rumeur qu'il avait entendue quelques minutes plus tôt s'était tue et seul l'écho de leurs pas rythmait leur progression.

La torche de Pendergast éclaira soudain un repli de roche en forme d'étagère, plein de curieux objets. De loin, on aurait dit un étalage d'objets votifs disposés autour d'une statue. Intrigué, Weeks s'approcha et il écarquilla les yeux en découvrant un vieil ours en peluche tout moisi. Avec ses mains jointes et ses yeux noirs couverts de champignons, il avait l'air de prier.

— Mais qu'est-ce que c'est que ce truc-là ? s'exclama le maître-chien.

Une forme grise à moitié putréfiée était posée devant l'ours. Pendergast avança prudemment la main et écarta délicatement les moisissures à l'aide de son stylo en or, découvrant un minuscule squelette.

— *Rana amaratis*, laissa-t-il tomber.

— Quoi ?

— Il s'agit d'un spécimen assez rare de grenouille aveugle. Vous noterez que les os de l'animal ont été consciencieusement brisés. Quelqu'un a broyé cette grenouille dans sa main.

La gorge de Weeks se noua.

— Écoutez, inspecteur, je ne sais pas ce que vous cherchez, mais ça ne sert à rien d'aller plus loin. On ferait mieux de rebrousser chemin et de demander du renfort.

Mais Pendergast ne l'écoutait pas. Examinant l'un après l'autre les objets disposés autour de l'ours en peluche, il découvrit une multitude de squelettes d'insectes décomposés. Il prit entre ses doigts l'ours qu'il regarda sur toutes les coutures après l'avoir débarrassé de son manteau de moisissure.

Weeks était de plus en plus nerveux.

— Allez, inspecteur...

Pendergast tourna vers lui un regard distrait.

— Que se passe-t-il ? demanda Weeks. Qu'avez-vous découvert ?

— Allons-y, lança Pendergast, reposant l'ours sur sa tablette de pierre d'un air énigmatique.

Cette halte semblait lui avoir donné des ailes et il avançait à grandes enjambées, s'arrêtant de temps à autre afin de suivre leur progression sur son plan. La galerie dans laquelle ils avançaient s'enfonçait de plus en plus profondément sous terre et le murmure d'un cours d'eau souterrain les accompagnait à présent. La température avait baissé de plusieurs degrés et un voile de buée sortait de la bouche des deux hommes à chacune de leurs respirations. Weeks avait du mal à suivre l'inspecteur, obnubilé par les scènes d'horreur auxquelles il avait assisté. Pourquoi Pendergast tenait-il tant à aller plus loin ? Si jamais il sortait de cet enfer, le maître-chien avait la ferme intention de réclamer à l'administration une pension d'invalidité. Il aurait de la chance s'il arrivait un jour à s'en remettre et si...

Pendergast interrompit le cours de ses pensées en s'arrêtant soudainement. Sa lampe éclairait un corps sans vie sur le sol. Le cadavre reposait sur le dos, les yeux grands ouverts, bras et jambes écartés. La tête du mort était incroyablement allongée, comme si elle était passée sous une voiture, la boîte crânienne éclatée telle une citrouille trop mûre. Les deux yeux regardaient dans des directions opposées et la bouche était ouverte en un rictus atroce. Le spectacle était aussi grotesque que monstrueux et Weeks dut détourner le regard.

— Que... que s'est-il passé ? demanda-t-il, la bouche sèche.

Pendergast dirigea le rayon de sa torche vers le haut de la grotte, découvrant une large fissure, puis il suivit avec sa lampe la trajectoire du corps.

— Vous connaissez cette personne ?

— Oui. C'est Raskovich, le type chargé de la sécurité à l'université du Kansas.

Pendergast hocha la tête et leva une nouvelle fois les yeux en direction du plafond.

— On dirait que M. Raskovich a fait une belle chute, murmura-t-il.

Weeks ferma les yeux.

— Mon Dieu !

Pendergast ne lui laissa pas le temps de s'attendrir.

— Nous devons continuer.

Mais Weeks était au bord de la crise de nerfs.

— Non, je refuse d'aller plus loin. À quoi ça sert, d'abord ? dit-il d'une voix que la panique rendait de plus en plus aiguë. Il a tué le chien, il a tué Raskovich, vous les avez vus comme moi. C'est un monstre. Un monstre, je vous dis ! Qu'est-ce que vous voulez ? Que je crève à mon tour ? Mais je suis toujours en vie, figurez-vous, et votre devoir est de me sauver. C'est moi...

Pendergast le regardait avec un tel mépris que Weeks s'arrêta malgré lui et baissa les yeux.

— Ce que je veux dire, c'est qu'on perd notre temps. Et d'abord, qu'est-ce qui vous fait croire que

524

cette fille est encore vivante ? ajouta-t-il, des sanglots plein la voix.

Comme pour lui répondre, une plainte lancinante s'éleva dans l'air glacé du tunnel. La voix lointaine et étouffée de quelqu'un appelant à l'aide.

70

Larssen courait comme un dératé. Dans son sillage, Brast le suivait à l'aveuglette en s'agrippant désespérément à la corde, ballotté d'une paroi à l'autre. Les hurlements avaient beau s'être arrêtés quelques minutes plus tôt, ils résonnaient avec un réalisme terrible dans la tête du shérif qui entendait encore le dernier râle de Cole lorsque l'autre lui avait brisé la nuque.

Seul un monstre avait pu faire ça. Jamais Larssen ne l'aurait cru s'il ne l'avait vu de ses propres yeux.

Il ne savait pas où il allait, s'il se rapprochait de la sortie ou bien s'il descendait encore plus profondément sous terre, mais il n'en avait cure. Tout ce qu'il voulait, c'était mettre la plus grande distance possible entre lui et cette chose, ce monstre dépourvu de toute humanité.

Larssen et Brast parvinrent au bord d'une petite mare souterraine dont la surface parfaitement lisse brillait d'un éclat étrange dans les lunettes à infrarouge du shérif. Ce dernier se jeta sans hésiter dans l'onde glacée, imité par son compagnon qui le suivait comme il le pouvait. De l'autre côté, le plafond de la grotte était extrêmement bas et Larssen avançait lentement à cause des stalactites pointues qu'il devait faire tomber l'une après l'autre en s'aidant de la crosse de son fusil. Le plafond s'abaissa encore et

Larssen sut que Brast s'était cogné la tête en entendant derrière lui un choc sourd ponctué d'un juron.

Quelques mètres plus loin, la grotte débouchait sur un espace dégagé dont les parois rocheuses étaient parcourues de fissures courant dans tous les sens. Larssen s'arrêta, perplexe, et Brast s'écrasa sur son dos.

— C'est bien vous, shérif ? fit-il d'une voix terrorisée en s'agrippant à son compagnon.

— Chut ! lui ordonna Larssen en tendant l'oreille.

Tout était silencieux. Si le monstre les avait suivis, le shérif l'aurait entendu traverser la mare, mais il hésitait encore à se croire sauvé.

Il regarda sa montre et vit qu'il était presque minuit. Il avait l'impression de parcourir les méandres de ces souterrains depuis des heures.

— Brast, écoute-moi bien, murmura-t-il. Il faut qu'on se cache jusqu'à l'arrivée des secours. On n'a pas la moindre chance de retrouver la sortie tout seuls et, si on continue, on court le risque de tomber sur *lui* à tout moment.

Brast hocha la tête. Au point où il en était, il aurait accepté n'importe quoi. Hagard, son uniforme de combat sale et déchiré, le visage griffé par la roche, un filet de sang coulant d'une blessure au cuir chevelu, il n'avait plus rien du fringant policier qui avait pénétré dans les Kavernes en roulant des épaules quelques heures plus tôt.

Larssen scruta longuement les alentours avant d'apercevoir une faille plus large que les autres tout en haut des rochers. Elle avait l'air assez grande pour accueillir une personne.

— Je vais vérifier quelque chose, fit-il. Fais-moi la courte échelle.

— Ne me laissez pas tout seul ! gémit Brast.

— Ne parle pas si fort ! Je n'en ai que pour une minute.

Brast l'aida à escalader la paroi et Larssen parvint rapidement à hauteur de la brèche. Il commença par s'assurer qu'elle était vide, puis il détacha la corde de sa ceinture et en tendit l'une des extrémités à son compagnon afin qu'il puisse le rejoindre.

Brast la saisit à deux mains et grimpa tant bien que mal le long de la paroi glissante. Une fois en haut, il suivit Larssen à tâtons à l'intérieur d'un couloir escarpé qui débouchait assez rapidement sur un tunnel plus large et très bas de plafond dans lequel ils devaient avancer accroupis.

— Essayons de voir où ça va, proposa Larssen.

Au bout de quelques mètres, le couloir se terminait au bord d'un précipice.

— Attends-moi ici, murmura le shérif en posant la main sur le bras de son compagnon.

Il se pencha au-dessus du gouffre afin de tenter d'en apercevoir le fond, en vain. Il prit un petit caillou qu'il laissa tomber dans le trou et se mit à compter. Au bout de trente secondes, il n'avait toujours rien entendu.

Au-dessus d'eux se trouvait une cheminée par laquelle s'écoulait un mince filet d'eau. À moins de les rejoindre par le couloir qu'ils venaient d'emprunter, le monstre ne risquait pas de leur tomber dessus à l'improviste.

C'était exactement ce qu'il leur fallait.

— Ne bouge pas d'ici, recommanda-t-il à voix basse à son compagnon. Et n'avance surtout pas, il y a un précipice juste devant nous.

— Un précipice ? Est-ce qu'il est profond ?

— Très profond. Reste tranquille, je reviens tout de suite.

Le shérif rebroussa chemin jusqu'à l'entrée de la faille, puis il se mit à plat ventre et masqua l'ouverture en y entassant tous les gros cailloux qui se trouvaient à sa portée. En moins de cinq minutes, sa besogne était achevée. Si jamais le tueur parvenait jusqu'à la grotte en contrebas, il ne verrait rien qu'un amas de rochers et ne se douterait pas qu'ils se trouvaient cachés derrière.

Il rejoignit Brast et lui expliqua la situation à voix basse.

— Écoute-moi bien. Ne dis rien et ne bouge surtout pas. Il ne s'agit pas qu'il nous découvre. On va attendre sagement ici que les équipes des unités d'assaut nous débarrassent de ce salopard.

Brast acquiesça.

— Vous êtes sûr qu'on ne risque rien, shérif ?

— Tant que tu restes tranquille, il ne peut rien nous arriver.

Ils s'installèrent le plus confortablement possible, sans savoir combien de temps risquait de durer leur attente. Le silence et l'obscurité étaient particulièrement éprouvants. Adossé à la muraille, les yeux fermés, Larssen écoutait sa propre respiration, essayant de ne plus penser au monstre.

À côté de lui, Brast ne tenait pas en place, au grand agacement du shérif. Il suffisait du moindre bruit pour que l'autre vienne les débusquer. Il rouvrit les yeux, remit ses lunettes de vision nocturne, curieux de savoir ce que Brast pouvait bien fabriquer.

— Brast ! Ne fais surtout pas ça !

Trop tard. Brast venait de frotter une allumette. Larssen la lui arracha aussitôt des mains et l'allumette s'éteignit sur le sol humide avec un petit sifflement.

— Mais pourquoi...

— Pauvre crétin ! gronda le shérif. À quoi est-ce que tu joues ? Tu as envie qu'il nous repère ou quoi ?

— J'ai retrouvé une vieille boîte d'allumettes dans ma poche, pleurnicha Brast. Vous avez dit qu'on ne craignait rien, qu'il ne pouvait pas nous trouver. Je n'en peux plus du noir, ajouta-t-il en sanglotant.

Brast frotta une autre allumette et se mit à pleurer de soulagement en retrouvant la lumière.

L'odeur rassurante du soufre, la chaleur à peine perceptible de la flamme achevèrent de vaincre la résistance de Larssen que le froid tenaillait depuis qu'il avait dû sacrifier sa chemise. En outre, il avait soigneusement dissimulé l'entrée de la faille et la maigre lueur de l'allumette ne risquait pas de se voir depuis la grotte.

Il retira ses lunettes à infrarouge et regarda le décor qui l'entourait en clignant des yeux. Pour la première fois depuis des heures, il revoyait enfin les choses dans une lumière normale. Il n'aurait jamais pensé que la chaleur d'une simple allumette pût être aussi réconfortante.

Ils se trouvaient dans un minuscule réduit à quelques mètres seulement du précipice. Un peu plus loin, il apercevait l'amas de rochers. Ils étaient enfin en sécurité.

— Je vais voir si je n'ai rien qu'on pourrait brûler, proposa Brast en fouillant ses poches. Rien que pour se réchauffer un peu.

Tant qu'il s'occupe, il ne fait pas de connerie, pensa Larssen.

Brast étouffa un juron en se brûlant les doigts. Il venait tout juste de frotter une troisième allumette lorsqu'un petit bruit fit se retourner Larssen. Quelqu'un s'attaquait à son tas de cailloux.

— Éteins ça tout de suite ! murmura-t-il.

Trop tard. Blanc comme un linge, la main dans laquelle il tenait son allumette figée en l'air, Brast regardait par-dessus l'épaule de Larssen en écarquillant les yeux. Le temps semblait s'être arrêté. Soudain, le jeune flic pivota sur lui-même et se jeta dans le précipice.

— Nooooon ! lui cria Larssen.

Mais Brast avait déjà disparu, avalé par le gouffre, et son allumette s'était éteinte dans sa chute.

Larssen eut l'impression qu'une éternité s'écoulait. Le cœur battant, paralysé par les ténèbres qui s'étaient refermées sur lui, il entendait distinctement à présent un souffle qui n'était pas le sien. Alors, très lentement, il trouva la force de remettre ses lunettes à infrarouge et il tourna la tête, découvrant à quelques centimètres du sien un visage de cauchemar.

71

Assis dans le salon de la pension Kraus, Rheinbeck se balançait inlassablement sur un rocking-chair. Il avait tellement honte d'être là, avec sa veste en Kevlar et son uniforme de combat au milieu des babioles, des fanfreluches et autres napperons au crochet de Winifred qu'il en arrivait presque à remercier le ciel de la panne d'électricité qui plongeait Medicine Creek dans le noir depuis plusieurs heures. Les autres participaient à une chasse à l'homme, et lui était censé garder une petite vieille inoffensive.

Tu parles d'une mission.

La demeure grinçait et craquait sous les assauts de la tempête qui faisait rage au-dehors, mais les hurlements de la vieille demoiselle s'étaient arrêtés. Comme elle refusait de se calmer, il avait été obligé de l'enfermer à double tour dans la cave. Au moins, elle serait à l'abri si jamais la tornade annoncée s'abattait sur la petite localité.

Il était minuit passé et les autres ne donnaient toujours pas signe de vie. Qu'est-ce qu'ils pouvaient bien fabriquer, bon sang de bois ? Il regarda machinalement la lueur frissonnante de la lampe-tempête dans le couloir et décida de passer le temps en envisageant tous les scénarios possibles. Si ça se trouve, ils avaient coincé ce McFelty dans un coin quelconque et il refusait de se rendre, les contraignant à de longues négociations. Rheinbeck avait déjà assisté à plusieurs prises d'otages au cours de sa carrière et il savait que les pourparlers pouvaient être longs. De son côté, il n'avait aucun moyen d'appeler un médecin ou une ambulance pour la vieille demoiselle, surtout avec une tornade de force 3 ; les communications étaient coupées et les routes bloquées à cause des arbres arrachés par la tempête. La vieille femme avait pourtant bien besoin d'être soignée.

Quelle mission de merde, mais quelle mission de merde !

Un crissement suivi d'un bruit de verre pilé tira Rheinbeck de ses pensées. Il jaillit littéralement de son rocking-chair qu'il renversa avec fracas, et s'aperçut qu'il s'agissait tout bonnement d'une vitre cassée par une branche. Une de plus.

Il avait bien besoin de ça ! Un front froid s'était installé sur toute la région avec la tempête et des courants d'air glacial traversaient la pension Kraus. Une autre fenêtre s'était déjà cassée tout à l'heure et la pluie passait à travers, formant des flaques visqueuses sur le plancher.

Rheinbeck ramassa le rocking-chair et se rassit en soupirant. Les collègues allaient bien se foutre de sa gueule en apprenant qu'il avait joué les gardes-malades toute la soirée.

Dans le couloir, la lampe-tempête faiblissait dangereusement et Rheinbeck fronça les sourcils. Le responsable du matériel avait dû oublier de mettre une recharge neuve et la lampe menaçait de s'éteindre à tout moment. Il secoua la tête, se leva et s'approcha de la cheminée. Plusieurs bûches empilées dans l'âtre attendaient qu'on y mette le feu et il remarqua une boîte d'allumettes sur le manteau de pierre.

Il hésita un instant avant de se dire qu'après tout... Quitte à être coincé dans cette vieille bicoque, autant ne pas mourir de froid.

Il coula un regard dans le conduit afin de s'assurer qu'il était bien ouvert, puis il prit la boîte sur la cheminée et craqua une allumette. Les flammes léchèrent le papier journal et il se sentit tout de suite mieux, apaisé par la chaleur rassurante du feu. La flamme s'éleva, claire et vibrante, éclairant toute la pièce d'une belle lueur dorée qui se reflétait sur les babioles en cristal, les vases de porcelaine et les broderies sous cadre.

Rheinbeck se leva afin d'éteindre la lampe-tempête. Autant économiser le gaz, maintenant qu'il avait de la lumière.

L'image de la vieille demoiselle lui revint à l'esprit. Il avait un peu pitié d'elle, toute seule dans sa cave. Pourtant, il fallait bien la protéger. On ne plaisante pas avec les tornades dans le coin. Et puis elle n'avait rien fait pour les aider, c'est le moins qu'on puisse dire. Il se cala dans le rocking-chair et recommença à se balancer. Il fallait aussi se mettre à la place de la vieille. Qui aimerait voir débarquer chez soi une bande de gugusses armés jusqu'aux dents avec des chiens au beau milieu de la nuit un soir de tempête ? N'importe qui aurait mal réagi, *a fortiori* une vieille fille solitaire comme Winifred Kraus.

La chaleur du feu parvenait jusqu'à Rheinbeck qui ferma les paupières en repensant aux dimanches après-midi passés chez sa mère avec sa femme. L'hiver, elle préparait du thé et allumait un bon feu dans l'âtre semblable à celui-ci. Sans oublier des cookies au gingembre, une vieille recette de famille qu'elle promettait invariablement de donner à sa femme, ce qu'elle oubliait toujours de faire, comme par hasard.

À propos de cookies, la vieille femme était enfermée dans sa cave depuis plus de trois heures sans rien à manger. Maintenant qu'elle avait l'air de s'être calmée, il ferait peut-être bien de s'assurer qu'elle n'avait besoin de rien. Il n'avait pas envie qu'on l'accuse plus tard de l'avoir laissée mourir de faim et de soif. Faute d'électricité, il ne pouvait pas se servir de la cuisinière, mais il pouvait toujours faire bouillir de l'eau sur le feu pour un thé. Il aurait dû y penser plus tôt.

Il se leva, alluma sa torche et se dirigea vers la cuisine. Il ouvrit les placards et constata avec satisfaction qu'il y avait tout ce qu'il fallait. Il s'étonna même de trouver toutes sortes de produits bizarres : des herbes et des épices inconnues, un vinaigre spécial et des bocaux de légumes exotiques. Sur le plan de travail, on apercevait des pots en métal avec des étiquettes en japonais, ou peut-être en chinois, il ne savait pas très bien. Il finit par dénicher une bouilloire entre une machine à faire des pâtes et un curieux appareil en forme d'entonnoir avec une manivelle. En fouillant les étagères, il mit la main sur quelques sachets de thé. Il prit la bouilloire, la remplit d'eau et la suspendit à un crochet au-dessus du feu, puis il retourna dans la cuisine. Dans le réfrigérateur, il trouva tout ce dont il avait besoin : du lait, du beurre, de la confiture, de la marmelade d'oranges, des biscuits et du pain qu'il disposa joliment sur un plateau avec une petite cuillère, un couteau et une serviette brodée. L'eau commençait déjà à chanter. Il posa la bouilloire sur le plateau et descendit à la cave.

Il s'arrêta un instant devant la lourde porte et frappa discrètement tout en tenant son plateau d'une seule main. Il entendit bouger de l'autre côté du battant.

— Mademoiselle Kraus ?

Pas de réponse.

— Je vous ai préparé du thé avec des biscuits. Ça va vous faire du bien.

Il entendit à nouveau bouger et cette fois, la vieille demoiselle lui répondit :

— Un petit instant, le temps que je m'arrange un peu.

Il attendit patiemment, soulagé de constater qu'elle était revenue à la raison. Au bout d'une petite minute, la voix de Winifred Kraus lui parvint à nouveau, étouffée.

— Je suis prête, répondit-elle d'un ton enjoué.

Un sourire aux lèvres, Rheinbeck sortit de sa poche une grosse clé qu'il fit tourner dans la serrure.

72

Le shérif Hazen avait les mains si moites que la crosse de son fusil d'assaut en était tout humide. Des bruits étranges se succédaient dans les entrailles de la terre depuis dix bonnes minutes : des coups de feu, des hurlements, des cris, une vraie bataille rangée. Se fiant à la direction du son, le shérif était bien décidé à rejoindre le lieu de la fusillade afin de déloger le tueur de son trou. Contrairement aux autres, il n'était pas du genre à s'enfuir au premier signe de danger.

Il se pencha et distingua dans le sable meuble des empreintes de pieds nus qu'il connaissait bien. Aucun doute, il était sur la bonne piste.

Il n'avait fait qu'entrevoir le tueur, mais ce qu'il avait vu avait suffi à balayer ses derniers doutes : il ne pouvait pas s'agir de McFelty. Du coup, la culpabilité de Lavender n'était plus du tout établie, mais cela n'avait guère d'importance. Il ne s'était pas trompé, les grottes servaient bien de refuge au meurtrier et il lui fallait capturer ce salopard coûte que coûte, le forcer à sortir de sa tanière.

Hazen suivait à présent les traces toutes fraîches du tueur. Il avait beau se triturer le cerveau, il n'arrivait pas à comprendre qui ça pouvait bien être. Tant pis. Le mystère s'éclaircirait de lui-même une fois qu'ils lui auraient mis la main dessus. Il serait temps alors de voir le rôle qu'avait pu jouer Lavender dans toute cette histoire.

Le couloir dans lequel il avançait faisait un coude et le shérif déboucha brusquement sur une énorme caverne dont il distinguait à peine les parois. Le sol était jonché d'énormes cristaux qui scintillaient dans ses lunettes à infrarouge.

Le réseau de grottes était beaucoup plus spectaculaire que ne le laissaient présager les trois Kavernes ouvertes à la visite. Avec un peu de bon sens et une direction entreprenante, il serait facile d'ouvrir là un site touristique de première importance, sans parler des chambres funéraires indiennes qui risquaient d'attirer les plus grands musées et la faune des archéologues. Si jamais Medicine Creek perdait le projet OGM au profit de Deeper, la présence d'un tel réseau spéléologique suffirait à attirer des gens du pays entier. Ces grottes étaient encore plus impressionnantes que celles de Carlsbad au Nouveau-Mexique et il ne faisait aucun doute aux yeux de Hazen que Medicine Creek était sauvé. Quand on pense qu'ils étaient assis sur une mine d'or depuis tout ce temps et que personne n'en avait jamais rien su...

Mais l'heure n'était pas aux projets d'avenir, il serait temps d'y penser quand ce salopard serait derrière les barreaux. Chaque chose en son temps.

Le shérif contourna prudemment un trou par lequel filtrait le bruit d'une rivière souterraine. Les empreintes de pieds nus, parfaitement dessinées, continuaient de l'autre côté. Elles étaient encore fraîches et Hazen sentait qu'il approchait du but.

La galerie se rétrécissait avant de s'élargir à nouveau, et le shérif distinguait à chaque pas de nouveaux signes de la présence du mystérieux occupant des souterrains : de curieux motifs tracés à même la roche à l'aide d'une pierre taillée ainsi que des fétiches indiens tout moisis disposés sur des stalagmites ou dans des niches. Le doute n'était plus permis, cette espèce de monstre vivait là depuis longtemps. Sa main se serra sur la crosse de son fusil et il poursuivit sa route, décidé à en finir.

Le couloir débouchait sur un espace ouvert. Le shérif coula un regard prudent dans la grotte et écarquilla les yeux en découvrant tout un peuple de figurines naïves faites d'ossements attachées par des bouts de ficelle aux stalactites de la caverne, mais aussi des momies de petits animaux rangées à la manière d'un chemin de croix, des os et des crânes humains de toutes tailles et de toutes formes. Certains étaient alignés le long des murs, d'autres étaient disposés sur le sol en hiéroglyphes indéchiffrables tandis que d'autres encore attendaient, entassés, le bon vouloir du maître des lieux. Sur des étagères improvisées s'étalait un bazar indescriptible de lampes rouillées, de boîtes en fer, d'ustensiles cassés vieux d'au moins un siècle, de reliques indiennes et de détritus de toutes sortes. Aucun doute, il venait de débarquer dans l'antre d'un fou.

Hazen pivota lentement sur lui-même, détaillant chaque recoin de la grotte dans la lumière rouge de ses lunettes. Le spectacle était si bizarre, si malsain, qu'il avala sa salive à plusieurs reprises. Il avait peut-être tort de vouloir s'entêter, de débarquer ici sans protection, en justicier sans peur et sans reproche. Mieux valait gagner du temps, trouver la sortie qui ne devait pas être bien loin et aller chercher du renfort en ville...

Il n'acheva pas sa pensée car son regard s'arrêta sur la forme inerte d'un homme au pied de l'un des murs de la caverne.

Son fusil en avant, prêt à tout, Hazen s'avança. Il s'approcha d'une table de pierre mal dégrossie recouverte d'objets moisis et de sacs de jute vides. L'homme n'avait pas bougé et le shérif se demanda s'il n'était pas tout simplement endormi.

Le doigt sur la détente de son arme, il se pencha sur la table et constata que les objets qu'il avait pris pour des ustensiles moisis étaient en réalité des touffes de cheveux, des fragments de barbe et de moustaches encore attachés à des morceaux de peau. Le visage scalpé de Gasparilla lui revint immédiatement à l'esprit. Préférant ne plus y penser, il se pencha sur la silhouette immobile assoupie au pied du mur. De plus près, il s'aperçut que l'homme ne dormait pas. Il était mort.

Il fit un pas timide et eut un haut-le-cœur en constatant que le cadavre avait été éviscéré. Il ne restait plus qu'un trou sombre à la place du ventre.

Mon Dieu ! Encore une victime...

Il se pencha, les mains moites, les jambes mal assurées. Les vêtements du mort étaient en lambeaux, comme si on avait voulu les lui arracher selon un rituel sauvage. Le visage, couvert de sang, était méconnaissable, mais la silhouette dégingandée faisait penser à celle d'un adolescent ou d'un tout jeune homme.

D'une main tremblante, le shérif sortit un mouchoir de sa poche et s'appliqua à effacer les traces de sang et de boue maculant le visage du mort.

Brusquement, il se pétrifia en reconnaissant Tad Franklin.

Hazen fit un pas en arrière, prêt à défaillir.

Tad, mon petit Tad...

C'était plus qu'il n'en pouvait supporter. Pris d'une rage incontrôlable, le shérif poussa un cri sauvage et déchargea son fusil à plusieurs reprises dans toutes les directions, déclenchant une pluie de stalactites scintillantes qui s'écrasèrent autour de lui en une effroyable symphonie cristalline.

73

— Qu'est-ce que c'était ? interrogea Weeks, anxieux.

— Un calibre douze, répondit Pendergast en tendant l'oreille.

Il écouta quelques instants, puis il se tourna vers le maître-chien.

— Je suppose que vous savez vous servir de votre arme, monsieur Weeks ? s'enquit-il.

— Bien sûr, inspecteur. J'ai même reçu une médaille à l'école de police de Dodge.

— Alors je vous conseillerai de charger votre fusil et de vous tenir prêt à tirer. Placez-vous à ma droite et ne me quittez pas d'un pas.

Weeks se frotta la nuque, embarrassé.

— Écoutez, inspecteur. Croyez-en mon expérience, il serait préférable de chercher du renfort avant d'aller plus loin.

Pendergast ne se retourna même pas.

— Monsieur Weeks, répliqua-t-il sur un ton incisif, vous avez entendu comme moi les appels d'une victime il y a quelques minutes, ainsi que de nombreux coups de feu. N'en déplaise à votre expérience, je peux vous dire que nous n'avons plus le temps d'aller chercher du renfort.

Weeks se sentit rougir et il ne répondit pas, d'autant que la plainte aiguë d'une femme s'élevait à nouveau. Pendergast se précipita en direction du cri et Weeks s'élança à sa poursuite.

Les cris leur parvenaient clairement à présent. Ils baissaient d'intensité avant de reprendre de plus belle quelques instants plus tard. Les deux hommes se trouvaient dans une partie des grottes nettement moins humide et des empreintes inquiétantes de pieds nus se dessinaient sur le sable sur lequel ils avançaient.

— Vous savez au moins qui est ce tueur ? s'inquiéta Weeks sans parvenir à masquer sa mauvaise humeur.

— Un homme qui n'a d'humain que l'apparence.

— Ça veut dire quoi ? s'énerva Weeks qui commençait à en avoir plus qu'assez des devinettes de l'agent du FBI.

Pendergast se pencha un instant sur l'une des empreintes.

— Contentez-vous de suivre très précisément mes instructions : lorsque vous verrez le tueur, et je peux vous assurer que vous n'aurez aucun mal à l'identifier, abattez-le sans vous poser de questions. Un point, c'est tout.

— Bon, bon... mais c'est pas la peine d'être désagréable.

Weeks jugea préférable de ne pas insister en voyant le regard noir que lui lançait l'inspecteur.

Un homme qui n'a d'humain que l'apparence. Le pire, c'est que Pendergast avait raison. Lefty n'avait fait qu'entrevoir une silhouette difforme lorsque le monstre s'était jeté sur son chien et l'avait démembré à mains nues, mais cette vision d'horreur resterait pour toujours gravée dans sa mémoire.

Pendergast, sans s'inquiéter davantage de son compagnon, avançait en silence, son pistolet à la main, s'arrêtant de temps en temps pour tendre l'oreille. Les appels avaient fini par s'éteindre.

Au bout de plusieurs minutes de marche, l'inspecteur s'arrêta afin de consulter sa carte, puis il effectua demi-tour et les deux hommes revinrent sur leurs pas. De nouveaux cris leur parvinrent brièvement avant de s'évanouir dans l'obscurité. Pendergast s'agenouilla et scruta longuement les traces de pas sur le sable meuble, allant de l'une à l'autre, le nez au ras du sol. Dans son dos, Weeks commençait à trouver le temps long.

— Nous allons descendre, dit enfin Pendergast.

S'approchant d'une faille dans la roche, il suivit un chemin escarpé qui descendait dans les entrailles de la terre, entraînant Weeks à sa suite. Agrippés à la muraille, ils progressaient centimètre par centimètre et parvinrent enfin à la croisée de plusieurs galeries. Pendergast éclaira les orifices l'un après l'autre à l'aide de sa lampe et entra brusquement dans l'un d'entre eux, à la stupéfaction de Weeks. Le minuscule boyau était froid et humide. Le maître-chien allait protester lorsqu'il se retint, convaincu que Pendergast ne l'écouterait même pas. Se glissant à son tour dans l'étroite galerie, Weeks se retrouva sans savoir comment à quatre pattes dans un couloir au sol usé par les pas de tous ceux qui les avaient précédés là.

Il se releva, s'épousseta et s'assura que son fusil était bien armé.

— Depuis quand croyez-vous que le tueur vit ici ? demanda-t-il en regardant tout autour de lui d'un air ébahi.

— Cela fera cinquante et un ans au mois de septembre, répondit Pendergast en reprenant sa progression

— Mais alors... vous savez de qui il s'agit, s'étonna Weeks.

— Bien évidemment.

— Comment avez-vous deviné ?

— Monsieur Weeks, si vous n'y voyez pas d'inconvénient, nous poursuivrons cette petite discussion plus tard. Nous avons mieux à faire à l'heure qu'il est.

La galerie s'arrêta soudain en cul-de-sac : un immense rideau de gypse cristallisé leur bloquait le passage. Pendergast fit courir le faisceau de sa torche sur le sol et Weeks remarqua que les traces de pas avaient disparu.

— Nous n'avons plus le temps, murmura Pendergast pour lui-même.

Il s'éloigna de quelques pas du rideau de stalactites et s'arrêta, comme s'il attendait quelque chose. Weeks fronça les sourcils, se demandant s'il avait choisi le bon cheval en décidant de suivre Pendergast.

Au même moment, Pendergast approcha son visage de la muraille et appela :

— Mademoiselle Swanson ?

Au grand étonnement de Weeks, un sanglot de soulagement lui répondit.

— Inspecteur Pendergast, c'est bien vous ?

— Restez calme. Nous allons venir vous chercher.

Pendergast se tourna vers Weeks.

— Vous allez pouvoir vous rendre utile, lui dit-il en désignant un point précis du rideau de gypse. Tirez à cette hauteur, je vous prie.

— Vous ne croyez pas qu'il risque de nous entendre ? s'inquiéta la maître-chien.

— Aucune importance. De toute façon, il n'est pas loin. Allez, obéissez !

Weeks sursauta. Pendergast n'avait pas l'air de plaisanter.

— Bien, inspecteur, répondit-il d'une voix timide.

Il mit un genou à terre, visa et appuya sur la double détente.

Une détonation assourdissante fit vibrer l'air de la galerie. Traversant la poussière de gypse, la lampe de Pendergast éclaira une petite ouverture dans le

544

rideau de stalactites. Pendant quelques instants, le temps sembla se figer, puis le rideau s'écroula d'un seul coup dans un roulement de tonnerre, faisant voler des éclats de roche autour des deux hommes. La galerie se poursuivait de l'autre côté et l'on distinguait un peu plus loin la bouche sombre d'un puits. Pendergast se précipita afin d'en éclairer l'intérieur, Weeks accroché à son épaule.

Au fond du trou, le maître-chien aperçut le visage maculé de terre et de sang d'une jeune fille à la chevelure mauve qui les regardait avec des yeux terrifiés.

Pendergast se tourna vers lui.

— Je suppose que vous devez avoir avec vous une laisse de rechange.

— Oui, mais...

Sans attendre la fin de sa phrase, Pendergast le débarrassa de son sac à dos qu'il entreprit de fouiller d'une main agile. Il en sortit une chaîne munie d'une poignée en cuir. L'inspecteur attacha la laisse autour d'une épaisse stalagmite et jeta l'autre extrémité dans le puits.

Un bruit métallique lui répondit, ponctué par un sanglot.

— La chaîne n'est pas assez longue, fit Weeks en se penchant au-dessus du trou.

— Couvrez-moi, fit Pendergast sans s'inquiéter de la remarque de Lefty. S'il vient par ici, abattez-le.

— Attendez une seconde...

Mais Pendergast se laissa glisser dans l'ouverture. Weeks le regarda descendre tout en gardant un œil sur l'entrée du couloir. Arrivé au bout de la laisse, il tendit sa main libre à la jeune fille, mais elle avait beau sauter de toutes ses forces, c'est tout juste si elle parvenait à effleurer ses doigts.

— Plaquez-vous contre la paroi, mademoiselle Swanson, lui recommanda Pendergast. Quant à vous, Weeks, faites rouler quelques-uns de ces gros rochers dans le puits en veillant à ne pas nous écraser. Et surtout, ne relâchez pas votre surveillance du tunnel.

Weeks s'exécuta, poussant du pied une demi-douzaine de gros cailloux dans le trou. Comprenant la manœuvre, Corrie s'empressa de les empiler contre le mur de sa prison, puis elle se hissa sur le tas de pierres et saisit fermement la main que lui tendait Pendergast. Ce dernier la hissa jusqu'à lui à la force du poignet et Corrie s'agrippa à ses jambes.

L'inspecteur entama sa remontée, lesté de son lourd fardeau. Au terme d'une lente escalade, ils émergèrent enfin dans la galerie rocheuse. La jeune fille laissa échapper de grosses larmes. L'inspecteur s'accroupit à côté d'elle et lui essuya doucement le visage à l'aide de son mouchoir avant d'examiner ses poignets et ses chevilles.

— Vous avez mal ? demanda-t-il.

— Plus maintenant. Je ne sais pas comment vous remercier. Je me disais... je me disais...

Étouffée par l'émotion, elle ne put achever sa phrase.

— Corrie, je sais ce que vous avez enduré. Vous avez fait preuve de beaucoup de courage, mais nous n'en avons pas encore terminé et j'ai besoin de votre aide.

Il lui parlait sur un ton à la fois rassurant et autoritaire qui fit aussitôt cesser ses pleurs.

— Vous pouvez marcher ? s'enquit-il.

Elle acquiesça de la tête et recommença brusquement à pleurer.

— Il voulait *jouer* avec moi, sanglota-t-elle. Je suis sûre qu'il aurait joué avec moi jusqu'à ce que je meure.

Il lui posa une main sur l'épaule.

— Vous avez traversé une très rude épreuve, mais je dois pouvoir compter sur vous si nous voulons sortir d'ici.

Corrie baissa les yeux.

Pendergast se remit debout et tira le plan de sa poche.

— Il existe bien un moyen de sortir d'ici plus rapidement, mais il va nous falloir prendre quelques risques. Suivez-moi.

Puis, se tournant vers Weeks :

— Je vais ouvrir la marche, suivi de Mlle Swanson. Quant à vous, couvrez nos arrières. Montrez-vous *extrêmement* vigilant. Il est susceptible de jaillir de n'importe où : d'une crevasse dans le sol, d'une faille dans les parois, de la voûte. De plus, il est très rapide et parfaitement silencieux. C'est compris ?

Weeks hocha la tête en passant la langue sur ses lèvres parcheminées.

— Comment savez-vous qu'il risque de nous tomber dessus ?

Pendergast posa sur Lefty son regard métallique. Ses yeux clairs brillaient dans l'obscurité d'un éclat inquiétant.

— Tout simplement parce que nous sommes en train de lui voler sa seule amie et qu'il ferait n'importe quoi pour nous en empêcher.

Hazen avançait à toute vitesse d'un air buté. C'est tout juste s'il prenait le temps de s'arrêter aux embranchements et aux pattes-d'oie qui se présentaient à lui, les doigts crispés sur la double détente de son calibre douze.

Cet immonde salopard allait crever. Il fallait qu'il paye pour ce qu'il avait fait.

Il passa à côté de plusieurs sanctuaires du monstre, leurs étagères bourrées de cristaux et de squelettes d'animaux des cavernes. Un psychopathe. Ce type-là était un véritable psychopathe qui avait passé des années à s'entraîner dans les grottes avant de passer aux choses sérieuses le jour où il s'était retrouvé à l'air libre.

Mais ce salaud n'allait pas s'en tirer comme ça. Pas question de lui lire ses droits et autres conneries, de le laisser appeler le moindre avocat. Une double décharge de plomb dans le buffet, une autre dans ce qui lui servait de cervelle, point barre.

Les empreintes étaient à présent si nombreuses que Hazen n'était pas certain de se trouver sur la bonne piste, mais il s'en fichait. Cette ordure ne pouvait pas être loin, et il finirait tôt ou tard par lui mettre la main dessus. Il fallait bien que ce dédale s'arrête quelque part.

Hazen fonçait comme un taureau enragé, le visage rouge de fureur. Ce salaud avait tué Tad... C'était un peu comme si on lui avait pris son fils. Submergé par la haine, il pleurait de rage et de frustration.

La galerie dans laquelle il avançait se trouva brusquement bloquée par un éboulement. En regardant attentivement autour de lui à l'aide de ses lunettes à infrarouge, il découvrit un étroit sentier s'échappant par une anfractuosité.

Hazen s'y précipita, escaladant les rochers de toute la vitesse de ses petites jambes, tête baissée, fusil levé. Parvenu au sommet, il se retrouva dans une haute cheminée couronnée de fins cristaux qui chantaient sous l'effet d'un courant d'air souterrain. Une demi-douzaine de couloirs s'ouvraient dans toutes les directions. Le souffle court, luttant désespérément pour contenir sa fureur, le shérif examina le sol à la recherche d'une piste récente et s'engouffra dans une suite de galeries sinueuses.

Il ne tarda pas à s'apercevoir que quelque chose clochait en retrouvant au bout de quelques minutes de marche le carrefour qu'il venait de quitter : le tunnel tournait sur lui-même et revenait à son point de départ. Il voulut tenter sa chance dans un boyau voisin, mais la même mésaventure l'attendait. La tension montait et le shérif voyait les parois de la grotte se brouiller dans la lueur rougeâtre de ses lunettes.

À la troisième tentative avortée, Hazen fut pris d'une rage telle qu'il leva son fusil en l'air et tira. La détonation fit trembler la cheminée et une pluie de cristaux s'abattit de tous côtés en chantant.

— Espèce d'ordure de merde ! hurla le shérif, hors de lui. Essaye un peu de venir ici me montrer ta face de singe, espèce de Néandertal de carnaval !

Il lâcha une deuxième salve, puis une troisième, hurlant à chaque fois un chapelet d'injures. L'écho de ses détonations n'en finissait pas de rouler dans le labyrinthe des galeries qui l'entouraient.

Hazen recouvra un semblant de calme en constatant soudain que son chargeur était vide. Tout en rechargeant son arme, il tenta de se raisonner. À quoi bon tirer n'importe comment ? Il avait juré d'avoir la peau de ce monstre à la graisse de dinosaure et ce n'était pas en s'énervant qu'il y parviendrait.

Il s'élança cette fois dans une galerie différente des précédentes dont le sol était parsemé de trous d'eau constellés de perles de calcaire. Il avançait au jugé et venait de passer un recoin sombre lorsqu'il entrevit l'espace d'un instant une silhouette sur le côté. Il ne lui en fallut pas davantage pour pivoter aussitôt sur lui-même, mettre un genou à terre et tirer à l'instinct, comme on lui avait appris à le faire à l'école de tir. La silhouette bascula en avant et s'écroula lourdement.

Hazen tira une seconde fois pour plus de sûreté et se précipita sur son adversaire, prêt à tirer à nouveau s'il le fallait.

Écarquillant les yeux derrière ses lunettes, il découvrit dans le brouillard rouge de ses lunettes les restes d'une énorme stalagmite cisaillée en deux par ses balles. Résistant à l'envie de s'acharner sur les morceaux de roche, il serra les dents et reprit bruyamment sa route dans le tunnel.

Parvenu à un embranchement, il s'arrêta et crut voir quelque chose bouger devant lui. Au même moment, un léger frottement se fit entendre.

Il avança avec mille précautions, le fusil levé, et plongea derrière une anfractuosité en mettant en joue le tunnel. Il était tellement persuadé que le danger se trouvait devant lui qu'il ne vit même pas l'ombre gigantesque qui s'approchait par-derrière. Il ressentit une violente douleur à la tempe, mais il était déjà trop tard. Une chape de plomb venait de s'abattre sur lui sans qu'il trouve la force de crier.

75

Corrie se demandait si tout ça était bien vrai, si elle n'était pas en train de rêver. Cette course haletante dans la pénombre à travers les méandres indescriptibles des grottes souterraines. L'inspecteur Pendergast l'avait-il réellement sauvée ? Ne se trouvait-elle pas toujours au fond de son puits, entre sommeil et stupeur, à attendre le retour de *l'autre* ?

La douleur lancinante qui lui étreignait les poignets et les chevilles se chargea de lui confirmer qu'elle était bien réveillée.

Pendergast leva le bras, leur faisant signe de s'arrêter, et elle le vit approcher sa torche de la vieille carte toute souillée qui ne le quittait pas. Cette halte ne sembla guère rassurer le type qui fermait la marche. Dans son trouble, Corrie ne s'était pas aperçue tout de suite de la présence aux côtés de l'inspecteur de ce petit bonhomme à la voix aigre, tout fluet avec ses cheveux blonds et sa barbiche en bataille. Ses rangers étaient maculés d'une substance visqueuse dont elle préférait ne rien savoir.

— Par ici, dit Pendergast à voix basse.

Corrie s'ébroua, tentant de chasser les bancs de brume qui lui voilaient l'esprit.

Ils traversèrent un couloir sinueux et débouchèrent dans une caverne gigantesque dont Corrie devinait à peine les contours à la lueur diffuse de la lampe. Pendergast s'arrêta à nouveau et tendit l'oreille, ne s'aventurant dans la grotte qu'après s'être assuré qu'ils étaient bien seuls.

Malgré la fatigue et l'émotion, Corrie découvrit à la lueur de la torche une caverne extraordinaire aux parois rouge sang parfaitement lisses, polies par les millénaires. De l'eau s'était accumulée sur le sol, dessinant un enchevêtrement de mares de profondeurs diverses. Sur les hauteurs des parois, de longs zigzags horizontaux protégés par des voiles de calcaire désignaient les failles à travers lesquelles s'étaient glissées les infiltrations. L'ensemble avait un côté extrêmement théâtral, accentué par le contraste entre les murs rouges et le calcaire immaculé. En son centre, un gouffre béant s'ouvrait.

Corrie sentit l'angoisse l'envahir à nouveau en constatant que la grotte était fermée de tous côtés.

— Qu'est-ce qu'on va faire, pleurnicha le petit barbu. J'en étais sûr. Avec votre manie de prendre des raccourcis, on se retrouve coincé.

Pendergast se pencha un long moment sur sa carte.

— Nous nous trouvons à une centaine de mètres tout au plus des Kavernes Kraus, au-delà de l'axe Z.

— L'axe Z ? glapit le petit homme. L'axe Z ? De quoi vous parlez, encore ?

— Il nous faut trouver le moyen de grimper là-haut, répondit patiemment Pendergast en désignant du doigt une petite ouverture qui avait échappé à Corrie, à une quinzaine de mètres de hauteur sur l'un des murs de la grotte.

— Vous êtes cinglé ou quoi ? Comment voulez-vous qu'on grimpe là-haut ?

Sans prêter la moindre attention à Weeks, Pendergast fouillait la roche pouce par pouce à l'aide de sa torche.

— Sans corde, on n'y arrivera jamais, poursuivit Weeks en observant la paroi abrupte.

— Nous n'avons guère le choix.

— Tu parles d'un choix ! C'est humide, l'eau ruisselle de partout, il suffit d'un mauvais appui pour basculer dans le vide, et vous savez aussi bien que...

Agacé, Pendergast se tourna vers Corrie.

— Comment vont vos poignets et vos chevilles ?

La jeune fille poussa un grand soupir afin de se donner du courage.

— Je peux y arriver.

— J'étais certain de pouvoir compter sur vous. Je vous propose de grimper la première. Je serai juste derrière vous afin de vous guider. Quant à M. Weeks, il fermera la marche.

— Pourquoi ça ?

— Pour nous couvrir, tout simplement.

Weeks cracha par terre.

— Ben tiens... grommela-t-il.

Malgré la fraîcheur ambiante, son front était couvert de grosses gouttes de sueur qui traçaient des lignes verticales sur son visage barbouillé.

Sans plus attendre, Pendergast se dirigea vers la muraille, suivi de Corrie dont le cœur battait fort dans sa poitrine. Elle évita de lever les yeux, préférant ne pas penser à l'épreuve qui l'attendait. Sans laisser à Corrie le temps de réfléchir, Pendergast l'aida à prendre appui sur une première aspérité.

— Je me tiens juste derrière vous, mademoiselle Swanson, lui murmura-t-il d'une voix apaisante. Prenez votre temps.

Corrie s'agrippa à la roche, oubliant sa peur et les mille et une aiguilles qui lui traversaient les poignets. Comme il lui était impossible de grimper tout droit, il lui fallait trouver un chemin en diagonale jusqu'à l'ouverture. Les saillies ne manquaient pas, mais ses chaussures ripaient à tout instant sur la roche humide et elle comprit qu'il allait lui falloir des trésors de patience pour arriver au but sans tomber, centimètre après centimètre. Pendergast l'aidait de son mieux en lui indiquant les meilleures prises, n'hésitant pas à guider ses pieds. Si Corrie n'avait pas eu la crainte de faire une chute dans le gouffre en contrebas, son escalade ne lui aurait pas semblé si périlleuse. Elle s'arrêta un instant afin de reprendre son souffle et commit l'erreur de baisser les yeux. Prise de vertige, elle ferma les paupières. Aussitôt, la voix douce de Pendergast l'enjoignit de poursuivre sa montée sans regarder vers le bas, tandis que la main rassurante de l'inspecteur se posait sur sa chaussure.

Un pied, une main, l'autre pied, l'autre main. Corrie s'élevait lentement vers les hauteurs de l'immense grotte que la lueur de la torche de Pendergast peinait à trouer. Ses tempes battaient sous l'effort et ses membres tremblaient de fatigue. Paradoxalement, elle sentait son courage faiblir au fur et à mesure que la délivrance se rapprochait.

— Attention ! cria soudain Weeks d'une voix aiguë. Il y a quelqu'un derrière nous !

— Weeks ! Collez-vous contre la paroi et couvrez-nous, lui intima Pendergast avant d'ajouter, à l'intention de Corrie :

— Il ne vous reste plus que trois mètres. Courage !

Refoulant sa douleur, Corrie s'agrippa à une anfractuosité rocheuse et se hissa de quelques centimètres.

— C'est *lui* ! fit la voix affolée de Weeks en contrebas. Il est là, il va nous rejoindre !

— Ne perdez surtout pas votre sang-froid, Weeks. Tirez-lui dessus, répondit calmement Pendergast.

Dans sa précipitation, le pied de Corrie glissa sur une roche trop lisse et son cœur s'arrêta. Elle crut un instant qu'elle allait tomber, mais Pendergast était là, qui de nouveau la guida vers un appui plus stable. Corrie réprima un sanglot, un instant paralysée par la peur.

— Il n'est plus là, s'écria Weeks. Je ne sais pas où il est, je ne le vois plus.

— Il n'est pas loin, malheureusement, rétorqua Pendergast. Corrie, je vous en prie, dépêchez-vous.

La jeune fille se hissa d'un demi-mètre en grimaçant de douleur. Du coin de l'œil, elle vit Pendergast se retourner avec agilité sur un rebord rocheux afin de scruter la scène. Tenant son pistolet d'une main, il explorait les alentours à l'aide de sa lampe électrique.

— Il arrive ! hurla Weeks.

Corrie entendit une première détonation assourdissante, suivie d'une autre.

— Il va trop vite, je n'arrive pas à le toucher.

— Je vous couvre, tenta de le rassurer Pendergast. Trouvez un appui solide et ajustez votre tir.

Deux nouveaux coups de feu retentirent.

— Seigneur Jésus ! hurla Weeks entre deux sanglots de terreur.

Corrie jeta un regard prudent vers le haut. Malgré la pénombre ambiante, elle constata qu'il lui restait moins de deux mètres à franchir avant d'atteindre l'ouverture du boyau, mais elle n'apercevait plus le moindre appui possible. Elle avait beau chercher à tâtons de sa main libre, la paroi était parfaitement lisse.

Derrière elle, un cri ponctué d'un coup de feu lui indiqua que la bataille faisait rage.

— Weeks ! tonna Pendergast. Prenez le temps de viser avant de tirer.

— Non, je ne veux pas ! répondit le maître-chien, hystérique, en déchargeant son fusil une nouvelle fois.

Il devait être à court de munitions car Corrie l'entendit se débarrasser de son arme sous l'effet de la panique et s'élancer à l'assaut de la paroi.

— Monsieur Weeks ! lui cria Pendergast.

Pendant ce temps, Corrie cherchait désespérément une aspérité à laquelle s'accrocher, en vain. La gorge nouée de terreur, elle chercha du regard l'aide de Pendergast et crut que son cœur allait s'arrêter en voyant une silhouette monstrueuse escalader la muraille dans sa direction avec l'agilité d'un singe. Le pistolet de Pendergast aboya, mais la silhouette avançait imperturbablement. Lorsque le faisceau de la torche de l'inspecteur se posa sur son visage, l'autre poussa un véritable rugissement et s'écarta rageusement du rai de lumière. L'espace d'un court instant, Corrie avait eu le temps de reconnaître le visage de bébé de son bourreau, avec sa face plate, sa peau grise, sa barbe clairsemée et ses petits yeux bleus injectés de sang qui perçaient sous des cils aussi longs que ceux d'une femme. Son sourire figé et grimaçant trahissait des émotions qui n'avaient rien d'humain.

Corrie, figée sur la paroi, était mesmérisée par le monstre qui venait à sa rencontre à toute vitesse. Pendergast voulut tirer à nouveau mais Weeks se trouvait à présent dans son angle de tir. Le visage collé contre le rocher, le cœur prêt à éclater, incapable du moindre mouvement, Corrie attendait.

Elle vit l'homme des cavernes s'approcher de Weeks et lui donner dans le dos un formidable coup de poing qui fit craquer sa colonne vertébrale. Le maître-chien lâcha prise en poussant un cri et glissa lentement le long de la paroi. Puis Corrie le vit avec horreur basculer dans le vide et disparaître sans un bruit dans le gouffre, au milieu du brouillard vaporeux de la cascade.

Pendergast en profita pour tirer à nouveau, mais le monstre évita la balle avec une agilité diabolique en faisant un bond de côté. Un instant plus tard, il était sur Pendergast qu'il désarma d'un coup de poing. Le pistolet rebondit le long de la roche avec un bruit métallique. L'homme s'apprêtait déjà à faire subir à l'inspecteur le même sort qu'à Weeks lorsque Corrie, sortant de sa léthargie, se mit à hurler :

— Non ! Ne faites pas ça !

Le monstre hésita une fraction de seconde et, lorsque son poing meurtrier s'abattit, Pendergast avait trouvé le moyen de s'écarter. L'inspecteur leva la main et écrasa le nez de son adversaire de toutes ses forces avec la paume de la main. Un bruit de cartilage broyé parvint jusqu'à Corrie et un jet grenat fusa du visage de l'homme qui gronda de douleur. Il voulut faire lâcher prise à Pendergast qui évita une chute mortelle en se raccrochant de justesse à une pointe rocheuse.

Le monstre, l'écume aux lèvres et du sang plein le visage, ne pensait plus qu'à rejoindre Corrie. Impuissante, dans l'incapacité de se défendre, cette dernière s'agrippait désespérément à la paroi.

L'instant d'après, il était sur elle et ses énormes mains calleuses se refermèrent sur son cou. Elle comprit à son regard de bête traquée qu'il avait définitivement perdu toute envie de jouer avec elle. Dans sa rage, il ne lui restait plus que le désir de tuer. Corrie étouffait sous la terrible poigne qui lui maintenait la gorge comme dans un étau lorsqu'un hurlement rauque lui vrilla les tympans.

Mouuuuuuuuuuuuhhhhhhhhhhhh !

76

Le vent soufflait toujours plus fort, obligeant Shurte et Williams à se réfugier à l'abri de la tranchée s'enfonçant vers l'entrée des Kavernes. Le shérif leur avait bien recommandé de ne pas quitter leur poste, mais il était une heure du matin et cela faisait déjà plus de trois heures qu'ils attendaient dans le froid et la pluie.

Shurte tourna la tête en entendant son collègue pousser un juron. Williams était pelotonné tout au fond de la tranchée, armé de la lampe-tempête. Shurte avait été chercher la trousse de secours dans la voiture afin de lui faire un pansement de fortune à la jambe. C'était une assez vilaine morsure, c'est vrai, mais Williams en rajoutait un peu. Leur situation préoccupait davantage Shurte. La radio restait muette, l'électricité n'avait toujours pas été rétablie, même les émetteurs des rares stations de radio du coin ne fonctionnaient plus : ils étaient bel et bien coupés du monde. À part l'irruption peu rassurante de ce chien à la gueule à moitié arrachée, les deux hommes n'avaient plus entendu parler de l'équipe de choc de Hazen depuis une éternité et Shurte avait comme un mauvais pressentiment.

L'entrée des Kavernes exhalait une forte odeur de terre et de roche humide qui lui donnait la chair de poule. Il voyait encore le chien bondir hors de la grotte comme si le Diable était à ses trousses, laissant derrière lui une traînée de sang. Qui avait bien pu le mutiler de la sorte ? Shurte regarda une nouvelle fois sa montre.

— Putain, qu'est-ce qu'ils foutent là-dedans ? demanda Williams pour la vingtième fois.

Shurte secoua la tête.

— À l'heure qu'il est, je devrais être à l'hôpital, reprit Williams. Je n'ai pas envie d'attraper la rage.

— Arrête de dire des conneries. Les chiens de la brigade canine sont tous vaccinés contre la rage.

— Qu'est-ce que tu en sais, d'abord ? En tout cas, j'aurai de la chance si cette saloperie de blessure ne s'infecte pas.

— Arrête de t'inquiéter, je t'ai mis de la crème désinfectante.

— Alors pourquoi est-ce que ça continue à me brûler ? Si jamais ça s'infecte, *docteur* Shurte, tu auras de mes nouvelles.

Shurte fit celui qui n'entendait pas. Il préférait encore les hurlements du vent aux jérémiades de son collègue.

— Écoute, Shurte. Je ne peux pas rester comme ça. Faut que je me fasse examiner par un médecin. Cette vacherie de chien m'a arraché un gros morceau de chair.

Shurte fit entendre un petit ricanement.

— Arrête ton char, Williams. C'est une morsure de chien, c'est tout. Maintenant, si ça te chante, tu n'as qu'à remplir une demande de médaille de bravoure pour blessure reçue au champ d'honneur.

— Très drôle. En attendant, je t'assure que ça me fait un putain de mal.

Shurte, au comble de l'agacement, ne répondit pas. Il se demandait même s'il n'allait pas demander à changer de coéquipier, histoire de ne plus travailler avec un crétin qui faisait dans son froc à la première alerte. Une morsure de chien... La belle affaire !

Un éclair traversa le ciel, éclairant d'une lumière aveuglante la silhouette sinistre de la pension Kraus. La pluie tombait en rideau, noyant tout sur son passage, transformant la tranchée en un lit de rivière.

— J'en ai ras le cul, fit Williams en se relevant. Je retourne chez la vieille demander à Rheinbeck de prendre ma place.

— C'était pas la consigne.

— Rien à foutre de la consigne. Et les autres alors ? Ils étaient censés revenir dans la demi-heure. Je suis blessé, je suis crevé et j'en ai marre de me faire tremper comme une soupe. Tu n'as qu'à rester là si ça te chante, mais moi, je retourne chez la vieille.

Shurte regarda son collègue s'éloigner en secouant la tête. *Quel connard,* pensa-t-il en crachant par terre de mépris.

77

Le mugissement du monstre fut brusquement couvert par un rugissement assourdissant venu des profondeurs de la grotte. Corrie sentit le monstre l'écraser de toute sa masse et elle se retrouva brutalement plaquée contre la paroi. Il poussait des hurlements sauvages, comme s'il était blessé et son haleine d'œuf pourri asphyxiait Corrie à moitié. Son agresseur desserra son étreinte et elle tourna la tête en avalant goulûment une bouffée d'air. Du coin de l'œil, elle aperçut le visage de cauchemar de l'autre tout près du sien.

Une deuxième détonation déchira l'air et Corrie perçut cette fois le crépitement de la chevrotine sur la roche toute proche. Elle respira à nouveau à pleins poumons tout en s'agrippant à la muraille. Quelqu'un tentait d'abattre le monstre.

Corrie l'entendit rugir en direction du tireur.

— Corrie ! Allez-y ! lui cria la voix étouffée de Pendergast en contrebas.

Brusquement rappelée à la réalité, elle fit un effort surhumain et trouva enfin l'appui qui lui avait manqué quelques minutes plus tôt. Les yeux noyés de larmes et le souffle court, elle voulut se hisser à la force des bras, mais une main de fer s'abattit sur sa cheville.

Elle poussa un cri et tenta de se libérer sans parvenir à faire lâcher prise au monstre qui voulait manifestement l'entraîner avec lui dans sa chute. Malgré tous les efforts de Corrie, l'autre refusait de desserrer son étreinte et les doigts enflés de la jeune fille, déjà affaiblis par ses blessures, s'engourdissaient dangereusement. Elle poussa un cri de rage en sentant ses ongles glisser en raclant la roche.

Un troisième coup de feu résonna sous la voûte et l'étau qui enfermait la cheville de Corrie se relâcha comme par miracle. À une brûlure au mollet, la jeune fille comprit qu'elle avait été touchée par le plomb de la chevrotine.

— Arrêtez de tirer ! s'écria Pendergast.

Le monstre s'était tu. Le grondement du fusil et ses cris de douleur s'éteignirent progressivement. Corrie, pétrifiée de terreur contre la paroi, tourna la tête malgré elle.

Il était toujours là, tout près, son visage plat couvert d'un masque de sang. Il la dévora des yeux pendant une éternité, les cils agités de tremblements spasmodiques, les traits déformés par un rictus effroyable, puis ses mains s'ouvrirent et il se laissa tomber, comme au ralenti, sans la quitter des yeux. Corrie le vit rebondir sur la roche plusieurs mètres plus bas avec un bruit mat accompagné d'une gerbe de sang et il s'écrasa au pied de la muraille au bord du gouffre. Il restait là, immobile, lorsqu'une détonation retentit. Touché à l'épaule, le monstre roula sur lui-même et bascula dans le précipice, mais il parvint à se retenir à un fragment de roche à la dernière seconde. Au même instant, Corrie vit la silhouette trapue du shérif Hazen émerger de l'ombre. Il tenait à la main un fusil qu'il pointa à bout portant sur la tête de l'autre.

Les doigts du monstre s'ouvrirent avec une lenteur infinie et il se laissa tomber comme une pierre dans le vide. Corrie ferma les yeux, s'attendant à entendre un choc, un cri, le bruit d'un corps s'écrasant dans l'eau. En vain. Le monstre avait définitivement disparu dans les entrailles de la terre. Le shérif, hypnotisé par le trou noir du gouffre, n'avait même pas eu besoin de lui donner le coup de grâce.

Pendergast rompit le silence le premier.

— Tout va bien à présent, dit-il à Corrie d'une voix douce et ferme. Une main après l'autre. Je vais vous indiquer les points d'appui, vous êtes tout près du but.

Le corps secoué de sanglots, Corrie tremblait de tous ses membres.

— Attendez d'être parvenue en haut pour pleurer, mademoiselle Swanson. Un dernier petit effort, je vous en prie.

Le ton décidé et apaisant de l'inspecteur suffit à rappeler Corrie à la réalité. Elle avala sa salive, avança une main, trouva l'aspérité qu'elle cherchait, s'y agrippa, leva un pied, puis l'autre, et ses doigts rencontrèrent enfin le bord de l'ouverture. *J'ai réussi !*

Quelques instants plus tard, elle se hissait sur le rebord rocheux. Elle se jeta à plat ventre sur le sol de la galerie, secouée par des sanglots incontrôlables. *J'ai réussi !*

Elle ne resta pas longtemps seule. Moins de deux minutes plus tard, Pendergast se penchait au-dessus d'elle et la prenait dans ses bras en lui disant d'une voix rassurante :

— Vous n'avez plus rien à craindre, Corrie. Il a disparu, tout va bien.

Incapable de prononcer un mot, Corrie pleurait de soulagement.

— Il a disparu, tout va bien, répéta Pendergast en caressant le front de la jeune fille de sa main blanche.

L'espace d'un instant, Corrie se crut dans les bras de son père. Il l'avait consolée avec la même douceur un jour où elle s'était fait mal en jouant... Le souvenir de cet instant précieux, enfoui depuis longtemps dans sa mémoire, était si fort qu'elle ravala ses larmes en hoquetant et voulut s'asseoir.

Pendergast se releva.

— Je dois redescendre afin d'aider le shérif Hazen. Il est grièvement blessé. Je reviens tout de suite.

— Le shérif ? Il... balbutia Corrie.

— Oui. Il vous a sauvé la vie. La mienne également.

Un dernier geste de réconfort et Pendergast s'éclipsa.

Corrie posa sa tête sur le sol de pierre et tous les sentiments de peur, de douleur et de soulagement qui se bousculaient dans son esprit l'assaillirent brusquement. Dans l'obscurité, un courant d'air frais lui caressait les cheveux, apportant avec lui une senteur à la fois familière et désagréable : celle du chaudron de cuivre découvert dans la grotte où son ravisseur l'avait faite prisonnière. Cette odeur évocatrice du drame qu'elle venait de vivre se mêlait à un parfum d'air libre et de liberté.

Corrie ne sut jamais par la suite si elle s'était endormie, épuisée, ou bien si elle s'était évanouie. Elle reprit conscience en entendant un bruit de pas sur la roche. Elle ouvrit les yeux et vit l'inspecteur Pendergast qui l'observait. Il tenait son arme à la main. S'appuyant sur lui, le shérif offrait un spectacle piteux : couvert de sang, les vêtements en lambeaux, il n'avait plus qu'un moignon sanguinolent à la place de l'oreille gauche. Corrie le regarda longtemps, les yeux écarquillés, se demandant comment il pouvait encore tenir debout.

— La sortie n'est plus très loin, indiqua Pendergast. Nous ne serons pas trop de deux pour aider le shérif.

Corrie se releva péniblement. Elle tangua dangereusement sur ses jambes et Pendergast dut la soutenir un instant, puis ils s'éloignèrent lentement en direction du courant d'air frais. À cet instant seulement, Corrie comprit que son cauchemar était terminé.

78

Williams avançait en boitant, handicapé par sa morsure à la jambe. Les vastes étendues de maïs toutes proches, ravagées par la tempête, avaient l'allure de champs de bataille. Le sol était jonché d'épis arrachés et de tiges déracinées. Williams jura entre ses dents. Il n'aurait jamais dû attendre si longtemps dans la pluie et le vent. Il était trempé jusqu'à la moelle et risquait d'attraper une pneumonie.

Il escalada péniblement les marches du porche, faisant crisser sous ses pieds des débris de verre. Sans doute ceux d'une vitre cassée par la tempête. Arrivé à la porte, il aperçut une lueur tremblotante à l'intérieur de la bâtisse plongée dans le noir.

Quelqu'un avait eu la bonne idée de faire du feu dans la cheminée. Visiblement, Rheinbeck se la coulait douce pendant que ses deux collègues attendaient dans le froid et la pluie à l'entrée des Kavernes. Il était plus que temps d'échanger les rôles.

Williams s'appuya un instant contre le chambranle de la porte afin de reprendre son souffle, puis il tourna la poignée. La porte était fermée à clé de l'intérieur. De l'autre côté du verre étoilé, les flammes dans la cheminée le narguaient.

Il frappa à plusieurs reprises.

— Rheinbeck ! Ouvre-moi, c'est Williams.

Pas de réponse.

— Rheinbeck !

Une minute s'écoula, puis deux. Personne ne donnait le moindre signe de vie à l'intérieur de la vieille maison.

Merde, pensa Williams. *Il doit être aux toilettes. Ou peut-être à la cuisine.* C'était ça ! Il devait se préparer un petit en-cas et il ne l'entendait pas à cause du vent.

Il longea le porche et s'aperçut que la porte de derrière avait une vitre cassée. Il approcha son visage du trou et appela son collègue.

— Rheinbeck !

Rien. De plus en plus bizarre...

Il dégagea ce qui restait de la vitre cassée, passa le bras à l'intérieur, déverrouilla la porte et pénétra dans la maison en s'éclairant à l'aide de sa lampe électrique.

La vieille bâtisse gémissait de toute sa membrure sous l'effet du vent déchaîné et Williams hésita à poursuivre son exploration plus avant. Les murs avaient l'air solides, mais on ne savait jamais avec ces vieilles baraques en bois. Il suffisait d'un rien pour qu'elles s'écroulent comme un château de cartes.

— *Rheinbeck !! !*

Toujours pas de réponse.

Williams s'avança en clopinant. La porte menant à la salle à manger était entrouverte. Il la poussa et fit des yeux le tour de la pièce. Un bouquet de fleurs trônait dans un vase sur une nappe de dentelle et tout avait l'air en ordre. Il pénétra dans la cuisine, fit courir le rayon de sa torche un peu partout et ne découvrit rien d'anormal. À l'odeur, personne n'avait cuisiné récemment.

Williams poursuivit ses recherches dans le petit hall et s'arrêta devant la porte d'entrée, perplexe. Rheinbeck avait dû quitter la maison avec la vieille demoiselle. Il avait peut-être réussi à faire venir une ambulance. Mais dans ce cas-là, pourquoi ne les avait-il pas prévenus ? Il n'en avait que pour cinq minutes. C'était du Rheinbeck tout craché, il n'y en avait jamais que pour sa pomme.

Il jeta un regard d'envie en direction du feu dont les flammes éclairaient le salon d'une lueur rassurante.

Et puis merde, se dit-il. *Quitte à rester coincé dans cette bicoque, autant s'installer confortablement. Après tout, je suis blessé.*

Il claudiqua jusqu'au canapé dans lequel il s'assit avec mille précautions. Il avait bien mérité ça. Rien de tel qu'un bon feu pour se requinquer. Il soupira d'aise en observant d'un œil morne les braises rougeoyantes dont l'éclat se reflétait sur les bibelots de porcelaine. Les paupières lourdes, il somnolait déjà.

Brusquement, il se réveilla en sursaut. Il se demanda l'espace d'un instant où il pouvait bien être avant de recouvrer ses esprits. Il avait dû s'assoupir quelques instants. Il s'étira en bâillant et c'est alors qu'il entendit comme un coup sourd.

Il se figea, les bras écartés et la bouche ouverte, avant de se dire qu'il s'agissait très probablement du vent. Il se redressa et tendit l'oreille par acquit de conscience.

Un autre coup se fit entendre.

Le bruit semblait monter des profondeurs de la maison. Probablement de la cave. Soudain, Williams comprit. Quel idiot ! Il aurait dû y penser plus tôt ! Rheinbeck et la vieille demoiselle s'étaient réfugiés à la cave à cause de l'avis de tornade, voilà tout. Il aurait pu les appeler longtemps, ils ne risquaient pas de l'entendre.

Tout ça n'arrangeait pas ses affaires. Pour une fois qu'il était bien tranquille, il allait lui falloir descendre avec sa mauvaise jambe et dire à Rheinbeck qu'il était là. Il se leva lentement du canapé moelleux et s'éloigna en boitillant avec un regard désolé à la cheminée.

En haut de l'escalier de la cave, il hésita une dernière fois et se décida finalement à descendre. Les marches grinçaient sous son poids, couvrant le vacarme de la tempête. À mi-chemin, il se pencha au-dessus de la rampe et fouilla les ténèbres à l'aide de sa lampe.

— Rheinbeck ?

Le même bruit que tout à l'heure lui répondit, suivi d'un soupir. Williams fit courir le faisceau de sa lampe autour de lui, pas très rassuré, se demandant bien pourquoi il jouait les héros alors qu'il était déjà en piteux état. Les barreaux en bois de la rampe projetaient des ombres gigantesques sur les murs d'une cave encombrée d'objets hétéroclites. Tout au fond, il finit par distinguer une porte. Rheinbeck et la vieille Winifred devaient se trouver là.

— Rheinbeck ?

Le même soupir que tout à l'heure. Williams était sûr à présent qu'il ne s'agissait pas du vent.

Il descendit lentement les dernières marches et s'approcha de la porte entrouverte qu'il poussa prudemment.

Une bougie brûlait près d'une petite table sur laquelle étaient posés une théière, deux tasses, du lait, de la confiture, des biscuits. Il tourna légèrement la tête et eut un haut-le-cœur en découvrant Rheinbeck, affalé sur un siège, baignant dans son sang. Son collègue avait une vilaine blessure au sommet du crâne et les morceaux d'une statue de porcelaine reposaient à ses pieds.

— Rheinbeck ? ! ! fit Williams, abasourdi.

Pour toute réponse, un coup de tonnerre ébranla la maison sur ses fondations.

Paralysé par le spectacle qu'il venait de découvrir, Williams n'eut pas la présence d'esprit de sortir son

arme de service. Les yeux rivés sur le visage ensanglanté de son camarade, il n'entendait même plus les
assauts de la tempête au-dehors.

Un petit bruit derrière lui tira Williams de sa torpeur. Il se retourna d'un bloc, sa torche à la main, et
vit une silhouette fantomatique jaillir d'un amas de
cartons et de caisses empilés dans un coin. Le bras
levé, tenant dans sa main le poignard commando de
Rheinbeck, une furie aux cheveux blancs se rua sur
lui en poussant un hurlement sauvage qui déformait
sa bouche édentée.

— *Espèce de démon !*

79

Le vent soufflait avec une telle violence que Shurte se demanda si la tornade annoncée n'approchait pas de Medicine Creek. Il tombait des trombes d'eau qui commençaient à inonder l'entrée des grottes où il avait trouvé refuge. Soudain, il entendit un bruit de pas traînants.

Le cœur battant, pestant intérieurement contre Williams qui l'avait laissé tomber, Shurte se posta à côté de la lampe-tempête et pointa le canon de son fusil en direction du couloir menant aux Kavernes.

Quelques instants plus tard, trois silhouettes hagardes émergeaient des ténèbres. Le souvenir du chien encore présent à l'esprit, Shurte sentit ses poils se hérisser sur sa nuque.

— Qui va là ? cria-t-il d'une voix légèrement tremblante.

— Inspecteur Pendergast, répondit sèchement une voix. Le shérif Hazen et Corrie Swanson m'accompagnent.

Shurte reposa son arme avec un ouf de soulagement, prit la lanterne afin d'aller à la rencontre des nouveaux venus et ouvrit des yeux éberlués en découvrant le spectacle de désolation qui l'attendait. Le shérif était méconnaissable derrière son masque de sang et la petite jeune fille qui lui tenait le bras ne valait guère mieux. Quant à l'inspecteur du FBI qui avait à moitié assommé Cole quelques heures plus tôt, il se demandait bien comment il avait pu pénétrer dans les grottes à leur insu.

— Le shérif a besoin de soins de toute urgence. Il faut le conduire le plus rapidement possible à l'hôpital, tout comme cette jeune fille, poursuivit l'inspecteur.

— Je ne sais pas comment on va pouvoir faire, répliqua Shurte. Toutes les communications sont coupées et les routes aussi.

— Où est Williams ? interrogea le shérif d'une voix pâteuse.

— Euh... il a dû s'absenter un moment. Il est allé relever Rheinbeck, répondit Shurte.

Il marqua une hésitation avant de poser la question qui lui brûlait les lèvres.

— Et... et les autres ?

Hazen secoua la tête.

— Nous enverrons des équipes de secours dès que les communications seront rétablies, laissa échapper Pendergast avec une lassitude immense. En attendant, aidez-moi à conduire ces deux personnes jusqu'à la pension Kraus.

— Oui, inspecteur, tout de suite.

Shurte passa son bras autour de la taille de Hazen et l'aida à monter les quelques marches conduisant à la tranchée, suivi de Pendergast qui soutenait Corrie. La pluie tombait horizontalement sous l'effet des bourrasques et des débris de maïs volaient de toutes parts. L'obscurité était totale et l'on distinguait à peine la silhouette silencieuse de la vieille demeure. Seule une lueur ténue perçait à travers les fenêtres du salon. La maison avait l'air déserte et Shurte se demanda où pouvaient bien se trouver ses deux collègues.

Le petit groupe remonta le chemin au ralenti et grimpa péniblement les quelques marches du porche.

Pendergast tourna la poignée de la porte d'entrée et s'aperçut qu'elle était verrouillée. Intrigué, il s'apprêtait à se retourner vers ses compagnons lorsqu'un grand bruit retentit, suivi d'un cri et d'un coup de feu.

Le pistolet de Pendergast jaillit dans sa main droite comme par miracle. Il enfonça la porte d'un violent coup de pied et se précipita à l'intérieur après avoir fait signe à Shurte de veiller sur les deux blessés.

L'inspecteur, prêt à tirer, coula un regard prudent dans le hall d'entrée et vit Williams en haut de l'escalier menant à la cave, aux prises avec une vieille femme échevelée vêtue d'une robe de chambre blanche toute tachée de sang en qui il reconnut avec stupéfaction Winifred Kraus.

— Assassins d'enfants ! hurla cette dernière d'une voix hystérique au moment où résonnait un second coup de feu.

En deux bonds, Pendergast était sur la vieille femme qu'il maîtrisa après une courte lutte. Son pistolet roula sur le sol. L'inspecteur et Winifred Kraus disparurent du champ de vision de Shurte qui eut le temps de voir Williams descendre à toute allure l'escalier de la cave. Pendergast réapparut moins de trente secondes plus tard, portant dans ses bras la vieille femme à qui il murmurait des paroles apaisantes à l'oreille. Williams émergea au même moment de l'escalier en soutenant Rheinbeck qui tenait à deux mains sa tête couverte de sang.

Shurte fit signe au shérif et à Corrie d'entrer dans la maison et il les poussa vers le salon où les attendait le feu dont ils avaient aperçu la lueur du dehors. Pendergast pénétra à son tour dans la pièce. Il installa Winifred dans un fauteuil et lui passa discrètement les menottes tout en continuant à lui parler d'une voix inintelligible, puis il aida Shurte à allonger le shérif sur le canapé près du feu. De son côté, un Williams tout tremblant s'était assis sur une chaise le plus loin possible de la vieille femme, aussitôt imité par Corrie.

Pendergast fit le tour de la pièce du regard.

— Vous êtes bien l'agent Shurte, n'est-ce pas ?

— Oui, inspecteur.

— Allez chercher une trousse de secours dans l'une des voitures de patrouille et occupez-vous du shérif. Il a eu l'oreille gauche arrachée et souffre d'une fracture du cubitus, d'un traumatisme au niveau du pharynx et de nombreuses contusions.

À son retour, Shurte constata que l'inspecteur avait allumé plusieurs bougies et remis des bûches sur le feu. Il avait enveloppé Winifred Kraus dans un châle en laine et la vieille femme les observait d'un regard haineux à travers ses mèches en bataille.

— Occupez-vous du shérif Hazen, répéta Pendergast avant de s'approcher de Corrie.

Il lui murmura quelques mots à l'oreille et elle fit oui de la tête. Il prit ce dont il avait besoin dans la trousse de secours et s'appliqua à lui bander les poignets avant de s'occuper des multiples coupures qui lui marbraient les bras, le cou et le visage. Pendant ce temps, Shurte s'appliquait à faire de même avec Hazen qui grimaçait de douleur.

Un quart d'heure plus tard, il ne leur restait plus qu'à attendre l'arrivée des secours.

L'inspecteur du FBI n'avait pourtant pas l'air satisfait. Il tournait en rond, regardant les autres tour à tour avant de poser invariablement ses yeux pâles sur la vieille dame, menottée dans son fauteuil.

80

Sous l'effet combiné de la chaleur du feu et de la tasse de camomille que lui avait donnée Pendergast en lui administrant un sédatif, Corrie se sentait gagnée par une torpeur irréelle. Ses bras et ses jambes lui semblaient à des kilomètres et la douleur commençait à se faire plus diffuse. Elle buvait mécaniquement sa tisane à petites gorgées, essayant de ne penser à rien. C'était aussi bien comme ça, car elle ne comprenait décidément rien aux événements dramatiques de ces dernières heures. En particulier, pourquoi Winifred Kraus avait-elle été prise d'une telle folie meurtrière ?

À l'autre bout du salon, Williams et Rheinbeck caressaient leurs pansements, le regard perdu dans le vague tandis que leur collègue Shurte attendait près de la porte d'entrée, les yeux rivés sur la route. Hazen, le visage tuméfié et les paupières mi-closes, la tête recouverte de bandages rougis à hauteur de l'oreille qui lui manquait, s'était installé sur le divan du mieux qu'il l'avait pu. Pendergast, debout à côté de lui, semblait fasciné par Winifred Kraus qui les regardait tour à tour d'un air mauvais.

L'inspecteur se décida enfin à rompre le silence.

— Je suis au regret de vous annoncer la mort de votre fils, mademoiselle Kraus, dit-il sans quitter la vieille demoiselle des yeux.

Elle ploya sous le coup.

— Il a été tué dans les grottes, ajouta Pendergast très doucement. Nous n'avons pas pu faire autrement. Il nous a attaqués et il a lui-même tué plusieurs personnes avant d'être abattu en état de légitime défense.

La vieille femme se balançait sur elle-même en poussant des gémissements.

— Vous n'êtes que des assassins, vous n'êtes que des assassins, répétait-elle inlassablement sur un ton qui avait perdu toute agressivité, cédant la place à un chagrin immense.

Corrie tourna vers Pendergast un regard interrogatif.

— Son *fils* ? s'étonna-t-elle.

— C'est vous-même qui m'avez apporté la clé du mystère, répondit l'inspecteur. En m'apprenant que Mlle Kraus était connue pour ses mœurs très... libres lorsqu'elle était jeune. Et ce qui devait arriver arriva, elle s'est retrouvée enceinte. À l'époque, les familles confrontées à ce genre de situation envoyaient la fautive loin des siens donner naissance à son enfant.

Il se tourna lentement vers Winifred avant d'ajouter :

— Mais votre père a préféré régler le problème autrement, afin de faire taire à jamais le sentiment de honte qui l'étreignait, c'est bien cela ?

Deux grosses larmes coulèrent sur les joues de la vieille femme qui baissa la tête.

Le temps semblait s'être arrêté.

Comprenant brusquement les implications de ce qu'il venait d'entendre, le shérif poussa un petit cri.

— Oh, mon Dieu, murmura-t-il.

— Oui, shérif, poursuivit Pendergast à son adresse. M. Kraus, dans un accès de ferveur religieuse parfaitement hypocrite, a enfermé sa fille et la preuve de sa faute dans les grottes.

Il se tourna à nouveau vers Winifred.

— C'est là que vous avez accouché, avant de rejoindre le monde des vivants au terme de quelques mois de purgatoire. Votre bébé, en revanche, symbole du péché aux yeux de votre père, est resté enfermé sous terre et c'est là que vous l'avez élevé.

Il marqua une pause, mais Winifred restait obstinément silencieuse.

— Au début, vous n'avez pas trouvé cela si terrible. Votre enfant se trouvait à l'abri des souffrances et de l'iniquité du monde extérieur, ce qui ne pouvait qu'apaiser votre instinct de mère. Votre petit garçon ne vous quitterait jamais tant qu'il resterait enfermé dans ce monde qui était le sien. Aucun risque de le voir partir un jour au bras d'une autre en vous abandonnant, comme votre propre mère vous avait abandonnée. Vous étiez là pour le nourrir et le voir grandir, le protéger des agressions de la société. Il resterait à jamais votre petit garçon.

Tout en hochant la tête machinalement, la vieille demoiselle pleurait comme une fontaine.

— Comment avez-vous pu... balbutia Hazen.

Les yeux écarquillés, le shérif était comme hypnotisé par Winifred.

Pendergast poursuivit ses explications de la même voix pondérée.

— Puis-je vous demander comment vous l'avez appelé, mademoiselle Kraus ?

— Job, murmura-t-elle.

— Un nom tiré de la Bible, naturellement. Un nom prédestiné. Ainsi, vous l'avez élevé dans ces grottes et le petit garçon est devenu un homme, un géant doté d'une force considérable à force d'escalader les murailles rocheuses de son étrange univers. Job n'a jamais eu l'occasion de jouer avec des enfants de son âge, il n'est jamais allé à l'école. C'est tout juste s'il était capable de parler. Pire encore, à part sa mère, il n'a jamais rencontré d'êtres humains avant d'atteindre l'âge de cinquante et un ans. À la vue du monde qu'il s'était créé dans ces souterrains, de tous ces petits objets qu'il fabriquait, il ne fait aucun doute qu'il était doué d'une intelligence supérieure à la moyenne et d'un instinct créatif extrêmement développé. Il n'aura jamais eu l'occasion de les mettre à profit faute de trouver sa place dans la société. Vous alliez lui rendre visite de temps à autre, lorsque vous étiez certaine de ne pas être vue. Vous lui lisiez parfois des histoires, trop peu souvent toutefois pour qu'il apprenne à s'exprimer normalement. Job était néanmoins très vif. Il suffit, pour s'en convaincre, de voir tout ce qu'il a appris par lui-même : allumer un feu ou faire des nœuds, par exemple.

Avez-vous compris un jour que vous aviez eu tort de l'enfermer dans ces grottes à l'abri du monde, de la civilisation et de la lumière ? Sans doute, mais il était trop tard.

Winifred Kraus pleurait toujours en silence, la tête baissée.

Hazen retenait son souffle depuis trop longtemps. N'y tenant plus, il voulut intervenir.

— Jusqu'au jour où il a trouvé une issue, dit-il d'une voix rauque. Ce salaud est sorti et il a commencé à tuer.

— Exactement, confirma Pendergast. Lors de ses fouilles près des tumulus, Sheila Swegg a découvert par hasard l'entrée secrète de la nécropole cheyenne, à l'autre extrémité des grottes. Une entrée secrète qui avait permis aux guerriers fantômes de surprendre les Quarante-Cinq. Les Indiens s'étaient retranchés là afin de se donner rituellement la mort après l'attaque, mais ils avaient pris la précaution de dissimuler cette ouverture. La première, Sheila Swegg l'a découverte, pour son malheur.

On imagine aisément le choc ressenti par Job en voyant cette femme faire irruption dans son univers. Il n'avait jamais rencontré quiconque, à l'exception de sa mère. Il ne savait même pas qu'il existait d'autres êtres humains. Pris de peur, il l'a tuée, très probablement sans le vouloir. C'est à ce moment-là qu'il a découvert l'issue mise au jour par Mme Swegg. Et cette porte s'ouvrait sur un monde merveilleux dont il ne soupçonnait pas l'existence. Car je suppose que vous ne lui en aviez jamais parlé, n'est-ce pas, mademoiselle Kraus ?

La vieille femme secoua la tête.

— Quel choc émotionnel cela a dû représenter pour lui ! Job sort des souterrains pour la première fois de sa vie. C'est la nuit et il aperçoit les étoiles dans le ciel, découvre la silhouette des peupliers au bord de la rivière, entend le vent qui fait bruisser les épis dans l'immensité des champs de maïs, respire l'odeur de l'été. Tout ce qui ne lui avait jamais été donné depuis un demi-siècle. Dans le lointain, il distingue peut-être les lumières de Medicine Creek. Cette nuit-là, mademoiselle Kraus, vous avez perdu votre petit garçon. À ceci près que ce petit garçon avait plus de cinquante ans et qu'il était devenu un être déviant et dangereux. Le génie était sorti de sa lampe et vous n'aviez plus aucun moyen de l'y faire rentrer. Job comptait bien explorer ce monde inconnu qui s'offrait à lui.

La voix monocorde de Pendergast fit place à un silence oppressant que seuls troublaient les sanglots de la vieille dame et la rumeur de la tempête qui s'éloignait enfin.

Au bout d'un long moment, Winifred prit la parole :

— Quand le corps mutilé de cette femme a été retrouvé, je n'ai jamais pensé qu'il pouvait s'agir de mon petit Job. C'est lui... c'est lui qui me l'a dit. Il était si heureux d'avoir découvert le monde... Il me décrivait en détail tout ce qu'il avait vu. Monsieur Pendergast, si vous saviez... il n'a jamais voulu faire de mal à personne, je vous le jure. Il voulait jouer, c'est tout. J'ai bien tenté de le lui expliquer, mais *il ne comprenait pas...*

Sa phrase s'acheva dans un sanglot.

Pendergast attendit quelques instants avant de poursuivre.

— Au fur et à mesure qu'il grandissait, vous n'aviez plus besoin de lui rendre visite aussi souvent. Vous lui apportiez des provisions une ou deux fois par semaine, je suppose, ce qui expliquerait la présence de beurre et de sucre en quantité suffisante. Job avait fini par acquérir son indépendance dans un monde souterrain qui était devenu le sien. Avec le temps, il avait développé un instinct de survie tout à fait remarquable, mais il n'avait en revanche pas la moindre idée du bien et du mal.

— Mais j'ai essayé ! s'écria Winifred Kraus. J'ai essayé de lui expliquer !

— Certaines choses ne relèvent pas de l'apprentissage, mais uniquement de l'expérience et de la vie, mademoiselle Kraus, remarqua Pendergast.

Une dernière bourrasque ébranla la carcasse de la vieille demeure.

— Comment est-il devenu bossu ? reprit l'inspecteur. Était-ce à force de vivre courbé, à moins qu'il n'ait fait une mauvaise chute ? Un accident mal soigné ?

Winifred Kraus avala sa salive avant de répondre.

— Il est tombé lorsqu'il avait dix ans et j'ai bien cru qu'il allait mourir. J'ai voulu le montrer à un médecin, mais...

Hazen l'interrompit.

— À quoi rimaient ces mises en scène dans les champs de maïs ? demanda-t-il d'une voix qui trahissait un mélange de rage, de dégoût, de souffrance et d'incrédulité.

Winifred, perplexe, secoua la tête.

— Je ne sais pas, murmura-t-elle.

Pendergast reprit la parole.

— Nous ne saurons sans doute jamais ce qui a pu se passer dans sa tête lorsqu'il s'appliquait à composer ces tableaux macabres. Sans doute une façon pour lui d'exprimer ses sentiments, une forme de créativité dictée par son esprit égaré. Shérif, vous avez vu comme moi ces curieux dessins taillés dans la roche, ces étranges structures réalisées à l'aide de bouts de ficelle, de cristaux, d'ossements et de morceaux de bois. Job n'appliquait pas les schémas habituels des tueurs en série tout simplement parce qu'il n'en était pas un. Il ne comprenait même pas le mot *tuer*. C'était un être dépourvu de toute conception morale telle que nous l'entendons, un parfait sociopathe.

La vieille femme ne relevait toujours pas la tête et Corrie avait pitié d'elle. Elle se souvenait des histoires qui circulaient sur la sévérité du vieux Kraus. On racontait qu'il battait sa fille à la moindre incartade, lui imposant des règles de vie absurdes et contradictoires. Lorsqu'elle était jeune, Winifred passait des journées entières à pleurer, enfermée par son père au dernier étage de la maison.

Pendergast arpentait le salon à grandes enjambées sans quitter Winifred des yeux.

— Les rares exemples d'enfants élevés dans des conditions comparables – je pense à l'enfant-loup de l'Aveyron, ou bien à Jane D., enfermée dans une cave pendant les quatorze premières années de sa vie par une mère schizophrène – montrent que les traumatismes liés à l'absence totale de socialisation laissent chez les individus concernés des lésions neurologiques et psychologiques irréversibles. Le cas de Job est encore plus extrême puisqu'il a été privé du *monde* lui-même.

Winifred enfouit son visage dans ses mains et recommença à se balancer nerveusement.

— Mon tout petit... mon pauvre petit garçon... mon petit Jobie... répétait-elle inlassablement au milieu d'un silence de glace.

Une sirène résonna dans le lointain. À travers la vitre cassée, les reflets rouges d'un gyrophare envahirent la pièce alors qu'une ambulance et une voiture de police s'arrêtaient dans un grand crissement de freins devant la maison. Des portières claquèrent et des pas lourds résonnèrent sous le porche en bois. La porte s'ouvrit et un pompier solidement charpenté pénétra dans le hall d'entrée.

— Tout va bien chez vous ? demanda-t-il d'une grosse voix. On vient enfin de dégager les routes et...

Il s'arrêta net en découvrant le visage tuméfié de Hazen, la silhouette menottée de la vieille demoiselle dans son fauteuil et les yeux hagards des autres blessés.

— Non, répondit calmement Pendergast. Tout ne va pas bien chez nous.

Épilogue

1

Le soleil couchant avait quelque chose de réconfortant. La tempête était venue à bout de la canicule et le ciel, comme lavé par les pluies torrentielles de cette nuit terrible, avait apporté avec lui une fraîcheur quasi automnale. Les champs qui avaient eu la chance d'échapper aux ravages de la tornade avaient été récoltés et la petite ville s'en trouvait comme soulagée. Les corbeaux migrateurs passaient au-dessus des maisons et se posaient sur la terre dénudée dans l'espoir de picorer quelques grains oubliés. À l'autre bout de la ville, la petite église de Medicine Creek dressait sa flèche blanche dans le paysage bleu et vert. Les portes du bâtiment étaient grandes ouvertes et le murmure de la prière du soir s'en échappait.

Tout près de là, Corrie dévorait les dernières pages de *Ice Limit* sur son lit défait. Tout respirait le calme autour du mobile home et les fenêtres ouvertes de sa chambre laissaient passer un léger courant d'air. Un banc de nuages potelés passa au-dessus de la caravane, laissant sur les champs dénudés un sillage éphémère. Corrie tourna une page, puis une autre. De l'église lui parvenait en bruit de fond le chant pompeux de l'orgue accompagnant un chœur dominé comme à l'accoutumée par les roucoulades de Klick Rasmussen.

Corrie releva la tête, un léger sourire aux lèvres. C'était la première fois que le nouveau clergyman dont tout le monde était déjà si fier, le jeune pasteur Tredwell, dirigeait l'office. Elle ne put s'empêcher de sourire en repensant à l'anecdote qu'on lui avait raconté lorsqu'elle se trouvait encore à l'hôpital : la communauté célébrait un office à la mémoire de Smit Ludwig lorsque le journaliste, après être resté deux jours dans le coma dans un champ où le tueur l'avait laissé pour mort, s'était avancé dans l'église d'un pas titubant, pieds nus, les vêtements déchirés. La fille de Ludwig, venue tout exprès de Californie en avion, s'était évanouie la première, mais personne n'avait été plus choqué que le pasteur Wilbur. Il s'était arrêté net au milieu d'une citation de Swinburne, victime d'une crise d'apoplexie, croyant avoir affaire à un fantôme. Wilbur récupérait à présent dans une maison de repos tandis que Ludwig se remettait de ses blessures à l'hôpital. Il s'était fait apporter un ordinateur portable et rédigeait les premiers chapitres d'un livre consacré à sa rencontre avec le monstre de Medicine Creek, qui s'était contenté de lui prendre ses chaussures et de l'abandonner dans un champ.

Corrie posa son livre à côté d'elle et mit la tête sur l'oreiller, regardant machinalement les bancs de nuages par la fenêtre. La ville retrouvait petit à petit son visage ordinaire. La saison sportive avait repris avec les premiers matchs et la rentrée scolaire était dans quinze jours. À en croire une rumeur persistante, les huiles de l'université du Kansas avaient décidé d'implanter leur projet OGM quelque part en Iowa, mais personne ne s'en formalisait outre mesure à Medicine Creek, bien au contraire. Pendergast lui-même semblait d'accord avec Dale Estrem et les autres agriculteurs de la coopérative sur les dangers potentiels des plants transgéniques. De toute façon, les habitants de la ville avaient bien d'autres chats à fouetter depuis l'arrivée d'une nuée de spécialistes des Parcs nationaux, accompagnés de géologues et de photographes du *National Geographic* attirés par la presse qui avait déjà fait du site « la plus grande découverte spéléologique depuis les grottes de Carlsbad ». De l'avis unanime, Medicine Creek n'allait pas tarder à renaître de ses cendres en devenant un site touristique majeur, assurant pour longtemps la prospérité de la ville.

Corrie poussa un soupir. Elle n'avait pas l'intention de bouleverser ses projets malgré tous ces changements. Encore un an et elle irait tenter sa chance ailleurs.

La jeune fille attendit que la nuit soit tout à fait tombée, puis elle se leva et se dirigea vers son bureau. Elle ouvrit le tiroir, chercha à tâtons les billets scotchés sous le plateau et tira d'un coup sec. Mille cinq cents dollars. Sa mère n'avait pas eu le temps de découvrir sa cachette et elle n'avait pas osé l'embêter avec ça après ce qui lui était arrivé. Elle se montrait même plutôt gentille avec elle depuis son retour de l'hôpital, mais Corrie savait d'avance que cela ne durerait pas. Sa mère travaillait ce soir-là et elle reviendrait probablement avec son quota habituel de mignonnettes de vodka. Encore un jour ou deux, et elle remettrait cette histoire d'argent sur le tapis. Avec sa chère maman, les répits étaient toujours de courte durée.

Elle compta sa fortune en silence. Pendergast avait passé la semaine à aider le shérif et les types de la police criminelle à boucler l'enquête. Il l'avait appelée un peu plus tôt afin de la prévenir qu'il partait le lendemain à l'aube. Il tenait à lui dire au revoir et avait accessoirement mentionné son intention de récupérer son téléphone portable. C'était sans doute la vraie raison de son appel.

Il était passé la voir à l'hôpital à plusieurs reprises et s'était montré d'une extrême gentillesse avec elle, mais elle se sentait déçue au fond d'elle-même, sans vraiment savoir pourquoi. Elle secoua la tête. Elle n'avait plus l'âge des gamineries.

Ma pauvre Corrie, tu ne t'imaginais tout de même pas qu'il allait te proposer de devenir son assistante pour de bon ?

Il avait l'air pressé de s'en aller, des affaires importantes l'attendaient à New York. Il avait reçu plusieurs coups de fil d'un dénommé Wren lors de ses visites à l'hôpital, mais elle n'avait rien entendu de leurs conversations car il s'était chaque fois isolé dans le couloir. Après tout, ça ne la regardait pas. Il allait partir pour toujours et elle retrouverait bientôt la routine du lycée. Encore un an à tirer, et adieu Medicine Creek.

La bonne nouvelle est qu'elle n'avait plus rien à craindre du shérif Hazen. Depuis qu'il lui avait sauvé la vie, il s'était pris pour elle d'une affection presque paternelle. Il s'était montré d'une gentillesse extrême lorsqu'elle était allée lui dire au revoir en quittant l'hôpital. Elle n'en revenait toujours pas. C'est à peine s'il ne s'était pas excusé. Il s'était mis à pleurer lorsqu'elle l'avait remercié en lui répétant que ce n'était rien. Le pauvre vieux n'était pas près de se remettre de la mort de Tad.

Ses yeux retombèrent sur les billets. Demain, elle comptait bien dire à Pendergast ce qu'elle comptait faire de cet argent.

L'idée avait germé dans son esprit pendant son séjour à l'hôpital. C'était même étrange qu'elle n'y ait pas pensé plus tôt. Elle avait encore deux semaines avant la rentrée, rien de spécial à faire et un peu d'argent. Le shérif avait retiré sa plainte, rien ne la retenait à Medicine Creek et ça éviterait à sa mère de chercher à lui reprendre son fric.

Elle ne se faisait guère d'illusions sur ce qui l'attendait, mais cela n'avait aucune importance. Il lui fallait aller jusqu'au bout de son envie. Si jamais elle parvenait à remettre la main sur son père, il est probable qu'elle serait déçue. Après tout, il n'avait pas hésité à les abandonner, elle et sa mère. Il n'avait jamais envoyé le moindre centime ni la moindre lettre et Corrie ne s'attendait pas vraiment à rencontrer le père idéal, mais ce n'était pas le plus important. L'essentiel à ses yeux était de retrouver son père, puisqu'elle en avait les moyens et le désir.

Ce ne serait probablement pas très difficile. Sa mère lui avait suffisamment dit de mal de lui pour qu'elle sache où le dénicher. Après avoir traîné ses guêtres dans le Midwest, il avait fini par s'installer à Allentown, en Pennsylvanie, où il travaillait comme mécanicien chez Pep Boys. Il ne devait pas y avoir des dizaines de Jesse Swanson à Allentown. Elle pouvait se rendre là-bas en deux jours, Pendergast lui avait donné assez d'argent pour couvrir ses frais d'essence, les péages et les motels, et même de quoi faire face à quelques faux frais au cas où sa Gremlin tomberait en panne.

Son père était peut-être un loser, mais ce n'était pas un sale con. Il s'était toujours montré super avec elle quand elle était petite. Il l'emmenait au cinéma, au golf miniature, lui racontait des histoires drôles. Qu'est-ce qu'un loser, d'abord ? Ses copains de classe la traitaient bien de loser, elle aussi... Son père l'avait aimée, elle en était sûre, même s'il avait fini par la laisser entre les griffes d'une mégère alcoolique.

Corrie, arrête de te faire tout un cinéma...

Elle replia ses billets et les glissa dans la poche de son pantalon. Elle sortit de sous son lit une valise en plastique dans laquelle elle fourra pêle-mêle quelques habits. Elle avait l'intention de partir tôt le lendemain matin avant que sa mère se lève. Le temps de dire au revoir à Pendergast et elle prendrait la route.

Sa valise prête, elle la repoussa sous le lit, se coucha et s'endormit aussitôt.

Il faisait nuit noire lorsqu'elle se réveilla en sursaut. Elle s'assit et regarda autour d'elle d'un air hébété. Qu'est-ce qui avait bien pu la tirer de son sommeil ? Dehors, juste sous sa fenêtre, elle perçut un chuintement suivi d'un coup sourd. Une vague de terreur la submergea aussitôt.

Un crachotement et un sifflement, suivis du crépitement de milliers de gouttes d'eau sur le mobile home suffirent à la rassurer. Elle regarda le cadran rougeoyant de son réveil et constata qu'il était deux heures du matin. Elle reposa la tête sur l'oreiller avec un grand soupir de soulagement. Cette fois, c'était vraiment le système d'arrosage automatique de M. Dade.

Corrie se releva et s'appuya un instant sur le rebord de sa fenêtre afin de respirer l'air de la nuit et humer l'odeur d'herbe mouillée.

Elle allait repousser sa fenêtre lorsqu'une main jaillit brusquement de l'obscurité, empêchant le cadre d'aluminium de se refermer. Une main aux ongles longs et ébréchés, couverte de sang.

Corrie recula, frappée d'horreur, incapable de prononcer une parole.

Le rond blafard d'un visage émergea de la nuit. Un visage crasseux, couvert d'égratignures et de longues traînées de sang coagulé, dont la barbiche clairsemée tranchait avec l'expression enfantine. Lentement, l'horrible main repoussa le vantail et une odeur de pourriture envahit les narines de Corrie, faisant immédiatement resurgir de sa mémoire des blessures à peine cicatrisées.

La jeune fille recula lentement vers la porte de sa chambre, cherchant d'une main maladroite le téléphone portable qui se trouvait dans sa poche. Ses doigts se refermèrent sur le boîtier de l'appareil et elle appuya deux fois sur la touche de rappel automatique, sachant que le dernier numéro composé était celui de Pendergast.

Avec une violence inouïe, la main arracha soudain la fenêtre de son châssis dans un grand fracas de verre brisé.

Corrie profita du tumulte pour s'enfuir en courant. Pieds nus, elle traversa le salon du mobile home en un éclair en direction de...

Mais elle n'eut pas le temps d'aller plus loin car la porte d'entrée vola en éclats, laissant apparaître la silhouette monstrueuse de Job.

Job, plus vivant que jamais, un œil crevé recouvert d'une croûte purulente, sa ridicule tenue de petit garçon déchirée et couverte de taches, les cheveux coagulés sur le crâne, le teint cireux. Son bras droit, visiblement cassé, pendait piteusement le long de son torse, mais il griffait l'air de l'autre, un rictus menaçant sur les lèvres.

— *Mouh !* fit-il en s'avançant, les traits contractés par la haine.

— Non ! hurla Corrie en se bouchant le nez pour ne plus sentir l'épouvantable puanteur qui envahissait le mobile home. Non ! Va-t'en !

Job fit un pas dans sa direction en poussant des rugissements incohérents.

Sans attendre, Corrie fit demi-tour en hurlant avec l'intention de se réfugier dans sa chambre. Il se précipita à sa suite et elle avait à peine repoussé le battant qu'il défonçait la porte d'un seul coup de poing, envoyant voler des morceaux de contreplaqué dans tous les coins. Sans réfléchir, Corrie sauta par la fenêtre la tête la première, se griffant sur les éclats de verre. Elle atterrit sur l'herbe, se releva d'un bond et se mit à courir, entendant dans son dos les vociférations du monstre qui arrachait ce qui restait de la fenêtre avant de se lancer à sa poursuite.

Les voisins, réveillés par le bruit, apparaissaient les uns après les autres aux fenêtres des mobile homes dont les lumières s'allumaient une à une. Elle volait à travers le campement, fonçant droit sur la grille d'entrée. Si jamais elle parvenait jusqu'à la route, elle avait peut-être une petite chance de s'en tirer.

Un rugissement terrible lui fit tourner la tête. Comprenant la manœuvre, Job s'apprêtait à lui couper la route en fonçant en diagonale de toute la puissance de ses jambes noueuses.

Elle accéléra, cherchant son souffle, mais il se rapprochait dangereusement et elle fut contrainte d'obliquer vers l'arrière du lotissement, du côté des champs. Elle fouilla dans sa poche d'une main tremblante, sortit le téléphone et le colla contre son oreille sans cesser de courir. La voix calme de Pendergast lui parvint aussitôt.

— J'arrive tout de suite, Corrie. Je suis déjà en route.

— Dépêchez-vous, il va me tuer. Je vous en prie... haleta-t-elle.

— Je serai là d'ici quelques minutes avec la police. Courez, Corrie ! Courez de toutes vos forces. Il ne faut pas qu'il vous rejoigne.

Elle accéléra encore, sauta par-dessus la barrière sans même s'en apercevoir et s'enfonça dans un champ au mépris des moignons de tiges de maïs qui lui griffaient cruellement les mollets.

Mouh ! Mouhhhhhh ! Mouuuuuuhhhhhhh !

Job se rapprochait dangereusement, il ne tarderait pas à la rejoindre. Il avançait en crabe à une vitesse incroyable, courbé en deux, s'aidant de sa main valide comme un énorme singe. Il n'était pas question de le laisser la rattraper. Sa seule chance était de l'avoir à l'usure, en espérant qu'il finirait par se fatiguer, que ses blessures l'obligeraient à s'arrêter. Il n'en était rien. Dopé par la rage et la douleur, Job courait de plus belle en poussant des mugissements effroyables.

Corrie redoubla d'efforts. Ses poumons, prêts à éclater, lui brûlaient la poitrine. Job ne cessait de gagner du terrain et elle sentait presque son haleine fétide sur sa nuque. Ce n'était plus qu'une question de secondes avant qu'il la rattrape. Jamais elle ne parviendrait à le semer.

Non, je ne veux pas...

Elle avait beau passer en revue dans sa tête le peu de solutions qui lui restaient, elle savait déjà que la partie était perdue d'avance. Même si elle arrivait à tenir jusqu'à la rivière, que faire ensuite ? Elle tournait le dos à Medicine Creek et jamais Pendergast n'arriverait à temps.

Mouhhhhhh ! Mouhhhhhh !

Une sirène résonna dans le lointain, lui confirmant qu'il était trop tard. Personne ne pouvait plus l'aider, elle se trouvait seule face à son destin. Dans trente secondes, une minute tout au plus, elle sentirait sa main calleuse se refermer sur son cou et il lui briserait la nuque sans pitié.

Corrie sentait la terre trembler sous le poids de son poursuivant, dont les cris déchirants rythmaient leur course désespérée dans la nuit. Moins de dix mètres les séparaient. À bout de souffle, à bout de ressources, elle voyait déjà le moment où ses jambes refuseraient de la porter, où ses poumons la lâcheraient. Dans son dos, Job se rapprochait inexorablement. Il fallait trouver quelque chose, et vite. Après tout, Job était un être humain. Il suffisait de trouver le moyen de toucher son âme, de lui faire comprendre l'absurdité de cette poursuite sans merci.

S'arrêtant net, elle fit volte-face.

— *Job !* lui cria-t-elle.

Mais rien ne semblait devoir l'arrêter.

— Job, écoute-moi ! fit-elle d'une voix ferme.

L'instant d'après, il la plaquait sur la terre meuble et se jetait sur elle en poussant des hurlements inhumains dans une gerbe de postillons, le poing levé, prêt à l'écraser comme une mouche.

— Je suis ton amie ! s'écria Corrie.

Elle ferma les paupières et tourna la tête dans l'espoir d'éviter le coup fatal, puis elle répéta :

— Je suis ton amie ! Je suis ton amie ! répéta-t-elle entre deux sanglots. Ton amie ! Tu comprends ? Ton amie !

Elle attendit, s'attendant à recevoir le coup de grâce. Comme rien ne venait, elle rouvrit lentement les yeux.

Job, le poing levé, l'observait d'un œil étrange. Toute trace de haine avait disparu de son visage sur lequel se lisait une émotion intense.

— Toi et moi, balbutia Corrie, nous sommes amis.

Le visage de Job, toujours aussi grimaçant, avait brusquement changé d'expression et Corrie crut lire une note d'espoir dans l'œil qui lui restait.

Le poing du géant se décrispa avec une lenteur infinie.

— Amis ? demanda-t-il d'une petite voix presque timide.

— Oui, nous sommes amis.

— Veux vouer avec Vob ?

— Oui, Job, je vais jouer avec toi. Nous sommes amis, toi et moi. Nous allons pouvoir jouer ensemble, se força-t-elle à répondre, surmontant sa peur.

Le bras de Job s'abaissa et sa boucha grimaça un pauvre sourire. Puis il se releva tant bien que mal, partagé entre la douleur et l'espoir.

— Vouer. Vob veut vouer.

Corrie, peinant à reprendre son souffle, s'assit sur le sol, veillant à éviter tout geste brusque afin de ne pas l'effrayer.

— Oui, nous sommes amis tous les deux. Corrie est ton amie, Job.

— Amis, répéta Job très doucement, comme s'il tentait d'apprivoiser un terme oublié depuis longtemps.

Les sirènes, toutes proches, s'arrêtèrent dans un concert de crissements de freins et Corrie entendit des portières claquer.

Elle voulut se relever, mais ses jambes refusaient de la porter.

— N'aie pas peur, Job. Je ne vais pas m'enfuir. Tu n'auras plus jamais besoin de me faire de mal. Je vais rester jouer avec toi.

— Vouer toi et Vob, gazouilla la voix enfantine du géant dans l'immensité de la nuit.

2

La Rolls Royce attendait Corrie dans le petit parking voisin de chez Maisie. La voiture, comme passée au papier de verre par la tempête, était méconnaissable avec sa carrosserie terne et rayée, couverte de poussière. Pendergast, vêtu d'un costume noir impeccable, attendait près de l'auto, les mains dans les poches, humant l'air frais du matin.

Corrie tourna dans le parking et vint garer sa Gremlin à côté de la Rolls. Elle coupa le moteur qui toussa plusieurs fois dans un jet noir de gaz d'échappement. Quelques instants plus tard, elle rejoignait Pendergast.

— Mademoiselle, la salua-t-il en se redressant. J'aurais été ravi de vous déposer à Allentown sur le chemin de New York. Vous êtes certaine de ne pas vouloir en profiter ?

Corrie fit non de la tête.

— Je tiens à faire ça toute seule, répondit-elle.

— Il me serait aisé de procéder à des recherches sur votre père à partir de la base de données du FBI afin de vous prévenir en cas de... de surprise.

— Non, je préfère ne rien savoir d'avance. D'ailleurs, je ne me fais guère d'illusions.

Il la fixa longuement sans répondre.

— Ne vous inquiétez pas, tout ira bien, finit-elle par dire.

Il hocha lentement la tête.

— Je vous connais, Corrie. Je sais que vous saurez fort bien vous débrouiller par vous-même. Mais, à défaut de vous emmener, laissez-moi vous offrir ceci.

Il fit un pas vers elle et sortit de sa poche une enveloppe qu'il lui tendit.

— Qu'est-ce que c'est ? demanda-t-elle.

— Considérez cela comme un petit cadeau pour la suite de vos études.

Intriguée, Corrie décacheta l'enveloppe et découvrit un carnet de caisse d'épargne. Une somme de vingt-cinq mille dollars y avait été déposée à son nom.

— Non, s'empressa-t-elle de réagir. Je ne peux pas accepter.

Pendergast eut un petit sourire.

— Non seulement vous pouvez, mais je dirai même que vous devez.

— Excusez-moi, mais je ne peux vraiment pas accepter.

Pendergast marqua une légère hésitation.

— Je vais vous expliquer ce qui me fait dire que vous devez accepter, murmura-t-il. Je ne souhaite pas m'étendre sur les détails, mais le hasard a voulu qu'un parent lointain me lègue un héritage démesuré à l'automne dernier. Je me contenterai de préciser que cet argent n'a pas été acquis de bonne et belle manière. J'ai donc décidé d'effacer du mieux que je le pouvais la tache qui souille désormais le nom de Pendergast en utilisant discrètement cet argent afin de soutenir des causes méritantes. Vous êtes une cause méritante, Corrie. J'ajouterai même, une excellente cause.

Corrie baissa les yeux, ne sachant quoi répondre. Personne ne lui avait jamais rien donné, personne ne s'était jamais intéressé à elle jusqu'alors. Elle ressentait une émotion d'autant plus forte que cette preuve de générosité émanait d'un personnage aussi réservé, aussi différent et éloigné d'elle que l'inspecteur Pendergast. Elle serra le carnet dans sa main afin de s'assurer qu'elle ne rêvait pas, puis elle le glissa dans l'enveloppe.

— Avez-vous déjà entendu parler de l'École Phillips Exeter ? demanda-t-il, l'œil brillant.

— Non.

— Il s'agit d'une école privée dans le New Hampshire. Une place vous y attend.

Corrie écarquilla les yeux.

— Mais... je croyais que cet argent devait servir à financer mes études universitaires...

— Vous ne pouvez pas rester ici davantage. Vous n'êtes pas faite pour vivre dans ce village.

— Mais de là à m'inscrire dans une école *privée*... Dans un coin comme la Nouvelle-Angleterre, en plus. Je risque de faire tache, là-bas.

— Ma chère Corrie, qu'y a-t-il de mal à faire tache, comme vous dites ? J'ai toujours fait tache partout où je suis allé, et je suis convaincu que vous vous débrouillerez fort bien là-bas. Vous y rencontrerez d'autres personnes qui font tache à leur façon. Des gens intelligents, curieux de la vie, imaginatifs et sceptiques, tout comme vous. Je viendrai vous voir au début du mois de novembre en me rendant dans le Maine, afin de m'assurer que tout va bien pour vous.

Gêné, il toussa dans sa main.

À son propre étonnement, Corrie se jeta dans ses bras. Elle le sentit se raidir instinctivement, puis il se relâcha lentement. Enfin, très doucement, il se dégagea. Corrie leva les yeux sur lui et fut surprise de constater qu'il était ému.

Il éprouva le besoin de s'éclaircir la gorge avant de reprendre la parole.

— Vous ne m'en voudrez pas de n'être guère accoutumé aux marques d'affection physiques, s'excusat-il. Je n'ai pas été élevé comme cela et...

Il laissa sa phrase en suspens et Corrie crut même le voir rougir.

Elle recula machinalement d'un pas, gênée elle aussi. Pendergast ne la quittait pas des yeux. Un sourire énigmatique se dessina sur son visage. Il se pencha, prit la main de Corrie qu'il approcha de ses lèvres, la laissa retomber doucement, se retourna et monta dans sa voiture sans un mot. Quelques instants plus tard, la Rolls roulait rapidement en direction du soleil levant.

Corrie la regarda s'éloigner jusqu'à ce qu'elle se confonde au loin avec le ruban noir de la route, puis elle se glissa derrière le volant de sa Gremlin. Elle jeta un œil sur la banquette arrière où se trouvaient pêle-mêle sa valise, ses cassettes et ses livres, s'assurant qu'elle n'avait rien oublié. Elle ouvrit la boîte à gants, y déposa l'enveloppe avec le carnet de caisse d'épargne et referma le tout à l'aide du morceau de fil de fer avant de démarrer. Elle laissa tourner le moteur un petit moment afin d'être sûre de ne pas caler et sortit du parking de Maisie. En s'engageant dans la grand-rue, son regard s'arrêta sur la station Exxon un peu plus loin. Brad Hazen, le fils du shérif, faisait le plein de la Caprice bleue d'Art Ridder, sa main libre posée sur le coffre de la voiture. Son jean trop large avait glissé sur ses hanches, découvrant un caleçon usé et le haut de ses fesses. Brad, la bouche ouverte, regardait fixement la route sur laquelle venait de disparaître la Rolls Royce de Pendergast. Sortant brusquement de sa léthargie, il secoua la tête et sortit sa raclette du seau, prêt à nettoyer le parebrise de Ridder.

Corrie ressentit un léger pincement au cœur en pensant au shérif. Le regard qu'elle portait sur lui avait radicalement changé. Au plus fort du drame, elle avait pu constater qu'il s'agissait d'un type bien. Elle le verrait toujours sur son lit d'hôpital, le visage posé sur un oreiller immaculé, les traits tirés et les yeux noyés de larmes alors qu'il lui parlait de Tad Franklin. Elle regarda Brad. Après tout, c'était peut-être un type bien, lui aussi. Le temps seul le dirait...

Corrie n'avait cependant pas l'intention d'attendre pour s'en assurer. Elle accéléra et vit bientôt défiler les dernières maisons de Medicine Creek. Où serait-elle dans un an, dans cinq ans, dans trente ans ? Pour la première fois de son existence, elle acceptait d'envisager l'avenir. Une impression agréable et angoissante à la fois.

Le village disparut dans le rétroviseur de la Gremlin et Corrie ne vit bientôt plus que les champs rasés et le ciel d'un bleu intense. Elle ne ressentait brusquement plus la moindre haine vis-à-vis de Brad Hazen, de Medicine Creek et de ses habitants en général. Ils appartenaient au passé et ne tarderaient pas à s'enfoncer dans les oubliettes de sa mémoire. Elle savait déjà qu'elle ne remettrait jamais les pieds de sa vie dans ce trou, pour le meilleur ou pour le pire.

3

Le shérif Hazen, un bras dans le plâtre et la tête recouverte de bandages, discutait dans un couloir avec deux flics en uniforme. Voyant de loin arriver Pendergast, il interrompit sa conversation et s'approcha de l'inspecteur en lui tendant la main gauche.

— Comment va votre bras, shérif ? s'inquiéta Pendergast poliment.

— C'est fichu pour retourner à la pêche cette saison-ci, répliqua Hazen, philosophe.

— Vous m'en voyez navré.

— Vous repartez vers l'est ?

— Oui, mais j'ai tenu à faire cette dernière halte. J'espérais bien vous trouver ici. Je souhaitais vous remercier d'avoir donné tant de piment à mes... vacances.

Hazen acquiesça machinalement. Son visage ridé trahissait sa tristesse et son amertume.

— Vous ne serez pas venu pour rien. La vieille dame s'apprête à dire au revoir à son chérubin.

Pendergast hocha la tête. C'était l'autre raison de sa venue à l'hôpital. Il n'attendait pas grand-chose de cette confrontation, mais il n'avait pas l'habitude de laisser la moindre question en suspens et cette affaire n'avait pas encore livré tous ses secrets.

— Nous allons pouvoir assister à cette délicieuse réunion de famille dans une pièce voisine, derrière une glace sans tain, précisa le shérif. Comme vous pouvez vous en douter, les psys sont tous là, agglutinés telles des mouches. Venez, inspecteur, c'est par ici.

Les deux hommes franchirent une porte anonyme et pénétrèrent dans une petite salle plongée dans l'obscurité. Une longue fenêtre rectangulaire s'ouvrait sur l'unique chambre capitonnée de l'unité psychiatrique rattachée à l'hôpital luthérien de Garden City. Un groupe de psychiatres et d'étudiants discutaient à voix basse, leurs carnets à la main, prêts à prendre des notes. De l'autre côté de la vitre, la pièce était vide. Au moment où Hazen et Pendergast s'approchaient, une double porte s'ouvrit, laissant passer deux agents en uniforme qui poussaient devant eux une chaise roulante sur laquelle était installé Job. Son torse et son visage étaient bandés, et il avait une épaule et un bras dans le plâtre. La pièce était faiblement éclairée, mais la lumière agressait manifestement Job dont l'œil ouvert papillonnait furieusement. Une large ceinture en cuir le retenait à son siège et les menottes autour de ses poignets étaient fixées au châssis de sa chaise roulante au moyen d'un anneau métallique afin de prévenir tout mouvement intempestif, tout comme les fers qui maintenaient ses chevilles.

— Regardez-moi un peu ce salopard, grommela Hazen entre ses dents.

Sous le regard fasciné de Pendergast, les agents arrêtèrent Job au milieu de la pièce et se placèrent des deux côtés de son fauteuil.

— J'aurais bien voulu comprendre ce qui a pu le pousser à faire tout ça, poursuivit Hazen d'une voix morne. Pourquoi tout ce cinéma, ces clairières en plein champ avec les corbeaux morts ? Et Stott, cuit comme un cochon de lait, ou encore la queue du chien dans le ventre de Chauncy ?

Le shérif s'arrêta, trop ému pour continuer.

— Je me demande surtout pourquoi il a tué ce pauvre Tad. Saura-t-on jamais ce qui a bien pu passer dans la tête de ce cinglé ?

Pendergast ne répondit rien.

La double porte s'ouvrit à nouveau, laissant passer Winifred Kraus au bras d'un autre agent. Elle portait une robe de chambre de l'hôpital et avançait avec une lenteur désespérante, portant sous le bras un vieux livre en piteux état. Son visage s'éclaira dès qu'elle aperçut Job.

— Mon petit Jobie, c'est maman.

Sa voix parvenait curieusement déformée par un haut-parleur situé au-dessus de la vitre.

Job leva la tête et fit aussitôt un sourire grimaçant.

— *Manman !*

— Je t'ai apporté quelque chose, mon petit Jobie. Regarde, ton livre préféré.

Job laissa échapper un petit cri de joie.

La vieille demoiselle s'approcha et s'installa sur une chaise à côté de son fils. La tension était palpable chez les deux policiers chargés de surveiller Job, mais ni celui-ci ni sa mère ne paraissaient s'en soucier. Winifred mit un bras autour des épaules du géant et l'attira vers elle, puis elle se mit à chantonner d'une voix à peine perceptible tandis que Job, la tête posée sur son épaule, rayonnait de joie.

— Putain, gronda Hazen. Regardez-moi ça ! Elle le berce comme un bébé !

Winifred Kraus posa le livre sur ses genoux et l'ouvrit à la première page. De l'autre côté de la vitre, ceux qui assistaient à ce spectacle irréel reconnurent un livre de comptines.

— Tu veux que je te lise la première, mon Jobie chéri ? demanda Winifred. Comme au bon vieux temps.

Elle entama aussitôt sa lecture d'une voix chantante de petite fille.

C'est une chanson à six sous
Une chanson à manger.
Vingt et quatre corbeaux
Cuits dans un pâté.
Quand le roi s'est servi
Les corbeaux ont chanté.

Job hochait la tête au rythme de la voix de sa mère, modulant de longs *oooooohhhhhh* en cadence.

— Non, mais vous avez vu ça ? chuchota Hazen. La mère et la bête. J'en ai la chair de poule.

La première comptine achevée, Winifred tourna la page. Littéralement aux anges, Job riait comme un enfant.

Davy Davy Dumpling
Mets-le dans un pot
Tout beurré et bien sucré,
Mange-le encore chaud.

Hazen détourna la tête et prit la main de Pendergast.

— J'en ai assez vu, c'est trop pour moi. Rendez-vous au purgatoire, inspecteur.

Pendergast lui serra la main machinalement, hypnotisé par la scène qui se déroulait de l'autre côté de la vitre.

— Regarde le joli dessin, mon Jobie. Regarde !

Elle lui tendit le livre et Pendergast eut le temps d'entrevoir l'illustration. Le livre était tout taché et déchiré, mais l'inspecteur reconnut aussitôt un tableau qu'il ne connaissait que trop bien. Il recula d'un pas, saisi par cette révélation.

Job poussa un *ooooooooooohhhhhh* admiratif en balançant la tête d'avant en arrière.

Winifred, ravie de voir son fils si heureux, tourna une nouvelle page et reprit sa lecture chantante d'une voix que le haut-parleur rendait artificielle.

> *Qu'as-tu trouvé dans le ventre,*
> *Du garçon, du garçon ?*
> *Un serpent, une queue d'chien,*
> *Et un hérisson.*

Mais Pendergast ne souhaitait pas en entendre davantage. Discrètement, sa haute silhouette noire se fondit dans l'ombre et personne dans la pièce ne remarqua que l'inspecteur s'était éclipsé. Tout à leur discussion, médecins et étudiants se disputaient afin de savoir s'il s'agissait ou non d'un cas unique dans les annales de la psychiatrie.

8227

Composition PCA à Rezé
Achevé d'imprimer en Slovaquie
par Novoprint
le 20 août 2010.
Dépôt légal août 2010. EAN 978-2-290-35232-8

Éditions J'ai lu
87, quai Panhard-et-Levassor, 75013 Paris
Diffusion France et étranger : Flammarion